# 大秦帝國

第五部 中卷

# 铁血文明

孙皓晖 著

中信出版集团 | 北京

图书在版编目（CIP）数据

大秦帝国．第五部．铁血文明．中卷 / 孙皓晖著
．—北京：中信出版社，2016.7（2025.1 重印）
ISBN 978-7-5086-6414-9

I. ①大⋯ II. ①孙⋯ III. ①长篇历史小说—中国—当代 IV. ① I247.5

中国版本图书馆 CIP 数据核字（2016）第 151759 号

大秦帝国
著者：孙皓晖
出版发行：中信出版集团股份有限公司
（北京市朝阳区东三环北路 27 号嘉铭中心 邮编 100020）
承印者：河北鹏润印刷有限公司

开本：787mm×1092mm 1/16　印张：26　字数：387 千字
版次：2016 年 7 月第 1 版　印次：2025 年 1 月第 23 次印刷
书号：ISBN 978–7–5086–6414–9
定价：598.00 元（全 17 册）

献给中国原生文明的光荣与梦想

# 目录

## 第八章　失才亡魏



## 第九章　分治亡楚

# 第六章 乱政亡赵

## 一　秦国朝野发力　谋定对赵新方略

灭韩快捷利落，秦国朝野却淡然处之。

多年下来，老秦人对韩魏两国渐渐没了兴致。韩国君臣被押进咸阳的那日，南门外车马行人如常，除了六国商旅百感交集地站在道边遥遥观望，老秦人连看稀奇的劲头都提不起来。灭韩消息一传开，秦人的奔走相告别有一番气象。无论士农工商无分酒肆田畴，但凡相遇聚首，十有八九都是各自会心地笑呵呵一句，拾掇了一个；而后便挥舞着大拳头咬牙切齿，狗日的等着，这回教他永世趴下！其中意蕴谁都明白，前一笑说得是韩国，后一怒说的是赵国。秦国朝野人人都有预感，下一个准定是对老冤家赵国开战。

长平大战后，秦赵之间遂成不共戴天。其后数十年，赵军渐渐复原，对秦军战绩胜多败少。尽管赵军之胜都是防御性小胜，秦人依然怒火难消。尤其近两年之内，秦国又遭两次大败。尽管战败的秦军是桓龁老军而不是秦军主力，老秦人也是大觉蒙羞。大争天下，战场胜败是硬邦邦的强弱分野。秦军第一强乃天下公认，却在赵军马前连遭败绩，老秦人如何不愤愤然？秦人族群之特异，愈挫愈奋，愈败愈战。这种部族秉性，曾经在秦献公时期发挥到极致。其时秦以穷弱之国成军二十余万，死死咬住强大的魏国狠打进攻战，使强大的魏国很是狼狈了一阵。若非那个拼死要收回河西失地的秦献公突然死于战阵之上，秦国就此彻底打光打烂亦未可知。秉性风尚所致，立国传统所在，秦军接连被赵军击败，老秦人焉得不雄心陡起！由此，一股与赵军再次大决的心气浓浓地酝酿生成，进而弥漫了秦国朝野。是秦人都看得清楚：灭韩之战不出主力大军，为的便是以主力大军对赵大决。而今韩国已灭，秦军锐师但出，只能是对赵大战。

正当此时，秦国陡起波澜。

春夏之交，灭韩消息堪堪传开，秦国陇西、北地两郡突发地动[1]！其后，两郡又逢连月大旱，夏秋两料不收，田野荒芜牧场凋敝，牛羊马群死伤无算，大队饥民连绵不断地流入关中。与此同时，秦王嬴政的祖母华阳太后也不期然病逝了。随着突发灾难，秦国情势顿时为之一变。其间真正具有冲击力的，与其说是天地灾难，毋宁说是汹汹流言。随着饥民流入，发自山东的流言铺天盖地传来：秦国欲吞天下，此上天之报应也！秦王暴戾，逼死太后，秦若再兴兵灭国，必遭灭顶之灾！陇西地裂三百丈，秦人地脉已断，秦人将绝矣！秦国已成危邦，将大肆杀戮在秦山东人氏以泄愤！如此等等，不一而足，灾情被夸大得离奇恐怖，各种有关天象的预言、占卜、卦象、童谣纷纷流传，言之凿凿。大咸阳的山东商贾们开始纷纷离秦，朝野人心一时惶惶不安。

“欲以卑劣流言挽回颓势，山东六国异想天开也！”

一则则流言涌到案头，秦王嬴政不禁一阵大笑。

李斯极富理乱之能，此时颇为冷静。先与丞相王绾会商，再邀尉缭计议，而后三人共同上书秦王：请暂缓对赵战事，先行稳妥处置不期之灾，而后再慎谋战事方略。秦王一番思忖，立即召集王绾、李斯、尉缭、郑国等几位在国大臣会商救灾对策。就实而论，其时关中大富，蜀郡大

[1] 地动，地震的古代说法，史书多有记载。

富，秦拥两个天府之国，财货粮草充盈，两郡灾难并不能削弱秦国实力，饥民也不会给秦国腹地带来多大冲击。然则，若无大张旗鼓的应对之策，秦国局势仍然很有可能被流言搅乱。一番会商后，嬴政君臣迅速做出了三则决断：其一，基于秦法治灾不救灾之传统国策，特许陇西、北地两郡征发饥民修筑就近长城，粮草均由郡县府库支出，一俟旱象解除民即回乡；流入关中之饥民，一律进入南山狩猎采药自救，灾后得回乡耕耘放牧。其二，华阳太后高年病逝，依古老风习作喜丧待之，公告太后病情而后隆重发丧，特许国人不禁婚乐诸事。其三，在秦六国商贾、游士与移民去留自便，不加任何干预。朝会一散，秦王王书与丞相府令连番飞抵各郡县，同时在咸阳四门张挂公告。秦国法度森严令行禁止，书、令一到，上下所有官署立即实施。如此未及一月，突发灾情与惶惶人心很快稳定下来，山东商旅与游士移民也大都留了下来。

流火七月，嬴政下书在章台举行避暑朝会，专一会议对赵方略。

李斯总揽会议筹划。虑及对赵战事干系重大，李斯请准秦王，将与会大臣予以扩展。在外大臣除了召回王翦、蒙恬、顿弱、姚贾四人，还特意召回了六员新军大将：前将军杨端和、前军主将王贲、骑兵主将羌瘣、左军主将李信、材官将军章邯、辎重将军马兴。六将之外，再特召国尉丞蒙毅与会。

上述六将军虽然年轻，但都是秦军崭露头角的主力大将，后必是灭国大战的各方统帅。前将军杨端和持重缜密，是总司前方各军的大将。前军主将王贲是上将军王翦的长子，少年从军胆略过人，凭军功自百夫长千夫长而一级级成为谋勇兼备的将才，军中呼为小白起，历来是一无争议的先锋大将。羌瘣乃林胡族人，是入秦胡人中罕见的骑兵战将，熟悉李牧边军的骑兵战法，所部由入秦胡人组成的三万飞骑是这次攻赵的预定主力之一。左军主将李信，曾任桓龁幕府的中军司马[1]，多读兵书而富有胆识谋略，崇尚当年名将司马错之奇袭战法，常有出奇谋划，是秦军极富特质的大将。材官将军章邯，执掌全军大型攻防器械之协同作

[1] 中军司马，战国大军统帅部之武官，军中司马之首，职司图籍号令，接近于后世的参谋长。

战，精通各类大型兵器，战场机变猛勇更是全军公认。对赵大战多攻坚，章邯军是秦军攻坚优势之根基，不可或缺。辎重营大将马兴，是赵国马服君赵奢之后裔。长平大战后，赵氏部族因赵括大败而获罪于赵国，马服君之部分族人秘密逃入秦国而改姓马氏。马兴少年入军，颇具先祖军政两才之能，遂被尉缭、蒙武举荐为总司粮草辎重的大将。[1] 综合言之，此六人之中，前四人是对赵战事主力；李信与会，重其战事谋划；马兴与会，则因牵涉全军后援。国尉丞蒙毅与会，则因尉缭多病力有不逮，国尉府事务实施皆在其身。

“此次朝会只一事：议定对赵方略。程式铺排，但凭长史。”

朝会首日，嬴政只一句话明确了宗旨，之后靠着王案一副只听不说的神态。章台宫笼罩在遮天蔽日的山林之中，虽是酷暑却颇见清凉。大臣们人人一身轻软麻布袍，不着汗迹舒适得宜，神色却都分外地肃然凝重。秦王只听不说，预定程式又由李斯主持，这是秦国朝会很少见的情形，大臣将军们不能不体察到一种无形的沉重压力。

“君上之意，欲我等尽其所言也。”李斯对着大臣们一拱手道，“对赵方略之成败，秦一天下之要害也。唯其如此，对赵之战便要先明大势。今次朝会第一事，请上卿顿弱备细申明赵国政情。”

话音落点，大臣将军们的目光一齐聚向了这位名家上卿。在秦国历史上，专职邦交而居上卿、上大夫高位者，唯顿弱、姚贾两人也。东出以来，姚贾在灭韩与对魏邦交中充分展现了斡旋才具及其伐交威力，已经使秦国朝野刮目相看。而顿弱北上赵燕三年，金钱财货支出巨大，两国政局却并无颠覆性变化，不知情者已经淡忘了顿弱，知情大臣们则多少有了一些疑虑。目下要顿弱介绍赵国政情，大臣将军们自然分外关注。

“君上，列位，顿弱北上三年，路途遥远，消息稀少，赵燕似乎依然如故，顿弱伐交似乎无甚成效。如此者，表象也。”顿弱平静从容的笑语

---

[1] 历史学家马非百之资料集《秦始皇帝传》引《广韵》，言赵奢后裔灭赵后入秦，为扶风马氏之初祖。马兴后来职任内史郡守。另有史料记载，马兴后来封侯。依秦国法度，马氏若无大功，不能居此要职高爵。故，马氏当在灭六国之时有显著战功。

几句，语气转为凝重道，“然则就实而论，赵燕两国根基已经大为松动：君王骄奢淫逸，奸佞当道庙堂，才具之士贬黜，大将岌岌可危。今日先说赵国……”顿弱侃侃道来，一气说了整整两个时辰，所说赵国情势大大出乎大臣将军们的意料。

在秦国朝野的目光中，赵国这个死敌已经从长平大战后的半昏迷状态复苏过来，已经恢复了强大的实力，否则，如何能数次大败燕军，又两次大败秦军？顿弱却说，赵国近年的战胜之威只是最后的回光返照，事实上赵国在长平大战后走的是一条下坡路，而且下滑极快。顿弱的事实依据主要是两则：其一，赵孝成王之后，赵国醉心于恢复军威，第二次变法随着平原君蔺相如等大臣或病故或失势，人亡政息烟消云散；其二，赵国吏治大为倒退，孝成王时期的人才济济之气象已经大为凋敝，官场腐败，阴谋丛生，能臣名将再也不能占据庙堂主流。而这种种变化，都是从赵悼襄王开始的。而后，顿弱备细叙说了目下赵国的君臣政情，断言赵国已经是病入膏肓。末了，顿弱奋然道：“赵国已经是强弩之末，放开手脚打！只要秦国能聚其全力雷霆一击，灭赵何难哉！”

顿弱首日评说赵国，使章台朝会绷紧的气氛轻松活跃起来。当夜，王翦蒙恬与一班大将聚集，做了一次小幕府会商，立即商定了一个新的攻赵方略。次日早间朝会，该当王翦禀报对赵战事准备。王翦霍然起身，指点着立起的高大板图道：“我军原定攻赵之方略是：集中全部四十万主力大军，从河内安阳北上，赵军主力若来，我则大决赵军；赵军主力不来，我则与赵军做一城一地之争夺，逐一攻克赵国城池。所以如此，在于防备赵国上下一心，主力大军全力压来之时，我军能立即与赵军大决。也就是说，原本方略为我军力战赵军，彻底摧毁赵军战力，而最终灭赵。对此，我军历经多年精心整训，有力战赵军而获胜之成算！”

“上将军是说，目下有新方略了？”尉缭颇有兴致地问了一句。

“正是。”王翦目光炯炯道，“既然赵国根基不坚，我军便可多头分进而成疑兵之势，以使赵国君臣难以决断应敌方向。其时，赵国庙堂若生意外之变，我军或可不经激战而下赵。毕竟，一国灭六国大战多多，秦军以最少伤亡获胜为上策。”

“如何多头分兵？”尉缭大有兴致，撑着竹杖走到了板图前。

“三路进兵：一军以上郡太原郡为根基，东进井陉关而后南下，威逼邯郸背后的巨鹿要塞，直逼赵军主力；一军出上党，走秦军攻赵老路，直逼邯郸西大门武安；一军以河内为根基，北上正面直攻邯郸，使赵国庙堂恐慌。”

“彩！”顿弱高声一喝，引来满堂笑声。

顿弱高声道：“其时，赵王迁必严令李牧南下救援邯郸！李牧不能来，赵国君臣便要大生嫌隙。老夫再从中斡旋，赵国想不崩塌，也由不得他！”

“上将军虑及政情，因时因势而变战事谋划，老夫赞同！”尉缭很是兴奋。

“将军们以为如何？”嬴政问了一句。

“一战灭赵！雪我军耻！”大将们齐声一吼。

一番议论，将军们又逐一禀报了各军备战情形及军兵求战之心。各方无异议，攻赵方略便明确下来。第三日会商大军后援，议定了军政两方协同方略：由丞相王绾与国尉尉缭总司粮草辎重民力之筹划，由马兴、蒙毅职司运输护送，务求粮草器械及随军徭役源源不断。第四日会商先期伐交，议定：顿弱以秦王特使之身立即赴赵，务求赵国朝局有变；姚贾人马转向魏国，以为下一步铺垫。

章台朝会告结，秦国上下立即高速运转起来。一秋一冬，粮草辎重源源不断地运往关外基地及各军将要经过的沿途粮仓。秦王政十八年（公元前229年）开春时节，秦军诸般准备就绪，大军隆隆开出函谷关向赵国进逼。

## 二　赵迁郭开　战国之世最为荒诞的君臣组合

春草新绿，邯郸王城的林下草地上一片喧哗熙攘。

一个黝黑精悍的锦衣男子散发赤膊，将一个又一个高大肥白金发红衣的胡女连番举起，又远远抛出。一团团红影在草地翻滚，一声声尖叫惊恐万分。男子忘情地大笑着，四周的内侍侍女们交股搂抱拍掌喝彩，几若闹市博戏。正在热闹时分，一个红衣高冠的老人一溜碎步跑来，胶成一团的内侍侍女们连忙散开，恭敬地让出一条甬道。高冠老者气喘吁吁跑到散发赤膊男子身边，一阵急促耳语。赤膊男子惊喜道："果真有如此奇人？"须发灰白的高冠老人庄重一躬道："天赐奇人于我王，国之大幸也！"赤膊男子哈哈大笑道："好！三日之后试试手！"笑声未落，人圈外有急锐声音高喊："大将军特急军报！"赤膊男子尚在愣怔间，一脏污不堪的甲胄之士已经飞步卷到面前，正欲开口，散发赤膊男子猛然一笑道："如此脏脸，教哪个女人抹灰了？"内侍侍女们大笑大嚷道："谁抹他灰，谁就他娘！"甲胄骑士脸色骤然涨红，陡地喝道："大将军急报！秦国大军正向赵国开进！"

"你，你说甚？"赤膊男子的嬉笑不甘心地残留在嘴角。

"韩国已灭！秦国大军三路进逼，大将军请举朝会举国应敌！"

"老上卿，如何处置了？"赤膊男子向高冠者冷冷一瞥。

"我王勿忧，老臣已妥为处置，我王尽可安之若素。"

"好！老上卿该当褒奖！"赤膊男子也不问如何处置，立即满脸喜色。

"臣唯尽忠，不敢求赏。"高冠老者一脸敦诚忠厚。

赤膊男子回身对脏污不堪的甲士一挥手道："你回报大将军：本王自有应敌之法，他只防住匈奴，莫操他心。"甲胄信使正要说话，赤膊男子已经哈哈大笑着扑向胡女群中奋勇施展去了。信使将军木然呆立，不知所以。须发灰白的高冠老人走过来殷殷笑道："将军一路辛劳，老夫安置将军到胡人酒肆如何？将军歇息旬日，必能虎威大振，也不枉回邯郸一趟也。"信使将军脸色陡地一沉，一句话不说转身大步而去。高冠老人凝视着信使背影，一阵轻蔑的冷笑，也匆匆出了王城。

这个黝黑精悍散发赤膊的男子，是目下赵国国王赵迁。

须发灰白的红衣高冠老人，是目下赵国的秉政上卿郭开。

一国君臣如此轻慢于强敌压境，战国之世绝无仅有。

谚云：冰冻三尺，非一日之寒。

赵国君臣荒政，自然也不是一夜间事。

赵武灵王大变法之后，赵国崛起为唯一能与秦国抗衡的山东强国。从此，赵国成为山东六国的抗秦轴心，也成为山东诸侯的安危屏障。其后两代，惠文王赵何在位二十八年，孝成王赵丹在位二十一年，赵国以强国实力与秦国生死周旋了两代近五十年。在此近五十年里，赵国虽时有失误，然总体言之，尚算根基稳固人才济济，朝野同心，一片勃勃生机。唯其如此，赵国在孝成王五年开始的长平大战惨败后，尚能扭转危局，并很快恢复军力，发动六国合纵攻秦，在岌岌可危的崩溃边缘避免了灭亡的命运。其后，秦国进入秦昭襄王晚年与秦孝文王、秦庄襄王三代频繁交接的低谷时期。秦赵俱各乏力，赵国遂与秦国保持了二十余年的平衡对峙。

孝成王赵丹病逝之后，秦赵均势开始倾斜，赵国开始走下坡路了。

赵国转折的枢纽，发生在悼襄王赵偃继位的九年里。

赵偃令赵国陷入乱政，起因与赵武灵王有着惊人的相似。武灵王因钟爱后妻吴娃，废太子（长子）赵章，改立吴娃之子赵何为太子，导致一场惨烈兵变，自己也遭兵变之困而活活饿死。悼襄王赵偃则痴心于一个邯郸倡女，衍生了又一则废立太子进而乱政的荒诞故事。

倡者何？战国民间歌舞人之统称也。此等歌女舞女，并非王城、官署的官养歌女舞女，而是专操歌舞为生涯的自由歌舞者，时人呼为市倡。战国大破大立之世，礼崩乐坏，风习奔放。赵国与诸胡多有渊源，胡服骑射之后胡风尤烈，男女性事开放尤过列国。此等国风之下，邯郸市井衍生出两种倡女，一曰卖身倡，一曰歌舞倡。歌舞倡与卖身倡之实际区别，在于是否以卖身为业，而不在是否卖身。也就是说，卖身倡常操此道谋生，时人呼为业娼。歌舞倡则以卖歌卖舞为业，除非遇到异常人物，寻常极少卖身，此所谓待价而沽也。是故，当世谚云：倡娼不分，倡通娼，业道通同。大约从齐国管仲的绿楼官妓必善歌舞开始，歌舞倡与卖身娼的界限已经预示着必然将被打破了。

长平大战后，赵孝成王一改豪放豁达的政风，戒慎戒惧如履薄冰，政事大多亲自操持。为此，已经早早立为太子的赵偃自觉无所事事，心有郁闷，索性不问国事而多涉市井玩乐，对外则宣称自己养性修学。上有所好，下必甚焉。太子赵偃的秘密喜好，自然会招来各色专一以附庸王室、权臣为生涯的吏士门客。在赵偃的神秘游乐中，渐渐地浮现出两个可意心腹，一曰郭开，一曰韩仓。郭开原是王室家令[1]属下的一名计财小吏，因其精明勤谨，被家令派为太子府做计财执事。韩仓原本是韩国南阳郡一个市井少年，被选入韩国王宫做内侍，当年尚未净身，却逢秦军猛攻南阳，遂趁乱逃亡邯郸，混迹市倡行做了一个乐工。其时，赵王家令正在为太子赵偃物色料理起居的贴身随员，恰在一家歌舞坊发现了俊美伶俐的韩仓，遂买为官仆，教习诸般宫廷礼仪三个月后送入太子府试用。韩仓很是奇特，男身偏有女心，一袭赵国特有的宫廷红衣上身，觉得自己便是一个窈窕少女，袅袅娜娜却又利落仔细，将太子赵偃服侍得无微不至，三个月后便除了仆人之身，做了太子府执事。郭开、韩仓都有一样长处，揣摩赵偃心事喜好总能恰到好处。时日不长，两人先后成为赵偃须臾不能离开的左右心腹。郭开熟悉邯郸市井，韩仓精于贴身侍弄，一内一外挥洒自如，赵偃不亦乐乎。

一日，赵偃得闻郭开密报：邯郸新出一歌伎，号为转胡仙，其美妙无以言传。赵偃心下大动，立即改装，带着郭开韩仓欣然前往。一会之下，赵偃心迷神摇赞赏不止，当即密嘱郭开以巨金秘密买回了这个转胡仙。

转胡者，华夏人与胡人通婚所生也。因其相貌兼具胡人与华夏特色，故曰转胡。这个号曰转胡仙的女子委实奇特：似胡非胡，似中非中，一头瀑布般长发非红非黄又非黑，似红似黄又似黑，鼻梁挺直肌肤雪白，眼窝半深，两汪秋水波光盈盈欲诉欲泣，更兼歌喉婉转舞姿妙曼，出市一年便在邯郸倡行声名大起，被一班风流贵胄奉为仙子。

赵偃对女人很是挑剔，尤其在韩仓侍榻之后，对女子几乎没了兴致。买回转胡仙之本意，也只在稀奇，只在品咂玩弄“转胡”趣味而已，根

---

[1] 家令，战国赵国王室官员，掌管国王家务；贵族大臣的家务总管为家老。

本没有想到要将其作为嫔妃。故，转胡仙进入王城之时，其公开身份只是白身舞女一个，名义归属王室歌舞坊，没有任何女爵封号。唯其如此，太子府上下也都只将转胡仙看做太子一个喜好玩物而已，谁也不曾上心，更没有人谏阻或禀报赵孝成王。

谁料，这转胡倡对任何名号爵位都浑然不做计较，似乎只专一一个天生尤物，只以侍奉太子为乐事。转胡仙生得姣好丰腴，身段软得百折千回，卧榻间热辣得百无禁忌。赵偃得之初夜，便觉其与出身贵胄的一班夫人嫔妃大异其趣。由是大乐，久而更知其味。从此，对女人很是挑剔的赵偃，竟只与转胡仙胡天胡地不知所以。韩仓每日进出太子寝室，清理诸般污秽痕迹，心头怦怦大动，竟于一夜侍寝时胡天胡地卷入了进去，将自己肉身也做了亦男亦女可进可退的器物交给了赵偃蹂躏。从此，赵偃或两人或三人沉溺卧榻，竟将一班夫人嫔妃看得粪土一般了。

倏忽不到三月，赵偃一改初衷，将转胡仙一举立做了良人。良人，是仅次于太子夫人、美人的第三等高爵嫔妃。依据传统，太子的前三等妻妾只有出身贵胄的女子才能获得。消息传出，大臣们始而一片惊愕，却终究没有人认真理论，赵孝成王也没有认真追究。毕竟国风奔放，一个老太子纳一市倡，给个名号，虽颇有轻贱之嫌，谁又能如何计较？

一年之后，转胡倡生下了一个儿子，取名赵迁。

赵偃爱倡入骨。这个生下来又哭又笑的儿子，赵偃看做是天赋异禀，先后三次上书父王：请改立正妻，以“转胡良人”为太子夫人。其时，赵孝成王体弱多病，神志却很是清醒，心知赵偃已经是年近四十的老太子，身边业已绕成一股势力，自己晚年很难再有时日改变朝局；若因太子无行而重新废立，赵国很可能陷入难以预料的乱局危局。反复思忖，孝成王终以先祖武灵王为鉴戒，决意不在晚年乱政。决断之下，孝成王召来赵偃，一番痛心告诫之后，下令赵偃立定了一则誓约：日后得以原太子夫人所生嫡长子赵嘉为太子，不得立新人之子为太子。赵偃毫不犹豫地答应下来，誓约也毫不犹豫地立了。

于是，这个转胡倡成了名正言顺的太子正妻。

其时整个赵国，只有郭开知道其中龌龊。一日，郭开借理财之名，将韩仓唤进太子府石库密室，严厉追问转胡倡生子究竟是谁的儿子？韩仓满头大汗满脸通红，嘟哝一句太子的儿子自然是太子的了，吭哧着不再说话。郭开大怒，举出两名侍女人证，威胁要立即向赵王举发韩仓。韩仓大为惊恐，长跪在冰冷的石板地上抱住了郭开的大腿嘤嘤抽泣说，只要不向赵王举发，他终生便是郭开的儿子，任凭玩弄差遣。生平不近女色的郭开，狂暴地在冰冷的石板地上贯穿了韩仓女儿般的身体，还要韩仓咬破食指写下了一幅白帛血誓：自认郭开为假父，终生唯郭开之命是从！从此，郭开与韩仓结成了肉身死党，开始了常人难以想象的宫廷生涯。

郭开谋划的第一步，是要韩仓斡旋赵偃，请以郭开为公子迁老师。

这个郭开秉性特异，不近女色，不贪钱财，天生敦厚相貌，善于结交上下同僚，在太子府口碑极好。郭开少学颇有功底，入王城为吏后更是处处揣摩学问，对弄人弄权术更是独有癖好孜孜不倦。征服韩仓之后，郭开尝拥韩仓之身自诩笑云："弄人之乐，弄权之味，老夫独得其髓也！"几次密室赤身相对，郭开对韩仓条分缕析地拆解王室机密与未来对策。韩仓对郭开佩服得五体投地，决意追随郭开体味一番自己从未咂摸过的权力滋味。于是，韩仓再与赵偃独处时，以独有的柔腻向赵偃诉说郭开的种种才干，悄无声息地诱导赵偃将公子迁交给郭开发蒙。赵偃原本便对郭开信任有加，只不知郭开还颇有学问功底，听韩仓几番娓娓话语，心下已经对郭开中意了。一月之后，赵偃与郭开做了一次密谈，听郭开备细叙说了所读典籍以及对赵国庙堂格局的剖析，对郭开大为赞赏，立即下令将公子赵迁交郭开发蒙。赵偃拍案说，公子加冠之前若能熟诵典籍，足下做太子傅也非难事！

谁也没想到，三年方过，公子赵迁竟神奇地通诵《诗》《书》，一时获神童之名。由是，郭开一举晋升中府丞，总掌王室府库内侍，并得兼领公子师。韩仓没有实职，却也成了太子舍人[1]，在邯郸宫廷炙手可热。

未过几年，赵孝成王病逝，赵偃即位做了赵王。

---

[1] 舍人，战国时权臣大官的近侍人物，俸禄不定，赵国蔺相如、毛遂都曾为舍人。

这是公元前244年，正是少年嬴政即位秦王的第三年。

赵偃一即位，便要立即下令擢升郭开韩仓等一班心腹为大臣。郭开却及时谏阻，劝赵偃先做几件大事站稳根基。赵偃问，何事为大？郭开答曰，战国之世，战事最大。赵偃问，战事虽大，从何着手？郭开答曰，对秦战事风险太大，莫如对燕，但能大胜，我王方可站稳根基放开手脚。

赵偃听从了郭开对策，停止擢升心腹近臣，下书起用边军大将李牧、兵家之士庞煖对燕国大举进攻。赵国素有两仇，一为秦国，一为燕国。赵秦之仇在争霸，赵燕之仇在争气。燕国本非赵国对手，却偏偏嫉恨赵国，每每在赵国吃紧的当口在背后袭击，不知多少次使赵国陷入腹背受敌之危局。尤其在战国中期的合纵连横中，燕国非但几次成为秦国的结盟国而对赵产生威胁，且中原战国只要与赵国发生龃龉，第一个便来结好燕国，多使赵国如芒刺在背。唯其如此，赵武灵王之后，赵国的用兵目标基本是铁定的三个方向：一对秦国，二对匈奴，三对燕国。及至孝成王之世，匈奴已经对赵国深为忌惮，很少骚扰赵国。赵国的战事几乎只剩下对秦对燕。对燕作战虽不如对秦作战声威之大，然毕竟也是痛击世仇的争气战，举国上下无不嗷嗷奋然。赵人之欢欣，一则在于对燕复仇，二则在于新赵王所起用的李牧、庞煖深具人望，使赵人顿生长城可倚之坚实感。

此时，李牧[1]已经是天下名将，自不待言。庞煖之名，却鲜为人知。

战国之世名将如云兵家似雨，为后世熟知者或是战功巨大如吴起、白起、乐毅、田单、孙膑等，或是命运曲折，如廉颇、赵括、信陵君等。许多名将兵家则或因为战绩不大，或因为命运缺乏大起大落，而为后世淡忘。这个庞煖，便是后一类杰出之士。若非生逢赵国末世，其人完全可能成为一流名将。庞煖之特异，在于他是一个兼具纵横家、兵家、名将之能的全才人物。庞煖流传后世的纵横家论有《庞煖》[2]两篇，兵书有《庞煖》三篇。赵孝成王末期，庞煖受孝成王密书奔波列国，欲图趁

[1] 李牧对匈奴作战而成名故事，见本书第四部《阳谋春秋》。

[2] 庞煖书目，见《汉书·艺文志》。

秦国陷入低谷之时发动六国合纵，一举遏制秦国于函谷关内。历经两三年秘密斡旋，合纵盟约几乎达成之际，赵孝成王不幸长逝，合纵攻秦遂告搁浅。此时，新赵王下书庞煖为赵军大将，与李牧两路攻燕，自然深得人心。庞煖一番思忖，断定先行攻燕而后再图合纵较为妥当，当即欣然奉命。

事实是，赵偃之所以命李牧、庞煖并为大将，赵国军制使然。由于赵国多匈奴之患，边军历来自成一体。自李牧大胜匈奴稳定边地之后，虽为名将，却不是统领赵国全军的上将军（后为大将军）。赵国边军之外的主力大军，此时仍然没有深孚众望的统帅。赵偃此前曾想召回廉颇，为的便是统率边军之外的赵军主力。就名义而论，统率腹地赵军的统帅一般是上将军或大将军，有辖制边军之权。在赵国的历史上，此时还没有过边军大将做大将军统率举国大军的先例。正因为如此，原非雄才大略的赵偃，自然不会想到破除既定格局而擢升李牧为大将军的路子上去。

李牧奉命，大军先出，一战攻克燕国武遂、方城[1]两地。正在李牧大军要乘胜进击的时刻，匈奴骑兵南下阴山草原。李牧军剽悍灵动，一得警报，立即回军云中，暂缓了对燕攻势。

赵国腹地大军远不如李牧边军快捷。庞煖尚在聚集大军之时，燕军已直扑邯郸北部要塞巨鹿而来。原来，在李牧边军攻下燕国两城之后，燕王喜大为惊恐，召集大臣紧急会商对策。已经是白发苍苍的上大夫剧辛奋然应对，提出燕军胜赵，须得避亢捣虚，直攻赵国邯郸！剧辛说，赵国腹地大军统帅是庞煖，自己曾与庞煖共图合纵，深知其用兵弱点，攻取不难，自请率军十万，南下攻赵军必获大胜。燕王喜大是振奋，立即下书如是行。剧辛大军未到巨鹿，庞煖五万兵马已经兼程赶来。两军会战于巨鹿之外河谷山峦，不消半日，燕国兵马一败涂地，战死两万余。庞煖亲率精锐冲击剧辛中军，剧辛眼看大军崩溃，不堪大言之下惨败屈辱，羞愤自裁于乱军之中。

对燕战事两大胜，赵国气象振作，赵偃得到了朝野拥戴。

---

[1] 武遂，燕地，今河北武强西北；方城，今河北固安西南。

庞煖趁机上书赵偃，请重新发动六国合纵攻秦。庞煖在上书中慷慨激昂道："目下秦国正在主少国疑之时，合纵攻秦，此其时也！若错失良机，秦国度过危局，六国命运未可知也！夫赵为山东屏障，若不奋然鼓呼，其时天下固无列国，焉得有赵独存哉！"赵偃心下不定，问策于郭开，郭开对曰："合纵之士论天下，天下时时皆危。何也？无天下之乱局危局，则无纵横家功业也！四代先君着力于六国合纵数十年，赵国血流成河失地无算，未尝一见功效，反引来列国猜忌，燕国屡为黄雀在后，岂非铁证哉！我王若图赵国安稳，当适可而止。"赵偃皱着眉头道："国人之心正在势头之上，庞煖上书不无道理，何辞得以推托？"郭开一脸敦诚地说："合纵抗秦乃是大道，自然不能推托。我王之策，只不全力而为，为赵国留下退路便是。"赵偃欣然认可，于是下书庞煖：赵国参与合纵，但不做纵约长国，若能达成合纵，出兵数额届时议定。

庞煖得如此下书，心中很是郁闷，本当再次上书力请，却接李牧副将司马尚密书。密书言，目下赵国朝局多有隐患，能为则为，不必力争，公自参详。庞煖心知这一告诫极可能是李牧之意，便不再力争，只立即南下联络合纵了。因赵国与燕国新战成仇，庞煖没有先游说燕国，而是直下楚国，说动春申君黄歇共同斡旋列国。不到一年，在春申君与庞煖的鼎力斡旋下，除齐国偏安东海不愿卷入外，楚、赵、魏、韩、燕五国秘密达成合纵攻秦盟约：以楚王为纵约长，以庞煖为联军统帅，立即聚兵攻秦。

赵偃即位的第四年，也就是公元前 241 年，五国合兵三十万，从魏国故都安邑渡河出少梁山地，南下猛攻秦国故都栎阳地带，联军进至蕞地[1]，被蒙骜统率的秦军一战击退。自来合纵，五国联军只要一次战败，便各自保全实力撤军，从来没有过整军再战之说。这一次也一样，无论庞煖与春申君如何力主再战，联军都呼啦啦散了。秦军为了惩罚魏国借地攻秦，大军一举出关，攻下了魏国河内重镇朝歌。魏国震恐，立即对秦国单独议和撤出合纵联军。秦军掉头南下，楚考烈王大是慌乱，

[1] 栎阳、蕞地，均为秦国故都地带，在今陕西临潼一带。

立即接受一班元老的“避秦迁都”对策，将国都迁到了寿春[1]，都城名字仍一如既往地叫做郢都。

战国之世的最后一次合纵，在秦国最低谷的时期悄无声息地瓦解了。

合纵战败，赵偃并没有严厉处治庞煖，一则是赵军伤亡不大，二则是赵偃原本便对此次合纵没抱奢望。于是，庞煖功（胜燕）罪（合纵战败）相抵，不升不黜，依旧做着名义上的赵军大将，始终没有大将军实职。从此，庞煖在赵国终无伸展，直到赵悼襄王（赵偃）的最后一年，庞煖又对燕国打了不大不小的一仗，夺得两城之地。同年，赵悼襄王死去，赵国进入最荒诞时期，庞煖便被赵国遗弃了。反之，由于“处置合纵得体，得以保全赵国实力”，郭开、韩仓等一班原太子府的心腹虽未成为显赫大臣，却更得赵偃的信任了。

此时，赵偃得郭开谋划，决意处置自己一直搁置的大事了。

合纵战事一结束，赵偃下了一道特书：册立原太子夫人为王后，并在令书中将新王后定名为准胡后。当此之时，多年过去，转胡倡之事原本已经渐渐被赵国朝野遗忘。王书一下，朝野恍然哗然——呀！赵国原来还没有王后！

册立王后，原本是新王即位的题中应有之意，赵国大臣们却倍感突兀而陷入了尴尬。根本缘由，是大臣们突然想起了这个太子夫人的根基身份——市倡。不赞同么？这个转胡倡已经做了多年太子正妻，且已生有一个儿子。再说，太子即位为王，太子正妻立为王后，原本天经地义，若因其身世再来诘难，你当初做甚去了？更何况，赵偃还有更硬正的说辞：先王尚且不计，许转胡女为太子正妻，尔等大臣凭何反对册立王后？身家根基之说，对于豪放不拘细行的赵人，确实显得有些迂腐，不好据此而开口反对。然则赞同么？无论赵人风习如何开放，一个倡女养则养矣，要做国母毕竟大失颜面，若是国人蒙羞民心离散，赵国还有个好么？于是，邯郸庙堂第一次出现了举朝无人说话的局面，更无任何喜庆之象。正在赵偃束手无策之时，郭开一言解惑。郭开说：“无人上书谏

[1] 寿春，楚国后期都城之一，今安徽寿县一带。

阻，足证举国拥戴，我王何惧之有哉？”赵偃恍然大笑道：“无人谏阻便是举国拥戴，中府丞何其明察也！好！”

赵偃立即下书：朝野一无异议，欣然拥戴，准胡后册立大典择吉日行之。

于是，当年的转胡倡又做了赵国王后。

当然，事情并没有完结。郭开韩仓等此时的图谋是：力促赵偃废去原先正妻所生的嫡长子赵嘉的承袭资格，册立准胡后所生的公子赵迁为太子。只要赵迁成为太子，郭开韩仓一党的前路便无可限量。将赵迁立为太子，赵偃原本尚心存顾忌。最大的根由，是赵偃自己当年对父王立的誓约已经颁行朝野，一时不好改口。国人层面的原因，在于赵武灵王之后，赵国朝野对废立太子历来视为不祥之兆，几乎是不问青红皂白便一口声反对，确实难以发端。

此时，又是郭开的上书使赵偃下了决断。郭开的说辞是：“自古至今，嫡子者，王后正妻之子也。公子嘉之母，已被先王废去太子夫人。若我王无王后，王后无生子，公子嘉为太子，尚可议也。今王后有嫡子聪颖勇武，而不立太子，却以庶人母之子为嫡子立太子，未尝闻也！果如是，国乱失序也。昔年先祖武灵王得吴娃立后[1]，自须以吴娃王后生子为太子，而废故太子赵章。先王之举，何错之有哉！若无武灵王废立之举，何得其后两代先王之赫赫功业？庙堂元老强涉废立，国人懵懂不知所以，何异于诋毁先王哉！”

赵偃接书，拍案大笑道：“本王有郭开，岂非天意也！”

赵偃再度下书：废去嫡长子赵嘉承袭资格，改立赵迁为太子。

赵国朝局由是生乱。一班元老重臣搬出先王誓约，坚执不赞同废立两变。其最为慷慨激昂的说辞，是赵武灵王擅行废立而致赵国大乱的前车之鉴。大将李牧、司马尚等久在边地，深知转胡倡之根基，更是一力声援邯郸老臣，与庞煖等腹地大将共同上书疾呼：“倡女为后，国之羞也！倡子为君，国之谬也！公子嘉为太子，则赵国安！公子迁为太子，

[1] 赵武灵王立吴娃为王后并其废立故事，见本书第三部《金戈铁马》。

则赵国危！”

当然，不乏另一班所谓新锐用事者鼎力支持废立。这班人物的轴心，便是郭开韩仓。其时，郭开韩仓已经精心谋划数年，昔年的太子府执事们都已经是各方实权大吏；更有被郭开韩仓收买的诸多非元老臣子，以及邯郸守军大将扈辄等为援，在庙堂已经是颇见声势，与元老边将们几乎可以分庭抗礼。在郭开势力撑持下，赵偃在朝会之上振振有词道：“赵国元老大臣中，自家废立之事多如牛毛，王室几曾涉足！何本王废立太子，便多有物议，岂有此理？子本我子，知子莫若父，本王宁不知孰贤孰不肖哉！”

由是纷争三年，终究相持不下。

赵偃烦躁不堪，渐渐显出玩乐本性，复终日与转胡倡胡天胡地，时不时还要拉进乐此不疲的韩仓，很少到书房殿堂处置政务了。未几，赵偃暗疾渐渐显现，腰膝酸软，面色苍白，骤然老态毕现。郭开时时与韩仓密会，深知赵王已经耗空，时日必不久长。一日，郭开借搜求得延年益寿之方为名，请见赵王。赵偃在寝室卧榻见了郭开。郭开流泪涕泣道：“臣已访得东海神异方士，可使人起死回生，长生不老。我王若能妥善安置镇国事宜，而后偕王后、韩仓遨游东海，待体态康健之时再归国秉政，岂非人生乐事哉？”

身心疲惫得连笑一笑都没了力气的赵偃，又一次被郭开的忠心感动了。

要得长生不老，得东海求仙；要得东海求仙，得先行安置镇国班底。

郭开给赵偃的路数是清楚的，赵偃是没有理由拒绝的。

赵偃不经朝会议决，断然径自下书：元老大臣尽归封地，不许与闻国事！同时，赵偃又下特书，严厉申饬李牧、庞煖、司马尚等一班大将：“尔等职在守边抗敌，毋涉国事过甚！”不待各方提出异议，赵偃正式下书颁行朝野：废黜公子赵嘉承袭身份，册立赵迁为太子；擢升郭开为上卿，摄丞相事兼领太子傅，辅佐储君总领国政。也就是说，尚未加冠的公子赵迁非但立即立为了太子，且在郭开辅佐下总领国政实权。赵偃之所以如此决断，也并非全然听信郭开的访寻长生不老之言。赵偃本意，既然自己病势难以挽回，既然朝野反对废立，索性早日将国事实权交给赵迁郭开，若元老大臣与边将们果真起事，自己或可有时日挑破了赵国脓包，强如自己身后发生惨烈的倒戈政变。

赵王一意孤行，赵国朝野一片哗然。

由此，郭开浮出水面，由一个中府丞骤然成为蹲踞赵国庙堂的庞然大物。

赵人鼎沸了，最为愤愤然的骂声是："大阴老鸟，乱我大赵！"

大阴老鸟者，郭开也。自赵王王书颁行朝野，郭开之名赫赫然传遍庙堂山乡。赵人恍然奔走相告，着力搜求"郭开何许人也"的诸般消息。不到半年，郭开的种种阴暗故事弥漫了赵国，引来赵人切齿痛骂。赵人痛骂郭开，其意再明白不过地一齐裹挟：此等大阴之人拥戴新太子，太子能是甚好货色！大阴者，大伤阴骘（阴德）之谓也。战国之世，最入骨的骂辞便是大阴人。郭开之前，只有秦国的嫪毐获此恶骂。其诅咒所指，是其人连根毁灭阴骘，必得最大恶报。

流传最普遍的故事，是郭开曾以不可想象的阴谋陷害名将廉颇。

长平大战之初的上党对峙中，廉颇被赵孝成王以赵括换将，愤然之下出走魏国。孝成王末年，召回了廉颇，然未及任用，孝成王已病逝了。赵偃即位，初期欲建根基，下令廉颇将兵南攻魏国。大军未发，郭开提醒赵偃说："廉颇久居魏国，若不死力攻魏，岂非危哉？"赵偃以为大是，立即派名将乐毅之子乐乘替换廉颇。廉颇大怒，率军进攻乐乘。乐乘有心，不战自逃。廉颇此举违法过甚，自知难以立足赵国，又出走到了魏国。五国合纵兵败，庙堂废立事起，赵偃反复思忖，赵国若没有一个资望深重的大将统率腹地大军以稳定朝局，赵国很有可能再次发生惨烈宫变。由是，赵偃下令复召廉颇归赵。

郭开得知消息，深知廉颇恩仇之心极重，若重掌兵权，必记恨自己当年的一言去帅之仇；以廉颇的暴烈秉性，对素无嫌隙的替代大将乐乘尚敢公然攻击，对他郭开岂能放得过去？然此等事关乎个人恩怨，郭开又不能公然劝谏以伤自己敦诚忠厚之名。思谋之下，郭开先向赵偃举荐了一个得元老与赵王共同信任的大臣为特使。而后，郭开又以重金贿赂这个特使，密谋出一个诋毁廉颇的奇特之策。

其时，魏国朝局腐败，一信陵君尚且不用，如何能重用廉颇？老廉颇备受冷落，终日郁闷，闻赵王特使来魏查勘自己，精神大是振作。为赵王特使洗尘之时，老廉颇风卷残云般吞下了一斗米的蒸饭团，又吞下了十余斤烤羊，之后抖擞精神全副甲胄披挂上马，将四十余斤的大铁戟舞动得虎虎生风，与宴者连同特使无不奋然喝彩。

不料，特使回到邯郸，赵偃问起廉颇情形，特使却回报说："将军虽老，尚善饭，一餐斗米而半羊。然与臣坐，一饭之间三遗矢（屎）矣！"赵偃不禁苦笑，拍着书案半是揶揄半是叹息道："战阵之上何能遗矢（屎）而行哉！廉颇老矣！"其时郭开肃立王案之下，立即接了一句："臣闻将军扈辄壮勇异常，或能解我王之忧。"赵偃目光大亮，立即下令召见扈辄。

扈辄原是镇守武安要塞的将军，生得膀大腰圆黝黑肥壮，行走虎虎生风，站立殿堂如同一道石柱，只一声参见我王，便震得殿堂嗡嗡作响。赵偃一见其势态，心下已是大喜，也不做任何考校，立即下令扈辄做了邯郸将军。自然，召回廉颇的事也泥牛入海了。后来，这个得郭开举荐的扈辄，统帅大军进驻平阳与秦军对抗，一战便被桓龁大军击溃，连头颅也被秦军割了。扈辄外强中干，丧师身死，知情者原本已经开始痛骂郭开了。其时，老廉颇因回赵无望，遂入楚国，又因不适应楚军战事传统，终无战功，以致郁闷死于楚国寿春。廉颇之死的消息传来，赵国朝野一片惊叹哀伤。当年真相也由魏国渐渐传入赵国，郭开弄人之阴谋始得赤裸裸露出形迹。于是，郭开在赵国朝野有了大阴之名。

然则，无论朝野如何骂声，郭开却因与赵偃素有根基，更兼韩仓在卧榻间为郭开一力周旋，竟然始终蜷伏在王城之内安然无恙。及至郭开一朝暴起，迅速浮上水面，由一个再寻常不过的中府丞倏忽擢升为实际上的领政大臣，赵人的咒骂也只能是徒叹奈何而已了。

正在赵国纷纭之际，悼襄王赵偃暗疾不起，骤然在盛年之期病逝了。

赵国有了最为荒谬的一个君王，幽缪王[1]赵迁是也。

赵国有了最善弄权的一个恶臣，大阴人郭开是也。

赵国有了一个鼓荡淫秽恶风的弄臣，乱性者韩仓是也。

最为荒诞的君臣组合，开始了赵国最为荒诞的幽缪之期。

即位之时，这个赵迁只有十八岁，尚未加冠。秦赵同俗，二十一岁行冠礼。因此由头，郭开指使韩仓等一班亲信郑重其事上书道："奉祖制，王得加冠之年亲政，加冠之前宜行上卿摄政。如此，王可修学养志，赵国朝野可安。"赵迁深感郭开一党死力维护之恩，自是欣然允准。然则允准之余，赵迁还是约定了一则大事："国政尽交上卿，可也。然王城女事，得在本王。"郭开久与赵迁相处，素知其秉性心事所在，慨然一诺道："老臣守约。然王城女事，不得涉及王后名号。否则，老臣无法对朝野说话，只怕我王之位也未必稳当。"赵迁一阵大笑道："本王只要女肉！要王后做鸟！"于是一声喊好，君臣两人击掌成约。

郭开心思缜密，立即擢升韩仓为赵王家令，总管赵王嫡系家族之事务。郭开对韩仓的叮嘱是："稳住那个转胡太后，摸透赵王喜好，只要他母子不谋朝政，任他嬉闹不管。若有谋政蛛丝马迹，立即报假父知道！小子若不上心，老夫扒你三层皮，再割了你那鸟根喂蛇，教你生不如死！"韩仓娇声叫着老父，伸出比女人还要柔腻的臂膊抱住了郭开咯咯笑道："老父叫我做了大官，咂摸了想也不敢想的权势显贵，小女子便是死，也只能死在老父胯下。甚太后，甚赵王，小女子只认老父也！"郭开大乐，又一次蹂躏了那再熟悉不过的男女肉身。之后，郭开便颁行了领政大臣书令，正式将韩仓派进了太后宫掌管事务。

与此同时，郭开以"赵王尚未加冠，诸事须得太后照拂督导"为由，领群臣上书，请太后与赵王移居一宫行督导事。内有韩仓一班内臣进言，外有郭开一党多方呼应，理由又是堂堂正正，转胡太后便欣欣然搬进了

[1] 赵迁之世国亡，依照传统不当有谥号，故后世史家对《史记》之记载有怀疑。《史记集解》载徐广云："六国年表及《史考》，赵迁皆无谥。"《史记索隐》又云："徐广云王迁无谥，今（太史公）唯此独称幽缪王者，盖秦灭赵之后，人臣窃追谥之；太史公或别有所见而论之也。"

赵王寝宫。不到半年，郭开得韩仓频频密报：赵王母子尽皆放浪形骸，心头了无国事。郭开由是大乐，开始在赵国认真梳理起来。

王城之内的新赵王，也开始了天地人三不管的乐境。

赵迁天赋玩心入骨，油滑纨绔，又刁钻多有怪癖，未几便将王城折腾得一片淫靡失形。赵迁最为特异的癖好，是淫虐女子为乐。还是少年王子时，赵迁便偷偷对身边侍女肆意淫虐。其母转胡倡心知肚明，非但不加管教，反将儿子行为视作君王气象，严令侍女内侍不得外泄，以致其父赵偃也不知所以。如今，赵迁做了国王，昔日尚存畏惧的诸多约束一应云散，顿时大生王者权力之快感，在王城大肆伸展起来。但凡王城女子，无分夫人嫔妃侍女歌女，赵迁都要逐一大肆蹂躏一番，而后品评等级，以最经折腾最为受用者，赐最高女爵。如是三月，王城女子的爵号一时乱得离奇失谱。今日遍体鳞伤的洗衣侍女做了高爵夫人，明日奄奄一息的夫人又做了苦役。发放俸金的韩仓手忙脚乱，常常错送俸金，往往正在纠正之时，女爵却又变了回来。于是，韩仓召集一班心腹会商，报请赵迁允准，遂定出一个旷古未有的奇特办法：除了王太后，王城内所有女子的爵位俸金一律改为一年一结，按每个女子在各等爵位所居时日长短，分段累加累减而后发放。未几，邯郸王城出现了奇特景观，所有女子一律平等，都是赵王的女奴；女奴等级之高下，全赖自己的奴性作为。此等规矩之下，王城女子们竞相修习“挨功”，看谁经得起皮肉之苦，看谁经得起种种恶淫蹂躏。如此不到半年，王城已经抬出了十三具女尸，其中出身贵胄的夫人、嫔妃占了一大半。赵迁的淫虐技艺则日益精湛，认定王城女子太过娇嫩，太守规矩，大大有失乐趣，放言要周游列国，寻觅可心的天赋女奴。

郭开得韩仓密报，不禁大惊，忙不迭进宫一番劝谏道：“我王求贤心切，老臣固不当阻拦。然则，方今天下战乱多发，若我王但有不测，非但我王大业从此休矣，我王求乐止境亦未必可成。王当三思。”赵迁眼珠骨碌碌转得一阵，阴声笑道：“上卿之见，本王便闷死在这石头城里？”郭开道：“老臣之见，我王可在国中觅一山水佳境长居，其乐更甚亦未可知也。”赵迁天赋奇才立即迸发，兴奋拍掌道：“好主意！有山有水有林木，野合！野趣！”

“至于我王求贤，老臣可以代劳。”

“求贤？”赵迁噗地一笑，“本王求贤，只怕非上卿之求贤。”

“老臣之求贤，却与我王之求贤无二。”

“求贤两字，还是不说的好。”第一次，赵迁有些脸红了。

“王即邦国。于王有益者，便是于国于民有益，岂非贤哉？”

“好！求贤便求贤，随你说。”面对郭开的坦然正色，赵迁也豁达了。

“老臣遴选贤才，大体不差。”

“上卿通晓此道？”赵迁大为惊喜。

“老臣不通，自有通人。”

“噢？何人？”

“家令韩仓。”

“好！上卿识人也！”赵迁一阵大笑。

“我王既认大事，便当成约。”郭开一如既往地敦诚忠厚。

“好！成约：本王不出赵国，上卿督责求贤！”

回到府邸，郭开以求贤名义名正言顺地召来韩仓，连同一班亲信分为两支人马：一支由郭开自己率领，到柏人整修赵王行宫；一支由韩仓率领，北上匈奴秘密搜买奇异胡女。

柏人，原是邯郸以北百余里的一座春秋晋国的古邑。这座城堡坐落在泜水南岸，东临一片大湖，名为大陆泽。大陆泽东南岸，当年赵武灵王被困死的沙丘行宫正与柏人遥遥相望。武灵王困死沙丘宫之时，柏人尚无赵王行宫。后来，赵惠文王思念其父武灵王与其母吴娃，然又不忍住进沙丘宫祭奠，于是在大湖对岸的古老城堡外修建了一座行宫，借地而名，称为柏人行宫，以为遥祭居所。柏人行宫山清水秀，冬暖夏凉，然在惠文王死后很少启用，渐渐便有些荒芜了。郭开要将赵迁安置在柏人，看中的是这座行宫既隐秘幽静，又来往近便。赵迁胡天胡地大折腾，女子惨叫声昼夜可闻，不隐秘自然不行。赵迁是国王，但有不测或不堪入耳之丑闻传出，郭开也得陪葬。所以，事虽不大，郭开却得亲自督导，务求妥善严密。太远太偏也不行，不利于郭开与赵迁通联。柏人水陆两便，飞骑马队一个时辰便到，财货输送与甲士调遣都很是方便，自然是上选之地。凡此等等，郭开在入宫之前已经思谋定当。至于被郭开始终说成“求贤”的那件事，更是好办。有精通男女嬉戏的韩仓率一班亲信北上匈奴，断无差错。事实迅速证实了郭开的预料，月余之后，韩仓第一道密报飞到：非但女贤有得，且重金买得六名喜好虐女的胡人武士，预为驯养奇特女贤。

如此忙碌两月余，赵迁搬入柏人，奇异的贤才也接踵送到了柏人。

韩仓搜求的西域胡女，个个生得人高马大，金发碧眼肤色雪白热辣奔放，非但扛得折磨者大有人在，其中火爆者还时不时与赵迁厮缠对打。赵迁大觉刺激，雄心陡起，日日以制伏胡女多少为战场胜败。于是，柏人行宫又有了新的虐女法度：赵王若连续打翻三十六个高大肥白的胡女，且能连番野合十女，家令韩仓便扮作战场军使，骑着快马打着红旗四处飞驰报捷，而后便大宴庆功；若有一女经得起连续三日滚打折腾，且能侍奉赵王一夜于野外林下，得赏赐爵号以为褒奖。

如此日复一日，赵迁郭开韩仓各得其所各有其乐，彼此大觉痛快。

正在赵迁郭开韩仓们开心之时，一场权力阻击突然来临。

赵迁即位的第二年初秋，王族大臣们以春平君[1]为首，突然鼓动公议：赵王将到加冠之期，庙堂当行筹划冠礼朝会，郭开当如约还政于赵王！原来，此时在赵国臣民心目中，赵王淡出国事，全然是大阴人郭开所致，坊间关于赵王的依稀传闻，也全系郭开一党恶意散布。如今王族大臣一动议，立即引得朝野一片奋然呼应，矛头直指当道者郭开。加冠还政，是丧失事权的元老大臣们早早预谋好的一个关口，其首要目标是还政赵王，而后目标是施压赵王罢黜郭开。

不料，郭开分外豁达，一接到联具上书，立即便行朝会。郭开在朝会上慷慨宣示：明春为赵王行冠礼，而后赵王亲政，老夫决意隐退。此举大出群臣意料，发动公议时的奋然倒郭之势顿时没了着力处，一时皱着眉头默然一片。毕竟，王者冠礼是一套极为繁复的程式典礼，几个月

---

[1] 《史记·赵世家》认为，春平君为质于秦国的赵国太子，史无明证，仅为一说。

的预备是无论如何不能少的。郭开应允开春举行冠礼，又答应届时隐退，你还能如何反对？

朝会之后，元老大臣们秘密聚会商议，终于一致认定：郭开是虚与周旋拖延时日，实则根本不打算还政赵王。于是，由王族元老牵头，秘密通联赵军大将，共同约定：开春之后郭开若不还政赵王，立效沙丘宫兵变故事，诛灭郭开一党！李牧、庞煖、司马尚等赵军大将早已不满郭开专权，与王族元老一拍即合，立即开始了向武安、少阳、列人、巨桥四邑[1]秘密进军包围邯郸的诸般调遣。

谁知又是一个不料。开春之后，赵王迁的加冠大礼如期举行。冠礼后的朝会上，老郭开当殿请辞归乡。其殷殷唏嘘之态，令举事大臣们喜出望外，只盼赵王就势准了大阴人所请，其后只要这个大阴人走出邯郸城外，立马将他碎尸万段。

谁知，还是一个不料。郭开请辞之后，赵王亲述口书，举事大臣们的脊梁骨一阵阵发凉。赵迁念诵的是："老上卿乃先王旧臣，顾命而定交接危局，摄政而理赵国乱局，今又还政本王，功勋大德，天地昭昭也！本王何能违背祖制，独弃两世功臣乎！今本王亲政，第一道特书：老上卿晋爵两级，加封地百里，仍居国领政！"末了，赵迁还骨碌碌转着眼珠拍着王案，恶狠狠加了一句，"敢有不服老上卿政令者，本王拿他喂狼！"

元老大臣们瞠目结舌，心下料定大阴人郭开一定是猖狂不可一世。

不料，又是一个不料。郭开匍匐在地，当殿号啕大哭，再度请辞。

赵迁一脸厌恶地嚷嚷起来："说辞我都背完了，如何又来一出？散朝！"

至此，举殿大臣无不愕然失色。

---

[1] 四邑，赵国邯郸外围的四座要塞，详见第三部《金戈铁马》中赵武灵王晚期兵变故事。

## 三　不明不白　李牧终究与郭开结成了死仇

赵国朝局当变未变，一场秘密兵变不期然开始酝酿了。

国政依然在郭开手中，而且还更为名正言顺。尤为可怕的是，赵王迁显然已经在郭开的掌握之中了。原本，赵国臣民尚寄厚望于赵王亲政。然新赵王亲政半年，一次朝会不行，只在王城与行宫胡天胡地，其荒淫恶行迅速传开，成为人人皆知而人人瞠目的公开秘密。赵国臣民大失所望，举事大臣们更是痛感被大阴人郭开算计。于是，一班被悼襄王赵偃罢黜的王族大臣们相继出山，以春平君为轴心屡屡密谋，酝酿发动兵变拥立新君。

正在此时，一个突然事变来临——秦军桓龁部大举攻赵！

秦军攻赵的消息传开，朝野一时大哗。毕竟，秦赵之仇不共戴天，抗秦大计立成朝野关注中心再是自然不过。举事大臣们立即谋定：上书举李牧为大将御敌，其后无论胜败，都要诛杀郭开并胁迫赵迁退位。元老们如此谋划，基于一个铁定的事实：上年秦军攻赵平阳，郭开不经朝会便派亲信大将扈辄率军十万救援，结果被秦军全数吞灭；今年秦军又来，郭开定然还是举荐无能亲信统军，最终必将丧师辱国！所以，元老们要抢先力荐李牧抗秦，之后再杀郭开。元老们一致认定：庞煖虽有将才，然腹地赵军终究不如李牧边军精锐，赵国已到生死存亡关头，必须出动边军抗秦；李牧抗秦，诛杀郭开，赵王退位，三者结合，必能一举扭转危局。

不料，元老大臣们的上书还没有送入王城，赵王特书已经颁下：准上卿郭开举荐，以李牧为将率军抗秦！举事大臣们愕然不知所措，对郭开的行事路数竟生出了一种神鬼莫测的隐隐恐惧。春平君闻讯，铁青着脸连呼怪哉怪哉，说不出一句囫囵话来。

郭开终日思谋，对朝局人事看得分外清楚：赵国尚武，又素有兵变之风，要稳妥当国，便得有军中大将支撑，否则终究不得长久。基于此等评判，郭开早早就开始了对军中将士的结交，将扈辄等一班四邑将军悉数纳为亲信。上年扈辄大败身死，郭开才恍然醒悟：四邑将军因拱卫邯郸，名声甚大，泡沫也大，赵军之真正精锐还是李牧边军。郭开也想到过庞煖，然认真思忖，终觉庞煖没有稳定统率过任何一支赵军，在军中缺乏实力根基；不若李牧统领边军二十余年，喝令边军如臂使指，若得李牧一班边军大将为亲信，何愁赵国不在掌控之中？反复揣摩，郭开决意笼络李牧，以为日后把持国政之根基力量。

秦军再度攻赵，郭开视为大好时机。

紧急军报进入王城，正在三更时辰。郭开没有片刻停留，立即飞马赶赴柏人行宫。更深人静之时，执事内侍回说赵王此时不见任何人。郭开却坚执守在寝宫内门之外，严令内侍知会韩仓立即禀报赵王。此时的赵迁，正在长大的卧榻上变着法儿大汗淋漓地犒赏一个可心胡女。被疾步匆匆的韩仓唤出，赵迁光身子裹着一领大袍，偌大阳具还湿漉漉地在空中挺着，浑身弥漫出一股奇异的腥臊，阴沉着脸色不胜其烦。郭开本欲对赵迁透彻申明目下危局，而后再说自己的谋划。不料还没说得两句，赵迁挥着精瘦的大手便是一阵吼叫："你是领政大臣，原本说好两不相干，半夜急吼吼找来疯了！秦军攻来如何，干我鸟事！"吼罢不待郭开说话，腾腾腾砸进了寝宫，厚重的大门也立即轰隆咣当地关闭了。老郭开看着隆隆关闭的石门，举起袍袖驱赶着萦绕鼻端的腥臊，愣怔一阵，二话不说匆匆出宫了。

回到邯郸，晨曦方显。郭开不洗漱不早膳，立即开始紧急操持王书颁行。赵迁虽则亲政，移居柏人行宫，却将最要害的王城书房的一班中枢大吏丢在邯郸，理由只有四个字："累赘！聒噪！"这些中枢大吏，原本便是郭开多年来逐一安插的亲信。郭开行使赵王权力，确实没有来自宫廷中枢的特异阻力。诸多事务郭开之所以禀报赵迁，除了不断试探赵迁，毋宁说正在于激发别有癖好的赵迁的烦躁，进而给自己弄权一次又一次夯实好坚实的根基。此次事情紧急，郭开一反精细打磨的成例，立即聚来包括掌印官员在内的各方心腹开始铺排。不消半个时辰，大吏们便依照郭开口授拟出了赵王特书，而后立即正式誊刻，又用了王印。

不到午时，郭开的赵王特书紧急颁行邯郸各大官署。

匆匆用膳之后，郭开亲率马队星夜兼程地赶赴云中郡边军大营[1]。

云中司马详细盘查了半个时辰，才准许郭开进入幕府，其冷落轻蔑显而易见。饶是如此，郭开没有一丝不快，依然敦厚如故地堆着一脸笑意，等来了李牧的接见。李牧散发布袍，不着甲胄，连再寻常不过的马奶子酒也不上，只冷冰冰嘲讽道："老上卿夤夜前来，莫非要亲自领军抗秦？"郭开急如星火而来，此刻却慢条斯理道："老夫寸心，力荐将军为抗秦统帅，岂有他哉？此战无论胜败，老夫都会举荐将军为赵国大将军。赵国大军，该当由将军这等名将统帅。国政大事，亦须大将军与老夫共谋。"李牧冷笑道："无论胜负皆可为大将军，天下还有赏罚二字么？"郭开却道："老夫信得将军之才，此战必胜秦军无疑！"李牧无论如何铮铮傲骨，对这等笃信边军必胜之辞也不好无端驳斥，遂淡淡一句道："若是赵王下书调兵，上卿只管宣书。"在李牧看来，郭开此等大阴人无论如何也不会举荐与他格格不入的将军做抗秦统帅，只能是调走边军精锐，而后再交给自己的亲信去统帅；然则大敌当前，是国家干城，毕竟不能做掣肘之事，王书调兵是无由拒绝的。

郭开宣读完王书，李牧愣怔不知所以了。

"聚将鼓！"良久默然，李牧大手一挥下令。

李牧没有与郭开做任何盘桓，甚至连一场洗尘军宴也没有举行，便星夜发兵兼程南下了。兵贵神速，这是李牧飞骑大军久战匈奴的第一信条。此时，秦军已经攻下赤丽、宜安两城。李牧断定秦军必乘胜东来，大军遂在肥下之地设伏，一战大胜秦军。赵国朝野欢腾之际，郭开以抚军王使之身亲赴大军幕府，宣读了赵王特书：李牧晋爵武安君，封地百五十里，擢升大将军统领赵国一应军马！这次王书与郭开犒赏边军的盛举，教李牧第一次迷惑了。

李牧坚韧厚重，素来不轻易改变谋定之后的主张，其特立独行桀骜不驯的秉性，在赵国有口皆碑。赵孝成王时，李牧始为边将，坚执以自己的打法对匈奴作战，宁可被大臣们攻讦、被赵孝成王罢黜，亦拒绝改

[1] 战国时，秦赵两国各有云中郡，都是防御匈奴之北边要塞。

变。后来复出，李牧仍然对赵孝成王提出依自己战法对敌，否则宁可不任。便是如此一个李牧，面对郭开再次敦诚热辣地支持边军，不禁对朝野关于郭开的种种恶评生出了疑惑：一个人能在危局时刻撑持边军维护国家，能说他是一个十足的大阴人么？至少，郭开目下这样做决然没有错。是郭开良心未泯，要做一番正事功业了？抑或，既往之说都是秦人恶意散播的流言？

第一次，李牧为郭开举行了洗尘军宴。

席间，大将司马尚与一班将军，对郭开热嘲冷讽不一而足。李牧既不应和，亦不拦阻，只做浑然不见。郭开一阵大笑，开诚布公道："诸位将军对老夫心存嫌隙，无非种种流言耳！察人察行，明智如武安君与诸将者，宁信秦人之长舌哉？"

李牧与将军们，一时没了话说。

正在此际，春平君的密使来到军营，敦促李牧迅速回军邯郸，以战胜之师废黜赵王、诛灭郭开，而后拥立新君。李牧心有重重疑虑，遂连夜邀约驻扎武安的庞煖前来，与副帅司马尚秘密会商。司马尚以为，赵迁郭开必将大乱赵国，主张依约举兵。李牧思忖良久，肃然正色道："且不说赵王与郭开究竟如何，尚需查勘而后定。仅以目下大势说，秦军一败之后，必将再次攻赵。此时若举兵整国，一王好废，一奸好杀，然朝野大局必有动荡，其时谁来担纲定局？动荡之际若秦军乘虚而入，救赵国乎！亡赵国乎！"司马尚一时无对，苦笑着低头不语。李牧目光望着庞煖，期待之意显然不过。

一直没有说话的庞煖直截了当道："煖多年奔波合纵，对天下格局与赵国朝局多有体察。若说大势，目下山东列国俱陷昏乱泥沼，抗秦乏力，几若崩溃之象。赵国向为山东屏障，若再不能振作雄风，非但赵国将亡，山东六国不复在矣！大将军已是国家干城，唯望以天下为重，以赵国大局为重，迅雷不及掩耳整肃朝局，莫蹈信陵君之覆辙也！"身为纵横家的庞煖，举出信陵君之例，话已经说得非常重了。信陵君本是资望深重的魏国王族公子，两次统率合纵联军战胜秦国，一时成为山东六国的中流砥柱。其时魏国昏政，朝野诸多势力拥戴信陵君取代魏安釐王。信陵君却因种种顾忌不敢举事，以致郁闷而死，魏国也更见沉沦了。[1] 对信陵君的作为，当时天下有两种评议：一种认为其维护王室稳定忠心可嘉，一种认为其牺牲大义而全一己之名，器局终小。庞煖之论，显然是以后一种评判为根基而发。

“果真举事，元老中何人担纲国政？”司马尚突然一问。

“春平君无疑。”庞煖回答。

“不。此人无行，不当大事。”李牧摇头，戛然而止。

“危局不可求全，大将军自领国政未尝不可。”

“李牧一生领军，领国不敢奢望。”

李牧冷冷一句，气氛顿时尴尬。以才具论，庞煖之才领兵未必过于李牧，领政却显然强过李牧。以庞煖之志以及对信陵君的评判，李牧若竭诚相邀其安定赵国，庞煖必能慨然同心。况且，庞煖已经先举李牧，未必没有试探之意。李牧却既否决了春平君，又断然拒绝自己领政，更没有回应庞煖的试探。否决春平君，庞煖、司马尚都没有说话。其间缘由，在于坊间传闻这个春平君与转胡太后私通有年，已经陷进了太后与韩仓的污泥沼，实在不能令人心下踏实。拒绝自己领政，庞煖司马尚都能认同，亦觉这正是李牧的坦诚之处。然则不邀庞煖相助，在司马尚看来，这便是李牧拒绝与其余赵军大将合整朝局了。而在熟悉李牧秉性的庞煖看来，李牧一心只在抗秦，无心在抗秦与整肃国政之间寻求新出路，这场大事便无法商议了。而李牧不明白的是，赵国元老密谋举事，名义以春平君为轴心，实际上多有腹地大军的一班大将参与，将军们密谋的轴心人物，恰恰便是庞煖。而作为李牧副将的司马尚，原本来自巨鹿守军，也参与了腹地大将们的密谋。

密谋举事，历来都在反复试探多方酝酿。思谋不对口，自然无果而散。

庞煖、司马尚虽不以为然，却也掂得出李牧所言确是实情，绝非李牧真正相信了郭开而生出的惑人说辞。但凡一国兵变，能在兵变之期维

---

[1] 信陵君晚期故事，见本书第四部《阳谋春秋》。

持国家元气者少而又少，不能不戒之慎之。而要使兵变成功，第一关键是要强势大臣主持全局。赵国素有兵变传统，此点更是人人明白。赵武灵王晚期，拥立少年王子赵何的势力兵变成功，全赖资望深重文武兼具的王族大臣赵成主事，否则断难成功。目下之赵国，最为缺失的恰恰是举事大臣中没有一个足以定国理乱的强势大臣。庞煖资望不足，与李牧铁心联手或可立足，两人分道，则胜算渺茫。更为要紧者，目下强秦连绵来攻，李牧全力领军尚不能说必有胜算，遑论左右掣肘？其时，李牧陷入兵变纠缠，既不能全力领军抗秦，又不能全力整肃朝政，结局几乎铁定的只有一个：拱手将灭赵战机奉送给秦军。

李牧态度传入元老将军群，举事者们一时彷徨了。

赵国各方尚在走马灯般秘密磋商之时，秦军又一次猛攻赵国。

李牧已经是赵国大将军，领军抗秦无可争议。然则，李牧大军未动，赵国朝野便迅速传遍了赵王书令："得上卿郭开举荐，仍令李牧统军击秦！"郭开郑重其事地到大军幕府颁行赵王书令。李牧心下颇觉不是滋味，却没有心思去揣摩，短暂应酬，便统领大军风驰电掣般开赴战场去了。

这次秦军两路进攻：一路正面出太原北上，攻狼孟[1]山要塞；一路长驱西来攻恒山郡，已经攻下了番吾[2]要塞，正要乘胜南下。李牧已经探查清楚：所来秦军是偏师老军，并非新锐主力大军，其势汹汹却力道过甚，距离后援太远，颇有孤军深入再次试探赵军战力之意味。基于如此评判，李牧做出了部署：以十万兵力在番吾以南二百余里的山地隐秘埋伏，秦军若退，则赵军不追击；秦军若孤军南来，则务必伏击全歼！

李牧对大将们的军令解说是："秦国老军三年三攻赵，一胜一负而不出主力，试探我军战力之意明也！其后无论胜败，秦军都将开出主力大军与赵国大决，其时便是灭国之战！唯其如此，我军不当在此时全力小战，只宜遥遥设伏以待。秦军若来，我则伏击。秦军退兵，我亦不追。

[1] 狼孟，战国赵国西北部要塞，今山西阳曲地带。

[2] 番吾，战国赵国中部要塞，今河北灵寿西南。

此中要害，在保持精锐，以待真正大战！”至于为何将伏击地点选在柏人行宫以北，李牧没有说明。其实际因由是，李牧发兵之前，郭开特意低声叮嘱了一句：“王居柏人，大将军务必在心。”郭开之意，自然是要李牧设置战场不要搅扰赵王清静。其时，赵王迁之荒淫恶行已经为朝野所知，李牧心下厌恶至极。然则国难当头，赵王毕竟是凝聚朝野的大旗，全然不顾其颜面也不是大局做派，李牧只好将伏击战场北移，原因却不好启齿。

这一战，赵军又大胜而归，斩首秦军五万余。赵国一片欢腾。

郭开又带着赵王的嘉奖王书，带着隆重的仪仗，带着丰厚的犒赏财货，又一次轰隆隆大张旗鼓地开进了李牧军营。李牧仍然觉得不是滋味，仍然是不能拒绝，又如旧例，聚将于幕府大帐，公开接受赵王犒赏。席间，司马尚一班大将对郭开依旧是冷冰冰不理不睬。李牧念两次胜秦皆有郭开之功，至少郭开没有像元老们预料的那样百般设置陷阱，是以郑重举起酒爵，并下令将士们一齐起立举爵，对郭开做了敬谢一饮。虽然没有边军惯有的慷慨激昂，礼仪毕竟是过了。

一爵饮罢，郭开对李牧深深一躬道：“老夫能与武安君同道知音，共领国政，赵国大幸也！老夫大幸也！”又转身对大将们深深一躬道，“自今日后，诸位将军之升迁贬黜，只要得武安君允准，老夫决保王命无差。”司马尚冷冷道：“老上卿之意，赵王印玺在你腰间皮盒之中？”郭开浑不觉其讥刺之意，一副慷慨神色道：“老夫与武安君有约：荣辱与共，同执赵国。赵王安得不听哉！”

此言一出，幕府大将们尽皆惊愕，目光齐刷刷盯住了李牧。李牧大觉不是路数，肃然拱手道：“军中无戏言。老上卿何能如此轻率涉及国事，涉及赵王？”郭开哈哈大笑道：“此时此地，老夫实在不当此话。当后话也，后话也。”以李牧在军中资望，若与郭开执意折辩一句话虚实有无，反倒显得底气不足有失风范。李牧自然不屑此等作为，大袖一挥散了军宴，将郭开撂在大帐径自走了。

军宴结束，留下一班吏员犒军，郭开自己回邯郸去了。

郭开刚走，春平君元老党的秘密特使便赶到了边军幕府，一力催促李牧发兵靖难，杀郭开废赵王救赵国！赵国元老与边军大将们的通联历来是千丝万缕，密谋举事也不仅仅是与李牧一人有约。是以每次密会密商，至少都有司马尚等几员大将与会。两次胜秦，李牧声望大增，元老们发动宫变的欲望又变得浓烈而迫切。春平君与元老们的评判是：两次胜秦，秦必不会立即再攻，如此必有一段间隙时日，若能在此时一举宫变，迅雷不及掩耳般理清赵国庙堂根基，则赵国必将再振雄风！然则，大大出乎元老们意料，李牧明确地表示反对此时起事宫变，而主张稳定朝野，先行抗击秦军。

李牧的理由很充分：秦军对赵军的试探性作战已经完成，各方消息都显示出秦国正在全力准备灭赵大战；今春秦军必定灭韩，之后很可能立即是灭赵大战；此时若在邯郸仓促起事，赵王人选没定准，主政大臣也没定准，何以稳定大局？大局不稳，赵国必亡！以目下赵国格局，郭开要保存赵王与自己权位不失，便得全力支持边军抗秦，至少不会给抗秦大战设置陷阱。末了，李牧拍着帅案慷慨激昂道：“目下之局，不举事尚能全赵，举事则必然亡赵！整肃赵国，只能在战胜秦军主力之后！”

元老党的特使对李牧的论断做了激烈指斥，说秦国大军正陷于对韩泥沼，秦军决不可能一战灭韩；当此之时，正是赵国廓清朝局的最好时机；若不趁此时机尽早动手，待秦军真正灭韩之后攻赵，有郭开一班狐群鼠辈搅扰，赵军不能全力抗击秦军，赵国才是真正的亡国之危！在李牧与特使的激烈争辩中，边军大将们第一次出现了沉默，没有一个人说话。

“不想武安君竟能寄望于郭开，夫复何言！”

特使愤愤然作鄙夷之色，撂下一句使李牧极为难堪的话走了。

第一次，脸色铁青的李牧无言以对。

此间牵涉的一个轴心，是双方对郭开的评判。李牧很明白，郭开绝不是忠直良臣。李牧之所以主张此时不能起事，只是预料郭开不会以牺牲李牧与边军为代价而自灭赵国。毕竟，只有李牧与边军保住了赵国，郭开赵迁才能继续在位当道。李牧相信，郭开不会看不到这一点。李牧认定的方略是：只有再次大败秦军主力，真正换来一段平定岁月，才能整肃赵国内事。然则，不管李牧内心如何清楚，此时都难以辩白了。李牧嗅到了一种气息：只要牵涉到郭开，无论如何辩解，都不可能说服赵国元老与边军大将。

李牧沉默了，元老党的宫变谋划自然也暂时搁置了。然则，种种关于李牧的离奇流言却风靡了邯郸，吹到了各大战国。“李牧拥兵自重。”“李牧与郭开荣辱与共，结成了一党。”“李牧报郭开两次举荐之恩，要助郭开自立为赵王！”“李牧素来不尊王命，这次要独霸赵国了！”等等等等不一而足。面对种种流言，李牧大笑间满眶热泪：“赵人之愚，恒不记当年长平大战之流言哉！”

此时，郭开又一次亲自带着大队犒赏车马来了。

事先，郭开预报赵王书令：李牧抗秦辛劳有功，加封地一百里。李牧闻报大怒，非但没有举行军宴，连郭开见也不见，便将特使车马轰出了边军营地。饶是如此，流言依旧，李牧也日益为朝野公议所疑。郭开却一如既往，隔三岔五总是亲自来犒赏李牧，且每次都是大张旗鼓。李牧不见，郭开便将绣有赵王褒奖词与郭开一党颂词的大旗遍插鹿砦之外，将大量财货牛羊王酒小山般堆积营门。一面面“功盖吴白”、“大赵干城”、“新朝砥柱”之类的红锦大旗竟日飞扬，一座座肉山酒山整日飘香，引得路人侧目议论蜂起，整肃如山的边军营地出现了从来没有过的混乱景象。一个是淫虐丑行已经昭著朝野的君王，一个是掌控荒淫君王的大阴奸佞，两人垂青李牧，剽悍的赵人如何不愤愤然作色？

恰在纷乱之时，赵国北部代郡[1]又突发异常大地动！

代郡二十余县房屋大半坍塌，最宽地裂达一百三十余步。紧接着旱灾大起，瘟疫流行，耕地荒草摇摇，代郡陷入空前大饥馑。天灾骤发，郭开一班执政人物不闻不问，依旧每日算政弄人。赵迁王室更是日日沉溺荒诞恶癖，一令不发，一事不举，听任饥民流窜燕国辽东与茫茫草原。不期然，一首民谣迅速在赵国流传开来：“赵为号，秦为笑。以为不信，视地之生毛！”民谣飞传之外，赵国又生出一则流言：乾坤大裂，上天示警，主赵国文武两奸勾连乱国！这文武两奸，任谁解说都昂昂然指为

[1] 代郡，赵国郡之一，大体在今日内蒙古南部、山西北部、河北西北部的于延水、治水流域。

郭开与李牧。

流言飞到大军幕府，李牧连连冷笑，却一句话也说不出来。

数十年来，李牧率边军常驻云中边地，背后的代郡便是其坚实后援。李牧边军与云中、代郡边民素来融洽无间，护持牧民更是口碑巍然。今边民大灾，李牧安能坐视？此时，虽然李牧主力大军因南下对秦作战，已经移驻上党郡东北部的东垣[1]要塞。然李牧一得消息，顾不得种种流言，立即派出飞骑羽书，下令云中大营全力救治代郡灾民。与此同时，李牧紧急上书赵王，请开邦国府库赈济灾民！可是，李牧的特使根本没有见到赵王，只在王城偏殿好容易找到了郭开。至此，郭开终于真相毕露，对李牧特使冷冷撂下寥寥几句："武安君要救灾民，立声望么？好。然则，得他自己来说。李牧一日不与老夫同道，休求老夫成他功业！"事态至此，赵国元老们倍感窝火，一口声将灾劫乱象归结为"姑息养奸，国成大患！"谁在姑息养奸？元老们不明说。如此更引得流言纷纭。一时间，李牧竟成了朝野侧目的乱国者。

李牧愤怒了！

这位赵国的武安君忍无可忍，先公开以军书形式通告朝野，严词斥责郭开一班执政大臣视民如草芥荒政误救，申明若再迟延救灾，边军决不坐视！之后，李牧又立即将自己封地的赋税粮草全数交给代郡府库赈济灾民。李牧如此两举，其一在断然将自己与郭开分割开来；其二则欲带动元老开私家府库赈济灾民，对赵王郭开施加强大压力，以图稳定赵国边民不使外流。

然则，李牧没有料到，赵国局面却因此而更加神秘莫测。

边民倒是不再疑惑李牧，一片赞誉如浪潮般涌起，无不将李牧视为大赵长城。春平君为首的元老们却对李牧真正地冷淡了，疏远了。虽然，每位元老都迫不得已拿出了一些粮草以全颜面，但对李牧这种作为，却大大的不以为然。春平君密使通过司马尚告知李牧说："君之行，徒解其表也，唯沽尔名也！老夫等欲扶国本，安能与君同道哉！"

---

[1] 东垣，赵国城邑，今河北石家庄东北地带。

赵国的元老势力与李牧，终于分道扬镳了。

其时，李牧正忙于筹划对秦决战，听罢司马尚转述，苦笑一番，疲惫得连折辩的心力也没有了。此时，郭开人马却是另一番作为：在李牧明发军书之后，郭开非但没有一言做公然辩解，反倒派出几拨大吏连番赶赴代郡救灾。虽然，救灾大吏们最终也没有给边地灾民带去急需的财货粮草，反而是蝗虫般将灾区再度吃喝洗劫了一番。然则，郭开毕竟是以王命名义轰隆隆出动救灾。李牧既没有时日出动精悍人马查究真相，又不能在此时举事除奸，原本可以借重的元老势力也形同路人，无论郭开们如何玩弄伎俩，李牧都无力回天了。

李牧不知道的是，恰恰在这个关节点上，郭开与他结下了生死冤仇。

郭开屡经试探，多方查勘，终于认定李牧是一个无法以眼前利害动其心的人物。也就是说，郭开认定李牧再也不可能成为自己手中的棋子。既然如此，李牧只能是郭开的对手。在赵国，郭开不畏惧元老势力，却深深畏惧手握重兵而又无法笼络的李牧。自李牧军书通告朝野，公然指斥郭开，郭开一党便开始谋划对付李牧的种种手段了。郭开们最大的顾忌，是元老势力与李牧的结盟。若赵氏元老死力支撑李牧，李牧在元老势力支撑下突然起事宫变，郭开与赵迁准定一齐陷入灭顶之灾。

恐惧之下，郭开没有慌乱，精心思谋了几则流言，下令心腹们大肆传播。郭开心腹心有疑虑，生怕引火烧身，郭开阴阴道："流言者，试探手也。查彼之应对，决我之方略。若李牧与元老果真不为流言所动，而断然起事，老夫只有最后一条路：挟持赵迁北逃，勾连匈奴以谋再起！"一班心腹心悦诚服，遂全力四出，大肆散布种种流言。

郭开的第二手棋是，通过韩仓操弄淫乱成性的转胡太后着意勾连春平君。韩仓大展其长，多次以赵王密召为名，将春平君接进柏人行宫与盛年妖娆的转胡太后大行淫乱。其间，韩仓不惜重操故伎，也胡天胡地地混插其中，引得春平君大呼快哉快哉。如此卧榻林下之余，侍女内侍们种种关于李牧秘密进出柏人行宫的悄声议论，也不经意地流入了春平君耳中。春平君大疑，遂在狎弄韩仓时多方盘诘，韩仓却始终只笑颜承欢，不置可否。春平君又在林下与转胡太后野合时，多方谈及李牧以为试探，孰料这位太后咯咯长笑道："便是那武夫如何，岂比君之长矛大戟哉！"这位欲图在赵国大局中翻云覆雨的春平君笃信卧榻密语，由是认定：李牧已经是赵迁郭开的秘密支柱，断断不可共举秘事。元老势力与李牧的分道扬镳，其源皆在此也。

不多时日，郭开得军中亲信密报：春平君元老们与李牧完全分道，李牧没有任何起事谋划，边军大将们也隐隐多有裂痕。郭开兴奋难以自抑，仰天一阵大笑："天意也！天意也！老夫独对李牧，大业成矣！"

一个阴云密布大雨滂沱的暗夜，庞煖赶到了大军幕府。

李牧看着浑身透湿的庞煖，惊愕得一时无言。庞煖不做任何客套，慨然一拱手道："武安君，庞煖今来，最后一言，愿君慎谋明断：目下情势，君已孤立于朝，上有无道之君大阴之臣，下有王族元老内军大将，君纵有心抗秦，一军独撑安能久乎！其时，大将军纵然不惜为千古冤魂，大赵国一朝灭亡，宁忍心哉！为今之计，在下与一班将军愿与大将军同心盟誓：抛开春平君，请大将军主事，以雷霆之势一举擒拿赵迁郭开，共推公子嘉为赵王抗秦！挽救赵国，在此一举，愿武安君明断！"李牧尚在愣怔之中，庞煖一挥手，六员水淋淋的大将大踏步进帐，齐齐拱手一句："我等拥戴武安君主事！武安君明断！"

李牧良久默然，石柱般伫立在幕府大厅。一道闪电划破夜空，大厅骤然雪亮。庞煖与大将们清楚地看见，素称铁石胆魄的李牧脸颊滚下了长长两行泪水。空旷的聚将厅肃然寂然，庞煖与将军们再也不忍说话了。长长的沉默终于打破，李牧对庞煖深深一躬道："人各有志，不能相强。秦赵大决在即，李牧宁愿死在烈烈战场，不愿死在龌龊莫测之泥潭。"

庞煖与大将们走了，脸色如同阴云密布的夜空。

至此，李牧这位赫赫名将，在赵国朝野几乎完全陷入了孤立。

正在此时，紧急军报接踵传来：秦军主力大举攻赵！

# 四　王翦李牧大相持

赵王迁七年，秦王政十八年夏末，秦国主力大军压向赵国。

秦军主力以王翦为统帅，分作三路开进：北路，由左军大将李信与铁骑将军羌瘣率八万轻装骑兵，经秦国上郡[1]东渡离石要塞，过大河，以太原郡为后援根基压向赵国背后；南路，由前军大将杨端和率步骑混编大军十万，出河内郡[2]，经安阳北上直逼邯郸；中路，由王翦亲率步骑混编的二十万精锐大军，出函谷关经河东郡进入上党山地，向东北直逼驻扎井陉关的李牧主力。

三路主力之外，秦军还有更北边的一支策应大军，这便是防守匈奴的九原郡蒙恬大军。秦王嬴政给蒙恬军的策应方略是：在防止匈奴南下的同时，分兵牵制赵国边军云中郡大营，以使赵国边军的留守骑兵不能南下驰援李牧。

大军出动之前，秦军在蓝田大营幕府聚将。在穹隆高阔的幕府大厅，王翦用六尺长的竹竿指点着巨大的写放山川[3]，对分兵攻赵的意图解说道："我军三路，尽皆精兵。三路无虚兵，三路皆实兵！反观之，则三路皆虚兵，三路无实兵！如此部署图谋何在？在赵之国情军情也！人言秦赵同源。赵国之尚武善战，不下秦国！赵国之举国皆兵，不下秦国！秦赵大决，是举国大决，无处不战！今我军三路进击，再加九原郡蒙恬大军居高临下策应，堪称四面进兵。如此方略，是要逼得赵国退无可退，唯有决战！唯其如此，秦王特书告诫我全军将士：对赵一战，务戒骄兵，务求全胜！"

"务戒骄兵！务求全胜！"举帐肃然复诵。

"此次大决，不同于长平大战。"明确部署总方略后，王翦肃然正色

---

[1] 上郡，战国秦郡，大体今日陕北延安榆林区域。

[2] 河内郡，战国末期秦郡，大体今日黄河北岸之中段区域，东部有安阳重镇。

[3] 写放山川，几类后世之仿真沙盘。写放，战国用语，意为临摹放大或缩小。秦灭六国，写放六国宫室于北阪。

道，“不同之处在三：其一，庙堂明暗不同。长平大战之时，秦赵庙堂皆明，秦赵两方都是人才济济。此次大战则秦明而赵暗，赵王昏聩荒淫奸佞当国。其二，国力军力不同。长平大战时，秦赵双方国力对等，军力对等。此次大战，秦国富强远超赵国，后援根基雄厚扎实；秦军兵员总数亦超越赵国，攻防器械、甲胄兵器、将士战心等等，亦无一不超赵国。其三，将才不同。长平大战之时，秦军统帅为武安君白起，赵军则为廉颇赵括，秦军将才大大超过赵军将才。此次大战，赵军统帅为大将军李牧，秦军为老夫统兵。诸位但说，王翦与李牧，孰强孰弱？”

“上将军强于李牧！”聚将厅一片奋然高呼。

“不。”王翦淡淡的一丝笑意迅速掠去，沟壑纵横的古铜色脸庞又凝固成石刻一般的棱角，“李牧统率大军北击匈奴，南抗秦军，数十年未尝一败！老夫王翦，虽也是身经百战，然统率数十万大军效命疆场，生平第一次也！素未为将统兵之大战，老夫如何可比赫赫李牧？纵然老夫雄心不让李牧，亦当思忖掂量，慎重此战。老夫之心，诸位是否明白？”

“明白!！”举厅一声整齐大吼。

“李信将军，你且一说。”

北路大将李信跨步出列，一拱手高声道：“上将军之意，在于提醒我等将士：既不可为李牧声威所震慑，临战畏首畏尾不敢临机决断，更不能以李牧并未胜过秦军主力而轻忽，当战则战，不惧强敌！至于上将军自以为不如李牧，李信以为不然！”

王翦鼻端哼了一声，没有打断这位英风勃发的年轻大将。举厅大将尽皆年轻雄壮，一闻李信之言业已超越上将军所问而上将军居然没有阻止，顿时一片明亮的目光齐刷刷聚来，期盼李信说将下去。

“上将军之与李牧，有两处最大不同。”李信沉稳道，“不同之一，李牧战法多奇计，尤长于设伏截击，胜秦如此，胜匈奴亦如此；上将军为战，多居常心，多守常法，宁可缓战必胜，不求奇战速胜。兵谚云，大战则正，小战则奇。唯其如此，上将军之长，恰恰在于统率大军做大决之战。此，李牧未尝可比也！”

“彩——”大将们一声欢呼几乎要震破了砖石幕府。

“不同之二，李牧一生领兵，几乎只有云中草原之飞骑边军，而从未统领举国步骑轻重之混编大军做攻城略地之决战。唯其如此，李牧之全战才具，未经实战考量也！上将军不然，少入军旅即为秦军精锐重甲之猛士，后为大将则整训秦国新军数十万。步军、骑兵、车兵、弩兵、水军、大型军械等等，上将军无不通晓！诸军混编决战，上将军更是了然于胸！唯其如此，上将军之全战才具在李牧之上也！”

“彩！上将军万岁——”幕府大厅真正地沸腾了。

“我有一补！”一个浑厚激越的声音破空而出。

“王贲何言？”王翦脸色沉了下来。

前军主将王贲是王翦的长子，与李信同为秦军新锐大将之佼佼者。若说李信之长在文武兼备，则王贲之猛勇机变尤过李信。秦国政风清明军法森严风习敦厚，王贲自入军旅，父子反倒极少会面。王翦从来不以私事见这个儿子，王贲也从来不在军事之外求见父亲。王贲的功过稽查，王翦更是依据军法吏书录与蒙恬议决行事。更兼王翦行事慎重，总是稍稍压一压王贲。譬如此次灭赵大战，众将一致公推王贲为北路军主将，王翦最后还是选择了李信，而教王贲做了李信麾下的战将。王贲秉性酷肖乃父，军事之外极少说话，今日却横空而出，王翦便有些不悦。

“末将以为，李牧不通大政！”王贲赳赳高声道，“大将者，国家柱石也，不兼顾军政者历来失算。李牧身为赵国大将军，既不能决然震慑奸佞，又不能妥善应对王族元老与腹地大军诸将，在赵国庙堂形同孤立。如此大将，必不长久！秦军出战，不说决战，只要能相持半年一年，只怕李牧已身陷危局！这是李牧的根基之短。”话音落点，王翦立即摇了摇手，制止了大将们立即便要爆发的喝彩，沉着脸问：“相持，便能使李牧身陷危局，王贲之论，根基何在？”

“其理显然。”王贲从容道，“李牧已经两胜秦军，名将声望业已过于当年之马服君赵奢。赵国朝野上下，对李牧胜秦寄望过甚。但有相持不下之局，昏聩的赵迁、阴谋的郭开，以及处处盯着李牧的王族元老，定会心生疑虑，敦促速战速胜。其时，以李牧之孤立，安能不身陷危局？”

“彩——”大将们不待王翦摇手，一声齐吼。

“算得一说。”王翦怦然心动，脸上却平淡得没有丝毫表示。

“愿闻军令！”大将们齐刷刷拱手请命。

王翦一挥六尺长竿，高声下令道：“三日之后，大军分路进发！三路大军步步为营，各寻战机，扎实推进。进军方略之要旨，不在早日攻下邯郸，而在全部吞灭赵军主力。对赵之战，非邯郸一城之战，而是全歼赵军之战，是摧毁赵人战心的灭国之战！”

“雪我军耻！一战灭赵！”大将们长剑拄地，肃然齐吼。

王翦以特有的持重，做了最后叮嘱：“老夫受命领军，戒慎戒惧。诸将亦得持重进兵，每战必得从灭赵大局决断，而不得从一战得失权衡。我军三路各自为战，通联必有艰难。我新军主力又是初战，诸将才具未经实战辨识。是以，各军大战之先，务必同时禀报秦王与上将军幕府。然则，秦王已经申明：唯求知情，不干战事决断，各军战机，独自决断。唯其如此，今日之后，将各担责，但有轻慢而败北辱军者，军法从事！”

王翦的最后一句话，是指着那口铜锈斑驳的穆公剑说的。

在全部新军大将中，只有王翦是年逾五十的百战老将。虽然，王翦统率全军出战也是首次，但王翦早年在蒙骜大军中做百夫长千夫长时已经是闻名全军的谋勇兼备的后起英才。尤为难能可贵者，王翦始终如一的厚重稳健，每战必从全局谋划的清醒冷静，与秦国新老大将都能协同一心的秉性，以及在训练新军中的种种出色调遣，已经在秦国新军中深具人望。更为要紧的是，王翦是自来秦国大将中绝无仅有的被秦王以师礼尊奉的上将军，在秦国庙堂堪称举足轻重。昔年名将如司马错、白起、蒙骜，对朝局政事之实际影响，可说都超过了王翦；然若说和谐处国协同文武君臣一心，则显然不及王翦。这便是王翦作为秦国上将军的过人之处——既有名将之才具，又有全局之洞察。因了如此，最为重大的灭赵之战，秦王嬴政反倒不如灭韩之战督察得巨细无遗，完全是放开手脚，交给王翦全盘调遣。赐大将穆公剑而授生杀大权，却不亲临幕府，这是秦王嬴政从来没有过的举措。

凡此等等，秦军新锐大将当然是人人明白，对王翦部署自是一力拥戴。

赵王王书颁下的时候，李牧已经在开赴井陉山的路上了。

这次，郭开不再亲自与李牧周旋，派来下王书的是赵王家令韩仓。年近四旬的韩仓第一次踏出王城以王使之身行使权力，得意之情无以言表，驷马王车千人马队旌旗猎猎而来，威势赫赫几若王侯。及至赶到东垣，李牧的幕府已经开拔半日。韩仓大是不悦，下令快马斥候两路兼程飞进，一路追赶李牧，务须知会其等候王命；一路禀报郭开，说李牧已经擅自出兵。韩仓自忖威势赫赫，李牧必在前方等候，赶来迎接亦未可知，于是在派出斥候之后下令大队车马缓缓前行，一路观山观水不亦乐乎。谁知堪堪将及暮色，斥候飞回禀报：大军已经不见踪迹，只有李牧的幕府马队在前方四十里之外的山谷驻扎。

“他，不来迎接王使？”韩仓很是惊讶。

“大将军正在踏勘战场，等候王使！”

“岂有此理！他敢蔑视赵王？就地扎营！”

韩仓决意要给李牧一个难堪，教他知道自己这个炙手可热的赵王家令的分量。于是，特使人马在山谷扎营夜宿，韩仓再派斥候飞骑赶赴前方，下令李牧明晨卯时之前务须赶来领受王命。不料，正在韩仓酒足饭饱后趁着月色带着几名内侍侍女走进密林，要效法赵王野合趣味之时，山风大起暴雨大作，一面山体在滚滚山洪中崩塌，将酣睡中的车马营地轰隆隆卷入铺天盖地的泥石流中。正在另面山坡野合的韩仓侥幸得脱，在暴雨雷电中失魂落魄瑟瑟发抖。天色微明，韩仓被几名内侍侍女抬回营地，望着连一个人影也没有留下的狰狞山谷，韩仓连哼一声也没来得及便昏死过去。及至斥候带着李牧的两名司马赶来，韩仓只能筛糠般瑟瑟发抖，连话也说不出来了。

李牧得报，亲率中军马队赶来了。李牧从来没有见过韩仓，然对这个赵王家令的种种污秽之行早已听得不胜其烦。李牧面若寒霜立马山坡，连韩仓是谁都不屑过问，只对辎重司马冷冷下令：“一辆牛车，一个十人队，送他到东垣官署。”一个小内侍哭着禀报说，家令风寒过甚急需救治，否则有性命之危。李牧冷笑道：“王使命贵，边军医拙，回邯郸救治方不误事。”说罢一抖马缰，率马队径自飞驰去了。

旬日之后，李牧大军全部集结于井陉山地。

自与庞煖一班大将分道，李牧已经清楚地觉察到自己的孤绝处境。副将司马尚追随李牧多年，劝李牧不要轻易决断此等大事，不妨与庞煖再度会商共决。反复思忖之下，李牧接纳了司马尚劝告，派司马尚秘密会晤庞煖，终于达成盟约：李牧大军专事抗秦，同时支持庞煖等抛开春平君秘密举事；但能诛杀赵迁郭开而拥立公子嘉为赵王，李牧决意拥戴新赵王，拥戴庞煖领政治国。庞煖等之所以欣然与李牧结盟，并接受李牧不卷入举事的方略，在于庞煖完全赞同李牧关于秦军主力攻赵必将发生的评判。其时，若没有李牧大军全力抗秦，纵然宫变成功，赵国已经崩溃甚或灭亡，宫变意义何在？以实际情形论，抗秦大战庞煖不如李牧得力，宫变举事李牧不如庞煖得宜，两人分头执事，不失为最佳之选择。而李牧之所以终于赞同结盟举事，要害在于庞煖提出的抛开春平君而由腹地赵军一班大将举事的方略尚觉踏实。李牧久在军旅，对元老党的举事方略历来冷淡以对，其根由与其说对郭开洞察不明，毋宁说对春平君一班元老的拖泥带水与浮华奢靡素来蔑视，而对其能否成功更抱有深深疑虑。庞煖初来，李牧拒绝，同样是李牧疑虑之心尚未消除。经司马尚劝说而李牧最终接纳，也是李牧得多方斥候探察，知庞煖等确实不再与春平君元老党勾连，遂决意支持庞煖举事。

如此盟约达成，边军一班大将无不倍感亢奋，原先渐渐离散的军心由是陡然振作。及至秦国大军逼近赵国边境的军报传来，李牧大军已经恢复了往昔的上下同心剽悍劲健，全军一片求战之声。

李牧选择的抗秦方略是：居中居险，深沟高垒，迟滞秦军，以待战机。

李牧将兵大战，数十年一无败绩。在战国名将中只有三人达此皇皇高度，一曰吴起，一曰白起，再曰李牧。而这三人之统兵性格，竟然惊人的相似：机警灵动如飘风，深沉匿形如渊海，猛勇爆发如雷霆，生平从无轻敌骄兵之热昏。一言以蔽之，狠而刁，勇而韧，冰炭偏能同器。仔细分说，吴起终生七十六战，尚有十二场平手之战；而白起、李牧，一生大战连绵，战战规模超过吴起，却是次次完胜，根本不存在平手之战。由此观之，白起、李牧尚胜吴起一筹。若非李牧后来惨死，以致未与王翦大军相持到底，而致终生无中原大战之胜绩，李牧当与白起并列战神矣！

秉性才具使然，李牧谋定的抗秦方略，深具长远目光。

所谓居中，依据赵国大势决断赵军战位也。

其时，赵国疆土共有五大郡，自北向南依次是：云中郡（包括后来吞灭的林胡之地）、雁门郡（包括后来吞灭的楼烦之地）、代郡（三十六县）、上党郡（包括后来接纳韩国的上党郡，共计四十一县）、安平郡（与齐、燕接壤）。[1] 其时，郡县制在各国并不完备，尤其是山东六国，不归属于郡的独立县与自治封地寻常可见。譬如目下之赵国，国都邯郸周围百里是王室直领，再加四面边地常因战事拉锯而盈缩，故所谓郡数，只能观其大概，而非后世国土疆域那般固定明确。五大郡中，上党郡独当其西，南北纵贯绵延千里，几乎遮挡了赵国整个西部。秦国大军西来，以太行山为主轴的南北向连绵山地横亘在前，正是天险屏障。上党郡东北部的井陉山地带，若从整个太行高地构成的西部屏障看，其位稍稍居北；若从背后的东部本土看，则正当赵国中央要害，几若人之腰眼。若秦军从井陉山突破东进，则一举将赵国拦腰截断，分割为南北两块不能通联，赵国立时便见灭顶之灾。李牧为赵军选定井陉山为抗秦主战场，其意正在牢牢护住中央出入口，北上可联结云中郡边军，南下可联结邯郸腹地各军，从而使赵国本土始终浑然一体，以凝聚举国之力抗击秦军。只要中央通道不失，无论秦军南路北路如何得手，都得一步步激战挤压，赵国便有极大的回旋余地。

所谓居险，依据山川形势决断赵军战法也。

太行山及其上党山地之所以为天险屏障，在于它不仅仅是一道孤零零山脉。太古混沌之时，太行山南北连绵拔地崛起，轰隆隆顺势带起了一道东西横亘百余里的广袤山塬。于是，太行山就成了南北千里、东西百余里甚至数百里的一道苍莽高地。这道绵延千里的险峻山塬，仅有东

[1] 据杨宽先生《战国史·战国郡表》，其中未录县数者，不可考也。

西出口八个，均而论之，每百余里一个通道而已。所谓出口，是东西横贯的峡谷通道，古人叫做“陉”。这八道出入口，便是赫赫大名的太行八陉。自南向北，这八陉分别是：轵关陉、太行陉、白陉、滏口陉、井陉、飞狐陉、蒲阴陉、军都陉[1]。李牧选定的井陉山，是自南向北第五陉所在的山地。井陉山虽不如何巍巍高峻，然却在万山簇拥中卡着一条峡谷通道，其势自成兵家险地。赵军只要凭险据守，不做大肆进攻，秦军断难突破这道峡谷关塞。而相持日久，不利者只能是远道来攻的秦军。

如此大势一明，所谓深沟高垒迟滞秦军以待战机，不言自明了。

当然，若是秦军从上党八陉全面进击，井陉山未必便是最佳防守战场。然则李牧已经得到明确军报：秦军三路攻赵，西路主力大军进逼方向毫无隐晦地直指井陉山，南路出河内逼邯郸，北路出太原逼云中。司马尚等一班大将对秦军路数迷惑不解。李牧指点地图解说道：“秦军不着意隐秘行进，大张旗鼓而来，其意至明：一不做奇战，二不做小战，此战必得吞灭赵国也！三路大军指向，其心之野更是明白：不在占地攻城，只在追逐我大军所在。南路寻我腹地大军，北路逼我云中边军，中路对我主力大军。设若赵国大军全数被灭，赵国何存哉！”

“秦军虎狼猖狂！赵军擒虎杀狼！”大将们齐声怒吼。

两胜秦军之后，边军将士们士气大涨，在山东战国的啧啧歆慕与国人的潮水般赞颂中大有蔑视秦军的骄躁之势。边军大将们一口声主张：赵军该当效法前战，诱敌深入赵国腹地，设伏痛击秦军！大军仓促开进，李牧未及对大将们备细解说方略。直到大军在井陉山驻扎就绪，邯郸庙堂仍一无书令，李牧这才在井陉山幕府聚集大将会商战事。

会商伊始，司马尚慷慨道：“大赵边军以飞骑为主力，善骑射奔袭，若以前策迎击南路北路秦军，设伏以血战截击，我军必能大胜！今我军两胜秦军，锐气正在，却弃长就短，以骑改步，于山地隘口做坚壁防守，岂有胜算哉？愿大将军另谋战场！”司马尚话音落点，立即引来大厅一片奋然呼应。

---

[1] 关于上党与太行八陉之细说，见本书第三部《金戈铁马》。

“战事方略，当以大势而定。”李牧肃然正色道，“我军两胜秦军，根本因由在二：其一，秦非主力大军北上，而是河东老军之试探性作战；其二，先王初位尚谋振作，朝野上下同心，粮草兵员畅通无阻，我军故能驰骋自如。诸位且想，今日之秦军可是昔日之秦军？今日之赵国可是昔日之赵国？不是！今日之秦军，精锐主力三十八万，要的是灭国之战！今日之赵国，庙堂昏淫奸佞当道，抗秦无统筹之令，大军无协力之象，粮草无预谋之囤……仅有的一道王命，也随那个猪狗韩仓的车马没了踪影！时至今日，面对灭顶之灾，赵国庙堂可有一谋一策？没有！没有！！”李牧的吼声在聚将厅嗡嗡激荡，大将们都铁青着脸死死沉默。

“诸位将军，兄弟们，”李牧长吁一声，眼中泪光隐隐，“韩仓回程半月，邯郸一无声息。此等异象，何能不令人毛骨悚然？赵王郭开，其意何在还不分明么？未知王命，我大军开出抗秦，以寻常论之，是擅举大军之死罪。今赵国庙堂，之所以对我军抗秦默然不置可否，实则听任边军自生自灭。或者，正在谋划后法制我……”

“大将军，似，似有轻断。”一将吭哧道，“毕竟，那道王书没看到。”

“没看到不能发第二道？灭国之危，庙堂权臣麻木若此，将军不觉异常？”李牧冷笑摇头，“诸位若心存侥幸，夫复何言！尽可听任去留，李牧绝不相强。诸位若铁心抗秦，李牧不妨将大势说透，而后共谋一战。”

“愿闻大将军之见！”举厅大将拱手一声。

“好！”李牧拍案而起，拄着长剑石雕般伫立在帅案前，对中军司马一挥手。中军司马步出大厅一声喝令：“辕门百步之外，封禁幕府！”片刻之间，幕府大厅外守护的中军甲士锵锵开出辕门，于百步之外连绵圈起长矛林带。中央辕门口的大纛旗平展展下垂，两辆战车交会合拢，辕门内外之进出全部封闭。与此同时，幕府内所有侍从军吏也悉数退出。幕府大厅之内，只有李牧与一班大将及三名高位司马。中军司马则左持令旗右持长剑，肃然在大厅石门口站定。

李牧的炯炯目光扫视着大厅道：“诸位都是边军老将，几乎都曾与元老大臣通联，举事之谋，大体人人明白。赵王之淫靡无道，郭开之大阴弄权，对诸位也不是机密。赵国大势至明：若赵王郭开依旧在位当道，抗秦大战凶多吉少！唯其如此，本君正式知会诸位：为救赵国，李牧司马尚已经与庞煖将军达成盟约：彼举事定国，我抗击秦军！此事两相依赖：若我军能与秦军相持半年一年，则庞煖举事可成；若其事成，赵国得以凝聚民心国力，则我军胜秦有望！若庞煖举事不成，则我军必陷内外交困之危局！若我军未能抗秦半年以上，则庞煖举事难有回旋，其时赵国亦不复在焉！当此之时第一要害，在我边军能否抗秦一战，迟滞秦军于赵国腹地之外！”

“血战抗秦！拼死一战！”大将们一声低吼。

“好！诸位决意抗秦，再说战法。”李牧转身指点着地图道，“以我边军飞骑之长，若赵国政道清明如常，李牧本当亲率十万飞骑，从云中直扑秦国九原、云中两郡，从秦国当头劈下一剑，直插秦国河西！你打你的，我打我的！血性赵人，何惧之有哉！”

短短几句，李牧已经是热泪奔涌心痛难忍，哽咽着骤然打住了。边军大将们也是一片唏嘘涕泪，有人竟禁不住地号啕痛哭起来。是边军大将谁都明白，李牧数十年锤炼打磨出的这支精锐边军，若当真能大举回旋奔袭，其无与伦比的骑射本领必然得以淋漓尽致地挥洒，其威猛战力绝可与秦军锐士一见高下。更有李牧之不世将才，可说兼具赵奢之勇、廉颇之重、赵括之学、乐毅之明以及无人可比之机警灵动，赵军必能打出震惊天下的皇皇战绩！若没有李牧，没有这支边军，人或不痛心如此。唯其有李牧，唯其有精兵，却不能一展所长，竟要逼得不世名将与不世精锐放弃优势所在而强打自己短处，何能不令人痛心哉！

“天意如此，夫复何言！”

李牧挥泪，慨然一叹，良久默然。及至大将们哭声停息，李牧这才平静心绪道：“我等既为赵国子民，国难当头，唯洒热血以尽人事，至于胜败归宿，已经不必萦绕在怀了。”

“愿随武安君血战报国！”大将们吼成了一片。

“以战事论之，我军扼守井陉山，未必不能胜秦！”李牧振作，拄剑指点地图道，“我军虽舍其长，地形之险可补之。秦军虽张其势，地形之险可弱之。要紧处在于，诸位将军务须将我军何以舍其长而守其短之大势之理，明白晓谕各部将士，务使将士不觉憋屈而能顽韧防守！但有士气，必能抗秦！”

“愿闻将令！”举厅大将奋然振作。

“好！诸将听令！”李牧的军令一如既往地简单明确，“旬日之内，各部依照防守地势划分，各自修造坚壁沟垒，多聚滚木礌石弓弩箭镞。工匠营疏通水道，务使井陉水流入各部营垒。军器营务须加紧打造弓弩箭镞，并各色防守器械。辎重营执大将军令，立即赶赴腹地郡县督运粮草。秦军到来之时，不得中军将令，任何一部不得擅自出战。但有违令者，军法从事！”

“谨奉将令！”

战地幕府会商之后，赵军营地立马沸腾起来。

夏末秋初，王翦大军压到了井陉山地带。

王翦主力大军二十万，分作五大营地，在井陉口之外的两条河流的中间地带驻扎。这两条河流不大，一曰桃水，一曰绵蔓水，绵蔓水是桃水的支流。以位置论，绵蔓水最靠近井陉关，桃水则在其西，两水间距大约百里左右。[1]大军久战，水源与粮草同等重要。王翦行兵布战极是缜密，整训新军之际已派出斥候数百名轮番入赵，对有可能进军的所有通道的水源分布都做了备细踏勘，且一一绘制了地图。出兵之先，王翦又对既定的三条进军通道派出反复巡查的斥候，多方监视各路水源的盈缩变化，随时为大军确定驻扎地提供决断依据。

王翦所防者，赵军堵水断水。战国之世，尽管借水为战者极其罕见，然中原各国，包括变法前的秦国在内，封地间邦国间因农事渔事而争水者却屡见不鲜。燕齐争水、楚魏争水、韩魏争水、东周西周争水等等等等，屡屡演变为邦交大战甚或兵戎相见。争水最常见者，是某国在上游堵断河流，使下游某国或某地无法渔猎浇灌。井陉山几道河流水量颇丰，山间水道却颇是狭窄，若赵国征发民力秘密堵截水道，远道而来的秦军便会大见艰难。王翦初战，对李牧用兵之机变尤为警觉，深恐其绸缪在

[1] 井陉山水流情势，见《水经注》卷十。

先堵绝水源而后再派重兵守护。果真如此，秦军的进兵路径便要改变，至少，直逼井陉山这最为有力的一路必然要改道。及至大军行进到距井陉山二百余里的白马山地带，斥候飞报说，水源上下百余里依然未有异常，王翦这才长吁一声：“李牧如此荒疏，宁非天意哉！”

依据事先早已踏勘好的地形，王翦将主力大军分为五座营垒驻扎：

第一座前军营垒，驻扎距井陉口三五里之遥的两侧山地，直接对井陉关做攻关大战。王翦定下的攻关方略是：前军聚集全军之重型弓弩与攻城器械，一月一轮换，始终对赵军构成强大压力。首次做前军营垒驻扎的，是材官将军章邯的三万人马，外加王翦调集配属的弓弩营、云梯营与诸般游击配合，总共近五万人马。章邯的材官营，是集中秦军大型器械的攻坚军，首做攻坚前军，自是一无争议。

第二第三两座营垒，距前军五里之遥，分东营西营分别驻扎绵蔓水两岸。东营为右军大将冯劫部三万，西营为弓弩兼步军大将冯去疾部三万。王翦给这两军的军令是：随时策应前军攻坚，并封锁有可能从外围进入井陉山援救赵国边军的兵马，掩护并保障前军的攻关战事无后顾之忧。

第四座营垒，距两冯营垒十里，驻扎在靠近桃水的一段河谷地带。这是王翦的中军主力八万。这八万人马是步骑混编的精锐大军，营地东西展开做诸般策应，实际便是托住了全部秦军。王翦中军其所以拖后，在于同时承担另一个重大使命：截击有可能救赵的任何山东援军。虽说六国合纵此时已经极难成势，然作为战事方略谋划，缜密的王翦是宁可信其有而不愿信其无。

第五座营垒驻扎在桃水河谷，距王翦中军三五里之遥，是秦军的粮草辎重营。辎重营垒由马兴部的粮草军与召平的军器营构成，护卫铁骑虽只有一万余人，然往来于太原郡与大军之间的工匠民伕却多达二十余万。临时粮仓与临时工棚连绵展开，车声隆隆锤凿叮当，气势分外喧嚣雄阔。

以兵法论，大凡山地攻坚，大军营垒绝不能首尾相接拥作一体。一则，地形不容如此之多的兵力展开。二则，各军必须留有战场所需的机变余地，或进或退均可自如伸展。否则便是窝军，非但不能发挥战力，反而可能相互拥挤掣肘。战国之世，战事水准已达古典战争之顶峰，此间之诸般讲究几乎完全为将士所熟知。尤其有相持三年的秦赵长平山地大战在先，山地战对秦军业已成为经典之战，骑兵步兵车兵弩兵与各种大型器械混编协同作战，以及粮草辎重之输送保障，均已娴熟得浑然一体。大将军令但下，整个秦军便如同一架大型器械，立即有效运转起来。

王翦大军布成，对赵大战擂起了战鼓。

李牧大军虽稍显仓促，然也迅速做好了战前准备。

赵军虽曾在长平山地战遭遇惨败，但毕竟是战国之世的强兵尚武之邦，且三胜秦军全是山地战，故赵军将士绝非山东其余五国那般畏秦怯战。井陉山幕府会商完毕，李牧立即部署了赵军防守战法：全军分为四大营垒，相互策应，做坚壁攻防战。

李牧的四大营垒是：前出井陉关的两翼山岭各驻一营。此两营的军马构成相同：以边军骑士为主力，辅以南下抗秦后归属李牧的腹地赵军之步兵，以为防御屏障。左营由司马尚统率，边军骑士三万，步兵弓弩手两万。右营由大将赵葱统率，边军骑士三万，步兵弓弩手两万。这其中的六万边军骑士，是李牧最为精锐的十万飞骑的主力，此时派为山地防守，形势使然迫不得已也。原因在于，边军骑士善骑善射，山地防御战没有了飞骑驰骋之战场，只能最充分发挥边军骑士善射之长，与步军弓弩营结合为壁垒，将关外两山变成箭雨覆盖的死亡谷。李牧下令军器营，将弓弩长箭大量囤积到两翼山地的石洞，并加紧赶制连发远射的大型弩弓与能够洞穿盾牌云车的大箭。同时，李牧还下令在左右两山各建一座制箭坊，随时赶制并修葺弓箭。各式弓箭之外，李牧又征发当地民力三万人，采伐大树锯作滚木，凿制山石打磨为两种石制兵器——可单人搬动的尖角礌石、可数人合力推动的碾压石磙，于两山囤积尽可能多的巨石圆木。如是不到一月，左右两山构筑成井陉关前两面铁壁，与井陉关形成一个面西张口的铁口袋，只要秦军攻进关前一里之地，便得陷入两山夹击。

正面井陉关，驻扎李牧亲自率领的混编大军八万。这八万大军中，有李牧边军飞骑四万，有腹地步军四万。李牧将八万人马分作十营依次驻扎，每营八千士卒，营地相隔两里，迭次向后延伸，纵深直达关后开阔地带。李牧对守关十营的军令是：每两营为一个防守轮次，前营作战，后营输送军食兵器并相机策应；三日一轮换，务求士气旺盛精力充盈。赵军的防守器械大多集中于守关十营，关城之上处处机关，关下道边布满路障陷坑以及顺手可用的投掷兵器。较之长平大战的廉颇坚壁，井陉关壁垒更见森严。

关后开阔地，驻扎辎重营两万兵马并十多万车马民伕。这是赵军的后援命脉，李牧分外上心。长平大战赵军被围于重山谷地，赵军最为要害的错失，是赵括被白起秦军掐断了粮道。李牧精通战阵，对此惨烈教训自是铭刻心头。目下，郭开赵迁对李牧抗秦不置可否，各郡县根本没有接到向大军输送粮草的命令。也就是说，李牧大军所需要的举国后援，丝毫没有动静，一切都得自己筹划。若不是与庞煖达成了秘密盟约，李牧很可能对这种战外政局有些无所措手足。如今大事两分，李牧心下底定，也不向邯郸庙堂作任何禀报，便派出几路特使赶赴邻近郡县，以大将军令大举征发输送粮草。其时，郭开赵迁也没有明令禁止郡县输送粮草，或者说，郭开赵迁也不敢公然禁运粮草。赵国久经战事，各郡县久有依军令输送粮草的传统，如今一得大将军令立即全力输送，甚或多有民众以县为制组成义工营开赴井陉山。一时间，粮草民力源源不绝聚来。

当此国乱国难同时俱发的非常之期非常之战，李牧将自己的中军幕府与亲自统率的一万最精锐飞骑，扎在了辎重营与守关十营之间。李牧之所以亲自坐镇后方，一则因为粮草是全军命脉，二则因为关后通道可随时策应庞煖并联络南北诸军。李牧很清楚，只要赵国朝局大势不陷入绝境，井陉山战场不用他亲临也能扛住秦军攻势。目下赵国之要害，与其说在井陉山战场，毋宁说在邯郸庙堂，在赵国本土大势。唯其如此，李牧决意，秦军第一场猛攻他要亲自掌控反击，若赵军防守之法经得起秦军锤打，他便要将重心放到策应庞煖举事上了。

包围井陉山的第五日，秦军开始了第一次猛攻。

井陉山之险要，不在井陉关，而在其关下的井陉山通道。后世名士李左车云："井陉之道，车不得方轨，骑不得成列。"其实地形势与秦之函谷关相类，一条长长的峡谷，一座夹在两山的关城。形势狭窄险要，根本不可能展开大军。

王翦亲临前军，在井陉口右侧的高地登上了几乎与井陉山等高的斥候云车。今日率军攻关的是章邯，其大纛司令云车巍巍然矗在谷地大军之中。王翦在斥候云车鸟瞰，关城谷地之情势一目了然。遥望井陉关外两侧山地，左山顶峰隐隐有旗帜飘动，然又与山地林木的隐兵地带相距甚远，显然不会是临阵大将的司令台所在。蓦然之间，王翦确信，那定然是李牧所在无疑！自来统率大军出战，名将极少如寻常将领那般亲临前军冲锋陷阵。李牧两胜秦军，桓龁部将士连李牧人影也没看见，足证李牧也不是轻出前军的寻常猛将。果真如此，今日李牧亲出，其意何在？

与此同时，李牧也看见了那辆孤立于半山之上的高高云车。

李牧曾经以为，白起蒙骜之后秦国将才乏人，纵然扩充大军亦未必如当年战力。尤其在桓龁部老军第一次攻赵战败后，李牧曾多次派精干斥候深入秦国探察，并多方搜集在秦国经商的赵国商贾的义报。其时，李牧的真实谋划是：若秦军果然将才乏人，则是赵国中兴的千载良机；他将决然联结元老势力与庞煖等各方大将，不惜以举事兵变的方式整肃赵国朝局，深彻推行第二次变法，使赵国成为真正堪与秦国一争天下的强国。时日不久，各方消息渐渐汇聚，李牧这才对秦国情势对秦军情势有了清晰的了解。

使李牧深为惊叹的是，秦王嬴政竟能在重起炉灶的新军中全部起用年轻大将！李牧不是迂阔老将，绝不会以对方大将是清一色的年轻人而轻视，相反，李牧真切地觉察到了那股即将扑面而来的飓风。对于王翦为首的秦军十大将，李牧更是多方探察根底，反复揣摩其秉性与可能战法。尤其对王翦蒙恬两人，李牧所知决然不比秦国君臣少许多。之后，李牧终于认定：秦国两位假上将军，蒙恬成为名将尚需时日；王翦虽未统兵大战，但其往昔战绩与作为已经清晰显示，王翦已经是正当盛年的名将了。仅以大将而能为秦王师而言，王翦之军政才具与明锐洞察力足见一斑。唯其如此，李牧预料率军大举灭赵者必王翦无疑。秦军灭韩消息传来，王翦大军竟然未曾出动一兵一卒，李牧不禁一个激灵，几乎是本能地立即感到了即将隆隆逼来的暴风骤雨。以秦国之雄厚国力，以秦军之精良装备，以王翦之稳健战法，李牧隐隐预感到，这是自己最后的一次大战，也是赵军与秦军真正的一次生死大决。

遥望云车，李牧断然下令："王翦亲出，必给秦军以当头痛击！"

"李牧亲出，必给赵军以重挫！"王翦厉声下达了同样的军令。

传令司马尚未回程，秦军战鼓已经雷鸣而起。

章邯军出动三万，其攻关部署是：两翼各列一方五千人的强弩兵，专一对关外两山树林倾泻箭雨，压制两山赵军；中央谷地的攻关大军从后向前分作三阵：后阵为五十架大型远射弩机，每两架大型弩机一排（每架弩机百二十人操作），连续摆成二十五排；弩机前的方阵为三千盾牌短剑的爬城锐士，每三伍（十五人）一列，排成两百列一个长蛇阵；最前方是扫清峡谷通道的大型攻城器械兵，主要是壕沟车与大型云梯。这是秦国新军对赵初战，人人发誓为秦军两败复仇，士气之旺盛无以复加。

太阳爬上了山顶，初秋的山风已经弥漫出丝丝凉意。薄薄的晨雾已经消散，谷中的黑森森军阵与关城两山的红色旌旗，尽清晰可见。异常的是两方都没有丝毫声息，仿佛猛虎雄狮狭路相逢，正在对峙对视中悄无声息地审量着对方。

"起——"

正当卯时，云车上的章邯一声大吼。

骤然之间，口外战鼓雷鸣号角呜呜，秦军三大强弩弓箭阵一齐发动，木梆声密如急雨，漫天长箭呼啸着扑向两面山头与正面关城。当时，秦军弓弩之强，尤其是大型远射连发弩机之强，战国无出其右，后世亦无可比肩。盖大型弓弩与大型长箭为冷兵器时代之远程兵器，由训练有素的特定士兵群操作。其用材与工艺之精良，其士兵群训练之艰难，其制作与修葺之繁复，都导致其造价之高昂远远超过春秋时代的战车。春秋车战之所以每每一战决胜负定霸权，其根本原因在于战车制造之昂贵，战车兵训练之艰难。一个拥有五千辆兵车的大国，一战若折损两三千辆兵车，其全部恢复成军至少需要十余年甚或更长。大型弩机亦然。没有强大雄厚的财力人力，大型弩机的制造是极其艰难的。秦国自孝公商鞅变法之后，统一天下的雄心步步增长，对攻击型兵器尤为重视。及至秦昭王之世，秦国的兵器制作已经远居天下之首。这种优势主要体现在两方面：一则是常战兵器之精良，二则是大型兵器之数量庞大。

此刻，秦军的三面强弩齐射，井陉山赵军虽是身经百战的精锐，犹自惊骇不已。秦军大箭粗如手臂长如长矛，箭镞两尺有余，简直就是一口短剑装在两丈余长的木杆上以大力猛烈掷出。如此粗大矛箭漫天激射，其呼啸之势其穿透之力其威力之强，无可比拟。

强弩齐射的同时，秦军中央的攻关步军立即发动。第一排是壕沟车兵，清除拒马路障，刮去遍地蒺藜，试探出一个个陷坑而后大体填平，再飞速铺上壕沟车，在幽暗的峡谷一路向前。通道但开，大型云梯与攻关步卒隆隆推进，紧随其后的大型弩机也不断推进，连番向城头倾泻箭雨。如此不到半个时辰，黑色秦军已渐渐逼近关下。关下地势稍见开阔，秦军立即汇聚成攻城阵势。

饶是如此，赵军两山与迎面关城依旧毫无动静。

“火箭——”章邯遥遥怒吼一声，云车大纛立时平掠三波。

三大箭阵倏忽停射，突然梆声复起，大片捆扎麻纱浇透猛火油的长矛大箭带着呼啸的焰火直扑两山与关城，恍如漫天火龙在山谷飞舞。片刻之间，两山树林一片关城陷入三面火海，烧得整个山谷都红了起来。

“攻城——”

秦军战鼓再次响起，前阵十架大型云梯一字排开隆隆推向关城，恍如一道与城等高的黑色大墙迎面压上。此等大型云梯后世几乎消失，只留下单兵依次爬城的极为轻便的简单云梯。秦军之大型云梯，实际上是一辆攻城兵车。云车底部装有两排铁轮，其上是一间铁皮包裹厚木板的通地封闭储兵仓，可容二十余名士兵；仓上为两层或三层可折叠伸展的宽大坚固的铁包木梯，仓外装有两具可折叠可伸展的宽大铁包木梯。攻城开始，云梯被储兵仓士兵从里隆隆推进，一旦靠近城墙，仓上大梯立即打开，或钩住城墙或独立张梯；与此同时，储兵仓士兵立即出仓，拆下两边木梯打开奋勇靠上城墙。云梯但近城墙，后阵爬城锐士立即发动，呼啸鼓勇冲来从已经搭好的大梯小梯蜂拥爬上，往往一鼓作气攻占垛口。此刻，井陉关城头一片残火烟雾，十架云梯已经靠近城墙两尺处，后队士兵已经发动冲锋，纷纷爬上了大小三十架云梯。

此时，一阵凄厉号角突然传来，垛口后森森然矗立起一道红墙。

赵军开始了猛烈的反击。箭雨夹杂着滚木礌石，射向攻城士兵砸向大小云梯。更有几辆可怕的行炉在垛口内游走不定，见大型云梯靠近，迎头浇下通红的铁水，巍巍秦军云梯立时在烈火浓烟中轰隆哗啦崩塌。行炉者，可推动行走之熔炉也。设置城头熔炼铁水，在危急时刻推出，从炉口倾泻通红的铁水，任你器械精良也立见焚毁崩塌。[1]

李牧军的城头战法是：秦军大箭猛烈齐射之时，城头赵军退进事先搭好的长排石板房与各式壁垒存身避箭；秦军火箭射来，缩在石板房的赵军一齐抛掷水袋，同时以长大唧筒（后世亦称水枪）激射水柱扑灭火焰；及至残火浓烟之时秦军攻上，隐伏石板房的士兵立即冲出进行搏杀；潜藏瓮城内的士兵，则通过两道宽大石梯随时救治伤兵、输送策应。

一时之间，关城攻防难见胜负。

两山情势有所不同。赵军退进壁垒壕沟躲避箭雨之时，秦军步卒锐士开始爬山。李牧在高处鸟瞰分外清楚，一声令下号角齐吹，赵军营垒推下滚木礌石直扑爬山步卒。但秦军大箭威力奇大，壁垒士卒但有现身几乎立遭射杀。更有长大箭矛呼啸飞来，或在半山将粗大滚木直接钉在了山体，或穿透石板缝隙直扑壁垒之内。赵军壕沟步卒原本多是边军骑士，初见如此猛烈骇人之箭矛，不禁人人一身冷汗，只有寻找间隙奋力推下滚木礌石，其密度威力便大为减弱。秦军步卒虽有损伤，却依旧奋勇攻山。及至火箭直扑壁垒燃起大火，秦军步卒已经挺盾挥剑随之杀到。此时秦军箭雨停射，赵军在烟火中跃出壁垒奋勇拼杀。一旦实地接战，赵军战力丝毫不逊于秦军，两军杀得难解难分。

此时，赵军有一样长处立见功效，这是随身弓箭。

赵军以飞骑为精锐主力，其步军攻坚器械素来不如秦军。远射的大

---

[1] 本节所述诸种大型器械之详细介绍，均见本书第三部《金戈铁马》。

型强弩更少，只在武安等几处关塞有得些许。故，李牧军无法与秦军比拼箭雨，而只能在秦军强弩齐射之时藏身壁垒。近战不然，两山赵军多是骑射见长的精锐骑士，个人操弓近射，百步之内威力异常。秦军步卒也有随身弓箭，然射技较之赵军，却普遍差了一筹。更兼今日仰攻，又有箭阵掩护，攻山步卒全力冲山杀敌，几乎没有想到摘下长弓箭壶近射。李牧于高处看得清楚，见赵军士卒在缠斗拼杀中难以脱身开弓，立即下令策应后队的神箭手们秘密出动，各自择地隐伏于树林之间，瞄准拼杀秦军择机单个射杀。如此不到半个时辰，奋勇拼杀的秦军莫名其妙地一个个相继倒下，壁垒前形势渐渐便见逆转。

"鸣金撤兵！"王翦断然下令。

午后幕府聚将，章邯愤愤然怒吼赵军冷箭暗算，再战定然攻下两山。一班年轻大将也一口声主张连续猛攻，不拿下井陉山绝不歇战。冯劫、冯去疾争相要换下章邯部。章邯及其部将则坚执要再攻一阵，并提出一个新战法：派出两个三千人轻兵营，各从两山之后袭击赵军；正面再加大猛火油箭焚烧壁垒，先占两山再攻关城，定然一战成功。一时之间，聚将大厅愤激求战之声吼喝成一片。

"诸位少安毋躁。"

一直没说话的王翦从帅案前站了起来道："若是要不惜代价拿下井陉山，战法多得是。我军坚甲重器，只要连续射烧攻杀旬日，李牧纵然善战，谅他也守不住井陉山。然则，果真如此，则我军因小失大也。"王翦的古铜色脸庞肃杀威严，点着案头一卷竹简，"秦王明令，灭赵不限时日。因由何在？便在力戒我军轻躁复仇之心！兵谚云，骄兵必败。秦赵血战数十年，两军相遇人人眼红，最易生出狂躁之心。人云，两军相遇勇者胜。今日我云，秦赵相遇智者胜！秦军不是赵军，秦军肩负使命在于扫灭六国一统天下，而不是仅求一战之胜。唯其如此，不战而屈人之兵，善之善也。诸位昂昂求战，不惜血战也要攻关，其志可嘉，其策有错！错者何？有违一统天下之大局也。今赵国庙堂昏暗，李牧孑然孤立，其与我军鏖兵，实孤注一掷以求变化也。我军攻势愈烈，李牧在赵国根基愈稳。"

“愿闻上将军谋划！”大将们整齐一声，显然已见冷静。

“我今屯兵关前，不攻不战不可，猛攻连战亦不可。这是要害。”王翦转身，长剑圈点着立板地图，“目下，我主力大军之要务，只在拖住李牧大军，不使其从井陉山脱身。战法是：日日箭雨佯攻，夜夜小股偷袭，绝不使赵军安卧养息。与此同时，我北路李信大军、南路杨端和大军，则可加大攻占之力多拔城池，从南北挤压赵国。其时，赵国但有异常，则我军从中路一举东进，吞灭赵国主力大军！”

“谨奉将令！”大将们完全认可了王翦的方略。

当夜，三路秘密军使飞出了王翦幕府：两路向南北杨端和、李信而去，一路向咸阳而去。次日清晨，秦军喊杀攻势又起。待赵军退入壁垒，一阵猛烈箭雨之后却不见秦军攻杀。入夜，赵军营地一片漆黑，突然有火把甲士从山林杀来，此起彼伏整夜不间断。赵军一阵接一阵短暂激战，到天亮已经是疲惫不堪。

如是三日，李牧已经识破秦军战法，遂对赵军下令：分队轮换守垒，秦军不大攻，赵军不全守；秦军但歇兵，赵军立即同样派出小股勇士偷袭秦军营地，同样使其不能安营歇息。如此针锋相对，竟是谁也不能脱身了。

王翦李牧，进入了长平大战后秦赵大军的第二次大相持。

## 五　天方艰难　曰丧厥国

秋去冬来，赵国的情势渐渐变得诡异了。

郭开蛰伏不出，对各方动静却是分外清楚。韩仓奄奄一息回来，将诸般情形一说，郭开已经料定李牧要抛开庙堂独自抗秦了。郭开立即做了两步部署：其一，立即从柏人行宫接赵王迁回邯郸；其二，派心腹门客秘密混迹元老大臣与腹地赵军一班大将之间，竭力鼓噪兵变举事。郭开这两步棋的真实图谋是：一则将赵王这面旗紧紧握在手心，万一秦军攻破李牧防线或国中有变，立即挟持赵迁北逃与胡人结盟；二则引诱出举事轴心，设法趁其不备一网打尽。郭开自觉扑灭兵变是当下急务，反复思忖，决意使用韩仓与转胡太后两人为诱饵，铺排自己的密谋路数。

郭开秘密叮嘱韩仓，以太后卧病为由分别召春平君与王族将军赵葱入宫探视。春平君对入宫探视太后，已经深知其味，闻韩仓来召，不问情由便颠颠儿登车入宫，还不忘在车中摁着韩仓混迹一番。及至入宫，韩仓将春平君带入太后寝宫，两人没几句话便滚到了一处。韩仓喝退内侍侍女，也热腾腾混了进来。正在三人不亦乐乎之时，一脸严霜的郭开突然带着一队黑衣剑士[1]开到，声称奉王命查究奸宄不法事，喝令立即拿下春平君与韩仓。春平君瑟瑟颤抖作一团，烂泥般不能起身。韩仓抢先跪地，哀求郭开放过他与春平君，并发誓从此两人唯上卿马首是瞻。郭开冷冷一笑，此话得春平君自己说，否则，老夫得依法行事。春平君大为惊恐，在韩仓扶抱下半推半就地跪在了地上对郭开发了誓。郭开依旧冷面如铁，伸手从转胡后胯间扯出春平君那领污渍斑斑的锦袍，阴阴笑道："君果欲做老夫同道者，便得探察清楚兵变举事之谋。否则，这领锦袍便是物证，韩仓便是人证，老夫依法灭你三族，天公地道也！"说罢，郭开看也不看春平君，大步去了。

春平君被郭开轻易俘获，赵葱却迟迟不入罗网。

赵葱是年逾四十的王族公子，做巨鹿将军多年。李牧率边军南下抗秦之后，赵国腹地大军有二十万划归李牧统属，赵葱的巨鹿军是其中主力，赵葱本人则是这二十万大军的统领大将。也就是说，这二十万腹地大军，在李牧的抗秦大军中事实上是相对独立的——战事听从李牧调遣，赏罚升黜乃至生杀处置等却得"共决"而行。所以如此，一则在于赵军长期形成的边军与腹地大军分治分领的传统，二则在于战国之世的通行军制。从第一方面说，李牧自己的二十余万边军只南下了最为精锐的十余万主力飞骑，兵力尚不如归属自己的腹地大军；南下作战多为山地隘口之战，脱离一望无际的大草原，边军主力骑兵较之于腹地的步骑混编

[1] 黑衣剑士，赵国王室的国君护卫剑士，见《战国策·赵四》。

大军便不显明显优势；是故，目下归属李牧的腹地大军，几乎是与边军战力不相上下的同等主力。从第二方面说，战国之世的上将军大将军虽比后世名称不一的军队最高统帅的权力大了许多，然终究还是有诸多限制的。

从实际方面说，军权历来是君权的根基。是故，最高军权事实上都掌控在国君手中，大军的战时使用权与日常管理权则是分开于臣下的，此所谓军权分治。任何时代的军制，大约都脱离不开这个根基。军权分治，在战国之世的实际情形是：大军的总体所有权属于国家（君主），主要是三方面：其一为征发成军权，其二为军事统帅（上将军、大将军）与大军日常管理高官（大司马、国尉）的任命权，其三为总兵力配置权与对使用权的授予权。上将军、大将军虽是常设统帅，然在没有战事的时期，却是没有大军调遣权的。但有战事，国君决定出兵数量与出战统帅，以兵符的形式授权于出战统帅率领特定数量的大军作战。上将军若被定为出战统帅，则在统率大军作战期间享有相对完整的军权，其最高形式是君主明确赐予的生杀大权（对部属的处置权）与独立作战权（抗命权）。战事完毕，大军则交国尉系统实施日常管理，行使管理权的国尉系统没有大军调遣权。

明白如上军制，便明白了郭开要着力于赵葱的原因。

郭开要独掌赵国，其最大的威胁是两方：一是桀骜不驯的李牧，二是神秘莫测的兵变。俘获春平君的目的，是平息兵变。着力赵葱的目的，则是钳制李牧。春平君有淫秽老根，郭开马到成功。赵葱却是少入军旅的王族公子，与郭开少有往来，郭开难免没有顾忌。然则郭开有一长：但遇事端，只从自己获胜所需要的格局出发谋划方略，而不以既定格局为根基谋划方略。也就是说，做好这件事需要谁，郭开便攻克谁；而不是那种我能使用谁，我便相应施展的小器局。当年着力于李牧，目下着力于赵葱，尽皆如此。郭开为千古大奸而非寻常小人，其谋划之深沉，其心志之顽韧，高出常人许多。明乎此，郭开能掌控赵迁并搅乱赵国，始能见其真面目也。

当年“举荐”李牧，郭开埋下了一条引线：以赵迁王书之名，将归属李牧的二十万腹地大军统交赵葱统率。郭开所拟王书委婉地申明了理由："胡患秦患，皆为赵国恒久之大患也！赵国不可无抗胡大将，亦不可无抗秦大将。将军赵葱所部统属李牧，若能锤炼战法而成腹地柱石，其后与李牧分抗两患，则赵国无忧矣！"王书颁下，李牧始终不置可否，显然是隐忍不发。赵葱不然，在第一次战胜秦军后书简致谢郭开，虽只限于礼仪，话语却是真诚有加。郭开敏锐地嗅到了一丝气息——赵葱识得时务，解得人意！然则，其时郭开之心重在李牧，不愿因过分笼络赵葱而使李牧不快，只秘密叮嘱韩仓施展功夫。不久，身在大军的赵葱得自家舍人之举荐，有了一个俊美可心的少仆随军侍榻。从此，赵葱所部的诸多消息源源不断地流入了郭开书房。然在与李牧彻底分道之前，郭开始终没有扯动赵葱这条线。

密召赵葱入宫的特使，是军中大将都熟悉的王室老内侍。

老内侍的路数是正大的：先入大将军幕府见李牧，出王书，言赵王有疾思念公子赵葱，请大将军酌处。此时，井陉山赵军与秦军相持已有月余，眼见秋风已起渐见寒凉，诸多后援军务需与庙堂沟通定夺，然王室却泥牛入海没有消息，仿佛抗秦大军不是赵军。李牧心下焦急，但始终没有与王室主动沟通，其间根由，是在等待庞煖举事。如今庞煖没有动静，却来了王室特使，说的又是如此不关痛痒的一件事体，李牧不期然便有些愤愤思绪。然反复思忖，李牧还是压下了怒火，派中军司马将老内侍护送到了关外的山地营垒。老内侍一见赵葱，中军司马便匆匆返回了。也不知老内侍对赵葱说了些甚，左右是两日之后的清晨，赵葱才与老内侍进关来到幕府辞行。赵葱的禀报是：壁垒防务已妥善部署，回邯郸至多三日便回军前。李牧豪爽豁达地笑道："赵王既思公子，公子无须匆忙，不妨以旬日为限也。天凉入秋，战事吃紧，老夫不能脱身。公子可顺代老夫请准赵王，尽早定夺诸般后援大事，也不枉公子战场还都一场。"

"大将军嘱托，赵葱定然全力为之，不敢轻慢！"

昂昂然一句，赵葱兼程赶回了邯郸。

日暮时分，赵葱被迎进了王城。极少出面国事的赵迁，在偏殿单独召见了赵葱。赵葱将战事禀报了整整一个时辰，赵迁听得直打瞌睡，天平冠随着长长的口水在不断的点头中碰上王案。然无论这个赵王如何厌烦，赵葱都没有中止禀报，更没有忘记申述李牧的委托请求。奇怪的是，赵迁也没有发作，竟在半睡半醒中一直挨到了赵葱最后一句话。及至灯火大亮，赵迁陡然精神振作，拍着王案将赵葱着实奖掖了一番，说辞流利得仿佛老吏念诵公文。末了，赵迁霍然起身道："本王国事繁剧，大军后援事统交老上卿处置。李牧所请，王兄但与老上卿会商定夺。"说罢不待赵葱答话大步匆匆而去，厚厚的帷幕后立即一阵女子的奇特笑叫声。

"太后见召，公子这厢请。"老内侍极其恰当地冒了出来。

边将大臣入宫而能获太后召见，在赵国是极高的荣耀，也是不能拒绝的恩荣赏赐。赵葱只好跟着老内侍，走进了火红的胡杨林中的隐秘庭院。转胡太后在茅亭下召见了这位正在盛年的将军。金红的落叶沙沙飞旋在青砖地面，转胡太后身着一领薄如蝉翼的黑纱长裙，半躺半靠在精致考究的竹编大席上，雪白光洁的肉体如同荡漾在清澈泉水中纤毫毕见，一丝若有若无的异香飘来，令人心醉神迷。

"公子将军辛劳，且饮一爵百年赵酒。"太后说出的第一句话，赵葱不能拒绝。赵国酒风之烈天下有名，事事时时都会碰上大饮几爵的场所。太后召见，赐酒一爵实在寻常。令赵葱难堪的是，他如何接饮这爵酒？铜盘酒具以及盛酒的小木桶都摆在太后的靠枕旁，太后半躺半靠，那只雪白秀美的手搭在两只金黄的高爵上。不管赵葱如何风闻太后的种种色行，太后毕竟是太后，对于他这种王族远支公子，依然是难以接近的神秘女主。今日亲见太后，竟是如此一个令人怦然心动的女子，一朵如此璀璨盛开的丰腴之花，赵葱不敢直视了。按照大为简化了的赵国礼仪：太后或国君赐酒，通常由内侍代为斟酒，再捧爵送于被赐臣下；受赐者或躬身或长跪，双手接爵饮之。而眼前的情势是，既没有内侍，也没有侍女，很可能是太后亲自斟酒的最高赏赐。果真如此，赵葱便得脱去泥土脏污的长靿（腰）战靴[1]踏上精致光洁的竹席，长跪趋前双手接爵而

[1] 据沈长云等人著《赵国史稿》考证，战靴始于赵武灵王胡服骑射，有短靿与长靿两种。

饮。要如此近在咫尺地靠近太后，赵葱一时大窘，不禁满脸淌汗。

“人言将军勇武虎狼，也如此拘泥么？”太后盈盈一笑。

“臣遵命！”赵葱只得昂昂一句。

“哟！一身血腥。”太后一手扇着鼻端一边笑，“都脱了，都脱了。”

“敢请太后，容臣随内侍梳洗后再来。”

“不要也。猛士汗腥可人，我只闻不得血腥。”

“太后……”

“来，脱了换上这件。”太后拉出一件轻软的白丝袍丢了过来。

赵葱没有说话，红着脸走到邻近高大的胡杨树后，换上丝袍走了出来。当他光着大脚走上竹席，挺身长跪在太后面前三尺处，扑面弥漫的女体异香立即使他同时嗅到了自己强烈的汗臭脚臭与残留在贴身布衣的尸臭气息，一时自惭形秽满脸通红心跳气喘，低着头不知所措。此时的太后亲昵一笑，闭着眼深深地吸了一口气，摇摇手低声一句：“来，近前来，你胳膊没那么长。”太后说着，亲自斟满两爵，弥漫着老赵酒醇厚香气的酒爵已经递了出来。太后斜靠捧爵，两只雪白的手臂颤巍巍不胜其力，赵葱若不及时接住，酒爵跌地可是大为不敬。不及多想，赵葱膝行两步，双手捧住了硕大的铜爵，也触到了那令他心下一激灵的手臂。两爵饮下，赵葱陡觉周身血脉骤然蹿起一片烈火，竟死死盯住了那具纤毫毕见的肉体。太后满脸绯红轻柔一笑：“就知道看么？”呢喃低语间伸手一拉，赵葱雄猛硕大的黝黑身躯嗷的一声扑了上去……及至折腾得汪洋狼藉大竹席如泡水中，赵葱才在清凉秋风旋上身体的金红树叶的拍打中觉出了异常——月下大竹席上是三个人！那具钻在自己与太后中间的雪白物事，原来并不是太后神异，却是实实在在的一个人，赵王家令韩仓！

“将军神勇，君臣两通，非人所能也。”笑吟吟的郭开出现了。

“！”

“君臣两通，非人所能”八个字从那颗白头笑口悠然吐出，如重重一锤敲在心头，赵葱顿时一个激灵！仅凭这八个字，弥天大罪加禽兽恶名便是铁定了，举族丧命也是难逃了。赵葱想大吼一声这是预谋陷阱，然则看着郭开身后的一片森森黑衣剑士，看着依然纠缠在自己身上的两具肉身，赵葱任有愤激之心万千辩辞，也是难以出口。郭开坦然走近三具白光光肉身，坦率得只有一句话："公子若从老夫，可长享美味。否则，天下将无公子一族。"赵葱良久默然，硬邦邦蹦出一句话："只凭这两具物事，不行！"太后揽着赵葱咯咯笑道："我的天也，做赵国大将军你不愿意么？"赵葱黑着脸不答。郭开嘿嘿一笑道："只要公子跟从老夫，大将军自是做得。"

终于，赵葱点头了。

三日三夜，赵葱没有离开太后寝宫。末了辞行，赵葱还带走了太后亲赐、韩仓精心挑选的两个男装胡女。出得王城那日，郭开特意在偏殿为赵葱举行了隆重的小宴饯行礼，其铺排气势直如赵王赐宴大臣。赵葱原本便有贵胄公子的浮华秉性，多年沙场征战不得不强自抑制，而今骤然大破人伦君臣之大防而跌入泥沼，竟有一种复归本性的轻松快意，索性与郭开共谋赵国共创基业。是以，赵葱对此等有违君臣法度的铺排再也不觉其荒谬，反是大得其乐。觥筹交错间，两人密商了整整两个时辰。自然，一切都是按照郭开的步调进行的。半月之后，赵葱所部的八千精兵秘密开到柏人行宫外的山谷驻扎。郭开立即派出颇有知兵之能的信都将军赶赴柏人统兵，做应对兵变的秘密筹划。

这位信都将军名为颜聚，齐国临淄人，曾经是齐国东部要塞即墨守军的幕府司马。颜聚对兵书颇熟，在司马将军中算是难得的知兵之才。因有诸般见识，颜聚直接上书齐王陈述振兴之策，请求将兵攻燕以张国势。不想上书泥牛入海，齐王没有任何回复，却莫名其妙地回流到即墨幕府。即墨将军素来忌才，立即对颜聚大为冷落。颜聚自知在齐国伸展无望，逃到了赵国。其时正逢悼襄王赵偃即位对燕用兵，颜聚自荐而入庞煖幕府，做了军令司马。由于谋划之功，颜聚在对燕之战获胜后晋升为庞煖部后军大将。后来，颜聚随庞煖奔走合纵，并率所部作为赵军加入了攻秦联军。不想最后一次合纵仓促败北，庞煖功罪相抵不赏不罚。当时，颜聚被一班元老抨击为"临战有差，致使赵军伤亡惨重"，要将颜聚贬黜为卒。面对元老们汹汹问罪，颜聚密见庞煖，坚请庞煖为其洗刷。庞煖身处困境，对颜聚作为大是不悦，皱着眉头道："赵国朝局芜杂，老夫一时无力。将军必欲计较赏罚，老夫可指两途：一可出走他国，二可投奔郭开。”庞煖本意原在激发颜聚的大局之心，使其忍耐一时。不想颜聚愤然离去，果然找到了郭开门下。郭开正在笼络军中大将之时，自然正中下怀，遂对悼襄王赵偃一番说辞，为颜聚洗刷了罪名。赵迁即位，郭开立即擢升颜聚做了信都将军，成为与邯郸将军等同的高爵大将。自然，颜聚也成了郭开的忠实同道。

信都[1]者，赵国别都也。赵成侯时，虑及邯郸四战之地，遂在邯郸北部三百余里处修建了一座处置国事的宫殿式城堡，名曰檀台。其后历经扩建，赵武灵王时更名为信宫。长平大战后，赵孝成王将信宫正式作为赵国别都，类似于西周的丰、镐两京，遂有信都之名。以地理形势论，邯郸偏南，信都则正处整个赵国的中部要害，其要塞地位甚或超出邯郸。故此，信都将军的重要性丝毫不亚于邯郸将军。颜聚得郭开信任，能为信都将军，自然是目下应对兵变的秘密力量。

正在颜聚筹划就绪之时，郭开得到了庞煖旧部异动的要害消息。

事实上，庞煖的密谋举事一直在艰难筹划。要摆脱元老势力而单独举事，第一要务便是秘密联结军中将士。赵军统属多头，李牧边军正在与秦军主力做生死相持而不能分身，最可靠的办法是以庞煖旧部为轴心，相机联络他部将士。庞煖旧部多为“四邑[2]”将士，优势是驻扎位置极为要害，劣势是各方耳目也极为众多，做到密不透风极难。唯其如此，庞煖极为谨慎周密，把定宁缓毋泄之准则，一步一步倒也没出任何事端。及至入冬，庞煖已经与轴心将士歃血为盟，秘密约定来春会猎大典之时举事。赵国尚武之风浓烈，春秋两季的练兵会猎大典从不间断，即或逢战，也只是规模大小不同而已。会猎前后，各部将士之调遣行军再是寻常不过，根本不会引人疑虑。唯其如此，会猎举事是将士们最没有异议而能够一致认同的日期。庞煖兵家之士，心下总觉这个日期太正，丝毫没有出人意料处。然则只要一提到任何其他日期，总会有各式各样的异

---

[1] 信都，在今河北邢台市西南地带。别都，即后世之陪都，第二首都。

[2] 四邑，邯郸之外的四座防卫要塞，详见第三部《金戈铁马》。

议与疑虑。为统人心，庞煖终于认定了会猎举事这个日期，寄望于正中隐奇或可意外成事。

各色密探门客将蛛丝马迹汇聚到上卿府，郭开立即嗅到了一种特异气息。

郭开立断立决，要在开春之前化解兵变灾难。从各方消息揣摩，郭开断定兵变主事的轴心人物是庞煖。为了证实这一评判，郭开特意派韩仓召春平君入宫会商对策。当郭开将重大消息明白说出几宗时，春平君大汗淋漓满脸涨红愤愤然大骂庞煖不止，并咬牙切齿地发誓追随郭开同心平乱安定赵国。郭开由此断定，元老势力大体被排除在兵变之外，心下大安，遂淡淡笑道："只要足下没有涉足兵变，便是效忠王室，老夫安矣。至于平息兵变，不劳足下费力。然则，大事共谋，不教足下效力，老夫也是心下不安。"春平君立即激昂请命，愿率封地家兵袭击庞煖府邸，以早绝兵变隐患。郭开冷冷笑道："足下好盘算，回封地调兵再聚集赵氏元老，摸浑水之鱼，届时一举吞灭两头，好独占赵国么？"春平君心思被郭开一语道破，大为惊惧，立即指天发誓，声言绝无此心，回府后绝不出门唯上卿之命行事。郭开站起冷森森道："老夫何许人也，能放出你这头老狐？自今日起，太后卧榻便是你这只老鸟的肉窝。你敢迈下太后卧榻一步，老夫将你喂狼。"春平君已经深知郭开之阴毒，只有一脸沮丧地窝进了太后的胡榻。与此同时，一道赵王王书颁发各大官署："春平君常驻王城，总领赵氏王族事务，与上卿郭开一道辅国。凡王族元老公子，但有国事族事不决者，皆可上书春平君决之。"王族大臣元老一时大为振作，将这道王书视为赵氏当国的重大消息，争相向王城大殿旁的春平君署上书，其中多数禀报的竟然是庞煖一班将士的种种不轨形迹。

"老父一刀剔开元老，诚圣明哉！"韩仓腻着身子对郭开大唱颂辞。

"老夫不圣明，有你小子威风？"郭开冷冰冰地拍打着韩仓不断晃动的秀美头颅，"给老夫窝住了那老小子。春平君不出王城，便是你小子功劳。否则，老夫生吞了你。"韩仓一边努力地嗯嗯嗯点头，一边听着郭开对他的部署：窝死春平君，盯紧李牧与赵葱，消息不灵唯韩仓是问。韩仓哭丧着脸对郭开禀报说，赵葱与春平君好办，唯李牧幕府森严壁垒，塞不进一个人去，只有向老父讨教。郭开思忖一阵道："只要李牧仍与秦军相持，不理睬他也罢，待老夫平息兵变后再一总了账。目下要留心帮衬赵葱，务使李牧不疑。"

韩仓心领神会，立即亲自带着大队车马酒肉赶赴井陉山犒赏大军。韩仓郑重其事地就第一次下书误事向李牧致歉，并与赵葱在幕府聚将厅横眉冷对相互讥讽。李牧浑然不察其意，还将赵葱申斥了几句。至此，李牧又埋身井陉山军务，不再理睬军中各种流言。李牧确信，开春之后庞煖的举事必然成功，其时再来清理郭开韩仓这般秽物易如反掌耳。

安定了诸般势力，郭开立即开始了对庞煖的谋划。

赵王迁七年，一个多雪的冬天。

因秦国大军压境，赵国朝野分外沉闷。眼看年节将至，整个邯郸没有丝毫的社火驱年的热闹气息。此时，邯郸官署巷间传开了一则令人振奋的消息：庞煖将被赵王封为临武君，即将率腹地大军奔袭秦军侧后断其粮道，与李牧合围秦军！消息传开，邯郸人弹冠相庆，年节气氛顿时喷涌出来，满街都是准备驱年的社火大队在练步。其时，庞煖并未在邯郸府邸，而是在四邑军营轮换驻足。消息传至四邑幕府，庞煖颇为惊讶，一时实在难分真假。不想三日之后，赵王急书飞到了庞煖幕府：擢升庞煖为临武君，立即前往信都接受赵王颁赐的兵符，率腹地大军与秦军大战！缜密的庞煖与旧部将士密商，将军们没有一人提出异议，都以为临武君手握重兵更是肃清朝局的大好时机；至于赶到信都接受兵符，那是因为赵王巡视抗秦军务已经亲自北上；赵王纵然昏聩，然起用名将抗秦毕竟是正道，为大将者岂能疑虑？一番议论会商，庞煖不再迟疑，立即率领一个三百人马队星夜赶赴信都。

谁也没有想到，庞煖从此便没有了消息。

颁行朝野的赵王特书说，临武君主张合纵抗秦，已经北上燕国再下齐楚两国斡旋联军事宜，开春便当有合纵盟约成立。庞煖旧部将信将疑，然毕竟庞煖历来倡导合纵抗秦，入宫对策再次提出也未可知，只有耐心等待临武君亲自回复的消息。如此沉沉两月余，庞煖还是没有任何消息。

庞煖旧部大起疑心，秘密前往井陉山请见李牧会商。李牧也是疑惑百出，却终究不好从大相持中断然撤军查究此事，只有抚慰诸将再作忍耐，待来春水落石出再定。

李牧不知道，将军们也不知道，巨大的阴谋已经逼近了他们。

## 六　杀将乱政　巍然大国自戕自毁

多雪的冬天，顿弱从燕国秘密南下了。

王翦大军将赵国最为精锐的李牧大军牢牢拖在井陉山不能转身。北路李信大军，南路杨端和大军，皆受王翦军令，对赵军引而不发。如此形成的态势是：所有的赵国大军都被钉在三个方向不能动弹，如同被牢牢镶嵌在一个巨大的框架之中。尤其是南北两路，赵军不动尚可无事，赵军但有异动，立即便会引来秦军大举出击，以目下南北赵军之实力无异于立即崩溃。大势观之，谁都看得明白，赵军已经在三面秦军形成的巨大钳制下陷入了困境。但谁都不明白的是，秦军何以久久不动而空自消耗，秦军究竟在等待甚？半年僵持之中，山东四国也渐渐从秦军威慑的恐慌下解脱出来，由蜗居自保而开始探头探脑地派出特使赶赴邯郸探察实情，秘密试探在赵军死战拖住秦军的情势下合纵袭击秦军背后的可能性。对三路秦军而言，则由于大半年没有重大战果，将士们有些愤愤然急躁起来，整日嗷嗷求战。王翦多次严令加以反复申述，也仍然不能平息喷发于军营的汹汹战心。在秦国朝野，则渐渐弥漫出种种不耐议论，指责王翦畏赵不战灭秦军志气。也就是说，大半年相持如同当年的秦赵上党大相持一样，已经引出了种种骚动。

诸般消息聚到咸阳王城，秦王嬴政立即召李斯、尉缭会商。

李斯尉缭不谋而合，一致认为灭赵不能急功，若能在明年下赵已经是匪夷所思，不能求战心切，更不能催战于王翦。秦王爽朗大笑道："我与两卿同谋也！不求战，不催战，静观其变，看他赵国能耗得几多时日。”李斯道：“大谋如此，然也不能当真了无动静。臣意，当使顿弱南下赵国，投石激变，或可使赵国自乱阵脚。”尉缭立表赞同。君臣三人遂商定部署：一则派特使北上燕国命顿弱南下激变，二则由李斯秘密赶赴井陉山与王翦共谋战事。

顿弱虽身在燕国，事实上却推动着掌控着赵国的种种变化。郭开总能恰如其分地接到求之不得的消息，李牧庞煖的种种掣肘，赵葱颜聚的飞快擢升等等等等，无一不有着顿弱设立在赵国的“商社”的影子。如今，赵国情势已经恰到火候，正在顿弱要上书禀报秦王自请南下赵国的时刻，秦王特书恰恰到了。顿弱展开竹简便是一阵大笑：“君臣两心如此相通，宁非天意哉！”

旬日之后的一个雪夜，顿弱马队飞进了邯郸，飞进了秦国商社的秘密寓所。

次日清晨，上卿府舍人便有了回音：郭开将在胡风酒肆的云庐会见顿弱。

胡风酒肆，是赵武灵王胡服骑射之后林胡大商所开的胡店。在邯郸，乃至在天下列国，胡风酒肆都是赫赫其名。名之大者在三：其一占地最大，举店六百余亩居于邯郸商社云集的中心区，尽占车马通衢之便；其二有最为本色的胡地风情，草原葱绿胡杨金红帐篷点点炊烟袅袅，金发碧眼的胡女赶着雪白的羊群白云般流过，佳客随时可尝野合之乐趣，亦可将牧羊胡女揽进大帐做长夜销魂；其三有最为华贵隐秘的单于穹庐，可供大商巨贾邦交使节游学名士纵情密商酣畅议论。近百年来，这一片胡风酒肆不知搅动了多少天下风云。至少，吕不韦的赵国起事便是以这胡风酒肆为根基的。顿弱携巨金北上，几年来不知多少次在这片云庐与赵国权臣密会，一丝一缕地撬动着赵国的河山根基，成箱成袋地挥洒着秦国的金钱财货。今日眼见赵国这座巍巍大山根基松动，顿弱只要在最要害的穴位猛刺一针，这座大山便会轰隆隆崩塌沉陷了。唯其如此，辎车在漫天飞雪隐隐风灯中驶进苍黄的草原，顿弱的心绪是奇特的。亢奋中交织着一丝悲凉，壮心中渗透着无尽感慨，顿弱不禁高声吟诵起来：“烨烨震电，不宁不令。哀今之人，胡憯莫惩！”

被一名金发胡女扶进穹庐后帐时，顿弱的惊诧是难以言表的。

郭开端坐在硕大的虎皮胡榻上，一个长发披散的俊美男子以最为淫秽的举动伏在郭开的大腿上，一个金发碧眼的秀美胡女狗一样趴在长发男子后臀上……在顿弱的记忆中，郭开是天下仅见的正行巨奸，不荒政，不贪财，不近色，唯弄权算人为其独特癖好。相交多年，郭开没有收受过秦国的一个半两钱，更不说金玉珠宝名马名车古董器物。然则，郭开当说则说当做则做，从来没有因为透露了某个消息或做了某件事情向顿弱开价。唯其如此，顿弱常有一丝疑虑闪过心头，郭开所为莫非是赵国的反间之策？然事实的每一次进展，都迅速证实着顿弱的疑虑是多余的。毋庸置疑，郭开实实在在是一个毁灭赵国的乱国大奸。每每印证一次这个评判，顿弱都会闪出一个颇为悲凉的念头：如此正派正行之能才，偏成巨奸毁国之行，宁非天意亡赵哉！

“顿弱兄何其惊诧也。”郭开坦然抚摸着俊美男子的长发，平静地笑着。

“上卿之行非人所为，顿弱难解。”

“名家顿弱，也有难解之题？”

“上卿是说，今日当客奇行，乃有意为之？”

“老夫作为，岂能无意？”

“顿弱不能破解，上卿便另谋他途？”

“足下尚算有明。”

“反之，顿弱若能破解，上卿便成盟约。”

“愚钝之人，不堪合谋。”

“上卿奇行，意在告我：上卿非无人欲，只在所欲非常人也！”

“足下解得老夫心意，可为一谋。”郭开一手冷冰冰地抬起俊美男子下颌，说声下去。俊美男子顺从站起，突然恶狠狠扯着金发女子的长发大步拖到了木屏之后，之后一阵奇异的响声传来，俊美男子又悠然走了出来，笑吟吟站在了郭开身侧。

“此乃老夫男妾，亦为老夫子奴，官居赵王家令，韩仓是也。”

郭开若无其事地介绍着，顿弱陡然生出一身鸡皮疙瘩。韩仓之名之行，顿弱熟得不能再熟，然韩仓其人，顿弱从未见过。依着寻常列国宫廷龌龊之通例，身为赵王家令的韩仓是赵王宠臣，决然不该在同样是臣子的郭开面前成为如此卑贱的肉宠。同为大臣而如此不堪，顿弱对赵国不禁生出一种难言的厌恶与怜悯。

"上卿去李牧，须得何种援手？"顿弱对韩仓看也不看。

"赵国之事，老夫不须援手。"郭开矜持而冰冷。

"果真如此，上卿何须约秦？自立赵王是了。"

"若无秦国，老夫早是赵王矣！"

"上卿知秦不可抗，尚算有明。"

"赵国当亡，秦国当兴，老夫比谁都清楚。"

"既然如此，上卿与秦联手倒赵，正得其宜，何言独力成事？"

"老夫为秦建功，自有老夫所求。"

"上卿但说无妨。"

"赵国社稷尽在老夫。"郭开扶着韩仓的肩膀站了起来，一步一步地走到了顿弱案前，森然怪异竟使叱咤邦交风云的顿弱心头猛然打了个寒噤，"无论赵王，无论太后，都是老夫掌心玩物而已。老夫生逢乱世，不能独掌赵国，却也要以赵国换得个安心名头，以慰老夫生平弄权也。老夫若将赵国奉于胡人匈奴，足可为一方单于，拥地百千里而奴隶牛羊成群。老夫所不明者，奉赵于秦，秦何以待老夫？"

"上卿终显本色，顿弱佩服！"

"老夫有欲，欲于异常。"

"上卿所求者何？"

"秦国所予者何？"

"上卿所求必大，容顿弱旬日后作答如何？"

"若非秦王亲书，足下便走不出邯郸了。"

"上卿胁迫顿弱？"

"老夫若挟赵王入胡，一颗秦国名臣人头之礼数，总该是有的。"

"上卿不怕顿弱先取了你这颗白头？"顿弱哈哈大笑。

"密事算人，只怕足下不是老夫对手。"郭开一如既往的冰冷。

"好！顿弱人头先寄在上卿剑下。告辞。"

"旬日为限！"

顿弱举步间，身后传来韩仓柔亮美妙的声音。顿弱情不自禁回头，一眼扫过这个赵王家令明艳的脸庞妖冶的身段，心下又是一个激灵——天下妖孽奸佞独聚于烈烈赵国，上天之弄人何其滑稽何其残忍哉！

九日之后，一骑快马密使在寒冷的冬夜抵达了邯郸的秦国秘密商社。

秦王嬴政的特急王书是：秦国灭赵，郭开可为赵国假王[1]治赵，唯不得拥有私兵。特书外附有一管密书云：顿弱可将王书派员交付，毋得亲见郭开。顿弱心头突突大跳，如此巨奸若为赵国假王，岂非天下大大隐患？然顿弱深知秦王嬴政之长策伟略过人，更有李斯尉缭与谋，能出此等亘古未闻之大赏必有其中深意，决不会放任郭开荼毒赵国。至于附书，顿弱认定是尉缭所谋，未免多心。素来与郭开会商，都是顿弱亲自出面，今日事端更大，派员前往如何不引起郭开疑虑？一番思忖，顿弱打消了上书求改之意，立即约见郭开。

"知老夫者，秦王也！"郭开抖着王书第一次绽开了苍老的嘴角。

"上卿将为赵王，顿弱先贺。"

"足下贺我，有得是时日。"

"不。邦交事务繁剧，上卿既无须援手，顿弱即行告辞。"

"足下意欲何往？"

"无论何往，皆不误事。上卿若须援手，可找秦人商社传讯。"

"老夫所需援手，只在足下一人。"

"上卿何意？"顿弱心头骤然一动。

"足下做事可也，只是不得离开邯郸王城，以备与老夫随时共谋大计。"

"上卿密行拘押顿弱，不怕鸡飞蛋打乎！"顿弱哈哈大笑。

"人言秦王有虎狼之心，老夫安得不防？"郭开绽开的嘴角突然收紧，阴沉狞厉之相森森逼人，"老夫谋事，鸡飞不了，蛋打不了。倒是足

---

[1] 假王，以王之名义代行治权，如后世代理之义。

下，斡旋列国邦交，几曾品咂过一国王太后美味哉！足下只要跟从老夫，赵国太后便是足下奴婢一个，成群胡女便是足下一群牛羊。如此天上人生之况味，足下不欲拥乎？”

“非人之行，上卿尽可自家品咂，顿弱无心消受。”

“只要老夫有心，足下之心何足道哉！”

“上卿之意，顿弱要做人质？”

“做得如此人质，也是足下之福。”

郭开冷冰冰一句扬长而去。顿弱遂被两名胡女扶进了一辆密不透风的高车，辚辚出了云庐。动静触手之间，顿弱已经觉到两名胡女四条臂膊的铁石力道，寻机挣脱之意顿消，心绪立即宁静下来——只要郭开不堵死与商社通联之路，何惧之有也。

井陉山变成了茫茫雪原，黑红两片营地都陷入了广袤旷远的沉寂。

立马高冈凝望关外，李牧身心寒彻直是冰雪天地。对于大军战场，李牧具有一种寻常将军无法企及的明锐感。两军相持半年余，秦军的正式攻坚却只有开始的那一次，其后便是无休止的袭击骚扰。仅仅是那一次攻坚，李牧已经敏锐地洞察到秦军战力之强远非今日赵军可比。假若岁月倒转二十余年赵孝成王在世，李牧完全可能如同早年反击匈奴的深远谋划一样，为赵国练出一支与边军具有不同风貌的重甲锐师，专一与秦军一较高下。然则，孝成王之后的赵国已经乱得没有了头绪，君王荒淫奸佞当道阴谋横行，所有的实力圈子都在黑暗中摸索，死亡的气息已经越来越浓厚地弥漫了赵国，扑上了每个人的鼻端。于今谋取雄师，无异于临渴掘井，不亦滑稽乎！李牧所能做的，只有以目下这二十万兵力与秦军对抗相持，能抗多久是多久。假如庞煖尚在，兵变扭转朝局的希望未灭，李牧对抗击秦军还是深具信心的。毕竟，赵国有久战传统，有举国成军的尚武之风，更有虽散处三方然终究尚存战力的四十余万大军。然庞煖这团政事火把一灭，李牧真正地冰寒入骨了。庞煖出事，意味着赵国反对昏政的势力彻底地分崩离析，扭转庙堂格局的希望也彻底地破灭。元老们鸟兽散了，将军们鸟兽散了。愤懑的国人群龙无首，又被种种流言搅得昏天黑地是非难辨，纵然李牧可以登高一呼，谁又能保国人会攘臂而起？再说，纵然国人攘臂而起，不说当不得秦军冲击，先当不得郭开赵王的黑衣王城军，还不是白白教庶民百姓血流成河？

国政无奈，战场同样无奈。

自庞煖失事，李牧夜夜不能成眠。每每眼看着连绵军灯在稀疏的星光中没入朦胧曙色，声声刁斗在凄厉的号角中陷入沉寂，李牧却还在一片片金红的胡杨林中游荡着。桀骜不驯的李牧雄霸军旅一生，第一次尝到了四顾茫然走投无路的无奈。假如王翦的二十万大军能死命攻坚，使他能痛快淋漓地血战一场，李牧的心绪或可获得些许平静。毕竟，将军战死沙场化为累累白骨，也是一种壮烈的归宿。然则，秦军偏偏不战又不退，就如此这般耗着你，要活活窝死二十万赵军！一想到长平大战中白起的“以重制轻，以慢制快，断道分敌，长围久困”而使五十余万赵军一举毁灭，李牧心头便是一个激灵，生平第一次对战场情势生出了一种本能的毛骨悚然感。李牧佩服秦国能坚实支撑四十余万大军远道灭国的后援能力，仅仅是这一点，赵国便无法望其项背。李牧更佩服如此国力之下，秦国竟然不仅涌现出王翦这样的老辣统帅，还能涌现一批诸如蒙恬李信杨端和王贲章邯这样的谋勇兼备的年轻大将。他们不骄不躁扎实进逼，使赵军退无可退战无可战，干净彻底地剥夺了赵军的战事自主权，赵军只能窝在原地等着挨打等着崩溃等着死亡。三十余年战场阅历，剽悍灵动的李牧从来是制敌而不受制于敌的。这一次，李牧却得眼睁睁拥着二十万大军不能挪动半步，眼睁睁陷进说不清是秦国还是赵国抑或同时由两方甚至多方掘成的深深泥沼，直至没顶窒息而又无力挣扎。徒拥大军而只能无可奈何地等死，李牧脊梁骨的寒冷与其说是恐怖，毋宁说是悲凉。

……

“大将军，赵王特书！”

亢奋的禀报夹着急骤的马蹄飞上了高冈，是司马尚亲自来了。

“何事？”李牧依然遥望远方，丝毫没有转身的意思。

“王书在幕府。特使韩仓说，赵王召大将军商议会战秦军！”

“韩仓来了？”

“对！韩仓还说，庞煖策动合纵，联军有望！”

“你信么？”李牧骤然转身，迷惘的目光充满惊诧。

“大将军，我军大困……宁可信其有，不可信其无。”

“你是说，要李牧奉命？”

“大将军若有脱困之策，或可，不奉命。”司马尚说得很艰难。

李牧良久默然。对于司马尚这位合力久战的将军，李牧几乎是当做兄弟般看待的。司马尚对李牧，也是景仰同心的。无论是对元老势力还是对庞煖部属，两人纵然有过些许歧见，最终都丝毫没有心存芥蒂。这支大军的灵魂是李牧，而能走进李牧内心深处的，只有司马尚。李牧不相信郭开韩仓，更不相信赵王迁。那般龌龊君臣果真有抗秦保国之心，岂能大半年将二十万大军丢在井陉山不闻不问？今日若真心要与秦军会战，便当亲赴军前激励将士，如同当年秦昭王亲赴河内为白起大军督运粮草一般。果真如此，郭开赵迁纵然此前有罪，李牧夫复何言！召李牧入宫而商议会战，能是真心会战么？无论李牧如何不精通君臣权谋，至少清楚地知道，赵国的许多要害人物都因为入宫而面目全非或泥牛入海。春平君如此，赵葱如此，庞煖也如此。赵国王城在赵国朝野眼里，早已经是神秘莫测的陷阱，那里盘踞着一条咝咝吐芯的斑斓巨蟒，随时准备吞噬走进王城的每一个猎物。明乎此，李牧还要重蹈覆辙么？可是，李牧明白，司马尚不明白么？司马尚既然明白，何以要宁可信其有，不可信其无？说到底，赵军大困雪原是实情，而不能解困则只有空耗等死。作为大军统帅与副帅，既没有脱困之策，又要放弃闪烁在眼前的一丝希望，对二十万将士如何说法？自己心下何安？

“幕府。”马鞭一抽战靴雪块，李牧转身走了。

幕府聚将，接受王书，无论韩仓如何神采飞扬地宣说赵王之志，李牧始终没有说一句话。韩仓自觉无趣，终究灰溜溜住口。李牧这才站起身来，拄着那口数十年须臾不离其身的长剑，平静地一挥手道：“司马尚执掌军务。”说罢，李牧对着满厅大将肃然深深一躬，一转身大步赳赳出了幕府。

哗啦一声，大将们都拥出了幕府，人人泪光，人人无言。赵葱与其部属大将，也一般地热泪盈眶。李牧没有一句话，再次对将军们深深一躬，翻身上了那匹雄骏的阴山战马，一举马鞭，便要带着生死相随的两百飞骑风驰电掣般去了。

“大将军稍待！”司马尚骤然前出，横在李牧马前。

李牧圈着战马看着司马尚，脸色平静得有些麻木。

“诸位将军！我等随大将军一同入宫，向赵王请战！”

随着司马尚的吼声，大将们哄然一声爆发，愿随大将军请战的呼喊在雪原山谷荡出阵阵回音声浪。韩仓看得大急，厉声喝道：“国有国法！赵王召大将军会商战事，何有拥兵前往之理！你等要反叛么！”“鸟！脏货小人！”边军大将们被激怒了，一声怒吼蜂拥抢来围住了韩仓。赵国素有兵变传统，大将们当真杀了韩仓，谁也无可奈何。赵葱眼见李牧冷笑不语，心下不禁大急，一步抢前挡在韩仓面前高声喝道：“少安毋躁！都听我说！”边将们稍一愣怔，赵葱部将已经围了过来纷纷拦挡边将们上前。韩仓早已经吓得两腿发软，靠在护卫身上不能动弹。赵葱高声道：“杀死韩仓事小，牵连大将军事大！大将军既已奉命，自家部将却杀了王使，大将军对赵王如何说法？陷大将军于不忠不义，我等有何好处！赵葱之意：听凭大将军决断，大将军不去王城，我等拥戴！大将军去王城，我等也拥戴！”大将们纷纷嚷嚷终于汇成一片吼声：“好！听大将军说法！”

“诸位，”李牧不得不说话了，“我军久困井陉山，粮草将尽，援军无望，退不能退，进无可进。若无举国抗秦之势，则我军必败，败得比长平大战还要窝囊！李牧毕生征战，不曾窝过一兵一卒，而今却要活活窝死二十余万大军，心下何安也！将军百战，终归一死。而今赵王有会战之书，这是赵军的唯一出路，也是赵国的唯一出路！唯其如此，纵然刀山在前，李牧死不旋踵！”

所有的大将都沉默了，唯有旌旗猎猎之声抖动在寒冷的旷野。

“司马尚与大将军同往！”

“不。谁也不要同往。”

李牧对慷慨激昂的司马尚一摆手，圈马转身对将士们高声道：“兄弟们，战死沙场才是将军正道！谁也不要将鲜血洒在龌龊的地方！都给我钉在井陉山，扛住王翦，扛住秦军！纵然血染井陉，也教秦人明白：赵国之亡，不在赵军——”

“赵国之亡，不在赵军!!”

将军们的吼声激荡了整个军营。片刻之间，连绵大营交相激荡起愤怒的吼声。“赵国之亡，不在赵军！”所有人都被这句话震撼激发起来，长期憋闷的火焰突然喷发了。兵士们拥出了帐篷，民伕们拥出了山洞，红色的人群奔跑着汇聚着，一片无边无际的火红包围了幕府包围了李牧。

“我民威烈，天恒亡之，李牧何颜立于人世哉！”

李牧一声喟叹轻夹双腿，阴山战马长嘶一声飞入了茫茫雪原。

赵国的最后一个冬天，李牧离开了井陉山营地，从此永远没有回来。

多年之后，李牧最后的故事渐渐流传开，化成了谁也无法印证的种种传闻。历久沉淀，李牧的结局又进入了一片片竹简刻成的史书。《史记·廉颇蔺相如列传》所附之《李牧传》云：“秦多与赵王宠臣郭开金，为反间，言李牧司马尚欲反。赵王乃使赵葱及齐将颜聚代李牧。李牧不受命，赵使人微捕李牧，斩之。废司马尚。”《战国策·秦策》则记载：赵有宠臣韩仓，以曲合于赵王，其交甚亲，其为人嫉贤妒功臣；赵王听信韩仓，召回李牧，命韩仓历数其罪；韩仓说李牧见赵王而捍匕首；李牧辩说自己患有挛曲病（手脚僵硬），恐见赵王行礼不便而接了假手，并愤然对韩仓亮出了假手；然韩仓还是以王命为辞，胁迫李牧自裁了。当代历史学家沈长云等所著《赵国史稿》[1] 对如上说法做了辩驳考证，结论云：“他所讲述的李牧的故事（司马迁听冯唐所讲述的李牧故事），并不比《战国策·秦策》所载更可信。”

无论李牧之死有多少种说法，李牧确定无疑地被赵国庙堂杀死了。

李牧之死，开始了赵国最后的噩梦。

这是公元前 229 年冬天的故事。

---

[1] 中华书局 2000 年 11 月第一版。

## 七　灭赵大战秋风扫落叶般开始

王翦一接到顿弱密书，立即下令全军备战。

对山东五国尤其是赵国的军政态势，王翦是刻刻上心的。除了顿弱、姚贾的伐交商社，王翦还在秦军斥候中反复遴选，编成了一个六百人的精悍的间士营，专一深入各国搜集军政消息。所以如此，在于王翦是战国末期最具政略眼光的统军名将。王翦对秦军大举东出有一个根本评判：秦欲灭六国而一统天下，不战不行，唯战不行；此间分际，在于如何最大限度地不战而屈人之兵，从根基上摧毁六国。也就是说，王翦是战国之世将兵家大道与统兵征战之才水乳交融于一身的大军统帅，也是军政兼明的唯一统帅。大军开出之前，王翦夜入咸阳，与秦王嬴政专门就战法作了一次商讨。

“老臣统兵出关，欲变秦军旧日战法。”王翦开门见山。

“何以变之？愿闻见教。”秦王没有惊讶。

“秦军传统战法，以攻城略地歼敌大军为要旨。是故，攻必拔城下地，战必斩首灭军。行之日久，遂成传统。拔城斩首之数额，亦成军功大小之尺度。而今，秦军以灭国为要旨，便不能仅仅以拔城败军、斩首灭敌之法对山东作战。灭国之战，目的在摧毁其国政根基，铲除其王族庙堂，而不仅仅在战场歼敌。是故，战法须变。”

“上将军怕本王以旧战法施压催战，故先申明？”

“秦王之压，老臣可辩。朝野将士施压求战，老臣难当。”

“灭国大战，战法大要何在？”

“大要在三：战胜不求斩首，夺政不求下城，除奸不求灭贵。”

“愿闻其详。”

“其一，战胜不求斩首。我军对敌，务求战胜而败其军、溃其心可也，不能大肆斩首杀戮，以免其举国成军作困兽之斗。当年长平大战，武安君坑杀赵军数十万降卒，反逼得赵国死心血战而我军反败。如此覆辙，不可重蹈也。其二，夺政不求下城。灭国根基，在于夺取都城、去其庙堂、除其施政之能。是故，我军攻占都城之后，不能如既往那般攻占掠夺财货人口。当年乐毅攻齐，下齐七十余城而不能灭齐，在着力过甚也。如此覆辙，不可重蹈也。其三，除奸不求灭贵。而今山东昏昧，各国都有奸佞盘踞庙堂，以致山东列国大都成为一盘散沙。我军入都夺政，仅除奸佞而不诛杀世族贵胄。如此，可免世族追随残余王族逃国抗秦，则国可安也。此为老臣三战之法。”

“嬴政谨受教！”年轻的秦王二话没说，挺身长跪肃然一躬。

那夜会商一了，秦王嬴政下了一道特急王书给各要害大臣并各军大将，将王翦陈述的战法方略全数申明，王书末了道：“上将军之战法，乃秦军灭国之精要，务求实施军前。东出大战，但凭上将军调遣，本王并在国大臣、军中将士，悉数不得施压催战！”

唯其如此，王翦大军在井陉山与李牧大军相持半年未曾激战，李信、杨端和两路大军逼而不进引而不发，挟雄厚军力空耗巨额粮草亦大半年不战，秦国朝野无强烈催战之声浪，当可解也。虽然如此，军中将士对风雪半年不战不退毕竟难以忍耐，眼看年节将近，幕府依然没有大战迹象，秦军将士终于焦躁了。

“再不出战，我等上书秦王求战！”蜂拥而至的将士们不断地吼叫着。

王翦走出幕府，只说了一句话：“发下令箭，老夫准许尔等赴咸阳求战。”

将士们默然了。幕府求战，无非焦躁之心不可耐而已。大将们谁都知道秦王特书，果真赶赴咸阳，求战不成反倒可能耽搁了战场立功。毕竟相持日久，大战随时可能迸发，将士们只是不耐风雪壁垒之清冷而寻求早战。王翦不再如同往日那般说服，而是破例准许将士直赴咸阳请战，将士们反倒一片沮丧没了声气。

“信得过老夫，自回营垒。”又是一句，王翦走了。

在将士们请战的旬日之后，顿弱的密书到了。此前，王翦已经从间士营得到密报：顿弱被郭开羁留邯郸王城形同人质。所以，王翦对顿弱密书所报的李牧去军消息不能立即断定虚实。毕竟，郭开是天下第一大奸，顿弱其人王翦也不甚熟悉，王翦宁可等待消息印证而后断。正在秦军将士们走出冰雪壁垒收拾营地军械暾暾备战之时，间士营消息到了，与顿弱所报一致：李牧去军，进了柏人行宫。

“南北军令发出。”王翦拍案而起。

两司马立即带着早已拟好的军令飞出了幕府，向南北两路大军而去。

“聚将鼓！”王翦大手一挥，赳赳大步出了军令坊。

辕门外的隆隆鼓声未过三通，大将们已齐刷刷赶到了幕府聚将厅。

“诸位，李牧去军，我军战机已到！”

王翦激昂的话音落点，大将们却没有惯常的亢奋神情，一阵惊讶之后反倒显出几分落寞，人人板着脸一片默然。王翦悠然一笑，倏忽肃然道：“李牧两胜秦军，诸位寻仇之心甚重，唯以李牧为对手决战而后快。此等战心，老夫尽知也。与天下名将一见高下，为将之雄心猛志也。老夫，也是一样！然则，此为灭国之战，不是寻仇之战！灭国之战，要的是国家功业，不是一将功业！若赵国政事清明，李牧可全力率赵军抗秦，我军自当与李牧放马一战，其时战胜李牧，自是秦军功业荣耀！然目下赵国庙堂昏昧，李牧大军左右掣肘内外交困粮草匮乏后续无援，秦军战胜如此李牧大军，荣耀乎！耻辱乎！反之，李牧死于赵国庙堂，可显忠勇志节，可彰赵国恶政，青史皇皇其名！李牧死于秦军，则秦国徒负恶名，赵人必恨秦国。其时也，赵人追随残余王族死力抗秦，亦未可知！果真如此，秦国一统天下之大业何在！故此，灭国大战，根在大局，不在是否与一将做沙场寻仇之战！”

“不求寻仇！愿奉将令！”

以军中惯例，大将们同声一吼，认可了主将说法。

王翦一眼扫过大厅，长吁一声，长剑打上六尺立板上张挂的羊皮地图道：“只要李牧去军，不管赵军何人为将，我军都立即开战灭赵！战法是：南北两路大军同时猛攻，杨端和南军合围邯郸，李信北军直下代郡进逼信都与柏人行宫。其时，赵国必令井陉山赵军出动，或救邯郸，或保信都，两者必居其一。我西路大军则无论井陉山赵军如何出动，都全力越过井陉山追击赵军，横插赵国中部，将赵国拦腰截为两段！使邯郸、信都、柏人三处庙堂根基不能相连，根除其施政聚兵之出令轴心！”

“明白！”聚将厅一声雷鸣。

“章邯军攻占井陉关，而后扼守井陉关善后！”王翦拿起了第一支令箭。

“嗨！”章邯在满厅大将热辣辣的目光中接过了令箭。

“大军东出井陉关后，冯劫部插入邯郸信都之间，遮绝两都通连！”

“嗨！”

“冯去疾部插入信都柏人之间，遮绝赵国陪都与行宫之通连！”

“嗨！”

“老夫中军，对赵军主力衔尾疾追，会战灭军！”

“嗨！”几员中军大将齐声拱手。

王翦指点地图，做最后部署道：“旬日之后，我南北两军可同时出动，开春之际，我两军可同时深入赵国。届时，我井陉山大军全力开战，务须在半月之内切断赵国中部！为此，各军务必在一月之内清营轻装，届时全力出战！”

“攻占井陉山！一战灭赵国！”

秦军将士的吼声激荡着白雪覆盖的崇山峻岭。

赵军连绵营地却冷冰冰一片，没有任何动静。

秘密诛杀李牧之后，郭开立即开始了自己的铺排。

两道赵王急书连夜飞向邯郸所有官署与赵国郡县。第一道王书称：大将军李牧久处冰雪之地，觐见赵王做礼之时突发挛曲症，四肢僵直无以伸展；本王心急如焚，正亲督太医日夜在柏人行宫医治李牧，朝野臣民少安毋躁。第二道王书称：抗秦事急，本王决以公子赵葱、信都将军颜聚为井陉山赵军大将，先行备战；来春，本王将亲出邯郸，督导三路赵军与秦军决战；朝野臣民务须各司其职各安其所，届时举国同心以胜秦安赵。两道王书传遍朝野，赵人无不云山雾罩不知其所。信王书么？李牧正在盛年其壮如牛，突发怪异至极的挛曲症，实在难以理解；有郭开韩仓在国，李牧十有八九是出事了。不信王书么？王书所言似乎也有几分道理：爬冰卧雪奔波沙场，赵军将士患挛曲症并非一人，谁又能说李牧确实没有挛曲症？再说赵王已经明定开春亲自督战会战秦军，此前纵然有过，毕竟还是满足了朝野期盼的举国抗秦热望，赵王还能如何？如此纷纭之下，赵国朝野懵懂了，人们几乎是本能地长叹一声："赵国艰难，且看来春如何了！"

在举国疑惑的冬末，赵葱、颜聚接掌了井陉山幕府。

赵王王书随着两位新主将抵达幕府：司马尚被罢免副帅职务，贬为云中将军，即日起程回云中大营筹划对北路秦军战事，理由是"司马尚善领边军为战，当效大将军李牧建功"。当然，司马尚不能带走井陉山的十万边军与任何部将，而只能一人离军北上。王书一宣，司马尚代李牧交出兵符，一句话没说离开了井陉山幕府。

司马尚马队没入了茫茫雪原。

从此，这位忠实辅佐李牧的赵军名将不知所终。

赵葱颜聚的第一道军令是：为协力同心，十万边军与十万腹地赵军立即混编，一律以腹地将军为混编营大将。于是，赵军在井陉关内外的四道壁垒间开始了纷乱庞大的流动，相互混编而重新划分防守壁垒，一时人喊马嘶冲突不断，关内关外乱得不亦乐乎。匆匆月余，眼看残雪消融地气转暖，赵葱颜聚第二道军令传下：放弃关外两山壁垒，大军退回关内整备，准备来春在赵王统率下会战秦军。同时，赵葱颜聚通令南北赵军，春二月同时出动反击秦军。赵军在如此将令之下，事实上放弃了所有的壁垒要塞防守，重新匆忙集结准备做大肆反击。一时，赵军各部从冰冷的雪地壁垒钻了出来，如释重负般在忙乱中一片热气蒸腾。赵葱颜聚更是亢奋万分，只盼着大战反击秦军的时日快快到来。

便在此时，秦军攻势如春日惊雷骤然炸开！

从赵葱颜聚接到第一道战报开始，未及旬日，南路杨端和军大举进逼邯郸外围要塞，北路李信秦军一路直下逼近信都。赵葱连赵王的王书都没有等到，已骤然面临已经逼近到百里之内的李信军的威慑。赵葱颜聚来不及谋划，匆忙下令井陉山赵军向信都柏人方向靠拢，正面抵挡李信军南下。不料，赵葱大军刚刚开始向南回收，井陉山秦军已经潮水般开过了几乎不设防的井陉关，猛烈地咬住了赵葱大军。更有秦军冯劫部两万铁骑飞兵超前，一举插在信都与邯郸之间的隘口，迅速构筑壁垒，截断了井陉山赵军的南下之路。同时，秦军冯去疾部两万铁骑飞兵插入信都与柏人之间的山地隘口，一举截断赵军向东南靠近大陆泽与巨鹿要塞的通道。万般无奈，赵葱颜聚只有下令全军回身死战。

王翦亲率十余万秦军重甲精锐，在残雪未消的山塬间与赵军展开了大战。

这时，赵军统帅赵葱已经完全慌乱，匆忙间想也不想便接受了司马出身的颜聚的谋划对策：两人各率十万大军，据守南北两厢，诱使王翦大军从中央山地进兵，南北夹击合围秦军。不想两人分兵方完，赵军因重行混编成步兵骑兵均有的新军，原先的边军飞骑丧失了剽悍灵动，原先的腹地步军与少量马军也丧失了熟悉的阵战部伍，两相陌生，行动大为迟缓。堪堪离营尚未展开上路，黑森森的王翦大军已展开成巨大的扇形从辽阔的山塬逼了过来。秦军的战法简单实在：两翼铁骑包抄，中央重甲步军在漫天箭雨后强力冲杀。如此不到两个时辰，赵军全线溃退。北路赵葱部突围，被两翼秦军铁骑截杀，赵葱当场战死。南路赵军溃败之际，早有准备而没有深入战场的颜聚立即突围，落荒而去，从此不知去向。

赵国最后一支精锐大军，自此尸横遍野彻底溃散。

早在王翦大军越过井陉山之际，身在柏人行宫的郭开已经明白了赵国大势已去。郭开的谋划只有最后一步的实施了：挟持赵王迁一行回邯郸，以内灭赵国之功向秦王索封；若秦王食言，则郭开立即杀死秦国大臣顿弱与赵迁、太后等王室庙堂人物，使秦国灭赵因未得赵王又失大臣而变得没有任何光彩。郭开相信，秦国正在灭国之初，决不愿战胜世仇赵国而落得如此没有颜面。唯其如此，赵葱颜聚大战未开，郭开已经统领自己掌控的黑衣王城军，严密护持着王室人物及秦国大臣顿弱，连夜南下邯郸了。

此时，杨端和大军已经逼近邯郸，得知赵王从北路进入邯郸，立即急报王翦请示方略。王翦下令杨端和：逐一拔除邯郸外围城邑，使邯郸成为彻底失去外力救援的孤城，下城时日待赵国北部情势而决。南路部署妥当，王翦大军横断赵国中部，击溃赵葱大军之后遂与李信的北路军会合。此时，王翦主力大军驻扎在已经攻占的赵国北都——信都，只下令李信军一步步南下逼近邯郸。王翦给李信的军令是：不求其快，唯求其稳，见战则战，务求击溃沿途所有赵军。王翦对自己统率的主力大军的部署几乎一样：不求下城，唯求败军，三月之内扫清赵国北部的所有赵军。

方略既定，王翦的特使飞骑日夜兼程赶赴咸阳。

未几，秦王嬴政的王书飞到王翦幕府："上将军目下方略，本王深以为是。灭赵不求一鼓而定，唯求明度时势，大定赵国。本王之意，秋冬之际安定赵国。届时，本王将亲临邯郸。此前方略机变，上将军相机定夺可也。"王翦没有片刻耽延，立即将秦王王书复刻两卷，飞送李信、杨端和幕府，嘱其不得骄躁下城。

月余之后，李斯统领的一支三百人官吏车马开进了信都。李斯王翦再聚军前，两人皆振奋欣然。夜来军宴，李斯对王翦备细叙说了在咸阳与秦王的谋划：先行派李斯率三百吏员入赵，意在先行廓清赵国既往政事图籍，接掌要害府库并谋定郡县设置，不使赵国陷入混乱无治之状态。王翦拍案赞赏道："长史此举，大明也！赵为山东屏障，理清赵国之根基，天下几近初定也。信都为赵国北都，典籍政令悉数在焉。长史三百吏员，半年之内必能化赵国于胸腹间也！"两人一时抚掌大笑，说到四更方才散去。

## 八　秦王嬴政终于昂首阔步地踏进了邯郸

胡杨林一片火红的十月，邯郸陷落了。

邯郸不是被攻破的，而是在秦军的威势之下自己坍塌的。面对杨端和大军与李信大军南北夹击，赵国腹地的赵军没有一个像样的大将领军防守邯郸，更兼井陉山主力大败的消息迅速传开，赵军顿时乱得没了章法。事实上，赵军主力二十余万全部集结在井陉山，其余近三十万大军的分布是：云中大营留守五七万，信都以北各要塞防守兵力十余万，南部边境及邯郸外围驻军十余万。若赵国庙堂清明，在秦军开进之初立即将井陉山之外的全部赵军集结为南北两路大军，交庞煖统领对抗秦军，两军兵力大体对等，秦军灭赵诚为难事。然则赵国政事昏昧，王翦李牧相持的大半年间，赵迁郭开一心只在剪除兵变隐患，对井陉山之外的赵军非但不做集结，而且严令各军坚守自家城邑，不奉王命不受调遣。此间全部原因，在于赵迁郭开深恐大军集结而促成兵变。是故，秦军南北中三路大举猛攻之时，井陉山之外的赵军依然陷于一盘散沙之态势。北部赵军被李信部分割击溃。云中郡留守边军闻讯南下，又被九原蒙恬部截杀击溃。邯郸之南，杨端和军一路北上，未遇大战便逼近邯郸，开始从容攻取邯郸外围诸要塞。九月秋风起时，邯郸外围驻军城邑全部被秦军占领，几乎没有一座城池做坚壁防守。如此，秦军如三把利剑，将赵国斩为四段：王翦主力居北拊背，斩断赵国代郡以北的草原地带与腹地之连接；李信军居中，斩断邯郸与信都两座都城地带之连接；杨端和军居南，斩断中原各国与赵国之连接，同时切断邯郸向南向东的两大通道。

入秋之时，邯郸事实上已经成为孤立无援的岛城。

还在攻取外围城邑之时，秦王嬴政便接到了顿弱密书：郭开请秦王先发王书于天下，明封郭开为赵国假王，如此可保赵国王室一人不缺全体降秦。密书同时附有郭开一支宽简，简单得只有一句话："邯郸危乱，开不能保王城王室无事，唯秦王可保也。"郭开的威胁之意是显而易见的——秦王不明定郭开假王之位，秦国只能得到一座废墟一片尸体的邯郸。嬴政看得咬牙切齿，良久无策，遂登车夜访尉缭求教。尉缭思忖一番笑道："奸佞之术，不当君子之道。郭开大奸，天下昭著。王不妨以小人之法治之，或能得天下拥戴亦未可知也。"嬴政笑道："何谓小人之法？"尉缭道："先得其国，再除其人。"嬴政哈哈大笑道："国尉之法，诚小人哉！嬴政做之何妨。"当夜回到王城，嬴政唤来赵高秘密叮嘱了一番。赵高大为亢奋，立即风风火火准备去了。

旬日之后，秦王王书公告天下："赵国将亡，上卿郭开有不世大功。本王拜郭开假赵王之位，领赵国政事民治，以为天下垂范。"随着秦国特使的车马，秦王王书迅速传遍列国，自然也传到了邯郸。一时山东列国愤愤然咒骂讥讽不绝，无不视秦国秦王与郭开狼狈两奸乱天下。已经失国的赵国臣民得闻秦王王书，死一般的沉寂。只有已经盘踞邯郸王城的郭开大喜过望，立即带着心腹黑衣剑士闯进寝宫，将赵王迁从腥臭污秽的胡榻上与一群雪白溜光的胡女剥离开拖将下来，软囚在事先预备好的一间密室里。事毕，郭开又立即赶到太后寝宫，将正在与春平君及韩仓胡天胡地的转胡太后拖将出来，如例关进密室。关闭密室时，郭开啪啪啪拍着转胡太后的白臀一阵大笑道："太后肉臀，老夫之利器也！老夫欲将你这母狗与我子韩仓，一并献给秦王。两奴若能陷嬴政于胡榻烂泥，诚不世奇闻也！"转胡太后与韩仓乐得咯咯直笑，郭开已头也不回地去了。最后，郭开又将没有离开邯郸的所有王族全数拘押到王城偏殿，令春平君为监守尉，一人出事唯春平君是问。这位老王族公子非但没有愤然作色，反倒诚惶诚恐诺诺连声，引得罹难王族一片侧目。

入夜，郭开大宴顿弱，笑不可遏道："老夫功业就矣！顿子何贺哉？"

"脓疮蛇冠，竟为功业，天下奇闻也！"顿弱哈哈大笑。

"一人之力灭一国，天下何人可为？"郭开分外认真。

"鼎肉不饱一夫，孤鼠可坏一仓。害国之道，小伎而已。"

"足下迂阔之徒，老夫何足与其论哉！"

郭开带着从未有过的醺醺酒意纵情狂笑着走了。

惊愕的顿弱被黑衣剑士蒙上双眼，押到了一个谁也无法揣摩的去处。郭开的下一步棋是：秦王必须以顿弱为赵国假相永留赵国，否则，世上便没有了顿弱。

秦王车驾隆隆进入邯郸的那一日，在整肃威猛的秦军长矛甬道中，郭开带着大队黑衣剑士押着赵迁为首的王族降者，在王城南门前整整排开了六列。赵迁抱着铜匣王印，站在秋风中枯瘦如柴瑟瑟发抖，活似一具人干。郭开高声唱名之后，青铜王车上的嬴政凝视着黝黑枯瘦的赵王，紧紧皱着眉头一脸厌恶之色，脚下一跺，连王印也没有接受便驱车进了王城。王城大殿前，李斯郑重宣读了秦王王书：赵王降秦，拘押咸阳以待处置；赵国归并为秦国郡县，南部设立邯郸郡，北部诸郡容后待定；

赵国民治政事，由假王郭开统领。

“老臣敢请秦王，以顿弱为赵国假相襄助政事。”郭开精神大振。

“宣顿弱。”秦王嬴政平淡得毫无喜怒。

“宣顿弱领命——”护卫王车的蒙毅响亮一呼。

“老臣禀报秦王，”郭开知道秦王此举是迫使他交出顿弱，连忙趋前一步高声道，“上卿顿弱奔波邦交，风寒症已非一日，已在太医署密室救治旬日，卧榻不能见王！”

“也好。待顿子痊愈，再行封赏。”

嬴政说罢径自走了。蒙毅带着三百精锐的铁鹰剑士护卫着秦王与李斯王翦等一班大臣，在邯郸王城整整巡视了一日，暮色时分才回到赵国大殿前。秋日晚霞中，雄阔的殿阁飞檐摆动着叮咚铁马，依山而上的赵国王城巍巍然如天上宫阙。如今，这座王城没有了肃穆，没有了威慑，群群乌鸦从层层屋脊飞过，萧瑟秋风卷起飞旋的落叶，伴着内侍侍女匆匆游荡的身影与秦军士兵方阵的沉重脚步，宿敌赵国的王城倍显落寞凄凉。嬴政凝望良久，不禁长长一叹：“强赵去矣，大秦独步，不亦悲乎！”

“大秦灭赵，一统天下，老臣恭贺秦王！”

望着郭开灰白的须发厚重的面容与念出颂辞时的一脸真诚，嬴政心头猛然一个激灵——大奸若此，亘古未见也！倏忽之间，秦王一脸肃杀，一挥手大步出了王城。郭开一阵惊愕，连忙拉住李斯低声问：“原定礼仪，秦王今夜当在邯郸王城大宴我等降秦功臣，为何匆匆而去？”李斯殷殷笑道：“秦王国事繁剧，足下即位假王，可代秦王设宴便了。诸位功臣之封赏王书，我与蒙毅将军届时恭送如何？”郭开不无惋惜地叹道：“老夫尚有一绝世宝物敬献秦王，惜哉惜哉！”李斯一时好奇心大起，笑道：“何物堪称绝世之宝，足下可否见告？”郭开心知李斯为秦国庙堂用事大臣，遂殷殷低声道：“此物活宝也！至尊至贵，至卑至贱，提神益寿，乐而忘忧，夜宴酒后消受最佳。王若不受，岂非暴殄天物哉！”李斯惊讶道：“此物究竟何物？足下何其云雾哉？”郭开连连摇头道：“不可道，不可道。绝世之物，非秦王不显其名也！”李斯呵呵笑道：“也好。假王既有此等珍宝，容我报于秦王，秦王或可亲临亦未可知。”郭开大喜过望，殷殷叮嘱李斯道：“长史若能说来秦王夜宴，老夫当另宝相赠，保足下终生乐哉乐哉！”

当夜，嬴政行营驻扎在邯郸郊野。

一顿简朴的战饭之后，嬴政与蒙毅在行营密室密议诸事。及至李斯赶来，蒙毅正要起身出帐。听李斯一说郭开之言，嬴政脸色顿时阵红阵白，拍案切齿道：“郭开老贼竟敢如此龌龊！蒙毅，只在今夜！”李斯心下不禁一阵大跳，愣怔无措地看着蒙毅只不说话。蒙毅机敏过人，一招手道：“长史下书，我护卫，走！”匆匆出帐，蒙毅边走边低声道：“郭开那个老杀才说的宝货，是赵国转胡太后！”李斯倏然警觉，不禁一身冷汗鸡皮——秦王对母后赵姬之淫乱刻骨铭心，对太后淫行乱政更是提起来恨得咬牙切齿，如何自己竟没想到这一层？如此看来，郭开要送给自己的那个宝货，准定也是个腻虫物事。

“老杀才！”李斯恶狠狠骂了一句。

这一夜，邯郸王城大张灯火乐舞。郭开尽力铺排出赵国数十年没有的隆重大典场面，侍女换成了清一色的金发碧眼胡女，正殿侍酒的内侍侍女更是由韩仓亲领。郭开期待着秦王走进这座华贵奢靡的销魂王城，从此乐不思归。谁料，先来颁书的是李斯蒙毅，说秦王令我等先开夜宴以热酒风，秦王片时即到。郭开欣喜过望，立即喝令开宴。赵酒本烈，赵人酒风更烈。与宴者又都是各色降臣，心思不一借酒浇愁，不消片时一片醺醺酒气。李斯蒙毅则拉着郭开一力斗酒。警觉一世的郭开第一次放开大饮，心头期盼届时借着酒意好向秦王献宝。大爵连饮，不到半个时辰，郭开也飘飘忽起来。

城头五更刁斗打起的时候，一场猛烈的大火吞灭了夜宴大殿。

与此同时，太后寝宫与赵王寝宫也燃起了熊熊大火，淫靡的园林宫阙片刻间化为灰烬。惶惶观火而没有一人救火的邯郸国人都说，自家亲眼看见了一片片大火从天而降，那是天火，那是上天震怒的惩罚，那是庙堂淫靡的恶报。

是夜，嬴政登上行营云车，遥望邯郸王城一片火海，伫立到东方发白。

刚刚下了云车用完晨饭，行营外突然传来一阵急骤马蹄声。李斯风风火火进来，禀报说赵高马队非但在王城滥杀无辜，且已经飞出邯郸北上奔太后故里去了。嬴政脸色一沉，立即教行营司马率马队迅速追回赵高，转身冷冰冰道："赵高如何滥杀无辜，长史但说无妨。"李斯这才备细叙说了夜来邯郸王城的惊人杀戮，嬴政听得脸色铁青。

原来，秦王嬴政入赵之前接受尉缭之说，对赵高下了一道密令：从王城护军中遴选三百名精锐剑士，乔装成赵国王室的黑衣剑士队进入邯郸王城，先杀郭开、韩仓并赵国太后一班淫秽奸佞，再搜寻救出顿弱。当年在平息嫪毐之乱时，嬴政为了结母后与嫪毐私生两子而给秦国带来的羞辱尴尬，密令赵高带着一支王城锐士随同蒙恬马队攻入雍城，搜寻到太后赵姬的两个私生子秘密杀死。那次，赵高做得干净利落，以致朝野天下始终不知太后两子如何突然没了，便流传出秦王嬴政亲自摔死两个兄弟的奇闻。纵然恶名加身，嬴政也没有做任何形式的辩解。因为嬴政清醒地知道，无论如何辩解，这件事都与自己脱不开干系。此后，嬴政对赵高处置密事的干才很是赞赏。这次密杀郭开与赵国转胡太后，嬴政本来也可以派给蒙毅去做。年轻的蒙毅缜密精悍，刚毅木讷，与其兄蒙恬之明锐聪颖多有不同。秦王入赵之前，李斯与王翦商议，特意将蒙毅的国尉丞职事交给了辎重大将马兴兼领，将蒙毅派到秦王身边总领行营事务。如此一来，李斯主行营政事，蒙毅主行营军事，秦王的巡视行营便是一座整肃高效的小行宫。然嬴政觉得教蒙毅做此等密杀事，一则大材小用，二则与蒙毅秉性不合，未必做得利落。当然，最要害的原因，还是嬴政对赵高的信任。这种信任，不是与大臣那般的心志相合而结成的信任，而是做事甚或主要是做那些不能为人道的密事琐事的信任。也就是说，嬴政从来没有将自幼阉身的赵高当做国臣，而只当做一个办事的亲信内侍。

赵高的马队是与蒙毅的行营护军一起开进邯郸王城的。进入王城，赵高的马队脱离了行营护军，悄然开进了湖畔一片胡杨林。在那里，马队换了装束，赵高又做了详细分派。赵高将马队分成了四支，各有一个熟悉赵国王城的间士领道：一支杀郭开韩仓，一支杀太后，一支搜救顿弱，一支随自己各方策应。赵高的部署命令是："王城大殿火起之时，杀郭马队冲入大殿，无论郭开韩仓等如何醉态，一律割下首级交来，否则不算完功！起火之前，搜救顿弱马队先行搜索王城所有密地密室，起火同时救人！杀后马队先行围定太后宫，不许一狗一猫走脱，大殿起火，太后宫同时火攻杀之！"一骑士忐忑道："太后宫何须火攻，一个老女子值么？"赵高声色俱厉道："秦王最恨太后淫行，火杀全宫，一个不留！"

对于杀郭开韩仓，李斯蒙毅是明确的，也是事先知道的。秦王对两人的叮嘱是："宣书之后，但将郭开夜宴促成、天火降下，你等即可撤出王城，余事皆交赵高。"也就是说，李斯蒙毅在王城的使命只有两个：促成夜宴，发动天火烧殿。两人也都同样相信，赵高做事不会走样。为使这场大火变成"天谴淫政"的谶言，蒙毅事先谋划了秘密火箭齐射大殿的方略，秦王李斯欣然赞同。按照预定谋划，五更刁斗打起之时，隐藏在周边树林的机发连弩骤然齐射，包裹布头又渗透猛火油的胳膊粗的火箭骤然升空，又从天扑向大殿，随即便是一片烈焰飞腾的火海。

与此同时，赵高马队四路飞驰，逢人便杀。其时，李斯蒙毅正在王城南门外登上云车瞭望。看得一时，两人均觉有异。蒙毅立即飞步下了云车，带着一支马队飞进了王城。及至李斯赶到太后寝宫前寻见蒙毅，赵高马队已经不知去向了。蒙毅找来一个为赵高领道的间士询问，间士禀报说，赵高说要为秦王太后复仇，领着马队去了太后故里。蒙毅一听大急，说声王城交给长史，飞身上马带着马队追出了王城。李斯这才踏着累累尸体，在残火废墟中巡视了赵国王城。郭开、韩仓、转胡太后，自然都变成了无头尸身。顿弱也在转胡太后寝宫的地下密室中搜寻到了，只是已经被烟火熏呛得奄奄一息。内侍、侍女十之八九被杀，尤其是曾经被赵迁百般淫虐的两百多名金发胡女，无一例外地全部被杀。尤令李斯痛心的是，赵高马队还全部杀死了与宴的赵国王族大臣与子弟，春平君尸身被马队踩成了肉泥……

"赵高赶赴太后故里，臣料又是一场杀戮。"

"阉宦竖子！剁了他狗头！"嬴政恶狠狠骂了一句。

"王已一错，不可再错。"李斯肃然正色。

“一错再错，长史所言何意？”

“臣思此事，也是在赵高滥杀之后，君上姑妄听之。”

“长史有话直说。”嬴政对李斯的小心谨慎有些不快。

“诛杀郭开韩仓转胡太后，原本堂堂正正之举。本当在邯郸大举法场，将一班乱臣贼子并淫秽太后罪孽大白于天下，以法度刑杀之。不合君上拘泥于对大奸郭开一书之信，欲图以天火谶言了结此奸。然则，密事密杀之门一开，素来难以掌控。不如依法刑杀能做到有度除奸。此为一错。”

“再错如何？”

“若再因此事起因而随意处死赵高，将是再错。”

“赵高违令滥杀，不当死？”

“纵死赵高，当依法勘审而后刑杀。君上一言杀之，如同赵政之乱也。”

“岂有此理！杀一赵高便是乱政？”嬴政冷笑。

“何谓乱政？愿君上三思而后断。”李斯说得沉重缓慢，坚实得不可动摇，“春秋之世，晋国屠岸贾欲杀赵盾，韩厥有言，‘妄诛谓之乱。’何谓妄诛？不经律法而一言滥杀也。赵氏立国，妄杀迭起，兵变频出，为山东乱政之首。赵迁即位，郭开当道，诸元老欲举兵变杀赵迁郭开，李牧庞煖从之，而赵迁郭开则同样欲图密杀对方；如此上下皆行滥杀，赵国密杀之风大起，先杀庞煖，再杀李牧，终致败亡。今赵高虽是小小侍臣，却因常随君上而为朝野皆知，若一言妄杀而不经法度，臣恐开乱政杀人之先河也！”

随着李斯的慷慨直言，嬴政的脸色由烦躁冰冷渐渐变为肃然。终于，嬴政深深一躬：“先生之言，开我茅塞，嬴政谨受教。”李斯连忙一躬道：“君上襟怀广大，臣不胜敬服也！”嬴政慨然道：“今日得先生一言，嬴政铭刻在心也！终嬴政之世，决不妄杀一人！”李斯一时热泪盈眶，肃然挺身长跪，一拱手道：“君上有此心志，秦国明，天下定，臣下公，大秦不朽也！”

三日之后的暮色时分，蒙毅赵高两支马队风尘仆仆归来了。

蒙毅铁青着脸色一言不发。赵高却是满脸通红一头汗水，显是一路争辩之后仍压抑不住亢奋的神色。嬴政板着脸，令赵高禀报经过。赵高这才觉察出气氛有异，遂立即收敛小心翼翼地禀报了赶赴太后故里的作为：昔年与太后一族有仇的邻里商贾全数被杀，尤其是一班当年蔑视戏弄少年嬴政的贵胄子弟，都被赵高马队寻觅追逐一一杀了。嬴政尚未听完已是怒火攻心，却硬生生忍住冷冷道："如此杀人？可是我意？"

"不。小高子私度君上之心。"

"竖子大胆！"嬴政终于爆发，一脚将赵高踹翻在地，"交蒙毅勘审！"

"臣领命！"蒙毅一拱手，押着赵高出了行营。

旬日之后，蒙毅呈上了勘审赵高的书简。蒙毅的勘审是缜密的，非但如实录下了赵高的全部供词，且有两处被滥杀者的全部名录，还有飞马报请廷尉府核准后的廷尉定刑书。综合诸般事实并秦国律法，蒙毅上书拟定刑罚是：赵高当处死，念其不讳罪且一直自认是私度秦王之心，拟赐自裁以全尸。

抚着一匣书卷，嬴政良久默然。思及赵高敏行任事干练利落，嬴政心下大大不忍。自少年追随自己，这个被嬴政呼为小高子的赵高几乎如同自己肚里的虫子，冷热寒凉喜怒哀乐无不知晓。尤其是在嬴政立为太子、秦王而尚未亲政的夹缝岁月里，赵高几乎是嬴政唯一可信的能事者，通连蒙恬，寻觅王翦，争取王绾，探察嫪毐与文信侯吕不韦的种种动态，没有一件不是赵高的功劳。就实说，赵高若不是阉宦之身，以赵高诸般才具与功劳，早早便该是赫赫大臣了。然则，赵高从来没有委屈之心，仿佛天生便是嬴政的一只手臂一支探杖，即便遇到生死关头，嬴政也确信赵高能舍出性命换取秦王安然无恙。今次犯错，赵高立即坦承自己是"私度君上之心"，第一个便将嬴政摘了出去。此举果是赵高过人的聪敏，又何尝不是耿耿维护秦王之心？如此功劳才具之士一罪而杀，未免失之公平。

雄鸡长鸣，嬴政终于从纷繁思绪中摆脱出来，召见了蒙毅。

"赵高所杀者，可有不当杀之人？"嬴政笑着问了一句。

"王城之内，可说没有。太后故里，臣不敢妄言。"

"能否彻查？"

"君上之意，欲赦免赵高？"

嬴政默然良久，一叹道："一门生于隐宫，小高子可怜也！"

蒙毅不忍秦王伤感，道："臣思此事，可过可罪，然须有法度之说。"

"何说？"

"若作过失待之，必得以赵高奉命行事，其行虽过，终非大罪。"

"你是说，须对廷尉府言明：赵高之举乃奉本王密令？"

"唯有如此，可赦赵高。"

"原本如此，何难之有！"嬴政顿时恍然。

"然则，天下将因此而谴责秦王。"

"骂则骂矣！虎狼之名，能因一事而去之？"嬴政反倒笑了。

"君上既有此心，夫复何言！"

旬日之后，在快马文书与咸阳廷尉府的来往中，赵高被赦免了。不功不赏，赵高还是掌管王城车马仪仗的中车府令。赵高逢赦，李斯本欲再谏秦王，终究还是没有开口。毕竟，秦王身边也确实需要一个精明能事如赵高的人手。再说，赵高当年驾王车追回自己于函谷关外，那份辛劳功绩，李斯又如何能忘？更有一样，赵高遇赦，丝毫没有骄狂之态，反倒是对李斯蒙毅更敬重了。如此掂得轻重的一个内臣，秦王尚且不惜公开密令赦其罪，大臣们又何须在灭国大战的烽火狼烟中去认真计较。

入冬时节，秦王行营离开邯郸回到了咸阳。

秦国大军依旧驻扎在赵国，由正式擢升为上将军的王翦统帅，立即开始筹划连续攻灭燕国之战事。李斯带着后续抵达的官吏，也开始了稳定赵国民治的新政。其间，秦军间士营探察得一个惊人消息：赵国废太子赵嘉在残余王族护卫下秘密逃往代郡，欲立代国继续抗秦！李斯与秦军诸将异口同声，都主张立即追杀公子嘉逃亡势力。王翦却道："公子嘉北上代郡，显是要与燕国结盟。代国根基在燕，灭燕则代国失却后援。其时我军从北边包抄后路，灭之易如反掌。此时追杀，若迫使其逃亡匈奴反是大患。"两方对策飞报咸阳，秦王回书曰："上将军之策甚是稳妥。本王已书令蒙恬：公子嘉不北向匈奴，我则不动；若其北逃匈奴，立即堵截歼灭。"于是，秦军不理会赵嘉的代国，而只一心准备灭燕。

六年之后，公子嘉的代国灭亡，赵国最后一丝火焰也熄灭了。

这是公元前 228 年冬天的故事。

## 九 烈乱族性亡强国 不亦悲乎

赵国的灭亡，是战国末期最为重大的历史事件。

赵国历史有三说：其一，战国开端说。视赵襄子元年（公元前475年）为赵氏部族立国，到秦破邯郸赵王迁被虏（公元前228年），历经十二代十二任国君，历时二百四十七年；其二，开端同上，以赵公子嘉之代国灭亡为赵国最后灭亡，历时二百五十三年；其三，三家分晋说，以周王室正式承认魏赵韩三家诸侯为赵国开端（公元前403年），则其历时或一百七十五年，或一百八十一年。

从历史实际影响力着眼，第一说当为切实之论。

邯郸陷落赵王被俘，强大的赵国事实上已经灭亡。

赵国灭亡，真正改变了战国末期的天下格局。

从赵武灵王胡服骑射开始，到赵国灭亡的近百年间，赵国始终都是山东六国的巍巍屏障。在与秦国对抗的历史中，赵国独对秦军做长期奋争。纵然在长平大战一举葬送精锐五十余万后，赵国依旧能从汪洋血泊中再度艰难站起并渐渐恢复元气。此后形势大变，山东五国慑于秦军威势，再也不敢以赵国为轴心发动具有真正实力攻击性的合纵抗秦，反倒渐渐疏远了赵国。赵国为了联结抗秦阵线，多次以割地为条件与五国结盟，都是形聚而神散，终致几次小合纵都是不堪秦军一击。当此之时，赵国依旧坚韧顽强地独抗秦军，即或是孝成王之后的赵悼襄王初期，李牧依然能两次大胜秦军。应该说，赵国的器局眼光远超山东五国，是山东战国中唯一与秦国一样具有天下之心的超强大国。假若孝成王之后的两代国君依旧如惠文王、孝成王时期的清明政局，而能使廉颇归赵，李牧庞煖不死，司马尚不走，秦赵对抗结局如何，亦未可知也。

然则，历史不可假设，赵国毕竟去了。

巍巍强赵呼啦啦崩塌，其间隐藏的种种奥秘令后人嗟叹不已。

六国之亡是中国历史上最为重大的时代分水岭。其间原因，历代多有探讨。西汉贾谊《过秦论》将六国灭亡及秦帝国灭亡之因，归结为“攻守之势异也”。唐人杜牧的《阿房宫赋》则云：“灭六国者，六国也，非秦也。族秦者，秦也，非天下也。”北宋苏洵的《六国论》又是另一说法：“六国破灭，非兵不利，战不善，弊在赂秦。赂秦而力亏，破灭之道也！”苏洵儿子苏辙的《六国论》，则将六国之亡归于战略失误，认为六国为争小利互相残杀，致使秦国夺取韩魏占据中原腹心，六国失去抗秦根基而灭亡。清人李桢的《六国论》，又将六国之亡归结为不坚持苏秦开创的合纵抗秦之道。更有诸多史家学者专论秦帝国灭亡之原因，连带论及六国灭亡，大体皆是此类表层原因。凡此等等，其中最为烁目者，莫过于诗人杜牧首先提出的将六国灭亡根由归结为六国自身、将秦帝国灭亡归结为秦帝国自身的历史方法论。这是内因论。内因是根本。尽管循着如此方法，历代史论家依然没有发掘到根本，也就是，历代史论始终没有找到这个内因的具体元素。然毕竟不失为精辟论断之种种。攻守之势也好，贿赂秦国也好，战略失误也好，不执合纵也好，毕竟都是实实在在的具体原因。

然则，内在根本原因究竟何在？

三晋赵魏韩之亡，是华美壮盛的中原文明以崩溃形式弥散华夏的开始。历史地看，这种崩溃具有使整个华夏文明融合于统一国度而再造再生的意义，具有壮烈的历史美感。然则，从国家兴亡的角度看去，三晋之亡则显然暴露出其政治根基的脆弱。也就是说，三晋政治文明所赖以存在的框架是有极大缺陷的。这种缺陷，其表象是一致的：变法不彻底，国家形式不具有激励社会的强大力量。然则，为什么是这样？为什么三晋乃至山东六国，都不能发生如秦国一般的彻底变法？都有着秦国所没有的政治文明的重大缺陷？

隐藏在这里的答案，才是六国灭亡的真正奥秘所在。

事实上，任何部族民族所建立的国家，其文明框架的构成，其国家行为的特质，都取决于久远的族性传统，以及这种传统所决定的认识能力。而族性传统之形成，则取决于更为久远的生存环境，及其在这种独特环境中所经历的具有转折意义的重大事件。这种经由生存环境与重大事件锤炼的传统一旦形成，便如人之生命基因代代遗传，使其生命形式将永远沿着某种颇似神秘的轴心延续，纵是兴亡沉浮，也不会脱离这一内在的神秘轨迹。

唯其如此，部族的族性传统决定着其所建立的国家的秉性。

赵人之族性传统，勇而气躁，烈而尚乱。

赵人族性根基与秦人同，历史结局却不同。这是又一个历史奥秘。

秦赵族性之要害，是“尚乱”二字。何谓乱？《史记·赵世家》所记载的韩厥说屠岸贾做了最明确界定，韩厥云：“妄诛，谓之乱。”在古典政治中，这是对乱之于政治的最精辟解释。也就是说，妄杀便是乱。何谓妄杀？其一不报国君而擅自杀戮政敌，其二不依法度而以私刑复仇。妄杀之风滥觞，在国家庙堂，是无可阻挡的兵变政变之风，动辄以密谋举事杀戮政敌的方式，以求解脱政治困境，或为实现某种政治主张清除阻力。在庶民行为，则是私斗成风，不经律法而快意恩仇的社会风习。此等部族构成的国家，往往是刚烈武勇而乱政丛生，呈现出极不稳定的社会格局，戏剧性变化频繁迭出，落差之大令人感喟。

依其族源，秦赵同根，族性同一。而在春秋之世至战国前期，也恰恰是这两个邦国有着惊人的相似：庙堂多乱政杀戮，庶民则私斗成风。然则，在历史的发展中，秦部族却因经历了亘古未有的一次重大事件而革除了部族痼疾，再衍生出一种新的国风，从而在很长时期内成功地避免了与赵国如出一辙的乱政危局。这个重大事件，便是商鞅变法。历史地看，商鞅变法对于秦国具有真正的再造意义——没有商鞅这种铁腕政治家的战时法治以及推行法治的坚定果敢，便不能强力扭转秦部族的烈乱秉性。事实上，秦国在秦献公之前，其政变兵变之频繁丝毫不亚于赵国，其庶民私斗擅杀风习之浓烈更是远超赵国而成天下之最。唯横空出世的商鞅变法，使秦部族在重刑威慑与激赏奖励之下洗心革面，最终凝聚成使天下瞠目结舌的可怕力量。始皇帝之后，秦部族又陷入乱政滥杀，最后一次暴露出秦部族的烈乱痼疾，这是后话，容在秦帝国灭亡之后探讨。

赵国没有经历如此深彻的强力变法。

赵氏部族的烈乱秉性，没有经由严酷洗礼而发生质变。

是故，赵部族的乱政风习始终伴随着赵国，以致最终直接导致其灭亡。

大略回顾赵部族的乱政历史，可以使我们清晰地看到赵国灭亡的内因。

远古之世，赵秦部族与大禹部族是华夏东方最大的两个部族。赵秦部族能记住名字的最远祖先是大业。这个大业，便是后来被视为决狱之圣的皋陶[1]。第二代族领是伯益。在皋陶、伯益时代，赵秦部族、商周两族与大禹部族结成轴心盟约，四大部族发动并完成了远古治水的伟大事业。治水之后，大禹部族与秦人部族结成了互援轴心同盟。可是，大禹病逝之后，大局骤然发生了变化——启代伯益继承了最高权力，建立了夏王国。已经明确为大禹继任者的伯益被大禹的儿子启密谋处置，不知所终。由此，秦人部族与夏部族有了不可化解的仇恨。终夏之世，秦人部族不参夏政，游离于夏王国主流社会之外而独立耕耘渔猎。夏末之世，商部族发动联络各部族灭夏，秦人部族立即呼应，加入反夏大军并在鸣条之战中与商部族联合灭夏。其后，秦人部族成为商王国的方国诸侯之一。在商王国时代，秦人部族的主力分为两支：其中一支以飞廉、恶来父子为先后首领，拱卫都城朝歌区域；一支居于“西陲”，成为商王国镇守边地的方国。随着周武革命而灭商，赵秦部族的两支力量分开了。镇守西陲的一支因忠于商王国而疏远周王国，远避戎狄聚居的陇西地带独立耕牧，这便是后来的秦部族。仍居中原腹地的一支北上谋生。后来相对臣服周王国，其首领造父成为周穆王的王车驭手[2]，因功封于赵城，演变为周室功臣，始有赵部族。

西周末期，秦赵两部族的命运发生了惊人的颠倒：秦部族应周太子（周平王）之邀，浴血奋战杀败戎狄平定镐京之乱，成为东周的开国诸侯；赵部族却在很长时间内，依然是蜗居晋地的寻常部族。

以上之赵氏历史，可称为先赵时期。

春秋（东周）中期，赵部族在晋国渐渐发展起来。及至赵衰、赵盾两世，由于辅佐晋文公霸业极为得力，赵氏部族崛起为晋国的掌军部族。从赵盾时期开始，赵氏部族成为晋国的权臣大部族之一，无可避免地卷入了晋国的权力主流。从此，赵氏部族开始了外争内乱俱频繁的血雨腥风的部

[1] 大业即皋陶，见沈长云等《赵国史稿》之考证。

[2] 据史家考证，王车驭手地位很高，等同于大臣，并非寻常匠技庶人。

族历史。从赵盾到赵襄子立国，可称为早赵时期。

内乱妄杀频仍，大起大落，是早赵部族最显著的特点。

早赵时期历经赵盾、赵朔、赵武、赵成（景叔）、赵鞅（简子）、赵毋恤（襄子）六代，大体一百余年。这六代之中，发生的内乱妄杀事件主要有四次：

其一，赵盾时期部族内争，导致赵氏部族分裂，几被政敌灭绝[1]。

其二，赵简子废嫡（太子伯鲁），改立狄女所生庶子赵毋恤（襄子）为继承人。这是赵氏部族第一次废嫡立庶之举，为以后的废嫡立庶之风开了先河。

其三，赵简子妄杀邯郸大夫午，导致自己孤立逃亡，开政治妄杀先例。

其四，赵襄子诱骗其姊夫（代地部族首领）饮宴，密令宰人（膳食官）以铜枓（斟水器具）击杀之。“其姊闻之，泣而呼天，摩笄（发簪）自杀。”[2] 这是典型的内乱妄杀。

显然，早赵部族在处置部族内政方面没有稳定法则，缺乏常态，妄杀事件迭起，导致其部族命运剧烈震荡大起大落。赵氏立国之后，这种内乱之风非但没有有效遏制，反倒是代有发生，十二代中竟有十一次之多：

其一，公元前 425 年，赵襄子方死，其子赵浣（献侯）立。赵襄子之弟赵桓子密谋兵变，驱逐赵浣，自立为赵主。

其二，公元前 424 年，赵桓子死，赵部族将军大臣再度兵变，乱兵杀死赵桓子儿子，复立赵浣，是为赵献侯。

其三，公元前 387 年，赵烈侯死，其弟武公立。武公十三年死，赵部族将军举事政变，废黜武公子，而改立烈侯子赵章，是为赵敬侯。

其四，公元前 386 年，赵武公之子赵朝发动兵变，被攻破，逃亡魏国。

其五，公元前 374 年，赵成侯元年，公子赵胜兵变争位，被攻破。

其六，公元前 350 年，赵成侯死，公子赵緤发动兵变与太子赵语（赵肃侯）争位；赵緤失败，逃亡韩国。

---

[1] 赵盾之世的内乱起因于让嫡，终致被屠岸贾势力大肆杀戮，故事纷繁，有兴趣者可阅读史料。

[2] 见《史记·赵世家》。

其七，公元前299年，赵武灵王传位王子赵何（此前废黜原长子太子赵章，改立赵何为太子），退王位自称主父；不忍赵章废黜，复封赵章为安阳君。其后赵章发动兵变，与赵何争位。权臣大将赵成支持赵何，击杀赵章。

其八，赵成再度政变，包围沙丘行宫三月余，活活饿死赵武灵王。

其九，公元前245年，赵国发生罕见的将帅互相攻杀事件：赵悼襄王命乐乘代廉颇为将攻燕，廉颇不服生怒，率军攻击乐乘，乐乘败走，廉颇无以立足而逃亡魏国。这是战国时代极其罕见的大将公然抗命事件，而赵国朝野却视为寻常。几年后赵国复召廉颇，即是明证。

其十，赵悼襄王晚期，废黜原太子赵嘉，改立新后（倡女）之子赵迁为太子，种下最后大乱的根基。

其十一，赵迁即位，内乱迭起，郭开当道，诛杀李牧。

为国十二代而有十一次兵变政变内乱，战国绝无仅有也。

战国大争，每个国家都曾有过内争事件，然则如赵国这般连绵不断且每每发生在强盛之期而致突然跌入低谷者，实在没有第二家。历史呈现的清晰脉络是：赵国之乱政风习代有发作，始终不能抑制，且愈到后期愈加酷烈化密谋化，终于导致赵国轰然崩塌。赵国乱政痼疾，是赵国灭亡的直接内因。其更为深层的内因，则在于部族秉性。如前所述，部族秉性生成于生存环境与其所经历的重大事件。所谓生存环境，一则是自然地理环境，二则是社会人文环境。地理环境决定其与自然抗争的生存方式，社会环境则决定其人际族群的相处方式。对赵国两大根基环境作以大要分析，可以使我们更深地透视这个强大国家的根基。

古人很重视对地域族群性格的概括。《史记·货殖列传》、《汉书·地理志》都对战国时代的地域性格做了丰富的记载，做出了精当的概括，这便是将地理环境与民风民俗直接联系起来的种种分析。赵国之地，大体分为邯郸地带、中山地带、太原地带、上党地带、代郡地带、云中胡地等六大区域，其各地地理民风的大体记载是：

邯郸地带：处漳、河之间，一都会也，北通燕、涿，南邻郑、卫，近梁（大梁）、鲁；土广俗杂，大率精急，高气势，轻为奸，好气任侠。

中山地带：山地薄，人众，民俗狷急，仰机利而食；丈夫相聚游戏，悲歌慷慨，起则相随椎剽（白日以木椎杀人剽掠），休则掘冢作巧奸冶（夜来则盗墓为奸巧生计）；女子则鼓鸣瑟（弹着乐器），跕屣（拖着木屣），游媚富贵，入后宫，遍诸侯。

太原上党地带：多晋公族子孙，以诈力相倾，矜夸功名，报仇过直，嫁娶送死者靡。

代郡地带：地边胡（与胡地相邻），数被寇（多被胡人劫掠）。人民矜懻忮（强直狠毒），好气，任侠为奸，不事农商。其民如兕羊，劲悍而不均。自晋时中原已患其剽悍，而赵武灵王益厉（激励）之，其俗有赵风。

云中胡地：本戎狄地，多居赵齐卫楚之民，鄙朴，少礼文，好射猎。

综合言之，赵国腹地山塬交错，除了汾水谷地与邯郸北部小平原，大多被纵横山地分割成小块区域，可耕之地少而多旱（薄），农耕业难以居主导地位；更兼北为胡地，狩猎畜牧遂成与农耕相杂甚或超过农耕的谋生主流。相比于赵国，其他六国均有大片富庶农耕之地：秦有关中蜀中两大天府之国，魏韩有大河平原，齐有滨海半岛平原，楚有江汉平原与吴越平原，燕有大河入海口平原与辽东部分平原。当时天下，只有赵国没有如此大面积的农耕基地。如此地理环境的民众，在农耕时代自然难以像中原列国那样以耕耘为主流生计。为此，所形成的社会人文环境（民风民俗）便有两大特征：

其一，仰机利而食。农耕无利而不愿从事农耕，崇尚智巧与其他生存之道。譬如男子“好射猎、多任侠、轻为奸、常劫掠”等；女子“设形容，奔富贵，入后宫，遍诸侯”等。也就是说，在赵国这样一个没有大片富庶土地的国家，人民的生存方式是不确定的，是动荡的。贫瘠多动荡。这是人类发展的普遍现象，即或在两千多年后的今日，我们依然能在贫瘠国度与地区看到此种现象的重演。

其二，豪侠尚乱，慷慨悲歌。唯其生计多动荡，则生存竞争必激烈。唯其竞争激烈，豪杰任侠必多出，竞争手段必空前残酷。所谓人民强直而狠毒（懻忮），所谓高气势而重义气，所谓报仇过直，皆此之意也。在一切都处于自然节奏的古典社会，若无坚韧彻底的法治精神，则法治实现难度极大。其时，社会正义的实现与维持，必然需要以豪杰任侠之士的私行来补充。唯有如此社会需要，赵国才会出现民多豪侠的普遍风气，其豪侠之士远远多于其他国度。豪侠多生，既抑制了法治难以尽行于山野所可能带来的社会动荡，又激发了整个社会的“尚乱”之风。尚乱者，崇尚私刑杀人也。对于政治而言，私刑杀人就是妄诛妄杀，就是连绵不断的兵变政变。

《吕氏春秋·介立篇》有一则评判云：“韩、荆（楚）、赵，此三国者之将帅贵人皆多骄矣，其士卒众庶皆多壮矣！因相暴，以相杀。脆弱者拜请以避死，其卒递而相食，不辨其义，冀幸以得活……今此相为谋，岂不远哉！（要如此人等同心谋事，显然是太远了啊！）”吕不韦曾久居赵国，如此评判赵国将帅贵人与士卒众庶，当是很接近事实的论断。

唯有如此社会土壤，才有如此政治土壤。

唯有如此政治土壤，才有如此乱政频仍。

中国古典思想史上的两大惊人论断，都是赵国思想家创立的。

慎到，首创了忠臣害国论。荀况，首创人性本恶论。

这是发人深思的历史现象。

慎到者，赵国邯郸人也。其主要活动虽在齐国稷下学宫与楚国、鲁国，然其思想的形成发展不可能脱离赵国土壤。慎到是法家中的势治派姑且不说，其反对忠臣的理论在中国古典思想史上堪称空前绝后。慎到之《知忠》篇云：“乱世之中，亡国之臣，非独无忠臣也！治国之中，显君之臣，非独能尽忠也！治国之人，忠不偏于其君。乱世之人，道不偏于其臣。然而治乱之世，同世有忠道之人，臣之欲忠者不绝世……比干子胥之忠，毁瘁君主于闇墨之中，遂染溺灭名而死。由是观之，忠未足以救乱世，而适足以重非……桀有忠臣而罪盈天下……忠不得过职，而职不得过官……将治乱，在于贤使任职，而不在于忠也。故智盈天下，泽及其国；忠盈天下，害及其国！”

以当代观念意译慎到之《知忠》篇，是说：乱世亡国之臣中，不是没有忠臣。而治国能臣，更不都是尽忠之臣。治国之能才，应当忠于职守，而不是忠于君主。乱世之庸人，则忠于君主，而不忠于职守。人世治乱，想做忠臣者不绝于世。譬如比干、伍子胥那样的赫赫忠臣，最终却只能使君主毁灭于庙堂，自己也衰竭而死。所以，忠臣未必能救乱世，却能使谬误成风。官员当忠于职守，而职守不能越过自己的职位。而忠臣自以为忠于君主而到处插手，反而将朝政搞乱。所以，夏桀不是没有忠臣，其罪恶却弥漫天下。治国在于贤能，而不在于忠。所以，能才彰显天下，国家受益；忠臣彰显天下，国家受害！

慎到反对忠臣之论，其论断之深刻精辟自不待言。我们要说的是，这一理论独生于豪侠尚乱的赵国而成天下唯一，深刻反映了赵人不崇尚忠君的部族秉性。唯其如此，赵国政变迭生，废立君主如家常便饭，当可得到更为深刻的说明。

荀况也是赵人。其《性恶》篇云："人之性恶。其善者，伪也。今人之性，生而好利焉，顺是，故争夺生而辞让亡焉！生而有疾恶焉，顺是，故残贼生而忠信亡焉！生而有耳目之欲，有好声色焉，顺是，故淫乱生而礼义文理亡焉！然则，从人之性，顺人之情，必出于争夺，合于犯分乱理，而归于暴。"

荀子性恶论的提出，是为了论证法治产生的必然性，其伟大自不待言。中国只有在战国之世，才能产生如此深刻冰冷的学说。我们要说的仍然是，此论独生于赵国思想家，生于豪侠尚乱的社会土壤所诞生的思想家，在某种意义上，它深刻反映了赵人之地域性格中不尚善而尚恶的一面。唯其有尚恶之风，故赵国之乱政丛生有了又一注脚。

强大的赵国已经轰然崩塌于历史潮流的激荡之中。

但是，这个英雄辈出的国家曾经爆发的灿烂光焰，将永久地照耀着我们的灵魂。

# 第七章 迁政亡燕

## 一 燕虽弱而善附大国 当先为山东剪除羽翼

秦王嬴政离开邯郸之前，在行营聚集大臣将军做了重要会商。

会商事项只有一件：秦军灭赵之后，是南下灭魏还是北上灭燕？之所以有此会商，在于秦王君臣对灭赵之战的艰难有最充分的准备，所需时日长短也没有预先做出强制约定。唯其如此，灭赵之后天下大势会发生何等变化，秦军如何以此等变化为根基决断大军去向，都在未定之数。如今赵国已灭，用时只有堪堪两年，且秦军伤亡极小，其顺利大大超出了秦国君臣将士预料。更为重要的是，灭赵并未引起山东其余四国从麻木中惊醒而拼命合纵抗秦的严峻情势。而这一点，曾经是秦国君臣最为担心的。李斯、尉缭曾联名上书着意提醒秦王：若灭赵之后合纵奋力而起，秦国宁可放慢灭国步伐而做缓图，不宜强出强战。当时，秦王嬴政是认可的。如今，四国非但没有大的动静，甚至连互通声气的邦交使节也大为减少，鼓动合纵更是了无迹象。

这种情势，既出秦国君臣预料，又令秦国君臣振奋。尉缭兼程驰驱，特意从咸阳赶赴邯郸，当夜便邀李斯共见秦王。在秦王行营的洗尘小宴上，尉缭点着竹杖不无兴奋地道：“韩赵庶民未生乱，山东四国未合纵。于民，天下归一之心可见也！于国，畏秦自保可见也！有此两大情势，老臣以为：连续灭国可成，一统大业可期可望！”李斯一无异议，力表赞同。秦王嬴政精神大振，连连点头认可。于是，执掌行营事务的长史李斯立即知会王翦、蒙恬与灭赵大军的几位主力大将，才有了这次会商大军去向之朝会。

“我兵锋所向亟待商定，诸位但说无妨。”

秦王嬴政叩着大案开宗明义道：“我军向魏向燕，抑或同时攻灭两国，本王尚无定见，唯待诸位共商而后决。”话音落点，北路军主将李信立即挺身起立拱手慷慨道：“李信以为，我军战力远超列国，可同时分兵三路，一鼓攻灭魏齐燕三国！如此，北中国一举可定！其时，一军南下，楚国必望风而降。两年之内，中国可一也！”李信说罢，火热的目光望着杨端和、王贲等几位主力大将，显然期待着众口一声慷慨呼应。不料，几位大将却都没有说话。王贲更甚，还紧紧皱起了眉头。王翦、蒙恬、李斯、尉缭四位军政大员与顿弱、姚贾若有所思地沉默着。一时，李信有些惶惑。

“将军壮勇可嘉！果能如此，大秦之幸也！”

嬴政拍案赞叹了一句，既是对李信的抚慰赞赏，也不期然流露出某种认可。从心底说，嬴政对这位年轻大将的果敢自信是极其欣赏的。此前的灭赵之战中，李信曾多次直接上书秦王，请求早日南下袭击李牧军背后，以便早日结束灭赵之战。嬴政之所以没有首肯，与其说是对李信方略不认同，毋宁说基于事先对王翦全权调遣灭赵大战之承诺的信守。毕竟，灭赵大战是与最大强国的最后决战，宁失于稳，不失于躁。对面敌手若不是赵国，依着嬴政雷厉风行的秉性，定然会毫不犹豫地准许李信军早日南下。唯其如此，嬴政不以为李信的同灭三国是轻躁冒进，甚至以为，这是秦人秦军该当具有的勇略之气。

“臣有应对。”李斯终于打破了沉默。

“卿策定能鼓荡风云！”嬴政罕见地赞赏一句，诱导之意显而易见。

“臣之见：依目下大势，仍应慎战慎进。”

李斯似乎对秦王的赞赏诱导浑然不觉，径自侃侃道：“所余楚齐魏燕四国，皆昔日大国，除魏地稍缩，三国地广皆在三千里以上。我若兵分三路而齐灭三国，则各路兵力俱各十余万而已。但在一国陷入泥沼，势必全局受累。更为根本者，官署民治无法从容跟进。新设官署若全部沿用所灭国之旧官吏，则必然给残余世族鼓荡民乱留下极大余地。其时纵然灭国，必有动荡之势。我若镇抚不力，反受种种掣肘。此，臣之顾忌所在也！”

“老臣赞同长史所言。”尉缭点着竹杖道，“夫灭国之战，非同于寻常争城略地之战也！其间要害，在于军、政、民三方鼎力协同。一国一国，逐步下之，俱各从容。多头齐战，俱各忙乱。当年，范雎之远交近攻方略，其深意正在于此也！愿君上慎之思之。”

两大主谋同时反秦王之意而论，殿中又是一时沉寂。

“果如长史国尉所言，先向何国？”

这便是嬴政，虽然皱起了眉头，然对长策方略之选择却有着极高的悟性，但觉其言其策深具正道，纵然不合己心，也更愿意在大臣将军们悉数说话后再做最后决断。一句问话，显然是要将会商引入具体对策。

“愿闻两位邦交大臣之见！”李信突兀插进一句。

“将军之意，燕魏两国俱各昏昧，至少可同时灭得两国？”

“果能如此，有何不可！”李信被尉缭说破，依然一副激昂神情。

“燕国疲弱乏力，政情昏昧，定可一鼓而下！”顿弱一句做了评判。

“魏国等同，甚或比燕国更为昏昧，一鼓可灭！”姚贾也立即做了评判。

“两卿之意，至少燕魏可同时灭之？”嬴政目光炯炯地扫视着大帐。

“君上明断！”两人异口同声。

“目下之山东战国，无一国不乱，无一王不昏！”顿弱从地下密室被搜救出来后虽颇显病态，此时却兴奋得满脸涨红，“此，臣感同身受也！韩王安、赵王迁、齐王建、魏王假，是四个浮浪君王。楚王与燕王，则是两个衰朽不堪之老王。故此，放手大打，两三年可定天下！长史国尉之言，实足过虑也！”

“顿弱之言，英雄之志哉！”嬴政不禁拍案赞叹。

“赞同上卿之策，齐灭两国！”杨端和终于赞同了。

“末将依旧以为：我军战力，同时可灭三国！”李信还是慷慨激昂。

“君上，末将有话说！”一个年轻而又响亮的声音使举座为之一振。

“王贲，好！但说无妨。”嬴政欣然拍案。

王贲英挺威猛而不苟言笑，站起来庄重地一拱手道：“王贲以为：目下用兵于灭国大战，不宜过急，亦不宜过缓。过急则欲速不达，过缓则可能坐失良机。所余四国，齐楚最大，当单独灭之。魏燕两国则疲弱已极，可同时灭之。以我大秦目下国力战力，分兵两路当无后顾之忧。王贲愿率兵十万，攻灭魏国，以与灭燕之主力大军南北呼应！”

“两位上将军以为如何？”嬴政的目光终于扫到了王翦蒙恬脸上。

“王贲亡国之言，臣不敢苟同。”王翦黑着脸扎扎实实一句。

“王贲固是上将军之子，然也未免责之过甚了。”嬴政淡淡一笑。

“君上明察：王翦正是将王贲作大秦将军以待，方有此一责难。”王翦沟壑纵横的脸膛毫无笑意，“自古至今，唯兵家之事深不可测。将亡之国，未尝无精悍之兵。勃兴之邦，未尝无败兵之师。若以枯木朽株看山东大国，臣以为迟早将酿成大患。顿弱、姚贾囚于邦交所见，失之于未见根基。李信、杨端和、王贲，则囚于战场之见，失之于未见政情民情。凡此等等，皆非上兵之道，望君上慎之思之！”

“臣赞同上将军之言。”蒙恬沉稳接道，“韩非《亡征》篇云，‘木虽朽，无疾风不折。墙虽隙，无大雨不坏。’且以燕国而言，其势虽弱，然北连匈奴，东接东胡，如今又有赵国残余呼应；四方俱有飞骑轻兵，快捷灵动，若结盟连为一体，秦军全力一战胜负亦未可知，谈何两国齐灭？臣与上将军多经会商，皆以为：灭国大战，切忌轻躁冒进。”

“两上将军之意，先全力灭燕？”嬴政心下一震，重重问了一句。

王翦对道：“臣与蒙恬主张同一，正是先灭燕国。诚如蒙恬所言，灭燕之难，不在其国力强盛，而在其地处北边，连接诸胡与残赵。若不能一鼓破之全力剿之，而使其与代王嘉北逃匈奴，或再度立国，中原将有无穷后患也！唯其如此，灭燕非但得出动全数大军，且得蒙恬军从北边出动，遮绝燕、代与匈奴诸胡之联结。非如此，不能尽灭燕国！”

“君上，灭燕之要，还有一端。”李斯拱手高声。

“噢？长史但说。”

“燕虽弱而善附大国，当先为山东剪除羽翼！”

顿时，嬴政心下一个激灵，合纵连横时期的一则有名论断立即浮现心头。那是苏秦张仪退出战国风云之后，燕国正在惶惶无计的时候，苏代对燕王剖析燕国处境时说出的一个著名评判。苏代说：“凡天下之战国七，而燕处弱焉！独战则不能，有所附则无不重。南附楚，则楚重；西附秦，则秦重；中附韩魏，则韩魏重。且苟所负之国重，此必使王重矣！”也就是说，燕国不能独当一面，然却能做举足轻重的附属盟约国；燕国依附于任何一国，都将使其力量陡增；燕国之重要，在于依附大国，而不在独当一面；唯能大大增加大国分量，燕国必然也就有分量了。苏代的说辞，本意在为燕国在七国纵横中寻求稳定长期的方略，而避免倏忽领头倏忽退缩的痉挛症。事实上，燕国除了燕昭王乐毅时期强盛一时，短暂破齐而独当一面外，此前此后，大体都在强国之间寻求依附而摇摆不定。秦国在合纵连横最激烈的时期，能多次与燕国结成盟约而破除合纵，实际上正是在燕国奉行“附国方略”的情势下做成的。虽然，燕国对附国方略之贯彻并未一以贯之，与最经常结盟的齐、赵、秦也是阴晴无定，与楚、魏、韩更是变化无常。但无论如何，燕国随时都可能倒向任何一个大国寻求支撑，则是不争的事实。目下残赵的公子嘉立了代国，燕国不是趁此良机灭掉代国增强实力，而是立即放弃了对旧赵国的仇恨与代国结成了抗秦盟约，不能不说，这也是另一种形式的附国方略。若燕国再东向附齐，或南下附楚，岂非又将使合纵抗秦死灰复燃？从此看去，燕国是所余四国中最为游移不定的一国。唯其游移不定，便存在着天下被燕国寻求出路的举动再次激出新变化的可能。也就是说，齐楚魏三国基于大国传统，其一旦陷入昏昧，国策惰性很难一时改变；而燕国恰恰相反，素无定见而寻求附国以存续社稷，则完全可能不遗余力地寻求结盟联兵。面对如此一个七八百年老牌大国送上门来，谁敢说其余三大国能断然拒绝？若欣然接纳，山东抗秦岂不是必然出现难以预料的局面？……

“好！本王定策：先行灭燕！”

嬴政拍案决断之后走下了王案，对着王翦、李斯、尉缭、蒙恬逐一地深深一躬，而后肃然道：“嬴政学浅性躁，几误大事。自今日始，但言同时灭国者，以误国罪论处。”

“君上明断！”行营大厅哄然一声，几位年轻大将的声音分外响亮。

长策议决，大部署立即确定：秦军主力全数驻屯赵国歇马整顿，来春发兵燕国。大臣将军之职司亦同时明确：王翦统兵灭燕，杨端和军、李信军归并灭燕大军，铁骑将军辛胜为灭燕前军大将；蒙恬北边防守匈奴，并同时切断燕国北上联结匈奴与诸胡之通道；顿弱领一部邦交人马入燕，姚贾领一部邦交人马入魏，继续以文武并重手段销蚀其庙堂根基；马兴改任国尉丞，辅助尉缭总司粮草辎重；蒙毅改任长史丞，辅助李斯随秦王处置国政；李斯暂留赵国，率领秦国官吏整肃旧赵国吏治，安定邯郸郡（赵国）以为灭燕根基。

旬日之后，军政各方安置妥当，秦王嬴政的行营车马五千余人离开了邯郸，经太原、上郡回了咸阳。在已经成为过去的赵国的境内，嬴政多处歇马，每每派出斥候探察民情。各方禀报都说，除了旧世族贵胄有许多逃亡代地，投奔公子嘉的代国外，庶民尚算安定；民众种种议论，骂赵王郭开者多，怨恨秦国者少；代国仓促汇聚了一支军马，驻扎在于延水以东的上谷[1]，其地两料无收，已经面临大饥荒，代地民众出现了大肆逃亡迹象。

嬴政立即歇马驻扎，与蒙毅会商，并飞书知会王翦幕府：务必设法，最大限度地不使代地民众北逃匈奴，而是南下回归有秦军驻扎的旧赵故土。三日之后，王翦飞书回复：代地灾民事已经开始全力处置，王毋忧心。嬴政这才下令行营开拔，车马辚辚回了咸阳。

王翦治军素来注重民情大势，对代地灾情原本早已探明，欲行接纳

[1] 上谷，今河北怀来之东南地带。

流民，又恐众将对赵人心存芥蒂，会以灾民扰军为名，不肯全力实施，故未下达军令。一接秦王行营书令，王翦立即会同李斯议决：大张旗鼓地下令建立临时营地，接纳代地庶民；凡流入军营之灾民，一律作军中民伕待之，派发军粮，派定劳役工程。军令颁发的同时，王翦专门在幕府聚将，邀李斯讲说乐毅当年的化齐善政。一班年轻大将本来对如此接纳赵人多有牢骚，然见秦王书令，又闻李斯着意解说安赵深意，遂欣然叹服，对接纳流民事再无推搪。如此，几乎整整一个冬天，王翦大军都在为安定赵地而与李斯率领的官吏们协同忙碌着。

倏忽开春，河消冰开，王翦大军隆隆北上，渡过易水驻扎下来。

王翦的特使飞向蓟城，向燕王送达了战书——燕国不降即战，一任抉择！

## 二　束手无策的燕国酿出了一则奇计

探马流星穿梭，商旅纷纷离燕，四十万秦军的营涛声隆隆如在耳畔。

庶民惶惶，庙堂惶惶，燕国朝野慌乱了。

这年，是燕王姬喜即位的第二十八年。距离短暂强盛的燕昭王时期，已经过去五十二年了。这五十二年中，是燕国从高峰滑落低谷的衰变之期。五十二年，燕国历经了四代燕王：燕惠王、燕武成王、燕孝王、燕王喜。四代传承，一代不如一代。燕惠王继承燕昭王之位，以骑劫换乐毅统率燕军灭齐，结果被田单以火牛阵大破燕军。从此，燕国从高峰跌入低谷。燕惠王心胸褊狭，屡屡激化朝局，即位第七年即被丞相公孙操发动兵变杀死。其后，燕武成王继位，十四年中几乎没有任何建树。这个武成王，一生只遇见了两件大事：其一，即位第一年猝遇韩魏楚三国攻燕，勉力撑持没有破国；其二，即位第七年，遇齐国安平君田单伐燕，燕国丢失了中阳之地，但却是没有被齐国攻灭。仅仅如此两事，却被一班逢迎之臣大肆颂扬，死后谥为赫赫然“武成”两字。由此足见，燕国朝野已经将能够自保作为莫大功勋，至于再度振兴开拓，那是连想也不敢想了。其后，燕孝王继位。这位孝王大约是痼疾在身，即位三年便无声无息死了，没有留下任何值得一提的举动。

接着，今王姬喜即位。

即位之初，姬喜倒是雄心勃勃，决意恢复燕昭王时期的武功与荣耀。其时，秦赵长平大战刚刚结束四年，赵国元气尚未恢复。姬喜欲图在强邻赵国的身上谋事，借以重新打出燕国军威。姬喜尚算有心，先选择了一个与自己同样雄心勃勃的大臣做丞相。此人名曰栗腹，一接手丞相府，便为姬喜谋划出一则一鸣惊人的方略：先行试探迷惑赵国，而后突然对赵国开战！燕王喜连连称是，立即责成栗腹依既定方略行事。

于是，栗腹以丞相特使之身入赵。晋见赵孝成王时，栗腹殷勤献上了五百金，说明是大燕国赠给赵王的酒资。赵孝成王欣然接纳，与栗腹当殿订立了息兵止战盟约。之后，栗腹逗留邯郸多日，对赵国情势做了自以为很是翔实的探察。栗腹归来，对燕王喜禀报说："赵国精壮全数死于长平，国中尽余少孤，待其长成精壮，尚得数年之期。目下，完全可以起兵攻赵！"

姬喜大喜过望，立即召昌国君乐闲与一班大臣会商攻赵之策。这个乐闲，是战国名将乐毅的长子。当年乐毅离燕入赵，燕国深恐乐毅危及燕国，故一力盛邀乐毅重新归燕。乐毅清醒至极，回书婉转辞谢，只将大儿子送到了燕国，以示终生不与燕国为敌。乐闲也是兵家之士，对赵国知之甚深。见燕王姬喜询问，乐闲坦诚道："赵为四战之国，其民习兵尚武远过燕国，不可伐。"姬喜皱着眉头道："我方兵力，以五对一伐之，不可么？"乐闲还是扎扎实实一句："不可。"姬喜勃然变色道："昌国君是赵臣，还是燕臣？宁长赵国志气，灭燕国军威乎！"一班大臣见姬喜动怒，立即异口同声拥戴攻赵。乐闲也只能不说话了。于是，燕王姬喜立即下令：兵分两路攻赵，每路十五万大军，各配置一千辆战车；一路由丞相栗腹亲自率领，攻赵国邯郸北部的鄗地；一路由大将卿秦率领，攻赵国代郡；燕王喜自率王室护卫军马五万，居中后进策应。攻赵大军出动，燕国朝野一时亢奋欢腾不止，举国皆以为中兴燕国的时机到了。

这时，整个燕国只有两个大臣反对攻赵，一个昌国君乐闲以称病不出反对，一个是大夫将渠激烈明白地反对。将渠秉性刚直，夜见姬喜，慷慨直言道："栗腹以酒资五百金打通赵国关节，方与赵王结盟，约定息兵止战！盟约方立，又秘密探察赵国情势，乘其不备而攻之。如此背约，大不祥也！出兵攻赵必不成功，王当立即止兵！"姬喜很是不悦，板着脸斥责将渠迂阔不足以成事，训斥罢甩袖而去，将直愣愣的将渠撂在厅中发呆。出人意料的是，及至姬喜出兵之日，将渠又大步赳赳冲进送行圈内，扑过来扯住了燕王喜的绶带激昂喊道："王宁前往，往无成功——"姬喜不禁大怒，一脚踢翻了将渠，径自威风凛凛地扬长去了。执拗的将渠在烟尘王车后犹自哭喊着："燕王啊！老臣非以自为，老臣为王为国也——"

发生于燕王喜四年的这场攻赵大战，结局令整个燕国瞠目结舌——赵国大将廉颇率军二十万，大破栗腹军，击杀栗腹。大将乐乘率军十五万，大破卿秦军，俘获卿秦。两路赵军追击燕军五百余里，一举包围了燕都蓟城。燕国唯一的可战大将乐闲，也离开了蓟城，乘乱出走到赵国去了。整个燕国，一时乱得不可收拾了。

面临军破国亡危局，燕王姬喜骤然委顿，昔日夸夸大言昂昂雄心，倏忽间无影无踪。惊恐万状的姬喜只有一个本能的举动：立即派出使节，连夜赶赴赵军幕府求和。赵国上将军廉颇已奉赵孝成王之命，厉声斥责来使，冷冰冰地拒绝罢兵。姬喜无奈，只好连番派出特使哀哀软磨。廉颇这才提出：非将渠大夫出面，不与燕国言和！姬喜没有片刻犹豫，立即拜将渠为丞相，赶赴赵军幕府求和。经这位新丞相将渠的一力周旋，燕国割地三百里，赵国才退兵罢战。不想没过几年，具有自知之明的丞相将渠便死了。

燕王姬喜又渐渐从委顿中活泛了过来。

燕国割地罢兵后，前番战事的种种真相消息也纷纷传入燕国。原来，赵国对燕国的突然袭击根本没有防备，廉颇、乐乘两军原是开赴南赵对付秦军，猛然回头对燕，只是偶然而已。燕王喜由是恍然明白——其时，假若秦军当真攻赵，燕军的背后偷袭战定然大获成功！存了如此想头，燕王姬喜心有不甘，老是觉得赵国不是不能攻破，只是要选准时机而已。

如此苦苦等待了八年，在燕王喜的第十二年，燕国君臣一致认定：攻赵的真正时机终于到来了！

姬喜找到了一个老名臣知音，燕昭王时期的老臣剧辛。

燕王姬喜重新起用剧辛，任剧辛职任上卿，总领政事。此时的剧辛，已经失去了英年时期与乐毅变法的睿智清醒，变得刚愎自用而不察天下大势。在燕王喜遍召大臣会商，寻求攻赵知音之时，剧辛一力主张攻赵，欲图在自己手中重新振兴燕国霸业，使自己成为燕国的中兴名臣。由此，剧辛与燕王姬喜一拍即合，确定了燕国再度对赵作战的国策。剧辛判定的所谓真正时机，有两个凭据：其一，赵孝成王方死，其子赵偃即位，赵国必不稳定；其二，廉颇、乐乘自相攻击，乐乘已经逃来燕国，廉颇也逃亡魏国，赵国腹地大军以庞煖为将，赵国军力必然大衰。如此情势之下，剧辛力促燕国秘密筹划再度攻赵，姬喜自是欣然认可。

然则，燕国君臣万万没有想到，这次事情却反着来了。

赵偃（悼襄王）也是初位欲建功业，竟先行下令李牧攻燕。燕军尚未开出，李牧边军已经挥师东进，一举攻下了燕国的武遂、方城两地，方始歇兵。燕王姬喜大为尴尬，一心只要南下猛攻赵国腹地大军。召剧辛会商，老剧辛傲然一句："庞煖易与耳！"燕王姬喜大是感奋，当即下书以剧辛为主将，率军二十万大举攻入赵国腹地。

原来，剧辛当年入燕之前曾游学赵国多年，一度与庞煖同为纵横策士，奔走合纵交往甚多。在剧辛的记忆里，庞煖从来不知兵，也没有提兵战阵的经历。如此庞煖，自然是很容易对付的。不料，庞煖实则是不事张扬的兵家名士，其战阵才能几乎可与李牧抗衡。剧辛大军南下，庞煖立即率赵军二十万迎击。结局是：庞煖赵军一举斩首燕军两万余，并在战场击杀了老剧辛！若非当时秦军已经深入赵国背后，对赵国构成巨大威胁，以及赵国内政出现巨大混乱，只怕庞煖直接攻下燕国都城亦未可知。

自此一战，燕王姬喜性情大变。

燕国原本不是仓廪殷实之邦，唯赖燕昭王时期攻破齐国七十余城，尽行掠夺了齐国的如山财富，才积累了一时丰盛的军资粮秣。数十年过去，燕国内政非但一无更新，反倒是每况愈下。及至姬喜即位，府库存储业已大大减少。姬喜再三图谋攻赵，其意正在效法燕昭王破齐富燕之道。不想，十二年之内燕国两次大战均遭惨败，粮秣辎重几乎消耗一空，兵力更是锐减为二十万上下。名臣名将，也是死的死走的走，国政谋划连个得力臂膀也没有了。国无财货，朝无栋梁，姬喜心灰意冷了。于是，周王室老贵胄的传统秉性发作，姬喜以宽仁厚德为名，甚事不做，奉行无为而治，整日只在燕山行宫狩猎消磨，将天下兴亡当做了事不关己的过眼云烟。

倏忽十一年过去，才有一缕清新刚劲的风吹进了燕国庙堂。

姬喜即位的第二十三年，太子丹从秦国逃回了燕国。

太子姬丹，是燕王姬喜的嫡长子。可是，这个嫡长王子在燕国宫廷尚未度过少年之期，便开始了独有的坎坷磨难。其时，燕国已经衰弱。为结好强国，姬丹踏上了如同很多战国王子一样的人质旅程。战国之世，人质邦交大体有两种方式：其一，强国之间为保障盟约稳定，相互派出重要的王室成员作为人质进驻对方都城；一方负约，则对方有处死人质之权利。譬如秦昭王之世，秦国派于赵国的公子嬴异人，即是此种人质。其二，弱国为结附大国，派出王室成员为人质，进驻大国都城，以示忠于附国盟约。少年姬丹所做的人质，便是这种人质。就人质本身而言，以国君嫡长子为最贵。因为，国君嫡长子，大多都是事实上的太子，也是最大可能的国君继承人。姬丹虽然年少，然却有嫡长子地位，自然是进入大国做人质的第一人选。因了这般缘故，燕王姬喜早早将姬丹立做了太子，使姬丹以太子名义进大国做人质，以示燕国对盟约大国的忠诚。当然，太子名分对姬丹在他国的处境也有些许好处。如此，太子丹的名号，早早便为天下所知了。

太子丹的人质生涯，开始于赵国，终结于秦国。

燕王喜即位之初，强盛期的赵国尚是燕国最大的威胁。为保燕国安宁，太子丹在赵国做了许多年人质。秦赵长平大战后，秦赵俱入低谷。吕不韦当政时，为在秦国低谷期与赵国求取平衡，着意结好燕国，以增加对赵国的制衡。燕王喜对天下第一强国的示好大是欣然，更兼其时燕国正在图谋攻赵，遂立即在与赵国订立休战盟约后，又立即与秦国订立了秘密盟约。于是，燕王喜将太子丹借故从邯郸召回，改派往秦国做了人质。

或是天意使然，太子丹在赵国做人质时，秦国的少年王子嬴政也在赵国尚未归秦。嬴政外祖乃赵国巨商卓氏，其时，嬴政尚叫做赵政。赵国风习豪放，赵政虽非在朝贵胄公子，也一样能出入王城。或是在王城之中，或是在市井游乐之所，总之，两个少年王子相遇了，结识了，还有了少年交谊。以年龄而言，赵政八岁时离赵归秦，与太子丹结交之时，当在八岁之下的孩童之期。而太子丹，则肯定大得三两岁，再小，便不可能做人质了。如此，太子丹必是童稚赵政的小哥哥，其交游来往，也必定是纯真无邪的少年乐趣。此后嬴政归秦，历经风雨坎坷，在十三岁时成为了不亲政的虚位秦王。

倏忽二十余年，天下风云变幻，燕赵秦三国的格局也发生了巨大变化：秦赵血仇未消，相互攻伐不断；燕赵两国两次大战，燕惨败而赵大胜；燕国虽与赵国结下了大仇，却又只得忍气吞声地订立盟约而成盟邦。当此之时，秦燕两国无战且盟约依旧，依着战国邦交常道，秦国要借重燕国牵制赵国，燕国已经完全可以召回人质了。然则，事有奇正，此时的秦国恰恰已经走出了低谷，秦王嬴政已经亲政，一统天下之志已定。于是，两国邦交发生了悄无声息的巨大变化：秦国对燕国的倚重不复存在，而变为秦国力图掌控燕国，以防其在灭国大战中辅助赵国。如此格局之下，秦燕两国纵然盟约依旧，且燕国并未触犯秦国，燕国还是无法召回太子丹。究其实，当然是秦国不愿放回太子丹。根本原因，在秦国要掌控燕国，使燕国援赵有所顾忌。为此，秦王嬴政对这位太子丹很是冷漠，丝毫不作少年好友待之，明确下令软囚太子丹，不使其回归燕国。太子丹痛心疾首，屡次上书秦王请求归燕，都是泥牛入海没有回音。

“乌头白，马生角，子或可归燕也！”

秦王唯一的回答，使太子丹彻底绝望了。

许多年后，天下风传一则秘闻：自秦王禁令出，太子丹仰天长叹，咸阳王城的乌鸦果然白头，马头果然长出了牛角；秦王得报，视为天意，遂不得不放了太子丹。事实却远非如此离奇神妙，而是一则惊心动魄的太子丹逃亡事件。

太子丹明白秦王政不会放他归燕之后，不再图谋于说动秦王，从此开始了逃离秦国的秘密谋划。历经半年多试探，太子丹终于通联了在咸阳的燕国商社，谋划出一个替身之法：由几位燕国大商物色一个与太子丹极其相像的年轻商人，给太子丹做舍人。其人开始进入有秦国吏员兵士护卫的太子丹寓所时，须得以面目有伤为由以黑纱遮面。但有时机，即以此人为替身留于寓所，太子丹乔装离开，由商社马队护送逃出秦国。密谋既定，太子丹立即付诸实施。不久，太子丹寓所便多了一个面容伤残而终日蒙面的太子舍人。一年之后，秦国朝野忙于筹划大举东出灭国，秦王率领群臣赶赴蓝田大营观兵。太子丹一如谋划行事，果然逃离秦国。及至秦国发现太子丹逃亡，已经过去了整整一月。

秦王嬴政大怒，立即飞书常驻燕国的顿弱：威逼燕王送回太子丹，否则发兵攻燕！旬日之后，顿弱回书道："燕国沉沦不堪，纵增一太子丹，与国无补也。灭国大战方略有序，此时既不能对燕用兵，何须威逼恐吓而使其警觉焉！臣意：太子丹既有替身，秦当佯作不知可也。"秦王嬴政一番思忖，觉顿弱之策大是有理，遂下令执掌邦交的行人署对太子丹寓所守护如常，不予理睬，只看燕国如何处置。

久经磨难的太子丹归燕，已经是三十余岁的心志深沉的人物了。

太子丹精明干练，与父王姬喜相处三月余，便重新获得了父王的完全信任。其时燕国仍然没有领政强臣，姬喜又心灰意冷游猎成习，早已经疏于政事了。于是，姬喜索性下了一道密令：太子丹镇国总摄政事，燕国大臣勿泄于外，秦国知晓与否听其自然。

如此，太子丹在燕国开始了独特的施展。

太子丹最恨秦国欺压天下，更恨秦王嬴政刻薄寡恩无情无义。逃回燕国，太子丹原只一门心思报复秦国。然，太子丹归来，眼见邦国贫弱远远超出了自己预料，手中又无权力，一时竟是郁闷无策。一朝领政，太子丹精神陡然振作，只一心思谋如何尽早凝聚有识之士报复秦国，至于国政变革，一时完全无法顾及了。太子丹清楚地知道，秦国的灭国大战行将实施，若不及早谋划动手，只怕燕国连最后的时机也没有了。更有要紧者，秦国上卿顿弱坐镇燕国，多方通联燕臣，蓟城举动很难逃过顿弱势力的探察，要图谋秦国，第一要务便是严守秘密。好在太子丹久为人质，寄人篱下，已锤炼出一种缜密机警的秉性，更有逃出秦国的秘密谋划阅历，几年内将对秦复仇事做得丝毫不露痕迹。

第一个密商者，太子丹瞄住了少年时期的老师鞠武。

白发苍苍的鞠武，已经是燕国的老太傅了。老人诚惶诚恐，接受了秘密来访的太子丹的拜师礼。一番酬酢之后，太子丹涕泪唏嘘地说了对秦复仇的心愿。老鞠武沉默了，半日没有说一句话。太子丹痛心疾首道："秦王嬴政，天下巨患也。老师不为丹谋，宁不为天下一谋乎？"良久，老鞠武沉重开口道："如今之秦国地广人众，兵革大盛，远非昔日之秦国可比也。燕国两败于赵国之后，贫弱已极，太子要以昔年积怨抗秦，宁非批其逆鳞哉？"太子丹长吁一声道："太傅明察，我纵附秦，秦亦不能存燕也！秦不存燕，则燕秦终不两立也。既终须与秦为仇，宁不早日谋划哉！"鞠武思忖良久，点头道："太子之说也是。既然如此，太子可相机行事。"太子丹见素来固执的老师虽然未被说服，但却已经不再反对自己，只要老师不反对自己；老师的声望便是秘密行事的号召力量。此后，太子丹打出曾与老太傅会商的名义，又对几位世族重臣进行了谨慎试探，竟没有一个人反对，且几家老世族都慷慨立誓，愿意献出封地财货以支撑对秦复仇。太子丹精神大振，遂开始着意搜求奇异能士。

不久，一个神秘人物不期然进入燕国，使太子丹的复仇谋划正式启动了。

这个人，是秦国逃亡将军樊於期。樊於期，原本是桓龁做假上将军时的秦国大将，又是与王族联姻的外戚，在秦国老将中资望深重，是深得秦王信任的主力大将。桓龁部两次攻赵大败，第二次失败，是樊於期违反军令所直接导致。战败之时，眼看着秦军将士尸横遍野，樊於期深恐秦国军法严惩，便从战场逃亡了。及至消息落实，秦国朝野震动，秦王嬴政怒火中烧，当即下令拘押樊於期族人，同时追查樊於期下落并悬赏重金缉拿。在战国秦的历史上，只有过三个叛将：一个是秦昭王时期的郑安平，一个是嬴政即位第八年的长安君成蛟，一个便是樊於期。郑安平是范雎因恩举荐的大梁市井之徒，原本外邦人士，叛便叛了，秦国朝野骂归骂倒没甚风浪。长安君却是嬴政甚为喜爱的异母兄弟，樊於期也几乎是等同王族的资深老将，国人之震动，王室之羞辱便不是寻常之事了，无怪乎秦王嬴政对樊於期恨之入骨。山东六国则大为欣喜，各种传闻纷纷不绝于耳。择其主流，大体是三则：一说逃亡者是秦国上将军桓齮，统帅逃国，秦国不得人如此矣；一说秦王暴虐，立即杀了樊於期九族；一说樊於期逃亡到匈奴去了，秦王正派蒙恬进入草原搜捕。

种种传闻流播之时，樊於期突然在蓟城出现了。

一个秋雨纷纷的深夜，家老进来对正在书房认真阅读一卷兵器密典的太子丹禀报说，燕商乌氏獭求见。这个乌氏獭，是早年秦国大商乌氏倮的同宗，也是襄助太子丹逃出秦国的燕国大商。太子丹二话没说，迎到了廊下。雨幕之中，乌氏獭见太子丹出来，回头一挥手，道边林中走出一个身披蓑衣面蒙黑纱的壮伟身躯。乌氏獭只低声一句："此乃天下危难奇人也！太子不若见，在下立即告辞。"太子丹生性机警之极，立即一拱手道："恩公引荐之人，何言危难？请！"走进书房，此人脱去蓑衣黑纱，一个落难雄杰之相立即鲜明呈现在太子丹眼前：须发灰白虬髯盘结，古铜色脸膛的沟壑写满沧桑，两只眼睛忧郁深沉，不言而令人怦然心动。太子丹不待来人开口，一拱手道："壮士既与我恩公同来，便是丹之大宾，请入座。"来人没有入座，一拱手道："太子不问在下姓名，不惧祸及自身么？"太子丹肃然正色道："人皆惧祸，何来世间一个义字？天下无义，不知其可也！"来人遂深深一躬道："久闻太子高义，流士樊於期有礼。"太子丹一惊一喜，当即也是深深一躬道："将军危难，不疑我心，真雄杰之士也！敢问将军何求？"樊於期慷慨道："燕若容我，我即居燕。燕若难为，敢请资我前往东胡可也！"太子丹道："将军流落，其志必不在逃亡存身，敢问远图如何？"樊於期脸色铁青，只硬邦邦两个字："复仇！"太子丹悚然动容，立即吩咐小宴为将军压惊洗尘。那一夜的小宴，直到天色发白方散。小宴结束，太子丹早已修造好的秘密寓所便住进了一位神秘的客人，除了家老指派的心腹侍女仆人与太子丹本人，任何人不能踏进这座石门庭院一步。

月余之后，太子丹将这个消息告知了太傅鞠武。

太子丹本意，是要与老师商议如何最大限度地利用樊於期为燕国复仇。不想鞠武一听太子丹收留了如此一个人物，立时忧心忡忡，板着脸道："太子容留樊於期，老臣以为不可也！大势而言，以秦王之暴积，怒于燕，已经足为寒心。若再将樊将军留燕而使秦王闻之，何异于示肉于恶虎之爪，其祸不可救，虽有管仲、晏子在世，不能谋也！"太子丹道："交出樊於期，秦国依然要灭燕，奈何？"鞠武道："太子若当真安燕，当送樊将军入匈奴，使匈奴杀其灭口。而后，燕国秘密联结山东五国合纵抗秦，再北连匈奴迫秦背后。如此，大事方可图也。"太子丹不禁皱起了眉头道："太傅之策，旷日弥久，远水不解近渴也。况且，樊於期困顿，天下无敢收留，遭逢危难，独能投奔我来，丹岂能迫于强秦威势而弃之不顾？若将其送往匈奴杀人灭口，丹将何颜立于天下？与其如此，毋宁我死也！"太子丹说得激昂唏嘘，突然顾忌老师尴尬难堪，戛然打住，长吁一声道，"愿老师再谋，有无别样对策？"老鞠武长叹一声道："逢危欲求安，逢祸欲求福，宁结一人而不顾国家大害，此所谓资怨而助祸，以鸿毛燎于炭火之上而欲求无事矣！"太子丹肃然正色道："鸿毛之灾，纵不毁于炭火，亦必毁于薪火。燕国之危，终不能因樊於期一人而免之。老师不思祸端根本，而徒谈国家危难，丹夫复何言哉！"老鞠武默然思忖良久，终于开口道："老夫迂阔，不善秘事。然，老夫交得一人，或可成太子臂膀。"太子丹连忙挺身长跪，一拱手道："得老师举荐，燕国之幸也！"老鞠武道："此人名曰田光，智谋深沉，勇略过人，愿能与太子共谋。"太子丹道："我若突兀见田先生，恐有不便。老师若能事先知会，我因老师而得交先生，老师以为如何？"老鞠武不禁喟然一叹："太子之于人交，强老夫多矣！诺。"

旬日之后的一个夜晚，一个布衣之士走进了太子丹的秘密庭院。

这个布衣之士便是田光，隐身燕国的一个士侠。

战国之世，游侠品类繁多。寻常所谓侠者，大多指纯剑士出身而有侠行的武士。这种侠，战国之世谓之侠士、任侠、游侠，更有一直白称谓，呼曰刺客。譬如专诸、要离、聂政及下文所及盖聂、鲁句践等等，皆为此等侠士。此等剑士刺客，并非春秋时期所生发出的侠士的高端主流。高端侠士者，居都会，游山野，以排解政事恩怨为己任的学问豪侠之士也。唯其如此，春秋及战国之侠，其高端主流可以称为士侠，或者称为政侠。士侠政侠，在实际上的最大流派，当属以“兼爱、非攻”为旗帜的墨家团体。及至战国中期，七大战国分野渐渐明确，中小诸侯国越来越少，邦国之间依靠政侠排解恩怨的需要也大大减少。如此大势之下，以士人为根基的政侠势力也渐渐弥散分流，或融入学派团体，或融入各国政局，或隐入市井山野终成隐居名士。总归说，战国中期之后，士侠已经是凤毛麟角了。就其个人素质说，士侠必以某种精神与学说为信念根基，而将侠义之行仅仅作为信念实现之手段。是故，此等士侠多为文武兼备之士。以今人语言说，此等士侠无不是既具备思想家气质，同时又精通剑术的大家。他们，几乎从不做寻常的私人复仇攻杀，而唯以解决天下危难的政治目标为其宗旨。士侠的生活常态是名士，而不是寻常人一眼能看出的赳赳武士。田光，正是如此一个士侠。将要出现的荆轲，更是战国末期冠绝天下的一个士侠。

太子丹恭敬地迎接了其貌平平的田光，以对待大宾之礼躬身侧行领道进门。进入正厅，太子丹先自跪行席上，并以大袖抚席以示扫尘，而后请田光入席正座。田光丝毫没有惶恐之情，坦然接受了大宾之礼中主人该当表现的所有谦恭与敬重，却始终没有说一句话。及至仅有的一个侍女与一个老仆退出正厅，太子丹这才离开坐席深深一躬。

“燕秦不两立，先生定然留意也。”

“愿闻太子之志。”田光沉沉一句。

“复燕国之仇，除天下之患，岂有他哉！”

“国力不济，大军驽钝，太子欲效专诸刺僚乎？”

“祸患根基，在于秦王。虎狼不除，世无宁日也！”

“太子有人乎？”

“丹有死士三人，愿先生统领筹划。”

“太子高估我也。”田光凝重沉稳地说道，“自战国之世，大国之王死于刺客者，几无所见，况乎刺秦？士侠一剑，而使大国之王死，此等壮举亘古未闻也。设若二十年之前，田光或可被身蹈刃，死不旋踵而为之。然则，光今虽在盛年，心已老矣！士侠之行，心志第一。田光自忖，不堪如此大任。”

“丹之三人如何？”

“太子三士，皆不可用也。”田光显然对太子丹秘密收养的三个剑士了如指掌，一一伸着手指道，“夏扶，怒而面赤，血勇之人也。宋义，怒而面青，脉勇之人也。武阳，怒而面白，骨勇之人也。三人，皆喜怒大见于形色。此，士侠密行之大忌也。故，不可用。”

“！”太子丹愕然。

“光虽无力亲当大事，然有一知音，或可成此壮举。”

“愿得先生举荐！”太子丹恍然。

“此人，名曰荆轲。”田光简单得没有第二句话。

“愿因先生结交荆卿。”

“敬诺。”

“先生主谋，荆轲主事，如何？”

“我才远不及荆轲，既不主事，何能主谋哉！”

田光对一个人如此推崇，太子丹不禁大为惊讶。本欲请田光多多介绍荆轲其人其事，又恐急迫追问使田光不悦，机警深沉的太子丹不再言及此事，吩咐摆上小宴，只与田光纵酒议论天下。海阔天空之间，田光豪侠本色自然流露，侃侃说起了自己的一则奇遇。

多年之前，田光游历楚国，从云梦泽搭乘一商旅大船直下湘沅之地，欲去屈原投江处凭吊。船行五日，出得云梦泽，进入了湘水主流。两岸青山，峡谷碧浪中一片白帆孤舟，壮美的山水，引得搭船客人都聚到了船头。其时，田光身边站了一个年轻的布衣之士。别人都在看山看水，唯独这个年轻人一直冷冰冰地凝视着水面，时而轻轻一声叹息。田光心下一动，一拱手道：“足下若有急难，愿助一臂之力。”布衣士子默然不答，依旧凝视着水面。田光颇感奇异，随着布衣之士的目光望去，心下不禁突然一动——船头前十数丈处，一团隐隐漩涡不断滚动向前，仿佛为大船领道一般。

田光尚在疑惑之时，江面狂风骤起，迎面巨浪城墙般向船头打来！船头客人们惊惧莫名，一时愣怔，木然钉在船头不知所措。田光看得清楚，几乎在巨浪突发的同时，浪头中涌出一物，在弥天水雾中鼓浪而来。布衣士子大喊一声：“云梦蛟！人各回舱！”众人纷纷尖叫着躲避时，年轻的布衣士子却钉在船头风浪中纹丝不动。田光一步冲前，挥手喊道：“足下快回舱！我有长剑！”话音未落，一浪打来，田光几乎跌倒，急忙抓住了船栏。此时，只见那鼓浪长蛟怪吼一声，山鸣谷应间，一口山洞血口张开，整个船头立即被黑暗笼罩。田光血气鼓勇，大吼一声飞身挺剑，直刺扑面而来的怪蛟眼珠。不料，怪蛟喷出一阵腥臭的飓风，田光的长剑竟如一片树叶漂荡在浪花之中。与此同时，田光被一股急浪迎面一击，也树叶般飘上了白帆桅杆。正当怪蛟长吼，驾浪凌空扑向大船之时，弥天水雾中一声响亮长啸，布衣士子飞身而起，大鹏展翅般扑进了茫茫水雾中。挂在高处的田光看得清楚，水雾白浪中剑光如电，蛟吼如雷，不断有一阵阵血雨扑溅船身。须臾之间，江面漂起了一座小山一般的鳞甲尸体。及至风平浪息，一个血红的身影伫立在船头……

“世有斩蛟之士，丹未尝闻也！”[1]

“他，便是荆轲。”

“荆轲？！”

“只是，那次我尚不知其名。”

“那——”

“三年后，我又遇到了他。”

“噢——”

风浪平息，田光飞下桅杆之时，那个血红色的布衣身影已经不见了，只给田光留下了一种无尽的感慨。三年后，田光游历到卫国濮阳，遇到一个叫做盖聂的旧交剑士。其时，盖聂正在卫国做濮阳将军，虽只有五千部属，盖聂却做得有模有样。闻老友到来，盖聂盛情相邀田光，给

[1] 荆轲斩蛟故事，见《博物志》，虽颇具神话意味，亦见时人眼中荆轲之神。

卫国国君卫元君讲说剑道。当田光与盖聂走进濮阳偏殿时，恰恰遇见一个士子正在对卫元君侃侃而论。令田光大为惊讶的是，此人正是那个斩蛟士！田光立即向盖聂摇手止步，站在偏殿大柱后倾听。田光又一次惊讶了——斩蛟之士讲说的竟然是治国强卫之道，其气度说辞不逊于任何一个天下名士！只听斩蛟之士道："卫国不灭，非以国力而存，实以示弱而存也。百余年来，国君三贬其号，从公到侯，从侯到君，日渐成为一县之主。荆轲以为，此为国耻也！荆轲生为卫人，愿为我君联结诸侯，招募壮士，以复卫国公侯之业！"田光清楚地记得，白发苍苍的卫元君只不断长长地叹息着，始终默然不语。斩蛟士见卫元君长吁短叹一言不应，起身一拱手，说声告辞，大步出殿了。

"荆轲，还是策士?！"

"神勇其质，纵横其文。质文并盛，宁非荆轲哉！"

"得与此人交，丹不负此生矣！"

"其时，我也做如是感慨。"

"噢？先生未在濮阳与荆轲结识？"

"两年后，我在赵国又遇荆轲。"

"噫——"太子丹只一声又一声地感叹着。

当游说卫元君的斩蛟士的身影消失在殿外廊柱时，田光久久凝视着那个永远也不会忘记的身影，终于没有追上去。田光知道，不逢其时，终不能真正结识一个奇人。可是，两年后田光游历到赵国，又遇到了这个斩蛟奇士。那时，田光的旧交盖聂已经愤然辞去了卫国的濮阳将军，重新回到了赵国。其时，赵国抗秦正在要紧时刻。盖聂欲图结交天下一流剑士，结成壮勇之师，编入李牧军抗秦。盖聂的办法是：邀鲁国名剑士鲁句践来到故乡榆次[1]，一起打出了"天下第一剑"的大旗，搭建一座较剑高台，论剑较武以结交武士。适逢田光游至榆次，盖聂与鲁句践大喜过望，力邀田光共图抗秦大计。田光委婉谢绝，却也对盖聂的壮勇之行很是赞赏，应诺为武士较剑做坐台评判。不料，这时赵国民气已见

[1] 榆次，赵国城邑，今山西榆次以北地带。

萧瑟，数日间竟无一人来应剑。那日，田光正在台后劝盖聂、鲁句践收场，台下却来了一人。得执事禀报，盖鲁两人精神大振，立时冲将出去，赳赳一拱手，亮出了阔长的精铁剑。

“壮士报国，非天下第一剑么？”来人冷冰冰一句。

“无称雄之心，不能报国！”鲁句践激昂慷慨。

盖聂目光凌厉地盯住来人，铁板着脸一句话不说。

“私斗聚士，大失士剑之道。”

“足下何人？如此聒噪！”鲁句践恼怒了。

“在下之名不足道。敢问，何为较剑？”

“取我之头，是为较剑！”鲁句践一声大吼。

盖聂怒目相向，猛然一拍头颅。

那人冷笑一声，转身扬长去了。

田光出来，一眼瞥见来者背影，不禁大为惊讶。

“噫！来人如何去了？”

“我怒目如电，慑他畏惧而去！”盖聂神采飞扬。

“我怒声如雷，喝他破胆而逃！”鲁句践志得意满。

田光不禁哈哈大笑，一拱手走了。

……

“五年三遇！先生之与荆轲，岂非天意哉！”

“然，光与荆轲结交，终在蓟城市井也。”

离开赵国，斩蛟士的身影老晃荡在田光心头，他无心游历，回到燕国隐居了下来。三年后的一天，田光提着一只陶罐去市中沽酒。在小石巷的酒铺前，遥见三个布衣大汉醉倒在地，相偎相靠，坐于街中嬉笑无度。行人止步，围观不去。田光走近一看，其中一人竟是那斩蛟士，不禁大为惊讶。田光正在人圈外端详之际，圈中一人将怀中大筑晃悠悠抱起，脸泛红光，叮咚敲打起来。另一人用瓦片敲击着节拍，高兴得哇哇大叫。斩蛟士则大张两腿箕坐于街，两臂挥舞，放声唱道：“日出而作，日落而息，耕田而食，凿井而饮。帝力何有于我哉！天下何有于我哉！”歌声宽厚沉雄，几同苍凉悲壮的呐喊。周围人众不禁一片感慨唏嘘。唱着唱着，斩蛟士笑得一脸醉意，不期然扑在击筑者身上，一阵鼾声大作睡去了。另两人也瘫作烂泥，鼾声一片。指指点点的人群，不禁一阵哄然大笑……田光心下大动，走进人圈，深深一躬道："敢请三位壮士，到我草庐一饮。我，蓟城酒徒是也。"话音方落，呼呼大睡的斩蛟士猛然睁开双眼。倏忽之间，一道闪亮的目光掠过，田光心头猛然一震。斩蛟士随即大笑道："高渐离，宋如意，走！到先生家痛饮了！"没有任何声息，地上两人一跃而起，跟着斩蛟士走了。

……

"自此，先生与荆轲善也！"太子丹不胜欣羡。

"然则，光与荆轲之交，素不谋事。"

"先生之心，丹明白也。"

太子丹知道，士侠之友道，分寸是重交不轻谋。也就是说，意气相投者尽可结交，但不会轻易共谋大事。毕竟，士侠所谋者，大体都是某国政局，若非种种际遇促成，决然不会轻易与谋，更不会轻易地共同行动。田光之言，是委婉地告知太子丹：即或太子丹经他而与荆轲结识，能否共谋共事，亦未可知。太子丹多年留心士侠，心下明白此等分寸，不再与田光说及荆轲，痛饮之下又是一番天南地北。

不期然，两人说到了天下利刃名器。太子丹以为，短兵以吴越名剑为最。田光没有说话，轻轻摇了摇头。太子丹饶有兴致，讨教田光，何种利刃为短兵之最。田光淡淡一笑道："天下长兵，以干将、莫邪等十大名剑为最。若言短兵，则以赵国徐夫人匕首为最也。"太子丹大是惊讶："一女子，有此等利器？"田光道："徐，其姓也。夫人，其名也。徐夫人，男子也。天下剑器，徐夫人大家也。"太子丹不敢显出疑惑，一笑道："如此短兵，定然是削铁如泥了。"田光目光一闪，面无表情道："削铁如泥，下乘也。"太子丹心头一颤，立即挺身长跪一拱手道："愿先生襄助，得此利器！"

长长一阵沉默，田光终究吐出了一个字："诺。"

……

秦国大举灭赵之时，太子丹的几年密谋筹划已经很扎实了。

恰在此时，秦国兵临易水，燕国朝野惶惶无计。燕王喜顾不得狩猎游乐，多年来第一次大召朝会，会商抗秦存燕之策。不料，大臣无一人应对，整个大殿一片死寂。

“方今国家危亡，丹有一谋，可安燕国。”太子丹说话了。

“愿闻太子妙策！”举殿目光大亮，立即异口同声。

“有谋还等甚？快说快说！”燕王喜更是连连拍案。

“大事之谋，不宜轻泄。”太子丹面无表情。

“啊——”大臣们茫然了。

“子有何谋，竟不能言？”燕王喜不悦了。

“丹有一请：举国财货土地，由丹调遣。否则，此谋无以行之。”

“啊——”大臣们长长地惊叹一声。

“散朝。”燕王喜板着脸，终究一拍案走了。

回到寝宫，在坐榻愣怔半日，燕王喜还是紧急召进了太子丹。

“子有何策，竟要吞下举国土地财货?!”燕王喜劈头一句。

太子丹望了望左右侍女，默然不语。

“说！没有一个人了！”

燕王喜屏退了所有内侍侍女，混浊的目光中充满了对儿子的生疏。

“刺杀嬴政，使秦内乱，无暇顾及天下。”太子丹一字一板。

“甚甚甚……”燕王喜急得咬着舌头连说了不知多少个甚，这才板着脸训斥道，“如此大事，岂能心血来潮？刺秦，你小子倒真敢想！真敢说！你只说，秦王千军万马护卫重重，谁去刺？做梦！还不是要刮老夫土地财货！……”

“此事，已谋划三年有余，一切就绪。”

“甚甚甚甚甚甚……谋划三年余?!”

“土地财货之说，惑众之辞耳。”

“惑众？惑谁？”

“父王不要忘记，秦国顿弱在蓟城，耳目覆盖整个燕国。”

姬喜两眼瞪得铜铃一般，大张着嘴愣怔着说不出话来，良久，才软软倒在坐榻上长长一声喟叹：“燕有我儿，国之福也！”

“父王留意，此谋不可对人言。”

“要你小子说！”燕王喜霍然起身，一挥手高声道，“御书下书：本王老疾多多，国事交太子丹全权领之！国逢危难，不同心者斩！”下书完毕，须发灰白胖大臃肿的姬喜终于瘫倒了。太子丹顾不得抚慰父王，深深一躬，匆匆出了王城，立即驱车赶到了蓟城唯一的一片大水边。

## 三　风萧萧兮易水寒　壮士一去兮不复还

这是一座幽静神秘的庄园。

蓟城东南，有一片碧蓝的汪洋水，一片火红的胡杨林。水曰燕酩池，林曰昌国苑。燕酩池，是从流经城南的治水引进的活水湖泊，清澈甘甜，历来是燕国王室酿酒坊所在地。所以，叫做了燕酩池。昌国苑，是燕国当年下齐七十余城后，燕昭王赐给乐毅的园林。因乐毅爵号昌国君，所以叫做了昌国苑。乐毅出走于赵，乐闲入燕承袭昌国君爵位，仍居昌国苑。后来，乐闲因与燕王喜政见不合而离开燕国，昌国苑便成了一座几近荒废的王室林苑。在燕经商的六国商人无不垂涎此地，各国商社联具上书燕王：请以燕酩池、昌国苑划作商贾之地，由六国商贾共同筹金，建造一片如同咸阳尚商坊一般的天下大市。商贾们以为，如此好事，燕王定会欣然应允。不料，上书一个月后，燕王王书颁下：燕酩池与昌国苑乃王室苑囿，可赏功臣，可为国用；用于商贾，则见利忘义有失王道，从此勿请。商贾们碰了钉子，愤愤然议论蜂起，莫不指斥燕国蔑视商旅一事无成。然议论历来多有折冲，也有人说，宁失财货之利而不失周室老王族尊严，确实只有燕国这种八百年老诸侯才能如此，迂阔是迂阔，不失为王道风范。于是，商旅们终究众口一词，如此迂阔王室，夫复何言！于是，议论也就渐渐没有了。

然则，近几年来，外邦商贾与蓟城庶民的有心之人却发现，这片水这片林不期然发生了悄无声息的变化。王室的酿酒坊搬走了，弥漫池畔而常常令路人迷醉的醇香酒气没有了，静悄悄的火红的胡杨林，也偶尔可见车马出入了。于是，市井酒肆间人们纷纷揣测，这片佳地究竟赏赐给了哪家功臣？诸般猜测揣摩，终究莫衷一是。毕竟，多年来，燕国已经没有一个大功臣可以当得起如此封赏了。

这片园林水面，成了一片扑朔迷离的云雾。

太子丹的垂帘辎车所去者，正是这片神秘幽静的所在。

几年前，太子丹由太傅鞠武开始，结识了田光，又由田光而结识了荆轲，密谋大计才渐渐步入扎实的筹划。本来，田光是一个轴心人物。以太子丹内心的摆布：田光，可为大计实施之总筹划，譬如齐国孙膑的军师职位；荆轲，可为大计实施的前军大将，譬如田忌之为上将军临敌决战；有此两人，自己便能做齐威王那样的兴燕明君。

然则，事情乖戾得不可思议，田光却因为太子丹一句话死了。那是当年太子丹初次与田光相见，小宴聚谈之后的清晨薄雾中，太子丹送田光出门，低声叮嘱了一句："你我所言，国之大事，愿先生勿泄也。"太子丹记得很清楚，田光似乎并没在意这句话，只淡淡一个字道："诺。"此后，田光很快造访了荆轲，与荆轲叙谈至三更时分。及至荆轲承诺了面见太子并与之为谋，两人方始痛饮。饮得一阵，田光慨然叹道："士侠为行，不使人疑之。今太子叮嘱我勿泄大事，是太子疑田光也！为行而使人疑之，非士侠也。"事后，太子丹始终不解的是，荆轲竟然一句疏导之话也不说，听任田光钻了牛角。田光最后对荆轲说："足下可立即面见太子，言田光已死，以明不言之心也！"说罢，一口不足一尺的短兵一闪，田光喉头一缕鲜血，倒地身亡了。

太子丹第一次见到荆轲，是荆轲自己找来的。

荆轲请见，平静地叙说了田光之死的经过，丝毫没有悲痛之情，冰冷得如同一尊石雕。太子丹惊愕得无以复加，良久说不出一句话来。他想问荆轲，为何不拦阻田光自刎？以田光讲述的荆轲故事，荆轲的神奇，当足以阻挡任何事情的发生。他也想问，荆轲为何不劝阻疏导田光？毕竟，那句叮嘱只是必须而已，决然不关乎怀疑与否，难道明锐如荆轲者也不能理解么？可是，太子丹机警过人，在这电光石火般掠过心头的种种责难疑虑之中，他突然明白了一个道理：对天下名士之侠，只要得其一诺，便只能无条件信任，而不能有任何疑虑之辞！他们不是自己的部属官吏，他们无所求于自己，他们将自己的承诺看得比生命还重！无所求人而只为人付出，若再被人疑，岂不悲哉……

太子丹惊愕良久，突然放声大哭道："丹所以告诫先生，实恐秦国间人耳目也！今先生以死明不言之心，丹何堪也！"令太子丹不解的是，对他这个名为太子实同国王之人的痛心大哭，荆轲依然无动于衷，一句话也没有，依旧冷冰冰如同一座石雕。太子丹立即警觉，他若再哭下去，这个冷冰冰的石人完全可能径自离开。

太子丹适时中止了痛哭，肃然请荆轲入座，离席深深一躬道："田先生不以丹为不肖，使君得与我见，愿与君一吐所谋，而后奉君之教。"太子丹记得，当时的荆轲连头也没点一下，还是冷冰冰地坐着。太子丹没有丝毫犹豫，先备细叙说了燕国的危亡困境与秦王嬴政的贪鄙之心，而后和盘托出了自己的全部谋划：以勇士携重利出使秦国，在秦王接见时相机处置——上策，效曹沫劫持齐桓公订立休战盟约之法，迫秦王放弃灭国并全部归还列国土地；下策，刺杀秦王以使秦国内乱，列国趁机合纵破秦！

太子丹整整说了一个时辰，荆轲一动没动地听了一个时辰。

太子丹耐心等候了一个时辰，荆轲还是一动不动地坐着。

"前述，皆丹之愿也。可否？愿君教我。"终于，太子丹忍不得了。

"此，国之大事也。在下，不足任使。"荆轲明确地拒绝了。

"田先生舍丹而去，荆卿亦舍我乎！"太子丹痛悲有加，一时大哭。

荆轲还是冷冰冰地坐着，没有一句劝阻说辞。太子丹终于忍不住心头愤激，悲怆地哭喊一声道："大事不成，又累先生丧命，丹何颜立于人世也！"抢过荆轲手中的短兵，便要拉开剑鞘自刎。在这瞬息之间，荆轲的白布大袖突然平展展伸出，疾如闪电灵如猿手掠过太子丹面庞。太子丹尚在愣怔，手中短兵已经无影无踪。

"此乃田光所献徐夫人匕首，太子宁加先生之罪乎！"

便是这短暂一瞬，便是这冷冰冰一问，太子丹对荆轲心悦诚服了。

“先生已去，丹何独生于世哉！”太子丹嘶声一哭，骤然昏厥了。

倏忽醒来，太子丹看见了蹲在面前的荆轲，看见了一双泪光闪烁的眼睛。

“太子之事，荆轲敬诺。”

太子丹未及顿首一谢，荆轲的白色身影已消失了。

及至次日，太子丹寻访到一条小巷深处一座低矮的茅屋庭院，荆轲依然在案前凝神沉思。太子丹说：“君之所在不宜秘事，须得有变。”荆轲说：“当变则变，尽由太子。荆轲所思者，同道人也。”太子丹再没说话，告辞了。旬日之后，燕王王书颁下：名士荆轲才具过人，拜上卿之职，襄助太子丹同理国事。此后，太子丹出动了王室仪仗，将荆轲隆重地迎进了王城外东侧长街的上卿府邸。所有这一切，荆轲都欣然接受了。在群臣竞相赶来的庆贺大宴上，荆轲也与所有谋求立身的名士一样，与燕国大臣们侃侃谈论着种种治国之道，豪爽的大笑阵阵掠过厅堂。与宴者的种种质询之辞，都在荆轲的雄辩对答中消解了。自此，燕国大臣们完全认可了这位新上卿。

大宴完毕，太子丹以会商国事为名，与荆轲在书房做了密谈。一进书房，荆轲又成了一尊冷冰冰的石雕。太子丹试探说：“先生已为燕国上卿，何以处之，但凭先生。”荆轲淡淡一笑，第一次说出了一番长话：“太子谋事，铺排缜密，荆轲心知也。所谓上卿，不过后来出使秦国之正当名义而已，不干实事。是以，荆轲坦然受之。然则，荆轲还要将这上卿做得非同常人。至少，来日出使，要使秦王相信：荆轲足堪王使之身。此中之意，亦望太子解得。”太子丹说：“卿欲如何，丹受教。”荆轲说：“不忠。不能。唯以上信立足。”太子丹会心地大笑一阵，眼角泛着泪花道：“先生之才，真上卿也！奈何燕国危难，竟使先生秽行隐身，不亦悲乎！”荆轲慨然道：“一国大臣，能献重利于秦者，岂能忠臣义士哉！我忠，我能，秦王焉得信也！”太子丹良久无言，最后说：“我欲为卿谋一秘密所在，专为秘事筹划，卿意如何？”荆轲淡淡点头说：“秘事多谋，该当如此。”

这片碧蓝的大池，这片火红的胡杨林，便成了一处神秘所在。

从那时开始，太子丹与荆轲默契得如同一个人。太子丹以王室名义，大肆修缮了上卿府邸，又经常赐予荆轲以寻常臣子根本不可能得到的太牢具，也就是太庙祭祀后的三牲祭品以及祭祀器具。太子丹又经常邀精通声色犬马，又与秦国驻燕特使顿弱相通的几位大臣，每每到上卿府饮宴。其间，荆轲纵酒无度，高谈阔论，全然一个仗恃燕王恩宠而挥霍无度的利禄豪士。于是，种种传闻便在蓟城的官场市井流传开来。有人说，太子丹与荆轲游东宫池，荆轲捡起瓦片投掷池中老鼃（蛙），太子立即赐给荆轲以金弹击蛙。有人说，太子丹赏赐给荆轲一匹千里马，荆轲说千里马的马肝最美，太子丹立即派人杀了千里马，取出马肝赏赐给荆轲。还有人说，太子丹邀樊於期与荆轲饮宴，美人鼓琴瑟，荆轲死死盯着鼓琴之手说："好手也！"于是，太子丹立即下令剁去美人之手，盛在玉盘中赏给荆轲，连荆轲都惊讶得几乎不敢接受了。凡此等等，都活灵活现地流传开来。于是，燕国朝野有了一则民谣："蛙承金弹，马成马肝，美人妙手，竟盛玉盘。上卿之能乎，燕人之悲乎！"

"赵有郭开，燕有荆轲。天下悲哉！天下幸哉！"

秦国上卿顿弱的大笑喟叹，太子丹是许久之后才知道的。

太子丹佩服荆轲，也暗暗地佩服着自己。

垂帘轻车进入胡杨林时，荆轲正在一幅地图前凝神沉思。

从蓟城到咸阳，荆轲一路看去，思谋着诸般路途细节。目光扫过羊皮地图上的濮阳，荆轲不禁轻轻一声叹息。卫国的濮阳城，是荆轲的出生地。少年时的荆轲，自然而然地以为，濮阳是自己的祖地故乡。然则，在荆轲十岁那年发生的一场变故，使荆轲再也不能将濮阳当做故里了。那年深秋的一个夜晚，老父亲迎来了一个风尘仆仆白发苍苍的寻访者。两位老人竟夜聚酒叙谈，及至鸡鸣刺破了秋霜浓雾，小荆轲起来做例行晨功，才看见老父亲抱着一具嘴角流血的尸体坐在门前石礅上发呆。小荆轲惊讶莫名，却也并没有害怕，只默默地守在父亲身旁。父亲带着小荆轲，以最简单的葬礼，在濮阳郊野安葬了那个老人。当夜秋月明朗，一生节用的父亲，竟然在后园设置了最隆重的三牲头香案，带着小荆轲肃然连番拜祭。小荆轲记得很清楚，父亲念叨的祭文是祭祖上、祭父母、祭功臣、祭义士。祭奠完毕，父亲指着天上的月亮，教小荆轲发誓：今夜之后，要将父亲讲说的故事永远刻在心头。小荆轲发誓罢了，父亲便在明亮的月光下讲说了一个漫长的故事。父亲的话语平板得没有任何起伏，然则，每一个字却都如同钉子一般钉进了荆轲的心头。

荆轲记住了其中每一个人物，每一个细节。

父亲说，多年多年之前，楚国有个将军名叫荆燕，因私放战俘而获罪，举家被罚做官府奴隶。在将军夫妇被卖给一家项氏世族后，主人在山坡竹林公然奸淫了已经是奴隶的将军夫人。其时，一个名叫侯嬴的商旅义侠不期然撞见了这丑陋的一幕，杀了项氏主人，欲救将军夫妇北上魏国。可是，将军夫妇虑及举族被杀，便将自己唯一的儿子交义士带走，将军夫妇当场双双撞死于山石之上。将军的儿子叫荆南，已经被割去了舌头，也是一个小奴隶。荆南随侯嬴进入了魏国安邑，读书习武之年，却被墨家总院秘密相中秘密带走。多年后，荆南又回到了侯嬴身边。后来，商鞅进入秦国变法，因与侯嬴有交，侯嬴遂将一身卓绝剑术的荆南，举荐给商鞅做了卫士。又是多年之后，商鞅蒙难，私妻白雪殉情。荆南奉商鞅嘱托，为其善后，遂与白雪的侍女梅姑一起，带商鞅白雪的儿子进入了墨家总院安身。后来，荆南与梅姑成婚，生下一个儿子叫荆墨。荆南夫妇便离开墨家，定居在了齐国。荆墨秉承父母遗训，不入官，不经商，只以渔猎农耕为本。又是多年之后，荆墨生下一子，叫荆妢。后来，荆妢又生一子，叫荆云。荆云为人豪侠，又兼一身绝技，遂成齐东几百里渔猎庶民排解纠纷疑难的轴心人物，号为鱼鹰游侠。齐湣王暴政之时，荆云率众抗赋，被官府罚为终身刑徒苦役。便在荆云与刑徒们密谋暴动之时，燕国大军攻入齐国，要将全部刑徒押往燕国做苦役。正在此时，一个名叫吕不韦的商贾，为了建立自己的护商马队，重金救出了荆云。后来，荆云成了这个吕不韦的马队首领。再后来，吕不韦以商谋政，决意襄助在赵国做人质的秦国公子嬴异人逃回秦国。便在那次逃回秦国的路上，荆云的马队义士为截击追来的赵军，全部战死了……

“我是荆云的儿子！你不是我父亲！”

小荆轲惊人的机敏，将老父亲大大吓了一跳。

“听我说。”老父亲长吁一声，又平板板地继续说话。

父亲说，荆云的确是你的父亲。你的母亲名叫莫胡，原本是荆云救出的一个女奴，后来一直跟随荆云在马队中长大。再后来，荆云将聪敏的莫胡举荐给吕不韦，做了吕不韦的贴身侍女。此前，莫胡曾经被吕不韦送给华月夫人做女掌事。做华月夫人女掌事期间，莫胡寻找到荆云马队，与荆云在密林篝火旁炽热地野合了。不久，荆云战死，华月夫人也获罪被杀。莫胡在丰京口山洞中，生下了一个儿子。因此山洞有一辆破旧的接轴战车，所以母亲给他取名荆轲。后来，莫胡母子都被吕不韦救回了府中。

“那我如何到得齐国庆氏邑？”

“听我说。”老父亲不再惊讶，继续着他的平板话音。

父亲说，齐国庆氏是公卿部族，当年的荆氏则是庆氏封地的最大庶族。自荆云带领封地各部族聚众抗暴而失去踪迹，荆氏族便与庆氏封主结下了仇怨。后来燕军破齐，封主庆氏的老族人几乎伤亡殆尽。田单复国后，残存的庆氏与残存的荆氏又走到了一起，重新回到故地，两族仇恨也因为六年国破家亡的抗燕久战而泯灭。荆氏族人便以封地“庆邑”为姓，融入了庆氏部族，号为新庆氏。多年之后，荆云的故事流传到齐国，新庆氏族长便派出父亲带领了几个精干族人进入秦国，探察荆云有无血脉之传。在咸阳几经探察，终于清楚了：吕不韦府邸的女家老莫胡生的小荆轲，是荆云的儿子。[1]

一个月黑风高的夜晚，小荆轲失踪了。

……

“如此说，你是我叔父还是伯父？”

父亲没有回答，只说将小荆轲带回齐国后的第三年，一相学之士偶见小荆轲，喟然一叹曰：“此子将惊绝天下，诚雄杰之冠也！”族长闻

[1] 唐人司马贞之《史记索隐》云：“轲先齐人，齐有庆氏，则或本姓庆。春秋庆封，其后改姓贺。次下以至卫而改姓荆。荆庆声相近，故虽在国而异其号耳。”此谓一说，或来自传闻。

言，与族老们反复计议，一致赞同给小荆轲找个名师打磨。后来，族长便派父亲带着小荆轲游历天下寻找名师了。父亲听说鬼谷子隐居河内某处大山，便带着小荆轲在卫国濮阳住了下来。多年来，父亲多方寻觅，都没有找到鬼谷子的踪迹。

……

“正在此时，那个老人来了？”

“对。”

“他是鬼谷子？”

“不。他是当年吕不韦商社的一个老执事。”

“他在找我？”

“对。一直在找，奉吕不韦之命。”

“他为何要死？”

“吕不韦一门皆死，他做完了最后一件事，心下安宁了。”

“最后一件事？他找见了鬼谷子？”

“不。老执事说鬼谷子已经殁了……”

“那我自己游历天下！”

“不。他要我带你去吴越南墨。”

小荆轲不说话了，毕竟，父亲的决断他还无法评判高下。

次日，父亲带着小荆轲跋涉南下了。历经大半年，他们终于凭着吕不韦老执事留下的密图，找见了墨家最后的一支隐居士侠。父亲将荆轲留在了墨家，便永远地没有消息了……十五年后，荆轲踏出了吴越大山，遍寻列国，竟再也没有父亲的踪迹。从此，荆轲对吞没了吕不韦以及自己亲生父母的秦国，有了一种深深的仇恨。依天下大势，荆轲清醒地知道，只有投奔秦国，才能建功立业。可是，依着墨家的独立抗霸传统，依着自己的仇恨之心，荆轲对秦王对秦国都有着一种很难说清楚的逆反之心。如此，荆轲多年漂泊，始终没有遇到值得认真去做的一件事，直到燕国……

荆轲从来没有想到，以经邦济世为己任的他将成为一个刺客。

从心底说，无论专诸、要离、聂政、豫让等一班刺客如何名动天下，荆轲都不会选择刺客这条路。假如不是田光，不是太子丹，他决然不会有此一诺。当然，更根本的一点在于，假如所刺不是秦王，他决然不会接受这一使命。唯其是刺秦，唯其是除却列国公敌而使天下重回战国大争之世，荆轲终于答应了。荆轲明于天下大势，又对秦王嬴政做了多方揣摩，深深知道，秦王嬴政远非寻常君王。且不说护卫之森严，毕竟，再森严的护卫在荆轲眼里都是无足轻重的。荆轲在意的，是嬴政本人的秉性特质。秦王嬴政，虽不是军旅出身的王子，但却是少年好武且文武两才皆极为出众的通才，其机变明锐见事之快，天下有口皆碑。荆轲相信，无论六国人士如何咒骂嬴政，但没有一个人敢于蔑视秦王嬴政的胆略才具。如此一个已经鼓起飓风而正在席卷天下的君王，要以之作为刺杀对象，荆轲不能不有所忐忑。尽管战国历史上曾经有过曹沫、毛遂、蔺相如等不惜血溅五步而胁迫会盟君王的先例，但在荆轲看来，那不过是一种彼此会心的认真游戏而已；与其说是名士胆略的成功，毋宁说是会盟君王有意退让；毕竟，君王会盟的宗旨是结盟成功，诸多难堪的让步包藏进突然而来的胁迫之中，不亦乐乎！刺杀秦王则不同，那是真实地要取秦王嬴政的性命，要掀翻业已形成势头的天下格局，要中止秦国大军的隆隆战车。这一切，都寄希望于一支短短的匕首，当真是谈何容易！然则，唯其艰难，唯其渺茫，唯其事关天下，荆轲胸中之豪气才源源不断地被激发出来。甚或可以说，假如没有如此艰难渺茫，荆轲根本不会做这个刺客。

荆轲的筹划是极其缜密的。

第一要件，是绝世利器。荆轲将田光献出的徐夫人匕首交给了太子丹，请太子丹秘密物色了最出色的工匠，给徐夫人匕首锋刃淬入剧毒。匕首淬成那日，太子丹请荆轲赶赴密室勘验。三个行将被斩的匈奴人犯被押进密室时，太子丹没有将匕首交给荆轲。太子丹自己执着匕首，站在五步之外，对三名人高马大的匈奴壮汉一掠而过。荆轲清楚地记得，一道碧蓝清冷的光芒闪过，三名壮汉的胳膊立即渗出一道暗红的血印，三名尚在兀自哈哈大笑的壮汉瞬间轰然倒地，一个响亮急促的打嗝声，三张面孔一脸青黑陡然死亡！看着那狰狞无比的面孔，生平第一次，荆轲心头猛然剧烈地跳动了。那一刻，他分明看见了头戴天平冠的秦王嬴政轰然翻倒在地……荆轲接过徐夫人匕首，二话没说便走了。

第二要件，是能够踏上咸阳大殿，并能被秦王亲自召见的大礼。邦国之间，最大的礼物便是土地。太子丹本意，是要将与秦国云中郡相邻的全部畜牧之地八百里，献给秦国为礼物。荆轲说不行，那是燕国事实上已经不能有效控制的地域，作伪之象一目了然；要献地，只能是燕南之地。燕南之地，是燕国易水之北、蓟城之南的最为丰腴的平原丘陵地带，也就是后来的广阳郡。这燕南之地，原本是古老的蓟国土地，古地名叫做督亢。春秋时期，燕国吞灭蓟国之后，燕国中心从辽东地带迁入蓟国，蓟城便做了燕国都城。从此，燕国有了两翼伸展的两大块沃土根基：西南曰燕南，东北曰辽东。辽东虽肥，却失之寒冷，渔猎农耕受制颇多。燕南之地气候温润多雨，土地肥沃宜耕，便成为最为金贵的腹心粮仓。燕国能立足战国之世，十有八九是燕南之地的功劳。

太子丹虽然大为心痛，最终还是赞同了。

荆轲立即下令亚卿署、境吏署、御书署[1]绘制新的燕南地图。对这卷地图，荆轲亲自做了精心筹划，提出了制作样式：粗糙牛皮绘制，贴于三层绢帛之上，两端铜轴，做旧做古；制成之后，装于一尺三寸宽、三尺六寸长的铜匣之中。对于地图绘制之法，荆轲提出了一个独特的要求：地图名称用古称——督亢地图，地图中所有的地名与画法，必须使用最古老的春秋燕国时期的名称与尺寸；总之，要做到不经解说，无人看得明白。此图之外，荆轲提出，再制一幅材质寻常而内容相同的地图，只是尺寸稍小。太子丹对荆轲的种种奇特要求大是疑惑，却也一句话没说，只下令一切依上卿之令行事。如此一来，这幅督亢地图竟整整制作了半年，方才完工。交图之日，荆轲邀来太子丹，在密室中将徐夫人匕首脱鞘，小心翼翼地放置进地图卷起，而后捧起卷成筒状的地图，竖在胸前轻轻摇动一阵，见无异状，这才长吁了一声。

“粗糙牛皮带住了匕首，不使其滑脱，妙！”太子丹一阵大笑。

---

[1] 三署皆燕国官职：亚卿执掌实际政务，境吏掌边境，御书掌文书。

“刺客之要，细务丝毫不得有差。”

荆轲面无表情地对太子丹讲述了诸般谋划奥秘，桩桩小事件件有心，将素来机警过人的太子丹听得目瞪口呆。最后，荆轲说了专诸刺僚的故事，一声感喟道：“以鱼腹藏鱼肠剑而蒸之，将一道蒸鱼呈现于案而内藏短兵，此千古奇思妙想也！刺秦者，旷古之举也。若无奇谋妙算，岂非儿戏哉？”

太子丹对荆轲佩服得五体投地了。

然则，对荆轲提出的另一件大礼，太子丹迟迟不能决断。

这件大礼，是秦将樊於期的人头。

对于一个富强的燕国，一个久经沙场的大将的意义是不言自明的。可是，对于濒临绝境的燕国，樊於期却几乎是毫无用处的。以老太傅鞠武的说法，反倒是个祸根。虽则如此，太子丹毕竟是个历经坎坷而守信重义的王子，交出一个绝路来投者的人头，对任何一个战国豪侠之士，都是不可忍受的折节屈辱。尤其，对于以养士著称的王子公子，更是难以接受的。战国四大公子名满天下，其最大的感召力便是豪侠义气。孟尝君一无大业，名头却响当当震动天下，其轴心，其根基，便是重士尚义。当此战国之风，要教太子丹这样一个义气王子交出樊於期的人头给秦王，无异于毁了太子丹在天下立足的根基，太子丹的痛苦是必然的。凡此等等，荆轲自然是再清楚不过。然则，荆轲相信，樊於期不是愚昧颟顸之人，他一定会明白全大义而必得牺牲小义这番道理。荆轲本欲亲自造访樊於期，然思忖一番，还是先行告知了太子丹。

“樊将军末路投我，安忍以己之用而伤长者，愿先生另谋之！”

太子丹明确地拒绝了。荆轲也就心安了。

踏进樊於期的秘密寓所时，荆轲是平静的。荆轲说：“秦国与将军有厚恩，而将军叛之。秦王杀将军举族，又出重金、封地，悬赏将军人头。将军孤身漂泊，如之奈何？”樊於期唏嘘流泪说：“老夫每念及此，常痛于骨髓也！所难处，生趣全失，复仇无门，惶惶不知何以自处耳！”荆轲坦然地说：“若有一举，既可解燕国之患，又可复将军之仇，将军以为如何？”樊於期顿时目光大亮，急促膝行而前问道：“此举何举？”荆轲平静地说出了自己谋划，末了道："此中之要，荆轲须得以秦王所欲之物，而能面见秦王。太子不忍。荆轲相信将军之明察。"樊於期默然良久，站起身来，对荆轲深深一躬道："幸闻得教也！"说罢，樊於期坦然跪坐，一口长剑当颈抹过，一颗雪白的头颅滚到了荆轲脚下……荆轲一眼瞥见了樊於期脖颈极是整齐的切口，不禁长吁了一声——没有坦然的心境，没有稳定的心神，一个人的自裁断不会有如此的干净利落。

那一刻，荆轲真正佩服了这个身经百战的秦国老将。

樊於期的人头，装进了一方特为打磨的玉匣。

太子丹闻讯赶来，整整痛哭了两个时辰，连声音都嘶哑了。

荆轲特意定制了一颗玉雕人头，使太子丹能以大礼安葬樊於期。

第三要件，是物色同行副使。荆轲清楚地知道，刺秦，实则赴死；无论成与不成，刺客本人几乎都是必死无疑。刺杀未遂，死是必然的。刺杀成功，你能逃得出大咸阳的千军万马么？唯其如此，同行副使与其说是邦交礼仪之必须，毋宁说是士侠赴死之同道。对于如此重大的刺客使命，荆轲所需的同道无须多么高深的剑术功夫。剑术之能，荆轲深信自己一人足以胜任。同道之要，在于心神沉静，而不使秦国朝堂见疑而已。若能心智机警，相机能助一臂之力，自然是上之上矣！反复思忖，荆轲选定了自己与高渐离的好友宋如意。

宋如意是卫国人，自幼生于桑间濮上的乐风弥漫之地，生性豪放不羁，好剑，好乐，好读书，平生不知畏惧为何物。宋如意与高渐离，是荆轲游遍天下结识的两个知音。去冬三人聚酒，当荆轲吐出了这个秘密时，宋如意立即一阵大笑："咸阳宫一展利器，血溅五步，天下缟素，人生极致也！快哉快哉！"高渐离却痛苦地皱起了眉头道："早知今日，渐离当弃筑学剑也！"三人一阵哈哈大笑。火焰般的胡杨林弥漫着淡淡的轻霜薄雾，三人将散之时，宋如意说他要回一趟濮阳，开春之时归来。荆轲知道，宋如意要回去对自己的父母妻儿做最后的安置，甚话没说便送宋如意上路了。

雪消了，冰开了，宋如意将要回来了。

荆轲知道，自己上路的时刻也将到了。

……

“先生，秦军已经逼近易水了！”

太子丹的匆匆脚步与惊恐声音，使荆轲皱起了眉头。平心而论，荆轲对太子丹的定力还是有几分赞赏的，这也是他能对太子丹慨然一诺的因由之一。士侠谋国，主事者没有惊人的定力，往往功败垂成。

“太子何意？”荆轲撂下了手中地图，眉头还是紧紧地皱着。

“再不行事，只怕晚矣！”

“太子要荆轲立即上路？”

“先生！燕国危矣！……”太子丹放声痛哭。

“太子是说，决意要荆轲起程也。”

“先生！丹知你心志未改……然则，没有时日了！”

荆轲长吁一声，冷冰冰板着脸，显然不悦了。

“先生副使，遣秦舞阳可也。”太子丹的催促之意毫无遮掩。

“太子能遣何人？”荆轲终于愤怒了，“秦舞阳无非少年杀人，狂徒竖子而已！纵然去了，亦白送性命！提一匕首而入强秦，若能杀人者皆可，何须荆轲哉！”荆轲怒吼着。太子丹不说话了。猛然，荆轲也不说话了。沉默良久，荆轲长叹一声道：“我之本意，要等一个真正堪当大任者，好同道上路也。今日，太子责我迟之。荆轲决意请辞，后日起程。”

太子丹抹着眼泪深深一躬，嘴角抽搐得好一阵说不出话来。

第三日五更鸡鸣，白茫茫薄雾弥漫了蓟城郊野，三月春风犹见料峭寒意。待特使车马大队开出蓟城南门，荆轲已经完全平静了。看着副使后车威猛雄壮的秦舞阳似一尊石柱矗立在战车紧紧抱着铜匣的模样，荆轲一时觉得颇是滑稽。太子丹心思周密，三更时分送来一简，说为避秦国商社耳目，已经与一班大吏及高渐离等，先行赶到易水河谷去了。上卿出使秦国，堂堂正正送别全然正道。荆轲不明白太子丹为何一定要赶到易水去，而且约定了一处隐秘的河谷做饯行之地。仓促上路，荆轲心绪有些不宁，也不愿意去揣摩此等小事了。一过十里郊亭，荆轲立即下令车马兼程飞驰。

堪堪暮色时分，终于抵达了事先约定的易水河谷。

荆轲在青铜轺车的八尺伞盖下遥遥望去，只见血红的残阳下一片白衣随风舞动，心头不禁怦然一动。及至近前，却见河谷小道边一片白茫茫人群——太子丹与知道这件事的心腹大吏们人人是一身白衣一顶白冠，肃然挺立着等候。遥见车马驶来，所有人都是深深一躬。突然，荆轲眼前浮现出为樊於期送葬的情形，那日，太子丹人等也是这般白衣白冠……

一路麻木骤然惊醒，荆轲心头蓦然涌起一种莫名的悲壮之情。生平第一次，荆轲眼角涌出了一丝泪水。荆轲一跃下车，对着太子丹与所有的送别者深深一躬，一拱手一阵大笑道："诸位活祭荆轲，幸何如之也！"

可是，没有一个人跟着笑，河谷寂静得唯有萧萧风声。终于，一位大吏颤抖的高声划破了死一般的沉静："太子，为先生致酒壮行——"太子丹捧起了一尊硕大的铜爵，肃然一躬，送到了荆轲面前。荆轲大笑道："荆轲生于人世，从来未曾祭祖……今日这酒，敬给祖宗了！"一句话未了，荆轲猛然哽咽，及至一爵百年燕酒哗哗洒地，荆轲的大滴泪水也情不自禁地打到了地上。泪水涌流的片刻之间，荆轲心头一震，举起大袖一抹而过，及至抬起头来，已经又是豪侠大笑的荆轲了。

叮咚一声，高渐离的浑厚筑音奏响了。

高渐离没有说一句话，只对着荆轲扫了一眼。

那是一簇闪亮的火焰！荆轲心头骤然一热，激越的歌声便扑满了河谷。

"风萧萧兮易水寒，壮士一去兮不复还——"

高渐离的激越筑音，犹如战鼓激荡着荆轲。在太子丹与送行者们的悲壮和声中，荆轲不能自已地反复唱着，悲凉凄然处，如同吟唱自己与世间的无尽苦难，太子丹与大吏们都哭成了一片；慷慨激越处，气贯长虹如同勇士临阵搏杀，所有的送别者都怒目圆睁，须发扑上了头顶白冠……

歌声还在回荡的时候，荆轲大步转身登车。

荆轲一跺车底，轺车辚辚去了。

哭声风声萦绕耳畔，荆轲再也没有回头。

## 四　提一匕首欲改天下　未尝闻也

若非李斯尉缭，秦王嬴政对燕国献地实在没有兴致。

三个月前，顿弱的信使飞马报来消息：燕国迫于秦国大军灭赵威势，太子丹与上卿荆轲力主向秦国献上燕南之地，以求订立罢兵盟约。当时，嬴政只笑着说了一句，太子丹不觉得迟了么？再也没有过问。嬴政很清醒，即便弱小如韩国，灭亡之际也是百般挣扎，况乎燕国这样的八百年老诸侯，割地云云不过缓兵之计而已，不能当真。及至开春，王翦大军挥师北上兵临易水，顿弱又是一函急书禀报：太子丹正式知会于他，申述了燕国决意割地求和的决策，不日将派上卿荆轲为特使赶赴秦国交割土地，恳望秦军中止北进。顿弱在附件里说了自己的评判："燕之献地，诚存国之术也。然则，秦之灭国，原在息兵止战以安天下，非为灭国而灭国也！唯其如此，臣以为：秦军临战，未必尽然挥兵直进，而须以王师吊民伐罪之道，进退有致。今，燕国既愿献出根基之地求和，当缓兵以观其变。若其有诈，我大军讨伐师出有名也！"嬴政看得心头一动，立即召来王绾、李斯、尉缭三人会商。王绾、李斯赞同顿弱之策，认为可缓兵以待。尉缭于赞同之外，另加提醒道："燕国献地，必有后策跟进。我须有备，不能以退兵做缓兵。君上下书王翦，不宜用缓兵二字，只云'随时待命攻燕'即可。"嬴政欣然点头。于是，君臣迅速达成一致。嬴政立即下令蒙毅，依照尉缭之说下书王翦，令易水大军屯驻待命。

旬日之后，顿弱信使又到。

这次送来的，是太子丹亲手交给顿弱的燕南地图。顿弱书简说，上卿荆轲已经在踏勘燕南之地，一俟地图与实地两相核准，立即赴咸阳献地立约。嬴政当即打开了地图，却看得一头雾水不明所以，立即召来了执掌土地图籍的大田令郑国求教。郑国端详一番，指点着地图道："此图，乃春秋老燕国初灭蓟国时之古图。图题'督亢'两字，是当年蓟国对燕南地之称谓。督，中央之意也。督亢者，中央高地之谓也。此地有陂泽大水，水处山陵之间，故能浇灌四岸丘陵之沃土，此谓亢地。此地又居当年蓟国之中央腹心，此谓督。故云，督亢之地。”嬴政不禁笑道：“分明是今日燕南之地，却呈来一幅古地图，今日燕国没有地图么？”郑国素来不苟言笑，黑脸皱着眉头道：“此番关节，老臣无以揣摩。也许是燕国丢不下西周老诸侯颜面，硬要将所献之地说成本来便不是我的……老臣惭愧，不知所以！”嬴政听得哈哈大笑道：“也许啊，老令还当真说中了。老燕国，是死要颜面也！”可是再看地图，连郑国也是一头雾水了。这幅地图的所有地名，都是不知所云的一两个古字，水流、土地、山塬，黑线繁复交错，连郑国这个走遍天下的老水工也不明所以了。郑国只好又皱起眉头，指点着地图连连摇头道：“怪亦哉！天下竟有此等稀奇古图？老臣只知，此处大体是陂泽。其余，委实不明也。”嬴政心头猛然一动，吩咐赵高立即召李斯尉缭前来会商。不料，李斯看得啧啧称奇，尉缭看得紧锁眉头，还是看不明白。两个不世能才，一个绝世水工，再加嬴政一个不世君王，竟然一齐瞪起了眼睛。

“天外有天也！老燕国在考校秦国人才？”嬴政呵呵笑了。

“岂有此理！这般鬼画符，根本不是地图！”

老尉缭点着竹杖愤愤一句，话音落点，竟连自己也惊讶了。

诚如尉缭愤然不意之言，岂不意味着这里大有文章？果然大有文章，又当是何等奥秘？一时之间，君臣四人都愣住了。李斯拍着书案兀自喃喃道：“燕国濒临绝境，莫不是上下昏头，图籍吏将草图当做了成图？”郑国立即断然摇头道：“不会。此图划线很见功力，毫无改笔痕迹，精心绘制无疑，岂能是草图？”尉缭一阵思忖，疑惑不定道：“燕人尚义，不尚诈，此举实在蹊跷之极。”嬴政看着三个能才个个皱眉，不禁哈哈大笑道：“不说这鬼画符了，左右是他要献地，我不要便了。”李斯摇头道：“王言如丝，其出如纶。既已回复燕国，接受献地还是该当也，不能改变。”尉缭笃笃点着竹杖道：“更要紧者，此中奥秘尚未解开，不能教他缩回去。”嬴政疑惑道：“先生如何认定，此间定有奥秘未解？”尉缭道：“兵谚云，奇必隐秘。如此一幅古怪地图，谁都不明所以，若无机密隐藏其中，不合路数也。”嬴政不禁大笑道：“他纵有鬼魅小伎，我只正兵大道，他能奈何！知会燕国，教他换图，否则不受献地。”

正在此时，蒙毅匆匆进来，又交来顿弱一函急件。

打开读罢，君臣五人立即沸腾起来。顿弱信使带来的消息是：燕国将交出叛将樊於期人头，由上卿荆轲连同督亢之地的古图原件一起交付秦国。假如说，此时的秦国对于土地之需求，已经在统一天下的大业开始后变得不再急迫，那对于以重金封地悬赏而求索的叛国大将的人头，则是迫切渴望的。秦之战国史，樊於期叛国对秦国秦人带来的耻辱，可以说丝毫不亚于嫪毐之乱带给秦国朝野的耻辱。尤其是秦王嬴政，对于王弟成蛟的叛国降赵与樊於期的叛国逃燕，刻刻不能释怀，视为心头两大恨。嬴政早已下令蒙恬：若樊於期逃往匈奴，立即捕杀！嬴政也同时下令王翦：灭燕之后第一要务，捕获樊於期！嬴政之心，只有在咸阳对樊於期明正典刑，才能一消此恨。顿弱曾经请命秦王，要在蓟城秘杀樊於期。嬴政毫不犹疑地制止了。嬴政发下的誓言是："非刑杀叛将，不足以明法！非藏叛之国杀叛将，不足以正义！樊於期若能逃此两途，天无正道也！"

而今，樊於期由赖以隐身的燕国杀了，嬴政的心情是难以言表的。

"诛杀叛将，燕国之功也！秦国之幸也！"

嬴政奋然拍案感喟，当即决断：接受燕国献礼，休战盟约事届时会商待定。李斯尉缭也毫不犹豫地赞同了。秦国君臣的决策实际上意味着，已经给燕国的生存留下了一线生机。因为，从实际情势而言，秦国君臣当时对于一统天下，还没有非坚持不可的一种固定模式，而是充分顾及到诸侯分立数百年的种种实际情形，对灭国有着不同的方略准备。以战国历史看：大国之间即或强弱一时悬殊，也没有出现过灭国的先例；唯一的灭国之战，是乐毅攻齐而达到破国，终究还是没有灭得了齐国。秦国之强大，及其与山东六国力量对比之悬殊，虽然远远超过当年的燕齐对比，然则以一敌六，谁能一口咬定对每个大国都能彻底灭之？唯其如此，秦国从对最弱小的韩国开始，便没有中断过邦交斡旋，更没有一味地强兵直进。对赵国燕国，更是如此。从根本上说，燕国若真正臣服，并献出腹心根基之地，秦国也不是不能接受的。毕竟，此时的秦国君臣，还不是灭掉韩赵燕魏之后的秦国君臣，坚定的灭国方略还没有最终清晰地形成。如今燕国献地求和，又要交出降将人头，不惜做出对于一个大国而言最有失尊严的臣服之举，秦国君臣的接纳，便是很容易做出的对应之策。

"东出以来，君上首次面见特使，当行大朝礼仪。"李斯郑重建言。

"彰显威仪，布秦大道，以燕国为山东楷模。"尉缭欣然附议。

"一统天下而不欺臣服之邦，正理也。"老成敦厚的郑国也赞同了。

嬴政当即欣然下书：着长史李斯领内史署、咸阳署、司寇署、卫尉署、行人署、属邦署、宗祝署、中车府等官署，于旬日之内拟定一切礼仪程式，并完成全部调遣，以大朝之礼召见燕使。李斯受命，立即开始了忙碌奔波。寻常大朝会，尽管也是李斯这个长史分内之事，然却不须动用如此之多的官署连同筹划。此次之特殊，在于大朝会兼受降受地受叛将人头，实际是最为盛大的国礼。李斯不是单纯的事务大臣，非常清楚这次大朝国礼的根本所在：若能在此次大朝会确定燕国臣服之约，实际便是不战而屈人之兵，以最稳妥平和的方式统一了燕国。唯其如此，种种礼仪程式之内涵，自然要大大讲究了。李斯的统筹调遣之能出类拔萃，三日之内，各方有条不紊地运转起来：内史郡，职司部署关中民众道迎燕国特使；咸阳令，职司都城民众道迎，并铺排城池仪仗；司寇署，限期清查流入秦国的山东盗贼，务期不使燕国特使受到丝毫挑衅威胁；卫尉署，部署王城护卫，并铺排王城兵戈仪仗，务期彰显大国威仪；执掌邦交的行人署、执掌夷狄的属邦署，职司诸般迎送程式与特使之起居衣食；中车府，筹划调集所需种种车辆，尤其是秦王王车之修缮装饰；宗祝署，确定大朝之日期、时辰，并得筹划秦王以樊於期人头祭拜太庙的礼仪程式。凡此等等，李斯都办理得件件缜密，无一差错。

旬日未到，诸般妥当。

在第八日的晚上，李斯在秦王书房的小朝会上做了备细禀报。嬴政对李斯的才具又一次拍案赞叹，没有任何异议便点头了。尉缭却突然一笑道："对时日吉凶，老太卜如何说法？"李斯不禁眉头一耸，道："唯有此事，使人不安。老太卜占卜云：吉凶互见，卦象不明。"嬴政一笑道："大道不占，两卿何须在心也。"尉缭兀自唠叨道："吉凶互见，究竟何意？以此事论之，何谓吉？何谓凶？”李斯道：“吉，自然是盟约立，诸事成，一无意外。凶，则有种种，难于一言论定。”尉缭摇着白头良久思忖，突然一点竹杖道：“那个特使，名叫甚来？”李斯道：“荆轲，燕国上卿。顿弱说，其人几类赵国之郭开。”尉缭颇显神秘的目光一闪，笑道：“荆轲荆轲，这个‘荆’字，不善也。”李斯心头一动道：“老国尉何意？不妨明言。”尉缭缓缓摇着白头道：“荆者，草侧伏刃，草开见刀，大刑之象。其人，不祥也。”嬴政不禁一阵大笑道：“先生解字说法，荆轲岂非一个刺客了？”尉缭平板板道：“兵家多讲占候占象，老臣一时心动而已。”李斯道：“论事理，燕国不当别有他心。试想，荆轲当真做刺客，其后果如何？”嬴政连连摆手道：“笑谈笑谈！太子丹明锐之人，如何能做如此蠢事？果然杀了嬴政，燕国岂不灭得更快？”尉缭道：“论事理，老臣赞同君上、长史之说。然则，卦象字象，也非全然空穴来风。老臣之意，防人之心不可无，还是谨慎为好。”李斯道：“老国尉之见，大朝部署有疏漏？”尉缭道：“秦国大朝会，武将历来如常带剑。”李斯立即接道：“对！然则，这次大朝会，改为朝臣俱不带剑。意在与山东六国同一，彰显秦国大道文明。”尉缭正要说话，嬴政颇显烦躁地一挥手：“不说不说！天下大道处处顺乎小伎，秦国还能成事么？燕王喜、太子丹若真是失心疯，嬴政听天由命。”

秦王烦躁，李斯尉缭也不再说话了。

“君上，新剑铸成了。”正在此时，赵高轻步进来了。

“国尉老兵家，看看这口剑如何？”嬴政显然在为方才的烦躁致歉。

赵高恭敬地捧过长剑道：“君上那口短剑，刃口残缺太多，这是尚坊新铸之秦王剑。”尉缭放下竹杖，拿起长剑一掂，老眼骤然一亮！这口长剑，青铜包裹牛皮为剑鞘，三分宽的剑格与六寸长的剑柄皆是青铜连铸而成，剑身连鞘阔约四寸、长约四尺、重约十斤，除了剑格两面镶嵌的两条晶莹黑玉，通体简洁干净，威猛肃穆之气非同寻常。尉缭一个好字出口，右手已经搭上剑格，手腕一用力，长剑却纹丝未动。赵高连忙笑道：“这是尚坊铸剑新法，为防剑身在车马颠簸中滑出剑鞘，暗箍稍深了半分。”尉缭再一抖腕，只听锵然一阵金铁之鸣，一道青光闪烁，书房铜灯立即昏暗下来。

“老臣一请。”尉缭捧剑起身，深深一躬。

“好！此剑赐予国尉！”嬴政立即拍案。

“老臣所请：君上当冠剑临朝，会见燕使，以彰大秦文武之功！”

嬴政一阵愣怔，终于大笑道：“好！冠剑冠剑，好在还是三月天。”

“冠剑临朝，此后便做大朝会定规。如何？”李斯委婉地附议尉缭。

“这次先过了。再说。”嬴政连连摇手，“威风是威风了，可那天平大冠、厚丝锦袍、高勒牛皮靴、十斤重一口长剑，还不将人活活闷死？两卿，能否教我少受些活罪也！”眼见秦王少年心性发作，窘迫得满脸通红，李斯尉缭不禁大笑起来。

三月下旬，燕国特使荆轲的车马终于进了函谷关。

一路行来，荆轲万般感慨。整肃的关中村野，民众忙于春耕的勃勃蒸腾之气，道边有序迎送特使的妇幼老孺，整洁宽阔的官道，被密如蛛网的郑国渠的支渠毛渠分隔成无数绿色方格的田畴，都使荆轲对“诛秦暴政”四个字生出了些许尴尬。然则，当看到骊山脚下一群群没有鼻子的赭衣刑徒，在原野蠕动着劳作时，“秦人不觉无鼻之丑”这句话油然浮上心头，荆轲的一腔正气又立即充盈心头。一个以暴政杀戮为根基的国家，纵然强大如湘水怪蛟，荆轲都是蔑视的，都是注定要奋不顾身地投入连天碧浪去搏杀的。及至进入咸阳，荆轲索性闭上了眼睛，塞上了耳朵，不再看那些令他生出尴尬的盛景，不再听那些热烈木讷而又倍显真诚的喧嚣呼喊。一直到轺车驶进幽静开阔的国宾馆舍，一直到住定，一直到秦舞阳送走了那个赫赫大名的迎宾大臣李斯，荆轲才睁开眼睛扒出耳塞，走进池边柳林转悠去了。

当晚，丞相王绾要为燕国特使举行洗尘大宴，荆轲委婉辞谢了。

秦舞阳高声嚷嚷着，显然不高兴荆轲拒绝如此盛大的一场夜宴。可荆轲连认真搭理秦舞阳的心情都没有，只望着火红的落日，在柳林一直伫立到幽暗的暮色降临。晚膳之后，那个李斯又来了。李斯说，咸阳三月正是踏青之时，郊野柳絮飞雪可谓天下盛景，上卿要否踏青一日？荆轲淡淡一笑，摇了摇头。于是，李斯又说，上卿既无踏青之心，后日卯时大朝会，秦王将以隆重国礼，接受燕国国书及大礼。荆轲点了点头，便打了一个长长的哈欠。李斯说，上卿鞍马劳顿，不妨早早歇息。一拱手，李斯悠悠然去了。

次日正午，李斯又来了。这次，李斯只说了一件事：燕国要割地、献人、请和，是否有已经拟定的和约底本事先会商？抑或，要不要在觐见秦王之后拟定？荆轲这才心头蓦然一惊：百密一失，他竟然疏忽了邦交礼仪中最为要紧的盟约底本！毕竟，他的公然使命是为献地立约而来的。虽然如此，荆轲毕竟机警过人，瞬息之间，做出一副沉重神色道："燕为弱邦，只要得秦王一诺：燕为秦臣，余地等同秦国郡县，万事安矣！若燕国先行立定底本，秦国不觉有失颜面乎？"李斯笑道："上卿之言，可否解为只要保得燕国社稷并王室封地，则君臣盟约可成？"荆轲思忖道："不知秦王欲给燕国留地几多？"李斯道："不知燕王欲求地几多？"荆轲佯作不悦道："燕弱秦强，燕国说话算数么？"李斯一拱手道："既然如此，容特使觐见秦王之后，再议不迟。"

李斯走了。荆轲心头浮起了一丝不祥的预感。

三月二十七清晨卯时，咸阳宫钟声大起。

秦国铺排了战国以来的最大型礼仪——九宾之礼，来显示这次秦燕和约对于天下邦交的垂范。九宾之礼，原本是周天子在春季大朝会接见天下诸侯的最高礼仪。《周礼·大行人》云："（天子）春朝诸侯而图天下之事……以亲诸侯。"所谓九宾，是公、侯、伯、子、男、孤、卿、大夫、士，共九等宾客。其中，前四等宾客是诸侯，后五等宾客是有不等量封地的各种大臣朝官。九宾之礼繁复纷杂，仅对不同宾客的作揖的方式，就有三种：天揖、时揖、土揖，非专职臣工长期演练，不足以完满实现。及至战国，历经春秋时期礼崩乐坏，这种繁复礼仪，已经不可能全数如实再现。李斯总操持此次大礼，之所以取九宾大礼之名，实际所图是宣示秦国将一统天下、秦王将成为天下共主（天子）的大势，所以将接见燕王特使之礼仪，赋予了"天子春朝诸侯，而图天下之事"的九宾大礼意涵。就其实际而言，无非是隆重地彰显威仪，显示秦国将王天下的气象而已，绝非如仪再现的周天子九宾之礼[1]。

李斯准时抵达国宾馆舍，郑重接出了荆轲与秦舞阳。

一支三百人马队簇拥着三辆青铜轺车，辚辚驶出馆舍驶过长街时，咸阳民众无不肃然驻足，燕使万岁的喊声此起彼伏不绝于耳。后车的秦舞阳，亢奋得眉飞色舞。八尺伞盖下的荆轲，却又一次闭上了眼睛。轺车进入王城南门，丞相王绾率领着一班职司邦交的行人署大吏，在白玉铺地的宽阔车马场彬彬有礼地迎接了荆轲。王绾在吕不韦时期原本便是行人，如今虽已须发灰白，却有着当年吕不韦的春阳和煦之风，对荆轲拱手礼略事寒暄，又一伸手做请，笑道："群臣集于正殿，正欲一睹上卿风采，敢请先行。"荆轲这才第一次悠然一笑，一拱手道："丞相请。"王绾笑道："上卿与老夫同爵，老夫恭迎大宾，岂可先行？上卿请。"若依着九宾之礼，每迎每送都要三让三辞而后行。故此，两人略事谦让，原是题中应有之意，并非全然虚礼。荆轲遂不再说话，对着巍巍如天上宫阙的咸阳宫正殿深深一躬，转身对秦舞阳郑重叮嘱一句道："副使捧好大礼，随我觐见秦王。"

荆轲肃然迈步，一脚踏上了丹墀之地。

丹墀者，红漆所涂之殿前石阶也。春秋之前，物力维艰，殿前石阶皆青色石条铺就，未免灰暗沉重，故此涂红以显吉庆也。战国末期，秦国早已富强，咸阳王城的正殿石阶是精心遴选的上等白玉，若涂抹红漆，未免暴殄天物。于是，每有大典大宾，咸阳宫正殿前的白玉石阶便一律以上等红毡铺之，较之红漆尤显富丽堂皇。此风沿袭后世，始有红地毯之国礼也。此乃后话。

荆轲踏上丹墀之阶，虽是目不斜视，却也一眼扫清了殿前整个情势。秦国的王城护军清一色的黑色衣甲青铜斧钺，肃立在丹墀两厢，如同黑森森金灿灿树林，凛凛威势确是天下唯一。荆轲对诸般兵器的熟悉，可谓无出其右，一眼看去，便知这些礼仪兵器全都是货真价实的铜料，上得战场虽显笨拙，单人扑杀却堪称威力无穷。仅是那一口口三十六斤重、

---

[1] 《史记正义》刘云："设文物大备，即谓九宾，不得以周礼九宾义为释。"是为切实之论。

九尺九寸长的青铜大斧，任你锋利剑器，也难敌其猛砍横扫之力。蓦然之间，荆轲心头一动！秦王殿前若有两排青铜斧钺，此事休矣……

“我的发簪——”正在此时，身后一声惊恐叫喊。

荆轲猛然回身，不禁大为惊愕。

秦舞阳四寸玉冠下的束发铁簪，正如一支黑色箭镞直飞一根石柱，叮啪一声大响，牢牢吸附在石柱之上！顿时，秦舞阳一头粗厚的长发纷乱披散，一声惊叫烂泥般瘫在了厚厚的红地毡上瑟瑟发抖，紧紧抱在怀中的铜匣也发出一阵突突突的怪异抖动。与此同时，丹墀顶端的带剑将军一声大喝：“查验飞铁！特使止步！”两厢整齐的一声吼喝，两排青铜斧钺森森然铿锵交织在丹墀之上，罩在了荆轲与秦舞阳头顶。

电光石火之间，荆轲正要一步过去接过突突响动的铜匣。王绾一步抢前一挥手道：“殿前武士，少安毋躁！”转身对荆轲笑道，“此乃试兵石，磁铁柱也。当年，商君为校正剑器箝合是否适当，立得此石。凡带剑经过，而被磁铁吸出剑器者，皆为废剑。不想今日吸出副使铁簪，诚出意外也。上卿见谅，副使见谅。”堪堪说罢，后来的李斯已经上前，一伸手要来扶秦舞阳起身。秦舞阳面色青白，慌乱得连连挥手道：“不不不，不要……”王绾李斯与一班吏员不禁笑了起来。荆轲早已经平静下来，笑着看看秦舞阳，对王绾李斯一拱手道：“丞相长史，见笑。北蕃蛮夷之人，未尝经历此等大国威仪，故有失态也。”又转身对秦舞阳一笑揶揄道，“自家起身，莫非终归扶不起哉！”秦舞阳眼见无事，一挺身站起，红着脸嘎声道：“我我我，我发簪还给不给？”李斯忍住笑一挥手，带剑将军大步过来，递过一支铁簪，目光向李斯一瞥。李斯接过铁簪一看，不禁笑道：“副使真壮士也！一支发簪也如匕首般沉重锋利。”秦舞阳原本气恼自己吃吓失态而被荆轲嘲笑，此刻牛劲发作，昂昂然挥着一只空手道：“这发簪，原本俺爹猎杀野猪的残刀打磨！俺做发簪，用了整整二十年，送给你这丞相如何？”王绾李斯见此人目有凶光，却又混沌若此，身为副使，竟连眼前两位大臣的身份也没分辨清楚，不禁一齐笑了。王绾一拱手道：“铁簪既是副使少年之物，如常也罢。上卿请。”荆轲虽则蔑视太子丹硬塞给他的这个副使，却也觉得这小子歪打正着化解了这场意外危机，心下一轻松，笑着一拱手，又迈上了丹墀石阶。

经过殿口平台的四只大鼎，是高阔各有两丈许的正殿正门。

此刻正门大开，一道三丈六尺宽的厚厚红毡直达大殿深处王台之前，红毡两厢是整肃列座的秦国大臣。遥遥望去，黑红沉沉，深邃肃穆之象，竟使荆轲心头蓦然闪出“此真天子庙堂也”的感叹。瞬息之间，大钟轰鸣九响，宏大祥和的乐声顿时弥漫了高阔雄峻的殿堂。乐声弥漫之中，殿中迭次飞出司仪大臣[1]与传声吏员的一波波声浪：“秦王临朝——秦王临朝——”接着又是一波波声浪奔涌而来：“燕使觐见——燕使觐见——”荆轲回身低声一句叮嘱道：“秦舞阳毋须惊怕，跟定脚步。”听得秦舞阳答应了一声，荆轲在殿口对着沉沉王台深深一躬，举步踏进了这座震慑天下的宫殿。

荆轲行步于中央红毡，目不斜视间，两眼余光已看清了秦国大臣们都没有带剑，连武臣区域的将军们也没有带剑，心下不禁一声长吁。红毡甬道将及一半，荆轲清楚地看见了秦王嬴政正从一道横阔三丈六尺的黑玉屏后大步走出——天平冠，大朝服，冠带整肃，步履从容，壮伟异常，与山东六国流传的佝偻猥琐之相直有天壤之别。然则，真正使荆轲心头猛然一沉的是，秦王嬴政腰间那口异乎寻常的长剑！依荆轲事先的周密探察，秦王嬴政在朝会之上历来不带剑。准确的消息是：自从嬴政亲政开始，从来带剑的秦王便再也没有带剑临朝了。片刻之间，荆轲陡地生出一种说不清楚的奇特预感。

骤然之间，身后又传来熟悉而令人厌恶的袍服瑟瑟抖动声。

两厢大臣们不约而同地将目光瞄向荆轲身后，其嘲笑揶揄之情是显然的。

荆轲蓦然回头，平静地接过秦舞阳怀中的铜匣，大踏步走到了王阶之下。荆轲捧起铜匣深深一躬道：“外臣，燕国上卿荆轲奉命出使，参见秦王！”荆轲抬头之间，九级王阶上的嬴政肃然开口道：“燕国臣服于秦，献地献人，本王深为欣慰。赐特使座。”话音落点，一名远远站立在

---

[1] 司仪，周时官职，《周礼·秋官·司寇第五》云：“司仪掌九仪之宾客摈相之礼。”沿袭后世。

殿角的行人署大吏快步走来，将荆轲导引入王阶东侧下的一张独立大案前，恭敬地请荆轲就座。

此时，司仪大臣又是一声高宣："燕国进献叛臣人头——"

话音尚未落点，行人署大吏已经再次走到了荆轲案前。荆轲已经打开了大铜匣，将一个套在其中的小铜匣双手捧起道："此乃樊於期人头，谨交秦王勘验。"行人署大吏双手捧着铜匣，大步送到了秦王的青铜大案上。荆轲清楚地看见，嬴政掀开铜匣的手微微颤抖着。及至铜匣打开，嬴政向匣中端详有顷，嘴角抽搐着冷冷一笑，拍案喟叹道："樊於期啊樊於期，秦国何负于你，本王何负于你，竟自白头叛秦，宁做秦人千古之羞哉！"嬴政的声音颤抖，整个大殿不禁一片肃然。寂静之中，嬴政一推铜匣道，"诸位大臣，都看看樊於期了……"荆轲锐利的目光分明看见了嬴政眼角的一丝泪光，心头不禁微微一动。

大臣们传看樊於期人头时，举殿一片默然，没有一声恶语咒骂，没有一句喜庆之辞。荆轲听到了隐隐唏嘘之声，还听到了武臣席区一个老将昏厥倒撞的闷哼声。实在说，秦国君臣见到樊於期人头后的情势，是大大出乎荆轲与太子丹预料的。依太子丹与荆轲原来所想，秦王既能以万千重金与数百里封地悬赏，见到樊於期人头，必是弹冠相庆举殿大欢，其种种有可能出现的失态，以及可能利用的时机必然也是存在的。荆轲也做好了准备，此时秦王若有狂喜不知所以之异常举动，便要相机提前行刺。毕竟，要抽出那支匕首是很容易的。然则，秦国君臣目下竭力压抑的悲痛之情，却使荆轲茫然了。山东投奔秦国的名士，个个都说秦王看重功臣，荆轲从来没有相信过。可是，今日身临其境，荆轲却有些不得不信而又竭力不愿相信的别扭了。毕竟，荆轲也曾经是志在经邦济世的名士，对君王的评判还是有大道根基的。一时之间，荆轲有些恍惚了……

"燕国献地——"司仪的高宣声划破了大殿的寂静。

荆轲蓦然一振，神志陡然清醒，立即站了起来一拱手道："燕国督亢之地，前已献上简图于秦王，不知秦王可曾看出其中奥秘？"秦王嬴政道："督亢之图，非但本王，连治图大家亦不明所以，上卿所言之奥秘何在？"荆轲道："督亢，乃是古蓟国腹地，归燕已经六百余年。督亢之机密，不在其土地丰腴，而在其秘密藏匿了古蓟国与后来燕国之大量财货也！”嬴政一阵大笑道：“燕国疲弱不堪举兵，焉有财货藏于地下以待亡国哉！”荆轲高声道：“秦王只知其一，不知其二！燕国曾破齐七十余城，所掠财货数不胜数。燕昭王为防后世挥霍无度，故多埋于督亢山地。而今燕王唯求存国，臣亦求进身之道，故愿献之秦王，秦王何疑之有也！”秦王嬴政凌厉的目光一扫，带着显然的鄙视淡淡笑道：“人言足下行事，几类郭开之道，果然。也好，你且上前指于本王，燕国财宝藏于何处？”

荆轲说声外臣遵命，捧起细长的铜匣上了王阶。

秦王案形制特异：五尺宽九尺长，恍若一张特大卧榻。当荆轲依照邦交礼仪，被行人署大吏引导到王案前时，只能在王案对面跪坐。嬴政面色淡漠地挺身端坐，距离荆轲少说也在六尺之外，一大步的距离。嬴政冷冷地看着这个颇具气度的卖燕奸佞，好大一阵没有说话。荆轲气静神闲，坐在案前的倏忽之间，已经谋划好了方略。在秦王冷冰冰打量时，荆轲不看秦王，径自打开了细长的铜匣，徐徐展开了粗大的卷轴，始终没说一句话。嬴政扫一眼正在展开的牛皮卷轴，非但丝毫没有显出渴望巨大宝藏的惊喜，反倒是厌恶地皱起了眉头。

“秦王请看，宝藏正在此处。”

嬴政闻声，不期然倾身低头。

在这一瞬间，卷轴中骤然现出一口森森匕首！

陡然之间，荆轲右手顺势一带，匕首已经在手。荆轲身形跃起之间，左手已经闪电般伸出，满满一把搂住了秦王衣袖而不使其挣脱。与此同时，荆轲右手匕首已经揕[1]到了秦王胸前。即或是将军武士，面对这一疾如闪电而又极具伪装的突袭，也断难逃脱。因为，殿中大臣们在荆轲身后看去，完全以为是荆轲起身指点地图；而在对面秦王倾身趋前，低

[1] 《史记·刺客列传》在此处用了一个“揕”字。揕者，刺也。然则，太史公却没有用“刺”字。太史公治史严谨，有“刺”字而不用“刺”字，必有原因。我的推理是：揕，可能是淬毒匕首杀人的一种独特手法，西汉尚知，后世失传，遂不知其意。史家对此，亦无翔实考证。若有武术史家知之，当公诸社会以彰其意。

头看来之时，完全可能不及反应已经被刺中，即或想逃，也根本不可能挣脱荆轲的大力揪扯。

然则，奇迹恰恰在最不可能的时候发生了。

嬴政自幼便是危局求生的奇异少年，胆略才具甚或骑射剑术都远非寻常。当年遴选太子，嬴政以少年身手独战已经是千夫长的王翦而不甚明显处于下风，其勇略可见也。当此之时，嬴政第一眼看见森森匕首，倏地浑身一紧，确实不及反应。及至厚厚的衣袖被猛然拽住，匕首闪亮刺来，嬴政本能地一声大吼，全身奋力一挣，身形猛然一滚向后挣出，其力道之猛之烈，竟使尚坊工匠精织精纺的丝锦朝服在奇异的裂帛之声中瞬间断开！袖绝之际，嬴政已从王案前滚出三尺之外，大吼一声爬了起来。嬴政未及站稳身躯，荆轲已经如影随形赶至身前。嬴政急切拔剑，不料竟然一拔不出。此时，森森匕首又一次刺出。仓促之间，嬴政全力一扯带剑铜链，铜链嘣地裂断，连同束腰板带也一起扯开，宽大的袍服顿时散开，腰身手脚处处牵绊。嬴政大急，身形本能地突然一转，宽大的袍服猛然甩成了一个大大的扇形，挡过了森森一刺。与此同时，嬴政就势一甩双臂使袍服脱身，又一步跳开袍服牵绊，再一把扒下沉重的天平冠操起来猛力砸向荆轲，再次挡开一击，慌忙捡起长剑转身疾步便走。

虽手忙脚乱狼狈不堪，嬴政终究躲过了最为致命的第一波突刺。

几个回合的本能躲避，荆轲对嬴政的奇快反应深为惊讶。依着士侠大刺客的传统气度，一击不中，便视为其人天意不当死，刺客当就此收手。然刺秦太过重大，荆轲心下早已做好不以传统规矩行刺的准备。不料连续三刺，竟都被嬴政连爬带滚躲过，最后竟还踉踉跄跄地跑开。一时之间，巨大的羞辱陡然涌上荆轲心头，不由分说已经如飞追来直扑嬴政。此时的嬴政，已经是短打衣衫，脚步大为灵便。眼见荆轲紧追不舍，嬴政心思倏地一闪，纵身跳下王台，在殿中粗大的石柱间飞快游走。

这时，大臣们才完全明白了，眼前的燕国特使确实是刺客！

今日大朝彰显文明，将军大臣们都没有随带兵器，一时纷纷惊呼，殿中大乱。王绾、李斯情急红眼，高声吼叫着扑过去追逐荆轲。大臣们顿时醒悟，立即乱纷纷扑上四面堵截。然则，荆轲何许人也，其轻灵劲健其勇略胆魄，天下无出其右。几个近身追逐者，根本不经荆轲连带追击秦王中的顺手一击。纵然举殿身影四处堵截，绕柱奔走的秦王仍然被荆轲紧紧追逐，危机仍然是近在咫尺迫在眉睫。恰在此时，殿前侍医夏无且正遇荆轲转弯照面，抬手便将手中药囊猛然砸去。这一砸，力道不大，更没有准头。荆轲不躲，根本无事。然荆轲不知黑乎乎飞来何物，闪身一躲，却恰恰正被药囊击中面门。瞬息之间，一股刺鼻的草药味直冲脑际，荆轲猛然鼻痒无比，及至一个喷嚏狠狠打出，嬴政已经绕过了两道石柱。

"王负剑——"

此时，正好赵高闻讯赶来，一声尖亮地呼喊立时响彻殿堂。随着喊声，赵高已经奋力扑向荆轲。赵高之奔走驰驱剽悍灵动天下闻名，一扑过去，便紧紧黏住了荆轲。急切之间，荆轲竟然无法摆脱这个若即若离又时时出手的内侍奇人。若用匕首击出，赵高自然会立地毙命。然则，跑了秦王，杀死一百个内侍又有何用？荆轲何其清楚，只能紧追秦王，不时虚手应对赵高。如此一来，荆轲不能全力追击，嬴政急迫之势顿时稍缓。

此时的嬴政，在赵高奇异尖亮的喊声中浑身一激灵，立即想起此剑暗箱较深，须得用力拔之；而只有赵高，才知道自己少年练剑时因使用成人长剑，往往负剑于背才能拔出长剑的秘密。心念闪动间，嬴政左手将长剑一顺，贴上背后，右手从肩头握住剑格猛力一带，锵然一声金铁之鸣，三尺余长剑一举出鞘。

"小高子！闪开——"

嬴政怒不可遏，挺着长剑胆气顿生，一跃过来，挥动十斤重的秦王剑大力一个横扫。其时，荆轲正被赵高纠缠得不耐，心下一狠，瞬间破了不对这个内侍使用淬毒匕首的心思，突然一沉手便向赵高飞来的脚踝划去。赵高机灵无比，顺势倒地一滚堪堪躲过。恰在荆轲张臂划出之时，嬴政的长剑横空扫过，荆轲的一只胳膊血淋淋啪嗒落地！

荆轲骤然受此重伤，脚下一个踉跄，顿时颓然跌坐在地。胳膊落地的瞬息之间，荆轲身形一虚，心头弥漫过了一片冰凉的悲哀。绝望的同时，荆轲手中匕首已经循声掷出，呼啸着飞向嬴政。举殿只听“叮”的一声异响，六尺开外的铜柱溅起了一片碧蓝的火花，匕首颤巍巍钉在了铜柱之上，刀尖周围立时一片森森然黑晕。

“短兵淬毒！王莫上前——”夏无且尖声喊着。

群臣惊愕四顾，却不见了秦王，立时乱纷纷抢步过来。

“君上——”赵高一声哭喊，扑向石柱下。

“哭个鸟！”

躺在地上的嬴政翻身跃起，一脚踢翻赵高，提着长剑赳赳大步过来，嘶哑着声音一连串吼道：“荆轲！你非郭开卖燕！你乃大伪刺客！你要杀我么？许你再来！公平搏杀！嬴政倒想看看，你这个刺客有多高剑术！起来——”

一身鲜血的荆轲，本来靠着一道石柱闭目待死。闻秦王怒声高喝，荆轲双目骤然一睁，单臂不动，一挺身竟靠着石柱霍然站起。四周群臣不禁大为惊愕，不约而同地轻轻惊呼了一声。不料，荆轲靠着石柱勉力一笑，却又立即顺着石柱软了下去。荆轲一声长吁，伸开两腿箕踞大坐，傲然骂道：“嬴政毋以己能！与子论剑，不足道也！今日所以不成，是我欲活擒于你，逼你立约，以存天下之故也！”

见荆轲喷着血沫怒骂不已，嬴政反倒平静下来，冷冷一笑道：“提一匕首而欲改天下，未尝闻也！嬴政纵死，秦国纵灭，岂能无人一统天下哉！”荆轲喘息一声冷冰冰道：“有人无人，不足论。只不能教你嬴政灭国，一统天下。”嬴政不禁哈哈大笑道：“原来如此也！足下之迂阔褊狭，由此可见矣！刺客尤充雄杰，不亦羞哉！”荆轲淡淡一笑道：“今日天意，竖子何幸之有也？”嬴政盯着荆轲端详了一阵，冷冷道：“足下迂阔，却有猛志，本王送足下全尸而去。”

“谢过秦王……”荆轲艰难地露出了最后的微笑。

嬴政长剑一挺，猛然向荆轲胸前刺来。

“秦法有定，王不能私刑！”

随着李斯一声大喊，尉缭对赵高飞过一个眼神。赵高立即抢步过来，夺过嬴政手中长剑，向荆轲猛然刺去。因秦王有全尸一说，赵高不能斩取头颅，只一口气狠狠连刺了不知几多剑，活活将荆轲戳成了一个浑身血洞的肉筛子。

“左右护君，斩杀刺客，合乎国法！”尉缭高喊了一句。

秦王嬴政没有离开，一直脸色铁青地木然站在死去的荆轲面前。

……

荆轲刺秦震动天下，多少年后，人们仍在纷纭议论乃至争辩不休。其中，曾经与荆轲相识者的评说及其后来之行，颇是引人注目，有两则被太史公载入了史册。

一则，是战国末期著名剑士鲁句践的独特评论。

鲁句践万般感慨地说：“嗟乎！惜哉其不讲于刺剑之术也！甚矣！吾不知人也！曩者（往昔）吾叱之，彼乃以我为非人也！”鲁句践的话有三层意思：其一，刺秦失败，是荆轲不认真修习剑术。也就是说，鲁句践认为荆轲的剑术并不是很高，才导致刺秦失败身死。其二，对当年不知荆轲壮志，甚是后悔。其三，同时后悔的是，当年因叱责荆轲，而被荆轲视为“非人”的愚昧者。鲁句践的评判，很可能是当时六国剑士游侠的普遍心声：既高度认可荆轲刺秦之壮举，又叹息其剑术不精而失败。

二则，是荆轲好友乐师高渐离的曲折行踪。

《史记·刺客列传》云：秦国统一天下而秦王称始皇帝后，秦国追捕太子丹与荆轲的昔年追随者。这些人，都纷纷逃亡隐匿了。高渐离更改姓名，在旧赵国的宋子城[1]一家酒铺做了仆役。一日，听得店主家堂上有击筑之声，高渐离彷徨徘徊，久久不愿离去，情不自禁地评论说：“筑声有善处，诸多处尚有不善也！”旁边仆役将高渐离的话说给了主人。主人大奇，于是邀集宾朋，召高渐离于厅堂击筑。一击之下，主人客人都是大加称赞，立即赏赐了高渐离许多酒肉。高渐离寻思长久藏匿而不能见人，终无尽头，遂到自己小屋取出木箱中的筑，换上了压在箱底的唯一一套旧时锦衣，重新回到了厅堂。高渐离的举止气度，使举座主客大为惊讶，一齐作礼，尊高渐离为上客。高渐离肃然就座，重新击筑高

[1] 宋子城，赵国城邑，今河北赵县（旧谓赵州）以北地带。

歌，举座宾客无不感奋唏嘘。故事渐渐流传开来，有人便说：“此人，高渐离也！”

高渐离的行踪，被人禀报给了咸阳。始皇帝爱惜高渐离善击筑，念其是天下闻名的大乐师，于是特意赦免了高渐离追随荆轲的死罪，下令将高渐离解到了咸阳。抵达咸阳，秦始皇下令将高渐离处以矐目之刑，也就是以马尿熏其双目而使失明。矐目之后，高渐离被留在咸阳皇宫做了乐师。每次击筑，始皇帝都大加赞赏。日久，始皇帝听高渐离击筑时，坐得越来越近了。一日，高渐离击筑之时，始皇帝听得入神，高渐离突然举起灌了铅的大筑猛然砸向始皇帝。传闻与史书中，都没说嬴政如何闪避，终归是高渐离没有击中始皇帝。于是，高渐离最终还是被处死了。据说，从此之后，秦皇帝终身不复见山东六国人士了。

如此等等，皆为刺秦余波，皆为后话。

刺秦事件后三日，秦国君臣重新朝会，议决对燕新方略。朝会伊始，李斯对自己的大朝会部署深切痛悔，自请贬黜。秦王嬴政连连摇头，拍案感喟道：“先生之策，唯以天下大局为计，何错之有哉？鼠窃狗偷之辈，世间多矣！若一味防范，闭门塞人，何能一天下也？国家长策大略，因一刺客而变，未尝闻也！”秦王这一番话语，使大臣们万般感慨，李斯更是唏嘘流涕不已。议及善后具体事宜，李斯以执事大臣名义，提出对侍医夏无且与赵高论功行赏，诸臣无不赞同。秦王嬴政当即拍案，赏赐夏无且黄金二百镒，晋爵两级。赏赐夏无且完毕，嬴政淡淡一笑道：“赵高，不说了，已经是中车府令了。内侍为官，到此足矣！”见秦王于此等重大事件之后犹能节制有度，大臣们一番感慨，也便默认了。

不料，旁边侍立的赵高却猛然扑倒在王案前，重重叩头高声道：“君上始呼臣之正名，臣永世铭刻在心——”一时，大臣们无不惊讶，这才想起了方才秦王确实说了“赵高”两字，而在既往，秦王从来将赵高呼为“小高子”的。今秦王不呼小高子，而称其正名赵高，是无意之举，还是以独有方式宣示庙堂：中车府令赵高，从此也是秦国大臣了？再一想，赵高叩拜，秦王也没有说甚，而只是笑了笑，便可能是无意有意间了。只这赵高心思透亮，立即以谢恩之法，使大臣们明白了此中意蕴，也实在是机灵过甚了。

嬴政转了话题，开始了对燕方略的会商。

次日，李斯率领一支精锐飞骑兼程北上，赶赴易水大营去了。

## 五 易水之西 战云再度密布

幕府聚将完毕，王翦独自走进了河谷柳林。

令王翦思绪难平者，灭国长策终究是明晰地确立了。还在顿弱与咸阳之间快马信使穿梭往来时，王翦便上书秦王，申述了自己的评判。王翦着意提醒秦王：燕国是有八百年根基的西周老诸侯，其傲慢矜持天下闻名，不可能真正臣服于秦国；邦交斡旋可也，不能过于当真，更不能因此而松懈国人战心。上书中，王翦举出了燕国对待赵国的先例："以赵国之强力抗秦，以赵国之屏障山东，燕国尚不记赵恩，屡屡背后发难。如此昏政庙堂，何能臣服于老诸侯眼中之蛮夷秦国也？贫弱而骄矜，昏昧而疯痴，燕人为政之风也！君上深思之。"

然则，秦王虽然并没有下令中止战事，却来了一道"攻燕之战，随时待命"的王书。对王翦的上书，秦王也没有如同既往那般认真回书作答。显然，秦王是有着别样方略的。王翦也明白，秦王的方略，一定是与在国大臣们一起会商的，不会是心血来潮之举。但是，王翦还是怅然若有所失。这种失落，与其说是自己主张未被秦王接纳而生出的郁闷，毋宁说是对未来灭国大战有可能出现的波折而生出的隐忧。身为秦王嬴政之世的秦国上将军，王翦的天下之心，已经超越了前代的司马错与白起。也就是说，王翦筹划秦国征战，已经不再是司马错白起时期的攻城略地之战，而是一统天下的灭国之战了。以战国话语说，此乃长策大略之别也。用今人话语说，这是战争所达成的政治目标的不同。

目标不同，必然决定着战争方式的不同。

从大处说，这种不同主要在于三处：其一，攻城下地而不坏敌国。

此前，包括秦国在内的各国间的所有战事，都带有破坏敌国根基的使命。司马错破六国合纵，焚毁天下第一粮仓敖仓；白起攻楚，火烧夷陵；乐毅破齐，尽掠齐国财货……凡此等等，皆为战国兵争之典型也。从战事角度说，这种仗顾忌少，得利明显，在同样条件下好打许多。而王翦麾下的今日秦军则不然，所攻邦国的城池土地人民，实际便是日后与自己同处一个国家的城池土地人民。如此，自然不能无所顾忌地烧杀抢掠。此等不同，必然须得以改变种种战法，并重新建立军法，来实现这种由掠夺战向灭国战的转变，其中艰难，自不待言。

其二，击溃敌军，而未必全歼敌军。秦为耕战之国，以斩首记功的律法，已经延续一百余年。此等律法之基础，固然在于激励士卒战心，同时，也在强烈地强调一种战法——完全彻底的斩首歼灭战！长平大战，白起大军一举摧毁赵军五十余万，俘获二十余万而坑杀之。其根本，深藏在这种全歼敌军的酷烈战法之中。而今日秦军，却不能如此了。理由只有一个，所有作战国的军兵人口，都将是秦国臣民，都将是未来一统大国的可贵人力，恣意杀戮，只能适得其反，给未来一统大国留下无穷后患。这一变化，对素以斩首歼灭战为根基的秦军，其难度是异常巨大的。

其三，不能避战，必须求战。历来战事，多以种种因素决定能否开战。若对己方不利，则应多方寻求避战。然则，一统天下之战不同，无论敌国是否好打，都必须打。不能摧毁敌国之抵抗力，则敌国必然不会自己降服。唯其如此，不经大战而能灭国，亘古未闻也！兵法所云之“不战而屈人之兵，上之上也”，在相互对抗的局部战事中，这是有可能实现的。譬如以强兵压境，迫使对方不敢大战而割地求和等等。然在灭国之战中，事实上是不可行的。也就是说，要一个国家灭亡而又企图使其放弃最后的抵抗，至少，亘古至今尚无成例。夏商周三代以来，没有不战而能一统天下者，而只有经过真实较量打出来的一统天下。

在秦国君臣之中，可以说，王翦是第一个清醒地看到这种种不同的。

“灭国必战，战而有度。”这是王翦对大将们宣示的八字方略。

自灭赵大战之后，王翦已经是天下公认的名将了。作为战国兵家的最后一个大师，尉缭子曾经备细揣摩了王翦在秦军中的种种举措，深有感喟道："王翦之将才，与其说在战场制胜，毋宁说在军中变法也！有度而战，谈何容易！"以后来被证明的史实说话：秦一天下，王翦三战，灭赵灭燕灭楚，恰恰是最为关键的三次大战；赵最强，燕最老，楚最大；三次大战，王翦都以其独有的强毅、坚韧、细腻的战法顺利灭国。不战则已，战则没有一次惊心动魄的大反复。这是后话。

面临燕国局势，王翦所忧者，在于秦国庙堂对"灭国必战"尚无清醒决断。王翦很清楚，由于燕国热诚谦恭，献地献人加称臣，使秦王与李斯尉缭等一班用事大臣，不期然生出了另外一种期冀实现的谋划：以燕国不经兵戈而臣服，给天下一个垂范警示——只要各国能如燕国这般臣服，便可保留部分封地，以小邦国的形式存留社稷！当王翦接到待命王书，也知道了秦王将以春朝九宾大礼接受燕国称臣盟约时，闪过心头的第一个想法是：秦王有怀柔天下之意了，如此可行么？此等疑虑，王翦并没有再度上书申明，觉得应该看看再说。毕竟，秦王与王绾、李斯、尉缭等一班庙堂运筹君臣，都不是轻易决策之庸才，如此部署，或可能有意料不到的奇效。再说，驻守北边的蒙恬也没有信使与他会商。这说明，蒙恬是没有异议的。既然如此，等得几个月无妨。无论如何，在秋季最佳的用兵季节到来之前，必然会有定论的。

可是，事情竟迅速发生了惊人的变化！

荆轲赴秦，途经易水，太子丹率心腹白衣白冠送别的秘密情形，王翦的反间营探听得一清二楚。当时，王翦对此事的评判是：燕太子丹臣服秦国而保存社稷，很可能只是与这个上卿荆轲的密谋，未必得到燕王喜与一班元老世族之首肯，故有秘密送别之行，故有壮烈悲歌之声。果真如此，燕国庙堂不久必有内乱，不妨静观以待。不想，荆轲离开易水南下，仅仅旬日之间，咸阳便有快马特使兼程飞来，向王翦知会了一个惊人消息：燕使荆轲，昨日行刺秦王，已经被当场处死！攻燕大军立即做好战事准备，秦王特使不日将到。

惊愕之余，王翦恍然明白了燕太子丹种种密行的根底。

不待秦王特使到达，王翦立即开始了一系列秘密部署：第一则，当即派出反间营精干斥候三十人，乔装商旅，秘密进入蓟城，立即接应顿弱回归易水大营。第二则，立即于幕府聚将，宣示了荆轲刺秦的惊人消息，严令在秦王特使到达之前不得泄露军中。第三则，立即派出王贲率五万铁骑，插入燕国与残赵代国之间的咽喉要地于延水河谷，割断两国会兵通道。第四则，快马特使知会蒙恬部，令其派出精锐飞骑，遮绝燕国北逃匈奴之路径。

王翦大军悄无声息地紧张运行之际，李斯赶到了。

洗尘小宴上，李斯对王翦备细叙说了在咸阳发生的那场惊心动魄的刺杀事件。纵然王翦深沉不动声色，额头也冒出了涔涔细汗。之后，李斯又详尽地叙说了庙堂重新会商的新方略。李斯说，秦王与大臣们一无异议地认定：一统天下必经大战，不战而欲图灭人之国，无异于痴人说梦也！此间，秦王特意提到了上将军王翦对秦军将士宣示的“灭国必战，战必有度”的八字方略。李斯心细，特意带来了从史官处抄录的君臣会商卷宗。王翦看到秦王那段慷慨激昂的说辞时，眼睛不禁湿润了。

史官录写的“王云”是这样一段话：

“燕国诈秦称臣，我欲怀柔待之，实乃嬴政欲做周天子大梦也！燕国献地献人，掩饰行刺之举，足以证实：没有议出之一统天下，只有打出之一统天下！燕国刺秦，好！破去了嬴政天子大梦！也立起了上将军‘灭国必战’之长策伟略！好事，大好事！自今而后，嬴政不做周天子，不图以王道虚德使天下臣服。秦国，要实实在在地一统天下！嬴政，要做实实在在的天下君王！不是打出来的江山，嬴政不坐！”

良久默然，王翦长长地吁了一声。

“上将军宁无对乎？”李斯有些惊讶了。

“秦王明锐如此，夫复何言！唯战而已！”

如果说，此前的王翦对秦王及一班庙堂之臣能否在荆轲刺秦后深彻顿悟尚有疑虑，此刻看完这段“王云”之辞，诸般疑虑已经荡然无存了。王翦深知，这位秦王一旦认清事实本来面目，其天赋悟性远非举一反三者可比，其深彻明晰，往往远远超出臣下之意料。面对如此秦王，王翦当真是没有话说，只有心无旁骛地准备攻燕了。

次日清晨，易水幕府的聚将鼓隆隆响起。王翦升帐，先请李斯对刺秦事件与庙堂新方略做了宣示。秦军大将们怒火中烧，异口同声愤然喊打。之后，王翦指点着燕国地图，下达了对燕战事的总体部署：先期出动的王贲部不动，继续掐断燕代会兵通道；杨端和、李信两大将各率五万轻装步骑，前出易水之西做两翼驻扎，直接威胁燕国下都武阳与最富庶的督亢之地；王翦亲自率领二十余万中军主力，以大将辛胜为副，携带大型攻坚器械，从中央地带西进，选定最合适的时机渡过易水北上。

旬日之后，诸般预备就绪。在王翦主力正要渡过易水之际，从蓟城被秘密接回的顿弱却带来一个出人意料的消息：燕国太子丹正在全力秘密联结残赵势力，又从辽东调回了十万边军，要三方会兵与秦军决战。

“太子丹疯了么？”李斯简直不敢相信。

“春秋战国以来，燕国清醒过几回？”顿弱一阵大笑。

“刺客之后又出大兵，太子丹也算得人物！”王翦倒是赞叹了一句。

“上将军如何应对？”对燕国的挣扎，李斯实在有些匪夷所思。

尽管，在咸阳会商时，李斯与尉缭是一力赞同王翦灭国必战方略的。然则，对燕国在刺秦失败后的情势评判，李斯始终都不赞同秦王对燕国打大仗的想法。原因在于，李斯有一个坚定清晰的判断：荆轲刺秦惨遭失败之后，燕国必然举国震恐慌乱，不是举国降秦，便是北逃匈奴或东逃辽东；纵然秦军想打大仗，也没有大仗可打！唯其如此，对王翦的大举部署，李斯在心底里是有小题大做之非议的，只不过自己毕竟不是大军统帅，不宜直然否定罢了。如今，顿弱带来燕国竟要大举会战的消息，李斯半日都回不过神来——燕国残破若此，还要扑过来与秦军会战，世间当真有这等飞蛾投火之举？

“他要会战，会战便是。”王翦只是淡淡地一笑。

蓟城陷入了紧张慌乱而又亢奋无比的巨大漩涡之中。

荆轲刺秦惨遭毙命，对燕国朝野不啻当头一声惊雷。当那具血肉模糊的尸体被副使秦舞阳运回蓟城时，太子丹惊愕攻心，欲哭无泪，还没哼一声便昏厥了过去。夜来，太子丹突然醒来，扑到荆轲尸身，捶胸顿足大放悲声，一直痛哭到了天亮。后来，太子丹宣召秦舞阳，要询问荆轲身死的详细情由，得到的禀报却是：秦舞阳已经疯傻了。太子丹大怒，驱车赶去燕酪池，立即便要杀了这个使燕国蒙羞的宵小之辈。不想一到燕酪池，太子丹却又一次惊愕愣怔欲哭无泪了。破衣烂衫的秦舞阳，披散着长发，挥舞着一根短小的树枝，嗬嗬有声地吼叫着，刺杀着，追逐着，笑骂着。最后，秦舞阳大张两腿，箕坐于地，连连戳刺着自己的胸口与全身，吼叫得奄奄一息之时，竟猛然跳起来一下子扑进了碧蓝的池水……太子丹终于明白了，秦舞阳的疯癫追逐，分明正是荆轲在咸阳王城的刺杀场面。眼睁睁地看着秦舞阳投水，太子丹这才想起荆轲对秦舞阳的蔑视，禁不住骂一声懦夫狗才，踽踽回去了。

荆轲刺秦，原本是惊世密谋，被包藏得严严实实。如今骤然在燕国朝野哄传开来，市井乡野庙堂，无不惊讶万分聚相议论，纷纷回想当年的种种神秘迹象。一时之间，连面临的亡国危局也似乎没人顾及了。此刻，只有太子丹是清醒的。太子丹连夜赶赴父王在燕山深处的行宫，向父王禀报了荆轲刺秦失败的全部经过，末了沮丧道："荆轲刺秦，必激怒秦王。燕国危亡已迫在眉睫，唯请父王决断国策。"

"没杀成便没杀成，也叫嬴政吃一大吓！"

燕王喜非但丝毫没有责怪太子丹，反倒是一阵哈哈大笑。至于危亡国策，燕王喜一边在厚厚的辽东地毡上转悠着，一边这样说："我大燕自召公立国，危绝者不知几数次也！可谁灭了燕国？没有，一个没有！凡欲灭燕者，终归自灭！何也？天命使然也！德行使然也！赵国不强大么？燕国攻赵多少次，没有胜过赵国一次！可他赵国，纵然战胜，又能奈何？终归还不是自家灭亡！我祖燕昭王破齐七十余城，尚且没有灭齐。他秦国，能灭我大燕？不能！秦军纵然占我督亢，我还有辽东，照样聚兵存国！其后光复故地，依旧还是大燕国！我大燕立国八百余年，是周天子王族唯一的主干余脉，天命攸归，秦国奈何我哉！你但放手去做，当真危局之时，老父自会出面化险为夷也。"

"父王方略，令丹大振心志！"

"子能振作，老父之心也！"燕王喜又一次大笑起来。

"我欲联结代国合纵抗秦，父王以为如何？"

"好！合纵抗秦，原本便是我祖燕文公首创，正当其时也！"

"只是，燕国腹地只有二十万将士，兵力稍嫌单薄。"

"作速调回辽东十万边军，有兵三十余万！代国若能出动十万兵马，我便有四十万大军，与秦军便是势均力敌！会战击秦，一战而灭秦军主力，功绩何其大也！"燕王喜抖动着雪白的头颅，比太子丹还要慷慨激昂几分。

"辽东边军，原是为父王预留后路，儿臣……"

"子知其一，不知其二也！"燕王喜大笑一阵道，"秦开当年平辽东，留下了十五万大军。你调十万过来，还有五七万。纵然战败，我等进入辽东，还可再发高句丽军。后路多有，子只放手抗秦！"

走出王城，太子丹麻木的心又渐渐活泛起来。自他从秦国逃回，老父王的郁闷衰老是显而易见的，将国事交给他时，也分明流露出一种暮年之期的无可奈何。此后每遇太子丹禀报国事，老父王不是靠在卧榻上打盹，便是坐在猎场的山头上看士兵追逐野兽，目光中的那种茫然，每每教太子丹心头一阵震颤。也就是说，自从太子丹逃秦归燕，所接触的老父王，处处都是一个行将就木的奄奄一息的老人。如今，燕国面临危局，老父王却骤然显出一种傲视天下的峥嵘面目，其勃勃傲世之心，竟使做儿子的太子丹有些脸红起来。显然，支撑父王的，是天子血统的贵胄之气，是笃信先祖阴德可以庇护社稷于久远的坦然，是对秦国以蛮夷诸侯坐大的一种其来有自的蔑视。认真想起来，太子丹又觉得老父王有些迂阔，如同那个笃信禅让制的先祖燕王哙。毕竟，太子丹久在秦国为质，知秦之深，甚或过于知燕。然则，太子丹还是为老父王的这种独特的执著所感动。毕竟，这种执著能使老父了无畏惧之心，面对灭国危局而能将命运托付于天命阴德，罕见地坦然应对之。说到底，何草不衰？何木不萎？何人不死？何国不灭？能在将死将灭之时不降不退，而一力鼓噪与强大的秦军会战，奄奄一息的老父王能，血气壮勇的太子丹反倒不能么？……

回到自己官署，太子丹立即忙碌起来。

此时，正逢荆轲好友宋如意回到蓟城求见太子丹，请为荆轲大行国葬。闻得太子丹决意与秦军会战，宋如意精神大振，立即为燕国谋划出一个成事之局：大肆铺排荆轲葬礼，秘密邀集代国、齐国、魏国、楚国并匈奴单于会葬，达成合纵联军，大举会战秦国！太子丹当即拍案决断：派宋如意为特使，赶赴最要紧也是最可能达成盟约的代国；其余四名能事大吏，分别赶赴齐、魏、楚与匈奴，约期一月之后会葬荆轲。与此同时，太子丹以燕王名义下书朝野：上卿荆轲为天下赴义，大燕举国服丧，以彰烈士志节。王书颁行三日，燕国城乡触目皆白，国人愤激流涕大呼复仇之声几乎淹没了蓟城。太子丹趁势而上，立即下令各郡县征发义勇，入军抗秦。这时，宋如意从代国匆匆归来，非但带来了代国将以十万之众结盟会战秦军的好消息，还带来了代王赵嘉的秘密特使。太子丹精神大振，连夜举行大宴，为代王赵嘉的特使洗尘。

这场小宴密商，一直持续到曙光初上。

代王特使，是旧赵国平原君赵胜之孙，名曰赵平。这个赵平，在赵国灭亡之前已经承袭了平原君封号。赵嘉出逃代地，大半原因在于赵平的谋划拥戴。赵嘉做了代王，赵平便做了代国的丞相。赵平气宇轩昂，全无故国破灭后的委顿之相，一如既往的豪气勃勃，谈吐之间气度挥洒，俨然大国名臣。太子丹一见之下，竟是大为歆慕。赵平先大体叙说了代国情势：秦军破赵之后，赵国有封地的贵胄悉数逃亡，渐渐汇聚到代郡；去岁立冬之时，拥立赵嘉为代王，号为代国；目下之代国，有土地三百余里，民众五十余万，官吏军兵与王城君臣合计二十余万。末了，赵平慷慨激昂道："赵国，根基尚在也！代地全部人口近百万，仍算得一个中等诸侯国也！会战抗秦，代王将出精兵十万，连同燕国三十万大军，战胜秦军大有成算！"

"代国以何人为将？"太子丹最担心没有大将统军。

"便是在下！"

"平原君不是代国丞相么？"太子丹惊讶了。

"将相一身者，战国之世何其多也！"

"平原君诚能为将，胜秦有望！"宋如意着意赞叹了一句。

"两国联兵，存燕复赵，全赖平原君也！"太子丹郑重起身，深深一躬道，“丹请平原君为联军统帅，统一调遣会战秦军，君幸勿负燕国之诚也！”

“太子信平，夫复何言哉！”

觥筹交错中，会战大计决断了：代国赵平为联军统帅，燕国宋如意为军师；无论他国出兵与否，两国都将在秋八月会战秦军！其后半月之间，四路特使接踵回燕，果然一无所成。齐国已经沦为偏安避战之海国，笃信齐秦互不攻战盟约，多年疏离中原，根本不想卷进对秦战事。魏国倒是有大臣跃跃欲试，谁知刚刚即位的新魏王魏假畏秦如虎，连燕国特使见也不见，便一口回绝了。楚国的春申君已经死了，楚国也如同齐国一样，抱定了回避秦国之策，以山遥水远鞭长莫及为说辞，回绝了燕国。匈奴单于倒是雄心勃勃，无奈却被蒙恬大军卡住了南下咽喉，根本无法越过阴山；老单于便以相机助战为名，答应拖住蒙恬大军，不使其南下助战王翦的主力大军。

太子丹立即赶赴燕山行宫，对燕王喜禀报了诸般进展。太子丹特意申明，不担心四方拒绝合纵，只担心燕国三十万大军没有统军名将。燕王喜颇为神秘地一笑，极其自信地摇着一颗雪白的头颅道：“国运昌盛，非在名将，而在借力也。当年，先祖燕文公首创合纵联军，燕国有名将么？没有！目下，有赵代之平原君足矣！赵人国史虽短，却是好勇斗狠之邦。我军交给赵将统领，无论战胜战败，皆有好处也！”“父王此说何意？”太子丹有些困惑了。“子何蠢也！”燕王喜一脸笑容地呵斥一句，接道，“战胜，天下皆知燕军为会战主力，功自在燕！战败，天下皆以赵人为将，屈我燕国大军而骂之，罪不在燕！你说，这不是两样好处么？”太子丹大为惊愕，默然踌躇一阵，终究还是吞回了想说出的话。

事实上，老父王是不可理喻的。

太子丹之所以将大军交给赵人统率，实在是因为人才凋零，自己寻觅不到一个足以率军会战的大将。派宋如意做军师，也同样是无奈之举。毕竟，燕国出动三十万大军，不能在统帅幕府一个人没有。可是，父王却将燕国的无奈，看做一种最好的逃罪夺功的权谋之道，不亦悲乎！争辩么？没用。不争辩么？心头实在不是滋味。毕竟，燕国不能没有这个老父王。虽在两次惨败于赵国之后荒疏国事，然则，老父王对辽东却从来没有放松过。太子丹虽执掌了国事，但实际军权，却还是在父王手里。譬如辽东究竟有多少兵马，太子丹是说不清楚的。其实，荆轲做上卿时，也未必整日谋划刺秦，而曾多次与太子丹秘密会商强燕之策。荆轲说，燕国要中兴，必须效法乐毅变法强军，只要太子丹决意兴燕，老燕王阻力不须顾忌。从荆轲明亮闪烁的目光里，太子丹分明看到了一股骤然闪现的杀气。是的，只要他点头决断，以荆轲之能，使父王销声匿迹是很容易的。但是，太子丹还是断然拒绝了。毕竟，他在离国二十余年后归来，父王还是器重他，甚至依赖他；纵然父王不交出兵权，太子丹也不能生此内乱。荆轲一死，心痛得快要疯狂的太子丹在最初的一闪念竟然是：若将荆轲留在燕国变法强军，或许才是正道！……然则，一切都过去了。唯一既能激励人心，又能承担大任的荆轲，已经死了。此刻，太子丹是真正的孤掌难鸣了，除了与父王一心协力保全燕国，他还能做何等事情？至于燕国能否保全，或许当真要看父王笃信的那个天意仁德了……

“天若亡燕，夫复何言哉！”

曙色初上，太子丹木然坐起，看见了榻前侍女惊恐无比的眼神。正要发作，太子丹骤然愣怔了——侍女身后的六尺铜镜中，一颗须发霜雪的白头正直愣愣睁着双眼！他是谁？是自己？倏地，太子丹心头轰然一声头疼欲裂，陷入了无边无际的黑暗……

八月秋风起，燕代两国的联军隆隆开向燕南之地。

还在燕代密谋联结的时候，李信杨端和一班大将便提出先行攻燕而后再破代军的对策。对此，李斯也是赞同的。王翦却笃定道：“燕代调集大军会战，正是我军一战定北之大好时机，安可急哉？我若先行攻燕，燕国自可一战而下。然，代赵军若是不战而逃，显然便是后患，两战三战，何如一战决之也！”李斯忧心忡忡道：“果真齐楚魏三国利令智昏而出兵，再加匈奴南下，我军岂不四面陷敌？不如先下燕国，以震慑他国不敢北来。”王翦大笑道：“果真燕国能促成六方合纵，老夫求之不得也！战场越少越好，敌军越多越好。此目下秦军之所求，长史何虑之有哉！”李斯不禁有些惶惑道：“自来用兵，皆以不多头作战为上，何上将军反求多路敌军同时来攻？”王翦道：“长史所言，常道也。目下之势，非常道也。天下大国尽成强弩之末，纵然六方齐出，皆疲惰乌合之众，何惧之有哉！譬如燕国，兵马号称三十万，实则一无统兵大将，二无实战演练，三无坚甲利器，四无丰厚粮草；彼所以延迟至秋来会战，实则欲在战败之后逃入辽东，使我军不能在风雪严寒之季追歼而已。未战而先谋逃路，其心之虚可见也！代国更是惊弓之鸟，十万大军至少有三四成是伤残士卒；将相一身之赵平，贵胄公子未经战阵，却被燕代定为统帅，不足虑也！凡此等等，纵有大军百万开来，老夫只拿四十万破他。谓予不信，长史拭目以待也！”李斯默然了。他不明白，素以稳健著称的王翦，如何突然变得豪气纵横，视天下敌国如草芥，莫非这便是兵家奇正之道？

此后探马纵横，各种消息连绵不绝地飞入秦军幕府。

燕国辽东与高句丽的猎民步骑十万西进了，督亢腹地的二十万大军西进了，代国的十万步骑也开始南下了，赵平宋如意的幕府已经进驻燕南地带，等等。其中最令王翦李斯惊讶的消息是：太子丹一夜白头，犹率一军亲自赴战；这支军马人皆白衣素盔，全数是燕国剑士与王室精锐护军。

“此为哀兵，须得分外留意。”李斯着意提醒王翦。

“以刺客之仇激励战心，太子丹何其蠢也！”王翦轻蔑地笑了。

“上将军，我军固然多胜，亦不能骄兵！”李斯有些急了。

“长史试想，”王翦叩着帅案道，“国家危亡而不计，却以一刺客之死为名目大张仇恨，公仇也？私恨也？以刺客私仇激励将士，太子丹明智么？”

“也是一理。”李斯不无勉强地赞同了王翦。

“传令工匠营，赶制三百面有字大纛旗备用。”王翦转身下达了军令。

“旗面何字？”军令司马高声问。

“长史，如此八字可否？”王翦压低声音颇见神秘地笑了笑。

李斯凑过来侧耳细听，恍然大笑连连点头。

燕代联军集结于燕南涿地，幕府立定，已经是八月将末。

一个月明风清的秋夜，太子丹率领三千精锐星夜赶赴燕南幕府，要与赵平、宋如意会商战事方略。两军仓促汇集，“会战抗秦，存燕保代”的宗旨是毋庸置疑的。但是仗如何打，兵力如何部署，两方却从未有过认真的会商。太子丹虽不是燕军统帅，却也知道燕代两军的军法、军制与作战风习有很大不同。代军是天下锐师赵军的根基延续，目下虽是强弩之末，然对于燕军而言，代军十万仍然是无可争议的主力。燕国出动的兵力有两支，一支是腹地主力二十万，一支是辽东轻骑十万。开战在即，太子丹才蓦然发觉，自己对燕国的兵事与大军竟然是如此陌生，陌生得连两支大军的统兵大将也一无所知。太子丹只知道，燕国本无强兵传统，唯在乐毅时期变革军法，练成了一支以辽东骑士为主力的轻骑雄师。之后历经燕惠王、武成王、燕王喜三代数十年，那支雄师早已经消耗得没了影子。而十万辽东步骑，实际根基是当年乐毅秦开远征齐国时留下的镇守辽东的猎户民军。燕军主力被齐国的汪洋大海吞没后，燕惠王将这支猎户民军大为扩充，改为王室直领的王师，以为燕国危机之时的退路。就实说，这支辽东军是不为天下所知的“隐师”。父王至今犹能镇静挥洒，根本因由，正在于这支鲜为人知的大军。如今，父王赞同调来“隐师”之中的十万大军与秦军会战，太子丹感喟之余，更多的是茫然。燕国腹地二十万主力大军的大体情势，太子丹尚算略微知情：伤残多，老弱多，兵器劣，甲胄薄，在往昔与赵军的战事中连连大败，士气已经低落得很难经得起激战了。

这样的两支人马与代（赵）合军，太子丹如何不心下忐忑？

更有一层，赵国大将率领赵军作战，历来自有独特战法，即或是在当年的六国合纵联军中也是自成一体，不屑与他军协同。赵军名将廉颇曾一度出走楚国，率领楚军作战，竟一战不能胜，不禁万般感慨说：“老夫离赵，方知率赵军如臂使指之贵也！”对于燕国燕军，赵国大将几乎是无一例外地人人蔑视，名将廉颇、李牧、庞煖等更甚。目下这个赵平虽不是名将，甚或不是经历过战场锤炼的有为将军，而仅仅是承袭了平原君爵号的“知兵”公子而已，其在燕国的谈吐气度，俨然已是百战名将了。太子丹确信，假若赵国不灭，赵军任何一个大将都不会愿意与燕军联兵会战。如今时移势异，燕军兵力远远超过代（赵）军，代王赵嘉才不得已有了如此抉择，不论赵平如何蔑视燕国，三十万兵力毕竟是谁都不敢轻慢的巨大力量。唯其如此，太子丹不怕赵军蔑视燕国的痼疾，坦然将燕国大军交给赵平统领了。太子丹没有父王的逃罪之心，在他看来，这只是两相便利：代（赵）兵力微薄，需要燕国大军；燕国没有大将，需要代国将才统军。毕竟，以目下情势论，即或是代国的寻常将军，也在燕国的主力大将之上了。然则，赵平能迅速整合两军三方于一体么？会战方略赵平心中有数么？

这一切，太子丹一直没有定数。

……

“赵平若不能一战胜秦为太子雪耻，宁为战场死尸！”

晨曦之下，看着太子丹骤然雪白的头颅与身后一片缟素的三千马队，迎出幕府的赵平不禁感慨万端，四手相执，双眼闪烁着泪光，由衷迸发出一句铮铮血誓。太子丹大为心动，泪眼唏嘘地拉着赵平的双手，良久说不出一句话来。及至进入幕府，两人的神色才明朗起来。

“太子且坐，容赵平禀报。”

联军幕府宽阔整肃井然有序，确实有着旧赵雄师的不凡遗风。赵平吩咐中军司马摆下了洗尘军宴，又派军令司马飞马召回了去辽东军营会商军务的军师宋如意。三人共饮了一大碗代赵军的马奶子酒，赵平便走到侧墙大图板下，长剑指点着图板说将起来：“目下，合纵联军面对涞水，分作三大营混编驻扎：西路主力大营，驻涿城以西山地；中路大营，驻方城[1]以南山地；东路大营，驻涞水东北山地。本君所率之中军兵力，五万赵军带十万燕军，共十五万主力大军；其余两营，各为两万余

[1] 先秦“方城”之名有四，三处在北楚（今河南省南部），一处在燕国。《诗·召月》云：“侵镐及方。”朱熹注：“镐、方，皆地名，疑皆朔方也。”据历史地理学家谭其骧考订，这一方城在燕国涿县东南地带。

赵军带十万燕军，各有十二三万步骑大军。此，目下我军之大势也！”

“平原君之见，此战如何打法？”太子丹急迫问了一句。

“秦军欲灭燕代，必得越过易水涞水，而后向西灭代，向北灭燕。合纵联军目下驻扎之地，正在面对涞水之三大要害地：涿城、方城、涞水东北山[1]。届时，秦军若渡易水涞水攻我，则我联军从西北东三方向秦军发起合围猛攻！以兵家之道，合纵联军必胜无疑！”

“我军四十万，秦军也是四十万，能合围猛攻？”

“太子知其一，不知其二。”赵平颇有气度地笑着，“兵法虽云，十则围之，倍则攻之。然则，也当以形势论。战场无常法。当年，白起以五十万秦军，围困赵军五十万于长平谷地，也是兵力对等。何以成功？形势使然！山川使然！今我合纵联军与秦军兵力等同，然山川形势却对我军大为有利，对秦军大为不利。此，我之所以能以对等兵力合围秦军也！”

“平原君深谙奇正之道！”宋如意拍案赞叹。

“军师之意，也能合围？”太子丹颇感意外。

“如此战法，乃臣与平原君共谋也！”宋如意先行申明一句，霍然起身，走到地图前指点道，“太子且看，涞水从西北向东南而来，两条易水从西向东而来，在涿地之南交汇，三水夹成一个广约百里的大角。秦军兵临南易水，若不能越过涞水，终不足以威胁燕代！秦军果真北上，则我军只在涞水以北之燕南山地卡住咽喉要道，三路大军同时猛攻，秦军背后是易水涞水，退不能退，只能被我军三面夹击！如此形势，岂不是合围猛攻乎！”

“王翦乃当世名将，宁不见此危境？”太子丹依然一脸疑云。

“王翦灭国，不过一战耳！”赵平很有些不以为然。

“灭赵之后，王翦已经骄狂不知所以了。”宋如意补了一句。

“也好。但愿上天护佑，存我燕代！”终于，太子丹首肯了。

---

[1] 秦军灭燕之进军会战路线，史无详载。《史记·秦始皇本纪》云：“秦军破燕易水之西。”《史记·燕召公世家》“集解”徐广注云，秦军出涿郡故安。两说不同，当互有联系，实际可能是战场攻防转化造成。

幕府散了饮宴，宋如意送太子丹到了燕军幕府，两人又秘密会商到暮色降临。太子丹着意问了燕代两军的诸般情形。宋如意回禀说，辽东精锐配给赵平做了中军主力，老燕军二十万分做两部，做了另外两大营的主力。太子丹皱着眉头问了一句，既然燕军是三大营主力，何以三大营主将都是旧赵大将？宋如意说，以人数论，燕军是主力；以战力论，只怕还得说代赵军是主力；三大营主将是赵平一力所坚持的，不好变。为甚大燕国出兵三十万，没有一个主将？太子丹满头白发下的黑脸很有些不悦。宋如意说赵平认为燕人不会打仗，他实在不好辩驳。岂有此理！燕人不会打仗，当年齐国七十余城是谁家破的？太子丹更是不悦。宋如意不说话了。默然良久，太子丹突兀又问一句，先生宁不为荆轲复仇乎？宋如意一声哽咽，声泪俱下地诉说了自己的处境：赵平原本倒是下了军令，教他做东路军主将；奈何他这般任侠之士从来没有过军旅阅历，初次聚将分配军营驻扎地，他连骑兵营地与步兵营地的区别都不清楚，各营之间的方位、距离与金鼓号令之间的呼应更是不明，惹得赵军大将们一片嘲笑，燕军大将们人人羞愤不语。无奈，他只有回到中军幕府，还是做了案头谋划的军师。

“虽则如此，臣已决意效法太子，以慰荆轲魂灵！”

“先生能自领一军？”

“不！臣已秘密相约燕赵剑士百人，冲锋陷阵死战易水！”

太子丹没有说话，默默点头之际，麻木僵硬的脸庞抽搐了一下。宋如意知道，那不是太子丹的悲伤，而是太子丹绽开的一丝笑容。这个心如死灰的燕国领政太子，已经没有任何事值得他悲悯了。默然良久，宋如意解下酒袋，深深一躬道：“邦国危难，太子自领三千缟素死士而来，臣无以为敬，敢请与太子做诀别之饮！”太子丹还是没有说话，只霍然起身，摘下帐钩上的酒袋，对宋如意相对深深一躬，不待宋如意说话便举头汩汩大饮，双手颤抖，酒水喷洒得脖颈衣甲处处都是。宋如意静静地看着，眼前蓦然浮现出太子丹与荆轲在易水壮别的情形，心头平静得没有一丝波澜。大约只有在这等生离死别的关头，如荆轲宋如意这般士侠才能显现出异乎常人的冷静坦然。太子丹饮完，宋如意再次深深一躬，双手将酒袋一举倒过，一股清亮洁白的马奶子酒准确无误地灌进了腹腔，一口气如长鲸饮川般吸干，一滴酒不洒，干净利落得令人惊讶。太子丹愣怔一阵，陡然伏案放声恸哭："若得荆轲在国，先生襄助，燕国何得如此危局也！"

宋如意淡淡一笑，深深一躬，头也不回地去了。

九月初三，燕代联军的特使飞马抵达秦军幕府。

赵平的战书激昂备至，秦军大将们听得头皮发麻，想笑不能笑想骂不能骂，只能黑铁柱般矗着不动。原因只有一个，上将军王翦没有一丝表情，板着脸睁着眼仿佛钉在帅案前一般。特使将战书念诵完毕，王翦对身旁矗立的中军司马淡淡一句道："回书，旬日之后会战。"特使高声道："敢问上将军，究竟何时？战场何地？"不料，王翦站起身已经走了。特使正欲趋前追问，大将辛胜猛然跨前一步，拦在了当面道："回去禀报赵平姬丹，甭当真以为这是古人打仗！你打你的，我打我的，想哪里打哪里打！想甚时打甚时打！"特使黑红着脸正要说话，却见秦军大将们人人怒目相视，再不说话，转身腾腾腾出了幕府。

晚饭之后，聚将鼓咚咚咚连响。待秦军大将们陆续赶进幕府大厅，王翦已经拄着长剑站在了那幅两人高的燕南地图前。中军司马一声禀报："三军大将全数到齐！"王翦长剑点上地图，沉稳利落地说了起来："诸位，燕代联军本是弱势，今却急切求战，此中必有机谋！敌军谋划不明，我军灭燕便无必胜成算，而大好战机，也会稍纵即逝。何以如此？今秋不能灭燕，燕国便有喘息之机稳定国势；代赵，亦有借燕之力死灰复燃之可能。为此，我军必得一战而灭燕代军力，安定北方！此中之要，在明白破解燕代军之图谋，而后确定我军战法。"

"赵平机谋，不难明白！"

"李信且说。"王翦历来嘉许部将直言。

"燕代联军合兵四十余万，分作三路守在涞水西、东、南三面。仅此驻扎之势，其图谋一目了然。"李信看着地图，手臂遥遥指点，"以赵平、太子丹谋划，必欲我军渡过易水，再渡过涞水，而后开赴燕南涿地会战；如此，则我方重兵两次涉水之后人马疲惫，燕代必然图谋乘此时机强兵袭击。”

“正是！”大将们异口同声。

“既然如此，我军该当如何？”

大将们见上将军没有下令，却认真问策，目光不禁一齐盯住了李信。毕竟将军们对燕代联军的图谋，谁也没有这个司马出身多读兵书的李信看得透彻，彼既洞察，必有成算。可是，李信却满脸通红道：“末将只揣摩敌之图谋，至于破敌之策，尚无定见。”王翦一点头道：“无妨。将军已经料敌于先机，诚为难得也！”一转身走向帅台，便要下达军令。却听背后一个粗厚嗓门高声道：“此战不难！诱他南下，就我战场便是！”王翦脚步猛然站定在石阶，没有回身便冷冷道：“王贲，战事无大言，你且说个备细。”说罢走上帅台插好长剑，一张黑脸森森然盯住了自己的儿子。王贲熟知父亲秉性，一步跨出将军行列，走到大板地图前指点道：“上将军、列位将军，请看燕代联军部署：主将赵平亲率最大一支主力，驻扎在联军西北方；这一大营，距离燕代另外两大营足有两舍，六十余里，距离我军也最远。原因何在？此地最靠近代国，正是越过涞水进攻代国的咽喉通道！也就是说，代军名为联燕抗秦，实则以护卫代国为第一要务。或是太子丹、宋如意等燕国将士懵懂不知兵法，或是赵平以统帅名义自行其是，总归是此等部署一直没有变化。”

“敌军情势图谋，李信将军已经说清，你只说如何打法。”

大将们正听得入神，却被王翦冷冷一句插断，不约而同地一愣，倏忽之间，却又释然：这是上将军严于责亲，不想教王贲过分张扬，故而将料敌洞察之功记在了李信头上。李信正要说话，王贲指点着地图又昂昂然说了起来：“此战之要，只在我军一部先行佯攻代国！如此，赵平必率联军南下寻战，以求保全代国！如此，我军可不过易水涞水，而在易水之西坐以会战！”

“好——”满厅大将齐声一吼。

“王贲将军妙算！”李信特意高声赞叹了一句。

“也好。谁愿做佯攻之师？”王翦不加评判，立即进入了部署。

“我部愿为佯攻之师！”又是王贲慨然请命。

这次没有人争。历来军中传统，将士皆愿正面战场杀敌立功，极少有人在没有将令的情势下自请长途佯动奔袭，以斩首记功的秦军更是如此。王贲所出战策，既已经为上将军与大将们一致认可，自请佯攻也在情理之中。当然，更重要的一条是，王贲部剽悍灵动，其时秘密驻地又正在燕代两军之间的隐秘河谷，向代国进军位置最佳，实在是最合适不过。凡此等等，大将们便没有一个人再来争令了。王翦目光巡睃一遍，立即抽出一支令箭道："好！王贲部明晨立即起程，大张旗鼓进逼代国！待燕代联军南下，王贲部立即回师，袭其侧后！其余各部，全力备战，修筑壁垒，等候燕代联军南下会战！"

"嗨！"举帐一声吼应，王翦的调遣部署便告完毕了。

次日清晨，王贲的三万铁骑从易水东岸的河谷地带大张旗鼓地出动了。王贲选定的进军路线是：先向涞水上游进发，若燕代军仍不南下，则渡过涞水猛攻代国，逼联军做出抉择。这次奔袭若是真实的灭国之战，仅行军也得旬日之久。然则，唯其佯动，王贲不计其余，只以赵平知道秦军北上灭代消息为要。为此，王贲部虚张旗帜声势，浩浩荡荡若十余万大军一般。

自此，灭燕大会战拉开了序幕。

秦军攻代的消息传开，燕代联军大营顿时出现了奇妙的格局。

最大的变化，是联军原定的守株待兔战法完全无用了。因为，以代军为事实主力的联军绝不能听任秦军灭代，必须改变战法，而如何改变，仓促之间实难达成共识。听了宋如意密报，太子丹顿时恍然：与燕国相比，赵国后续势力代国才是秦国的劲敌。秦人与赵国血战多年，自然将赵国当做最大祸患，不攻代而先来攻燕，本来就是违背常理。如今秦军大举北上攻代，这才是秦军兵临易水的真实图谋！一明白此中奥秘，太子丹立即飞马联军幕府，要与赵平重新商定战法。此时，赵平接到消息两个时辰不到，刚刚与几名代军大将紧急商议完毕，正要击鼓聚将，恰逢太子丹与宋如意飞马赶到。

"来得正好！太子何意？"迎出幕府的赵平当头一句。

"秦军异动，平原君如何应对？"太子丹反问了一句。

“围魏救赵：他攻代，我攻秦！”

“时势不同，还是直接催兵救代好！”

边走边说进了幕府大厅，两人这才不约而同地问了一句：“为何如此？”一语落点，自觉尴尬，两人一时默然。军师宋如意对战事部署素不多言，今日破例作为，下令两名司马将大板地图搬到帅案前立定，而后对太子丹与赵平肃然一躬道：“太子，平原君，敢请两位各陈战法，而后慎断。”赵平大手一挥，一个好字落点，人已经走到地图前说将起来：“秦军以锐师十余万攻代，已经行军一日走出百余里。我军纵然回兵，赶到代地，也已经是疲惫之师。若王翦主力在我回军之时从后掩杀，我军几乎必败无疑！与其如此，不如效法孙膑围魏救赵之战：我军立即南下，猛攻秦军主力！秦军王贲部必然回援，如此依然是两方会战，不过换了战场而已！”说罢，赵平目光炯炯地看着宋如意不说话了。宋如意一句话不说，对太子丹正色一躬。沉思不语的太子丹恍然点头，也大步走到地图前指点道：“目下情势是，秦军已经先行攻代，而代国全部大军都在此地，代城几无防守兵力！唯其如此，我意：平原君可自领精锐代军回援，若王翦部从后追杀，自有我燕国三十万大军截击秦军主力！如此两相兼顾，秦军必左右支绌，联军或可战胜！”赵平冷笑道：“燕军若能截击秦军主力，何待今日联军抗秦哉！”太子丹淡淡道：“此一时，彼一时。燕有新来之辽东飞骑，战力或可胜任。”赵平脸色一沉道：“如此说来，太子一心要分兵？”太子丹颇见难堪，却也正色道：“分兵是战法，不是所图。究竟如何，尚在会商，平原君无须多疑也。”赵平长剑猛然一跺地面道：“赵人不畏血战！只要太子决意分兵，赵平立即开拔！”

“太子、平原君，容在下一言。”

眼见两位主事人物僵持，军师宋如意第一次显出了士侠本色，一拱手慷慨道：“北国之地，仅存残赵弱燕，两国唇齿相依也！唇亡齿寒，天下共知。宋如意不知兵，却明天下大义所在。目下大局：只有两国合纵结盟，同心抗秦，燕代之存才有希冀！”

“代军当得独自一战，不赖燕军之力。”赵平很冷漠。

“平原君何出此言也！”

太子丹外豪侠而心极细，知道这个心结再化不开，与代国结仇便是必然，遂一拱手高声道："我观代军营地靠西，本以为平原君随时准备分兵回代，故有此一说，绝非我本心要分兵！若我决意分兵，何须赶来幕府会商也！"赵平淡淡一笑道："既然如此，何不早说？"太子丹脸一红正要说话，宋如意一拱手道："禀报太子，代军驻扎靠西，平原君当初已向众将申明，臣亦尽知。臣以为，平原君并无不妥。"赵平正色道："两国联军合纵抗秦，代军主力靠近代国，燕军主力靠近燕国，各自方便救助，有何不妥？若是秦军先攻燕国，莫非我军也可以此理由逃战不成？"宋如意道："平原君此等部署，原本极是正当。太子误解而已，并无责难之意。平原君切莫计较过甚。方才，太子已经言明，并无分兵之心。平原君当会商当下战事，不涉其余。"

"好！会商战事。"两位主事人物异口同声地应了。

会商很是迅速，三人一致认同了赵平战法：当夜起兵，渡过涞水易水，兼程疾进，以燕国南长城为依托，猛攻易水之西的秦军主力，逼秦军王贲部回师救援；若王贲部坚不回师而攻代，则在开战之后分兵救代，至少可免此时救代而被王翦主力追杀之危。战法商定之后，已经是太阳偏西的未时三刻。赵平立即下令聚将，在幕府大厅下达了兼程进军会战的十余道将令。大将们离开幕府，整个联军营地立即忙碌起来。暮色时分，联军四十万分别从西、中、东三路开进，夜半时分渡过涞水。

次日正午，联军渡过南易水，立即扎营，构筑壁垒。

赵平进入幕府的第一件事，是派出快马特使向王翦幕府下战书，约定来日清晨决战。之所以如此急迫，是赵平要王翦明白知道，燕代联军并没有中秦军攻代以分化联军之计，而是公然前来大举会战！赵平心存一丝期冀：也许秦军王贲部能闻讯回程，可免代国惨遭屠戮。

## 六　易西战场多生奇变　王翦军大破燕代

王翦的军令云车，矗立在易水西岸一座孤立的山头。

从远处遥遥看去，这座山头只舒卷着一面巨大的黑色纛旗，除此一片苍黄的树林。而从这座孤山峰顶看去，视野却极为开阔。纵然是晨雾秋霜天地朦胧，西面的燕国下都武阳城也遥遥在望，北面的燕国南长城则尽收眼底；待到日光划破霜雾，东面北面的两条易水波光粼粼如在眼前，西北方的涞水也如远在天边的一道银线，闪烁着进入了视野。王翦之所以将战场选在这里，原因只有一点：易水之西的山川地势，最适合打一场聚歼战。打聚歼战的方略，既是王翦的谋划，也是李斯带来的秦王嬴政的意图。李斯转述的秦王说法是：赵残燕弱，俱成惊弓之鸟，若不能一战灭其主力，则其必然远逃，或向辽东，或向北胡，其时后患无穷矣！李斯反复申明了秦王的顾忌：九原、云中的蒙恬军兵力只有十余万，既要北抗匈奴林胡，又要堵截燕代残余逃窜，广宇漠漠，纵然全力应对，亦可能力有不逮；为此，攻灭燕代之战，务求聚歼其主力大军。对于秦王的大局方略，王翦深为赞同，反复揣摩之下，只有这片战场最适合秦军施展。

先得说说这片战场的地理大势。

整个燕南之地，易水流域最为要害。西周与春秋时期，这片地域原是胡人与华夏族群的皮毛盐谷交易区，因其无名，遂被当时的燕国与蓟国径直呼为“易地”。这片易地，北南两条水流，当时都被燕人蓟人称之为“易水”。后来，燕国吞灭了蓟国，将两条易水分别称为北易水、南易水。战国之世，燕南成为燕国最富庶的区域，易水也日见大名。但是，易地仍然是没有定界的一片地域，既没有设置郡县，也没有修筑城池。直至后世的隋代，方在易水之地设置了易县，或称为易州。是故，后人误以为（战国）易水是因为发源于（战国）易县而得名。这是后话。

两条易水[1]的流向是：北易水由西向东，入涞水，再入大河，大体是东西流向而略呈西北东南；南易水则是由北向南，入涞水下游，再入大河，流向为西北至东南的大斜形。故此，时人以为南易水是一条南北走向的水流，便有了易水东西之说。

易水流域之重要，在于两处：其一，北易水北岸，有燕国南部最大的要塞武阳城。这武阳[2]城乃当年燕昭王修筑的南部重镇，东西二十里，南北十七里，坚固异常。因其咽喉地位，武阳也是燕国的下都，即燕国的陪都。其二，南易水东岸，有一道燕国南长城，是燕国防备南来之敌的屏障。这道燕南长城，沿南易水流向修筑，蜿蜒直向东南，抵达燕齐边境的“中河”，长达四百余里。战国时期，黄河入海段分作三流入海，西河北上燕国而东折在今天津地带入海，中河、东河均在齐国边境，即今山东半岛入海。燕国南长城的东界，便在燕齐交界地的“中河”终止。至此完全清楚，燕南的三个要害点是：南易水，燕长城，武阳要塞。

“禀报上将军，燕代联军探察清楚！”

听完斥候将军的禀报，司令云车上的王翦深深皱起了眉头。

斥候营报来的敌情是：燕代联军已经连续渡过涞水与北易水，分三部驻扎：以腹地燕军为主的十余万人马，骑兵进驻武阳城外，步军驻屯燕南长城；以代赵军与燕国辽东精锐组成的二十余万主力，前出南易水东岸，正在构筑壁垒。

“辛胜，依此情势，成算如何？”王翦问了自己的副手一句。

“上将军，我军必能聚歼联军！”辛胜没有丝毫犹豫。

“有何凭据？”

“其一，联军部署失当！其二，我军战力远超联军！”

“纵然如此，难矣哉！”

“临战狐疑，为将之大忌。上将军当有必胜之心！”

---

[1] 今日易水为北、中、南三条，皆为大清河上源支流。然《水经注》与历史地理学家谭其骧之《中国历史地图》，皆云战国易水为北南两条。古今差异，当为水流演变之故。

[2] 中国历史上有三个武阳，一为此处的燕国武阳，二为东汉设置于四川的武阳县，三为隋代设置于河北的武阳郡。燕国武阳，在今河北易县之易水上游地带。

山风回荡着辛胜的慷慨激昂，舒卷着军令大纛旗的啪啪连响。王翦遥望着东方晨曦中火红色的茫茫联军营地，良久没有说话。在秦军历代大将中，王翦是“雄风”最弱的一个。不管大仗小仗，王翦从来没有慷慨激昂的必胜宣示，更多向将军们说的，恰恰是此战的难处。唯其如此，王翦的幕府聚将每每多有奇特：年轻的大将们嗷嗷一片，灰白须发的王翦却总是黑着脸。若非王翦的论断无数次被战局战场的实际演变所证实，大约王翦这个上将军谁也不会服气。纵然如此，每遇大战，仍然不可避免地重复着部将昂昂而统帅踽踽的场景。譬如目下，攻燕副统帅辛胜，对王翦的担忧便很有些不以为然。

此时的秦军大将，当真是英才荟萃。自王翦蒙恬以下，三十岁上下的年轻统军大将个个出类拔萃：李信、王贲、辛胜、冯劫、冯去疾、杨端和、章邯、羌瘣、屠睢、赵佗。还有专司关隘城防与辎重粮草输送的国尉府大将：蒙毅、召平、马兴、杜赫等一班军政兼通的专才。这些年轻大将，无一不是后来大帝国的柱石人物。尤其是李信、王贲、杨端和、辛胜四人，一致被军中呼为“少壮四柱”，直与白起时期的王龁、蒙骜、王陵、桓龁四大名将相比。

唯其如此，秦军幕府的军情会商，没有一次不是多有争论而洞察战局的。

目下，秦军大将们几乎人人明白联军统帅赵平的真实图谋：联军前出的二十万主力，将要渡过易水拖住秦军主力鏖战，构筑壁垒做防守状，恰恰只是“示形”而已；驻屯长城的几万步军，则是在防备王贲部回师；驻守武阳城外的骑兵，则是随时准备救援代国。也就是说，赵平心有狐疑，对自己的围魏救赵战法吃不准，机变以对的背后，是统帅自信心的缺乏。赵平狐疑的要害，是吃不准王贲部的真实动向——当真灭代与诱敌疑兵，究竟着力何在？为此，赵平摆出了一个看似机变兼顾的阵式：王贲若不攻代而回师助战，则武阳军与长城军可合围击之；王贲若果然攻代，则武阳军可放手北上救援；长城军则可相机策应，兼顾易西会战与救代之战，既保会战，又保救代。至于易西会战，赵平的打算也是显而易见的：王贲部十余万北上，秦军主力只剩二十余万，与燕代联军兵力相当；而联军是本土卫国之战，天时地利人和无不具备，当有极大胜算。对于不谙军事的太子丹与宋如意等，这或可称为一个机变灵活的英明方略。但在日趋老辣的王翦眼里，在一群秦军英才大将的眼里，这却是一个透露着狐疑之心的大有破绽的战法。统帅心有顾忌而不敢投入绝大部分主力于主战场会战，实际便是主战场不明，从方略上已经输了一筹。若再从两军战力说，燕代联军更无法与秦军锐士抗衡，即或占兵力优势，联军也未必战胜，况乎是兵力相当的会战。

所以，秦军大将们没有一个人担心秦军能否聚歼燕代联军。

作为此战副统帅，辛胜的说法是："易西战场不会逃敌！武阳与燕南长城，则有王贲部从后堵截，也不会逃敌！如此战场，如何不能聚歼！"唯其如此，辛胜与大将们对王翦的沉重与担忧感到不可思议。

"禀报上将军，联军特使来下战书！"司马的高声禀报飞上了云车。

"走！幕府聚将。"王翦大手一挥，立即走进了云车升降厢。

辛胜对军令司马一点头，黑色大纛旗大幅度掠过天空摇摆出特有号令。及至辛胜踏进升降厢跟着王翦出了云车，聚将鼓已经响过了两通。踏进幕府，大将们堪堪聚齐。王翦看也没看联军特使捧过来的战书，提起大笔便批了"来日会战"四个大字。联军特使一出幕府，王翦黑着脸道："聚歼燕代军尚有变数，各部务须上心！"

"敢问上将军，变数何在？"李信高声问了一句。

"敌分两岸三地，方圆百余里，逃离战场较前便利。"

王翦话音落点，幕府大厅骤然沉默了。应该说，这是被秦军大将们共同忽视了的一个事实——联军分作三处在易水两岸作战，秦军两路纵然铁钳夹击，也难保联军战败后不从山峁沟壑中逃离战场；大将们原本认定的胜仗，与其说是聚歼，毋宁说是击溃。应该说，没有丰厚的实战阅历，很难洞察到这一点。而王翦比帐下年轻大将所多者，正在于数十年征战的实际阅历与异常冷静的秉性。而敏锐的年轻大将们所缺乏者，也正在这种需要时日与实战积累的血的经验。

"上将军所言大是！赵平分三部驻军，我等没有仔细揣摩！"

"三部驻扎，弊在分散军力，利在便于逃战！"

“王贲将军只有三万余骑，难以拦截十余万人马！”

“我军主力在易水西岸决战，战胜后渡河追击必有延缓，不利围歼！”

“斥候新报：联军南来，全数轻装。其图谋，必在利于脱身！”

王翦不点明则已，一旦点明，年轻的大将们立即恍然醒悟，你言我语人人补充，片刻便将有可能发生的战场大局说了个透亮。王翦虽然依旧板着脸，那双藏在帅盔护耳里的耳朵却捕捉着每个人的简短话语，心头也飞快地掠过一个又一个可能的新方略。可是，他没有捕捉到一个可以聚歼联军的方略启示，飞掠心头的新方略也没有一个立定根基。

“此战，只能就实开打。”大厅已经肃静了，王翦终于站了起来。

“愿闻将令！”聚帐肃然一声。

“各部强兵硬战，最大缩短易西会战，尽早渡河围歼逃敌！”

“嗨！”

“也就是说，原定部署不变，各部加大杀敌威力。”

“嗨！”

聚将完毕，王翦将斥候营将军唤进了幕府军令室。一番叮嘱，斥候将军在暮色中飞出了幕府，飞向了西北方的王贲大军。

晨曦初露，霜雾蒙蒙，易水东岸人喊马嘶地喧嚣起来。

联军涉水的时刻，是赵平亲自决断的。抵达燕南长城后，联军幕府得斥候急报：秦军王贲部没有回师迹象，依然大张旗鼓隆隆北进。与此同时，代王赵嘉的快马特使飞到，要赵平务必北上保代，若三日之内不能回军，则代国君臣只有携带民众北逃匈奴。赵平心下大急，来不及与太子丹会商谋划，立即对中军主力下达了军令：次日清晨，涉水求战！此刻，赵平的目的只有一个，逼王贲部回师，至于此等战法之利弊，已经无暇揣摩了。太子丹与宋如意，一随混编骑兵驻扎下都武阳，一随混编步军驻扎燕南长城，号为“节制两军相机出动”。两人一进驻地，各自听完主将的驻扎配置禀报，便各自忙碌着与追随死战的任侠剑士会商参战之法，根本来不及赶赴幕府与赵平会商总体方略。及至接到赵平的中军司马的军令知会，已经是次日拂晓时分了。虽然，两位燕国主军人物不在一处，处置之法却惊人的一致：思忖一阵二话不说，便率领着死战马队各自渡过易水，径直赶赴战场。

无论联军大将们多么匆忙，一场生死存亡的大战终于开始了。

太阳还没有穿破朦胧霜雾，红色衣甲的燕代联军在宽阔的河面展开，涌动着漫上易水西岸的平野谷地，天地间一片混沌金红。当赵平的司令云车矗立起来的时候，他却惊异得说不出话来。整个谷地战场没有秦军，依稀可见的远处三面山坳里，隐隐飘荡着黑色旗帜，却听不见人喊马嘶与鼓号声混杂的营涛之声。

“禀报平原君！秦军营地虚空！河谷未见秦军！”

“飞骑三十里！再探再报！”

探马飞去，赵平脸色阴沉得可怕。王翦分明在战书上批了来日会战，今日战场却一无大军，这分明是一场阴谋之战。并非赵平相信那羊皮纸上的四个大字，而是赵平认定，秦军不可能就地遁去，秦军正在他看不见的地方觊觎着战场！既有阴谋，不是偷袭，便是伏击，舍此又能如何？赵平揣摩不透的是，秦军若想做阴谋之战，只要在联军渡河时做“半渡击之”，则联军必败无疑；如今不做半渡出兵，教联军从容渡河布好阵势，而秦军竟不见踪迹，这算甚个阴谋？你纵有奇兵埋伏，也得诱我进入险峻山谷方可。如今我军距离秦军营地山谷至少有三五里地，且不说我在山外，便是入山，那低矮平缓的两面小山能埋伏得几多人马？赵平一面思忖揣摩，一面摇头苦笑，渐渐地，他的狐疑越来越重了——莫非王翦丢下空营，兼程北上会合王贲部攻代了？若非如此，二十余万大军能凭空遁身了？

“禀报平原君！方圆山地未见秦军！”

当探马斥候流星般再度飞来禀报时，赵平骤然渗出了一身冷汗——他确信，秦军主力一定北上了！片刻之间，赵平来不及细想便大吼下令：“穿过山谷！北上代国！”发令完毕，赵平飞步下了云车飞身上了战马，带着护卫幕府的三千精锐马队飞向前军。燕代地理赵平极熟：一旦渡过易水，北上代国最近的路径便是穿越秦军营地所在的山谷，再渡过涞水上游进入代国；若回渡易水再从武阳北上，路程至少远得一日两日，对于追击已经出发一夜或者至少大半夜的秦军，回渡之路等于完全无望截杀。如此大半个时辰之间，燕代联军的二十余万主力已经轰隆隆开进了虚插秦军旗帜的山谷。只有太子丹与宋如意的两支白衣马队堪堪赶到，尚未进入谷口……

突然之间，隆隆战鼓完全淹没了山谷河谷，杀声四面连天。

山口外的太子丹与宋如意，惊愕得完全不知所以了。放眼方才还是空荡荡的河谷，瞬息之间黑色秦军遍野卷来，恍如从地下喷涌出来的狂暴洪水；山谷中的喊杀声更是震耳欲聋，两道原本低矮的山梁竟然森森然狰狞翻起一片片剑矛丛林。更为恐怖的是，易水西岸神奇地矗立起了一道黑森森的壁垒，一面"章"字大旗猎猎劲舞。太子丹一看便清楚，那是秦军的大型弓弩阵。也就是说，秦军章邯部的强弓硬弩已经封锁了易水退路，联军主力若不能突破秦军山谷伏击，只能听任这骇人暴风骤雨般的大箭射杀干净。

"军师！杀进山谷！与平原君会合！"太子丹大吼了一声。

"不行！"但临战场搏杀，士侠宋如意毕竟清醒，一把扯住了太子丹马缰大喊，"人马拥挤，找不见靠不拢！为今之计，只有杀回长城再做计较！"太子丹立即醒悟高声道："好！马队听军师调遣！杀回长城！"宋如意喊道："王室马队护卫太子！侠士马队我五十骑前冲，鲁句践五十骑断后！跟我杀——"长剑一举，雪白战马一道闪电般飞了出去。

此时山谷之内，赵平主力大军眼看谷口遥遥在望，突然战鼓如雷杀声四起。赵平虽是统军主将颇具胆识，然毕竟缺乏统率大军实战之阅历，匆忙而又百般狐疑之际陡闻战鼓杀声如惊雷当头炸响，片刻之间不禁有些发蒙。一个军令还没有发出，赵平便被身边久经战阵的一群老司马裹到了马队核心。及至赵平清醒过来连声怒吼，要指挥大军突出山谷，两山秦军已经山呼海啸般压来，整个大军立即陷入了身不由己的混乱搏杀。赵平的中军护卫马队，是当年赵军残存的精锐飞骑，人人都是战场勇士，不待护卫大将发出号令，已经将整个中军幕府的司马们与赵平裹在核心向山口飓风般卷去。混编在联军主力中的六万余代军见"赵"字将旗飞掠向前，立即心领神会，大将们不约而同连声怒吼，代军将士纷纷摆脱身边的燕军自整队形，奋然死战杀向山口。编入联军主力的燕军，正是颇为神秘的辽东猎骑。此时的辽东骑士，从来没有过与代赵军联兵战场的阅历，更没有过与秦军交战的阅历；此刻见代军脱开盟军自顾冲杀而去，辽东燕军大为恼恨，一面高声咒骂，一面奋然聚结各自为战，要与这黑森森的秦军见个高下。

山头云车上，王翦的军令大纛旗连连飞掠，秦军已经扑向了整个战场。

秦军山谷伏击战的大部署是：李信所部堵截出口，杨端和所部截杀入口，冯劫所部与冯去疾所部从两山掩杀攻击。这四支秦军全数是步军，原部所属的骑兵也改作了步军。之所以如此，在于王翦对伏击战的将令："四面构筑壁垒，务使燕代军不能脱逃！"坚不可摧的壁垒战，自然是步兵优于骑兵。主战场之外的易水河谷，王翦部署了两支锐师追歼残敌：一是由副帅辛胜亲自率领的两万精锐铁骑，一是章邯所部的弓弩营。如此部署，在实际上就形成了战场分统：统帅王翦主司伏击主战场，副帅辛胜主司河谷战场。与此同时，王翦给王贲部的将令是：飞骑回师，攻取武阳与燕南长城，务期不使两部燕军北逃！在整个大格局中，李信部的谷口堵截与王贲部的回师抄后最为要害，两部但有纰漏，则燕代联军便可能逃亡甚多，要害人物如太子丹赵平宋如意等也可能突围而去。

山谷之中，秦军事先已经有充分准备，两山壁垒构筑得既隐秘又坚固，堆积了满当当的滚木礌石箭镞与备用刀矛。战鼓杀声与凄厉的牛角号一起，两山箭雨黑压压倾泻入谷，滚木礌石从山坡激荡跳跃着扑来，威势着实骇人。燕代联军尚在惊骇懵懂之中，黑色的秦军锐士方阵已挺着几有两丈的长矛从山坡轰隆隆压下，森森之势令人不寒而栗。燕军的辽东轻骑与代赵军的飞骑一样，皆以灵动快速见长，压迫在山谷做拼死决杀，其战力大大弱于结阵成势的重甲步兵。从战鼓响起到秦军压下山坡突入谷地，前后不到半个时辰，燕代联军已经被分割成了各自为战的无数的大块小块，恍如飘荡在黑色丛林的一片片血红色的残云晚霞。饶是如此，燕代两军仍然在拼命嘶吼搏杀。燕军辽东轻骑初战秦军，心有不甘。代军则更是全力拼杀——这支代军若葬身此地，则新建的代国无异于灭亡；代军统帅赵平若战死或被俘，代国也同样等于灭亡。所不同的是，燕军向后杀，要过易水回蓟城再回辽东；代军向前杀，要冲出山口，渡过涞水，回救代国。

两军冲杀方向不同，战场便生出了意料不到的变化。

敌军分流，山谷的秦军冯劫部与冯去疾部，出现了短暂的不知所措。向来埋伏作战，伏击方都是全力冲杀一个方向，逼迫敌军逃向己方的堵截壁垒。而今局面突变，代军向前扑，燕军向后卷；两山掩杀的秦军若仍然一个方向压下谷底，则必然有可能走脱一方。急切之间，冯劫冯去疾各在一面山坡不及会商，冲杀秦军一时犹豫，不免短暂散乱各自喊杀着扑向不同方向。

“左山前杀！右山后杀！”

王翦司令云车上的大纛旗两个翻飞横掠，发出了明白的攻杀将令。专一接受统帅云车旗号的两军军令司马连声高呼，左山的冯劫与右山的冯去疾立即清醒，各自大吼一声，立即向前向后掩杀下去。

片刻间隙，赵平的死战飞骑已经飓风般卷到了谷口。

堵截谷口的李信部三万余人马，专一配备了一千架大型连弩、五百架大型抛石机。李信将大型连弩阵，设置在了山口外的两座小山包前。这两座小山，恰恰在山口外两三里处，与伏击山谷遥遥相对，形成一片四面出口的谷地。大型连弩射程可达一二里左右，向这片谷地回射锁敌，有极大的杀伤力。五百架抛石机，李信则部署在谷口地带，对逃敌做迎头一击。其余三万精锐步卒，李信则将两万步卒部署在两侧山坡的树林中，一闻谷内战鼓号角，两万步卒便开下山坡分作两大方阵做两道防线截杀；所余一万步卒，则由李信亲自率领，守在两面山坡，防止残敌冲上山坡突围。如此部署，从地理形势与大型兵器的利用，到秦军战力的发挥，都可说是万无一失。

然则，代军飓风般卷到面前时，由于身后没有了强兵追杀，这支死战飞骑顿时显出了旧时赵军的剽悍战力。面对刚刚冲下山坡尚未结成整肃阵势的秦军步卒，代军骑士不待任何将令，齐刷刷摘下长弓搭上羽箭一齐劲射，箭雨飞出的同时，战马弯刀几乎是如影随形呼啸扑来。以威力论，马上弓箭远不如秦军大型连弩，甚至不如秦军步卒的脚踏上箭弩。

但是，今日秦军连弩集中在山口外，两山掩杀的步卒一律摘下单兵弩机而只操长矛。也就是说，面前为堵截残敌而只做专一冲杀的秦军步卒，目下没有弓箭在身。当此之时，这些精于骑射的强悍骑士的密集箭雨威力大显，秦军步卒纷纷倒地的同时，飓风般的红色马队已经潮水般冲过了堤坝。山口高坡的李信大急，大吼一声，五百架抛石机顿时发动，斗大的石块密匝匝向山口代军砸来。与此同时，李信的大旗急促摆动，远处两山前的一千架大型连弩也接踵发动，万千长矛大箭激荡着骇人的尖厉呼啸声压向逃出山口的散乱飞骑。及至山谷中的秦军步兵黑压压杀出，代军的战马骑士的尸体已经层层叠叠地铺满了谷地。

“赵平逃脱！随我追杀!!”李信暴声如雷，飞身上马。

“上将军将令——”

军令司马飞骑赶到，对李信转述了王翦的将令：停止追杀代军，立即回军东渡易水，合击燕太子丹残部。李信虽则心有不甘，还是气咻咻一挥大手，喝令全军立即出山杀向易水谷地。

此时的易水西岸，乱得没有了头绪。

燕军辽东轻骑拼死向后，一路杀到山口，已经折损了大半人马。截杀燕军退路的秦军有两部，一部是辛胜的两万铁骑，一部是章邯的大型连弩营。依照正常战法，突围的燕军一旦冲出后山口，第一阵截杀的是辛胜铁骑；截杀之后残余的燕军，全部由部署在易水岸边的章邯连弩营堵截射杀，或逼迫其全部投降。连弩营施展的前提是，秦军铁骑退出射程之内，不与燕军残敌做追杀纠缠，否则，连弩无法漫天激射。山谷战场一开，太子丹与宋如意部立即回身杀向易水渡口。后山山头的辛胜遥见一片白衣白旗，心知便是太子丹所部的王室飞骑。辛胜没有片刻犹豫，下令其余铁骑截杀突围的辽东轻骑，自己翻身上马率领五千铁骑来追杀太子丹。辛胜很清楚，此战走了谁也不能走了这个太子丹，刺杀秦王的太子丹若逃出秦军重围，就是秦军无法容忍的最大耻辱。太子丹的结局只能有一个：被秦军俘获，交秦王处置。即或太子丹被章邯射杀，也不是秦军的荣耀。此时，易水西岸尚无混战局面，辛胜部飞兵追杀太子丹，章邯在高高云车上看得分外清楚。章邯立即对连弩营下令：连弩只对突出谷口的红衣燕军，不对白衣人马。如此一来，辛胜的五千铁骑与太子丹宋如意的三千余飞骑，在易水西岸展开了风驰电掣的追逐拼杀。太子丹虽非战场之士，然在燕国却深得人心。这支护卫飞骑军，全部是太子丹昔日与荆轲一起精心遴选的骑士，人人半侠半兵，立誓护卫太子。此刻面临强兵追杀，这支飞骑非但没有慌乱，反而抛掉了所有的旗帜甲胄，迅速变作人人布衣散发的轻装骑士，在战场左冲右突寻觅涉水时机。不可忽视的是，宋如意的百名任侠骑士更是人人出色，间或以小股马队游离出去与秦军铁骑做近战搏杀，对辛胜部的追杀造成很大干扰。

但是，若没有易水东岸的意外变化，太子丹仍然不能逃此一劫。

东岸情势变化，由秦军王贲部的武阳之战而起。王贲北上，声势大而脚下慢，未过涞水便在一道隐秘的山谷秘密驻扎下来，每日只派出乔装斥候深入代地，散布秦军北上的种种消息，使得代国一片风声。燕代联军渡过易水的前夜，王贲部隐秘地向回程进发。依据父亲的将令，王贲南下有两战：一战攻克燕国下都武阳，为秦军彻底扫灭燕代之根基；一战攻克易水东岸的燕南长城，堵截燕军回逃之路。依秦军战力与目下燕军状况，王贲部两战必是秋风扫落叶之势，不会耽延。王贲以秦军铁骑的脚力战力，做了环环相扣的部署：清晨进逼武阳城下，在主战场伏击发动之时，始攻武阳；午时前后，飞兵南下燕长城攻克老弱燕军，以燕长城为壁垒截杀残余燕军。如此部署，留给攻克武阳的时段最多只能是两个时辰。不料，夜来行军陡遇一场大雨，王贲部进发到武阳城下时天虽放晴，时辰却已经将近正午。此时的主战场已经开打整整一个早晨，武阳守军的情势已经发生了意外的变化——赵平的代军飞骑突破重围后逃进武阳，与燕军联结死守。一波猛攻不能奏效，王贲急火攻心，立即分开兵力两面兼顾：留下万余人马继续攻城，不使赵平残部脱逃；自率万余铁骑飞驰燕南长城，要截杀太子丹后路。

可是，王贲部赶到易水东岸的燕南长城时，大部燕军已经逃走，留下的只有伤兵与老弱，太子丹的白衣马队更是没有了踪迹。王贲尚在火爆爆怒吼，章邯的中军司马已经飞马过来禀报了。章邯司马说，太子丹被辛胜飞骑追杀时，东岸长城没有受到攻杀的燕军立即派出仅有的数千骑兵涉水增援：燕军骑兵刚刚涉水上岸，恰逢太子丹部与尾随追杀的辛胜部一起卷到；燕军骑士堪堪放过太子丹马队，与辛胜的秦军铁骑纠缠厮杀到了一起；西岸章邯见白衣马队涉水，易水中再没有黑色秦军，立即下令连弩转向猛烈射杀；白衣马队丢下了一大半尸体，最终还是上了东岸逃脱了；救援太子丹的燕军马队，全部死在了辛胜铁骑的长剑下。

“姬丹！且教你白头多长几日！”

王贲恶狠狠骂得一句，立即率领万余铁骑赶赴武阳——太子丹脱逃，不能教赵平也逃了。王贲马队西去不到半个时辰，西岸主战场的辛胜部也越过易水杀向了武阳。可是，王贲赶回武阳时，情势又发生了变化：武阳城攻破了，赵平残部却杀出城逃跑了。

“破城逃敌，你作何说！”王贲黑着脸问本部副将。

“骑对骑，赵军不弱！”副将硬邦邦回了一句。

及至辛胜赶到，查勘罢战场只说了一句话：“撂下武阳！回易西营地！”

暮色时分，幕府聚将。王翦二话没说，下令中军司马禀报汇集之战果。司马禀报说，三处战场共斩首燕辽东军六万八千余、代军四万三千余，俘获两军十四万余，攻克燕国下都武阳与燕南长城；逃脱燕太子丹、军师宋如意，逃脱代军主将赵平；燕代两军，总计逃脱十余万人马。

“甚个鸟仗！处处有错！”李信先愤愤然骂了一句。

“怪也！两头跑！谁知道逮哪头！”冯劫冯去疾异口同声。

“走脱太子丹！我领罪！”辛胜红着脸嚷嚷。

“谁也不怪！全在我贻误战机！”王贲脸色铁青。

“打了败仗么？”王翦沉声一句，大将们都不说话了。王翦站了起来，拄着长剑走到大板地图前道，“灭国之战，绝非寻常攻城略地。邦国不同，战况便不同。希图战战全歼一战灭国，无异于白日大梦！运筹谋划，自要以全歼为上。然战场生变，依然拘泥于谋划计较战果，便是赵括！便是纸上谈兵！此战，虽未全歼燕代两军，也走脱了太子丹与赵平，仍然是破燕之战！因由何在？根本之点，燕代两军主力丧失殆尽，燕代两国从此不足以举兵大战！只要我军继续追杀，燕代两国何以抗之，何以存之！”

“愿闻将令！追杀燕代！”满厅一声吼喝。

“追杀之战，谋定而后动。”王翦冷冷一句，散了聚将会商。

当晚，王翦向秦王拟就了战事上书。

案前一提笔，王翦便想到了李斯。李斯若在，此等事要容易许多，也许王翦说几句话，李斯便代劳草就了。李斯既是极好的谈伴，一动手写字更教人看得入神。可惜，李斯在易水之战前就被秦王紧急召回咸阳了。留下的顿弱虽说也是大才，然顿弱当年在赵国已经被郭开折磨得一身病，能挺在军营已经不容易了，如何还能作经常夜谈？这篇上书很长，直到刁斗打响五更，主书司马才将王翦写好的书文誊刻完毕，装进铜管上了封泥。王翦在上书中备细禀报了此战经过，末了提出了自己的灭燕安燕方略：时近冬令，大军北进艰难，当开进燕国下都武阳歇兵过冬，来春北上灭燕灭代；冬季之内，李斯最好能率领安燕官吏入燕，妥为谋划燕国民治；燕国古老，风习特异，若李斯不能北上，则请秦王下书蒙恬入燕，与顿弱共商治燕之策。

半月之后的一个夜晚，咸阳王使姚贾飞车北来。

秦王的回书很简单：“将在外，君命有所不受。灭燕灭代之方略，悉听上将军铺排。余事不尽言，姚贾可与上将军会商决之。”很显然，战事之外，秦王尚有需要姚贾与王翦当面会商的秘事。接风小宴上，王翦略事寒暄切入了正题，要姚贾尽说无妨。姚贾素来干练，一爵酒未曾饮完，已将待决之事说了个明白：韩国灭亡之后，由于王室贵胄仍然居留在旧韩之地，而只将韩王安迁徙到了秦国本土；是故，韩国老世族有异动迹象，密谋与魏国、代国联结，在“老三晋”势力支撑下恢复韩国；很可能在明春秘密举兵，拥立新韩王，李斯不能北上，也是全力筹划应对此事；安定燕国，秦王已经下书蒙恬在一个月内赶赴武阳。凡此等等，因为姚贾长期主持对三晋邦交，又熟谙政事，所以将诸般消息来源与决断依据都说得清清楚楚，显然不是空穴来风。

“秦王欲如何应对？”王翦大皱眉头。

“一句话，后发制人！”

“待其举兵，我再平乱？”

“正是！师出有名，对天下好说话。”

“秦王要我大将？几个？”

“上将军何其明锐也！不多要，一个！”

“有人选？”

“王贲！”

“要否兵马？”

“秦王请上将军斟酌。”

良久默然，王翦只说了一句话：“容我明日再定。”姚贾熟悉军旅，更知道近日秦军战况不尽如人意，王翦分外慎重当在情理之中。于是，姚贾没有多说，起身告辞了。王翦送走姚贾，立即吩咐军令司马调王贲来幕府。自任上将军以来，这是王翦第一次单独召见儿子。军令司马颇感意外，生怕听错，连问两遍无误，这才去了。

“王贲见过上将军！”昂昂一声，儿子来了。

“坐了说话。”

与父亲一般厚重的王贲，局促得红着脸依旧站着，显然对父亲的单独召见很不适应，只搓着双手低声一句：“仗没打好，我知道。”王翦淡淡一挥手道：“打好没打好，不在这里说。秦王有书令，公事。”一句话落点，王贲立见精神抖擞，“嗨”的一声挺直腰板高声道：“愿闻将令！”王翦道：“韩魏有异动，秦王欲调你南下。老实说，自己如何想？”话语很平静，王翦心头却不平静。王翦始终认定这个儿子醉心兵事而秉性耿介，长于战场而弱于政事，唯其如此，留在自己身边只做个战将，会安稳得多；而一旦南下，则是独当一面，既要处置战事又要处置与民治军情相关的政事，局面便要繁杂得多。

“回禀上将军！这是好事！”

“好在何处？”

“独当一面！少了父子顾忌，我可放手做事！”

“噫！老夫碍你手脚了？”

“不碍。也不放。”

“好！放你。”王翦的黑脸分外阴沉。

“谢过上将军！”

“这是去做中原砥柱。自己揣摩，要多少人马？”

“五万铁骑！”

“五万？”

“若是燕代战场吃紧，三万也可！”

“轻敌！慢事！”王翦生气了，帅案拍得啪啪响。

“禀报上将军，不能以五万铁骑安定三晋，王贲甘当军法！”

王翦不说话了。站在面前的，就私说是儿子，就公说是三军闻名的前军大将。王贲的将兵之才、谋划之才、勇略胆识等无一不在军中有口皆碑。以秦王用人之能，指名只要王贲一人南下，秦王选择了儿子，而儿子恰恰只要五万人马，这是巧合么？以王翦之算，震慑中原至少需要三员大将十万精锐，目下，能仅仅因为王贲是自己的儿子，就一口否定他的胆略么？平心而论，自己果真没有因为王贲是儿子而放大对王贲的疑虑么？王翦毕竟明锐深沉，思忖良久，只板着脸说了一句话：“回去再想，明日回话。”径自到后帐去了。

次日清晨，王翦请来姚贾共同召见王贲。王贲没有丝毫改口，还是只要五万，且再次申明三万也可。王翦还没有说话，姚贾已大笑起来：“天意天意！秦王谋划，也是良将一名铁骑五万也！”王翦再不说话，立即吩咐军令司马调兵。

三日之后，王贲部与姚贾一起起程南下了。

## 七　衍水苍苍兮　白头悠悠

漫天皆白，蓟城陷入了深深的沉寂。

太子丹伫立在南门箭楼的垛口，白衣白发与茫茫雪雾浑然一体。他在这里一动不动地凝望了一个时辰，腿脚已经麻木，心却亮得雪原一般。易水兵败，他历经九死一生杀回蓟城，两支马队只剩下了三百余人。宋如意死了，所有的任侠骑士都死了。涉水之时，为了替他挡住急风暴雨般的秦军长箭，任侠骑士们始终绕着他围成了一个紧密的圈子，呼喝挥舞着长剑拨打箭雨。即将踏上岸边时，一支长矛般的连弩大箭呼啸着连续洞穿三人，最后贯穿了正要伸手扶他上马的宋如意。他还没直起腰来，便被几股喷射的血柱击倒了。及至醒来，天色已经黑了，四周只有潇潇秋雨中一片沉重的踩泥声。应该说，没有那场突如其来的暮雨，纵然秦军的连弩箭雨没有吞没他们，秦军的追击马队也会俘获了他们。一路北上，逃出战场的残兵渐渐汇聚，走到蓟城郊野，他吩咐几名王室骑士粗粗点算了一番，大体还有四万余人。那一刻，他分外清醒，想也没想便下令将士全数入城。城门将军眼看遍野血糊糊的伤残兵士怒目相向，连王命也没有请示便开城了。按照燕国法度，战败之师是不许进入都城的，必须驻扎城外等候查处。但是，当他带着四万余伤残将士开到王城外时，父王没有丝毫的责难，反而派出了犒军特使，将逃回将士们的营地安置在了王城外的苑囿之内。当他一个人去见父王时，父王靠在坐榻上，嘴角流着长长的口水正在鼾声如雷。

“禀报父王，儿臣回来了。”

“嗯！”燕王喜猛然一颤，鼾声立止。

“父王，战败了……”

“败了？”燕王喜嘟哝一句，又嘟哝一句，“败了败了。”

“父王，辽东猎骑只有两万逃回……”

“不少。不少。”燕王喜还是面无表情地嘟哝着，一句战况也不问。

“儿臣以为，父王当亲率余部精锐，尽速退向辽东！”

“都走。燕国搬到辽东去。”似乎想好了的，燕王喜没有丝毫难堪。

“不！儿臣要守住蓟城，否则，父王不能安然退走！”

一阵长长的默然，父王终于点了点头道：“你的人都留下。”说罢便被侍女扶着去沐浴了。太子丹找来一个熟识内侍一问，才知道父王正在准备告祭太庙，今夜起便要做三日斋戒。太子丹悲伤莫名，突然觉得自己对父王的关切很是多余。父王老了，父王睡觉流口水了，但父王不糊涂，在保命保权这两件事上尤其不糊涂。战败了，父王无所谓。太子丹一路如何杀出战场，父王也无所谓。然则，只要说到退路，父王立即就清醒了。更有甚者，在他逃回蓟城之前，父王就已经做退出蓟城的准备了，此时告祭太庙，还能有何等大事？尽管悲伤，尽管心下冷漠得结成了冰，太子丹还是没有停止实际事务。因由只有一个，他不能丢下这四万多伤残士兵。太子丹没有兵权，也没有过亲临战场亲自统兵死战之阅历。这次易西之战，不期然成为燕军事实上的统帅，太子丹才第一次知道了燕军将士对自己的死心拥戴。护卫将军说，在渡过易水之后的大雨中，燕军残兵没有作鸟兽散，反而渐渐聚拢，只是因为听到了太子还活着，只是因为看见了那支白衣白甲的马队，连战前对自己很是疏离的辽东猎骑残部，也忠实地护卫着自己没有离开。残存将士们流传的军谚是："太子在，燕国在，燕人安无荆轲哉！"如此与自己浴血战场的残存将士，自己能丢下不管而去照拂并不需要照拂的父王么？

斋戒告祭太庙之后，老父王终于颁下了东退王书。

也就是在那日晚上，太子丹最后一次见到了父王。父王说，王城府库与不能走的人，都留下，若是坚守，至少可支撑三五年。父王最后说了一句话："自明日起，你是西燕王。"太子丹说："不。儿臣还是太子，一国不能两王。"父王说："也好。不称王，秦军还不会上心。赵嘉做了代王，分明是自找祸端。"太子丹没有再在这些虚应故事上与父王纠缠，转了话题问："儿臣欲心下有底，辽东兵力究竟多少？"太子丹记得，父王只嘟哝了一句："十余万，不多。"便扯出了鼾声流出了口水。

没有任何生离死别的哀伤，父王的车马大队在次日清晨走了。

太子丹的第一件事，是清理父王留下来的整个蓟城。三日之后，新蓟城令禀报说，整个蓟城还有两万余"半户"百姓，人口大体在十万之内。所谓半户，是没有成军男丁的人家。也就是说，可以做士兵的男丁人口，不是战死，便是被父王带走了，留下的只有老弱妇幼人口。紧接着，王城掌库禀报说：王城府库的财货粮草大体还有一半，最多的是残破旧兵器，最少的是弓箭与甲胄。太子丹在王城正殿聚齐了百夫长以上的将士，举行了郑重的抗秦朝会，亲自宣示了蓟城的人口财货状况，征询将士愿否死战抗秦？将士们分外激昂，一口声大吼："誓与太子共生死！”太子丹精神大振，与大殿将士们歃血为誓：决意仿效田单抗燕，做孤城之战，浴血蓟城，死不旋踵！

然则，一个冬天即将过去，蓟城陷进了一种奇异的困境。

原本预料，秦军战胜后必将一鼓作气北上，蓟城血战将立即展开。没有想到的是，半秋一冬，秦军竟然窝在武阳没有北进一步。各路斥候与商旅义报纷纭传来的消息，都在反复证实着一个变化：韩国遗民与魏国秘密联结，图谋发动复韩兵变，开春后秦军将南下安定中原，不可能继续进兵燕代了。太子丹的评判是，这是秦国惯用的流言战，从长平之战开始，从来没有停过；目下的顿弱姚贾，也同当年的范雎一样是离间山东的高手，一定不能上当！然则，无论他多么果决地反复申明，都无法扭转燕人的松懈疲惫。一个冬天消息蔓延，辽东以西的大半个燕国莫名其妙地瘫软了。将士们劫后余生，伤残者纷纷打探家人消息设法随时回乡，健全者则忙于同族同乡之间的联结以谋划后路。留下的两万余辽东猎骑，也有了思乡之心，多次请命要回辽东。蓟城庶民也开始逃亡，出城的理由多得无法分辨真假也无法拦阻。事实上，父王撤出之后，蓟城商旅已经绝迹，城内物资财货的周流全部瘫痪，百姓生计大为艰难；纵是将庶民圈在了城里，也是硬生生教人等死。若是战时，一切都好说。当年田单坚守即墨孤城，眼见燕军在城外挖掘齐人祖坟，田单不是也严令齐人不许出城么？可目下偏偏没有战事，消息还说春天也没有战事。当此之时，你若不能将府库仅存的军粮拿出来救济百姓，又如何能阻拦庶民自谋生路？

“上天也！周人王道大德，宁灭我召公之余脉哉！”

太子丹想大吼一声，却石俑一般重重地倒在了茫茫风雪之中。

……

太子丹醒来时，冰雪已经融化了，庭院的杨柳也已经抽出了新枝。老太医说，他被兵士们抬回来时，已经僵硬得无法灌进任何药汁了；情急之下，一个辽东猎户出身的将军用了辽东巫师的解冻之法，堆起一座松散的雪丘，下令一百名士兵轮换抬着僵硬的他像石桩一样在雪中塞进拔出，如此反复整整一夜，他才松软了红润了有气息了；之后，老太医使用药眠之法，教他昏睡了整整两个月，每日只撬开牙关给他灌进些许药汁肉汤。

“太子复活，若非天意，无由解之也！”

“几，几月了？”

“三月，初三。”

“扶，扶我起来。”

被两名侍女结结实实架着站起来时，太子丹只觉整个身子都不是自己的了。老太医跟着，一群侍女轮番架着，一会儿走走一会儿歇歇一会儿吃药一会儿饮水一会儿睡睡一会儿醒醒，如此反复折腾三日，太子丹才渐渐活泛过来。自觉精神好转的那一日，太子丹坚执要看看蓟城情势。马是不能骑了，只有坐在六名士兵抬着的坐榻上慢慢地走。料峭的春风卷起残雪，整个街市只遇到了几个梦游一般的老人。蓟城萧疏得他都不敢认了。往昔最是繁华热闹的商旅坊，连一个人影也没有，空旷寂凉得像墓场。城头上倒是还有士兵，只是都在靠着垛口晒太阳打盹捉虱子。见太子巡城，士兵们倒是都站了起来围了过来。可是，那一排排麻秆一般的细瘦身影，却教人不忍卒睹。

“还有多少兵力？”

“禀报太子：蓟城兵力三万余……”

太子丹只问了这一句，再也没有开口。回到王城，太子丹宣来了蓟城将军与蓟城令，吩咐即日开始筹划，放弃蓟城，全军退往辽东。两位新任大员没有丝毫异议，立即欣然接受了部署。显然，谁都明白了困守蓟城的可怕结局：纵然秦军不来，守在蓟城也是等死。原因不在别的，只在于父王挖走了燕国根基，秦国大军又遮绝了燕国与中原的通道，农夫没有了，工匠没有了，商旅没有了，蓟城的生机也就断绝了。

可是，撤离筹划尚未就绪，秦军便大举北上了。

秦军北上来得很突然，太子丹接到消息时，王翦大军已经渡过涞水越过督亢，进逼三舍之外了。显然，此时仓促撤离，正有利于秦军铁骑大举掩杀，无疑自投虎口。陡临危境，太子丹很是清醒，断然下令打开府库分发甲胄兵器，全城庶民全部为兵，连夜开出蓟城在治水北岸构筑壁垒迎敌！如此部署，不是太子丹知兵通战，而是基于一个最简单不过的事实：出城为战，便于逃离；困守孤城，则注定要做秦军的俘虏。身处战时的庶民将士，人人明白这个道理，没有任何阻力便动了起来。残存的真正燕军连夜出城，及至着了戎装的庶民陆续开到治水北岸，已经是次日正午时分。兵民一体布防，摆开阵式竟然将近十万之众，铺开在新绿的原野倒也是浩浩荡荡。

当部伍整肃的秦军黑色潮水般扑来时，战场形势是不言自明的。

太子丹的燕军几乎没有做像样的搏杀，便大举退向了北方山野，绕过蓟城东走了。王翦当机立断：前军大将李信率五万铁骑追杀太子丹，主力立即占据蓟城，安定民治。此前，蒙恬已经从九原南下，咸阳派来的安燕官吏也已经抵达军中；蒙恬与顿弱会合，率一班官吏随军北进，开进蓟城后立即开始了整肃燕地。而王翦所关注的，是李信的追杀进展。

太子丹东逃，路径原本是勘定好的：绕过蓟城向北进入燕山，再东渡灌水奔向辽东。一开始尚有数万百姓追随，可随着秦军不杀无辜庶民的消息传开，庶民百姓渐渐溃散了。旬日之后，追随太子丹的人马只有万余。李信部紧追不舍，太子丹部根本没有喘息之机，只有不舍昼夜地向东逃亡。如此两军衔尾，一个月之间奔驰千余里，越过辽水进入了燕国东长城地带的衍水河谷。奔驰月余，太子丹人马个个枯瘦如柴疲惫异常，再也无法与秦军较量脚力了。这日进入一片山谷，骑士们倒在草地上，再也爬不起来了。太子丹欲哭无泪，长叹一声，拔出长剑搭上了脖颈。此时，一个辽东将军哭喊着抱住了太子丹，夺下了长剑，哽咽着说出了一条生路：向前十余里的衍水河谷，有一个秘密营地可以藏匿，秦军不可能找到。这个秘密营地，是当年乐毅在辽东练兵时开辟的一片山岩洞窟，屯有大量粮草干肉，后来也成了燕国辽东军的秘密驻屯地之一。

“既有此地，何不早言？”太子丹很是不解。

“燕王早有严令，辽东营地不得对任何人泄露。”

太子丹不说话了。这便是父王，对他这个儿子放权任事，却在任何时候都不忘记严守兵权机密，纵然离国东去，也没有给他交代一处辽东路上的救命所在。这一时刻，心灰意冷的太子丹突然明白：多年以来，自己对这个昏聩的父王太过仁慈了，假若听从荆轲谋划早日宫变，何有今日燕国之绝境？心念及此，太子丹陡然振作，立即下令马队进入秘密营地，并当即下令那位辽东将军做了燕国亚卿——当年乐毅的最初官职。

“万岁——”

太子丹话音落点，这支气息奄奄的马队突然活跃了。拥立太子即位燕王，原是这支九死一生的死士马队之希望所在。目下太子此举，其心意人人明白，如何能不生出绝处逢生的欢呼。及至进入秘密营地驻扎旬日，太子丹人马已经神奇地变成了一支精悍的劲旅。

这样，太子丹的逃亡马队突然在秦军眼前失踪了。

接到李信的快马军报，王翦又一次皱起了眉头。太子丹能在秦军紧迫之下突然失踪，印证了燕国在辽东之地多有秘密营地的传闻。这种营地有多少？燕王喜的驻地，是否也是这种无法在急切中探察清楚的秘密所在？果真如此，秦军纵然出动主力，燕国之残部立足地能在短期内找到么？而如果短期内不能根除燕国残部，燕代势力会死灰复燃么？思忖良久，王翦找来了蒙恬顿弱，说明情由，会商问计。

“辽东广袤，根除燕国须做长久谋划。”蒙恬一如既往地稳健。

“燕王喜，缓图可也。然，太子丹不能不除！”顿弱明朗至极。

“上卿有谋划？”王翦知道，顿弱久驻燕国斡旋，很可能胸有成算。

“借力打力，逼出太子丹！”

“上卿是说，利用代国？”蒙恬目光大亮。

“然！我军可对代赵施压，逼赵嘉再施压燕王喜交出太子丹！”

“嗯。可行。”王翦略一思忖拍案了。

次日，辛胜部五万精兵大举压向代国。王翦给代王赵嘉的战书是：“太子丹主谋刺秦，秦必欲得太子丹首级而后快。而代王藏匿太子丹，实与秦国不两立也！今我大军北上攻代，代若不交太子丹，则与我举兵一战！”代王赵嘉一接战书，立即派出特使赶赴辛胜军前，申明太子丹并未逃奔代地，秦军不当加罪于代国。辛胜根本不为所动，依然挥师北上，直逼代城之下。代国大臣情急，一口声主张代王急发国书与燕王喜，逼燕国交出太子丹了结这场亡国之患。赵嘉无奈，长叹一声点头了。

旬日之后，远在辽东长城脚下的燕王喜接到了代王使者的特急羽书。

赵嘉羽书云："战国之世，手持利刃而刺秦王于咸阳者，唯燕也。秦所以尤追燕急者，以太子丹主谋刺秦之故也！燕以刺秦之仇获罪于秦，又累及代国，何以对燕代盟约哉！今，王若诚杀丹以献秦王，秦王必解兵，而燕国社稷幸得血食焉！"燕王喜看完赵嘉羽书，一句话未及说出，跌倒在案边昏了过去。一阵手忙脚乱的救治，燕王喜终于醒来，第一个举动是向辽东大将招了招手。辽东大将轻步趋前，燕王喜低声说得几句，又老泪纵横地昏了过去。

三日之后，两万辽东轻骑包围了衍水河谷的秘密营地。及至骑士们警觉有异，退路已经全部被堵死了。太子丹没有丝毫的慌乱，甚至连马也没骑，便淡淡漠漠地站到了大军阵前。来将宣示的燕王书令是："太子丹密谋作乱，着即斩立决！"骑士们大为惊愕，哄然一声便要拼杀。"不能！"太子丹一声大喝，阻止了与他一路生死与共的骑士们的抵抗。在骑士们愣怔不知所措之际，太子丹说出了最后一番话："诸位将士，父王不会疑我作乱，无论我是否真的要作乱。父王之令，是要我必死而已！若以秦军施压教我死，我必不死，且要抗争！父王之心，不亦可恶哉！八百余年之燕国，断送于如此昏聩君王之手，丹愧对先祖，愧对臣民也……诸位记住，今日丹死，不怨秦国，不怨代国，唯怨姬燕王室之昏聩君王——"

长长的吼声中，一道剑光贯穿了腰腹。

太子丹久久摇晃着，始终没有倒下。

多年以后，太子的故事依然流传在燕国故地，流传在辽东的白山黑水之间。不知从何时起，这道古老的衍水叫做了太子河，直到两千多年之后的今日。

这是公元前226年夏天的故事。

四年之后，即公元222年，残燕残赵再度联结，欲图起事复国。秦王得闻消息，决意彻底根除燕赵之患，遂派大将王贲率十万大军北上。王贲部深入辽东，一年内先擒获燕王喜，再回师西来俘获代王赵嘉，干净利落地结束了辽东之患。自此，燕赵两国彻底从战国消失了。

## 八　迂阔之政　固守王道传统的悲剧

燕国的故事，很有些黑色幽默。

一支天子血统的老贵族，尊严地秉承着遥远的传统，不懈地追求着祖先的仁德；一路走去，纵然一次又一次跌倒在地，纵然一次又一次成为天下笑柄，爬起来依然故我；直至灭顶之灾来临，依然没有丝毫的愧色。

在整个战国之世，燕国是一个极为特殊的个例。

特殊之一，燕国最古老，存在历史最长。从西周初期立诸侯国到战国末期灭亡，燕国传承四十余代君主，历时“八九百岁”（由于西周初期年代无定论，燕国具体年代历史无考，八九百岁说乃太史公论断）。若仅计战国之世，从公元前403年的韩赵魏三家立为诸侯算起，截至燕王喜被俘获的公元前222年，则燕国历经十一代君主，一百八十一年。与秦国相比较，燕国多了整整一个西周时代。

特殊之二，燕国是周武王分封的姬氏王族诸侯国。春秋之世，老牌诸侯国的君权纷纷被新士族取代，已经成为历史潮流。田氏代齐，韩赵魏三家分晋，中原四大战国已经都是新士族政权了。当此之时，唯有秦、楚、燕三个处于边陲之地的大国没有发生君权革命，君主传承的血统没有中断。而三国之中，燕国是唯一的周天子血统的老牌王族大国。燕国没有“失国”而进入战国之世，且成为七大战国之一，在早期分封的周姬氏王族的五十多个诸侯中绝无仅有。

特殊之三，燕国的历史记载最模糊，最简单。除了立国受封，西周时期的燕国史，几乎只有类似于神话一般的模糊传说，连国君传承也是大段空白。《史记》中，除召公始封有简单记载，接着便是一句：“自召公以下九世至惠侯。”便了结了周厉王之前的燕国史。九代空白，大诸侯国绝无仅有！春秋之世与战国初期的燕国史，则简单得仅仅只有传承代次。可以说，燕昭王之前的燕国历史，线条极为粗糙，足迹极为模糊。中华书局横排简体字本《史记·燕召公世家》的篇幅仅仅只有十一页，几与只有百余年历史的韩国相同；与楚国的三十二页、赵国的三十七页、魏国的二十二页、田齐国的十八页相比，无疑是七大战国中篇幅最小的分国史。这至少说明，到百余年后的西汉太史公时期，燕国的历史典籍已经严重缺失，无法恢复清晰的全貌了。而之所以如此，至少可以得知：燕国是一个传统稳定而冲突变化很少的邦国，没有多少事件进入当时的天下口碑，也没有多少事迹可供当时的士人记载，后世史家几乎无可觅踪。

虽然如此，燕国的足迹终究显示出某种历史逻辑。

燕国历史逻辑的生发点，隐藏在特殊的政治传统之中。

战国时代，是一个多元化的时代。在那个时代，整个华夏族群以邦国为主体形式，在不同的地域进行着各种各样的创造与探索。无论是七大战国，还是被挤在夹缝里的中小诸侯国，每一个国家都在探索着自己的生存竞争方式，构建着自己的国家体制，锤炼着自己的文明形态。此所谓求变图存之潮流也。也正因为如此，各个地域（国家）的社会体制与文明形态，都呈现出各种各样的巨大差别。“文字异形，言语异声，律令异法，衣冠异制，田畴异亩，商市异钱，度量异国”的区域分治状态，是那个时代独具特色的历史风貌。所有这些“异”，可以归结为一点，这就是文明形态的差别。文明形态，无疑是以国家体制与社会基本制度为核心的。因为，只有这些制度的变革与创造，直接决定着国家竞争力的强弱，也直接决定着一个国家的基本行为特点。而作为文明形态的制度创新，则取决于一个国家的统治层如何对待既定的政治传统。或恪守传统，或推翻传统，抑或变革旧传统而形成新传统，结果是大不相同的。

一个国家的历史命运，其奥秘往往隐藏在不为人注意的软地带。

要说清楚燕国的悲剧根源，必须回到燕国的历史传统中去。

如此一个时代已经远去，我们对那个时代的国家传统差异的认识，已经是非常的模糊，非常的吃力了。其最大难点，便是我们很难摆脱后世以至今日的一个既定认识：华夏文明是一体化发展的，其地域特征是达不到文明差异地步的。我们很容易忘记这个既定认识的历史前提：这是秦帝国统一中国之后的历史现实。客观地说，要剖析原生文明时代的兴亡教训，我们就必须意识到，那是一个具有原创品格的多元化的时代，只有认真对待每个国家的独有传统与独有文明，才能理清它的根基。

所以，我们还是要走进去。

因为，那里有我们今天已经无法再现的原生文明的演变轨迹。

立国历史的独特性，决定了燕国后来的政治传统。

据《荀子·儒效》篇，周武王灭商后陆续分封了七十一个诸侯国，其中姬姓王族子弟占了五十三个。后来，周室又陆续分封了许多诸侯，以至西周末期与东周（春秋）早期，达到一千八百多个诸侯国，这姑且不论。在周初分封的姬姓王族中，有两个人受封的诸侯国最重要，也最特殊：一个是周公旦，一个是召公奭；周公受封鲁国，召公受封燕国。所谓最重要，是因为周公、召公都是姬姓王族子弟中的重量级人物。周公是周武王胞弟，乃姬氏嫡系，史有明载。召公身份却有三说：一则，太史公《史记》云，召公与周同姓，姬氏；一则，《史记》集解引谯周云，召公乃周之支族（非嫡系）；一则，东汉王充《论衡》云，召公为周公之兄。三说皆有很大的弹性，都无法据以确定到具体的血统坐标。对三种说法综合分析，这样的可能性最大：召公为姬姓王族近支，本人比周公年长，为周公之族兄。所谓特殊，是这两位人物都是位居三公的辅政重臣：召公居太保，周公居太师。在灭商之后的周初时期，周公召公几乎是事实上代周武王推行政事的最重要的两位大臣。周武王死后，两人地位更显重要，几乎是共同摄政领国。

唯其两公如此重要，燕国、鲁国的始封制产生了特殊的规则。

周初分封制的普遍规则是：受封者本人携带其部族就国，受封者本人是该诸侯国第一代君主，其后代代世袭传承；受封诸侯之首任君主，不再在中央王室担任实际职务。譬如第一个受封于齐国的姜尚，原本是统率周师灭商的统帅，受封后亲自赶赴齐国，做了第一代君主，而且再没有在中央王室担任实际官职。而鲁国燕国的特殊规则是：以元子（长子）代替父亲赴国就封，担任实际上的第一代君主；周公召公则留在中央王室，担任了太师、太保两大官职，虚领其封国。这一特殊性说明：周公召公两人，在周初具有极为重要的政治地位与巨大的社会影响力，是安定周初大局的柱石人物，周中央王室不能离开这两个重臣。周武王死后的事实，也证实了这两个人物的重要性。周召协同，最大功绩有三：其一，平定了对周室具有极大威胁的管蔡之乱；其二，周公制定周礼，召公建造东都洛邑（洛阳）；其三，分治周王室直接统辖的王畿土地，“自陕以西，召公主之；自陕以东，周公主之”。

单说召公，此人有周公尚不具备的三大长处。

其一，极为长寿，近乎于神异。东汉王充的《论衡·气寿篇》记载了姬氏王族一组惊人的长寿数字：周文王九十七岁死，周武王九十三岁死，周公九十九岁死，召公一百八九十岁死。召公寿数，几乎赶上了传说中的两百岁的老子。古人将召公作为长寿的典型，“殀若颜渊，寿若召公”，此之谓也。史料也显示，召公历经文、武、成、康四世，是周初最长寿的绝无仅有的权臣。这里，我们不分析这种说法的可信程度。因为，能够形成某种特定的传说，必然有其根源以及可能的影响。而这种根源与影响，才是我们所要关注的焦点。

其二，召公另有一宗巨大功绩。周成王死时，召公领衔，与毕公一起受命为顾命大臣，安定了周成王之后的局势，成功辅佐了周康王执政。这一功绩，对周初之世有巨大的影响。在周人心目中，召公此举没有导致“国疑”流言，比周公辅佐成王还要完美。这是召公神话中独立的辉煌一笔。

其三，召公推行王道治民，其仁爱之名誉满天下。《史记·燕召公世家》云：“召公之治西方，甚得兆民和。召公巡行乡邑，有棠树，决狱政事其下，自侯伯至庶人各得其所，无失职者。召公卒，而民人思召公之政，怀棠树不敢伐，歌咏之，作《甘棠》之诗。”这段史料呈现的事实是，召公巡视管辖地，处置大小民事政事都不进官府，而在村头田边的棠树下，其公平处置，得到了上至诸侯下至庶民的一致拥戴，从来没有失职过。所以，召公死后民众才保留了召公经常理政的棠树，并作甘棠歌谣传唱。这首《甘棠》歌谣，收在《诗·召南》中，歌云：

蔽芾甘棠　勿剪勿伐　召伯所茇
蔽芾甘棠　勿剪勿败　召伯所憩
蔽芾甘棠　勿剪勿拜　召伯所说

需要注意的是，召公推行王道的巡视之地，不是自己的燕国，而是周王室的“陕西”王畿之地。唯其如此，召公之政的影响力远远超越了燕国而垂范天下。可以说，周公是周室王道礼治的制定者，而召公则是周室王道礼治的实际推行者。从天下口碑看去，召公的实际影响力在当时无疑是大于周公的。

我们的问题是，召公的王道礼治精神，对燕国构成了什么样的影响？

一个可以确定的事实是，无论是鲁国还是燕国，其在初期阶段的治国精神，无疑都忠实而自觉地遵奉着周公、召公这两位巨擘人物的导向。两位巨擘人物在世时，鲁国燕国的治道完全必然随时禀报两公，待其具体指令而执行。两公皆以垂范天下自命，自然会经常地发出遵循王道的政令，不排除也曾经以严厉手段惩罚过不推行王道德政的国君。作为秉承其父爵位的长子，始任国君的忠诚于乃父，更是毋庸置疑的。燕国的特殊性更在于，召公活了将近两百岁，召公在世之时，周室已经历经四代，燕国也完全可能已经到了第四第五甚或第六代；在召公在世的这几代之中，不可能有任何一代敢于或者愿意背离召公这个强势人物的王道礼治法则。即或是召公在世只陪过了燕国四代国君，也是惊人地长了，长到足以确立稳定而不容变更的政治传统了。

这里，恰恰有另外一个极为重要的史料现象：燕国自召公直至第九代国君，都没有明确的传承记载。为什么？唐代司马贞在《史记》索隐中解释，说这是“并国史先失也”。意思是说，国史失载，造成了如此缺环。可是，我们的问题是，燕国史为什么失载？鲁国史为什么就没有失载？客观分析，最大的原因可能有两方面：其一，燕国在召公在世的几代之中，都忠实地遵奉了召公王道，国无大事风平浪静，以至于没有什么大事作为史迹流传。于是，其国史史料，也就不能吸引士子学人在大争之世去抢救发掘了。这一点，燕国不同于鲁国。鲁国多事，也就有了孔子等平民学者的关注。燕国无事，自然会被历史遗忘。其二，史料缺失本身，带有周、召二公的风格特征。周公显然具有比较强的档案意识，譬如，曾经将自己为周武王祈祷祛病的誓言秘封收藏，以为某种证据，后来果然起到了为自己澄清流言的作用。而召公却更注重处置实际政务，不那么重视言论行为的记载保留。至少，召公在民间长期转悠的口碑，就比周公响亮得多。如此这般，两国的史官传统，很可能也会有着重大差异。相沿成习，终于在岁月流逝中体现出史料留存的巨大差别。

立国君主的精神风貌，往往决定着这个国家的政治传统。

历史逻辑在这里的结论是：燕国的政治传统，被异常长寿的召公凝滞了。

燕国的政治传统，就是王道礼治的治国精神以及与其相配套的行为法则。

何谓王道？何谓礼治？这里需要加以简单地说明。

王道，是与霸道相对的一种治国理念。古人相信，王道是黄帝开始倡导的圣王治国之道。王道的基本精神是仁义治天下，以德服人，亦称为德政。在西周之前，王道的实行手段是现代法治理论称之为习惯法的既定的社会传统习俗。西周王天下，周公制定了系统的礼（法）制度，将夏商两代的社会规则系统归纳，又加以适合当时需要的若干创造，形成了当时最具系统性的行为法度——周礼。周礼的治国理念依据，便是王道精神。周礼的展开，便是王道理念的全面实施。所以，西周开始的王道，便是以礼治为实际法则而展开的治国之道。王道与周礼，一源一流，其后又互相生发，在周代达到了无与伦比的精细程度。直到春秋时代（东周），王道治国理念依然有着巨大的影响力。

王道礼治，在治国实践中有三方面的基本特征：

其一，治民奉行德治仁政，原则上反对强迫性实施压服的国家行为。

其二，邦交之道奉行宾服礼让，原则上反对相互用兵征伐。

其三，国君传承上，既实行世袭制，又推崇禅让制。

当然，上述基本特征，都是相对而言，不可绝对化。在人类活动节奏极为缓慢的时代，牧歌式的城邑田园社会是一种大背景，任何人都不可能逾越这个社会条件。统治者与被统治者的依附关系，因为空间距离的稀疏而变得松弛；社会阶层剧烈的利害争夺，因人口的稀少与自然资源的相对丰厚而变得缓和；太多太多的人欲，都因为山高水远而变得淡漠；太多太多的矛盾冲突，都因为鞭长莫及而只能寄希望于德政感召。所以，“邻里相望，鸡犬之声相闻，民老死不相往来”的图画，在那个时代是一种现实，并非老子描绘的虚幻景象。同样，明君贤臣安步当车以巡视民间，树下听讼以安定人心，也都是可能的现实。如此背景之下，产生出这种以德服人的治国理念，意图达到民众的自觉服从，实在是统治层的一种高明的选择。高明之处，在于它的现实性，在于它能有效克服统治者力所不能及的尴尬。当然，那个时代也不止一次地出现过破坏这种治国理念的暴君。但是，暴君没有形成任何治国理念。王道德政，是中国远古社会自觉产生的政治传统。这一点，至少在春秋之前，没有任何人企图改变。

可是，时代已经发生了剧烈的变迁，昔日潮流已经成为过去。

所有的诸侯国，都面临着自己的政治传统面对紧迫而又尖锐的种种问题。

当此之时，让我们先看看燕国在春秋战国之世的基本作为。

春秋时期，燕国见诸史籍的大事大体有四件：

1. 吞灭蓟国（年代无考），以蓟城做了燕国都城，此后一直未变。

2. 燕庄公二十七年，燕国遭遇北方山戎攻击，齐桓公率兵救援。解除燕国危机后，齐桓公提出要燕国共同尊王朝贡，并敦促燕国“复修召公之法”。由此可以推断：当时燕国与周王室有所疏离，对召公德政传统也有所偏离，是可能变化之迹象，却被霸主齐桓公遏制。

3. 燕惠公因多养宠姬而起内乱，逃奔齐国，失政四年；后齐国伐燕，护送惠公回燕，刚刚回国燕惠公即死。

4. 燕釐公三十年，进攻政权已经由姜氏变为田氏的新齐国，占据林营之地。

战国之世，燕国的大事主要有：

1. 燕文公时期任用苏秦，首倡六国合纵，为纵约长国。之后，秦国连横，秦惠王以女嫁燕太子，秦燕结盟，燕国自此反复进出于合纵。

2. 燕易王时期，齐宣王攻燕，占据燕国十城，后得苏秦斡旋，十城复归。

3. 燕王哙禅让子之，致燕长期内乱，燕国大衰。

4. 燕将秦开平定辽东，年代不可考。

5. 燕昭王任用乐毅变法，大举攻齐，下七十余城，历时六年，几灭齐国。

6. 燕惠王废黜乐毅，齐国大举反攻复国，燕国衰弱。

7. 燕武成王七年，遭齐国田单攻燕，燕失中阳之地。

8. 燕王喜之时，屡次对赵发动战事均遭大败，失地失军不可计数。

9. 燕秦结盟，太子丹在秦为人质。

10. 太子丹主谋，策划荆轲刺秦。

11. 秦军攻燕，燕代联军抗秦大败，燕王喜逃亡辽东。

12. 燕王喜杀太子丹献于秦国。

13. 燕王喜三十三年，秦攻辽东，俘获燕王喜，燕国灭亡。

从历史的大足迹可以看出，在整个西周时代，燕国是平定散淡的，是没有大作为的。春秋之世，则曾经有过两次方向不同的变化迹象。第一次，是燕庄公时期偏离召公德政，被奉行“尊王攘夷”的齐桓公遏制，应该说，这次变化是趋于进取的，是力图靠拢潮流的。第二次，则是燕釐公进攻新生的齐国，应该说，这是燕国面对新生地主族群取代老贵族诸侯的潮流，内心所产生的不满与躁动，是逆潮流的一次异动。

战国之世，兴亡选择骤然尖锐化，燕国面对古老的政治传统与不变则亡的尖锐现实的夹击，表现出一种极其独特的国家秉性。其总体状态是摇摆不定的：一方面，在政治权力的矛盾冲突与邦交之道的国家较量中，依然奉行着古老的王道传统，企图以王道大德来平息激烈的利害冲突，处置重大的社会矛盾时暴露出明显的迂腐，形成一种浓烈的迂政之风；另一方面，在变革内部体制与增强国家实力的现实需求面前，则迫不得已地实行有限变法，稍见功效浅尝辄止。这种摇摆不定的状态，造成了极为混乱的自相摧残。王道迂政带来严重的兵变内乱，变法所积累的国家实力轻而易举地被冲击得荡然无存；变法势力因不能与迂政传统融合，随即纷纷离开燕国，短暂的变法迅速地消于无形，一切又都回到了老路上去。于是，国家屡屡陷入震颤瘫痪，国家灾难接踵而来。司马迁的说法是：“燕迫蛮貉，内措齐晋，崎岖强国之间最为弱小，几灭者数矣！”

战国时期，最能表现燕国王道迂政的是四大基本事件：

其一，反复无常的邦交之道。

其二，搅乱天下的禅让事件。

其三，强兵复仇而一朝瓦解的破齐事件。

其四，长期挑衅强邻的对赵消耗战。

先说邦交之迂。

秦国变法后，骤然崛起为最强大国家，使战国格局发生了重大变化。当此之时，山东名士苏秦倡导“六国合纵抗秦”的邦交战略。从历史主义的高度看，这是整个人类文明史上第一次由精英之士个人推动实现的外交大战略。苏秦推行合纵，首先瞄准的最佳发动国是中原三晋中的赵国。原因只有一个，秦国东出，三晋首当其冲，而赵国在三晋之中最硬朗。但是，种种原因，赵国却拒绝了苏秦。需要关注的是，苏秦在首说赵国失败之后选择了燕国。苏秦为何放弃了继续以直接与秦国对抗的魏国、韩国为说服对象，而选择了距离秦国最远的燕国做突破口？从《战国策》所记载的苏秦说燕王篇章中，我们可以看出最根本的原因。这个原因就是：在秦国成为超强大国而对山东构成巨大威胁的大形势下，燕国在山东六国中具有最明显的邦交战略失误。这个失误，恰恰是对秦国威胁完全不自觉。

苏秦点出的事实，具有浓烈的嘲讽意味：“……安乐无事，不见覆军杀将之忧，无过燕国矣！大王知其所以然乎？夫燕之所以不犯寇被兵者，以赵之为蔽于南也！……秦赵相弊，而王以全燕制其后，此燕所以不犯难也……秦之攻燕也，战于千里之外；赵之攻燕，战于百里之内。夫不忧百里之患，而重千里之外，（失）计无过于此者！”苏秦所讽刺的这种“不忧百里之患，而重千里之外”的邦交政策，正是典型的燕国式的政治迂阔症。这种迂政邦交，最大的症状是没有清醒的利益判断，时时事事被一种大而无当的想法所左右，邦交经常地摇摆不定。历史的事实是，虽然燕文公这次被点醒，但其后不久，燕国立即退出合纵而与秦国连横，重新回到“不忧百里之患，而重千里之外”的迂阔老路上去了。再后来的燕国邦交，更是以反复无常而为天下公认，获得了“燕虽弱小，而善附大国”的口碑。也就是说，燕国邦交的常态，是选择依附大国而不断摇摆。春秋时期，这种摇摆主要表现在附齐还是附晋。战国时期，燕国的摇摆则主要表现于对遥远的大国（楚国、秦国）时敌时友，而对两个历史渊源深厚的邻国（齐国、赵国）则刻意为敌。乍看之下，这种邦交貌似后来秦国奉行的极其有效的远交近攻战略，似乎是英明的强国邦交战略。但是，可惜燕国不是强国，更不是要自觉统一天下的强国。燕国的远依附而近为敌，更实际的原因在于迂阔的王道精神，在于老牌王族诸侯的贵胄情结——齐国、赵国是新地主国家，与我姬姓天子后裔不能同日而语！这种对实际利害缺乏权衡而对强大邻国的“身世”念兹在兹的国家嫉妒，导致了燕国邦交的长期迂腐，也导致了几次行将灭亡的灾难。

再说禅让之迂。

燕国任用苏秦首倡合纵之后，地位一度得到较大提高。可是，正在这个时候，燕国发生了一次令人不可思议的政治事件，从而导致了一次最严重的亡国危机。这个事件，是燕王哙禅让事件。燕易王之后，继位者是燕王哙。史上大凡没有谥号而直呼其名的国君，不是亡国之君，便是丧乱之君，总之已经丧失了追谥的宗庙条件。这个姬哙，与后来亡燕的姬喜，是燕国历史上两个没有谥号的君王。姬哙之所以历史有名，是因为在位期间做了这一件令天下瞠目结舌的大事——仿效圣王古制，禅让国君之位。这件事发生在公元前316年，其造成的严重内乱持续了五年之久，是燕国“几亡者数矣”中最具荒诞性的一次亡国危机。事件的经过，都在本书第二部《国命纵横》中备细叙述了。我们在这里所要关注的，是燕王哙的迂阔与整个荒诞事件如何生成。《史记》、《战国策》与《韩非子》都记载了这次事件的四个关键人物的关键言论，很能说明一些问题。

第一个关键人物，当然是姬哙。从他与其他臣子的应对中完全可以看出姬哙最关注的是两件事：一则是如何使自己成为圣王，二则是如何使燕国像齐国一样王天下。应该说，姬哙的动机无可厚非。但是，在变法强国成为潮流的时代，姬哙没有想如何搜求人才变法强国，却一味在圣王之道上打圈子，不能不说，这是燕国的迂政传统起了决定性作用。

第二个关键人物是子之。《韩非子·内储说上》记载了子之一次权术行为：“子之相燕，坐而佯言曰：‘走出门者何，白马也？’，左右皆言不见。有一人走，追之（门外），回报曰：‘有。’子之依此知左右不诚信。”后来的赵高指鹿为马以测试同党，完全与子之权术相同。这件事可以看出，子之并非是商鞅、乐毅那般具有治国信念的变法人士，而是具有政治野心的权术人物。后来，子之当政而国家大乱的事实也证明了这一点。

第三个关键人物是苏代。苏代是苏秦的弟弟，入燕后与子之结盟，成为促成子之当政的关键人物之一。苏代促成姬哙决策重用子之的言论，《史记》的记载是：苏代出使齐国归来，姬哙问齐王其人如何？苏代回答说，“必不能成就霸业。”姬哙问，“为什么？”苏代回答说，“齐王不信其臣。”苏代的目的很明显，“欲以激燕王以尊子之也。于是燕王大信子之。子之因遗苏代百金，而听其所使。”显然，这是一笔很不干净的政治交易，苏代骗术昭然。《韩非子·外储说右下》记载相对详细，苏代着意以齐桓公放权管仲治国而成就霸业为例，诱姬哙尊崇子之，姬哙果然大为感慨：“今吾任子之，天下未知闻也！于是，明日张朝而听子之。”可见，苏代促成姬哙当权的方式，具有极大的行骗性，说苏代在这件事上做了一回政治骗子，也不为过。而姬哙的对应，则完全是一个政治冤大头在听任一场政治骗术的摆弄，其老迈迂阔，令人忍俊不能。

第四个关键人物是鹿毛寿。此人是推动姬哙最终禅让的最主要谋士，其忽悠术迂阔辽远，绕得姬哙不知东南西北。鹿毛寿对姬哙的两次大忽悠，《战国策》与《史记》记载大体相同。第一次提起禅让，鹿毛寿的忽悠之法可谓对症下药。鹿毛寿先说了一个生动的故事：尧让许由，许由不受。于是，“尧有让天下之名，实不失天下”，尧名实双收，既保住了权力，又得到了大名。无疑，这对追慕圣王的姬哙是极大的诱惑。之后，鹿毛寿再摆出了一个诱人的现实谋划：“今王以国相让子之，子之必不敢受；如是，王与尧同行也！”姬哙素有圣王之梦，又能名实双收，立即认同，将举国政务悉数交给了子之。显然，这次交权还不是子之为王。于是，过了几多时日，鹿毛寿又对姬哙第二次忽悠设谋。鹿毛寿说，当初大禹禅让于伯益，却仍然教太子启做了大臣。名义禅让，实际上是教太子启自己夺位；今燕王口头说将燕国交给了子之，而官吏却都是太子的人，实际是名让子之，而太子实际用事（掌权）。显然，这次是鹿毛寿奉子之之命向姬哙摊牌了，忽悠的嘴脸有些狰狞。大约姬哙已经有了圣王癖，或者已经是无可奈何，于是立即作为，将三百石俸禄以上的官印（任免权）全数交给了子之。之后，姬哙正式禅让。“子之南面行王事，而哙老不听政，顾（反）为臣。”

在治国理念与种种政治理论都已经达到辉煌高峰的战国之世，一个大国竟然出现了如此荒诞的复古禅让事件，其“理论”却是如此的迂阔浅薄，实在令人难以理解。这一幕颇具黑色幽默的禅让活剧，之所以发生在燕国，而没有发生在别的任何国家，其重要的根源，便是燕国的王道传统之下形成的迂政之风。燕国君臣从上到下，每每不切实际，对扎扎实实的实力较量感到恐惧，总是幻想以某种貌似庄严肃穆的圣王德行来平息严酷的利益冲突，而对真正的变法却退避三舍敬而远之。这种虚幻混乱的迂政环境，必然是野心家与政治骗子大行其道的最佳国度。

再说燕国破齐之迂。

燕国最辉煌的功业，是乐毅变法之后的破齐大战。对于燕昭王与乐毅在燕国推行的变法，史无详载。从历史实际进展看，这次变法与秦国的商鞅变法远远不能相提并论，其主要方面只能是休养生息、整顿吏治、训练新军几项。因为，这次变法并没有触及燕国的王道传统，更不能说根除。变法二十八年之后，燕国发动了对齐国的大战。乐毅世称名将，终生只有这一次大战，即六年破齐之战。燕国八百余年，也只有破齐之战大显威风，几乎将整个齐国几百年积累的财富全部掠夺一空。否则，燕国后期的对赵之战便没有财力根基。但是，破齐之战留下了一个巨大的谜团：为什么强大的燕军能秋风扫落叶一般攻下七十余城，却在五年时间里攻不下最后的两座小城而致功败垂成？世间果然有天意么？

历史展现的实际是：在最初的两次大会战击溃齐军主力后，乐毅遣散了五国联军，由燕军独立攻占齐国；一年之内，燕军下齐七十余城，齐湣王被齐国难民杀死，齐国只留下了东海之滨的即墨与东南地带的莒城两座小城池。这两座城池，乐毅大军竟五年没有攻克，最终导致第六年大逆转。战争的具体进程，本书第三部《金戈铁马》有详细叙述，不再重复。我们的问题是：五年之中，燕军分明能拿下两城，乐毅为什么要以围困之法等待齐国的最后堡垒自行瓦解？后世历史家的研究答案是：乐毅为了在齐国推行王道德政，有意缓和了对齐国的最后攻击。

《史记·乐毅列传》集解，有三国学者夏侯玄的一段评判云：“……乐生之志，千载一遇……夫兼并者，非乐毅之所屑，强燕而废道，又非乐生之所求……夫讨齐以明燕王之义，此兵不兴于为利矣！围城而害不加于百姓，此仁心著于遐迩矣！举国不谋其功，除暴不以威力，此至德全于天下矣！……乐生方恢大纲，以纵二城；收民明信，以待其獘（毙）……开弥广之路，以待田单之徒；长容善之风，以申齐士之志。使夫忠者遂节，勇者义著，邻国倾慕，四海延颂，思戴燕主，仰望风声，二城必从，则王业隆矣！……败于垂成，时运固然。若乃逼之以威，劫之以兵……虽二城几于可拔，而霸王之事逝其远矣！……乐生岂不知拔二城之速了哉，顾拔城而业乖也！……乐生之不屠二城，未可量也！”

我们得说，夏侯玄分析的实际原因完全切中燕国实际。

但是，夏侯玄的评论却比燕昭王与乐毅更为迂阔。夏侯玄之迂阔，在于将燕国攻齐说成一开始就很明确的彰显王道的义兵，且将其抬高到不是以利害为目标的道义战争而大加颂扬，“举国不谋其功，除暴不以威力，此至德全于天下矣！”甚至，夏侯玄将围城不攻也说成是为了“申齐士之志”的善容之德。

历史的事实是：燕昭王奋发图强的长期动机，一直是为了复仇。乐毅后来对燕惠王的书简已经明说了：“先王命之曰，‘我有积怨深怒于齐，不量轻弱，而欲以齐为事！”后来的燕惠王也说：“将军为燕破齐，报先王之仇，天下莫不震动。”事前事后，丝毫没有一句论及，破齐是为了推行先王之义。唯其如此，乐毅破齐初期并没有推行不切实际的王道德政，而是毫不留情地大破齐军数十万、攻下齐国全部城池、抢掠了齐国全部府库的全部物资财富。应该说，这是强力战争所遵循的必然规律，无可厚非。可是，在战争顺利进展的情势下，燕国的对齐方略忽然发生了重大变化。这个变化，就是以即墨、莒城两座城池的死命抵抗为契机，燕国忽然在齐国采取了与开始大相径庭的王道德政。这种王道德政，能在齐国推行五年之久而没有变化，与其说是乐毅的自觉主张，毋宁说是燕国王族的王道理念旧病复发，燕昭王又有了要做天下圣王的大梦所致。因为，没有燕昭王的支持甚至决策，作为一个战国时代著名的统帅，很难设想乐毅会自觉自愿地推行一种与实际情势极为遥远的迂腐德政。乐毅在对燕惠王回书中回顾了攻齐之战，说得最多的是攻伐过程与如何在齐国获得了大量财富并如何运回了燕国，对于五年王道化齐，却几乎没有说一句话。假若是乐毅力主燕惠王推行王道，乐毅能不置可否么？同样一个令人深刻怀疑的事实是：在燕惠王罕见致歉的情况下，乐毅为什么坚决不回燕国、终生不回？合理的答案只能是，乐毅对燕国迂政传统的危害的认识至为清醒，明知无力改变而不愿意做无谓的牺牲。

不以战争规则解决战争问题，而以迂阔辽远的王道解决残酷的战场争端，不但加倍显示出自己前期杀人攻城劫掠财富的残酷，而且加倍显示出此时推行王道的虚伪不可信。这既是齐国人必然不可能接受的原因，也是燕国迂政用兵必然失败的原因。相比于秦国的鲜明自觉的兵争战略，这种迂政之兵更显得荒诞不经。

再说燕国的对赵之迂。

整个战国时代，燕国邦交的焦点大多是对赵事端。也就是说，除了燕昭王对齐国复仇时期，燕国的斗争轴心始终是对赵之战。燕国纠缠挑衅赵国之危害，几乎当时所有在燕国的有识之士都剖析过反对过。但是，燕国的对赵挑衅却始终没有改变，这实在也是燕国历史的最大谜团之一。邦交大师苏秦最先提出了燕国对赵之错误，其后，苏代也以“鹬蚌相争，渔人得利”的寓言故事再度强调燕国对赵之错误。应该说，苏氏兄弟时期，燕国君主还是有所克制的，几次燕赵之战都因听从劝谏而避免，燕国地位因此而改善。可是，燕惠王之后，燕国对赵方略又回到了老路。没有任何理论理念支撑，就是死死咬住赵国不放。整个燕王喜时期，燕国政局的全部核心就是挑衅赵国。昌国君乐闲反对过，为此被迫逃离燕国。大夫将渠反对过，被燕王一脚踢翻。燕国只有一个名臣支持了燕国攻赵，这就是晚年的剧辛，结果是剧辛在战场被赵军杀死。若非赵国晚期是昏君赵迁在位，只怕名将李牧早灭了燕国。

历史形成的谜团，其根源往往在于我们已经无法理解当事者的思维方式。

分明是害大于利，燕国还是要对赵国长期作战，为什么？

具体原因固然复杂多样，譬如秦国间离燕赵，暗中支持燕国与赵国为敌，从而达到削弱强大赵国的目的，就是一个重要原因。可是，历史逻辑展现出的根源却只有一条：燕国以天子号老贵族自居，对这个后来崛起的强大邻国抱有强烈的嫉妒与蔑视，必欲使其陷于困境而后快。只能说，这是王道迂政之风在最后的变形而已。

王道政治传统，曾经在秦国也有深厚的根基，但结果却截然不同。

秦穆公之世任用百里奚治国，使秦国一度成为春秋霸主之一。由此，王道治国在秦国成为不能违背的传统。直到秦孝公的“求贤令”，依然遵奉秦穆公，明确表示要“修穆公之政令”。《商君书·更法》记载的秦国关于变法决策的论战，当时的执政大臣甘龙、杜挚反对的立足点很明确，就是维护秦国传统：“圣人不易民而教，知者不变法而治。因民而教者，不劳而功成；据法而治者，吏习而民安。今若变法，不循秦国之故，更礼以教民，臣恐天下议君！”另一反对派大臣杜挚则云：“利不百，不变法。功不十，不易器。法古无过，循礼无邪。君其图之！”两派激烈争论，都没有涉及变法之具体内容，而都紧紧扣着一个中心——如何对待本国的政治传统？成法该不该变？

商鞅的两次反驳很犀利，很深刻。

商鞅反驳甘龙云：“子之所言，世俗之言也！夫常人安于故习，学者溺于所闻。此两者所以居官而守法，非所论于法之外也。三代不同礼而王，五霸不同法而霸。故知者作法，而愚者制焉。贤者更礼，而不肖者拘焉！拘礼之人，不足与言事。制法之人，不足与论变。君无疑矣！”

商鞅反驳杜挚云：“前世不同教，何古之法！帝王不相复，何礼之循！伏羲神农教而不诛，黄帝尧舜诛而不怒，及至文武，各当时而立法，因事而制礼。礼法以时而定，制令各顺其宜，兵甲器备各便其用。臣故曰：治世不一道，便国不必法古！汤武之王也，不修古而兴；殷夏之灭也，不易礼而亡。然则反古者未必可非，循礼者未必多是也。君无疑矣！”

商鞅的求变图存理论，是战国时期变法理论的代表。从某种意义上说，一个国家的变法派能否成功，既取决于其变法内容是否全面深刻，又取决于对该国旧政治传统背叛的深刻程度。唯其商鞅自觉清醒，而能说服秦孝公决然地抛弃旧的政治传统，在秦国实行全面深刻的变法。由此，秦国强大，秦国确立起了新的政治理念，从此持续六世之强而统一华夏。

燕国则不同，乐毅与燕昭王的变法没有任何理论准备，没有对燕国的政治传统进行任何清理，只是就事论事地进行整顿吏治、休养生息、训练新军等等事务新政。显然，这种不涉及传统或者保留了旧传统的表面变革，不可能全面深刻，也不可能稳定持续地强大，一旦风浪涌起，旧根基旧理念便会死灰复燃。

燕国的悲剧，就在这种迂政传统的反复发作之中。

无论是处置实际政务，还是处置君臣关系，燕国君王的言论中都充满了大而无当的王道大言，于实际政见之冲突往往不置一词。王顾左右而言他，诚所谓也！燕惠王尤其典型，对乐毅离燕的德义谴责，根本不涉及罢黜乐毅的冤案与对齐国战略失误的责任承担；对乐闲离燕的德义谴责，如出一辙地既不涉及对赵方略之反思，又不涉及乐闲离赵的是非评判，只是大发一通迂阔之论，绕着谁对不起谁做文章。两千余年后读来，犹觉其絮叨可笑，况于当时大争之世焉！司马迁在《燕召公世家》之话感慨云："召公奭可谓仁矣！甘棠且思之，况其人乎！燕迫蛮貉，内措齐晋，崎岖强国之间最为弱小，几灭者数矣！然社稷血食者八九百岁，于姬姓独后亡，岂非召公之烈邪？"司马迁将燕国长存之原因，一如既往地归结于"天下阴德"说，姑且不论。然则，司马迁对燕国灭亡之原因，却没有涉及。

这，正是我们关注的根本所在。

# 第八章 失才亡魏

## 一　一旅震四方　王贲方略初显名将之才

兵士们尚在构筑营垒，王贲接到了秦王的紧急书令。

五万精锐铁骑从燕国兼程南来，一路四日始终没有咸阳王使的路令，王贲很是有些意外。秦军但凡两万人以上出动，是例行重兵，其进军使命、粮草补给、民力征调、驻地日程等都有明白无误的法度照应。往往越是机密用兵，事先确定行兵方略就越是详尽。其间种种具体事宜，几乎随时都会在路途接到相关书令，此所谓路令。王贲此次南下是奉王命回兵，王翦幕府不再对其节制，所需要的只是依照咸阳王命行事。然在蓟城大营，姚贾所持的王书以及姚贾转述的事实，所申明者都是调兵的大略缘由，大军南下的一应具体事宜只字未提。王贲以机密军务之成例行事，上路半日后向姚贾请命行程方略。不料姚贾淡淡一笑道："老夫只管调兵，余皆未奉成命，少将军只能自决了。"因了父亲王翦的原因，军中皆呼王贲为少将军，姚贾自不例外。姚贾如此一说，王贲这才认真起来，在大军歇马冷炊的半个时辰里立即做出了决断：兼程南下，直抵洛阳东南的伊阙要塞。姚贾问其故，王贲只说了一句话：“伊阙咽喉，兼顾南北。”

如今堪堪赶到伊阙，幕府还没有搭建起来王命便到，说明秦王对南下大军的行止是十分清楚的。果真如此，一直没有路令便令人有些费解。然王贲顾不得多想，对中军司马匆匆交代了几句军务，飞身上马去了。不远处驾着王车的特使正在等待王贲登车同行，今见王贲片刻之间径自飞马而去，连忙启动王车追了上来。王贲坐骑是一匹雄骏的阴山胡马，身高八尺通体火红，号为火云驹，耐力速度都极为出色。随行的一司马两护卫，也都是出类拔萃的骑士良马。一进函谷关，王贲的小马队已经将特使王车远远抛在了后面，入夜三更时分便进入了咸阳。

“下马！等候特使。”

从禁止庶民车马的特急密道飞驰到王城南门时，王贲才恍然勒马下令等候特使。虽说王贲也可以直接进入王城，然若有特使同行，一切都会方便许多；不等特使，则自己便要在几道门户前报名待命，纵然先入王城，也不知哪里去见秦王。凡此种种细节，对于第一次被秦王单独召见的王贲，都是实实在在的关口。

“少将军么？赵高奉命等候多时了。”

小马队刚一勒定，一盏风灯随着一个响亮的内侍声音从城门下飘了过来。王贲心下顿时一热，立即飞身下马大步走了过来。王贲对赵高不熟，但却不知多少次地听过这个名字及其相关传闻，对秦王身边这个颇具英雄才具的内侍很是赞赏。今见赵高如此谦和热诚，王贲当先一个拱手礼道：“见过赵令！”赵高极是利落地一拱手道：“不敢当。”不待王贲下文，赵高转身吩咐一个少年内侍带王贲的司马护卫去车马院歇息用饭，又转身一拱手领着王贲向东偏殿而来。

“少将军果然快捷！”

方进殿前甬道，一个高大身影快步迎了过来。王贲一听是秦王声音，大步趋前深深一躬高声道：“末将王贲参见我王！”甲钉长剑与斗篷叮当纠缠之间，王贲不期然一头汗水，显得很是局促。嬴政打量了一眼大笑道：“都几月了还一身冬装？小高子，先领少将军沐浴，换我一身轻软衣裳再说。”王贲满脸涨红满脸汗水，连说不用不用。秦王一摆手道：“任事不急，人先舒畅了再说。”王贲还要说话，已经被赵高不由分说拉着走了。

大约顿饭时光，王贲身着轻软长袍，头上包着一方干爽白布，疾步匆匆地来到了偏殿正厅。秦王与王绾、李斯、姚贾三人，正站在墙下的大地图前指点说话。见王贲脖颈发际还滴着水珠，嬴政一瞪眼道：“你个小高子急甚来，少将军头发都不拭干！”紧跟在王贲身后一溜碎步的赵高红着脸，吭哧着不敢说话。王贲已经扬手扯去了包头大布，一躬身高声道：“禀报秦王！头包大布太憋闷，敢请摘去说事！”话音未落，秦王四人一齐大笑。嬴政连连挥手道：“去了去了，咋畅快咋来。小高子，酒肉快上。”赵高一答应正要转身，不防已经被王贲一伸手拽住。王贲一拱手道：“禀报秦王，末将在马上已经啃下了三斤干肉。目下只须凉茶，不敢饮酒！”嬴政一挥手道：“好！大桶凉茶。来，少将军坐了说话。”王贲目光本来已经在地图上巡睃，此刻脚步钉在原地盯着地图皱着眉头，良久没有说话。秦王见状，明亮的目光飞快地一掠三位大臣，也站在原地不动了。

“少将军何意？”王绾笑问一句。

“伊阙还是靠北，该在安陵截其退路！”王贲突然一指地图。

“如何？”嬴政一脸笑意地环视着三位大臣。

“少将军，老夫有些不明。”姚贾目光连连闪烁。

“末将揣摩。”王贲一手提着头上扯下来的白布，一手嘭嘭点着高大木板上的地图，“旧韩作乱，北连魏国不足为患，若南下奔楚，或东逃奔齐，则后患无穷。是故，我军驻扎伊阙，只能堵绝韩乱之民进入崤山入楚通道，而不能堵绝其南面入楚大道。该当驻扎安陵，一军镇四方！”

“四方，何谓？”李斯认真问了一句。

“韩魏楚齐！”王贲的声音震得殿堂嗡嗡响。

“我王选人甚当，老臣恭贺！”王绾慨然一拱手。

“大将出新，臣亦恭贺！”李斯姚贾异口同声。

王贲左看右看，一时不知所措。秦王嬴政不禁笑道：“来来来，少将军坐了说话。凉茶来了，只管喝着听着。长史，你对少将军说说来龙去脉。”李斯一点头，走到地图前，指点着说起了去岁今春以来的中原变化。

原来，秦国灭韩后，撤回了内史郡郡守嬴腾的灭韩兵马，驻扎陇西以防戎狄趁火打劫。中原之地，秦国只在旧有的洛阳大营保留了蒙武的五万老军，以为函谷关外诸事总策应。大臣方面，姚贾坐镇新郑，一则襄助颍川郡新郡守治韩，一则主理对魏国齐国斡旋。去岁，秦军破赵后北上易水，逼近燕国；燕太子丹刺秦事发，震惊天下，也一举改变了秦国的灭国用兵总方略。在荆轲刺秦后不到两月，姚贾的黑冰台人马刺探到一个惊人的消息：灭韩大战时逃亡的韩国申徒张良潜回新郑，正在秘密联结韩国旧世族，欲图举兵复国，目下，张良已经秘密联结了魏国楚国，两国都许诺全力策应！与此同时，内史郡嬴腾部属也探听到一则异动迹象：被囚禁在韩原梁山的韩王安，近有神秘之客往来，此人正是旧韩申徒张良。

两方事态紧急密报咸阳，秦王嬴政立即召王绾、内史嬴腾、蒙武、李斯、姚贾、尉缭等一班大臣会商。最后，秦国君臣议决的方略对策是：此事方起端倪，不宜公然出兵，只宜以机密事端处置。为此，蒙武大营全力戒备关外，姚贾黑冰台人马秘密缉拿张良，内史郡增加对韩王囚居地的防护，一旦张良被缉拿归案，立即将韩国作乱世族一体问罪，公开斩决，以震慑他国余孽。之所以如此处置，在于秦国君臣有一个共同认可的评判：韩国旧世族复国复辟，其余被灭之国的旧世族也必然同理同心，只要秦国要一统天下，复辟暗潮便必然涌动，如何处置韩国作乱事件，具有垂范天下之效用。唯其如此，处置韩乱不宜仓促轻动，务必有理有据，宁可失其缓，不可失其急。毕竟，韩国没有强兵根基，魏楚也不敢贸然行事，只要秦国冷静处置，未必不能使韩乱胎死腹中。

然则，去岁秦军破燕大半年，韩国乱象却有了明显的恶化。

张良行踪诡秘无定，几次三番逃脱了姚贾黑冰台的追踪。多方探察证实：张良狡兔三窟，藏匿之地一在楚国淯水河谷，一在魏国逢泽山野，一在韩国旧地上党郡的大山；张良居无定所，又得燕赵一班任侠之士相助，事皆密行密议，急切间极难缉拿。与此同时，韩国故地的种种消息流布日广，民众渐渐呈现出躁动之势。入冬之际，被囚的韩王安也破例上书，请求秦王允准其在年节大祭之期回归新郑，祭祀宗庙，以安遗民之心。

鉴于种种迹象，王绾李斯力主：韩乱之事，不宜再佯作不知，秦王当召见韩王安，明白对其警示，若无效用，则当以强力消弭之。秦王嬴政赞同，下书姚贾职司实施。姚贾精勤能事，立即做出了精心部署。第一步，姚贾自为特使，奉秦王下书赶赴梁山，明白正告韩王安：韩国遗民有图乱之心，韩王当借祭祀宗庙之机安定遗民，莫使旧韩人徒然流血！可是，韩王安硬是不做正面回应，一副不解秦王下书所云的模样，对姚贾哼哼哈哈王顾左右而言他，始终没有任何明白说法。姚贾也不盘诘追问，也不拆穿事实，只冷笑着耐心听罢，又高声宣示了一遍秦王下书与警示说辞，告辞去了。第二步，秦国派出特使，以最为郑重的邦交礼仪通告魏楚两国：韩王安将在秦军护送下经过魏楚边境进入新郑，秦军请求借道。魏王假一副笑脸，当即答应借道。楚国正逢楚幽王葬礼，新立楚王芈犹（楚哀王）病恹恹黑着脸，然终究也是答应了。可是，当蒙武率领三万老军步骑浩浩荡荡护送韩王安过境魏楚时，两国君臣竟无一人出面做礼仪性迎送。眼见韩王安一副淡漠模样，姚贾揶揄笑叹一句：“魏楚无恩如此，宁不念韩王旧情乎！”韩安尴尬地挤出一丝苦笑，一句话没说。第三步，姚贾亲自率领五十名黑冰台剑士，全程陪伴护卫韩安，察其言观其行。后来的事实是：回到新郑一个月余，除了祭祀，韩安从没有踏出旧时王城一步。即或在太庙前遇到了大群前来观瞻韩王的旧韩子民，姚贾特意下令停车，韩安也没有下车，更没有就秦王下书警示之意对臣民说话。今春回到梁山，韩安也没有就归韩祭祀事向秦王上书禀报，更没有对遗民作乱事向秦王做出任何表示。也就是说，秦国的所有举措，都没有得到任何回应，各方都在装聋作哑。综合种种迹象事态，姚贾禀报王绾并会同李斯商议，而后正式上书秦王，提出了“韩乱难以避免，我得尽早谋划对应之策”的最终评判。

“韩世族复辟，大秦不能退让！”嬴政愤怒了。

秦国君臣的秘密小朝会一连三日，调主力大军南下平乱的决策才终于确立下来。其间争论与顾忌，在于十余万大军南下后会不会导致北方战事乏力，从而不能灭燕国，反而可能诱发赵国死灰复燃？毕竟，赵国死灰复燃之后的威胁要远远大于韩国。反复争议权衡，秦王嬴政最后断然拍案："若十余万大军南下，定然两面误事！五万精锐南下，既不误灭燕，又足以镇抚中原！"第一个赞同这一决断的，是老将军蒙武。蒙武愤愤然道："洛阳大营还有五万老军！莫非诸位以为老军不是秦军锐士，是白吃锅盔么！"第二个嚷嚷支持的是内史郡守嬴腾，慷慨激昂唾沫飞溅："陇西还有我三万飞骑！关中还有我十万戍军精壮！整个内史郡还有百余万老秦人！都不算么？一个韩国软蛋要甚主力大军，老子两万人马连锅端了他！"举殿哄哄然一阵，都赞同了五万主力南下的方略。最终说到选将，大臣们一致认为，调蒙恬南下最适当，理由是蒙恬精细稳妥，处置此类事最为得宜。可是，秦王嬴政始终没有点头。默然良久，嬴政拍案道："九原、云中北大门，没有蒙恬不行。山东举事，毕竟华夏内乱，纵然不能一时消弭，至多重回战国而已。若匈奴大举南下，毁灭的便是整个华夏！目下列国行将覆灭，没有哪一国可以扛得住匈奴洪水！只有秦国，只有秦军，可为天下扛得住！蒙恬纵然没有灭国之功，也不能离开九原幕府半步！"秦王一席话，大臣们全部沉默了。如此华夏器局，如此天地正气，大臣们与其说被秦王说服，毋宁说被秦王感动了。

"我意，王贲可将兵南下。"嬴政似觉过于凝重，笑着补了一句。

"王贲？"蒙武惊讶了。

"王贲不妥。"老尉缭摇了摇头。

"何以不妥？"李斯反问。

"王贲战法，近似白起，宜强兵硬战，不宜平乱镇抚。"

"老臣以为，王贲尚不如李信、辛胜稳妥。"蒙武插了一句。

"何以见得？"嬴政论事，从来要听其中道理。

"辛胜有统兵阅历。李信有战场谋划。王贲，二者俱缺。"

"还有其余理由么？"

见大臣们一齐摇头，嬴政方缓缓道："若非燕国荆轲行刺，若非韩国世族复辟，我尚不能想到既往灭国之战。诸位，乐毅破齐六年不能灭齐，根由何在？白起攻赵三年，一战则彻底击垮赵军主力。若非先祖昭王错断错杀，秦国灭赵何待今日？乐毅与白起之差，差在不以兵家法则却以王道法则决战事。乐毅之行，难说没有博取一己盛名之心。白起之道，却准定是实实在在的利于国家。军中皆呼王贲为小白起，根由何在？不在别者，在王贲战法秉承了兵家本色，没有一战留过后患！至于统兵阅历、战场谋划，哪个将军没有第一次？更有一条，李信、辛胜在军，不窝其才；而王贲在军，其父为帅，有窝其将才之可能。王贲南下，既利才又利国，何乐而不为？”

大臣们终于一无异议地赞同了，尽管未必人人信服，至少没有人驳倒秦王申明的道理。当被定为北上特使的姚贾请示行军法度时，秦王笑道：“不定。一切大军行止都交王贲自己决断。是骡子是马，拉出来遛遛。”如此这般，便有了不发路令的大军南下。

……

“末将无他，唯不负我王厚望！”

听罢李斯一番叙述，王贲黝黑通红的脸膛热汗直流，甩掉白布对着嬴政深深一躬。秦王嬴政伸手扶住笑道：“少将军若无才具，我厚望又能如何？来！放开说说，你对平定韩乱有何谋划？”说罢，嬴政与三位大臣落座，目光殷殷地盯住了站在大板图前的王贲。

“末将一路思忖，韩乱不能孤立处置。”王贲的大手划出一个大弧，整个地笼罩了板图，方才的一脸局促瞬间消失得干干净净，话语利落之极，“韩乱发作，根在魏楚。诸般因由，君上与诸位大人比末将更清楚。我之谋划，只在平定中原之军旅部署。归总说，末将一军足当三面。然则，末将尚有三件事，敢请我王允准。”

“说！”

“其一，请调蒙武老将军所部老军，移驻伊阙，堵截楚韩西南通道。”

“蒙武部本来便在谋划之中，准了。”

“其二，敢请中原邦交与末将军事调遣一体谋划。”

“姚卿以为如何？”嬴政的目光转向了姚贾。

“臣以为可也。”姚贾慨然一拱手，“臣愿全力辅助少将军！”

“好！文武之道。”

“其三，平乱之后当连续灭魏，敢请君上许我独领灭魏之战！”

“！”骤然之间，嬴政与三位大臣惊愕默然了。

在秦国君臣的连续朝会计议中，何时灭魏尚在未定之数：一切都得看韩乱势头大小，以及能否快捷利落地平定；即或平定了，也还得看魏楚齐三国动向，以及北方燕赵有无后患；毕竟，所余三国都是有强兵传统的大国，都是曾经做过中原霸主的富强之邦，若逼得三方合纵抗秦，局势就严峻了。说到底，秦国只有六十余万大军，天下需驻军的地方太多了，而三国联手，现成兵力至少也在百余万之多。凡此种种，作为灭人之国的大战，都不得不慎之又慎，若在最后的三国之战中一步走错，很可能全局都要翻盘。唯其如此，秦国君臣做出王贲只率五万铁骑南下的决策，其核心目标其实只有一个：平定韩乱，震慑魏楚。至于灭魏灭楚，此时尚没有纳入视野，若有连续灭魏之心，五万人马显然是谁也不会赞同的。

“少将军是说，平定韩乱与灭魏之战可一气呵成？”嬴政惊讶未消。

“正是！”

“依据何在？”

“灭国之战，纵有天下大义，亦当师出有名。”王贲显然成算在胸，浑厚的话音快捷流畅嗡嗡震荡，“灭韩之战，秦为清算韩国疲秦并为郑国复仇！灭赵之战，秦为李牧两败秦军复仇！灭燕之战，为荆轲刺秦！今我平定韩乱，必能获得魏国鼓荡韩乱之种种罪证。此时攻魏，师出有名！错失时机，事倍功半。更为根本者，此时先以霹雳之势灭魏，所余楚齐两大广袤之国方可从容图之，兵力不至于捉襟见肘。此，末将之谋划，君上与诸位大人三思。”

“呵呵，少将军论说大局，不输于战场之能也！”

嬴政叩着书案笑赞一句，却没有明确可否。显然，嬴政是要先听听三位大臣的想法。王绾是总揽全局的丞相，自觉理当先说，一拱手道：“老臣以为，灭魏事关重大，不宜仓促议定，至少须待上将军燕代战事之后再说。”王绾素来稳健，除了安定秦国内政，在邦交大争中鲜有大胆出新，秦国君臣对此已经习以为常，故此谁也没有感到意外。王贲似乎也没有觉出多大压力，炯炯目光只看着李斯姚贾两人。一直沉思的李斯尚未开口，姚贾一拱手道："臣以为，少将军谋划可行。其间根本在两处，一则，韩乱能干净利落平定；二则，楚国知难而退。若韩乱平定，楚不出兵，届时魏国孤立中原，未尝不可一鼓而下！"李斯接道："臣反复思忖，少将军谋划可全力图之，至少当有八成胜算。最根本者，楚国幽王新丧，其同母弟芈犹新立，举国政事兵事皆在乱中。芈犹年逾五旬，且声色犬马昏聩平庸，唯赖景氏部族鼎力扶持，若无特异，楚国当无北上中原之心。是故，韩乱平定之后，魏国确实将陷入四面孤立之境，未尝不可图也！"王绾一拍案道："两位所言不当。楚国纵然不出，东面尚有齐国。我只五万铁骑，何能如此弄险！"

"也是一说。"姚贾嘟哝着一笑。

"君上决断！"三人连同王贲，异口同声一句。

"我看四个字：有险，有图。"嬴政站了起来走到大图前，面对王贲指点着地图道，"全部要害，在于震慑楚国。若能使楚国不敢出，则齐国十有八九也不敢出。若楚齐不敢出，则魏国可图。少将军，是否如此？"

"正是！"

"可有对楚谋划？"

"有！"

"噢？"

"搁置韩乱，先行攻楚，一举震慑四方！"

"啊——"

王贲话音落点，嬴政君臣四人竟不约而同地惊叹了一声，又不约而同地相互对视着，目光中交织着疑惑与兴奋。这个动议太出乎原先朝会的决策意图了，等于一举改变了原先朝会的决策根基：不再将韩乱作为孤立事件对待，而是将韩魏楚齐四国作为一个大局来寻求解决之道！嬴政与三位大臣何许人也，几乎立即不约而同地掂量到了其中的差别，除了王贲的兵力能否担当如此重任的疑惑，人人都预感到了此举蕴含的庖丁解牛一般的奥妙。

"好！中原兵事，全权交少将军！"

秦王嬴政的拍案声大得惊人，东偏殿一片笑声。

## 二　轻兵袭北楚　机变平韩乱

麦收之前，三万轻装骑兵飓风般卷向了淮北。

所谓轻装骑兵，是王贲对南下铁骑的装备做了一次大减负。秦军素有轻兵传统，重型甲胄与大型兵器很少，战场之上轻身杀敌，腰间板带上吊着敌人的头颅，手中挺着长矛奔驰如飞吼喝冲锋，便成为列国传闻中的秦军模样。以至在很长时期里，天下将“轻兵”两字作为秦军的敢死之旅。然自商鞅变法之后，秦国以中原劲旅“魏武卒”为楷模，建立了极其重视器械装备的新军，面貌发生了根本性变化，各种甲胄器械都有森严法度，士兵的防御力度与冲锋强度都有了大大提升，真正有了一支无坚不摧的锐士之旅。此所谓强兵利器也。但如此重装甲兵对长途奔袭战所需要的快速灵动而言，却成为一个很大的弱势。就此，王贲对秦王的上书是：“淮北乃北楚腹心，平川城邑居多。末将决效草原胡骑战法，以精悍轻骑击之不备。敢请君上，许贲轻兵减负机变行事。”秦王嬴政当即下书：“准王贲所请。一应军需，颍川郡全力筹划。”王贲接到下书，立即风风火火地开始了铁骑轻装。

一则，铁甲装改换为皮甲装：外铁皮内牛皮的厚重甲胄，改为单层牛皮甲胄；铁钉密集的牛皮大战靴，改为厚韧的单层野猪皮战靴；战马披装的铁钉皮罩甲，改为轻软的无钉羊皮罩；最重的铜铁鞍辔，一律改为木制鞍辔。如此一来，秦军骑士的甲胄由原先的五六十余斤不等减为十余斤不等，马具由原先的五十余斤减为二十余斤，总共锐减七八十斤不等。二则，随带兵器改变：重型攻防器械与大型机发连弩全部放弃，每个骑士只有一长一短两口精铁剑、一张臂张弩、三十支羽箭。三则，每个骑士配备两匹战马、一袋百斤装的草料。四则，全军没有辎重营，每个骑士携带十斤干锅盔十斤干牛肉一皮囊胡人马奶子。

诸般换装事宜虽则琐细，王贲也只用了十余天。在换装的时日里，王贲侧重对留守的两万重装铁骑做了巡视部署：两万铁骑以赵佗为将，于三万轻骑奔袭之前开赴安陵郊野，构筑坚实壁垒扼守安陵[1]要道，截断楚国与韩国故地之通联。同时，王贲与姚贾会商，最终定下了一个文武齐出的呼应方略：王贲轻兵攻楚，姚贾出使魏齐，随时通联各方情势。

“能否镇抚四方，全在少将军了。”

“三万锐士不能横行天下，王贲枉为大将！”

暮色残阳的旷野里，两人马上一拱手激荡着烟尘各自去了。

时当初夏之夜，王贲的三万轻骑风驰电掣，四更时分便逼近到了汝水西岸的上蔡之地，绕到了楚国旧都陈城之南。这三万轻骑悄无声息地屯扎在河谷，没有炊烟，没有火光，没有人喊马嘶，若不走进这片密林，谁也不会想到这里隐藏着如此一支即将卷起飓风的可怕大军。朦胧月色之下的黑黝黝的树林里，只有一点微弱的亮光从河岸山脚下弥散出来，那是王贲聚将的一个干涸了的大水坑。

“诸位，这里是楚国旧都陈城，距我军只有一百余里！”

一张羊皮地图挂在粗大的树干上，一支火把摇曳在树旁的司马手上。王贲站在树下，长剑圈点着地图对三十余名千夫长以上的将佐做着部署。王贲的声音低沉短促：“我军要在十日之内，连下十城！上蔡、城阳、繁阳、寝城、平舆、巨阳、项城、新郪、苦县、阳夏。也就是说，十个昼夜之内，我军要从汝水西岸打到东岸，大回环北上，抵安陵与铁骑大营会合。此战只破城，不占地、不掠财！当然，补充粮秣除外。城破即撤军，不许恋战！我军之所图，只在展示霹雳雷电之战力，震慑楚国不敢轻举妄动。明白没有？”

“嗨！”

整齐一声低吼，立即肃然无声。这是说，人人明白此战要旨所在。

“黎明之时首攻上蔡，半个时辰后进发！”

[1] 安陵，战国末期中原残存的最小诸侯，史载其只有五十里封地，大约在今河南省漯河市东南地带。

"嗨！"

将佐们匆匆散去了。就在王贲聚将的短暂时刻，三万骑士已经完成了冷吃战饭、喂马刷马及整修马具兵器等种种事体。秦人曾在几百年里一直是周王室的养马部族，有着久远的养护良马的传统，堪称真正的马背部族。对于战马，秦军兵士视若共赴艰险的患难兄弟，无论是战时还是平时，总是将战马养护看得比自己吃喝更要紧。在这顿饭晨光里，骑士们几乎人人都是嘴里咬着干锅盔干肉，牵着两匹战马大步匆匆走到河边，一边与战马絮叨着，一边检查着马蹄铁与鞍辔等等，若一切完好，立即用卷起的草刷蘸着河水刷洗战马。战马们依偎着自己的主人，一身轻松却又不能纵声嘶鸣，只便蹭着人咴咴喷鼻，亲昵得血肉兄弟一般。眼见营将匆匆归来，兵士们立即牵回战马各自归队，千夫长与都尉们尚在大啃大嚼地吞咽，全数骑士们已经整肃上马了。

及至马队卷出河谷，启明星尚在天边闪烁着亮光。

上蔡的城门刚刚打开，一场暴风雨骤然降临了。王贲的轻骑兵分作四路，同时猛攻四座城门。城头守军睡眼惺忪之间，刚刚放下吊桥，出城进城的人流还在疏疏落落的时候，天边原野突然传来一阵怪异的闷雷声，接着便是疾速飘来的黑云。惊愕懵懂的城头士兵还不明白究竟该不该禀报将军察看，乌黑的云团陡然爆发出惊天动地的呐喊飞压了过来。进出城门的车马人流来不及惊呼，本能地滚爬躲开之际，黑云已经卷过了吊桥冲进了城门……一切都像晨曦中的一个噩梦，整个上蔡都陷入了梦魇之中。没有任何抵抗，乌黑的浓云已弥漫了正在伸着懒腰的城堡。

当上蔡郡守被从官署寝室的卧榻上拖出来时，瞪着老眼一连串喝问："将军何人，纵奉王命来索粮草，也当在老夫卯时梳洗之后公案说话，何能如此无理！一身乌黑，秦军一般，不怕老夫问你个轻慢国色之罪么！"王贲提着马鞭不无揶揄地笑道："郡守看好了，我等原本便是秦军秦将，难道不一身乌黑么？"须发散乱的老郡守揉着老眼万分惊讶道："你等果真秦军，是借道还是借粮？"王贲冷笑道："不借道，不借粮，就要这座上蔡城。""你！秦军已经攻占了上蔡？"老郡守如梦方醒，似乎还不能相信。王贲一阵哈哈大笑道："占没占自家去看，我只对郡守一句话：秦军还要继续攻占楚国城池，立马报给楚王，看是你报得快还是我攻得快！记住了？”“记，记住了。”老郡守大汗淋漓，二话不说飞奔出了官署。

正午时分，秦军轻骑在城内饱餐一顿，又闪电般去了。

当上蔡郡守的特急上书飞到郢寿（郢都寿春）时，楚国王城正在纷乱之中。刚刚即位做了两个月楚王的芈犹突然莫名其妙死了，各方权臣贵胄大起争端，为究竟是宫变谋杀还是暴病身亡剑拔弩张地争吵不休，连国丧也无法举行。表面原因，是无法确定死王芈犹的谥号。上蔡急书犹如当头冷水，郢寿顿时冷却下来，毕竟亡国事大，谁也不敢轻慢。分领国事的昭、景、屈、项四大部族权臣与芈氏王族元老立即紧急会商，终于在三日之后纷争出两个对策：一是确认死王谥号为哀王，常礼国葬；二是推出公子负刍继任楚王，应对秦军攻城略地之险。

三日间又有急报接踵而来：城阳、繁阳、寝城连番陷落！

楚国君臣一日数惊，心头突突大跳，朝会上人人脸色铁青却无计可施——以这种日陷一城的狂飙战法，纵然立即调兵，只怕也不知道该到何处对敌。最后，还是新王负刍颇有主见，摇着几卷紧急上书道：“诸位，秦军不会以三万轻骑南下灭楚。此战，必有缘故也。四城陷落情形相同：秦军只攻陷城池，一不大掠府库，二不大肆屠戮，三不驻军占据，攻占之后补充粮草即去。亘古至今，谁见过如此攻城灭国之军？”大臣们这才有所回味，纷纷议论一番，越说越觉蹊跷，最终一致认定只能加紧探察，只要秦军不南下郢寿，不能轻举妄动。

楚国君臣举棋不定的几日之间，秦军已经飓风般掠过汝水，又攻下了汝东三城。楚军斥候快报也纷纷传来，秦军情形终于清楚：统兵大将是王翦长子王贲，其一路攻城北上，目下没有转攻郢寿的谋划。楚国殿堂这才舒缓下来，大臣们竟有些服了这个有谋杀哀王嫌疑的新楚王了。

转眼之间旬日已到，秦军果然连续攻下了汝水两岸的十座城池。

第十一日，新楚王负刍接到了秦军大将王贲的一卷书简，简单得只有寥寥数语：“楚国阴连韩国遗民作乱，殊为可恶！若不改弦更张，本将军将一举攻破郢寿，将尔等君臣赶入大江喂鱼！今已牛刀小试，而后言出必行，楚国君臣自家揣摩。”

“原来如此啦——”

楚国君臣们如释重负，不约而同地欢呼了一阵。之后朝会三日商议善后，楚国君臣越想越是后怕：这王贲仅仅率领三万轻骑，便风卷残云般在整个淮北飞旋十日连下十城，以如此战力，果真进攻郢寿，楚国岂不立即便是亡国危难？恐惧万分的楚国君臣立即议定出了两个防范对策：一则，由项氏大将项燕掌兵，秘密调集楚国兵马聚结于淮南山地，以防秦军随时攻楚；二则，立即与韩国旧世族切断联系，不能给秦军攻楚口实。危难当头，楚国拥有封地财力的世族权臣们也不再相互攻讦，几乎是没有异议地拥戴了这两个对策。

后来的事实证明：正是秦军的这次狂飙破城，给了楚国一个结结实实的亡国警讯，使楚国在山东六国中成为唯一清醒地预先防范秦军的大国；否则，楚国便没有项燕大胜秦军的最后光芒。这一点，王贲没有想到，此时的楚国君臣更没有想到。

王贲一路北上之间，韩魏情势又发生了出人意料的变化。

姚贾出使魏国，即位刚刚三年的新王魏假殷殷相迎于郊亭，将姚贾尊奉得神圣一般。魏假信誓旦旦，魏国与旧韩世族从来没有秘密联结，日后更不会有！无论姚贾以何等方式举出了多少迹象多少凭据，魏假都笑吟吟地摇头。在姚贾离开大梁的前一日夜里，魏国的太子兼丞相特意来见，告诉了姚贾一个秘密消息：韩国旧世族正在上党山地聚结士兵，张良从齐国邀来了许多技击侠士做将。这个太子丞相言下之意很清楚，韩乱根源不在魏国，在齐国。尽管姚贾统辖的黑冰台有着强大的探察能力与诸多的消息通道，但姚贾还是不能忽视这个目下难以确定真假的魏国说法。毕竟，秘密盟约破裂之后出卖对方以求自保的事，在山东六国太多了，谁能说魏国消息不是曾经的真相？片刻思忖，姚贾一面向王贲发出了快马急书知会消息，一面下令黑冰台立即探察上党山地。

之后，姚贾立即星夜赶赴齐国。几日后，姚贾已经完全清楚了所谓齐国通韩的真相：齐人进入韩国，全部是旧韩申徒张良以重金收买的任侠、方士、逃跑的刑徒及一部分穷困的渔猎户男丁；齐国君臣，确实没有以任何方式联结扶助旧韩世族。那个整日坐在母后灵前忧郁祈祷的齐王田建，摇着瑟瑟白头，当着姚贾的面对丞相后胜下令：“秦齐一家！秦国事，便是齐国事，全数追回韩国齐人！”

齐国之行，使姚贾对魏国的疑心陡然加重。姚贾几乎可以肯定，齐国不是韩乱的支撑者，支撑地只能在魏国；旧韩世族要在山水险恶的上党立军立国，没有中原仅存的大国魏国的支撑，几乎是不可想象的。可是，凭据何在？毕竟，姚贾是魏国人。对于自己的故国王室，除非有确实凭据，姚贾还是不愿意将它看得太卑劣太阴损。尚未离开临淄，姚贾已经飞书传令黑冰台都尉：黑冰台探员全部撤向上党、大梁两地，务必查清魏韩联结情形及韩乱部署！

从临淄回到大梁的次日，姚贾接到黑冰台都尉的两则归总密报。第一则，魏国助韩事已经查实：魏国信陵君旧时门客两千余人，伪称齐人，进入上党成为“韩军”主力将佐；当年追随信陵君击杀大将晋鄙的铁锥侠士朱亥，被张良定为三千敢死之旅的主将；魏国王室通过信陵君门客力量，秘密资助张良二十余万金，并许一支“商旅”车队从魏国敖仓秘密运送粮草北上，绕道旧赵官道从壶关进入上党。所有资韩事宜，皆奉魏王假的秘密令牌，由太子丞相施行。

“魏假也魏假，风华大梁必毁于你手矣！”

姚贾长叹一声，拿起了第二件归总密报。这件密报说，韩国旧世族的残存私兵已经陆续秘密开进上党山地聚集，以段氏、侠氏、公厘氏三大部族为主力，加上张良多年搜求的各色门客与散兵游勇，共计六万余人。各方会商，议定夏忙之后举事。张良宣示的复国方略是上中下三策：上策仿效代赵，迎回韩王安在上党立国，恢复韩国国号；中策拥立韩国一王族公子为君，相机南下，在楚韩交界处立国；下策由三大部族公推一人称王，国号必须为韩，立国之地届时相机确定。

“狗彘不食！竖子张良，野心何其大哉！”

姚贾二话没说，连夜飞车南下，赶到了安陵大营。

“韩军谁做大将？”王贲看完两则归总密报，眉头皱得铁紧。

“段成为大将，张良为军师。”

只这一问一答，两人不约而同地走到了钉在立板上的羊皮地图前。王贲虽没有亲身参加过那场惊心动魄的长平大战，但对这方浸透着秦赵两军鲜血的大战场却是了如指掌。不用姚贾带来的黑冰台都尉指点，王贲的长剑啪地打上了地图。

“这里。壶关口，石长城。”

“正是！将军如何这般清楚？”

黑冰台都尉的惊讶认可，使王贲的黑脸罕见地漾出一丝算是笑意的波纹。王贲接着用长剑指点着板图道：“旧韩世族选择壶关口、石长城一线为根基，其因由有三：一则，石长城有当年长平大战之后赵国构筑的秘密洞窟，这些秘密洞窟，都藏满了粮草；二则，此地山高林密水流纵横，更有石长城壁垒，是上佳的隐蔽营地；三则，壶关口东出太行山最近，若举事失败，旧韩残部便于逃亡北上！”

“逃亡路径，将军可有预测？”黑冰台都尉对王贲大感佩服。

“或逃燕代之地藏匿，或逃辽东匈奴以图再起。除此无他。”

“正是！将军敏锐！”黑冰台都尉又一次惊叹了。

“看来，这张良尚算个人物。”姚贾点着头。

“再是人物也活捉了他！”王贲恶狠狠一句。

当夜，三人会商到天亮，应对之策终于确定了下来：王贲五万大军分作两路，秘密开进上党，旬日之内部署就绪；姚贾坐镇新郑，一则照应外围并与蒙武部协力阻截韩乱败兵南逃楚地之路，一则严密监视大梁王室的动向；黑冰台分作两部，剑士探员保护姚贾周旋魏国，文士探员跟随王贲幕府进军上党，职司王贲姚贾之通联协同。末了，姚贾正色道：“以战阵论之，韩乱事小。然以大势论之，韩乱发于中原腹心，关乎能否连续灭魏。长远论之，更关乎三晋平定之后，中原能否有效化入秦法秦政。唯其如此，少将军不可大意。”王贲一时颇见难堪，默然片刻却站起来深深一躬道：“先生教我，王贲一谢。轻兵袭楚之后，先生怕我骄兵，故有此言。先生不知，王贲少时即以武安君白起为楷模：万事可骄，唯不敢以国事兵事为骄。故终生行兵，武安君不败一阵。今贲身负秦王重托，举兵平定中原，安敢有轻慢之心哉！”姚贾又道：“如此，少将军以为袭楚之战与平乱之战，不同处何在？”王贲慨然道：“袭楚在兵，平乱在谋，岂有他哉！”姚贾不禁心潮激荡，起身一躬道：“少将军如此厚重内明，国家得人矣！大梁之事，老夫遂可放手周旋了。”两人大笑一阵，举酒连饮三爵，各自忙碌去了。

在整个秦军之中，王贲部最是快捷利落。天亮后一日整装，暮色初上时分，五万大军便借着夜色悄然北上了，安陵只留下了一座旌旗飘扬鼓号依旧的空营。姚贾最后巡视了示形军营，也率领车马大队连夜北上新郑。

六月初的上党山地，依然凉爽得秋日一般。

王贲五万铁骑的进军部署是：赵佗率两万轻骑从安阳北上，经邯郸西北的武安进入壶关出口山谷，卡住“韩军”退路；包含一万轻骑两万重装铁骑的三万骑兵，由王贲亲自率领，北渡大河从野王北上，经轵关陉进入西部上党山地，再越过长平关进逼石长城，与乱军正面接战。从心底说，无论山东六国将那个密谋作乱的张良传得多么神奇，王贲对这种乌合之众结成的所谓复国义兵，压根嗤之以鼻。然则，要使作乱者无一漏网地全部捕获，王贲却不敢掉以轻心。但凡军旅将士都知道，论战力，门客游侠死士刑徒等结成的乌合之众远不及任何精锐大军之万一，然要说逃亡藏匿之能，这般乌合之众却要远远强于任何精锐大军。古往今来，全军覆没的精锐之师屡见不鲜，却没有过任何一支游侠式的乌合之众被干净彻底了结，此之谓也。

进入长平关以北的山谷，王贲下达了第一道军令：一万轻骑秘密绕道石长城背后的河谷密林驻扎，两万携带大型器械的重装铁骑在光狼城外的山谷密林驻扎，两军一律冷炊，开战前不得举火。王贲的幕府设在了光狼城东北的狼山石窟，这是当年长平大战时白起的秘密统帅幕府。王贲对白起的景仰无以复加，一进上党便定下了幕府所在地，决意要对当年武安君的雄风感同身受一番。及至走进这座奉若圣地的巨大的石窟，王贲却被骤然激怒了。

“韩安卑劣！张良可恶！”

王贲的吼声回荡在石窟，洞外的护卫与司马们飞奔进来，不禁也愣然了。石窟依然是山风习习目光通透，只是与秦军传闻中的当年的武安君幕府景象大相径庭。正面洞壁上刻着八个石槽被染得血红的斗大刻字——痛失天险，韩之国耻！左下是“韩安”两个拳头小字。左手洞壁上则刻着两行同样斗大的红字——韩割上党而弱亡，祸未移而饲虎狼也！韩申徒张良决意复国，宁惧白起之屠夫哉！显然，这些字镌刻不久，用鲜血涂抹的石槽尚未变黑，还闪烁着森森然的血红。

当夜，王贲在火把之下愤然疾书，给秦王上了一道几乎与当下军事没有任何干系的请命书。上书如实禀报狼山石窟情形之后，王贲愤然云：“战国兵争，死伤在双方，胜负在自身。秦赵长平血战，旧赵将士尚未攻讦武安君，旧韩王及世族却竟如此猖獗，对我武安君以屠夫诬之，是可忍孰不可忍！今末将敢请王命：在狼山石窟修建武安君祠，立武安君石像，一里老秦民户移居山下长护长祭，我军平定韩乱之日，请杀韩王安与张良于狼山石窟祭祠！非如此，秦军将士心不得安也。”书成之后，一直守候在旁的司马有些犹疑，吭哧着说言辞是否太过。王贲大为气恼，一脚踹翻司马，又大吼了一声：“快马即发！秦王不从我请，还是秦王么！”

三日之后，年轻的蒙毅亲自驾车赶来了。

蒙毅风风火火，一下车便双手捧出秦王书高声道：“秦王有令，王贲所请全数照准！并在咸阳太庙东园修建武安君祠，永世陪祭大秦诸王！”王贲与将士们都没有料到秦王王书会如此快捷，不禁爆发出一阵从来没有过的狂呼，武安君万岁与秦王万岁的呐喊声如疾风般掠过山野。在狼山石窟查勘完毕后，蒙毅低声告诉王贲，秦王想要将这两方石刻挖下来运回咸阳，问王贲难也不难。王贲想都没想，立即回答不难，并立即下令通晓石工技艺的几个骑士率领三百人连夜开始动工，两日两夜已挖下刻石装上牛车上路。临行之时，蒙毅万分感慨地对王贲说了一个小故事：秦王接王贲上书之时正是三更时分，立召王绾、李斯、尉缭、顿弱四大员议事，蒙毅列座书录。王绾年长，刚刚入睡被人唤醒，进得门来尚在迷糊之中，皱着眉头听完事由，不禁嘟哝道，武安君之事牵涉甚多，又非紧急军情，何至我王夜半动众？秦王没有发作，反而起身对王绾深深一躬说，武安君被先祖错杀，牵涉再多，也是错杀冤杀。嬴政每思用兵便深为痛心，今武安君身死犹被人辱，我心如刀刺，岂能安卧哉！寥寥数语，在座大臣们都流泪了，老丞相王绾几乎无地自容……

“大哉秦王！”

后来王贲每每想起，他对秦王的景仰，以及反对老父亲在统兵灭楚之际对秦王以权术应对的做法，其根源皆在这次狼山请命。从那一日开始，王贲认准了秦王，决意终生追随。直至十余年后不意暴病，王贲对儿子王离说的最后一句话仍然是：“秦王大明！子必誓死追随！”这是后话了。

且说幕府立定，王贲立即在石窟幕府聚将，决意要赶在韩世族复国之际一举割除这个中原毒瘤。正当此时，姚贾从新郑送来一份黑冰台紧急密报：韩世族军密谋，旬日内突袭梁山，抢回韩王安，立秋在上党复国。“司马，念给诸位！”王贲狠狠将密报摔在石案上，黑着脸咬着牙走下将台，长剑咔嚓一声插进了碎石块堆积起来的写放[1]山形上。及至司马念完密报，将军们大吼一声“决平韩乱”，王贲这才冷漠平静地转过身来。

“乱军出山，天意也！”

呼呼摇曳的火把下，王贲的长剑指点着写放山川对将佐们道：“韩人既变，我亦得变！此，战之谋也，兵之谋也。原本，乱军固守上党，我军谋以重兵克之。今乱军出山夺王，我当以多路击之。总归一句：韩乱世族务必全数捕杀俘获！门客游侠逃脱几人姑且不论，要害是不能教韩乱世族逃脱一人！尤其是那个狗头军师，张良！”

“嗨！”

将军们一声吼应之后，王贲连续下达了十一道将令，每一道将令都清楚明白地交代了地形战法与相互呼应之法，堪称秦军自灭国以来最为

[1] 写放，战国时代对原物缩放复制的称谓。秦灭六国后写放六国宫室于北阪，是仿真景物与沙盘作业鼻祖。

翔实的战场将令。将军们一无异议，各领将令之后匆匆而去。待三名司马携带着三道军令飞马东去赵佗部，幕府冷清下来，王贲才大踏步走出了石窟，率领已经列队等候的三千飞骑疾驰而去。

王贲马队的方向，是上党西部的少水隘口。

依据原定方略，王贲军与赵佗军西攻东堵，合击全歼这支乱军。可姚贾的紧急密报却带来一个原先完全没有料到的变化：韩军要先行抢回韩安，而后再行复国大典。就具体的军事部署而言，这个变化意味着韩军将主动奔袭梁山，而不是原地绸缪复国再待机迎立韩王。如此一变，局面较原先复杂了许多，若仍然以原本谋划重兵合围，击溃韩军仍是胜算在握，然却显得漏洞极大，有可能使韩军在动势中大量逃亡，为此，必须有相应变化。若是寻常将领，仓促之间还当真难以谋划出妥善周密的用兵部署。然则，此时的秦军将领恰恰是王贲。战场兵事，王贲素来具有两大特质，一是胆略非凡，二是机敏过人且精细异常，小白起名号尽由此而来。一接姚贾密报，王贲心头立即划过一道闪电：这个消息真实可信！因为，它一下子解开了王贲多日的疑团——国无二君，韩世族复国如何会有三王之说？韩王果真未定，张良以何名号邀集旧韩世族与六万余军力？除非这个张良当真神乎其神，否则大大的不合常理。然，由于此前多方消息都相互印证了三王事实，王贲与姚贾便没有理由不相信。这道突然而及时的密报，一下子将原本不可思议的迷雾廓清了——张良并非神圣，还得循着当世常理确立一王而后举事作乱！此前所谓事实，显然只是韩国世族的示形术，有意迷惑天下耳目迷惑秦军而已。就在司马念诵密报的短短时刻里，王贲心思飞转，转瞬间谋定了应变部署。

王贲的十一道将令是：

其一，飞马急报秦王，不要向梁山增兵，既有守军也不须死战。

其二，五千飞骑秘密赶赴梁山要道埋伏，在韩军抢得韩王后堵截退路。

其三，一万七千铁骑赶赴河东渡口埋伏，在韩军抢得韩王返回时大举截杀。

其四，赵佗部一万飞骑秘密西进壶口，在韩军出动之后攻占其大本营。

其五，赵佗部五千飞骑西进石长城一线，全面搜剿韩军秘密洞窟。

其六，赵佗部五千飞骑埋伏壶关东口，截杀漏网北逃之韩世族。

其七，王贲自率三千飞骑居中接应，并在少水隘口做第二道截杀。

其八，两千熟悉上党山地的轻骑，全面搜剿藏匿山林之散兵游勇。

其九，斥候营两百余人，乔装各色人等刺探军情并搜捕韩乱主谋。

其十，三千铁骑赶赴上党南部入口轵关陉，截杀从新郑北进的旧韩世族。

十一，下令河东郡署，秘密向开出上党的秦军运送干粮干肉并战马草料。

王贲在少水隘口的密林驻扎到第五日，斥候营传来密报：韩军乔装成商旅的粮草车队已经开出，正向少水隘口而来。王贲冷笑道："些许粮草尚要自家料理，竟敢妄称得韩民心，岂非天下笑柄！"这便是真正的战争，军马举动间若无实际力量的支撑则寸步难行。就实而论，其时韩国已经被灭六七年，作为距离秦国最近且与秦国民众融会最密切的韩国庶民，对秦法秦治的清明已经有了深切实在的体味，很少有人再去怀念追思那个昏聩无能的韩国王室了。当此之时，旧韩老世族要举事复辟，要想做到庶民箪食壶浆以迎王师，已经是春秋大梦了。唯其如此，韩军要东来奔袭梁山，第一个难题便是粮草。这支由世族子弟门客游侠刑徒方士散兵游勇各色人等组成的韩军，要想做到秦军赵军那般自带军食长途奔袭，无异于白日做梦。唯一的办法，只能是自己先期输送粮草到特定地点，等候供应一路开来的军兵。若像通常大军那般粮草随行，主谋者又怕招摇过大进军缓慢，失去了奔袭的突然性而使秦军有备。而目下之秦军，非但有当年长平之战后秦国在西上党储存的粮草，而且开出上党也有所在郡县的秘密供给。纵然如此，秦军也是力求秘密快捷，全军冷炊不举烟火，在上党驻扎旬日而能使旧韩军一无觉察。

"放过粮草，任他去。"王贲轻蔑地一挥手。

三日之后，一支五颜六色的庞大马队呼啸着卷出了少水隘口。站在山顶一棵老树下的王贲，眼看着驳杂的马队从自己眼皮底下开出，非但没有丝毫的焦虑，反倒高兴得哈哈大笑起来："好！只要这群兔崽子出窝，老子管保秦王可睡安稳觉了！”

半月之后，战事没有任何悬念地结束了。

除了迎接韩王，韩军没有得到军师张良事先反复宣示的“天意”庇护，反而鬼使神差地每一步都撞到了秦军的刀口上。奔袭梁山之战，三五千秦军的战力分明并不如传闻中的悍勇。韩王被顺利迎接出山，韩军壮士们很是欢呼了一阵，韩王安还当场许诺，复国大典将赐每个将士三坛王酒。不料，东渡大河之后一切都翻了过来。河东渡口突然冒出的黑压压马队，一个回合冲杀便夺走了韩王，砍去了几乎一半的韩军头颅。韩军回头冲杀，梁山来路又冒出大片黑压压马队。大河两岸如此两三番折腾，韩军几乎被杀大半。一路突围冲杀到少水隘口，韩军五万余壮士剩下不到两万。不想，少水隘口又突然杀出一支飓风般的马队，攻杀之快捷猛烈直教这些游侠勇士眼花缭乱，想都来不及想便哄然四散了。侥幸逃出少水隘口的两三千人仓皇东来，要奔壶口出上党北上代国，堪堪将近石长城，不想秦军马队又黑压压从山脊压来。这最后一次截杀，韩国三大世族子弟全部被俘获，韩军主将段成也做了战俘。只有些许早早游离出大队的门客游侠逃出了重重追杀，作鸟兽散了。

虽然如此，王贲还是气得嗷嗷叫，原因是那个军师张良没有下落。王贲不死心，下令清理战俘、战场与被斩首级。可是，张良依然活不见人死不见尸。直到次年攻破大梁灭魏，王贲才从俘获的魏王假口中得知：那个张良在战场上装死，压在死人堆里一个昼夜，次日才趁着山雾逃脱了，而那个战场，恰恰就是王贲亲自截杀的少水隘口。

“张良！老子权当你狗头尚在！”王贲恶狠狠骂了一句。

“有黑冰台天下追杀，那个张良活不了几日。”姚贾安慰道。

姚贾赶来的时候，上党战场堪堪清理了结。除了被杀者，韩王安与旧韩世族全数被捕获，逃脱的游侠残兵也只有三五千之数。对于横跨大河与上党山地的东西千里大战场而言，王贲以五万秦军将六万余最难对付的游侠壮勇几乎一举清除，可谓奇迹也。尽管王贲对张良逃脱耿耿于怀，然在姚贾部署黑冰台追杀之后，也大笑一阵释然了。当夜军宴，姚贾笑问王贲：“杀韩王以祭武安君，要否再度请命秦王一次？”王贲大手一劈道："不要！秦王此前已下书准许，宁有变哉！"姚贾摇头沉吟道："至少，少将军须等得三五日再说。"王贲有些不悦，然最终还是点头了。于是，两人在禀报平乱的归总上书上共同用了印，派出快马特使立报咸阳，军宴便散去了。次日清晨，王贲尚在酣睡之中被人摇醒了。王贲正要发作，睁开眼睛一看，年轻英武的蒙毅笑吟吟站在榻前。

"蒙毅！你如何来也！"王贲惊喜过望，一拳捅得蒙毅一个趔趄。

"啊呀！我若女子，非被你捅死不可！"

"你兄弟纸糊的呀，快说！甚事！"

"我还饿着肚子，不说。"

"快！酒肉上！三份战饭！"

"不不不，两份足够。"

守候在幕府外帐的司马，应声将现成的战饭捧来两份：两张大锅盔，两大块干牛肉，两皮囊马奶子酒，唯一的奢侈是外加了一盅白光光的醋浸鲜辣小蒜。蒙毅一笑，立即坐在案前大嚼大咽，连王贲看也不看。王贲散乱着长发光膀子裹着一领大布袍，也顾不得去梳洗，只怔怔地盯着蒙毅呼噜噜吃喝，看得帐口的司马想笑不敢笑想说不敢说想走又不敢走，只满脸通红。好容易，蒙毅全数清扫了两份战饭抬起头来，王贲还是直愣愣盯着。

"秦王有令。"蒙毅板着脸淡淡一句。

"如何？"王贲黑着脸。

"若捕获韩王段成之流，立杀以祭武安君。"

"娘也——"

见王贲低呼一声瘫坐在地，蒙毅高兴得大笑不止。王贲忽地爬起来抓住蒙毅便打，蒙毅只顾捂着头大笑不止。王贲打得几下松开手喘息一声，两人这才开始正经说事。王贲说，姚贾的提醒，还真是搅扰得他一夜没有睡好，直担心秦王果然生变。蒙毅说，秦王最有担待，发出的王命说出的话，从来没有变过。王贲说，既然如此，秦王为何要再下一次书？蒙毅说，秦王自己不变，可别人担心秦王变，秦王又担心臣下担心自己变，于是有了这第二道下书。王贲说，世上本无事，都是人多心。

蒙毅说，对也，秦王也说了，君臣相知千古难，除了孝公商君，只怕我等君臣也得揣摩着对方行事了。王贲不禁一叹，难，烦。蒙毅笑说，不难，不烦，只要各依法度做事，这是秦王说的。

两人说得一时，去姚贾军帐会商。姚贾得知秦王下书，感慨中来连呼惭愧惭愧受教受教。于是，一番筹划部署，三日后在狼山的武安君祠以秦王名义大祭武安君白起，在祭台前杀了韩王安与乱军主将段成。韩乱之事，至此遂宣告平定。及至王贲部回师南下到野王大河渡口，长史李斯又飞车赶到了。

李斯此来，是奉秦王之命会商对魏国战事。李斯先行叙说了咸阳会商情形：秦王咸阳朝会，大臣们都已经赞同了王贲的连续对魏国用兵的方略；然，大臣们也都担心王贲五万兵力不足，提出了三则对策：一是等待灭燕大军南下，二是调九原蒙恬军南下，三是调陇西军东来。秦王始终没有可否之见，只教李斯做特使，与王贲姚贾会商后再定。

“长史揣摩，秦王究竟何意？”姚贾皱着眉头问。

“秦王之意，战场用兵几多，大将最有言权。”李斯说得明白不过。

“少将军之见，五万兵力如何？”姚贾又问。

“大人只给我一个评判，魏国还有多少兵力？”王贲反问一句。

“二十万余。”姚贾职司中原邦交探察，没有丝毫犹豫。

“如此，我部兵马足矣！”王贲笃定拍案。

李斯良久默然，末了道：“就近伊阙有蒙武老将军五万兵马，少将军似可为用。”王贲答曰：“蒙老将军兵马同是秦军，自然要用。我意是说不须再从燕地、九原、陇西三处远途调兵，我有十万锐士，还有姚贾大人邦交周旋为助，一战灭魏有成算！”

“如此，少将军请接王书。”

谁也没有想到李斯随带秦王王书，不禁惊讶。李斯说，秦王明白交代，若王贲在平定韩乱之后灭魏依然胸有成算，当立即宣示王命，进入战事筹划，无须反复请命会商，故此有书命随带。王贲肃然起身一躬，双手接过王书展开，只有寥寥数语：“秦王特命：王贲为将，统领灭魏之战，山东秦军并各郡县，须一体听其调遣！”

王贲读罢，思忖片刻，双手将王书捧给了姚贾，并吩咐司马摆上简单的军宴为李斯洗尘。饮得两爵，王贲起身离座向李斯姚贾分别深深一躬道："灭魏之战关涉甚多，两位前辈教我。"李斯姚贾尽皆大笑。李斯不禁感喟道："少将军胸襟，有乃父之风也！"姚贾笑道："老夫倒是以为，少将军襟怀有如乃父，战场之才，犹过乃父也！"言语一涉老父亲王贲便大显局促，摇着头红着脸只向两人再度一躬求教。李斯道："战场行兵之事，老夫无以置喙。唯问少将军一句，对魏之战欲大张旗鼓乎？欲不动声色乎？"见王贲肃然思忖，李斯又道，"大张旗鼓者，公然开兵直逼国境，若灭韩赵燕三国之战也。不动声色者，不下战书，不公然进兵，似可说，几类商君收复河西之战也。"姚贾拍案道："长史所言，颇具深意。魏国情势，确有这两端选择。"王贲道："大人以为，魏国情势多有诡异？"姚贾道："然也！我军平定韩乱，分明拿到了魏国鼓荡韩乱之凭据，魏国君臣心知肚明，可硬是不声不响佯作无事。依据邦交成例，魏国已经向秦国称臣多年，此事不能没有个说法。然则，他偏没有！如此情形，大为反常，我军当真得审慎行事。"王贲边听边思忖，末了一拱手道："两位大人言之有理，灭魏战事当秘密筹划，不宜大张旗鼓。"李斯姚贾立即拍案赞同。之后，李斯思忖道："灭魏战法，少将军可有谋划？"王贲慨然道："末将一直揣摩灭魏，容当后告。"三人大笑一阵，直饮到暮色方散。

当夜，李斯西去姚贾北上，王贲大军开始了不动声色的秘密部署。

## 三　坎坎伐檀兮　置之河之干兮

这日，大梁将军突兀接到王命：魏王要夜巡城防，须提前一个时辰闭关。

第一次，素称夜不关城的大梁在暮色时分隆隆关闭了城门。城外宽阔的护城河上的几座大石桥也被铁栅封闭了，如同小城池收起了窄窄护城河上的铁索吊桥。虽然这是古老而不再具有实战效用的城防传统，然作为遵奉王命的闭关程式，这个几乎已经被人遗忘的传统却是必须遵守的。于是，已经没有了那种可以哗啷啷拉上放下的吊桥的大梁，破例用铁栅封闭了四座城门外的宽阔石桥，算作了“收起吊桥”这道程式。否则，大梁将军对讲究颇大的魏王无法复命。于是，也是第一次，夜幕降临时大梁城没有了内外相连的灯火河流，只有城头的军灯闪烁在茫茫平原，恍若夜空稀疏的星星。

曾几何时，大梁城风华富庶独步天下，与齐国临淄、秦国咸阳、赵国邯郸并称天下四大都会。四都之中，若论真正的商贾汇聚百工云集士人流聚物流畅通，还得说以大梁居首。因为，齐国临淄毕竟僻处滨海之遥，士农工商或望而却步或鞭长莫及，诸般气象与大梁相比稍显单薄。赵国邯郸虽为战国中期的后起大都，盛则盛矣，却多以大河之北的胡商、燕商以及天下任侠所向往，楚齐人士与治学之士则较少涉足，蓬勃之中便少了些许郁郁乎文哉的气象。时人所言质胜于文，此之谓也。秦国咸阳大出天下，自不待言，然终因与山东六国恩怨纠结，又因律法甚严，人流物流终归受了诸多限制，于是乎与邯郸类似，少了一些令人心醉的文明风华神韵。唯独大梁，地处苍茫无垠的大平原，濒临大河而居天下腹心，水路宽阔，官道交织，车马舟步样样快捷，衣食住行件件方便，辐辏云集人物汇聚，蓬蓬勃勃而成枢纽之地。战国初期，大梁尚未成为魏国都城，已经是中原地带财货集散的工商重镇了。及至魏惠王时期筹划迁都，历经数十年营建扩展，于秦国夺取河西之地后正式迁都大梁，这座重镇遂以令人炫目的气势迅速崛起为天下第一大都会。当年苏秦对大梁的说法是：“人民之众，车马之多，日夜行不休已，无以异于三军之众！”也就是说，车马人流多得如同大军行进。张仪对大梁的说法是：“地四平，诸侯四通，条达辐辏，无有名山大川之阻……从陈（楚）至梁，马驰人趋，不待倦而至梁。”可见其交通便捷。但是，作为魏国都城的大梁，其特异不仅仅在于繁华便捷，而在于一种独有的神韵：她包容接纳了天下各色人物与列国滚滚财货，能够为任何行业提供最为广阔的天地，能使各色人等最为自由地选择自己的出路，弥漫出一种战国独有的奔放张扬与自由进退精神。也就是说，特立独行地自由挥洒，绝不仅仅是一种士人精神，而是一种弥漫天下更聚结在大梁的人民风貌。时人言临淄云："家敦而富，志高而扬。"究其实，大梁之谓也！

唯其如此，当魏惠王、魏襄王、魏昭王三代近百年，大梁始终是天下商旅百工的首选之地，是士人游学的神圣殿堂，是天下邦交角力的最大战场。历数战国名士，没有在魏国游学而能成为大家者，几如白乌鸦一般罕见。反过来，人流物流竞相汇聚，又大大地刺激了大梁的工商百业。那时的大梁，商社作坊鳞次栉比，名士学馆比比皆是，酒肆客栈遍地林立，珠宝皮毛盐铁兵器丝绸车马汪洋恣肆，天时地利人和具结交汇，大梁连仔细回味都来不及，便成了天下垂涎的首富大都。

"烁烁其华兮，皇皇大梁。"

"魏王，大梁金城汤池，秦人奈何哉！"

冷清空旷的长街上，魏王假与左丞相尸埕的对话飘荡在辚辚车声中。

午后时分，魏假正在与最心爱的几只猛犬嬉闹，太子右丞相魏炽匆匆前来，禀报了一则秘密消息：秦军王贲部已经平定了韩乱，于三日前班师回到了颍川郡的河谷驻地，有可能筹划攻魏！魏假思忖片刻，立即召来左丞相尸埕及大梁将军、河外将军会商。会商议题有两个：其一，如何就韩乱事对秦国说话？其二，秦军王贲部会不会攻魏？会商一个多时辰，大臣将军们一致认同了魏王假的两则决断：其一，韩乱之事秉承既往说法，咬定魏国从未参与支持韩国旧世族，因此，对秦不须回复，以免自召怀疑；其二，无论王贲是否攻魏，都要未雨绸缪，秘密向大梁调遣军马，并立即增强大梁城防。今夜立即巡视大梁城防，也是魏王当殿决断的。为此，大臣将军们很是赞颂了一阵魏王的深彻洞察。能如此快捷地做出决断，并得到大臣们如此拥戴，魏王假很为自己的用人之道及目下的庙堂权力框架欣然自慰：自魏武侯之后，魏国几曾有过如此同心协力之庙堂？中兴魏国，舍我其谁！

要解得魏假心绪，先得说说魏国目下的庙堂人物。

自迁都大梁，魏国国势不可阻挡地日渐衰落，与大梁都城的蓬勃风华之势形成不可思议的落差。其中奥秘，魏国人不解，天下人更不解，于是生出了种种议论评判。其中最令天下诟病者，是魏国的人才流失。自魏武侯死至目下魏假即位，魏国历经惠王五十一年、襄王二十四年、昭王二十年、安釐王三十五年、景湣王十六年，共五世一百四十余年。这一百余年中，从魏国走出的名将名相名臣名士举不胜举。尤其是秦国名相名臣，几乎有八九成来自魏国。与此形成反差的是，除了一个信陵君，魏国在百余年中没有出过一个名将一个名相。于是，天下遂有了“魏才人用”之口碑。尽管魏国几代君王都不认这个口碑，可人才依旧在流失，魏国依旧没有当国栋梁。

魏假即位，很为这一口碑懊恼，决意搜求贤才中兴魏国。魏假聪敏好学，冥思苦想地归总出了魏国衰落的两则弊端：其一，用人不当。虽然魏假很不情愿承认这个弊端，但终归是天下公议，魏假还是认了。后来，魏假的这一胸襟很是被大臣们颂扬了一阵子。其二，权臣太重，使魏国庙堂不能有效决策，魏王决断每每受阻。魏假熟悉国史，认定君权受压的最大前车之鉴，是曾祖父魏昭王的少子信陵君权势过重的恶例。山东六国都对这个信陵君赞颂崇敬有加，自认学问有成的魏假却以为：信陵君盗窃兵符、击杀大将、擅自调动大军救援赵国，这是三桩等同于叛乱的大罪，在任何邦国都是不能不严刑处置的；可在魏国，居然能重新接纳信陵君返国并再次当权领政，祖父安釐王当真不可思议，天下人因此而抨击魏国不纳人才，同样不可思议。基于此等深思熟虑，魏假认定了一个不可动摇的根本：无论多大的贤才，都不能对魏王的权位构成胁迫，否则，不是真正的贤才。为此，必得谨慎遴选贤才，必得妥善构架庙堂权力。

庙堂权力，除了国君，第一个位置自然是丞相。

战国官制，各国虽略有不同，然到战国末期，事实上已经是大同小异了。就其趋同之势的根源而言，魏国可说是战国新官制的发端者。在文侯武侯及魏惠王前期，魏国在李悝变法邦国富庶之后，又确立了国君、丞相、上将军三权同领国政的庙堂权力体制，简洁明确，决策及施行效率大增，魏国迅速由富而强。魏文侯之世，李悝为相，乐羊为将，其时之黄金组合也。魏武侯之世，田文为相，吴起为将，大体也是一次黄金组合。魏惠王前期，公叔痤为相，庞涓为将，也算得颇具实力的庙堂架构了。魏国开创的三权制之所以有实效，根本点在于丞相开府制。开府者，丞相建立独立官署（府）而统辖百官处置政务，大体类似于后世的总理内阁制。上将军虽然也是开府，但只限于处置日常军务与战场统辖权，而成军权与调兵权则归君主，所以其开府不能与丞相开府相比。君主的权力，则通过原发性军权（成军权、调兵权、任将权）与用人权、赏罚权等等实现总体控制。从总体上说，虽然君权依然是最大权力，但开府相权与开府将权也具有很大的独立性，比后世的层层叠叠制约要简洁明快得多。这种极具实效的官制很是符合大战连绵的战国，所以迅速为天下所仿效。商鞅的秦国变法，在秦国建立了以魏国官制为底本的新官制，轴心便是丞相开府。其余各国变法所建立的官制，也都大体靠近魏国范式。因此，到战国末期，各国的丞相都是总领国事而居百官之首，成为最重要的庙堂首席大臣。

唯其如此，魏假不能不对丞相权力慎之又慎。

魏假思谋出了一个颇具新意的丞相方略：丞相职两分，设右左两丞相；依魏国尚右传统，右丞相居首，左丞相辅之；如此相权两分，对君权很难构成威慑，可谓两全其美。然魏假还是意犹未尽，又一番思虑，一个新方略又陡然闪现——以太子为右丞相，可谓万全！太子是自己的儿子，是法定的国家储君，兼领丞相既能使大权不旁落，又能使太子锤炼政务之能，岂非天衣无缝哉！思谋一定，魏假大感舒畅，立即下书朝野：魏王天下求贤，期盼相才中兴大魏，臣民人人得举荐，名士人人可自荐。之所以如此，是魏假已经谋定了行事方略：只有在选定左丞相之后，才能宣布太子任右丞相，否则，魏王求贤之名会大打折扣。

王书颁下之初，魏国朝野很是振奋了一阵。臣民们都以为这个魏王是个中兴明君，颂扬之余纷纷举荐人才。大梁原本物华天宝之地，纵然气象大不如前，毕竟还是天下士人荟萃地之一。于是，半年之内臣民三千余件上书，举荐自荐各色人物三百余。开始，魏假还捺着性子以当年魏惠王接见孟子的隆重礼仪为范式，在王城大殿先后十几次召见了二十六个名士，其中不乏法儒墨道各大家的著名弟子。然则，这些名士不是大谈变法强国，便是大谈整肃吏治。除此之外，这些名士们几乎不约而同地明确提出，要魏王“复初魏相权，复先王开府之制，用才毋疑”。魏假顿时心下冰凉，深觉时下士子们不识时务——方今秦国独大泰山压顶，不言保国而侈谈变法强国，还要拥有先王时的相权，这不是明明白白要做权臣么？岂有此理！

于是，魏假不再见任何一个士子，只秘密下书太子掌管的招贤馆：举凡入朝士子，但有资质者一律任为博士，赐其高车骏马并一座三进府邸，不任实职。不想如此一来，半年之间，魏国庙堂便有了一百多个峨冠博带的博士。博士者，当年魏惠王为对付孟子等博学大师与各学派人才而设置的一种官职也。博士的职责规定是：“掌通古今，备顾问。”就实说，是没有任何实际职掌的散官。因了魏国殷实，尚能撑得起这等虚荣，于是，占地颇大的博士馆园林也就一直保留了下来。原本的老博士们，已走得一个也没有了。方今多事之时，相邻的韩国已经灭亡，国人振奋于新魏王的振作求贤，期望看到新任贤才们的新政气象。大大出乎国人意料的是，最为时人蔑视的博士馆却突然满当当热闹起来，峨冠博带的博士们高车骏马流水进出，饮酒博戏评点天下，终日无所事事地晃荡在酒肆坊间大街小巷，平添了一片弥漫着醺醺酒意的富庶浮华景象。

见多识广的大梁人愕然了，哗然了，茫然了。

不久，大梁街巷传唱起一首古老的《魏风》歌谣：

坎坎伐檀兮　　置之河之干兮
彼君子兮　　不素餐兮
坎坎伐辐兮　　置之河之侧兮
彼君子兮　　不素食兮
坎坎伐轮兮　　置之河之滨兮
彼君子兮　　不素飧兮

歌谣传入王城，魏假很不高兴。魏假通晓诗书，自然知道这是载进《诗》里的古老的魏人歌谣。这支歌的唱辞原本有三节，可如今传唱开来的却只有三节的头尾两句，一听便是嘲讽他的求贤设博士国策的。若是说白了，也难怪这首歌直教魏假脸红气促。你听——叮叮咣咣伐檀木，伐下来便丢在了河岸，那檀木可是专门做车轮的良材啊，他扔在河岸不用，他不是个白吃饭的蠢货么！叮叮咣咣伐树，说好了要做车辐，可他还是将它们扔在了河边，他这个人啊，不是个白吃饭的傻蛋么！叮叮咣咣伐树，说好了要做车轮，他还是将它们撂在了河畔，他这个人啊，不是个浪费晚餐的白痴么！

"岂有此理！本王白吃饭么！"

尽管魏假愤愤然大嚷一通，可最终还是无可奈何地长叹了一声。防民之口，甚于防川。整个大梁都在唱，整个魏国都在唱，纵然国王又能如何？追查么，人海汪洋，唱的又是老歌，能问人何罪？若兴师动众，激怒了外邦商旅士人一齐离魏，大梁还是大梁么？反复思忖，魏假终于揣摩出了一个方略：立即在诸多博士中选出一个丞相来，教大梁人民看看魏国求贤是真是假，魏假是白吃饭的蠢货还是有为之君！

魏假乔装成一介布衣之士，漫步到了博士苑。在一片池畔的茅亭下，魏假恰遇一个须发灰白的博士在水边认真翻阅着一本厚厚的羊皮大书，端严肃穆之相令人肃然起敬。在大梁城这样一个风华之地，一个闲散博士不去酒肆博戏坊挥洒游乐，而独自枯守清冷，仅是这份节操，仅是这份定力，也决然是个人物。心念及此，魏假轻轻走进了亭下。

"敢问先生，高名上姓？"魏假深深一躬。

"尸埕。"老士没有抬头，左手在石案上写下了两个大字，"寻常人听不来如此两字，有学则一看自知。"显然是老士习惯了这种问答，说话写字都没有抬头。

"噢，先生是尸子后裔？"魏假博学，一看笑了。

"足下何人？知道尸子？"老士惊讶地抬起头来。

"当年，尸佼是商鞅老师，天下皆知，我何不知？"

"不。先祖并非商君之师，足下听信误传也。"老士神情分外认真。

"愿闻真相。"魏假对古板的老人大感兴趣。

老人认真地说了一通先祖与商鞅的真相故事：尸佼毕生执王道之学，

也极为推崇儒家孔丘，写下了二十余篇文章做一卷大书流布天下，决意要在某一大国履行其治国之学。那年，尸佼游学到魏国安邑，在洞香春酒肆的论战中结识了年轻的卫鞅。尸佼心高气傲，将自己的一卷羊皮大书送给了卫鞅，要他“师尸子之学，执一国之政，成天下之名”。卫鞅掂了掂羊皮大书笑云：“若足下之书果真实学，三日之后鞅自拜足下为师。”不想，三日之后再度相聚，卫鞅却将尸佼的羊皮书轻蔑地丢在了酒案上，同时拿出了自己的三篇文章，笑道：“足下胆识可嘉，然迂阔过甚也！二十余篇万余言，唯见崇王道尊儒学，未见一句言法言变。如此迂阔之学欲图治国变法，岂非南辕北辙哉？足下果然明睿，当拜我为师也！”说罢扬长而去。尸佼大感难堪，却也禁不住认真读了卫鞅丢下的三篇法家之文。旬日之后，尸佼寻觅到卫鞅的小小居所，当真要拜卫鞅为师。卫鞅大笑道：“前番之言，我只不服先生以王道之学为圭臬，何敢当真做先生之师哉！先生哲人也，‘天地四方为宇，往古来今曰宙’，仅此一言，足传先生千古之名，何求以我为师也！治学多端，治国之学本先生所短，先生何苦以短处立于人世焉！”尸佼大感顿悟，对卫鞅深深三躬，遂酣畅大笑而去，自此终生不复见……

“这？果真如此？”魏假第一次大大地惊愕了。

“先祖足迹，后人岂敢虚言！”老士高声一句满脸通红。

“那，先生所治何学？”

“治国之学。”

“噫！先生说尸佼接纳了商鞅之言，何以后人仍执治国之学？”

“先祖秉性偏执，隐居二十余年不见大成，又复入秦寻觅商鞅。其时恰逢商鞅临刑，先祖慌忙逃离咸阳逃奔巴蜀。临终之时，先祖遗言：商鞅之学不保自身，足见其谬；子孙须修治国之学，以正商鞅，以传后世。是故，老夫修习治国之学也。”

“天下之大，竟有如此反复？”

“老夫之学，惜乎魏王不见。否则，安知尸子不如商鞅也！”

“愿闻先生治国法度。”魏假深深一躬，认真地求教了。

“夫治国者，治人为先。”老士悠然吟诵，显然在念自己的成文篇章，“治人在行，行有四仪：一曰志动不忘仁，二曰智用不忘义，三曰力事不忘忠，四曰口言不忘信。使人慎守四仪以终其身，功业从之也！由此观之，治天下者有四术：一曰忠爱，二曰无私，三曰用贤，四曰度量！……”

“好！”魏假心头一动，不禁拍案赞叹。

“设若老夫入得庙堂，何愁天下大治焉！”老士也感同身受地慨然一叹。

魏假打量了老士一眼，没有说话走了。三日之后，魏假召见了老士，当殿拜老士为左丞相，慌得老士红着脸接连打出了一串响亮的喷嚏，一时涕泪交流不能自已，只连连打躬不止。拜相王书颁行朝野，魏国臣民一片哗然——魏国终究有丞相了，中兴有望了！要知道，魏国在信陵君之后，已经虚空相位多年了，魏国民众能不高兴么？不料，朝野还没高兴得几日，魏假的王书又下来了：太子魏炽兼领右丞相，与左丞相同领国政。魏国朝野再度哗然，大梁城再度哗然。战国之世谁都明白太子是国家储君，太子任相，其实几乎就等于国君亲自任相，能不重叠掣肘么？故此，夏商周以至春秋战国，没有过太子亲任丞相的怪诞庙堂。可是在魏国，偏偏就开了这个先例——魏哀王九年，魏国以太子为丞相！其时，不管魏国王室如何辩解说，太子为相是哀王受了苏代的游说，而苏代则受了楚相昭鱼的请托，是一时权宜之计而非长久国策等等；魏国朝野还是大觉别扭，公议始终认为魏国这段时日没有丞相。说也怪，对这种太子丞相，人民总觉得不对劲，不是真丞相，所以只要是太子任相，总是认定魏国没有丞相。如今又是太子任丞相，不是又回到魏国痼疾去了么，既然如此，求贤何来？于是，那首“坎坎伐檀兮”的老歌，又再次在大梁城的大街小巷哼唱起来。

“人民愚昧，王何计较哉！”

在魏假愤懑无从发泄的时候，尸埕的抚慰如一缕春风掠过心田。

不可思议的是，身为左丞相的尸埕，第一个坦然接受了太子右丞相，理由慷慨一篇：“治国者，忠爱为首也。忠君者，四仪之首也。皇皇君命，焉得狐疑哉！”如此这般，太子丞相的风波很快也就过去了，魏假的魏国庙堂也很是和谐安宁了。每遇议政，任何一个大臣但有不敬言论，左丞相尸埕都要义正词严地驳斥一顿，而后慷慨激昂地大讲一番“力事不忘忠”的四仪忠爱，很是替魏王假维护了王权尊严。不到一年，魏国庙堂的异己声音消失得干干净净，魏国君臣更见琴瑟和谐了。目下秦军觊觎魏国，许多大族世家都惶惶不安地准备要逃离大梁，只有左丞相老尸埕端严肃穆依旧，忠心耿耿地谋划着大梁城防，其周严细密，连那个久在军旅的大梁将军也啧啧感叹。从心底说，魏假越来越觉得不能没有这个老尸埕撑持庙堂，否则，他将陷入无边无际的聒噪，哪里还能整日与他的爱犬们耳鬓厮磨？

……

“禀报魏王，义商密报！”

刚踏上南门箭楼的垛口，大踏步迎来的大梁将军尚未行参见大礼，便急匆匆摇着一支铜管要说话。魏王侧后的尸埕很是不悦，黑着脸道：“礼为国本，将军何能如此无行也！”一身甲胄的大梁将军不禁面红过耳，想争辩两句却终是一拱手道：“末将甲胄不能全礼，尚祈魏王见谅！”魏假这才笑吟吟道：“无妨无妨，且说说义报消息。”大梁将军正色道：“咸阳魏国商社送来急报，咸阳水工多赴军前效力！商社揣测，秦军或图水战攻魏，盼我有备！”

魏假尚在沉吟之际，尸埕的花白胡须一翘先冷冷地道：“力事不忘忠。这商旅义报固然可嘉，然则，何以不报魏王？何以不报庙堂？又何以直报你大梁将军？”大梁将军惊讶地瞪着两眼，呼哧粗喘几声道：“要说根由，大约是魏国商旅还认定老夫称职。”尸埕看了一眼仍旧在沉吟的魏王，又辞色端严道：“自古以来，中原只有治水，几曾有过水战？普天之下，只有楚吴越三国有过水战，秦国白起当年攻楚有过水战，中原之地谁见过水战？商人见利忘义，道听途说，邀功而已。将军不思征发粮草构筑壁垒打造兵器，却将此等消息当真，何能筹划城防哉！大梁将军被搅得云山雾罩，一时竟不知从何说起，急得不断抹着额头汗水连连甩手，只瞅着魏王等待明断。魏假矜持一笑道：“大梁城防，关涉国人民治，向由左丞相统辖，将军但以法度行事，上下同心，大梁自是金城汤池也。”说罢一挥手，径自在城头漫步巡视起来。

夜来碧空如洗繁星低垂，与大梁城内外已经稀疏的灯火相映成趣。魏假第一次星夜巡城，看得兴致勃勃，直到三更刁斗才走下了城头。尸埕感佩得无以复加，一路连连赞叹魏王宵衣旰食实乃圣王明君。跟随护卫的大梁将军却完全蒙了，分明觉得哪里不对，可又无法开口；分明目下该说兵务战事，可他找不到将这些事务纳入到一条大道理之下的那个入口；而没有这个宏阔玄妙的入口，你说的任何事都会被搅批得不知方向，往往还没涉及正题，便连那个话题也被淹没了。于是，冥思苦想又一头雾水，大梁将军如同一个梦游人，木然走完了四面城墙，却没有想出一句说辞来引出最想说的要紧兵事。

“上天也！大魏国没了，没了……”

恭敬麻木地送走魏王与老丞相，大梁将军瘫倒在了城头。

## 四　特异的灭魏方略震动了秦国庙堂

幕府将军案上，竹简羊皮简册堆成了一座小山。

移军汜水河谷，王贲对中军司马下了一道军令：“搜寻魏国典籍，越多越快越好。”这个中军司马是个兵家子弟，见事颇快，接令立即赶赴新郑向姚贾求助。姚贾一听哈哈大笑，连连拍案道：“少将军素以剽悍闻名，今欲智战下魏，国家之幸也！”二话不说，姚贾将基于邦交周旋多年搜求的三晋国史及诸般典籍全数给了王贲，整整装了三车。典籍运回当日，王贲便在幕府辟出了一间书房，教中军司马带了三个书吏先粗粗浏览一遍所有典籍，择出与魏国相关的所有篇章分类列好。而后，王贲埋首幕府，孜孜不倦地开始了寻觅揣摩。不到一个月，王贲有了自己独特的灭魏方略。

说起来，这也是王贲不为人知的潜在秉性所致。

少入军旅，沉静寡言的王贲是全军闻名的猛士。若用弓马娴熟之类的赞语评价王贲，未免失之单薄，不足以包括王贲的沉雄勇略与那种使将士们很是心悦诚服的气度。与其父王翦相比，这种气度是沉稳明快，绝没有丝毫的木感。秦军大将李信最是挥洒不拘，尝笑云于一班年轻将军："铁木者，老将军也。精铁者，少将军也。"一班少将军们听得哈哈大笑，无须任何一句解说便心领神会了。盖秦人所言之"木"，是一种与暮气有别的沉滞之气。王翦阅历丰厚而稳健多思，凡事多以深远利害思谋，加之每战必先求诸将之见且极少动怒，凡此等等，军中将士常有些许不给劲感。是故，有了将士们一种小小的笑谈遗憾。当然，这也是因为秦军统帅前有战神白起为楷模所致，否则也不会生出如此比对。而对王贲，之所以有"精铁"公论，在于王贲的明晰判断与快捷勇猛，犹如上好精铁，弹指一敲当当回响。历经灭赵灭燕两大战，王贲的战场霹雳之风已经广为军中传颂了。但是，对王贲的另一层潜在秉性，将士们尚未觉察。也许，若非秦王力主王贲独当一面，王贲永远都没有机会爆发出这难能可贵的一面。

这一面，是王贲对将略的向往与追求。

王翦之家与所有的秦军将领不同，在故里频阳东乡始终保留着老宅庄园。灭赵之前，王翦家人始终居住在频阳老宅。那时候，王翦对秦王的理由是："主力新军正在锤炼，臣不当陷入家室之累。"童年的王贲，是在恬静散淡的频阳老家度过的。父亲长年在军，书房空阔静谧。尚在蒙学的王贲，常常在父亲的书房里折腾，架起木梯上下打量，觅得一本兵书便窝在角落津津有味地读去。常常是母亲仆人满庄园寻喊，王贲才猛然跳起蹿将出来。

一次，父亲终于归家，聚来家人会商，要决断两个儿子的业向。父亲说国法有定，两子必有一人从军，老大已经加冠，可以从军；老二尚在少年，务农守家便了。母亲与家族人等无不点头。少年王贲一听大急，红着脸跳了起来嚷嚷："我是老二！我不要守家！我要从军！"家人族人无不大笑。父亲板着脸道："军旅不要少儿，休得搅闹。"王贲更急，红着脸又一阵尖嚷："大哥长于农事，该守家！父亲决断有差！"父亲问："如何你从军便不差了？"王贲一句尖嚷："我熟读兵书！"言方落点，厅中族人笑得前仰后合。

“也好。你背两句兵书，我听。”父亲没有笑。

“凡人论将，常观于勇。勇之于将，乃数分之一耳！……”稚嫩的声音卡住了，王贲情急，抓耳挠腮道，“我，我再想想，想想……”

“你读了《吴子兵法》？”沉稳的父亲惊讶了。

“兵法是吴子好！要说打仗，我尊奉武安君！”

简单的对答之后，父亲久久没有说话。那一夜，忐忑不安的王贲看见父母亲寝室的灯火一直亮到四更。终于，父亲带走了王贲，秦军中便有了一个机警勇猛的少年士卒。那时，父亲正在全力训练新军，王贲被分配到了骑士营，用的名字是“胡贲”。除了掌管大军总籍簿的军法吏，谁也不知道这个“胡贲”是王翦的儿子。秦以耕战为本，王族子弟也没有世袭爵位，得凭自家的真实功劳立身，所以，王族与大臣们的子弟依法从军是很常见的事。为了公平的声誉，也为了军士融洽，许多王族元老与大臣将军，都将子弟化名入军，只有军法吏掌握其真实家世。秦军法度：化名只在入军前三年使用，之后得以真实姓名战场立身。三年之后，年仅十七岁的王贲在新军训练中脱颖而出，成了没有爵位的千夫长。及至主力大军东出之际，堪堪加冠的王贲已经成为全军最年轻的少将军。按照秦军老将的说法，王贲活脱脱是个小白起，天生的将军坯子。

一次大军操演，所有的年轻将军都飞马冲杀在前，唯独王贲，始终伫立在云车司令台下，亲执金鼓，号令进退，没有亲临战场冲杀。幕府聚将，蒙恬问其故。王贲慷慨对答：昔年吴起临战，司马将长剑捧给吴起，吴起掷剑于地高声说，将之使命在执金鼓而号令全军，不在亲临冲杀；末将以为，我军大将当效法吴起为上！

蒙恬没有说话，立即下令中军司马宣读操演统计。结果是，王贲部战果最大，伤亡最小。一班年轻的将军们无不惊讶。由此，蒙恬对王贲大为赞赏，不顾主将王翦的反对，一力上书秦王，将王贲擢升为主力新军的前军大将。灭国大战开始，蒙恬奉命率一军北上抵御匈奴，原本一心只要带王贲做副将。可王贲却响当当地说，除非去九原立即打仗，否则末将不愿北上！蒙恬笑云，跟老将军灭国，好是好，只怕老将军不敢用你也。王贲又是响当当一句，大秦有法度，不怕！虽然如此，最后还是秦王嬴政定夺，王贲才留在了主力大军之中。两次大战，王贲接受的将令都是做非主战的偏师，可每次偏师出战，王贲都完成得有声有色。灭赵大战对抗李牧，王贲是策应；攻入赵国后，王贲又是进军赵国陪都的偏师，没有得到主攻邯郸的将令；灭燕大战，王贲又是佯攻代国；攻下蓟城后，最长于奔袭战的王贲没能追击燕王残部，眼睁睁看着李信接受了令箭飞驰而去……不管将令如何，王贲都极为出色地完成了战场使命，且从来没有丝毫怨言。正因为如此，秦军将士们都很服气王贲，也都明白一个事实：王贲部是秦军毫无争议的第一旅精锐，只是尚未大展威风而已。也正因为如此，当王贲独率一军南下时，依依惜别的将士们更多的是为王贲高兴。

这就是王贲，崇尚谋勇兼备，将智战看做兵家根本。

“攻克大梁，非特异战法不能。”

“少将军有成算了？”

当副将赵佗疑惑地走进幕府最深处的书房时，疲惫的王贲很有些兴奋，吩咐军务司马搬来两坛老秦酒，与赵佗举着酒碗凑到羊皮地图前说将起来。王贲说：“当年魏国富得流油，将黄金都堆到了新都城的王城与城墙上，大梁城无疑是天下最坚固的大都。外城墙高十三丈，墙厚十丈，内夯土而外包石条，几乎是个四方块子墙。王城更甚，全部由砖石砌成厚墙，墙内连夯土也没有。如此这般城墙，任你飞石强弩诸般器械，砸到上边连个大坑也出不来。大梁城内粮草丰厚，魏军守个几年全然饿不着，鸟！魏惠王这老东西，建城真是一绝！”赵佗沉吟说：“除非奇兵智取，赚开城门，否则真不好攻破。”王贲连连摇头：“韩赵燕都没了，魏国上下都绷紧了弦，混进去赚城，人少不济事，人多进不去，即便混进去也可能出事，反倒折我人马，不中不中。”

“教姚大人黑冰台行刺，暗杀了魏王再乘乱攻城中不中？”

“也不中！”见赵佗也学说起了大梁话，王贲大笑一阵脸色又黑了下来，“邦交纵横时各国相互施展机谋，收买暗杀等原不足为奇。今灭六国，秦国就是要堂堂正正打仗，教山东六国最后一次输得心服口服！从韩乱看，暗杀魏王有后患，不能。”

“少将军只说，如何打法？”

“水战。”

“水战？调来巴蜀舟师？”

“不。明白说，河战！”

“河——河，战？”赵佗惊讶得似吟诵又似结巴。

“对！以河为兵，水攻大梁。”

“以河为兵？没听说过！”

“目下听，来得及。”

“有人说过水攻大梁？”

“你看，这是何物。”

王贲大步走到将军案前，从竹简山头拿出三卷哗啦展开。赵佗连忙过来捧起，看得一阵不得要领，急得抹着额头汗水道：“我文墨浅，看不出甚来，少将军明说！”王贲凑过来拿过竹简指点道：“这是三则水战典籍，一则战例，两则预言，你且听听其中奥妙。”于是王贲一口气说开去，整整说了近两个时辰。

先说水战战例。王贲所说的水战战例，不是水师舟船之战，而是以水为兵的决水之战。华夏自有兵戈以来，未曾有过决水之战。华夏自有水事以来，只闻治水以利人，未闻决水以成兵。否则，这则战例也不至于如此被王贲看重。这则战例记载在魏国国史中，说的是魏安釐王十一年，魏国如耳、魏齐先后为相，屡败于秦国；于是，秦昭王欲攻灭魏国，召群臣会商战法。当时，秦国有个将军叫做冯琴，认为秦昭王高估了秦国的强大，又忽视了弱可联众而胜强这个道理。冯琴对秦昭王讲述了一则晋国末期弱联众而胜强的战例，这则战例便是水战。晋国末期，有六家大世族主宰着晋国：知氏、范氏、中行氏、魏氏、赵氏、韩氏。其时知氏最强，企图寻找种种理由吞并五家，但凡一家违背自己意愿，知氏首领知伯便强邀五家共讨共灭，若有不从一并讨之。于是，没有几年，知氏先后灭了范氏与中行氏。这年，知伯又强邀魏韩两族围攻赵氏的轴心城池晋阳。其时，晋阳城池坚不可下，知伯便谋划掘开晋水[1]淹没晋阳。大水灌进晋阳之时，三族首领站在山头观看，知伯得意叹曰："吾始不知水可以亡人之国也！乃今知之矣！"知伯此言一出，魏桓子、韩康子两首领不约而同一个冷战。因为，汾水可以淹没魏氏轴心城安邑，绛水可以淹没韩氏轴心城平阳。魏桓子立即用肘撞了一下韩康子，韩康子也用脚踢了一下魏桓子，两首领遂心领神会。不久，便有了魏韩赵三族联合而攻灭知氏的春秋最大事变。不久，魏韩赵三家进而瓜分了晋国。也就是说，华夏正史记载的最早水战，便是知氏三家水淹晋阳。对这次水战何以决水三次都没有攻破晋阳，王贲的说法是："晋水太小，晋阳居高，水势不足以灭国也！"

两则水战预言，也都是直接相关魏国。

第一则，苏代预言攻魏水战。因为辅助燕国权臣子之夺位，苏代苏厉两兄弟在燕昭王即位之后逃往齐国，一直不敢回燕。后来苏代游历中原经过魏国，被欲图结好燕国的魏国缉拿，后经齐国周旋，苏代获救。苏代有感于燕昭王对自己的仇恨，遂对燕昭王写下了长长一卷上书，剖析燕国该当如何在齐、秦两大国之间谋求最大利益，结论是一句话方略："厚交秦国，讨伐齐国，正利也！"燕昭王很是看重苏代这卷上书，立即迎接苏代回到燕国谋划大计。后来，燕国破齐，一时成为强盛大国。当此之时，秦国邀燕昭王赴咸阳会盟，燕昭王欣然允诺了。苏代得闻消息，一力劝阻燕昭王赴秦，理由是今日燕国已经成就功业，与秦国不再是盟友，而是仇敌了。苏代对秦国作为有一句总括："秦取天下，非行义也，暴也。"苏代断言：只要秦国想攻灭山东六国，都有取胜战法，燕国不能与秦国走得太近而使秦国找到发难口实。燕昭王对苏代所说的秦国威慑不甚明了，苏代便一一陈述了秦国对各国可能采用的灭国手段。说到秦对魏之战，苏代预言了秦军战法：先攻下河东，占据成皋要塞，封锁魏国河内之地；再以轻舟水师决荥阳河口，淹没大梁；再决白马津河

[1] 晋水，战国水名，《史记正义》引《括地志》并《山海经》云：晋水出晋阳悬瓮山，东南流入汾水。可知，晋水或为汾水上源，或为支流。

口，淹没河外平原。苏代将秦军战法概括为："陆攻则击河内，水攻则灭大梁！"并且断言，只要秦国公然以这种战法告知魏国，魏国定然臣服。这是战国名士第一次预言：秦军攻魏，水淹大梁是最大威胁。

第二则，信陵君预言攻魏水战。魏安釐王时期，齐国、楚国曾联军攻魏，秦国出兵救魏一次。安釐王因此而想与秦国结盟讨伐韩国，收回韩国占据魏国的旧地。信陵君认定这一邦交方略将铸成大错，为此对安釐王有一卷很长的上书。信陵君上书堪称战国末世的一部预言书，其所做出的预言有三则，都是惊人的准确：其一，韩国将亡，魏国岌岌可危；其二，韩亡之后，秦军攻魏必用水战；其三，魏国失去周韩屏障，祸必由此而生。信陵君上书的宗旨是两个：一则劝安釐王认清秦国的虎狼之心，二则力主魏国奉行"存韩安魏而利天下"的邦交战略，而三则预言，则都是在剖析魏国在消失韩国屏障之后的危亡结局。其中秦军对魏国水战之预言，除了用水不一，信陵君与苏代说得一般无二："秦军兵出之日，河内必危；秦有韩国之地，开决荥泽水以灌大梁，大梁必亡！"昏聩褊狭的安釐王没有接纳信陵君上书，信陵君也终因无从伸展而自毁于酒色死了。

……

"看来，终是有眼亮之人也！"

"对！你赵佗也算一个。"

"我？"

"然也！你眼不亮，能看出别人眼亮么？"

赵佗哈哈大笑。王贲也哈哈大笑。笑得一阵王贲突然打住道："你没异议，我看就禀报秦王了。"赵佗连连摇手道："没没没，报报报，你文墨好你写。"于是，王贲立即铺开一张羊皮纸，两人说着王贲一个字一个字写了起来。写得两句，话语却总不顺当，王贲啪地搁下笔道："认得字写不来字，鸟事！"赵佗大笑，连忙高声唤进军令司马。司马落座，王贲离案起身道："好好好，我说你写，左右就这件事，来实的，不说虚话。"说罢，王贲转悠着一句一句说将起来。听得赵佗直呼痛快，军令司马憋着笑意不敢出声。不消一个时辰，誊抄用印封泥等一应程式完毕，快马特使便飞出幕府飞向了咸阳。

天上还闪烁着星光，秦王嬴政已走进了书房。

灭国大战开始以来，王城书房的公文骤然增多。除了秦国政务军务民治等等诸般待批文卷，战场军报及各方军情占了很大比重。除此之外，便是各方搜集的山东六国典籍。嬴政只要批阅完当日公文，但有空闲便埋首在六国典籍之中。如此一来，几乎每夜都在三更之后上榻。五更初刻鸡鸣头遍，嬴政准时起身梳洗，之后立即踏进书房。目下的秦王书房有两个长史，李斯居左领事，蒙毅居右辅助。李斯是老吏出身，精于文案理事，主要处置书房内事。蒙毅机敏缜密，则主要落实秦王批下的机密事务，以及紧急约见大臣会商等外事。就事而言，李斯每日的主要事务，是督导一班尚书吏将大量流入的各色上书、文卷与典籍，先分类理成种种待批文卷，而后分别送入秦王书房与王绾的丞相府。为了减轻秦王压力，李斯早已经征得秦王与丞相首肯，将凡是不涉及灭国战事、山东急务、官爵任免、治国方略的诸般文卷，一律交由丞相府处置，而后由丞相府归总禀报处置结果；凡是山东战事，则只接受灭国主将的上书，其余具体战事则统由战区主将处置。如此铺排，实际上将秦国公事整体划成了三大块：秦王领军政总略，丞相府实施日常政事，各方主将执掌灭国战场。就最后一点而言，目下秦军主要是三大战区：王翦的燕代战区、蒙恬的九原战区、王贲的中原战区。由于各方战区主将所需要会商者均非具体军务，而是方略大计，所以事实上不可能由上将军王翦总理，而必须归总到执掌总体航向的秦王书房。为此，无论如何分流政务，秦王嬴政的书房始终都是满当当的。

“君上如此劳作，何止宵衣旰食，直是性命相搏也！”

赵高对李斯的感慨，实在是不由自主。秦王如此步调，最紧张的是赵高。赵高知道，若一件文卷一时不到位，秦王是可以忍耐的，也不会为此责难李斯蒙毅；然若一伸手没有茶，或入茅厕没有净身内侍，则秦王一定会烦躁不堪甚或勃然大怒。一脚将他踢翻，已经是最小的惩罚了。为此，无论自己将内侍侍女训练部署得多么妥贴，无论自己多么疲惫，赵高都孜孜不倦地守在书房，秦王不入寝室，赵高不离开书房半步。纵然秦王进了寝室，他也要和衣卧在寝室外间特设的一张军榻上。赵高确信，只有自己知道秦王衣食住行的任何些小需求，自己知道秦王，比知道自己还清楚。

“赵高，去歇息歇息，这里有我。”

四更末刻踏进书房的李斯，看见了眼圈发黑的赵高脚步有些虚浮，怜悯地笑了。赵高看了看李斯，也勉力笑了一下，没有说话又去冰墙前忙碌了。不消片刻，秦王嬴政精神抖擞地走进了书房，走向了那张硕大的青铜王案，经过蒙恬监督建造的冰火墙拍了拍笑道：“好！今日凉爽，坐得安稳。”李斯不禁惊讶一笑：“如此宽敞书房，穿堂风何其清凉，君上燥热么？”秦王嬴政笑道：“没有面前这道冰火墙，冬夏都坐不安稳，说不清也。”李斯目光一瞥，恰好看见赵高在远远帷幕后对自己偷偷笑了一下，心下不禁一叹：“这个赵高，宁非秦王肚内蛔虫哉！”

“长史，有没有王贲上书？”

“有。昨夜方到，臣已列入首阅一案。”

“好！估摸这小子该有动静了。”

李斯已经快步过来，从最靠近王案的一张公文大案上抽出一卷递了过来。嬴政接过竹简展开，没读得两行一阵大笑，摇着竹简道：“长史看看，王贲说话实在。”李斯拿起竹简，只见上边写道：“禀报君上：末将翻了书，人说攻魏必以水战，呈来几卷君上阅后决之。末将之见，打仗便是打仗，不能有妇人之仁！不行水攻，白白教山东骂作虎狼，大亏！虎狼便虎狼，天下没有虎狼不行，遍地虎狼也不行。没有秦国虎狼，只怕山东战国都是虎狼，天下人还有活路么？水战事大，末将待命！”

“长史以为如何？”

“王贲说得扎实。”

“战不论道。王贲，是个小白起！”秦王将“是”字咬得又重又响。

“臣之见，倒是那一通虎狼论教人耳目一新。”

“对对对！”秦王连连拍案，转身笑道，“小高子！都说你小子跟长史学书有长进，来！立即将这段话大字誊出，挂在右墙。”赵高不知在哪里远远答应了一声，随即轻风一般飘到面前，笑意憋得脸色通红，一躬身接过竹简又风一般去了。

“然则，水淹大梁，究竟如何？”

赵高走了，秦王嬴政的心绪也平静了。只这淡淡一问，李斯便听出了秦王疑虑重重，绝非已经赞同了水攻大梁的方略。李斯转身在文卷大案上抽出三卷打开道：“这是王贲呈送的水战典籍，君上要否先看看再议？”嬴政点点头道：“也好，誊抄几份，都看看，明晚会商。”李斯一点头，立即去部署了。

次日晚汤之后，王绾、尉缭准时走进了王城最是凉爽通风的东偏殿，加上李斯、蒙毅，这便是秦国目下决定长策方略的君臣五人秘密小朝会。蒙毅沉静利落，与赵高事先将一应事务准备妥善，便坐在书录案前不说话了。自此，朝会期间的所有细务都交由赵高处置了。秦王嬴政来得稍晚了一些，一进门便道：“王贲上书，诸位都看了，都说说，灭魏之战如何处置？”说话间赵高轻步走进，将一只蒸腾着热气的小鼎摆在了王案，轻轻打开了鼎盖。嬴政入座，拿起挺在鼎口的细长木勺笑道：“谁没晚汤，说话，再上。”见四人都摇了摇头，嬴政又道，“我听着，不妨事。”说罢一勺汤入口，竟丝毫没有声音，目光也始终巡睃着几个大臣。几位用事大臣多见秦王就食议事，久之习以为常，都拧着眉头思忖，一时没有人说话。

及至李斯正要开口，却闻殿外辚辚车声。秦王嬴政对李斯一摆手，立即推开食鼎，起身大步走出。片刻之间，廊下有苍老笑声与杖头笃笃声。几位大臣相顾一笑，不约而同地站了起来。此际，秦王已经扶着须发雪白的郑国走了进来，对大臣们高声道：“老令今日与会，是我请的。”大臣们这才醒悟，素来准时的秦王迟会，原是亲自去请老郑国了。四人分别过来与郑国寒暄见礼，遂分别坐定，郑国座案设在了王案之侧。及至秦王坐定，王案上已经收拾整齐，赵高早已经利落地收走了食鼎。

“王贲上书，政为之震动。”

秦王一叩书案，轻松神色倏忽散去，凝重的语音沉甸甸地回荡着：“大梁，冠绝天下风华富庶，聚结天下泰半财富，非同寻常城池。能否以水战之法下之，我等君臣须细加斟酌。水事多专，老令水家最有言权。谁有疑惑处，尽可征询老令评判。好，诸位但说。”

“以水为兵，亘古未尝闻也！”王绾慨然道，“晋末水战，赵氏并未因此而灭亡，是故并未撼动天下。今日不同，大梁居平原之地，若决河水攻之，焉能不死伤庶民万千？果然如此，秦国纵得中原，其利何在，道义何存？义利两失，何安天下！”显然，王绾反对水攻大梁，且将这一水战方略与秦国一统天下的道义根基联系了起来。

厅中一时沉寂。显然，这个话题太过重大。

“老夫之见，就兵说兵。”老尉缭轻轻点着竹杖，“果然水攻大梁，王贲必有周密铺排，断不会使满城庶民遭人鱼之灾。究其实，若是强兵之战，只怕三十万大军耗得三五年，也未必攻下大梁城。这便是根本。若非如此，王贲何须钻进书房谋战也。老夫倒是另一担心：果真水攻大梁，大河距城近百里，决口岂有那般容易，得多少民力可成？期间若遇大雨大风耽延时日，只怕也得年余时光，如此人力物力不逊于长平大战，秦国经得起么？”

“这倒要听听老令说法了。”嬴政殷殷望着郑国。

“果真水战，决河不难。”老郑国一招手，身后一个书吏推来了一幅装在平板轮车上的立板羊皮图。老郑国用探水铁尺指点着板图，“此乃中原河渠图。诸位且看，大河东去，鸿沟南下经大梁城外，距离之近，形同大梁护城河也。唯其如此，果然引水攻梁，水口不在大河，而在鸿沟。唯有一点，鸿沟水量不足大，须从接近大河的上端开口补水，方能成其势。信陵君说的荥口决水，便是此意。”

“鸿沟既然通河，何以水量不大？”尉缭很是惊讶。

“这便是水事了。”郑国叹息一声道，“鸿沟历经几代修成，通水百余年，水道已经淤塞过甚，早当停水以掘淤塞了。惜乎大战连绵，各国无力顾盼，遂有民谣云，‘鸿沟泥塞，半渠之水，河水滔滔，稻粱难肥。’是故，鸿沟通河，水势却小。”

“如此说来，果真水攻大梁，还可借机重修鸿沟？”嬴政很有些兴奋。

“然也！”郑国铁尺指上地图，“鸿沟灌梁，梁南大半段自成干沟，若能借机征发民力修浚开塞，未尝不是功德之举。”

“战损可补，这便对了！”尉缭兴奋点杖。

“一说而已。”王绾淡淡点头。

“长史之见如何？”秦王看了看一直没说话的李斯。

李斯虽没有说话，听得却极是上心。见秦王征询，李斯翻着案头几卷竹简道：“晋末水战，并苏代、信陵君预言，臣都曾得闻，然终未亲见国史典籍之记载。今王贲能多方搜罗出国史所载，足见其良苦用心也。臣闻方才之论，国尉与老令对答，已经足证大梁水战可行，且水损可以清淤弥补。故此，臣亦赞同。然，丞相方才所言，关涉灭国之道义根本，臣不得不言。”见王绾肃然转身，秦王几人也目光炯炯，李斯翻开了王贲的上书副本指点道，“天下没有虎狼不行，遍地虎狼也不行。王贲之说，话虽糙，理不糙。对斯之启迪，不可谓不深。因由何在？在王贲捅明了一则根本大道：行天下之大仁，必有难以回避之不仁。想要天下没有遍地虎狼，必得天下先有虎狼；先有最强虎狼，而后方能没有虎狼，此之谓也！具体说，若不水攻大梁，使昏聩魏国奄奄不灭，天下不能一统，兵戈不能止息，而徒存仁义，长远论之，仁乎？不仁乎？是故，臣以为大梁之战，不宜执迂阔仁义之说而久拖不下！否则，中原之变数将无可预料。”

“大仁不仁。长史之言，商君之论也！”

秦王拍案，王绾摇了摇头也不再说话了。这便是秦国朝会的不成文规矩，当某种主张只剩下一个人坚持的时候，坚持者即或依然不服，也不再做反复论争；战时论事，大臣们都明白“事终有断”这个道理，诸多各有说法的大道理若无休无止地争下去，任何一件事也做不成。

“事关重大，政敢请老令。”秦王离座，肃然对郑国深深一躬。

“国事至大，王何言请也？”郑国尚未站起，便被秦王扶住了。

“大梁水事，政敢请老令亲临谋划。”

郑国目光一闪，不期然打量了李斯一眼。李斯当即对秦王一拱手道：“臣愿辅佐老令赶赴河外。”秦王爽朗大笑道：“老令与长史相知，事无不成。”又会商大半个时辰，当晚便将诸般事务安置妥当。曙光初上，李斯郑国登上赵高驾驭的王车出咸阳东去了。

# 五　茫茫大水包围了雄峻的大梁

尸埕带着大梁将军匆匆赶进王城时，魏假正在獒宫里消磨。

三晋之中，韩魏两国王室酷好神异犬种，赵国王室却对猛犬极是憎恶。这是因为，春秋时期的晋国曾发生过一次酷烈的政变，其怪异的开局是权臣赵盾在朝会后走出大殿时，被一只猛犬闪电般当场扑杀。从此，赵氏部族骤然沉入谷底，开始了漫长艰难的复仇复兴之路。也是由此，渐渐演化出了韩赵魏三家的秘密同盟与三家分晋的结局。不管那次政变对于改变晋国与三族命运具有多大的作用以及具有何等的意义，猛犬扑杀赵盾事件，都成为三晋部族一个不可思议的恐怖神话。要知道，豢养猛犬的屠岸贾，其时只是一个实力单薄的中大夫，不管他获得了当时晋国君主的何等暗中支持，若是没有如此一只神异的猛犬，其颠覆晋国朝局的勃勃野心只怕也是痴人说梦。毕竟，赵氏是尚武大族，赵盾的森严护卫与赵盾本人的胆略武勇，寻常剑士刺客几乎没有任何成功的机会。若非这只突然出现而又根本不为赵盾及其卫士注意的猛犬闪电般一扑，突兀地撕开了赵盾的胸腹，又准确地掏出了赵盾热腾腾的心肺一口吞了下去，至少赵国的历史很可能重写。

这一恐怖场景通过种种大同小异的传说，久远地烙在了三晋王室部族的记忆里。随着岁月的流逝，三家对这一事变的恐怖记忆，以截然不同的方式折射了出来。韩魏王室就事论事，生发出对神异猛犬的歆慕搜求，成为天下名犬的渊薮之地。赵国王室却不忘旧仇，一如既往地痛恨猛犬，举凡言狗皆一律冠以“恶”字，除了民间猎户的猎犬，王室从来禁犬。及至战国中期，韩魏两国王室的名犬已经天下闻名。进入战国末期，魏国的猛犬声名已经远远超过了韩国。此前的春秋时期，天下之名犬主要有两种：一种是洛阳周王室的粍犬[1]，长毛蜷曲，威猛异常，是周天子的狩猎神犬；一种是晋灵公时晋国公室的獒犬。何谓獒？后世西

[1]　粍犬，见西晋张华《博物志·物名考》。

晋之张华有《博物志》，其中之《物名考》云："犬高四尺曰獒。"也就是说，那时将身形高大的猛犬一律唤作"獒"，还并不是犬类特定品种的獒犬。因了"獒"并非确指，晋国公室这种獒在当时还有一个学名，叫做"周狗"，意为遗传于周天子神犬的大狗。及至战国中后期，天下名犬已经有三种：第一是魏獒，也就是魏国王室的獒犬，獒之成为犬类特定品种，魏獒是鼻祖；第二种是韩卢，韩国王室豢养的一种大型黑毛犬；第三种是宋散，宋国公室养的大型猛犬。这种犬也另有一名，曰骏犬，意谓可同骏马一般为人效劳。

诸般猛犬中，最有声名的自然还是魏獒。

魏獒之闻名天下，得力于魏王假。魏假还是少年太子的时候，对猛犬酷好之极。魏假十二岁时，其父景湣王许魏假可在王城之内任选一官署领事，以试探其心志才具。魏假没有丝毫犹豫，立即请求兼领"虞人"署。这虞人署，是执掌国君狩猎的官署，下辖一处园林专一豢养猎犬。魏假所神往虞人署者，实则神往猎犬园林也。景湣王不知其故，大大赞叹了一番少年太子的修身弓马之志，很以为儿子可望在统辖狩猎中锤炼出战场本领，从而成为中兴大魏的英主。景湣王是老太子继位（其父安釐王在位三十四年），在位十五年便死了。其时，魏假三十岁即位，执掌虞人署已经十八年了。这十八年中，魏假已经将猎犬苑经营得天下闻名，当年一座只有几十只猎犬的园林，已经变成了异常壮观的魏獒宫。魏假对獒的遴选有严厉法度：蹲地仍有四尺身高，方可选进獒宫冠以魏獒之名；否则，一律称为猎犬，而不能叫做獒。历经多年精纯交配繁衍，魏獒遂成一种品性独特的名犬，其凶猛与忠诚同样的无与伦比。唯其如此，魏獒之名天下大震。各国王室的声色犬马子弟与天下贵胄以及大商大贾，但言买犬，无不以到大梁求购得一只魏獒为荣。这个魏假，对獒犬钟爱无以复加，每每卖出一犬，无论公事如何要紧，都要丢开公事亲自与买家洽谈獒事，勘审买家是否具有爱犬之志与养犬之才，否则，买家纵然开出重金，魏假也毫无例外地一口回绝。及至狗生意成交，魏假还要为将走之獒举行狗宴饯行，特准离獒捕杀一名徒手剑士并当场吞噬。交獒之日，魏假也要亲自到场，直将大獒送出獒宫，方抚其头背洒泪惜别。

凡此等等，使魏獒与魏假之名在天下声色犬马者口中几乎成为同一个名字，但呼魏王，常是“魏獒”两字。此后不久魏假降秦，出得王城之时，魏假尤作肺腑感喟云：“假做魏王三年，做狗王十八年矣！当年若生商贾之家，假何愁不成天下第一犬商也！”这是后话。

……

“敢请丞相止步，我王尚未出宫。”

虞人丞挡住了左丞相尸埕的匆匆脚步，口气矜持冰冷得教人无论如何想不到他只是一个连官阶都没进的吏身。饶是如此，尸埕也只能在这座形制怪异的石坊前原地站定，还得对这一身狗腥味的肥吏一拱手，才问道：“王在獒宫？有獒事？”小吏漫声道：“敢问丞相，我王何日没有獒事啊？”尸埕很是难堪，一时红着脸没了话说。身后的大梁将军勃然大怒，长剑呛啷出鞘，一步抢前直指小吏骂道：“大魏丞相将军在前，一个小吏竟敢如此猖狂！军情紧急，竖子若不快去禀报，老夫立地捅你个透心！”虞人丞脸色倏地变青，顾不得说话撒脚跑了，一串喊声顺着风势飘了过来：“禀报我王，大梁将军对獒不恭，要杀獒也！”老尸埕双眉紧皱连连摇头：“小人当道，国将不国也，国将不国也！”大梁将军愤愤然道：“你老丞相能挺起脊梁，大梁国人拥戴你护城，何须看这般小人颜色！”老尸埕大是惶恐连连摇头摇手道：“将军慎言慎言，事国以忠，事王以忠，臣下安敢乱忠爱之道！”大梁将军冷冷笑道：“忠忠忠，魏国出的忠臣少么？乐羊、毛公、侯嬴、如姬、信陵君一大串，还有你老丞相也算上，结局如何？还是国将不国！忠忠忠，忠有个鸟用！”尸埕一则气二则怕，想义正词严地驳斥却又无话可说，目下艰难时刻还不能开罪这个唯一可用的将军，无奈连连摇头，索性走到一边去了。于是，两人各自咻咻粗喘，谁也不理会谁了。

“两位何事啊？”

魏王假终于出来了，一身利落的短装胡衣与操持犬事的獒宫小吏一般无二，手里牵着一头黑亮的魏獒，脸上显然有不悦之色。不待两人说话，魏假走到大梁将军面前道：“你敢在獒宫前不敬？可知獒之灵异么？”大梁将军一挺身高声道：“犬为禽兽，任人驱使而已！”魏假冷笑道："差矣！獒为神犬，识得忠奸，辨得善恶，见奸而捕，见恶而食！"大梁将军看也不看连连示意的尸埕，一拱手正色道："魏王若信此物灵异，用它防守大梁便是，老臣请辞！"魏假脸色倏地一沉道："好。只是本王想先看看，你是忠是奸？"尸埕脸色大变，疾步抢过来一躬："我王不可！秦军压境，大将不可杀！"忠爱不离口的老尸埕素日维护魏王，今日破例变色，魏假倒是愣怔了。片刻默然，魏假冷冷问："秦军有异动？"尸埕拱手道："大梁将军得斥候密报，老水工郑国赶到了河外秦军大营，多有诡异。"

"有何诡异？"

"秦军可能水攻大梁！"大梁将军昂昂高声。

"水攻？水在何处啊？笑谈！"魏假脸色极是难看。

"魏王，老臣军中有信陵君故旧，都说信陵君当年有话……"

"信陵君有话，管得了今日么？"魏假立即打断了话头。

"臣启我王：信陵君预言，秦军攻大梁，必以水战！"老尸埕憋不住了。

"果然如此，獒犬岂不遭殃也！"

默然良久，魏假终于长叹了一声，将手中獒犬交给旁边的虞人丞，瘫坐到獒宫前常备的竹榻上散了架一般。不管多么忌惮信陵君而厉声呵斥两位大臣，对信陵君的用兵才具与洞察之能，魏假还是不得不敬畏几分的。当然，对自己的王位，魏假更是很在意的。诚实方正的尸埕说信陵君有此预言，决然不会有假，而信陵君有此预言，那就一定是一件危险的事情。心头闪过一连串思绪，魏假顿时心事重重，而第一个念头，是对这些獒犬的怜悯。

"魏王，便是护狗，也得有防守水战之法也！"尸埕很是急迫。

"本王早早巡视了城防，你等没部署么！"魏假突然发怒了。

"这？这这这……"尸埕蓦然想起那次巡城，顿时张口结舌。

"老臣有言！"一直铁青着脸的大梁将军开口了。

"说也。"魏假不耐地锁着眉头。

"水战防水。老臣之意，大梁军主力当开赴鸿沟北段驻扎，死守河外！"

“将军是说，只留偏师守城？”尸埕老眼顿时瞪起。

“大梁之危不在城防，在水患！”

“短视。”魏假似乎突然清醒过来，从竹榻上站起颇有气度地摆了摆手，转悠着道，“大梁城墙高厚，粮草财货储存颇丰。当年小小即墨能坚守六年，大梁至少还不坚守十年？十年之间，天下能不有变？齐楚能不救援大魏？然则，守城靠人靠兵，若大军主力出城，老弱偏师能守城么？再说，城外主力大军一旦战败，魏国岂不连根烂也！”

“我王是说，全军守城，至少十年；开出城外，朝夕不保？”

“老丞相何其明也！”

魏假很是为自己的见识惊讶，破例以大大褒奖尸埕的方式大大褒奖了自己一回。可是，大梁将军却板着黑脸一句话不说，仿佛没有听见。尸埕对魏王的破例褒奖似乎并不在意，凑过来低声问：“守城十年，老将军以为如何？”大梁将军冷冷道：“守城不外防，未尝闻也！”魏假立即接道：“岂有此理！即墨当年有外防么？如何守得六年？”大梁将军道：“即墨非不外防，无力外防也。我军能防而不防，岂非将水路拱手相让？”魏假大觉今日才思敏捷，立即气昂昂高声道：“此言大谬也！你防水口，秦军不攻水口么？两军战于水口，河水决口岂不更快！”大梁将军虽秉性刚直，终不愿与国王对着嚷嚷，默然片刻长叹一声道：“老臣只怕水淹大梁之时，我王尚在梦中也！”

“将军一言，出我神兵也！”魏假惊喜地猛然拍掌。

“我王有神兵？”尸埕一头雾水，又惊愕又茫然。

“然也！”

“世间当真有神兵？”尸埕的老眼瞪得更大了。

“神兵者，獒犬也！我出獒犬五百头，日夜轮换巡视鸿沟！”

“但有警讯，大军出城？”老尸埕显然在连番尝试着揣摩君心。

“然也！丞相万岁！”

“老臣惭愧，魏王万岁！”

国王与丞相惊喜万分地唱和着，大梁将军的汗水从额头涔涔渗出，淹得泪水也跟着涌流出来，大手一抹涕泪唏嘘了。魏假正在兴致之时，看得不禁大笑起来。自然，尸埕也跟着大笑起来。大梁将军万分难堪，猛然一拱手腾腾腾径自去了。

汜水河谷，秦军已经开始了周密的部署。

在向咸阳上书之后，王贲立即赶赴新郑，邀了姚贾一起赶赴洛水河谷的蒙武大营共商大计。王贲的主张是：水攻大梁虽有先贤预言，实施也将极有成效，然大梁毕竟是天下第一大都会，关涉方面太多，最终尚需咸阳庙堂决断。即便不行水攻，灭魏之战也是无可回避，作为中原大军主力大将，他必须做好秦王不允准水攻的战事方略。否则，水攻方略一旦被搁置，安定中原便没有成算。若要等到父亲的主力大军南下再行灭魏，对王贲而言，就意味着自己不堪大任，如此未免太没有劲道。是故，王贲力求在秦王王书抵达之前，谋划好第二套灭魏方略，若水攻不能便立即铺排强兵灭魏。

“后生可畏，后生可畏也！”

老蒙武听完王贲来意，油然生出一番感慨。洗尘小宴未了，老少两将军与姚贾便就着酒案说将起来，一气直说到五更鸡鸣。三人会商的方略也是两套，第一套是水战方略：王贲所部只须全力施行水战攻梁，包括征发民力开决水口等；蒙武军则总司外围策应，一则在陆路截断魏国残余的南逃东逃之路，二则总辖巴蜀调来的战船封锁大河航道，使魏国残余不能水路逃遁。第二套是陆战灭魏方略：王贲部以大型攻城器械，强兵全力主攻大梁，蒙武军狙击外围魏军以及有可能援救魏国的齐楚联军。无论施行哪套方略，姚贾的邦交人马都努力分化魏国与齐楚两国的关系，使合纵不能在最后关头死灰复燃。诸般细节一一确定，王贲心下大是舒畅，走到幕府帐口对着朦胧曙光张开两臂一个深深的吐纳，猛然转身笑道：“两位前辈想想，魏王假此刻做甚？”

“除了睡觉，还能做甚。”蒙武一笑。

“不。这只魏獒，在做狗梦。”

姚贾话音落点，蒙武王贲不约而同地大笑起来。蒙武恍然醒悟，饶有兴致地问起自己不甚了了的“魏獒”来由。王贲也是大感兴致，凑过来细听姚贾叙说。于是姚贾从头说起，将魏假的獒犬癖好说了小半个时辰，末了道：“大凡庙堂凋敝，从来都与君王恶癖相关。春秋战国以来，恶癖之君多有：燕王哙酷好上古虚名，行禅让大乱燕国；韩桓惠王酷好权谋，以水工疲秦之滑稽谋划救韩；齐宣王好学术，稷下养士而不用士；楚宣王好星象，以天意决邦交之道……凡此等等，虽也荒谬，然大体不脱正道偏好。唯独这魏国君王，魏惠王之后代代有癖，且皆是恶癖，奇也哉！”

“代代有恶癖？”王贲惊讶了。

“你且听。”姚贾掰着指头一一道来，“魏惠王酷好珠宝，魏襄王酷好种马，魏哀王酷好工匠，魏昭王酷好武士，安釐王酷好美女，景湣王酷好丹药。凡此六王，皆不如这魏假癖好獒犬之奇特。如此邦国，安得长久哉！”

“丰饶魏国，风华大梁，如此这般去也！”蒙武感慨拍案。

“狗日的！拿了这个魏假，非叫他做狗不成！”王贲愤愤然。

“别。你还真成全了他。”

姚贾淡淡一句诙谐，三人一齐大笑起来。

洛水大营会商完毕，王贲回到汜水河谷，恰逢李斯郑国堪堪赶到。一说朝会决断，王贲大是振奋，立即向这两位水事大家请教起诸般细节。李斯只转述了秦王一个叮嘱：从此之后，天下是秦国的天下，无论战事如何谋划，都得虑及庶民生计。也就是说，既要尽可能地少淹没村庄田畴，还要与颍川郡会商好水战之后修复鸿沟的大事。郑国早已经知道秦王这番叮嘱，然在听完李斯转述后，还是大大感慨了一阵。战国兵争百余年，打仗虑及民生者不能说没有，然确实少而又少；秦王嬴政在一开始灭国时便曾着意叮嘱王翦，灭国战法不能等同于寻常战法，其意便在于此。后来的事实也证明，嬴政统一中国之后实施水利、交通、边塞、城池等诸般建设的实际功绩，中国历史上的任何一个帝王皆无法与之比肩。

就水事而言，郑国说得简洁明白。以大梁为鸿沟南北分段，鸿沟南段不用看，鸿沟北段是水攻要害，北段最要紧处，是引河入沟的沟口。沟口如何开？开在何处？得多少民力？他得亲自踏勘一番才能定下来。

次日清晨，王贲率领着一支千人马队护卫着郑国李斯赶赴大河南岸的广武城郊踏勘。此时魏国实力大衰，秦国灭韩后，秦军的实际威慑范围已经遍及大河两岸，魏国军兵在大梁以北几乎销声匿迹。是故，此时魏国北部的荥阳、广武等小城池形成了战国之世的特有景象：只有民户居住，既没有魏军防守，也没有秦军占领，恍然是兵戈消失了的寥落田园。王贲带千人马队也只是谨慎防范意外，并非实际危险所致。所以，遥遥看见广武城，王贲下令马队隐蔽在一片山坳，没有军令不许出山。护卫郑国李斯等踏勘的，实际只有王贲与一班司马。

广武城坐落在大河南岸。这里原本是一片无名山地，因了广武城，这片山地叫做了广武山。广武城依山势修筑成了东西两座小城堡，中间是一道宽二百余步的山涧，时人也称做广武涧。当年开凿鸿沟引河，便是利用了这道天然山涧。先将山涧向北与河岸打通，河水先入涧再入沟，如此，山涧之岩石入口可控制水量。否则，两道土堤筑成的大沟，堤岸无论夯得如何结实，也经不起汹涌大河的浪涛冲击，要修一道引出大河的人工运河实在是不可能的。唯有天成广武涧，鸿沟才得以修通。郑国是鸿沟后期开凿的水工，对鸿沟水路地脉了如指掌。踏勘大半日，郑国心下已经有数，对着身旁王贲低声指点了各处要害，在暮色时分赶回了汜水营地。

当夜，王贲立即派出快马特使请来了蒙武与颍川郡守，会同李斯郑国，五人一一将各方事务会商妥当。次日清晨，王贲幕府聚将发令，一体部署了水攻方略。各方散去，整个河外的秦军营地与郡县官署便悄无声息地忙碌了起来。蒙武回到洛水大营，立即派出一万轻骑交给颍川郡守，分别护卫郡守与郡丞率领的两班吏员赶赴鸿沟南段，秘密督导分别属于魏国南部与旧韩西南部的鸿沟两岸庶民退到山地高处暂住，更南段进入淮水一段，已经是楚国北部，一时无法顾及了。

王贲部五万主力分作了三路：一路是赵佗率领五千人马，督导两万名精壮民力开决沟口；一路是王贲的四万主力秘密进逼大梁外围的四面山丘高地，在决水之前同时策应赵佗两翼；一路是五千轻骑各方策应。三路之中，赵佗军是要害，限定决口时间是五天五夜。这是郑国测算的时日。郑国说不能再短，否则不能保得稳妥无事。赵佗的决水工程分作四个部分：其一，要将原来的进水山口拓宽，使灌田水量变成足够大甚至尽可能大足以淹没大梁城的水量；其二，要将河水进入山口的引沟拓宽，尽可能使河水畅通无阻地进入拓宽了的涧口；其三，要将广武涧进入鸿沟的沟口拓宽，使大大增加的水流能汹涌入沟；其四，要将鸿沟至大梁的沟段清淤开挖，以防水流进入大梁之前无效漫溢。这四处，最难的是最后一处。因为，清淤鸿沟靠近大梁，只能在夜间进行，还不能举火照明。为此，赵佗加意提防，下令清沟工程全部由两千骑士担当。不料，清淤河沟的第一夜便出事了。

“禀报将军，魏獒出动，咬死了一百多清淤士兵！”

在大梁南面的山丘上，一接到斥候急报，王贲带着卫士马队风驰电掣般去了。紧急查问，才知道大梁城夜间放出了数十只魏獒在原野流窜，士兵们低头劳作猝不及防，突兀被咬死咬伤百余人。王贲勃然大怒，断然一句：“清淤不停！我来杀狗！”飞马便去了。到得山丘，王贲立即下令：调三千轻装飞骑，人各携带一支长矛与一具臂张弩，分作十队沿鸿沟北段巡视，专一射杀魏獒！十支马队不举火把，黑色闪电般掠向旷野，及至五更，几乎全部射杀了在旷野流窜的几十只獒犬。

“岂有此理！何方猎户敢射杀我一队神獒！”

当魏假看见几只獒犬带着箭镞狂吠着跑回来时，惊恐愤怒得连连大吼，整个王城都被震动了。匆匆赶来的大梁将军说，秦军已经在鸿沟动手，射杀獒犬不是猎户，是秦军弩机马队，请命立即率军出城防守鸿沟大堤。魏假正在恼怒急恨，当头一句厉声叱责：“秦军动静你总这般清楚，你是秦将还是魏将！”大梁将军涨红着脸高声道：“鸿沟北段百余里，秦军出动数万军民劳作，虽说不举火把，郊野民户人人清楚！老臣有斥候营专司探察，再不知道岂非愚昧猪狗也！”“住口！狗比你强！”魏假最厌恶人骂狗，愤然戟指大梁将军，“你还不如狗！”声音尖厉得几乎如同发怒的内侍。大梁将军秉性刚直，一时不堪羞辱气得浑身发抖，转身大步便走。老尸埕情急，一阵碎步飞跑扯住了大梁将军低声道：“老将军素顾大局，臣子如何能与国君较真？”大梁将军黑着脸没有说话，但总算是被拽了回来。尸埕过来一拱手道："老臣之见，大梁城防可全权交老将军处置，老臣自请全力征发民力督导粮草，我王坐镇王族便是。"魏假冷冷道："城防无论交给何人，大军都不能出城。"尸埕抹着额头汗水颤声道："秦军决堤，我不护堤，岂非坐观水淹大梁么？"魏假道："大军出城能保得不被秦军吞了？届时没了大军，大梁纵有财货粮草，还不是砧板鱼肉任人宰割?!"尸埕急得左看右看摊着双手直叹气："君臣不协力，非忠爱之道也！无忠无爱，焉得有国哉！"大梁将军顿时觉得自己又将被这云山雾罩的大道之辩绕进去，立即慨然一拱手道："禀报魏王、丞相，非老臣不知忠道，实是自古打仗没有如此打法！国有大军二十万而不敢出城决战，未尝闻也！二十万大军窝在大梁城内，一不能施展兵力，二不能施展谋略，只能死死等着挨打！普天之下古往今来，有如此守城之法么！"尸埕也忧心忡忡道："老将军说的是战法，从大梁民治说，似乎也当如此。大梁以汇聚四海商旅为根基，自秦军南下以来，外邦商旅几乎逃离十之八九，若再不能使大梁城外水陆官道畅通，只怕连魏国商人也要逃走。其时，大梁内外隔绝，难矣哉！"

"也好！明晚你率三万人马出城，先做试探。"良久，魏假终于开口了。

"魏王，出则出，不能半吞半吐！"

大梁将军话还没有说完，脸色苍白的魏假已拂袖而去了。尸埕长叹一声，想对这位愤怒的老将军说几句抚慰话，可实在不知从何说起，又怕站得久了魏王回头问说了些甚自己不好回答，只有低头踽踽去了。大梁将军想走，却一下子瘫在了地上。

次日三更，魏军三万铁骑隆隆开出西门，越过城外两道宽阔的石桥，卷向人影涌动的鸿沟堤岸。大梁将军的谋划是先给为数不多的堤岸秦军一个猛袭战，而后立即退入荥阳郊野的山地秘密驻扎。如此可收两效，一则迟滞秦军水攻进程，二则至少可在城外保留一支策应人马。为奇袭得手，魏军三万铁骑一律不举火把，要打秦军一个措手不及。不料，三万铁骑堪堪逼近堤岸将要撒开阵形做扇形冲杀时，左右前三方陡然响起尖厉的呼啸，万千长箭在暗夜之中骤雨般当头压来。大梁将军一听箭镞风声，便知道这是秦军特有的大型弓弩阵出动了，不及思虑一声大喝：“全军撤回！”魏军尚未展开便蜂拥后撤，人仰马翻一时大乱，死伤不计其数。当此之时，黑暗的旷野中杀声大起，鸿沟堤岸下杀出了一支不辨人数的飞骑，兜头向魏军退路方向截杀过来。魏军根本无法向荥阳方向冲杀，只能在箭雨飞骑的追杀中跌跌撞撞退向大梁。大约十里之后，秦军不再追杀，魏军这才渐渐聚拢起来。

“回，城……”

只说得两个字，胸前中箭的大梁将军昏厥了过去。

尸埕闻讯，连夜赶来清查人马。魏军被当场射杀两千余人，一万六千余人中箭带伤，其余全部是或轻或重的挤伤撞伤跌伤踩伤，军营一片血污一片呻吟，连外伤老医士们都有几个忍不住呕吐了。尸埕深为震惊，清查完毕后，于五更时分紧急请见魏王。不料，王城书房的主书出来说，魏王正在獒宫医治狗伤，魏王令明日午时探视大梁将军，丞相同往。尸埕惊愕万分，愣怔在书房廊下半晌没有一句话，眼看着曙色初上，这才被循迹赶来的家老扶了回去。

“本王早有预料，惜乎老将军不听也！”

正午时分，尸埕在大梁将军府门前与魏王会车。魏假当头一句感喟，尸埕第一次默然了，第一次没有了称颂魏王的兴致。一直到大梁将军榻前，尸埕都没有说话。大梁将军的箭镞深入骨肉，老太医只锯断了箭杆，却起不出箭镞。魏王假与尸埕来到榻前，大梁将军已经没有了血色气若游丝了。尸埕对着这位浑身浴血的老将军，第一次老泪纵横泣不成声。魏假皱着眉头，很是平静地说：“老将军若听本王，何有今日？”大梁将军艰难地翻了翻老眼，挣扎着说出了一句话：“秦军有备，我军太少！……”喉头一哽没了气息。魏假吩咐一声厚礼安葬，板着脸走了，对尸埕一句话也没有。尸埕没了老泪，召来老将军家人抚慰了一阵，又亲自拟定了安葬礼仪并向各相关官署做了部署，使老将军家人不致多方奔波，这才回府去了。

次日清晨，魏假召尸埕会商城防，王使回来禀报说老丞相府邸空空，除了官派仆役，合族百余口都走了。魏假很是惊讶，立即宣来城门尉查询。城门尉禀报说，昨夜二更，丞相马队出城，因有大梁将军府的夜出令箭，末将无权盘诘。说罢，城门尉捧出一支铜管，说这是老丞相吩咐呈送魏王的。魏假令主书打开，一方羊皮纸上只有寥寥几行："老臣忠爱治道无以行魏，故此去矣！王不爱人而爱犬，将军尽忠而无门，岂非魏国之哀乎？大梁城破之日，乃王受天谴之时，王毋怨天尤人也！"

"老尸埕大胆！"魏假奋力将羊皮纸撕扯得粉碎。

魏假很是不解，这个老尸埕与这个老将军分明不是一种人，如何竟能撺掇到了一起竟至于惺惺相惜，岂不怪哉？更有甚者，大梁将军原本最该对魏假有怨气，因为他是当年信陵君的死力拥戴者，宁可上将军空缺，魏假就是不用他。可是，这个老将军临死都没有怨他恨他，没有说他一句话。相反，老尸埕最不该恨他，因为尸子之学实在不是治国之学，魏假能破例起用尸埕，该当对尸埕是永生的恩泽，然则，老尸埕偏偏怨了他恨了他，非但不辞而逃，还对他说了一番最难听的话。世间事，怪也哉!

两个老臣一死一走，很是自负的魏王假大感刺激。终日郁闷无以排解，魏假索性将国事一应交付给了太子，自己窝在獒宫整日与狗戏耍闭门不出了。魏假事后想起，太子丞相一日曾经禀报，说秘密派出特使去齐国楚国请求合纵抗秦，齐国丞相后胜与齐王建拒绝了魏国，楚国推说兵力单薄也拒绝了魏国，辞色都很是冰冷。后来，太子丞相也没有了举动。魏假还记得，大约窝进獒宫半个月后，一个夜半时分，王城外突然弥漫起无边无际的喧哗，正要下令查问，太子已经大汗淋漓地飞步跑来了。

"父王！水！水！大，大水——"

儿子那惊恐万状的神色，永远地烙在了魏假的心头。

那一夜，魏假在一队獒犬的簇拥下亲自上到城头看了水势。那无边汪洋的大水，成了他永远的噩梦。在高高城头看去，白茫茫大水映着天上一轮明月，粼粼波光在碧蓝的夜空下无边无际；没有了田畴，没有了村庄，幽暗的山影中依稀传来几声狗吠，无边的寂静陡然渗出令人窒息的恐怖。身后城中的喧哗不知何时已经悄然无声，万千庶民拥上了城头，密麻麻挤满了垛口，人人大张着嘴巴却没有一个人说话，所有人都陷入了可怕的梦魇。那一刻，獒犬们也没有了声息。魏假第一次真正地瑟瑟发抖了，没有说一句话，没有发布一则王命，悄悄挤出了人群，挤下了城头……

“信陵君，你好毒的口也！”

三日后，魏假从卧榻上起来，不得不举行残缺凋零的朝会，第一句话便是怨恨的感喟。没有丞相，没有上将军，只有一片王族贵胄与仅有的十多名大臣博士。人人脸色阴沉，没有一个人有说话的意思。魏假无奈，教太子逐个征询，竟然还是没有一个人说话。魏假大怒，一脚踢翻王案，甩着大袖径自去了。三日后，只有一个王族老臣秘密上书，一卷竹简只有两句话：“纵然有粮，城墙终究不支。水困难脱，唯保宗庙足矣！”魏假很清楚，老臣是说出路只有一条，那便是降秦。可魏假还想撑持一段时日，大梁毕竟城高墙厚，粮仓兵器库又都是满当当，纵然无法打仗，民变兵变决然不会生出。或许天意转机，在撑持时日楚国齐国会出兵，甚或秦王死了秦国乱了，魏国岂不大难不死，魏假岂不成了天下英雄？毕竟，秦王虎狼暴虐成性，上天终究会惩罚他，谁能说准这个天谴不在明天？种种思谋之下，魏假下了一道安民王书，谎称齐楚两国将出动水军战船前来救魏，要民众各安其所静待援军。于是，惶惶万状的大梁城民众，终究些许松了口气。左右没法打仗没法出城，只有天天站在自家屋顶守望水势了。

不料，水淹一月之后，固若金汤的大梁竟然出现了种种奇异迹象。所有的井水都溢出了井口，所有的街路房屋大墙都潮湿得水淋淋，所有的粮食都生出了绿芽，所有的肉食都霉绿发臭。直至街中积水渐渐增高，大梁城再也没有了往昔的蓬勃生机。此后，城砖石条一块块脱落，露出了夯土墙体；不到旬日，夯土墙体悄无声息地瘫成了一堆堆泥山，渐渐地，泥山也没有了……水淹大梁两个月后，秦军已经堵上了水口，水势已经渐渐退去。纵然如此，凄惨的景象仍然在继续。厚厚的淤泥填平了所有的洼陷，堵塞了一切进出大梁的通道，两月前还雄峻异常的大梁，已经变成了一片茫茫灰黄的废墟。

这时，即或秦军撤兵，魏国王室也无路可逃了。

三月之后，厚逾数尺的淤泥结成了硬实的地面，秦军进入大梁了。

魏王假袖着来不及递出的降书，被王贲俘获了。看着这个满身狗骚气的羸弱国王，王贲连认真呵斥几句的兴味也没有，认人之后大手一挥便走了。次日，魏假被姚贾押上一辆特制的青铜囚车，向咸阳辚辚去了。

这是公元前 225 年夏秋之交的故事。

## 六　缓贤忘士者　天亡之国也

魏国的灭亡很没有波澜，算是山东六国寿终正寝的典型。

一个国家的末期历史如此死一般寂静，以致在所有史料中除了国王魏假，竟然找不到一个文臣武将的影子，在轰轰然的战国之世堪称异数。作为国别史，《史记·魏世家》对魏国最后三年的记载只有寥寥三句："……景缗王卒，子王假立。王假元年，燕太子丹使荆轲刺秦王，秦王觉之。三年，秦灌大梁，虏王假，遂灭魏以为郡县。"三句之中，最长的中间一句说的还是国际形势。魏王假在位三年，实际只发生了三件事：秦灌大梁，虏王假，灭魏以为郡县。每读至此，尝有太史公检索历史废墟而无可奈何之感叹。

其所以如此，是因为魏国实在没有值得一提的人物了。

在山东六国之中，魏国灭亡的原因最没有秘密性，最没有偶然性，最没有戏剧性。也就是说，魏国灭亡的原因最清楚，最简单，最为人所共识。后世史家对魏国灭亡的评论揣测很少，原因也在于魏国灭亡的必然性最确定，只有教训可以借鉴，没有秘密可资研究。《史记·魏世家》之后有四种评论，大约足可说明这种简单明了。

其一，魏国民众的记忆感喟。百余年之后，太史公在文后必有的"太史公曰"中记载云：他到大梁遗迹踏勘搜求资料，在已经变成废墟的大梁遇见了前来凭吊的魏国遗民（墟中人）；遗民感伤地回顾了当年秦军水攻大梁的故事，"说者皆以为，魏以不用信陵君故，国削弱，至于亡。"也就是说，民众认定魏国衰弱灭亡的原因，是没有用信陵君。

其二，太史公自家的评价。太史公先表示了对大梁民众的评价不赞同，后面的话却是反着说。其全话是："……（对墟中人之说）余以为不然。天方令秦平海内，其业未成，魏虽得阿衡之佐，曷益乎？"直译，太史公是说：我不能苟同墟中人评判。天命秦统一天下，在其大业未成之时，魏国便是得到伊尹（其名阿衡）那样的大贤辅佐，又能有什么益处呢？果真将这几句话看做为魏国辩护，未免小瞧太史公了。究其实，太史公显然是在说反话。如同面对一个长期患有不治之症的病人，有人说这种病服了仙药也没用，你能说这个人不承认那个人有病么？也就说，太史公实际是有前提的，魏国失才之病由来已久，此时已经无力回天矣！

其三，东汉三国人评价。《史记·魏世家》索隐引三国学人谯周对魏国灭亡之评说云："以予所闻，所谓天之亡者，有贤而不用也，如用之，何有亡哉！使纣用三仁，周不能王，况秦虎狼乎！"谯周评说是历史主流的评判，他阐明了这样一个简单实在的道理：有贤不用，便是史谚所谓的"天亡之国"。若殷纣王用三个大贤（微子、箕子、比干，孔子称为三仁），纵然是明修王道的周室也不能取代殷商而王天下，何况秦国虎狼之邦，如何能灭亡果真用贤的魏国？应当说，谯周之论是对天命国运观的另一种诠释，因其立足于人为（天亡即人亡），因而更为接近战国时代雄强无伦的国运大争观，与战国时论对魏国灭亡的评说几无二致，应该是更为本质的一种诠释。

其四，后世另一种评价。《史记·魏世家》索隐述赞云："毕公之苗……大名始赏，盈数自正。胤裔繁昌，系载忠正……王假削弱，虏于秦政。"述赞评价的实际意思是：自立国开始，魏国便是个很正道的邦国，只是魏假时期削弱了，灭亡了。这是史论第一次正面肯定魏国。两千余年后，这种罕见的正面肯定在儒家史观浸润下弥漫为正统思潮。清朝乾隆时代产生的系统展示春秋战国兴亡史的《东周列国志》，其叙述到魏国灭亡时，引用并修改了这段述赞，云："史臣赞云：毕公之苗，因国为姓。嗣裔繁昌，世戴忠正。文始建侯，武益强盛。惠王好战，大梁不竞。信陵养士，神气稍振。景湣式微，再传而陨。"此书以"志"为名刊行天下，并非以"演义"为名，显然被官方当做几类正史的史书。这说明，这种观念在清代已经成为长期为官方认可的正统评价。这种评价的核心是：忽视或有意抹煞魏国的最根本缺陷，而以空洞的正面肯定贬损"暴秦"，与三国之前客观平实的历史评判有着很大的距离。但是，它毕竟是一种观念，而且是长期居于正统地位的评判，我们没有理由忽视它。

一个"繁昌忠正"的国家能削弱而灭亡，这本身就是一个历史悖论。

历史评判的冲突背后，必然隐藏着某种被刻意抹煞的事实。

这个事实最简单，最实在：长期地缓贤忘士，而最终导致亡国。

魏氏部族是周室王族后裔，其历史可谓诡秘多难。

西周灭商之初，三个王族大臣最为栋梁：周公（旦）、召公（奭）、毕公（高）。其中的毕公姬高，便是魏氏部族的祖先。西周初期分封，毕公封于周人本土的毕地，史称毕原。《史记》集解引唐代杜预注云："毕在长安县西北。"据此可知，毕原大体在当时镐京的东部，可算是拱卫京师的要害诸侯。之后，不清楚发生了何等样事变，总之是"其后绝封，为庶人，或在中国，或成夷狄"。检索西周初年的诸多事件，其最大的可能是，毕公高或深或浅地卷入了殷商遗族与周室王族大臣合谋的"管蔡之乱"，否则，毕公部族不可能以赫赫王族之身陡然沦为庶人，其余部也不可能逃奔夷狄。其后，历经西周、春秋数百年的无史黑洞，毕公高的中原后裔终于在晋国的献公时期出现，其族领名毕万，一个极为寻常的将军而已。

晋献公十六年（公元前661年），晋国攻伐霍、耿、魏三个小诸侯国，毕万被任命为右军主将。此战大胜，晋献公将耿地封给了主将赵夙，将魏地封给了右将军毕万。从这次受封开始，毕万才步入晋国庙堂的大夫阶层。也许是部族坎坷命运艰险，这个毕万很是笃信天命，大事皆要占卜以求吉凶。当年，毕万漂泊无定，欲入晋国寻求根基，先请一个叫做辛廖的巫师占卜。辛廖占卜，得屯卦，解卦云："吉（卦）。屯固比入，吉孰大焉！其必繁昌。"因为屯卦是阐释天地草创万物萌芽的蓬勃之象，对于寻求生路者而言，确实是一个大大的吉卦。后来的足迹，果然证明了这个屯卦的预兆。这次，毕万也依照惯例，请行占卜，意图在于确定诸般封地事项。晋国的占卜官郭偃主持了这次占卜，解卦象云："毕万之后必大矣！万，满数也；魏，大名也。以是封赏，天开之矣！天子曰兆民，诸侯曰万民。今命之大，以从满数，其必有众。"于是，毕万正式决断：从大名，部族以封地"魏"为姓氏；从满数，全力经营这方有"万民诸侯"预兆的封地。

至此，晋国士族势力中正式有了魏氏，魏国根基遂告确立。

其后，晋国出现了晋献公末期的储君内争之乱。此时毕万已死，其子魏武子选准了公子重耳为拥戴对象，追随这位公子在外流亡十九年。重耳成为晋国国君（文公）后，下令由魏武子正式承袭魏氏爵位封地，位列晋国主政大夫之一。由此，魏氏开始了稳定蓬勃的壮大。历经魏悼子、魏绛

（谥号魏昭子）、魏嬴、魏献子四代，魏氏已经成为晋国六大新兴士族之一（六卿）。这六大部族结成了最大的利益共同体，不断吞灭、瓜分、蚕食着中小部族的土地人口，古老的晋国事实上支离破碎了。又经过魏简子、魏侈两代，六大部族的两个（范氏、中行氏）被瓜分，晋国只有四大部族了。经过魏桓子一代，魏氏部族与韩赵两部族结成秘密同盟，共同攻灭瓜分了最大的知氏部族。至此，魏赵韩三大部族主宰了晋国。

承袭魏桓子族领地位的，是其孙子魏斯。魏斯经过几十年扩张，终于在第四十三年（公元前 403 年），与赵、韩两族一起，被周王室正式承认为诸侯国。魏斯为侯爵，史称魏文侯。从这一年开始，魏氏正式踏上了邦国之路，成为开端战国的新兴诸侯国。

也就是从这个时候开始，魏国的政治事件成为我们必须关注的对象。

自魏文侯立国至魏假灭亡，魏国历经八代君主一百七十八年。在春秋战国历史上，近两百年的大国只经历了八代君主，算是权力传承之稳定性最强的国家了。这种稳定性，当时只有秦国、齐国可以与之相比，国君代次显然还要稍多。魏国君主平均在位时间是二十二年有余，若除去末期魏假的三年，则七任君主平均在位时间是二十五年有余。应该说，在战国那样的剧烈竞争时代能有如此稳定的传承，是极其罕见的。之所以要将代次传承作为政治稳定的基本标志，原因在于世袭制下的传承频繁国家，都是变乱多发所致。是故，君位传承频繁，其实质原因必定是政治动荡剧烈，君主传承正常，其实质原因也在于这个国家的政治稳定性强。当然，也不能绝对化地说，稳定性是传承少的唯一原因。譬如魏国，其传承代次少，还有一个重要原因，就是出现过两个在位五十年以上的国君：魏文侯在位五十年，魏惠王在位五十一年。其余两个在位时间长的君主是：魏武侯二十六年，魏安釐王三十五年。这四任君主，便占去了一百六十二年。

魏国政治传统的基本架构及其演变，都发生在这四代之间。

这一政治传统，是破解魏国灭亡秘密的内在密码。

魏文侯之世，是魏国风华的开创时代。

战国初期，魏国迅速成为实力最强的新兴大国，对天下诸侯产生了极大的冲击力。尤其对西邻秦国，魏国以强盛的国力军力，夺取了整个河西高原与秦川东部，将秦国压缩得只剩下关中中西部与陇西商於等地。这种令天下瞠目结舌的崛起，根源在于魏文侯开创了后来一再被历史证实其巨大威力的两条强国之路：一是积极变法，二是亲士急贤。

先说变法。魏文侯任用当时的法家士子李悝，第一次在战国时代推行以变更土地制度为轴心的大变法。史料对魏国这次变法语焉不详，然依据后来的变法实践，李悝变法的两个基本方面该当是明确的：其一是围绕旧土地制度的变法，基本点是有限废除隶农制、重新分配土地、鼓励耕作并开拓税源等等。其二是公开颁行种种法令，以法治代替久远的人治礼治。可以做出的总体评判是：后来商鞅变法的基本面，李悝都涉及了，只是其深度广度不能与后来的商鞅变法相比。虽则如此，作为战国变法的第一声惊雷，魏国变法的冲击作用是极其巨大的，其历史意义是亘古不朽的，其效用是实实在在的。

变法的同时，魏文侯大批起用当时出身卑微而具有真才实学的新兴士子，此所谓急贤亲士也。文侯之世，魏国群星璀璨文武济济，仅见诸史籍的才士便有：李悝、乐羊、吴起、西门豹、赵仓唐；儒家名士卜子夏、田子方、段干木等；故旧能臣重用者有翟璜、魏成子等。至少，魏国初期一举拥有了李悝、乐羊、吴起、西门豹如此四个大政治家，实在是天下奇迹。由此，魏国急贤亲士的声名远播，以至秦国想攻伐魏国而被人劝阻。劝谏者的说法是："魏君贤人是礼，国人称仁，上下和合，未可图也！"

由于魏文侯在位长达五十年，这种政治风气自然积淀成了一种传统。

可是。魏文侯开创的这种生机蓬勃的政治传统，到了第二代魏武侯时期渐渐变形了。所谓变形，一则是不再积极求变，变法在魏国就此中止；二则是急贤亲士的浓郁风气，渐渐淡化为贵族式的表面文章。也就是说，魏文侯开创的两大强国之路都没有得到继续推进，相反，却渐渐走偏了。这条大道是如何渐渐误入歧途的？历史给我们留下了一些可寻路径的蛛丝马迹。

一则史料是，魏击（魏武侯）做储君时暴露出的浓厚的贵族骄人心态。魏文侯十七年，乐羊打下中山国后，魏击奉文侯之命做了留守大臣。一日，魏击游览殷商旧都朝歌，不期遇到了魏文侯待以师礼的田子方。魏击将高车停在了道边，并下车拜见田子方。可是，田子方竟没有还礼。魏击很是不悦，讥刺道："富贵者骄人乎？且贫贱者骄人乎？"田子方冷冷道："贫贱者骄人耳。诸侯而骄人，则失其国。大夫而骄人，则失其家。贫贱者，行不合，言不用，则去之楚、越，若脱躧（鞋）然，奈何其同之哉！"魏击很不高兴，但又不能开罪于这个顶着父亲老师名分的老才士，只有阴沉沉回去了。姑且不说这个儒家子贡的老弟子田子方的牛哄哄脾性究竟有多少底气，因为，战国时期真正的法家大政治家，反倒根本不会做出这种毫无意义的清高，该遵守的礼仪便遵守，犯不着无谓显示什么。我们留意的，是魏击的两句讥刺流露出的贵族心态——田子方虽贵为文侯老师，依然被魏击看做贫贱者，而贫贱者是没有对人骄傲的资格的！如此贵族心态，岂能做到真正的亲士敬贤？于是，后来一切的变味大体便有了心灵的根源。

另一则史料是，魏击承袭国君后不思求变修政的守成心态。魏击即位，吴起已经任河西将军多年。一次，魏武侯与吴起同乘战船从河西高原段的大河南下，船到中流，魏武侯眼看两岸河山壮美，高兴地看着吴起大是感叹："美哉乎山河之固，此魏国之宝也！"也许是吴起早已经觉察到了这位君主的某种气息需要纠正，立即正色回答说："邦国之固，在德不在险……若君不修德，舟中之人尽为敌国也！"结果，魏武侯只淡淡一个"善"字便罢了。吴起对答，后世演化为"固国不以山河之险"的著名政谚，却没有留下魏武侯任何由此而警醒的凭据。请注意，这是魏国君主第一次将人才之外的物事当做"国宝"。此后，魏惠王更是将珍珠宝玉当做"国宝"，留下一段战国之世著名的国宝对答。魏武侯盛赞山河壮美，原本无可指责。这里的要害是，一个国君在军事要塞之前首先想到的是什么，如何评判山川要塞，至少具有心态指标的意义。魏武侯的感慨若变为："山河固美，无变法强国亦不能守也！"试想当是何等境界？这件事足以说明，魏武侯已经没有了开创君主的雄阔气度，对人对物对事，已经沦落为以个人好恶为评判标尺了。

第三则史料是，魏武侯错失吴起。

吴起是战国之世的布衣巨匠之一，是中国历史上罕见的政治军事天才之一。与战国时代所有的布衣名士一样，吴起的功业心极其强烈，那则杀妻求将的传说故事，正是战国名士功业心志的最好注脚。后来的事实证明，乐羊、吴起被魏文侯重用，是魏国扩张成功的最根本原因。也就是说，李悝变法激发积聚了强盛国力，乐羊、吴起则将这种国力变成了实际领土的延伸。在整个魏文侯时期，乐羊攻灭中山国，吴起攻取整个河西高原，既是魏国最大的两处战略性胜利，也是当时天下最成功的实力扩张。李悝、乐羊死后，兼具政治家才华的吴起实际上成为魏国的最重要支柱。

可是，魏武侯即位，吴起没有得到应有的重用，既没能成为丞相，也没能成为上将军，只是一个“甚有声名”的地方军政首脑（西河守）。依着战国用人传统，魏文侯时期有老资格名将乐羊为上将军，吴起为西河守尚算正常。然在魏武侯时期，吴起依然是西河守，就很不正常了。《史记·孙子吴起列传》载：秉性刚正的吴起对这种状况很是郁闷，曾公开与新丞相田文（不是后来的孟尝君田文）论功，说治军、治民、征战三方面皆强于田文，如何自己不能做丞相？田文以反诘方式做了回答，很是牵强，其说云：“主少国疑，大臣未附，百姓不信，方是之时，属之于子乎？”应当说，田文对魏国状况的认定，只是使用了当时政治理论对新君即位朝局的一种谚语式描述，实际根本不存在。魏文侯在位五十年，魏击是老太子即位实权早早在握，如何能有少年君主即位才有的那种“主少国疑，大臣未附，百姓不信”的险恶状况？刚直的吴起毕竟聪明，见田文摆出了老脸与自己周旋论道，便知道此人绝不是那种凭功劳说话的人物，所以才有了史料所载的“起默然良久，曰‘属子之矣。’”吴起的服输，实际上显然是讲求实际的政治家的顾全大局。不想，却被太史公解读成了“吴起乃自知弗如田文”。这个田文，既不是后来的孟尝君田文，史料中也没有任何只言片语的功业，史料中的全部踪迹便是与吴起的这几句对答，及“田文既死”四个字。如此一个人物，豪气干云的吴起如何便能“自知弗如田文”？太史公此处之认定，只能看做一种误读，而不能看做事实。

历史烟雾之深，诚为一叹也！

重要大臣将军之间的这种微妙状况，魏武侯不可能没有觉察。之后的处置方式，立即证明魏武侯对吴起早已经心存戒惧了。田文死后，公叔为相。这个公叔丞相欲将吴起从魏国赶走，与亲信商议对策。其亲信说，要吴起走，很容易。亲信的依据是秉性评判：吴起有气节，刚正廉明并看重名誉。潜台词很显然，这等人得从其尊严名誉着手。亲信谋划出了一个连环套式的阴谋：先以固贤为名，请魏武侯将少公主嫁给吴起，言明以此为试探吴起的婚姻占卜——吴起忠于魏国，则受公主；若不受婚嫁，必有去心；魏侯必从，而后由丞相宴请吴起，使丞相夫人的大公主当着吴起的面辱贱丞相；吴起见如此公主，必要辞婚；只要吴起辞婚，便不可能留在魏国了。后来的事实果然如此：吴起辞婚，魏武侯怀疑吴起而疏远，吴起眼看在魏国无望，便离开魏国去了楚国。这是一则深藏悲剧性的喜剧故事，使吴起的最终离魏具有了难言的荒诞性。

吴起离魏，至少证实了几个最重要的事实：其一，魏武侯疑忌吴起由来已久，绝非一日一事；其二，魏武侯已经没有了囊括人才的开阔胸襟，也没有了坦率精诚的凝聚人才的人格魅力；其三，魏武侯时期，魏国的内耗权术之道渐开，庙堂之风的公正坦荡大不如前。从魏国人才流失的历史说，吴起是第一个被魏国挤走的乾坤大才。

魏惠王后期，魏国尊贤风气忽然复起。

魏武侯死时，魏国的庙堂土壤已经滋生出了内争的种子。这便是魏武侯的两个儿子，公子罃与公子缓争位。这个公子罃，便是后来的魏惠王。公子罃得到了一个才能杰出的大夫王错的拥戴效力，占据了魏国河外的上党与故中山国之地，公子缓失势。可是，公子罃还没来得及即位，韩赵两军便进攻魏国了。韩赵遵循晋国老部族相互吞噬的传统，要趁魏国内乱之机灭魏而瓜分之。浊泽一战，公子罃军大败，被韩赵两军死死包围。然则，一夜天明，几乎是在等死的公子罃却看见两支大军竟然没有了。事后得知，是两国对于如何处置魏国意见相左，各自不悦而去。对这场本当灭魏而终未灭魏的诡异事变，战国时评是："君终无适子，其国可破也！"也就是说，魏武侯终究没有堪当大任的儿子，魏国原本是可以破灭的。言外之意很显然：没有灭国，并不是公子罃的才能所致。然，公子罃不如此看，他将魏国大难不死归结于二：一是天意，二是自家大才。是故，公子罃即位之后立即宣布称王，成了战国时代第一个称王的大国（自来称王的楚国除外）。

魏惠王在位五十一年，可以分为三个时期：称霸前期，衰落中期，迁都大梁之后的末期。第一时期是魏国的全盛霸权时期，大约二十余年；其时白圭、公叔痤先后为相，庞涓为上将军，率军多次攻伐诸侯，威势极盛，国力军力毫无疑义地处于战国首屈一指的地位。第二时期，以三次大战连续失败为转折，魏国霸权一举衰落。这三次大战是围魏救赵之战、围魏救韩之战、秦国收复河西之战。第三时期，以魏国畏惧秦国之势迁都大梁始，是魏惠王的最后二十年。

总括魏惠王五十一年国王生涯之概貌，成败皆在于用人。

魏惠王其人是战国君主中典型的能才庸君。请注意，历史不乏那种极具才华而又极其昏庸的君主。秦汉之后，此等君主比比皆是，战国之世亦不少见。魏惠王者，一个典型而已。魏惠王之所以典型，在于他具备了这种君主给国家带来巨大破坏性的全部三个特征：其一，聪敏机变，多大言之谈，有足以显示其高贵的特异怪癖，此所谓志大才疏而多欲多谋也，与真正的智能低下的白痴君主相比（譬如后世的少年晋惠帝），此等“庸君”具有令人目眩的迷惑性，完全可能被许多人误认为“英主”；其二，胸襟狭小，任人唯亲与敬贤不用贤并存，外宽内忌，这一特征的内在缺陷，几乎完全被敬贤的外表形式所遮掩，当时当事很难觉察；其三，在位执政期长得令人窒息，一旦将国家带入沼泽，只有渐渐下陷，无人能有回天之力。

在君主终身制时代，这种“长生果庸主”积小错而致大毁的进程，几乎是人力无法改变的。也就是说，庸主若短命，事或可为，庸主若摇摇不坠，则上天注定了这个邦国必然灭亡。譬如秦国，也曾经有一个利令智昏的躁君秦武王出现，但却只有三年便举鼎脱力而暴死了。后来又有两个庸君，一个秦孝文王，一个秦庄襄王，一个不到一年死了，一个两三年死了。所以，庸君对秦国的危害并不大。在位最长的秦昭襄王也是五十余年，然秦昭襄王却是一代雄主。即或如秦昭王这般雄主，高年暮期也将秦国庙堂带入了一种神秘化的不正常格局，况乎魏惠王这等“长生果庸主”，岂能给国家带来蓬勃气象？这等君主当政，任何错误决策都会被说得振振有词，任何堕落沉沦都会被披上高贵正当的外衣，任何龌龊技术都会堂而皇之地大行其道，任何真知灼见都会被善于揣摩上意的亲信驳斥得一文不值。总归一句，一切在后来看去都是滑稽剧的国家行为，在当时一定都是极为雄辩地无可阻挡地发生着，顺之者昌，逆之者亡。

魏惠王有一个奇特的癖好，酷爱熠熠华彩的珍珠，并认定此等物事是国宝。史载：魏惠王与齐威王狩猎相遇于逢泽之畔，魏惠王提出要与齐威王较量国宝。齐威王问，何谓国宝？魏惠王得意矜持地说，国宝便是珠宝财货，譬如他的十二颗大珍珠，每颗可照亮十二辆战车，这便是价值连城的国宝。齐威王却说，这不是国宝，真正的国宝是人才。于是，齐威王一口气说了他搜求到的七八个能臣及其巨大效用。魏惠王大是难堪。这是见诸史料的一次真实对话，其意义在于最典型不过地反映出了有为战国对人才竞争的炽热以及魏国的迟暮衰落。

也许是受了这次对话的刺激，也许是有感于秦国的压迫。总之，是魏惠王后期，魏国突然弥漫出一片敬贤求贤气象。这里有一个背景须得说明，否则不足以证明魏国失才之荒谬。战国时期，魏国开文明风气之先，有识之士纷纷以到魏国求学游历为荣耀，为必须。安邑、大梁两座都城，曾先后成为天下人才最为集中的风华圣地，鲜有名士大家不游学魏国而能开阔眼界者。为此，魏国若想搜求人才，可谓得天独厚也。可是，终魏惠王前、中期，大才纷纷流失，魏国竟一个也没有留住。

魏惠王前、中期，从魏国流失的乾坤大才有四个：商鞅（卫人，魏国小吏）、孙膑（齐人，先入魏任职）、乐毅（魏人，乐羊之后）、张仪（魏人）。若再加上此前的吴起，此后的范雎、尉缭子，以及不计其数的后来在秦国与各国任官的各种士子，可以说，魏国是当时天下政治家学问家及各种专家的滋生基地。在所有的流失人才中，最为令人感慨者，便是商鞅。所以感慨者，一则是商鞅后来的惊世变法改写了战国格局，二则是商鞅是魏惠王亲手放走的。商鞅的本来志向，是选择魏国实现抱负。魏国历史的遗憾在于，当商鞅被丞相公叔痤三番几次举荐给魏惠王时，魏惠王非但丝毫没有上心，甚至连杀这个人的兴趣都没有，麻木若此，岂非天亡其国哉！

种种流失之后，此时的魏惠王突然大肆尊贤，又是何等一番风貌呢？

《史记·魏世家》载："惠王数被于军旅，卑礼厚币以召贤者。邹衍、淳于髡、孟轲皆至梁。梁惠王曰：'寡人不佞，兵三折于外，太子虏，上将死，国以空虚，以羞先君宗庙社稷，寡人甚丑之。叟（你等老人家）不远千里，辱幸之弊邑之廷，将何以利吾国？’孟轲曰：‘君不可以言利若是。夫君欲利，则大夫欲利；大夫欲利，则庶人欲利；上下争利，国则危矣！为人君，仁义而已矣，何以利为！’”

这一场景，实在令人忍俊不能。魏惠王庄重无比，先宣布自己不说油滑的虚话，一定说老实话（寡人不佞），于是，一脸沉痛地将自己骂了一通，最后郑重相求，请几个赫赫大师谋划有利于魏国的对策。如邹衍、淳于髡等，大约觉得魏惠王此举突兀，一定是茫然地坐着，一副若有所思的模样。偏大师孟子自视甚高，肃然开口，将魏惠王教训了一通。滑稽处在于，孟子的教训之辞完全不着边际。分明是一个失败的君主向高人请教利国之道，这个高人却义正词严教导说，君主不能言利，只能恪守仁义！也就是说，孟子认为，作为君主，连“利”这个字都不能提。在天下大争的时代，君主不言利国，岂为君主？更深层的可笑处在于：魏惠王明知邦国之争在利害，不可能不言利；也明知大名赫赫的儒家大师孟子的治国理念，明知邹衍、淳于髡等阴阳家杂家之士的基本主张；当此背景，却要生生求教一个自己早已经知道此人答案的问题，岂非滑天下之大稽？说穿了，作秀而已。魏惠王亲自面见过多少治国大才，没有一次如此“严正沉重”地谴责过自己，也没有一次如此虔诚地求教过，偏偏在明知谈不拢的另类高人面前“求教”，其虚伪，其可笑，千古之下犹见其神色也。

后来，魏惠王便如此这般地开始尊贤求贤了。经常恭敬迎送往来于大梁的大师们，送他们厚礼，管他们吃喝，与他们认真切磋一番治国之道，而后殷殷执手作别，很令大臣大师们欷歔不已。用邹衍、惠施做过丞相，尊孟子如同老师，似乎完全与魏文侯没有两样。而且，魏惠王还在《孟子》中留下了“孟子见梁惠王”的问答篇章……能说，魏惠王不尊贤么？

历史幽默的黑色处在于，总是不动声色地撕碎那些企图迷惑历史的大伪面具。

魏惠王之世形成的外宽内忌之风，在其后五代愈演愈烈，终至于将魏国人才驱赶得干干净净。这种外宽内忌，表现为几种非常怪诞的特征：其一，大做尊贤敬贤文章，敬贤之名传遍天下；其二，对身负盛名但其政治主张显然不合潮流的大师级人物，尤其敬重有加周旋有道；其三，对已经成为他国栋梁的名臣能才分外敬重，只要可能，便聘为本国的兼职丞相（事实上是辅助邦交的外相，不涉内政）；其四，对尚未成名的潜在人才一律视而不见，从来不会在布衣士子中搜求人才；其五，对无法挤走的本国王族涌现的大才，分外戒惧，宁肯束之高阁。自魏惠王开始直到魏假亡国，魏国对待人才的所有表现，都不出这五种做派。到了最后一个王族大才信陵君酒色自毁而死，魏国人才已经萧疏之极，实际上已经宣告了魏国的灭亡。

对吴起的变相排挤，对商鞅的视而不见，对张仪的公然蔑视，对范雎的嫉妒折磨，对孙膑的残酷迫害，对尉缭子的置若罔闻，对乐毅等名将之后的放任出走……回顾魏国的用人史，几乎是一条僵直的黑线。一个国家在将近两百年的时间里始终重复着一个可怕的错误，其政治土壤之恶劣，其虚伪品性之根深蒂固不言而喻。

实在说话，任何国家任何时代都可能出现对人才的不公正事件，但只要是政治相对清明，这种事件一定是少数，甚或偶然。譬如秦国，秦惠王杀商鞅与秦昭王杀白起，是两桩明显的冤案，但却没有影响秦国的坚实步伐。原因在二,一是偶然，二是功业大成后错杀。其间分际是，战国时期的人才命运或者说国家用人路线，实质上有两个阶段，其方略有着很大差别：第一阶段是搜求贤才而重用，可以说是解决寻求阶段；第二阶段是功业大成后，能在何种程度上继续，可以说是后需求阶段。历史证明的逻辑是：对于任何一个国家，需求阶段的人才方略都是第一位的，起决定作用的。而魏国的根本错失，恰恰始终在需求阶段。在将近两百年里拥有最丰厚人才资源的魏国，出现的名相名将却寥若晨星。与此同时，战国天空成群闪烁的相星将星，却十之七八都出自魏国。不能不说，这也是一种历史的奇迹。

大争之世，何物最为宝贵？人才。

风华魏国，何种资源最丰厚？人才。

魏国政风，最不在乎的是什么？人才。

为什么会是这样？魏国长期人才流失的根源究竟在哪里？凡是熟悉战国史者，无不为魏国这种尊贤外表下大量长期人才流失的怪诞现象所困惑。

仔细寻觅蛛丝马迹，有一个事实很值得注意，这就是魏氏先祖笃信天命的传统。魏国正史着意记载了毕万创魏时期的两次占卜卦象，至少意味着一种可能：魏国王族很是迷信卦象预言，对人为奋发有着某种程度的轻慢。这种精神层面的原因，很容易被人忽视。尤其在已经成为历史的兴亡沉浮面前，历史家更容易简单化地只在人为事实链中探察究竟，很容易忽略那种无形而又起决定作用的精神现象。

事实上，无论古今中外，力图预见未来命运的种种预测方式，都极大地影响着决策者们的行为理念，甚至直接决定着当权者的现实抉择。在自然经济的古典社会，这种影响更大。客观地说，力图解释、预见自然与社会的种种神秘文化，都是古典文明的有机构成部分，一味地忽视这种历史现象，只能使我们的历史叙事简单化，最终必然背离历史真相。

在中国春秋战国时代，解释并预测自然与社会的学问已经形成了一个完整庞大的系统。就社会方面而言，阴阳五行学说、天地学说（分为星象、占候、灾异、堪舆四大门类）、占卜学说，构成三大系统。其中每一系统，都有相对严密的理论基础与理论所延伸出的实用说明或操作技能。第一系统，以阴阳五行论为理论基础，衍生出对国家品性的规范：邦国必有五行之一德，此德构成全部国家行为的性格特点。第二系统，以天人合一观为理论基础，衍生出占星、占候、灾异预兆解说、堪舆（风水）等预测技能。第三系统，以阴阳论为基础，衍生出八卦推演的预测技能。凡此等等，可以说，中国古典时期的预言理论之博大庞杂，预测手段之丰富精到，在整个人类文明史上堪称奇葩。

是故，在那样的时代，执政族群不受天命预言之影响，几乎是不可能的。

然则，执政者以何种姿态对待天命预言，又是有极大回旋余地的。

这种回旋，不是今人所谓的简单的迷信不迷信，而是该文化系统本身提供给人的广阔天地。华夏文明之智慧，在于所有的理论与手段都蕴含着极其丰富的变化，而不是简单机械的僵死界定。“运用之妙，存乎一心”，此之谓也！以人对天命之关系说，天人合一论的内涵本身便赋予了人与天之间的互动性，而这种互动性，最终总是落脚于人的奋发有为。且看：天意冥冥，民心可察，故此，民心即天心；天命不再虚妄渺茫，而有了实实在在的参照系；于是，执政者只要顺应民心潮流，便是顺应天命！再看：天命固然难违，但却有最根本的一条——天下唯有德者居之。故此，天命之实际只在人有德无德。天意（或占卜或星象等等）纵然不好，都只是上天在人的出发点的静态设计，若人奋发有为顺应民心广行阴德（不事张扬地做有利于人民的好事，此谓阴德），则上天立即给予关照，修改原来的命运设计方案！

如此天人互动之理论，何曾有过教人拘泥迷信之可能？

就历史事实说话，先秦时代的中国族群有着极其浑厚的精神力量与行为自信，对天命天意等等，相对于后世的种种脆弱心理与冥顽迷信，确实做到了既敬重又不拘泥的相对理想状态。敬重天命，在于使人不敢任意妄为；不拘泥者，在于使人保持奋发创造力。姜尚踏破周武王占卜伐商吉凶的龟甲，春秋诸侯不敬天子而潮水般重新组合，新兴大夫（地主）阶层纷纷取代久享天命的老诸侯，种种潮流，无不使拘泥天命者黯然失色。就基本方面而言，秦国是一个典型。秦人历史上有两则神秘预言，一则是舜帝"秦人将大出天下"的预言，一则是老子关于秦国统一天下的预言。两则预言能见诸《史记》，足证在当时是广为人知的。但是，历史的事实是，秦国执政阶层始终没有坐等天意变成事实，而是历经六代人浴血奋争才成就了皇皇伟业。

魏国如何？

虽然，在毕万之后，我们没有发现更多的关于魏国王族笃信天命的史料，但合理的推测却是有历史逻辑依据的。这个历史的逻辑是：一百余年永远重复着一个致命的错误，这个国家的王族便必然有着精神层面的根源；这个精神根源不可能是厌恶人才的某种生理性疾病，而只能是对另一种冥冥之力产生依赖而衍生出的对人才的淡漠；这个冥冥之力不可能仅仅是先祖魂灵，而只能是更为强大的天命。魏国灭亡一百余年后，太史公尚以天命之论解读魏国灭亡原因，况乎当时之魏国王族乎？简单的逻辑演化出最残酷的结论：无论天意如何，失才便要亡国。越是竞争激烈的大争之世，这一结局的表现方式便越是酷烈。

春秋战国时代，对人才重要性的认识达到了空前的高度，无论是用才实践还是用人理论，都是中国历史的最高峰。在这样的历史条件下，说魏国对人才的重要性认识不够，显然是牵强的。当时，对人才与国家兴亡这个逻辑说得最清楚透彻的当是墨家。

墨家的人才理论有三个基本点。

第一是“亲士急贤”。《墨子》第一章《亲士》篇，去：“入国（执政）而不存其士，则亡国矣！见贤而不急，则缓其君矣！非贤无急，非士无与虑国。缓贤忘士，而能以其国存者，未曾有也！”墨子在这里说得非常扎实，对待才士，不应是一般的敬重（缓贤），而应该是立即任命重用，此所谓“见贤而急”；见贤不急，则才士便要怠慢国君，离开出走。田子方说的那种“行不合，言不用，则去之若脱鞋然”的自由，在战国时代可谓时尚潮流。当此之时，“急贤”自然是求贤的最有效对策。

第二是“众贤厚国”。《墨子·尚贤上》云：“……国有贤良之士众，则国家之治厚；贤良之士寡，则国家之治薄。故大人之务，在于众贤而已。”也就说，国家要强盛，不能仅仅凭一两个人才，而是要一大批人才。否则，这个国家便会很脆弱（薄）。

第三是“尚贤乃为政之本”理念。《墨子·尚贤中》云：“……尚贤，为政之本也。何以知尚贤为政之本也？……贤者为政，则饥者得食，寒者得衣，乱者得治，此安生生！……尚贤者，天、鬼、百姓之利，而政事之本也！”对墨子的尚贤为本的目标，可以一句话概括：尚贤能使天下安宁，所以是为政之根本。

墨子的人才理论，实在具有千古不朽的意义。

魏国以伪尚贤之道塞天下耳目，诚天亡之国也！

# 第九章 分治亡楚

## 一 咸阳大朝会起了争端

秦王嬴政大睡了一日一夜，李斯一直守在王城书房。

魏王假被俘获的捷报传来，秦国朝野一片欢腾。对山东六国，老秦人仇恨最深的是两个国家，一个赵国，一个魏国。秦对赵，是秦昭王时期开始的新仇，历经长平大战，秦赵遂势不两立。秦对魏，则是宿敌旧恨。在秦国变法成功之前，魏国曾在两代半（魏文侯、魏武侯、魏惠王前期）将近百年里一直是压制秦国最强大的力量。可以说，战国初期秦国的所有危机都是来自魏国。是故，从秦惠王到秦昭王前期的宣太后主政，秦国东出最主要的对手一直是魏国。赵国崛起之后，从秦国第一次攻赵（阏与之战）失败开始，秦赵两国结结实实地杀作了一团，秦国对魏国仇恨也就渐渐淡了。随着魏国的不断衰落继而向秦国称臣，老秦人事实上对魏国已经从往昔的仇恨转为蔑视了。虽则如此，魏国的最终结局还是教老秦人想起了许许多多往事，感慨之余自然要大大地欢庆一回。秦王政与大臣们虽不会像民众那般聚饮于酒肆，踏歌于长街，起舞于社火，却也在丞相王绾动议下，于很少启用的王城大殿举行了一次大宴。大宴之上，饮酒未过两爵，秦王嬴政一头倒在酒案鼾声大起了。

“长史……”

嬴政倒头之际，对身旁的李斯招手嘟哝了一句。

李斯会意，在赵高将秦王背走之后，立即去了东偏殿的秦王书房。这座书房很大，事实上，整个六进东偏殿百余间房屋都可以视作秦王书房。其总体格局是：内殿大约一半是秦王书房，外殿三分之一余是长史李斯的官署，李斯区域与秦王区域之间，隔着赵高统领的一班内侍侍女们照料秦王起居事务的一方小区域。寻常时日，作为执掌秦王机要事务与公文进出的李斯，没有特殊使命，终日都守在外署处置流水般进出的密集公文。依照法度，李斯除了早晚送进接出公文这两趟，并不是随时都可以进出秦王内书房的。今日秦王指着书房吩咐一句，显然不是要李斯去守候外署，而是要李斯去王书房。已经熟知秦王为政秉性的李斯明白了，书房一定有需要立即办理的公文。然则，这两日除了战报并没有急切公文，而需要立即实施的诸多事务性上书，他已经全部转到丞相府去了。灭国大战开始以来，经秦王书房亲自处置的事务，几乎全部是有关山东各战场的大方略，几乎所有的秦国内政，都由王绾的丞相府承担起来。没有山东急报急务，秦王还会有何等样公事要急切关照？

“备——忘？”

一到书房王案前，李斯看见了旁边立柱上挂着几条特制的长大竹简，题头便是这“备忘”两个大字。李斯心头一闪，又瞄了一眼书案，果然书案上干净整齐，没有任何摊开的书简。显然，这便是秦王吩咐的事务。于是，李斯在大柱前站定，揣摩起几条长大竹简上面的字句来。长大竹简上的几行字是：

翦军班师　留守几多

贲军中原　复鸿沟

蒙恬还国　北边事

九月大朝　楚齐先后　兵力几多

李斯看得明白，四条竹简所列，都是灭魏之后待议待决的几件大事。秦王一时没有定见，故此先行列出，先教他来看，一定是要他预为筹划相关事项，也包括想要他先思谋对策。李斯绕着大柱转悠了几圈，到了自己的外署，召来几个能事书吏忙碌起来。第一件事，李斯口述，书吏录写，先拟定好秦王醒来后肯定要立即发出的几件王命文稿；第二件事，亲自手书一柬，派员送去大田令府邸，请郑国预拟修复鸿沟之实施方略；第三件事，召来蒙毅会商，先行安置九月大朝会事宜，由蒙毅与丞相府偕同会商诸般事务；第四件事，召来执掌邦交的行人署主官，吩咐立即搜集齐楚两国的相关典籍，并汇集近年来两国所有消息，旬日内归总呈送长史署。

几件事处置完毕，已经是暮色降临。李斯草草用罢晚汤坐在了案前，要将自己对这几件大事的思路理出一个头绪来。李斯有逢事动笔的习惯，尝笑云："一管秃笔，抵得三分天赋也。"属下吏员无不敬佩。今日要思谋几件大事的对策，李斯自然而然地提起了案头的一管蒙氏笔。案旁熏香袅袅，窗前夜风习习，一轮明月高挂，窗外的碧蓝水面波光粼粼，使这座池畔宫殿有着一种难得的宏阔清幽。每每坐在这张临水临窗的大案前提笔疾书，李斯油然生出一种难言的充满惬意的奋发之情，才思也分外流畅。可是，今夜提笔，堪堪写下"翦军班师"四个字，笔下便有了一种滞涩。王翦大军班师，这件事的要害是"留守几多"？也就是说，根据燕赵旧地的目下情势，秦军该留多大的兵力完成后续使命。这个后续使命倒是清楚，一则推行秦法稳定大局，二则妥善解决残燕残赵之逃亡力量。那么，需要多少兵力？大将留谁最合适？一遇到这种以军事为轴心的方略决断，李斯便有些混沌，远不如对邦交国政民治种种大局明澈探底。而这四件大事，宗宗都是军事为轴心，若避开军事只说其他大局，显然是言不及义。王贲军留镇中原，其使命如何？实施方略又如何？蒙恬回咸阳朝会，北边匈奴军事当如何说法？大朝会的轴心议题，肯定是齐楚最后两大国之攻伐，先灭齐还是先灭楚？兵力各需要多少？凡此等等，除了修复鸿沟，李斯确实没有能教自己满意的对策。因为，任何一个在心头闪现出的火苗都是飘摇不定的。这种飘摇不定，只有自己最清楚。

“天赋领国奇才，大哉秦王也！”

李斯搁笔，凝望着粼粼水面的月光，不禁由衷一叹。寻常公议看来，秦国之所以虎虎生气对天下势如破竹，全然是秦国有一班罕见的军政谋划大才。这班军政大才，当然也包括李斯在内，甚至，职任长史执掌中枢的李斯被看做“用事”的轴心人物。然则，这班军政大才如王翦、王绾、蒙恬、尉缭、李斯、顿弱、姚贾等等，心下却都很是清楚，没有秦王嬴政的天才统御，几乎所有的长策大略都难以化作惊雷闪电。当然，天下公议已经不再对秦王嬴政的用人之能质疑了，秦国天空的雄才星群与秦国行将完成的伟业，已经毋庸置疑地使攻讦秦王之辞变成了蓬间雀的尖酸叽喳。但是，天下对秦王的正面评判，依旧大体停留在对寻常明君的评判点上：用人得当，善纳谋臣之策，如此而已。对于寻常君王，这已经是极为难得的评价了。然对于秦王，李斯以为远远不够。秦王的全局洞察之能，秦王的方略决断之能，秦王对充满诡谲气息的军争变局的那种独有的直觉与敏感，是寻常公议所无法知道，也无法评判的。而这种几乎只能用天赋之才去解释的直觉、敏感与种种判断力，恰恰是李斯与枢要股肱们最为叹服的。事实上，秦王不可能没有错失。然则，李斯坚信，若是换了另外任何一个人掌控全局，即或这个人是万古圣王复生，其错失也必然远远多于秦王嬴政。远则不论，单就选定王贲为中原统帅以及确定五万兵力灭魏这一点而言，秦王是基于一种清晰的直觉与敏锐的辨识所决断的，而包括王绾李斯尉缭姚贾在内的所有参与谋划者，却都是心怀忐忑地被秦王说服的。而今的事实已经证明，秦王的选将与攻占方略，无疑是最有效的。再譬如目下四件大事，在李斯看来，件件大事都关涉复杂，都有着至少两三种选择，可每种选择又都觉得不坚实。若是秦王，会是如此感觉么？

依着久远的王道传统，人们更喜欢将圣王明君看成那种“垂拱而治”的人物，更喜欢将“大德之行”看做有为君王的标尺。某种意义上，人们不要求君王有才，而只要求君王柔弱有德。只有战国大争之世，天下方对强势君王有了激切的渴求，方对君王有了直接的才能期盼。虽则如此，人们对君王才力的评判，也依然带有久远的烙印。这个烙印，便是宁肯相信君王集众谋以成事，也不愿相信君王本身具有名士大师的过人才能……

随着一声嘹亮的鸡鸣，漫无边际的飘摇思绪扯断了。

李斯长长地伸了个懒腰，对着清新的淡淡水雾做了几次深深的吐纳，又回到了书案前。方才一番思绪神游，茫然之心大减，李斯一时分外坦然，提笔写下了几行大字：“臣不谙军争变局，唯预做事务铺排。诸般军事，皆待君上朝会决之。”写罢，嘱咐值夜吏员有事随时唤醒自己，这才走进了寝室。几个时辰，李斯睡得分外踏实。

暮色时分，嬴政进了东偏殿书房。

李斯正与蒙毅在外署商议大朝会筹划的诸般细务。两人尚未过来见礼，嬴政一挥手笑道：“走，里边晚汤说话。”见秦王精神气色显然好了许多，李斯蒙毅相对一笑，跟着秦王进了内书房。堪堪落座，赵高带着两个侍女安置好了晚汤：每案一罐灵芝汤，一片厚足一拃的白面锅盔，一方酱肉。蒙毅笑道：“君上晚汤三式，分明战饭也。”嬴政筷子敲打着陶罐大笑道：“战饭能有灵芝汤？来，咥！”李斯掀开罐盖一打量，笑道：“南山老灵芝，好！君上安睡太少，灵芝安神养心，该做常食常饮。”嬴政兴致勃勃道：“这是小高子从太医署学来的。说甚，食医，对，以食为医。这几日加了这灵芝汤，一上榻便呼噜山响，一觉三五个时辰。解乏是解乏，只怕误事，不敢多用也。”李斯蒙毅大笑，连说该多用该多睡，此事赵高办得好。一时晚汤罢了，李斯便将昨日自己对“备忘”竹简的事务落实情形禀报了一遍。说话间秦王已经看了旁边书案上李斯的留书，笑道：“长史过谦了。这等大事谁能一口说得个准定？究竟还得众谋。”说罢，吩咐蒙毅立即去接尉缭前来会商。不消顿饭时光，蒙毅已经接了尉缭到来。君臣四人一直商议到四更，几件大事才确定下来：

其一，王翦主力大军班师，留三万铁骑镇守蓟城，燕赵残部待后一体解决；

其二，王贲蒙武军暂留中原镇抚，安定魏韩旧地，辅助疏浚修复鸿沟；

其三，郑国赴中原，统领河沟修复并中原水利事；

其四，蒙恬还国朝会，九原大军原地驻守，御边不能松懈；

其五，齐楚两国事宜，朝会一体议决。

议定一件，李斯立即起草一件王书。在给王翦的王书中，嬴政特意叮嘱李斯加了一句："留军三万是否合宜，上将军权衡增减。"尉缭一笑道："如此，上将军虽未共商，等同共商矣！"君臣笑声中，曙色渐渐现出，及至朝阳初升，一道道快马王书已经飞出了王城。

诸事妥当，李斯一番心思萦绕，又拉着蒙毅去了外署说话。

这次朝会，堪称秦国有史以来最盛大的庆典性大朝。除了连下四国的巨大战功，这一年恰逢秦王三十五岁。秦法有定，历来禁止对国君祝寿。秦惠王秦昭王之世，曾多次惩罚过朝野官民的违法祝寿。故此，秦国从来不以国王寿诞做文章。然则，这并不意味着声望日隆的秦王的生日被秦人忘记了。筹划朝会大典时，赵高曾悄悄提醒李斯道："今岁大朝好哩，正逢君上三十五寿，难得也！"李斯没有接赵高话茬，板着脸道："各司其职，做好自己事。"究其实，李斯如何能忘了如此重大的关节，而且，他还清楚地知道，今岁同时是秦王即位第二十二年、秦王亲政第十三年。若论传统礼仪规矩，三个年份以寿期最重，因为寿诞逢五为大，三十五岁是中年大寿。虽说秦王生日是正月正日，九月庆贺已不是正期，然总比中年大寿毫无觉察地过去要好。秦王如此重大之人生关节，若不有所庆贺，李斯总觉得隐隐若有所失。秦王半生坎坷，天伦亲情几乎没有享受过。秦王血亲祖母夏太后过世已经十五年，正位祖母华阳太后过世已经六年，秦王的生母太后赵姬，过世也已经三年了。这些能够念叨并动议为秦王过过生日的王族长辈亲人，秦王一个也没有了。目下，秦王虽然已经有了几个王子几个公主，可长子扶苏只有十三岁，远远不足以绸缪此等事。身为离秦王最近的中枢长史，李斯再不弥补，几乎便是无法弥补了。

李斯没有着意，在外署只对副手蒙毅淡淡提了一句道："君上辛劳，从未过过生日，也不知今岁几多寿诞了？"蒙毅如梦方醒，一个猛子跳起来道："啊呀！如何连这茬也忘了？君上与家兄同岁，三十五也！"李斯笑道："五为正寿，朝会之际，给咸阳宫正殿前立一方刻石如何？"蒙毅皱着眉头道："刻石祝寿？那，岂不违法？"李斯道："那得看写甚，总不致刻石都是祝寿了。"蒙毅恍然道："也是也是。大人好字，你只写出来，其余有我。"李斯欣然点头，当即就着书案写好了几行大字。

朝会各方事宜部署妥当，只差这点睛之笔了。

八月底，咸阳王城正殿平台的东西两侧，立起了两方丈余高的蓝田玉刻石。东侧大石的镌刻大字是："济济多士，恒恒大法。"西侧大石的镌刻大字是："天寿佑秦，万有千岁。"从三十六级白玉阶之下的王城车马场望去，两方朱红大字的刻石巍然耸立在中央大鼎两侧，恍如天街龙纹，气势分外宏大。一日，嬴政看见刻石，凝视良久，问道："此文可有出处？"旁边蒙毅一拱手道："禀报君上，此为《诗·周颂》摘句，长史略有改动。'眉寿'，长史改做了'天寿'。无非颂我大秦功业，并无他意。"嬴政默然片刻，终于一笑道："无怪似曾相识。诗书之学，长史足为我师焉！"蒙毅暗自长吁了一声，一挺身奋然道："秦取天下不用诗书，君上无须通晓！"嬴政笑道："取天下不用诗书，治天下未必不用诗书了。"蒙毅道："秦法治天下，不用诗书王道！"嬴政笑道："你是法治天下，可天下读诗书者大有人在，不知诗书，焉知人心？"蒙毅倒是一时无话了。后来，得蒙毅转述这段对答，李斯不禁大是感喟道："君上但有此心，天下大安矣！"蒙毅问其故，李斯笑道："君上能容诗书之士，天下异端有何不能容之？百川既容，大海自成，天下大安哉！"

有了此番点睛之笔，秦国朝野遂荡漾出一种特有的豪迈喜庆。一时间，"天寿佑秦，万有千岁"成为庙堂与市井坊间争相传诵的相逢赞语，更被酒肆商铺制成横竖各式的大字望旗悬挂于长街，大咸阳陡然平添了一种从来没有过的热乎乎的祥和之气。

九月初，咸阳大朝会如期举行了。

大臣将军们感奋不已的是，大朝会以前所未有的贺宴开场。兼领司仪大臣的李斯长声念诵出的词句是："大秦连下四国，一统大业将成，会首四爵，以为贺功——"秦王很是兴奋，李斯话音落点霍然起身，举起了王案上的大爵高声道："好！此功当贺！今日此酒，四国酒！两年之后，六国酒！来，我等君臣连干四爵！"见秦王举爵，与会大臣将军们从座案前刷的一声整肃起立，宏阔的大殿哄然荡出一声雷鸣：“四国酒！秦王万岁！”嬴政一阵爽朗大笑道：“好！本王今日万岁一回！来，第一爵！”说罢举爵汩汩大饮，瞬间空爵置案，又举起了第二只大爵。站在殿角高台照应各方的蒙毅遥观王案酒爵，陡然一个愣怔，立即低声吩咐一个站班内侍去唤赵高。

今日会首四酒，原本是李斯蒙毅与丞相王绾商定的贺寿酒。虽说灭国四大功确实该贺，然毕竟不能沾了为秦王贺寿的违法嫌疑；为不着痕迹，以庆贺连下四国大功为名，又不置任何菜肴，以示并非宴会，可谓点到为止而已。李斯蒙毅虑及秦王长期缺乏睡眠，且酒量不是很大，事前曾征询赵高，赵高说可给王案上浓热黄米酒，既不醉人又长精神。李斯蒙毅欣然赞同。可方才秦王举爵，酒爵分明没有热气蒸腾，蒙毅心下一惊：毕竟今日大朝，会商重大事宜，秦王若醉如何了得！连饮四大爵老秦酒，蒙毅自忖也是要七八成酒意的。

“赵高！君上饮的甚酒？”

“黄米酒呵。”赵高碎步跑来，一边回答一边眼角余光瞄着王台。

“如何没有热气？你敢作伪！”蒙毅面色肃杀。

“好长史丞哩！”赵高一脸惶恐，“热酒若热到热气腾出，君上能要么？”

“明白说话！”

“一冒热气，举殿皆知君上另酒，君上也知自己另酒。如此，君上定然不饮。两下不明，才能相安无事。小人如此想，敢请长史丞教我。”

“知道了，去吧。”蒙毅淡淡一挥手，赵高匆匆去了。

在蒙毅与赵高说话间，秦王嬴政与大臣将军们已经热辣辣地连干了四爵，人人面色泛红。李斯一句长宣：“贺功酒罢，大朝伊始——”大臣们一齐落座，殿中便肃静了下来，李斯也坐回了自己的座案。

“诸位，今岁大朝，不同寻常。”秦王叩着王案开宗明义道，“五年来，我大秦雄师连下韩、赵、燕、魏四国，俘获三王。虽然，燕王喜在逃，残赵余部另立代国，然其苟延残喘之势已经不堪一击。故此，燕赵余波战事，可相机一体解决。目下之要，在于全力应对最后两个大国，齐国楚国。此意，长史已经书令预告，诸位今日放开说话。一日说不完，两日三日说。无论如何，要议决一个方略。如何议法，长史说话。”

李斯站了起来，拱手一个环视礼道：“诸位大人，奉君上之命，斯与丞相、上将军、上卿、国尉等预为会商，以为齐楚事宜有两个大方略需得议决：其一，对楚对齐，孰先孰后？其二，对楚对齐，各需几多兵力？唯两大方略议定，各方官署方得全力谋划协力之策。今日大朝，先议用兵次序。”说罢，李斯向殿角站立的蒙毅一招手，见蒙毅遥遥一拱手，便再次环视一拱手道，“录写书吏与史官均已就位，诸位可以说了。”

唯其事关重大，殿中一时默然，大臣将军们似乎都没有先发之意。

“老夫之见，还是先听上将军说法。”白发尉缭点着竹杖说话了。

“老国尉啊，我还没缓过心劲，宜先听听列位高见。”

风尘仆仆的王翦笑了笑，显得疲惫而苍老，面色黝黑消瘦，须发花白虬结，连声音都有些沙哑了。既往满堂朝臣相聚，王翦风貌恰恰在于承前启后的中年栋梁，其厚重劲健的勃勃雄风有目共睹。孰料短短四年征战，今日班师归来，王翦再与一大片新锐大臣将军同席，风貌已经浑然融入一班老臣之列了。秦王嬴政看得心头怦然一动，一个眼神，赵高向上将军座案捧过去了一鼎热气蒸腾的黄米酒。座中王翦立即提身抬胸，向王台长跪拱手。嬴政连连摇手，低声呵呵一笑道：“不须不须，上将军多礼也。”王翦一拱手正色高声道：“老臣胃寒腿寒，得此热米酒正中下怀，岂能不谢过王恩！”话音落点，殿中不期然腾起一片笑声。大将群中的王贲，很有几分难堪。盖秦国庙堂风习本色厚重，说粗朴也不为过，君主与臣下同酒同食实属寻常，朝会间送过老臣一鼎热酒暖身更是平常。纵是年轻大将受得此酒，只怕也不会在大臣议事的当口如此搅扰正题谢恩。王翦功盖秦国，且素有“秦王师”名望，做如此受宠若惊状，在秦国君臣眼里，自然是几分意外的滑稽。

“末将有话！”一员大将霍然站起。

“好！李信但说。”嬴政目光炯炯，拍案高声一句。

“齐楚两国，皆为大国。”李信做过谋划军机的司马，是秦军将领中少数几个好读兵书且勇猛善战者之一，论思绪口齿之清晰，堪称军中第一，王贲等其余大将远不能及。这时，李信已经大步走到王台下的高大板图前，指点着地图侃侃道，“然两大国相比，又有不同：楚国地广人众，齐国地狭人寡；论士气民心，楚人多战而精悍顽勇，齐人多年浮华偏安，人多怯战。伐楚伐齐，孰先孰后，不言自明！”

“你明说，究竟孰先孰后？”将军赵佗不耐绕弯子，黑着脸高声一句。

“凡事先易后难，李信敢请先下齐国！”

李信走回了自己的座案，殿中一时没有人开口。秦王嬴政目光巡睃，见王贲皱着眉头若有所思，叩案笑道：“少将军思谋专注，意下如何啊？”王贲见秦王点名，霍然起身道：“末将之见，李信将军对齐楚两国情势评判大体近于事实。论战事，确实是楚国难，齐国易。然，若说先易后难，末将以为不然。”

“少将军差矣！先易后难，灭国一直如此！”大将冯劫喊了一句。

“不。”王贲寡言，但论及军事却从不谦让，见有人反诘，大步走到板图前指点道，“灭国开首自韩国始，是先易后难。然，不能将开首试探视作一成不变。燕赵魏三国，孰难孰易？赵难，燕次难，魏国最易。可我军如何？偏偏先攻最难的赵国！其后，燕国一战而下，魏国水到城破。若先攻燕、魏，则今日大势未必如此。”

“你倒是明说！先攻哪国？”赵佗又喊了一句。

“先攻难，易者不为患，甚或可能不战而降。”

“那就是先攻楚！说明白不好么？”赵佗又嚷嚷了一句。

殿中荡出一片笑声，随即一片哄哄嗡嗡的议论。秦王嬴政笑道：“好啊，李信一说，王贲又一说，两位上将军宁无一言乎？”蒙恬居下与王翦邻座，见王翦似乎没有说话意思，遂一拱手高声道：“愿先闻老将军高见。”王翦揉了揉眼道：“老夫一罐热米酒下肚，心下些许迷糊，你先说也。”蒙恬笑道：“老将军不愿先说，自是赞同少将军了。”遂一拱手道，“君上，诸位，蒙恬之见与王贲将军大同小异。大同者，目下唯余两国，先攻坚灭楚，战胜之后，齐国确实可能不战而下。小异者，灭楚之战，仍需提防齐国暗中援助楚国。此间根源，在于当年齐国抵御燕军六年苦战，楚国始终是田单军的暗中后援，否则不可能有田单复国。此乃救亡大恩，齐国君臣数十年念念不忘。为此，楚国临难，齐国不可能无动于衷。故此，理当给予防范，若持‘易者不为患’之心，则可能疏忽齐国。”

“上将军所言，恰当先行攻齐！”

话音落点，李信奋然起身又道：“先攻楚，齐国有暗中援手之可能。先攻齐，则楚国必不会再度援齐。其中缘由：田单复国数十年来，齐国多次拒绝楚国合纵抗秦之请，楚国春申君主政，几欲与齐国断绝邦交。归总言之，楚人怨齐久矣！齐国遇攻，楚国必不来援！一举下齐之后，我军没有了东方之患，全力南下江淮，水陆并进，楚国可一鼓而下！”

“言之有理！我等赞同！”大将辛胜、冯劫等纷纷高声。

“末将赞同王贲将军！”赵佗、章邯等也纷纷高声。

秦王嬴政心绪舒畅，饶有兴致地左右看看道：“将军们两说，国尉、长史以为如何？”秦王一点，大将们立即明白了：秦国谋划大计者，目下只有尉缭、李斯没有说话，而这两位重臣多在庙堂又多与秦王沟通会商，故此其对策也常常是秦王的决断。如今见秦王点名教这两位大臣说话，殿中纷嚷的将军们立即安静了下来。

“老臣以为，用兵先后，易断也。”尉缭点了点竹杖，苍老的声音有一种哲人的韵味，“先难后易，抑或先易后难，皆因时势不同而定也。以天下大势论，楚齐两大，皆国力悠长，不可小视。所不同者，近数十年来齐国与列国交往大减，几无战事，军力显然孱弱了许多。而在赵国衰落之后，楚国多次鼓荡合纵，差强取代了赵国领袖山东之位置。其间，楚国又曾几次对岭南吴越叛乱用兵，对秦也几次攻取多有小胜。故此，楚国军力显然强于齐国。若能聚全力一战而下楚国，天下可安也！其时齐国偏安东海，不足虑也。所谓易断者，先伐楚，一战安天下；先伐齐，两战安天下。此中利弊，不难权衡也。”

大殿中一片肃静，李信等大将没有再度坚持己见而盘诘反驳，其余大臣将军们则将目光聚集在了李斯身上。这种状态，相当于大臣将军们事实上认可了尉缭对难易之说的评判，只等李斯是否歧见，而后便是秦王的最后决断了。

“攻楚为先，臣亦赞同。”李斯兼掌朝会议程，一直站在王台左下一方比王台稍低比群臣座案区稍高的司仪台上，空阔孤立，整个大殿都看得很清楚，略带楚语的话音也分外清晰，“楚齐先后，不仅是难易之辨，而且是治情之辨。秦统天下，志在使中国划一而治。而中国之广袤难治，泰半在南疆之地。南疆不治，中国不治。夫南疆者，淮水之南一，江水之南二，五岭之南三，海天之南四。层层南进，万里之遥也。更兼山川险峻，阻隔重重，进军既难，划一而治犹难。故此，先下楚地之好处，非但在先攻坚而弱者自破，更在为有效治民争得先机。如此，最后灭齐之日，楚国大局已经安定，天下划一则大有可为也！李斯不谙军事方略，唯以政治补充。此，李斯赞同先下楚国之意也。”

大殿更安静了，这是一种蕴含着意外与惊讶的默然。谁都知道，李斯是楚国上蔡人，对楚国所知之深自然远过秦国群臣。然，李斯之论却不就楚论楚，而是提出了一个秦国大臣将军们从来没有想过，至少没有自觉想过的大论题：楚国治情对一统天下具有独特的意义，而这种独特意义，要靠军争大略去实现。对于尚武善战而思虑战事多从战场本身出发的秦国文武，这无疑是一个被长期忽视的视角。举殿若有所思之时，大臣们都看到，秦王嬴政已经在轻轻点头了。

“长史之言，未免夸大治楚之难！”一片静默之中，又是李信站起来高声道，“楚国固然广袤，然其风华富庶之地始终在江淮之间。数十年间，楚国都城由郢寿北迁陈城，又由陈城南迁郢寿。楚国之民众、财富、军力，俱只在江北淮南之间。所谓江南，所谓岭南，尽皆荒僻不毛之地；南楚百越部族零散山居，各守城邑，全无聚集大军之力。我军但下江淮之间，号令所指，莫不为治！何有‘划一而治犹难’一说？”

“号令所指，莫不为治。说得好！”老蒙武奋然拍案。

大臣将军们却再没有一个人呼应了。毕竟，李斯没有直接涉及军兵方略，至于楚国治情究竟如何，则不好贸然评判。李信激昂反驳，可能是对楚国知之甚多，而其他人则未必如此了。更有诸多大臣将军认同李斯所言，对老将军蒙武的赞叹自然不会做任何附和。一时肃静，丞相王绾离座道：“老臣以为，齐楚先后之争，业已说得清楚。相关治情评判，宜下楚之后从容计较，此时不宜虚空论争。敢请君上，当断则断。”

“丞相言之有理。”

秦王嬴政一拍王案，目光巡视大殿道，“齐楚先后，不必再论。先齐固然容易，先楚更利大局。本王决断：先下楚国。明日朝会，议决对楚进兵方略。”

晚汤后，秦王嬴政吩咐蒙毅召李信入宫，随即与李斯出了书房。

澄澈秋月之下，轻舟漂荡在水面之上。看着意气风发的李信，秦王嬴政再次褒奖了李信追击燕国残部并除却太子丹的军功。末了，嬴政申明召见之意：就对楚战事，想在朝会议决之前先听听李信的进兵方略。旁边李斯一时颇感疑惑，如此大事，不先行征询王翦蒙恬两位上将军，如何先召李信会议？秦王纵然激赏李信，此举似乎也有失妥当。然则，一想到秦王去岁对王贲的独到选择，李斯终于定下了心思，只在书案埋头录写了。

获此殊荣，李信大为感奋，不假思索慷慨直陈道：“灭楚方略，尽在八字：遮绝江淮，攻取淮北。如此楚国可一战而下！”其快捷自信，显然是久有思索成算在胸。秦王道：“如此方略需兵力几何？”李信道：“二十万！”秦王道：“如何进兵？”李信指点着摊开在大案上的地图道：“下楚之要，在江北淮北两地。末将所言二十万，是决战主力大军。全局方略尚需两支偏师：其一，陆路偏师插入淮南，遮绝楚国王室渡江逃亡岭南之路！其二，水军偏师从巴蜀东下，占据夷陵要塞，遮绝楚国王室逃往荆楚故地之路。与此同时，我主力大军直下淮水楚都，决战楚军必当势如破竹！如此进兵，主力大军二十万足矣。”

“好！将军雄风也！”

秦王嬴政的炯炯目光一直随着李信的指点在地图上移动，听李信说罢，不禁拍案赞叹一句。见李斯蒙毅没有说话，嬴政笑问道：“两位以为如何啊？”蒙毅素有壮勇之心，当即一拱手道：“臣以为，遮绝江淮，攻取淮北，堪称上乘方略！用兵二十万决战，已经牛刀杀鸡！”李斯似有沉吟，思忖道：“臣不擅军事，只觉如此方略，似将楚国做江淮之楚，不是全楚……臣意，尚须征询两上将军为当。”李信微微一笑，口吻颇带嘲讽地指点着地图道："自来用兵计国力之厚薄，军力之强弱，几曾计土地之广狭？若以全国疆域论之，匈奴占地无垠，莫非当以数百万兵力对其作战了。"李斯淡淡道："也是。说到底，斯不擅军事，心下无数。"

"好。将军且回，明日朝会再议。"

秦王见李斯终有疑虑，皱着眉头默然一阵，吩咐李信先回去了。嬴政深知，李斯虽非兵家大才，然绝非对兵家方略没有评判力，其心惴惴，必有说不清楚或自觉不当说的道理。军争大略，毕竟不能轻率。轻舟漂荡良久，秦王终于下令靠岸了。

"走，老将军府。"

三更时分，君臣三人匆匆赶到了只亮着门厅两只风灯的上将军府邸。及至门吏惶恐万分地打开大门，家老匆匆迎出，庭院中尚是黑乎乎一片。此次班师归来，秦王嬴政还是第一次登临王翦府邸，偏又是如此匆忙，心下不禁生出几分愧疚，连说不知老将军已经安睡，还是明日再来。几句话之间，整个府邸灯火大亮，王翦也已经冠带整肃地大步迎出。嬴政正欲趋前抚慰，王翦已经深深一躬高声参见了秦王。嬴政深觉歉然，又觉此时离开更是不妥，遂对王翦深深一躬道："嬴政夜来走动惯了，却忘了老将军鞍马劳顿，委实无礼也。"王翦惶恐地扶住了秦王道："君上夙夜辛劳，老臣倒头安卧，罪责在臣，安敢当君上自责也！"一番寒暄，君臣进了正厅落座。

"少将军不在府中？"不见王贲，李斯有些迷惑。

"小子！"王翦黑着脸，"另居了，恨不能不是老夫生养也。"

"少将军不沾父荫，非不孝也，老将军怨气好没来由！"

李斯与王翦文武相知，直率一句，君臣们不禁大笑起来，气氛顿见轻松。一时茶来，饮得片刻，秦王直接说了来意，征询王翦对楚国用兵方略。王翦说得很实在："用兵之道，贵在因时因地。老臣久在燕赵，对楚用兵尚无认真思虑。就实而论，老臣唯明一点：楚非寻常大国，非做举国决战之心，不能轻言灭之。"嬴政颇感意外，思忖道："楚国长久疲弱，老将军何有举国决战之说？"王翦道："楚虽疲弱，然年年有战，族族有兵。楚乃分治之国，非但世族封地有财有兵，即或百越部族，也是城邑林立互不统辖，几类殷商诸侯。如此，楚王纵成战俘，楚国亦未必告灭。此等大国，聚兵外战确实难而又难，然抵御灭国之灾，潜力却是极大。”

“噢？”李斯似乎有些惊讶。

“老将军之见，灭楚需兵力几何？”嬴政问到了根底。

“举国之兵，六十万。”

良久，君臣没有一个人说话。王翦说法与李信谋划差别太大，秦王与李斯实在不好贸然可否。默然一阵，还是李斯笑道：“老将军尚无灭楚方略，一口咬定六十万，未免唐突也。”王翦一脸正色道：“对楚之战，非对赵之战。秦赵经年厮杀，地熟人熟，自可预定方略。秦楚之间诸般差异极大，且从未有过大战，不预为踏勘而能有战法方略，老夫未尝闻也！六十万者，大局决断也。无大局之断，何得战场方略焉！”秦王点头道：“老将军说得也是，我等各自想想，来日朝会再议。”说罢离座，对王翦叮嘱了一番饮食起居上心的抚慰之言，告辞去了。

回车途中，秦王一直没有说话。车到王城南门，嬴政恍然醒悟，连催李斯回府歇息。李斯说要去王城值夜。嬴政说夜半无大事，有蒙毅行了，坚执教李斯回府去了。李斯一走，嬴政又催蒙毅走。蒙毅说甚不走，嬴政一挥手径直进了王书房。蒙毅在外署守候一夜，眼睁睁看着秦王的身影隔着空阔的天井在窗棂白布上晃悠了一夜。期间，赵高悄悄摸到外署想问个究竟，瞄见是蒙毅值夜，又连忙悄无声息缩了回去。天亮时分，赵高从王书房出来，交给蒙毅一支秦王手书的竹简，上面只有六个字——朝会中止一日。

这日午后，王贲奉命进了王城，被赵高直接领到了凤台。

凤台，咸阳老秦人呼为凤凰台，是目下咸阳王城中最高的一座台阁。究其源，本是秦穆公建在旧都雍城的一座台阁之名。穆公时，秦国有著名乐师萧史，一管长箫常召来美丽的白鹄与孔雀盘旋起舞。穆公有女，名弄玉，酷爱琴箫，也深深歆慕着萧史。穆公钟爱这个小女儿，遂筑了一座台阁，使弄玉萧史同居其上，终日琴箫唱和，引得孔雀白鹄盘旋不去，成为老秦地一道令人心醉的美景。数十年后，萧史弄玉不知所终，老秦人都说，这双玉人一起乘着凤凰随风成仙去了。秦人以孔雀为凤凰，又感念大争之世沉醉琴箫的难得情怀，遂将此台呼为凤凰台。国府因俗，亦将此台定名为凤台。其后宣太后主政，感念凤凰台那段动人的故事，依照原式加高，在咸阳王城也建造了一座凤凰台。这凤凰台建造在王城最幽静的一片胡杨林的一座小山上，台高十丈，高耸于殿阁楼宇之上，登临台顶，大咸阳内外尽收眼底，遂成为天下有口皆碑的一处胜境。百数千年后，凤凰台尚是秦地风物胜迹之一，非但在诸如《水经注·渭水注》一般的治学著作中有美丽传说的记载，且衍化出《凤凰台上忆吹箫》的著名词牌，留下了后人不知多少感慨万端的凭吊。这是后话。

“王贲将军，凤台眼界如何？”

“高远清心，末将没有想到！”

“末将末将，少将军已经是少上造爵位，大臣了。”

秦王一句笑语，王贲倒是局促了。论目下军中爵位，父亲王翦的大良造爵位之下便是他的少上造爵了。蒙恬任职与父亲同，然因没有灭国战功，故此只是右更爵位，比他还低了一级。王贲高爵，原因在平定韩乱与灭魏之战两大功。在秦国，爵位不仅仅是朝班座次序列，更重要的，在于爵位是不含任何水分的最直接的军功标志。因为，无功不受爵是秦法最不能松动的根基。在秦国，有才而无功，可以领职，但不可以受爵。所以，秦人更看重爵位，对职司高低倒是不那么在乎。而今，王贲以灭国大功一跃升爵三级，在同等年轻的大将中成为首屈一指，荣则荣矣，个中滋味却多少有些杂陈。全部原因，是父子两人同居灭国之功，而别的大将却没有一人获此殊荣。韩赵燕魏四国，灭韩主将是内史嬴腾，但灭韩是试探之战，既没出动当时的主力新军，也没有双方大战，所以秦国朝野将灭韩之战看得并不重。灭赵灭燕灭魏，却都是实实在在的大战。灭魏虽然没有主力决战，但那是运筹使然，并非王贲没有主力决战的方略与将才，更何况魏国是长期压迫秦国的宿敌，其实力远非韩国可比。所以，秦国朝野丝毫没有因为水战下魏而低估了灭魏的战功。然则，终因有父亲如此一个人物，王贲总有一种说不清的隐隐感觉，似乎总觉得朝野将他的战功看做有几分运气或者天意，与他同等军旅阅历的年轻大将们似乎更是如此。所以，王贲始终有一种难言的心绪，言行举止反倒不如此前挥洒了。而今秦王一句笑谈使王贲局促不安，其原因皆在于此。

“君上，贲请北上蓟城，率三万铁骑追歼燕代残部！”

“王贲啊，今日不说燕代，说伐楚，如何？”

见秦王遥望渭水面色沉郁，王贲这才觉察出秦王是为攻楚之事犯难了。思忖片刻，王贲直率道：“君上，先说方略，还是先说兵力？”秦王嬴政蓦然回身，目光闪亮道：“将军有方略？先说方略！”一招手，远远站立的赵高抱着一个长大的圆筒状物事疾步过来，在廊下大柱挂起了一幅羊皮地图。王贲指点着地图道：“楚国战场，难处不在两淮，而在江南、江东、岭南三地；此三地之难，又不在战事之难，而在山川险峻地理偏远之难。故此，灭楚可分两步方略：第一步，先平淮北淮南，歼灭楚国生力军，夺取楚国根基；第二步，再下江东吴越及江南岭南百越之地，如此，南中国可一举平定。”

“第一步如何实施？”

“第一步是实际破楚方略，最是要害。军事所谓灭楚，战场只在淮北淮南。根本原因，在于两淮之地聚集了楚国十之七八的主力大军，只要全歼淮水南北之楚军，楚国便告实际破亡！其后，我军南下平定百越，将没有大军阻力。”

“进兵方略如何？”秦王有些急迫。

“阻断江淮，隔绝荆楚，主力直下淮北决战！”

“主力大军用兵几何？”

“四十万上下。”

“为何？”

“淮北决战之后连下江南岭南，需一气呵成！”

“只说两淮破楚，兵力几何？”

“三十万之内。”

“二十万如何？”

“若两步分开，二十万该当无事！”

秦王嬴政大笑一阵，高声吩咐酒来。赵高快步捧来两坛老秦酒，嬴政王贲各举一坛，仰脖子汩汩一阵猛灌了下去，夕阳之下脸色顿时红成了一团火焰。秦王凝望着枕在西山的落日，兴致勃勃地道："王贲啊，灭楚之战再度领军如何？"王贲一拱手高声道："君上，我善奔袭战，追歼燕代残部最佳！"嬴政没有回身，呵呵笑道："说灭楚说灭楚，你偏纠缠燕代。那你说，灭楚之战谁堪领兵？"王贲道："杨端和、辛胜、李信，俱能独当一面！"秦王回身道："谁最佳？"王贲慨然道："谋勇兼备，李信最佳！"秦王嬴政目光炯炯，只看着王贲不说话。良久，嬴政喟然一叹道："王贲者，无愧国之良将也！"王贲顿时手足无措，脸红得一句话也说不出来了。

第三日朝会再举，专一议决对楚进兵。

议决灭国战事，一则议进兵总方略，一则议投入总兵力。前者关乎全局铺排，后者关乎大军调遣及各方配合。朝会伊始，李信慷慨激昂地陈述了"遮绝江淮，攻取淮北"的总方略，最后提出二十万大军灭楚。几乎所有的年轻大将都赞同李信谋划，王贲做了些许细节补充，唯独赵佗皱着眉头没有说话。文臣座区，李斯始终没说话，尉缭大体赞同唯觉兵力稍显单薄，王绾则着意申明无论方略如何都会全力谋划后援。其余文武大臣，除了不置可否者，十之七八都赞同李信。也就是说，整个朝会没有一个人对李信方略持异议之说。从始到终，对于军事最要害的两位上将军却一直没有正式陈述。蒙恬说，楚地与草原之战不同，近年揣摩不多，不好置评。王翦只听不说，一副睡态时有鼻涕眼泪，似乎已经苍老不胜疲惫了。

"老将军，该当说说了。"举殿热辣议论，嬴政笑着高声一句。

"啊，该，该老朽说话么？"

王翦揉着惺忪老眼懵懂一句，又破天荒自称老朽，殿中不禁哄然一片笑声。王贲很是不悦地看了看父亲，又狠狠地响亮咳嗽了一声别过脸去。王翦浑然不觉，大袖搌了搌嘴角又清了清嗓子道："老朽之见，灭楚，还是得六十万兵力。至于战法，老朽以为，当以战场大势相机决断。此时，老朽胸中没有方略……"

也不知王翦说完没说完，大殿中又是哄然一片笑声。这种笑声，与其说是嘲讽，毋宁说是大臣将军们因王翦不可思议地一连串“老朽如何”而生出的惊愕与滑稽，觉得这个老人家实在可乐。秦王嬴政也禁不住呵呵笑了一阵，拍案一叹道：“上将军老矣！何怯也。李将军果然壮勇，其言是也！”举殿安静，颇见惊愕。嬴政似觉不妥，遂正色道，“前日本王就教，老将军已经陈述了方才之见。自来军争方略仁智互见，各执一词不足为奇。灭楚战事，容本王与丞相、上将军、长史、国尉等再行会商，之后立即实施。散朝。”

## 二　父子皆良将　歧见何彷徨

王贲刚在府门前下马，守候在门厅的家老立即迎了上来。

散朝之后，父亲的护卫骑士给王贲传了父亲四个字：夜来回府。王贲当时只点了点头，一句话没说匆匆上马走了。晚汤之后，左右想不出推托事由，王贲只好怏怏过来了。依目下爵位，王贲在咸阳出行当乘六尺伞盖的轺车。然王贲素来不事张扬，更不想在父亲府邸前冠带高车，故此便服骑马，护卫也不带只身来了。近日，王贲自己也觉迷惑，原本一见父亲便局促不堪，很有些怕这个上将军父亲。可自从南下中原独当战局之后，王贲越来越觉得父亲很有些令他不适的做法：对王命太过拘泥，对军政大略太过收敛，多次放弃该当坚持的主张，言行举止诸方面都不如从前洒脱。以前，王贲是极其敬佩父亲的。但南下之后，尤其是父亲班师还都后在大朝会的老态，令王贲既觉难堪又觉困惑，既往对父亲的崇敬流水般没了踪影，只要看见父亲便不自觉地郁闷烦躁。

“少将军，请跟老朽来。”家老恭谨细心一如往昔。

“这是家，我找不见路么？”王贲脸色很不好。

“不不不，上将军在另处等候少将军。”

“你只说地方，我自己去。”

“还是老朽领道。府下格局稍变了些许，只怕少将军不熟也。”

“旧屋重修了？”

“走走走，少将军沿途一看便知，老朽不饶舌了。”

王贲跟着家老曲曲折折一路走来，果然眼生得不认路了。原本，这座上将军府邸占地虽然很大，却是空阔简朴，中轴六进偏院三处后园一片，王贲闭着眼都可以摸到任何一个角落。可今日进来，层层叠叠亭台楼阁水池树林灯火摇曳，恍如山东小诸侯的宫殿一般。若非家老带路，王贲当真不辨方向。蓦然之间，王贲有些恼怒了。父亲与自己一样，常年在外征战，如何有闲暇将府邸整治得如此华贵？定然是这班家老管事挥霍铺排。

“家老办得好事！”王贲的脸色阴沉得可怕。

“老朽不明，敢请少将军明言。”家老惶恐地站住了。

“如此铺排府邸，不是你的功劳？”

“啊呀呀少将军，老朽一言难尽也！”

“秦法连给君王贺寿都不许，你等不怕违法？”

“说得是说得是。”家老连连点头，再不做一句辩解。

王贲也黑着脸不说话了，对这班管家执事说也白说，必须得跟父亲说。如此默然又过了两道木桥，来到池畔一片树林，又登上一座草木摇摇的假山，才在山顶茅亭之下见到了布衣散发的父亲。亭廊下点着一束粗大的艾草，袅袅烟气驱赶着蚊蝇，秋月照着水面，映得山顶一片亮光。山风习习，父亲半靠亭柱坐在一张草席上，疲惫懒散之态确实与军中上将天壤之别。

“父亲……”

“来了。坐下说话。”

“父亲，容我先见母亲与大哥再来。”

“不用了。家人全数回频阳老家了。”

“父亲……”

“惊个甚，坐了说话。家老，任谁不许近山。”

父亲的话语很平淡，家老却如奉军令一般匆匆去了。王贲走进茅亭，从石案上提起陶罐给父亲面前的陶碗续满了凉茶，站在亭柱前不说话了。

灭赵大战之后，秦王派李斯将王氏家族百余口迁来咸阳，还大修了一番当时的上将军府。三两年来，虽然王翦王贲父子一直不在咸阳府邸，可这座上将军府依旧是热气蒸腾勃勃生机。因为，王氏家族的根基已经从频阳转到了咸阳。母亲执掌内事，大哥与一班族兄族弟则已经开了铁木作坊，做起了造车与农具生意。王贲在大梁战场时，曾接大哥一信说：父亲不许王氏子弟入仕做官，只能做农做商或者从军打仗。其中几个兄弟都是才能之士，能否劝说父亲允许他们入仕，只我一人做商贾便了。王贲当时专注战局心无旁骛，只给大哥简短复信：父命无差，兄当一心，无由再说父亲。王贲心下清楚，定是几个族兄弟不想做商贾，从军又觉太晚，于是说动大哥生出这般主意。那时，王贲以为父亲没有错，国人都去做官，谁去周流民生？身为庙堂栋梁，王氏理当有大局气度。可如今，一个偌大家族刚刚安稳下来，如何又突兀地搬回老家去了，连他也不知会一声？若没有父亲的严厉命令，王贲相信，谁都会跑来找他劝说父亲的。他近在咫尺却一无所知，足证父亲是有备而为周详谋划的。然则，如此这般究竟为何？王贲实在有些无法理解父亲了，而且，诸多不解一时还不知从何说起。

“灭楚之战，你举李信为将？”父亲淡淡开口了。

“唔。”

“好。不好。”

“唔。”不管父亲说法如何蹊跷，王贲都没有论说国事的兴致。

“好在有胸襟，利于朝局，亦利于自固根基。”父亲似在自说自话。

“身为上将，唯虑国家，没有自固之心。”王贲不能忍受父亲的评判。

“心者何物？岂非言行哉！”

“就事说事，李信足以胜任。”

“错。就事说事，灭楚领军王贲最佳，比李信更可胜任。”

“……”

“不说话了？”

“……”

“秦王知人，必察贲、信之高下。然则，秦王必用李信。”

“朝会尚未议决，秦王亦未决断，父亲何须揣测。”

“揣测？”父亲嘴角轻轻淡淡地抽出一丝冷笑，依旧似在自说自话，“秦王者，大明之君也。明知李信不及王贲扎实，却要一力起用李信，其间根由，不在将才之高下，而在庙堂之衡平。天下六国，王氏父子灭其三，秦国宁无大将哉！秦王纵然无他，群臣宁不侧目？秦人尚武，视军功过于生命，若众口铄金，皆说王氏之功尽秦王偏袒所致，群将无功皆秦王不用所致，秦国宁不危哉？王氏宁不危哉？”

“虑及自家安危，父亲便着意退让？”

“苟利国家，退让何妨，子不见蔺相如么？”

“纵然退让，亦当有格。何至老态奄奄，举家归田?!”

“老态奄奄何妨？老夫要的不是自家气度，是国家气度。”

“大臣尚无气度，国家能有气度？”

“驳挡得好。”父亲一反常态，从来没有过的温和，点头称赞了儿子一句，又饮下一口凉茶，依旧自说自话了，“当此之时，唯有一法衡平朝局，凝聚人心：大胆起用公议大将，做攻灭最大一国之统帅。成，则战功多分，衡平朝局；败，则群臣自此无话，战事大将可唯以将才高下任之……”

“父亲是说，秦王是在冒险用将?!”

“明君圣王，亦有不得不为之时也。”

“父亲！”王贲终于不堪忍耐了，冲着父亲一泻直下，“此等迂阔之说，王贲不能认同！自家退让也罢，老态奄奄也罢，举家归田也罢，王贲都可以忍了不说，但凭父亲处置。然父亲既然察觉秦王起用李信是在冒险，宁肯坐观成败，却不直谏秦王，王贲不能忍！秦王雄才大略，胸襟开阔，王贲是认定了跟准了！纵然心有歧见，纵然与秦王相违，王贲也要坦诚陈述以供决断！这既是臣道，更是义道！如今父亲洞察诸多微妙，却包藏不说，放任国家风险自流，心下岂能安宁！朝野皆知秦王曾以父亲为师，父亲却隐忍不告，宁负‘秦王师’之名，宁负直臣之道哉！王贲明言，父亲当以商君为楷模，极心无二虑，尽公不顾私！不当以范蠡舍弃国家只顾自身的全身之道为楷模！父亲不说，是疑惑秦王顾忌王氏功高，这与山东六国攻讦秦王有何两样！王贲直言，父亲不说，我自己上书秦王，争这个攻楚主将！”

父亲只淡淡笑着，始终没有说话。

“父亲，儿告辞。”

“给我坐下！”父亲突然一声厉喝。

王贲没有坐，也没有走，只黑着脸钉在大柱旁气喘咻咻。

“你小子尽公不顾私，何以举荐李信为将？”

“我……”

“你自以为不如李信？”

“……”

“能使铁将军王贲违心举荐，足证此事不可轻慢。”

“不一样！……”王贲突然憋出一句，又默然了。

父亲叹息一声，突然贴着大柱笔直地站了起来，其剽悍利落之态虎虎生风。瞬息之间，王贲双眼瞪得溜圆，对也！这才是父亲，这才是秦国上将军！父亲没有理睬王贲，大步出亭在山顶转悠了几圈，这才走了回来，拍打着亭栏正色道：“你小子，谅也不至于将老夫看做奸佞。然老夫还是要说，你小子还嫩。自以为心无二虑，自以为忠于国家，自以为任何时日可以说任何话，做梦！学商君？说得容易。商君面对的君主是谁？我父子面对的君王是谁？商君面对的大势是甚？今日大势是甚？一样么？不一样！只说目下秦王：一则，起用李信确有大局筹划之考量，该当赞同，说甚去？二则，战场事奇正万变，冒险多有，战胜者也屡见不鲜；况且，楚军也确实疲弱不堪。此时，老夫若说李信必不成功，只怕连你小子也要反对，况乎群臣？况乎秦王？三则，秦王天纵之才，多年主持灭国大计从无差错，朝野声望如日中天，秦王自己也更见胸有成算，说秦王已经有些许自负也不为过。当此之时，老夫以自家评判，强说秦王改变决断，可能么？更何况，秦王决断也有你等一班新锐将军一力赞同，并非秦王独断，老夫何说？说亦何用？只怕除了君臣离心，再没有任何好处！你小子说，将老夫这个秦王师让给你，你能去纠缠着秦王憨嚷嚷么？”

“……”

“世间多少事，只有流血才能明白。”末了，父亲淡淡补了一句。

王贲瘫坐在亭栏不说话了。良久，王贲提起陶罐猛灌了一通凉茶，向父亲一拱手，匆匆大步离去了。父亲再没有喝阻，也没有说话，只若有若无的一声叹息飘进了耳畔。蓦然之间，王贲有些怜惜父亲，但还是没有回头。

三日之后，王贲奉命入宫，共商对楚大战的最后决断。

这次是小朝会。秦王的庙堂谋划三大臣（丞相王绾、长史李斯、国尉尉缭）加上将军王翦、蒙恬，再加王贲、李信、杨端和、辛胜、章邯等几员主力大将与老将军蒙武，长史丞蒙毅里外行走，算是半个与会者。没有了大朝会的齐楚先后之争议，小朝会简短了许多。先是丞相王绾禀报：由丞相府总领，各方官署已经做好了相关的伐楚筹划，相关郡县的粮草器械民力已经开始预为囤积。接着李斯禀报：几日来已经征询了几位王族元老之伐楚谋划，没有新方略提出，均大体赞同李信将军方略。之后，老尉缭的竹杖遥遥指点着地图，陈述了秦王与几位大臣在大朝会之后谋定的伐楚用兵方略。最后，秦王征询诸人评判，说明如无重大异议，则照尉缭陈述之方略进兵。三大臣之外，王贲李信等一班年轻大将均表赞同，蒙恬申明无异议。只有王翦说了一句题外话：“伐楚之战，贵在正，不在奇。主将但有韧性，此战未必不成。”却没有就进兵方略表示可否。因了此前王翦已经明白陈说了自家看法，秦王与大臣将军们也再没有要王翦说话。

此次朝会明确的进兵方略是：

其一，以李信为主将，蒙武为副将，率二十万大军直下楚都寿春；

其二，以王贲部秘密进兵淮南江北，隔断楚军渡江南逃之路；

其三，以巴蜀水军顺江东下，占据夷陵房陵，隔断楚军荆楚逃路；

其四，以李斯、姚贾为后援大臣，全力督导中原郡县粮草民力。

王贲很有些沮丧。没有想到小朝会的几乎一切部署，都被父亲事先说中了：大将果然起用了李信，兵力果然是二十万，文武大臣们果然是无人异议，秦王也果然没有再度征询父亲谋划的意思。唯有两处王贲没有想到，却也暗合了父亲的预料，一是派老将蒙武做伐楚副将，二是派自己做了外围偏师将军。这般分派，王贲确实没有感觉到战事谋划的合理性，却隐隐嗅出一股军功多分的气息。这令王贲很是郁闷。蒙武固然资望深重，所率老军也是昔日秦军精锐；然蒙武毕竟久在国尉署，没有做过领军大将，其将性又偏于柔弱，既不能补李信之缺，又不能纠李信之错，如何能是最佳的幕府格局？再说，不教王贲做伐楚主将也罢，至少该派自己独当一面追歼燕代余部。王贲确信，只有自己的轻装飞骑，才能彻底干净地荡平残赵飞骑与辽东猎骑之患，最终平定北中国。可如今，他王贲却只能担任淮南江北之遮绝偏师。如此使命，秦军任何一个大将都会做得很出色，秦王若想均分功劳，何不将这个偏师之功也让给冯劫或冯去疾等大将，何须一定要派给他？

郁闷归郁闷，王贲还是没有再去见父亲。

那座上将军府没有了母亲，没有了家人，王贲也没心思回去了。与父亲再度探讨朝局，王贲实在没有心绪，何况大军已经开始集结，也该赶赴军中了。可是，就在王贲马队开拔的前夜，大哥匆匆赶来了。大哥说，父亲教他传话：子为国家大将，唯当以战局为重，无虑其余。大哥说，这是父亲的郑重叮嘱，说不清其中奥秘，父亲也不许他过问。王贲说，没甚，教父亲放心，王贲不会荒疏国事。大哥言犹未尽，似乎有话，又吞吐不说。王贲送大哥上路时一再追问，大哥才说，父亲有告老还乡之意，吩咐他不要说给兄弟，可他忍不住，因为他吃不准朝局究竟发生了何等变化，父亲与兄弟有没有危险？王贲听得无可奈何，气哼哼说，甚危险？树叶下来砸破头！他要做田舍翁，大哥陪他做，左右我是不做！大哥不相信，反复追问。王贲又气又笑道，大哥务过农经过商，该知道老地主老商贾毛病：老商贾金钱多了，老地主[1]家业大了，怕遭人妒忌，怕人眼红，怕人闲话！知道么？就这个理！能有甚！大哥惶惑道，不就灭了两国嘛，仗是大家打的，谁眼红甚了？王贲心烦，索性不再辩解，只说自己事多，送大哥走了。

秦王政二十二年（公元前 225 年）深秋，秦国南进大军隆隆启动了。

---

[1] 地主，土地主人或所在地主人，语出《左传·哀公十二年》：“侯伯致礼，地主归饩（xì）。”

## 三　项燕良将老谋　运筹举步维艰

楚王负刍接连发出六道特急王命，大臣还是无法聚齐。

秦军南下的消息传来，负刍的第一个决断是召世族大臣紧急朝会。接受太傅黄辎之谋，负刍大破成规连发六道王命，每道王命都只有最急迫的两句话："秦军南进，大楚濒危！诸臣当速入郢寿[1]朝会，共决抵御之策！"可旬日过去，除了淮北淮南的大臣们风尘仆仆赶回外，江南、江东、荆楚的世族大臣一个也没有赶来，岭南诸将更不用说，只怕王命还在途中亦未可知。迟至第十三日，负刍焦躁不安又无可奈何，只有行半朝之会，与赶回来的大臣们紧急会商对策。

负刍非等大臣而不能决断，时势使然也。其时之楚，是战国之世变法最浅层的国家，地域广袤而世族大臣各领封地，无论兵员征发还是财货粮草筹集，都须得世族大臣认可方得顺畅，否则，纵有王命也是滞涩难行。王族虽是"国土"最大的领主，又有各世族封地依法缴纳"国赋"，实力自然雄踞所有世族之上。然则，王室维持庞大的邦国机构，支付之大也是任何世族不能比拟，要在濒临危亡之时举国抵御强敌，仅凭王族之力无异于杯水车薪。楚拥广袤南中国，土地民众几乎抵得整个北方六大战国，然其始终不能与中原秦、赵、魏、齐四大战国的任何一国抗衡，其根源便在这世族分治。天下进入战国以来，楚国朝局多生事端政变迭出，其根源也在于世族分治。凡此等等治情弊端，后将备细剖析。

"老臣以为，两淮大臣还都，朝会可行。"首座老臣说话了。

"令尹之言，老臣赞同。"武臣首座一位老人也说话了。

"昭、景既同，臣等无异议。"其余十几位大臣异口同声。

"本王好悔也！"负刍铁青着脸拍案长叹了一声。

"枢要大臣差强聚齐，王当以战事为重。"首座老令尹脸色很不好。

"好。说。姑且朝会了。"负刍终于拍案了。

---

[1] 郢寿，楚国最后都城寿春（今安徽寿县地带），楚国都城多迁，每都城前皆冠以"郢"字，故云。

要明白楚国君臣的这番对话，先得明白此时的楚国地理大势。楚国土地广袤，主要结构是四大块：一是西部荆江之地，这是春秋与战国初期的楚国老本土；二是东南吴越之地，这是战国前、中期楚国先后吞灭的两个大诸侯国；三是岭南百越之地，这是松散臣服于楚国的许多部族方国；四是长江以北的淮水流域，分为淮南、淮北两大区域。从历史环境说，楚国的四大区域差别很大。其一，岭南地带太过蛮荒，且百越部族内乱不断各自为战，楚国事实上鞭长莫及。其二，吴越之地号为江东，在战国末期已经大有好转，但毕竟江河纵横水患多发，民众多以渔猎为生，农耕开发尚差，事实上还是相对蛮荒之地。楚国占据吴越，并不能大增其实力，且常有分兵分财的累赘之嫌。其三，西部荆江地带多山，历经老楚族群数百年经营，农耕渔猎之开发相对充分，然毕竟山水险恶，远非富庶风华之地。更有一点，秦国占据巴蜀之后，其地山川之险在秦军顺流东下的战船威慑之下已经荡然无存，荆江房陵地带的大批仓储财货粮草又被秦军几度攻占掠夺焚毁，几成贫困之地。其四，淮水流域河流交错，多为丘陵平原，土地平坦肥沃。经春秋数百年间陈、宋、薛、徐等大诸侯国的开发，淮北淮南与中原之富庶风华已经相差无几。后经战国之世，齐、魏、秦、楚、韩等大国相继在淮北拉锯争夺，不断开发农耕水利，以鸿沟通连黄河与淮水两大流域，整个淮水流域事实上已经成为富庶大中原的组成部分之一了。战国中后期，各国避秦锋芒唯恐不及，楚国却逆其锋芒大举经营淮北淮南，一度甚至迁都北上到淮北的陈城，其最根本的原因，在于整个楚国领土中能够成为国家力量的根基所在者，只有这淮水流域。

唯其如此，楚国世族封地的重心，也随着国土变化而变化。

春秋之世与战国初期，楚国最大的世族如昭、屈、景、项诸大族，其封地大多以荆江地带以及毗邻的云梦泽与湘水流域为重心。灭吴灭越之后，新兴军功部族与老世族中稍弱的项氏部族，封地大多转移到江东地带。岭南百越之地战乱丛生，且纳贡财货只具象征意义。是故，楚国不以岭南做世族实封之地，而只以后起的军功世族作为宗主，建立要塞城堡镇抚其地。战国中期，楚国吞灭淮水流域的几个中小诸侯国之后，楚国王族与四大世族的封地立即转移到了两淮地带。当然，其老封地因王室部分收回转封而略有缩小，但依旧保留着根基。楚国后期的权臣如春申君黄歇，其封地几乎全数在淮北，曾以荀子为名义县令的兰陵县便包括其中。也就是说，此时的淮北淮南事实上已经成为楚国大族封地的集中区域，实力大族的城邑大多都在两淮，只要两淮地带的世族大臣赶回了郢寿，楚国的要害力量也就差强齐全了。

负刍懊悔的是，去岁王贲狂飙般奇袭淮北连下十城，举国震恐，遂仓促议决：除以项燕为大将军调集兵马外，其余世族大臣一律赶回封地征发军辎粮草赶运都城。当时令负刍感奋不已的是，世族大臣们非但一致赞同了他的决断，且人人马不停蹄地连夜离开郢寿赶回了封地。而今想来，大臣们匆匆赶回封地，全然是急于安置自家封地，全然是逃命避祸，否则，那些大族的年轻新锐们如何一个都没赶回，来的都是白发苍苍的老者？究其实，还不都是留着青壮谋划本族生路，岂有他哉！

“会商军事，大将军能到么？”

低声说话的是大司马景柽。数十年来，景氏部族与项氏部族一直是楚国的军事栋梁，景氏居执掌关防军政的大司马，项氏居执掌兵马的大将军。朝会既要议决抵御秦军，最要紧的自然是大将军项燕。故此，景柽一句低声发问，大臣们却是如雷贯耳浑身一震。

“左将军项梁与朝——”

殿外一声长报，负刍君臣更是惊讶，目光齐刷刷聚集殿门。在这片刻之间，一员年轻将军快步走进了门厅，一头汗水一身泥土，斗篷甲胄灰蒙蒙不辨颜色，脸颊似乎还有一道血痕。负刍与大臣们不禁脸色骤变，竟都不约而同地站了起来。将军没有丝毫停顿，匆匆大步走到王台前一拱手，高声道：“左军主将项梁，参见楚王！见过诸位大人！”

“项，项梁，大将军如何了？”负刍慌乱得几乎撞倒了王案。

“大将军正在集结大军，向汝阴要津开进！”

“没，没有开战？”

"秦军抵达洧水，正谋过境安陵[1]，距我军尚远！"

"好，好好好……"负刍脸上笑着，人却瘫在了王座中。

一位老臣向殿角内侍招了招手，内侍给年轻的项梁捧来了一罐凉茶。项梁感激地对老臣一拱手，接过大罐汩汩一阵牛饮，茶水流溅得脖颈胸前一大片，泥土蒙蒙的甲胄斗篷顿时斑斑驳驳，在冠带整洁鲜亮的老臣们面前颇见狼狈。饶是如此，项梁自家浑然不觉，一阵牛饮后撂下空空的大罐，泥土衣袖搌了搌嘴角，又对王台一拱手道："我王毋忧，大将军遣末将还都禀报：因淮南诸军尚未抵达，不能还都与会，敢请朝会之后立即派定得力大臣，向汝阴、城父两地输送粮草，并着力筹划大军冬衣与兵器箭镞！"

"完了？"缓过神来的负刍又惊讶地瞪大了眼睛。

"大将军之言禀报完毕。"

"大将军没说，仗如何打法了？"

"战事尚在谋划，须依据秦军动向而定……"

"大谬！大谬啦！"老令尹昭恤猛然拍案，苍老声音如风中树叶，"强敌业已逼近国门，战场方略却'尚在谋划'？项燕素称知兵，如此岂非儿戏！秦军既然尚远，便当还都与朝共商大计。今项燕既不与朝，又无方略，只大张口要粮草，要衣甲，要兵器！我堂堂大楚，几曾有过如此大将军啦！"

大臣们不说话了，连楚王负刍也板着脸不说话了。年轻的项梁颇见难堪，却竭力平静着心绪，没有说一句话。世族大臣们原本期望这个在楚军中颇有声名的年轻悍将会暴跳如雷，或可借机搜求得项氏拥兵自重的些许罪证，孰料这个黝黑精悍的年轻将军竟能隐忍不发，一时倒凉冰冰滞涩了。毕竟，项氏也是世家大族，目下又是军权在握支撑楚国，昭氏为世族之首，昭恤又官居令尹总领政事，发作一通尚算无事，他人则未必能如此轻易地对项氏大将发作了。

"项梁，老夫问你。"大司马景柽说话了。

---

[1] 安陵，战国魏国城邑，在今河南省鄢陵县西北地带，地处洧水北岸。

“敢请指教。”

“大军南进汝阴、城父，可是畏秦避战之策？”

“汝阴、城父，向为郢寿北部两大要害。我大军进驻两地，正是扼秦军咽喉要道，使秦军不能南下攻我都城。大司马之论，末将以为诛心过甚！”

“也算一说。”景柽耸了耸雪白的长眉，“另则，大军粮草与衣甲兵器，此前皆有征发，目下未曾开战，如何便有了亏空？”

“对！此问才是要害啦！”几个老臣一齐拍案了。

“此前征发之粮草辎重，目下全数在仓，并未进入项氏封地！诸位若有疑虑，随时可派特使查勘。”年轻的项梁先了却了大臣们的心病，又奋然道，“秦强我弱，此战关乎楚国存亡！若不能凝聚国力做长久抗秦之谋划，仅将此战看做一战之战，则楚国必步韩赵燕魏之路！而若做长久鏖战预谋，则粮草辎重远远不足！此乃大将军之意，末将言尽于此。”

大臣们真正无话可说了。项梁慷慨激昂，说的是严酷事实，是迫在眉睫的大灾难。这一点，老辣的世族大臣们还是有数的。去岁王贲军的狂飙突袭之后，楚国君臣对秦国虎狼是实实在在地领教了一回，再也没有了轻慢之心。诸般盘诘疑虑者，传统政风使然也，非不欲抗秦保楚也。楚王负刍原本是精明机变的王族公子，盛年夺位，也算得多有历练，对秦楚此战更不会懵懂。一阵难堪的沉默之后，楚国君臣们心照不宣地撇开了项梁，开始议论起如何抗击秦军的具体事宜了。

暮色降临，君臣们终于一致认可了四则对策：其一，立下王命，并以大司马景柽为特使，严厉督导尚在半途的数万淮南军尽速北上归属项燕；其二，以令尹昭恤兼领大军后援诸事，全力督导大族封地的粮草征发与输送；其三，水军舟师由江东进入淮水，预为郢寿南迁退路；其四，以洞庭郡为南迁都城所在，万一此战失利，则南下以云梦、洞庭两大泽为屏障，以水师与秦军周旋。

诸般谋划妥当，楚王负刍又设宴为项梁洗尘。楚国君臣都着意抚慰了这位年轻大将，殷殷叮嘱了诸多向大将军项燕的抚慰褒奖。及至楚王王命拟好，已经时近三更。年轻的项梁心情火急，执意拒绝了楚王赏赐其王城夜居的殊荣，要连夜赶赴汝阴。负刍遂大加褒奖，下令宣达王命的特使随项梁一起星夜上路。于是，项梁马队连夜出郢，风驰电掣向北去了。

项燕巡视完两地军营，心头的乌云更重了。

自去岁奉命为抗秦大将军，倏忽将近一年，最根本的大军集结尚未全部完成，诸多部署运筹更是磕磕绊绊走走停停。截至目下，汝阴要塞的营垒差强完成，原本要求的山石壁垒却变成了土木壁垒；城父要塞的营垒，索性一道土沟，再加一道土墙垛口；兵器坊制箭，原本将令是三个月出箭五十万支，可堪堪一年还不到十万……凡此等等，无论项燕如何怒不可遏地屡屡发作，各部将军与军务司马们都不做任何辩解，挨一顿霹雳斥责之后，又是一如既往地磨蹭着蠕动着。项燕几次拿起令箭要行军法，每每最后的那一刹那，令箭都软塌塌掉进了帅案的箭壶。楚国，这就是楚国，楚王尚且乏力，你项燕又能如何？

便说最要害的大军调集。依照目下军制，楚国军力主要是三方：

其一，散布各个关塞城防的守军。战国之世，齐国七十余城。楚国地广，大约将近两百座城邑，设防城池大约五六十座，合计军兵大约三十万上下。除了几处由国府大司马直辖的要害关城，此等城防守军的辎重粮草衣甲器械等，素来由国府与城池所在封地共担。所在地封主乐此不疲，常常给予城防军将士种种额外补偿。久而久之，邦国城防军大多成为实际上的封主私兵，极难调出本地。

其二，王室国府直属的大军，合计大约四十余万。除去水军舟师几近十万，陆地马步军差强三十余万。这是楚国唯一可随时开出的主力军。依照楚国后期大势，这三十余万大军的经常性驻地是四个大本营：一军驻守淮北重镇陈城郊野，应对中原；一军驻守郢寿北部之汝阴要塞，一军驻守郢寿背后之淮南，前后拱卫都城；一军驻守江东吴中之地，应对频繁多发的吴越之乱。四大驻军，多则八九万，少则三五万，因时因战而流动。

其三，直接隶属于王室与各方官署的军兵，大体在十余万。主要有：隶属于柱国将军的都城护卫军，隶属于郎尹、郎中两将军的王室护卫军，隶属于司败（掌刑罚）署的捕盗及监狱守军，隶属于关吏的盘查关防的军兵，等等。除非国破之战，此等军兵几乎永远不可能用于战场。

如此三方大军，项燕能够以王命兵符调集者，实际只有第二种，即国府直属大军。自调兵急令发出之后，项燕立即从郢寿赶到了汝阴[1]，建立了幕府。汝阴地处汝水下游之南，是濒临淮水北岸的寿春（郢寿）北上的最重要咽喉，且有汝水一道天然屏障，是狙击秦军南下的要害关塞。项燕是一位清醒实际的将领，对楚国大势有着清醒的评判。若是楚国军力能如臂使指，最佳的防御战略自然是以更北面的陈城为根基，大军既可有效抵御，更可在时机有利时伺机反击秦军。然则，目下的楚国已经是支离破碎，统属之难无以言说。更有一点，楚国南迁郢寿时，几乎将丰饶富庶的陈城搬空，人口流失，商旅锐减，粮草辎重全然没有了根基。若再度以陈城为根基，只怕粮草辎重输送的数百里长线会立即成为秦军最好的施展所在。粮道一旦被遮绝，楚军只怕也会成为第二个长平大战的赵军，项燕也必是第二个赵括无疑。当此之时，项燕只能收缩防线，聚集有可能聚集的最大军力，扼守南部咽喉与秦军一战，舍此奈何？然则，那些不谙军情不知兵法却又闭塞昏聩的老世族大臣们，心下却只恪守着“抗秦必以淮北陈城重镇为根基”的传统方略，对他的苦心运筹种种指责多方质疑，甚或以迟滞大军迟滞粮草相要挟，远离庙堂的项燕真有些百口莫辩了。

迄今为止，除了原驻汝阴的三万步军，抵达汝阴大营的只有陈城八万步骑混编大军。陈城军之所以能如期南下，还在于项燕的四子项梁是陈城军主将。而淮南的八万精锐步军距离汝阴只有三百余里，走了十个月竟还迟迟黏在半道。江东的十余万步骑，也在北上抵达淮水南岸的淮阴要塞后莫名其妙地开始停滞不前了。也就是说，项燕能调的四支军马，目下只到了两支十一万，两支主力大军则做了泥牛入海。

---

[1] 汝阴，战国楚邑，在今安徽阜阳市，与其相对的汝阳则远在西北的汝水源头。汝阴后世远离汝水下游，当为河流改道所致。

“江东大军如此迟滞，岂有此理！”

愤然之下，项燕派出项梁——国家艰危之时竟然只有自己的儿子可以信任，这也是项燕的莫名悲哀——星夜赶赴淮阴查勘实情，若果真是不得已，他便要亲赴郢寿诉诸楚王了。旬日后，项梁风尘仆仆赶回，诉说了江东军的迟滞原因。而这一切，还都是时任江东军裨将的项燕的三子项伯秘密探察清楚，又秘密告知项梁的：江东军主将景焯接到大司马叔父景柽的密件，说昭氏一族有人密告项氏在江东聚结私兵，图谋与越人部族作乱自立，楚王正在派员秘密查勘；大军或可能再度南下平乱，项燕能否领军亦未可知，江东军当以粮草未齐为由，原地等待王命。

“狗彘不食!！”

项燕愤怒了，飞骑马队连夜赶赴都城请见楚王。晨曦初露，素来稳健谦和的项燕脸色铁青地带着一队精锐剑士直闯王城。慌得楚王负刍王冠也没戴，散发赤脚披着大袍便匆匆出来了。项燕一反常态地强横，声言要立地与昭氏告密者对质，若查无实据，楚王须立即斩首诬告者，否则项氏反出楚国！负刍大惊失色，二话不说下令王城郎尹捉来了昭氏那个告密者，对质不消半个时辰，亲自一剑刺穿了告密者的咽喉。楚王负刍说，此人告密属实，王室派人查勘却是虚妄，果然疑忌项氏，岂能不先解项燕兵权？江东军迟滞不前，本王亦有难言之隐也！天亮之后，楚王负刍立即召来已经还都的几位世族大臣，当殿申明项氏绝无聚结私兵谋乱之举，后若再告，立地治罪。项燕冷面肃杀，当殿森森然宣告：“项氏若图谋作乱，秦军南下便是时机！何须抗秦自伤？若有人定逼项氏反楚，项氏未必不反！项氏反楚，第一刀便杀逼我反者！国难当头，王族大族不顾楚国，项氏何计楚国?！”

这番肃杀凛冽的宣言，使楚国庙堂对项氏的种种不实流言销声匿迹了。项燕至此明白了一个道理，在世族林立竞相蚕食的楚国，一味地效忠国家非但于事无补，且有杀身灭族之祸，若得自立报国，便得有适时适度的强横霸道，否则一事无成。然则，回到汝阴幕府几个月，淮南军与江东军还是迟迟不能抵达，理由多得令项燕哭笑不得。无奈之下，项燕只有做最不济的谋划了。其中最要紧的一着，是以特急将令单调出江东军的三子项伯，教项伯持项燕密令返回江东，将项氏封地的八千子弟兵全数带来汝阴，再编入由陈城军精心遴选出的八千壮勇，以项梁项伯为主将副将，编成了一支缓急可用的精锐中坚。

请注意，封地子弟兵，是中原战国所无而楚国独具特色的物事，故此不得不予以交代。盖楚国在上述三方合乎法度的军力之外，还有一种中原战国已经不存在的潜在军力，这便是各世族封主的所谓壮勇子弟兵。究其实，这等子弟兵是各封主以自家财力建立起来的私家军队，多则万余，少则数千，兵器精良，衣甲粮草丰裕，实际战力甚或强于邦国军旅。楚国之所以始终不能真正废止私兵，其根本原因在于两处：一则，楚国源于相对封闭的山地部族立国，其所秉承的传统封地制，也始终相对完整地保留着，私家成军的根基始终存在；再则，楚国山川广袤险峻，部族众多，星散于险山恶水，习俗差异极大，故变乱多生，而一旦变乱蔓延，国府大军往往鞭长莫及，世族私兵则事实上成为保护封地并最终剿灭变乱的主要力量。楚顷襄王时期，曾发生了一场震惊天下的“庄跻暴郢”之乱，若非遍布楚国的世族私兵，楚国很可能便在这场举国动荡中灭亡了。

庄跻，原本是南楚洞庭郡的将军。其时，庄氏部族出了一个名士庄辛，奔走合纵抗秦，一时成为楚国名臣。后来，因楚国老世族排斥而遭顷襄王疑忌，庄辛被迫逃亡赵国。再后来，楚国对秦战争大败，楚国欲联结中原重起合纵，顷襄王才不得不再度召回庄辛。庄辛归来，以“螳螂捕蝉，不知黄雀在后”为比喻说动楚王，遂再度领政奔走合纵。谁知顷襄王受老世族掣肘，又再度罢黜庄辛，并大大削减了庄氏封地。虽然，谁也说不清楚期间究竟生出了何等谋划，更说不清楚庄辛与这件事有没有关联，总归是庄氏部族的将军庄跻，率领着数千兵士与族人起事了。庄跻起事的第一个举动，是率领乔装成庶民的士兵们混入郢都，汹汹然大举攻占官署，劫掠杀戮老世族府邸，并包围了王城。整个郢都骤然陷入一片混乱，楚国朝野大为震惊。此所谓“庄跻暴郢”也。后来，在渐渐聚拢的王师围攻下，庄跻率众被迫退出郢都，却又飓风般杀向江东，再席卷南楚，占据了湘水地带。后来，庄跻部又驰驱千里，南越五岭，占据了滇地，遂称王号，并自立为邦国。立国后大约财货不足，庄跻又率兵北上，再度席卷了湘水江东。楚国庙堂深为震恐，曾数度发兵追击围攻，皆因大军无法在高山峻岭与江河湖海中捕捉剽悍灵动的庄跻军，每次都是劳师无功。当此之时，各世族为了自家封地不受劫掠杀戮，遂纷纷自发地以私家子弟兵围追堵截，前后历时十余年，庄跻暴动及其余波方告平息。

庄跻举兵，对楚国与当时天下造成的震撼极大，以至当时的名士大著几乎都有评说。《荀子·议兵》篇云："……庄跻起，楚分而为三四。"并进而将庄跻用兵与齐国田单、秦国商鞅等同并论，以为"是皆世俗之所谓善用兵者也"。《韩非子·喻老》云："庄跻为盗于境内，而吏不能禁，此政之乱也。"《吕氏春秋·介立》，更将庄跻之乱对楚国的影响，与长平大战对赵国之影响并论。后世《史记·礼书》亦云："庄跻起，楚分而为四参。"《论衡·命义篇》则云："庄跻横行天下，聚党数千，攻夺人物，断斩人身。"凡此等等，皆证明了一个事实：庄跻之乱，使奉行封地自治传统的楚国更加支离破碎了。根本原因在于，庄跻之乱使楚国世族的私家武装走到了前台，分治之势更加难以动摇。

项氏的江东子弟兵，正是在庄跻之乱中崛起的一支劲旅。

项氏部族曾经沧海，其兴衰沉浮之多，常令项燕不胜感慨。

殷商王朝时，有一个小方国项，因其仅为第四等子爵，故云项子国。其国濒临洧水，有地方圆百余里而已。这个项子国，皆以国为姓，有了最早的项氏部族。周灭商，弱小的项子国没有出兵勤王。周初有管蔡武庚之乱，已经失国的项氏部族专事渔猎，也没有卷入。为此，周公平定管蔡之乱后重新分封，着意恢复了项氏封地，以为小邦忠顺之楷模，于是又有了项子国。历经数百年，周平王东迁洛阳，天下遂入纷争不休的春秋之世。其后的项子国，吞灭了周边十几个更小的城邦小诸侯，经周王室认可更名，正式号为项国，其国都项城便成了淮北小有声威的重镇。

正在项国欣欣然蓬勃兴旺之际，中国大势一朝变了。西部戎狄、北方胡族、南部诸蛮、东部诸夷，似乎约好的一般同时向中原汹汹然进犯，烧杀劫掠的战火弥漫了所有诸侯国的缝隙。其时，春秋霸主齐桓公在丞相管仲襄助下，会盟诸侯，一力举起"尊王攘夷"大旗，呼吁诸侯放弃纷争，共同抵御四面蛮夷。中国诸侯遂各自奋勇，纷纷出兵组成联军，合力反击洪水般的蛮夷入侵。然则，在齐国九次会盟诸侯组建联军的年月里，项国却死死固守着自家封地，一如既往地采取了观望对策，罕见地没有出兵攘夷联军。对此，齐桓公耿耿不能释怀，在夷患消除之后与当时的大国鲁国会盟，秘密达成了一个惩罚项国的盟约。于是，在此年春季，鲁僖公以狩猎为名，率军突然兵临项城，吞灭了项国[1]。至此，淮北空留项城之名，项国土地划入鲁国，而项氏国人则被鲁国交给了人口稀少的齐国。齐国丞相管仲颁布的命令是：项氏部族全数放逐东海，罚为刑徒苦役，充作渔猎部族。

为了躲避突如其来的巨大灾难，项氏部族秘密逃亡东南，进入了齐国鞭长莫及的吴国震泽[2]，在茫茫水域开始了艰难的渔猎生涯。遭此一番劫难，项氏部族痛定思痛，多次合族共议未来生路，终究悟出了一个道理：不以武备立身立国，无论观望纷争或是卷入纷争，即或偶有小成，最终都只是强者鱼脯而已。自此，项氏部族大兴尚武之风，或渔或猎或耕，人人皆须习武强身，族中子弟但有才具，必须以修习兵法为第一要务。与此同时，项氏大改族法，举族诸业皆以军制统辖，但有危难，举族为兵。渐渐地，吴中[3]项氏的强悍声名在吴国越国传播开来，项氏子弟也越来越多地进入了吴越两国的军旅。

倏忽百年，天下进入了铁血大争的战国之世。越国灭了吴国，楚国又灭了越国。越国灭吴时，项氏举族为战，成为一支令越王勾践很是头疼的亡命精锐。直至越国宣告灭亡，项氏都没有归顺越国，而是遁入震泽，多方联结旧吴部族，屡屡举兵向越国发难。虽然一直未能恢复吴国，然项氏大名却已远播天下。及至楚国灭越，为镇抚星散抗楚的百越部族，楚威王遂派特使进入震泽，隆重邀项氏出水。楚威王开出的条件是：许项氏以吴中为专领封地，得在泗水下相[4]建立城邑为治所，领镇抚百

---

[1] 项国，灭亡在公元前 647 年，《左传》谓鲁僖公灭之，《公羊传》、《穀梁传》谓齐桓公灭之。

[2] 震泽，古代中国东南大湖泊，后世缩小，余水大体为今江苏太湖。

[3] 吴中，春秋战国对吴国江东地带的泛称，或谓吴郡，今苏州之称，并无专指。

[4] 下相，战国城邑，因濒临相水（泗水支流）得名，今安徽宿迁西部地带。《史记》云其为项羽出生地。

越之重任。如此优厚之许诺，实则将项氏等同于楚国三大世族了。因为，只有楚国的昭屈景三大世族，才能在专领封地之外，又在楚国都城地带另建一座治所城邑。当时，楚国都城是寿春，下相正在寿春东北百里之外。项氏合族会商，一则基于与越国世仇，二则基于楚国所许吴中封地之丰饶及地位之崇高，终于接受了楚王的招抚，归顺了楚国，肩负起镇抚东南岭南百越的重任。

自此，强悍的项氏进入了楚国军旅，成了楚国四大世族之一。

然则，项氏终究不能与楚国的昭、屈、景三大老世族相比。盖昭、屈、景者，都是古老的楚国王族的分支繁衍，盘根错节根基深厚，非但封地广袤，且在庙堂也始终居于主宰地位。楚国传统，昭氏多掌令尹大权，统辖国事；屈氏则多居莫敖[1]，掌王族军政事务；景氏则多居大司马，掌关防与举国军务。项氏以军旅成名入楚，在庙堂格局中历来无传统高位，而只能以军功实力立族立身。所以然者，是因为统辖全军的大将军也罢，独领一军的城防将军也罢，都是战时得受兵符方能施展作为，与身居枢要有经常发令权的世族大臣很难抗衡。且不说大军兵员将领来源多样，永远不可能一族独成，欲以手握军权而号令天下，在任何一个国家都是非常艰难的，何况楚国这种多方渗透相互纠结的国家。唯其如此，身为大族世族的项氏，始终只能在平定频繁发作的越人之乱中显示其实力，其庙堂影响力却一直不大。若非庄跻之乱，只怕项氏还不会有军旅轴心之地位。

庄跻之乱，朝野震恐，官军乏力。其时，年方弱冠的项燕只是吴郡的一个都尉，随主将率领的两万官军截杀驰驱往来如狂飙的庄跻军。楚国官军战力太差，以致两次均遭败绩。年轻的项燕深感屈辱，连夜赶回震泽与族老们聚商，吁请亲率族中子弟兵为国除患。这个被族人呼为少将军的小小都尉，慷慨激昂之辞震撼了项氏族人。三日后，合族遴选出了八千子弟兵，由族长郑重其事地交给了项燕。举国纷乱之时，项燕一不请王命，二不请官军，独率八千子弟兵轻装上阵，开始了追歼庄跻军

[1] 莫敖，楚国官职，掌王族事务，亦称左徒、三闾大夫，屈原与春申君黄歇都曾居此要职。

的飞行军战事。历经三年，项燕军渡江水、越云梦、过五岭、下湘水、入洞庭，死死咬住庄跻军不放，大小历经四十余战，最终干净地歼灭了这支亘古未见的剽悍飞行军，将庄跻首级呈献给了楚王。由是，年轻的都尉项燕一举成为楚国名将，项氏子弟兵则一举成为威震楚国的精锐之旅。其后，楚人但言楚军战力，不说官军，上口一句便是："不消说得，江东八千子弟兵！"

三十余年过去，项燕已是年近花甲的老将了，领举国之兵抗秦，却依然得依靠江东子弟兵为中坚，项燕不禁很有些怅然。

……

"父亲——"

暮色斜阳之下，遥遥一支马队伴着沙哑的喊声从东南飞来。

不用说，是季子项梁回来了。

项燕有四个儿子，以伯、仲、叔、季的排行说，长子（伯）、次子（仲）厚重务实，始终在下相经营封地事务。三子（叔）项伯、四子（季）项梁皆好军旅，且颇有才具，随了项燕入军，目下都已经是闻名军中的战将了。更重要的是，在族系林立的楚军中，只有这两个儿子，堪称项燕的左膀右臂。

"季梁，郢都情势如何？"项燕大步匆匆迎来。

"父亲！各方大体通达！楚王特使也来了！"

项燕长吁一声，脚下一软，几乎要瘫倒在地了。项梁疾步过来扶住，低声问了一句："父亲，秦军情形如何？"项燕站稳身形，向项梁身后的王使一拱手道："王使远来，鞍马劳顿，请入幕府洗尘。"这才回身道，"斥候新报，秦军在安陵逗留旬日，尚未南下。如此，我军稍有喘息之机。"项梁惊讶，边走边说："不可思议也！秦军如何能在安陵逗留旬日之久？莫非有诈？"项燕道："诈归诈，大军未动总是事实。不想它，立即聚将，宣示王命！"

汝阴幕府的聚将鼓隆隆响了。

## 四 安陵事件 唐且不辱使命

秦王政很是烦躁，二十万大军如何能卡在一个小小的安陵？

李信紧急禀报说：攻楚大军以淮北战事为轴心，安陵是最好的后援大本营。为此，蒙武老将军亲赴安陵会商借地事宜，遭安陵君拒绝；姚贾大人再度赴安陵会商，亦遭拒绝；李信特请王命，允准大军强行将安陵君迁移到河内郡！李信羽书之后，姚贾又从河外匆匆赶回咸阳，专一禀报安陵之事。姚贾说，秦军将士一片愤愤然呼声，若不尽快确定处置安陵之方略，只怕李信蒙武也难保急于赴战的汹汹将士不在小小安陵生事。安陵果真出事，安定中原的大方略便将流于无形。嬴政立召李斯尉缭会商，君臣四人议决：除非万不得已，仍应对既定方略一以贯之，立即敦请安陵君派特使入秦，一次商定处置之法，否则只有强迁安陵君封地一条路可走。于是，姚贾连夜赶往河外，次日，又偕安陵君特使星夜赶回了咸阳。于是，又立即紧急小朝会，刚刚议定了第二天午后召见安陵君特使，面色苍白的姚贾便昏厥了过去。太医赶来救治，东偏殿一片忙乱。嬴政大为烦躁，一脚踢翻了身边的铜人立灯，大骂安陵君害秦鸡犬不宁，喝令蒙毅立即杀了特使攻占安陵！旁边李斯大惊，骤然红脸高声喊道："君上昏也！宁不记怒发逐客令乎！"这一声喊，嬴政顿时愣怔了，清醒了，否则，很可能当真要再次做出令他自己也后怕的事。

这个安陵君，是当年魏襄王分封的一个族弟。

灭魏之后，中原动荡多生。韩国被灭后，旧韩世族仍能蛊惑人心举兵作乱。有鉴于此，秦王嬴政接纳了丞相王绾提出的方略：效法周公平定管蔡之乱，保留些许有德政之名的小封国，以为旧王族贵胄之出路楷模，从而化解老世族的亡国仇恨，对复辟变乱釜底抽薪。这则方略得朝会议决，最终被秦王书命概括为十六字长策："法王并举，镇抚并行，安定中原，以消复辟。"法乃法治，王乃王道。基于这一长策大略，秦国在中原保留并承认了两个素有王道德政之名的小国，一个是卫国，一个便是这安陵国。卫国，是以周室王族统辖殷商遗民的特异老诸侯。保留卫国，在于卫国能最好地彰显秦国承袭、弘扬华夏文明传统的国策。当然，卫国还出了两个对秦国最具决定性的治国巨匠：商鞅、吕不韦。保留并承认卫国的继续存在，在秦国庙堂是没有任何异议的。安陵国，则是中原三晋唯一一个勉强可以称之为“国”的一片封地，一座城邑而已。保留安陵的意义，在于彰显秦国对并非古老的新世族同样给予尊奉的国策。当然，尊奉的前提是老世族新世族都必须如同卫国、安陵国这样的忠顺臣服，而不是像韩国老世族那般图谋复辟。如此这般，这个小小的安陵国被保留了下来。

那时，秦国君臣当然明白安陵对于南下灭楚的枢纽地作用。

然则，秦国君臣谁也没有料到，一个小小的安陵君竟能拒绝秦王。

安陵[1]国地约五十里，其城邑坐落在洧水东岸。秦国灭韩后，秦军主力的大本营由关中的蓝田大营渐次转移到旧韩南阳郡的宛城郊野。这里河流纵横山峦低缓水草丰茂，是难得的耕、渔、猎、牧四业俱佳之地。更为天下垂涎者，南阳郡是冶铁坊聚集之地，时谚云，“宜阳采石，南阳铸铁”，此之谓也。故此，南阳郡虽是韩国本土，事实上却是秦、楚、韩、魏四大国长期反复争夺的拉锯之地。秦昭王时期，秦国一度攻占南阳，曾将其治所城池宛设置为宛县。其后楚国亦曾攻占南阳，宛县遂成楚国的冶铁重镇。灭韩之后，熟悉韩魏楚地理大势的李斯上书秦王，提出了秦军大本营东出关外以南阳为根基的方略。除了上述优势，李斯着意强调的理由是：“南阳经许[2]地，抵安陵，沿洧水鸿沟之间直下陈城、平舆，此乃南下攻楚之上佳进军路径也。由安陵东出，直抵大梁之魏齐官道，又是攻齐之上佳路径也。唯其如此，南阳为大军根基，安陵为大军枢纽，山东定矣！”没有任何异议，秦国庙堂立即做出了决断：国尉府总司运筹，一年之内，秦军大本营完成东迁南阳。其后，南阳大本营如期建成，蓝田大营又顺利东迁，秦军主力从此在中原立定了根基。此后的王贲军南下灭魏、王翦大军班师南来，都是以南阳大营为立足之地。

---

[1] 安陵，今河南省鄢陵县西北地带。

[2] 许，春秋许国，战国置县，今河南省许昌县东部地带。

南阳成为秦军根基，安陵后援枢纽的建造自然提上了日程。

嬴政的胸襟是博大的。谋划之初，嬴政派姚贾出使，向安陵君提出以河内五百里之地，换取安陵君北迁。也就是说，在大河北岸许以十倍的封地，使安陵君让出安陵。可是，那个木讷淡泊的安陵君却回答说：“秦王加惠，使我以小易大，甚善也。然则，本君受地于先王，宁愿终身守定安陵，不敢交易。”姚贾向以精悍机敏著称，连番周旋，这个寡言少语的安陵君竟是无动于衷，始终只咬定“受地先王，不敢交易”一句老话，以致跌宕至今，安陵仓储枢纽也没有建成。以嬴政原本预料，纵然软说不成，李信大军隆隆进逼城下之时，谅这个安陵君也会顺势转向。当真迂阔到底的人物，世间毕竟太罕见了。然则，李信大军开到了，这个安陵君依然故我，嬴政不禁大感难堪。

清晨卯时，嬴政准时走进了东偏殿正厅。

安陵特使被赵高领进来时，嬴政沉着脸肃然端坐在硕大的王案之后，目光冰冷一句话不说。一个五十里地的封君，竟然派出一个“特使”，竟然与他这个行将一统天下的秦王讨价还价，当真不知天高地厚。嬴政一想起来便怒火上冲，勉力定心，偏要看看这个“特使”如何开口对他这个秦王说话。然则嬴政没有想到，这个红衣竹冠的使者进入厅堂之后，仅仅是淡淡一躬行了参见之礼，自报一句名号道：“安陵君特使唐且，见过秦王。”之后面色肃然地伫立着不说话了。嬴政雄杰秉性，素来赞赏那些风骨铮铮的人物。当年那个齐国老士茅焦能在他杀死诸多说客之后依然从容进谏，反而被嬴政拜为太傅，其间根本，便是嬴政赞赏茅焦的勇气。今日一样，嬴政见这个唐且镇静自若，炯炯目光中全无惧色，心下本能地有了几分赞许：“好！此人颇有名士气象。”

“足下既为特使，何故不言？”嬴政冷冰冰开口了。

“秦王敦请我邦使秦，自当秦王申明事由。”唐且淡淡一句。

“且算一说。本王问你，区区安陵，何敢蔑视秦国？”

“安陵君爱民守土，蔑视秦国无从谈起。”

“唐且，秦以五百里之地易安陵五十里之地，秦国不义么？”

“义之根本，不强所难。秦以大国之威强求易地，谈何义理？”

"安陵君五百里不居，而宁居五十里，岂非迂阔甚矣！"

"安陵君所持，非秦王所言也。"唐且嘴角流露出一丝轻蔑的笑意，"封君受地于先王而守之，虽千里之地不敢易也，岂直五百里哉！"

"足下既为特使，尝闻天子之怒乎？"嬴政面色阴沉了。

"唐且未尝闻也。"

"天子之怒，伏尸百万，流血千里。"偌大厅堂骤然荡出一种肃杀之气。

"大王尝闻布衣之怒乎？"唐且平静从容。

"布衣之怒，丢冠赤脚，以头抢地尔。"嬴政揶揄地笑着。

"大王所言，庸夫之怒也，非士之怒也。"

"士之怒，又能如何？"

"专诸刺僚，彗星袭月；聂政刺韩，白虹贯日；要离刺庆，苍鹰击殿。此三人者，皆布衣之士也！其怀怒未发，吉凶自有天定。今日加上唐且，恰好四人也！"这个相貌平平的中年士子骤然勃发，语势强劲目光犀利，顷刻之间弥漫出一股凛凛之气。

"啪"的一声，嬴政突然拍案冷笑："足下纵为士之怒，又当如何？"

"若士必怒，伏尸二人，流血五步，天下缟素，今日是也！"随着一声冷峻强音，唐且大步掠向王台，红衣大袖中骤然闪现出一口烁烁短剑，风一般横扫而来……殿角赵高大惊失色，一个飞掠横插在唐且与王案之间，左手已经同时举起了王案上的一只青铜鼎，便要当头砸下……"先生绝非刺客。小高子下去。"嬴政平静地摇了摇手。

唐且愣怔了。以山东士子论秦王，嬴政只是一个有虎狼之心而色厉内荏的暴君而已，真有勇士当前，秦王准定是惶惶逃窜，更何况还有荆轲刺秦在先，秦王岂能不杯弓蛇影？今日他挺剑而起，虽非当真要做刺客，而只是要维护名士尊严与声誉，然毕竟是剑光霍霍逼来，秦王却连身形也没有移动，如此胆识之君王，当真是未尝闻也。一时间，唐且有些手足无措了。

瞬间沉寂，王案后的嬴政肃然挺身长跪，又一拱手，带着笑意又一脸正色道："先生请坐。区区五十里之地，何至于此也！"见唐且终于带着尚有几分犹疑的神色在对面落座，嬴政长吁一声道："本王明白也！韩、魏灭亡，而安陵以五十里之地存者，徒以有先生也！"

"唐且，但知不辱使命。"

"不辱使命！好！真名士也！"嬴政终于毫无顾忌地激赏这个特使了。

那日，秦王嬴政破例在东偏殿设宴，与唐且痛饮畅谈到日暮时分。唐且坦言，安陵君若能亲识秦王器局，必心悦诚服矣！只要秦国保留安陵君封地不动，秦军不扰安陵君宗庙社稷，唐且愿说服安陵君许秦军借地建造仓储。秦王嬴政大是舒畅，劝唐且回复使命后入秦任官建功。唐且却说，官身不言私事，入秦不入秦容后再议。秦王连连赞赏，遂不谈唐且个人出路，只海阔天空说开去。末了，唐且两眼泪光莹莹，只一爵又一爵地猛灌自己。

## 五　三日三夜不顿舍　项燕大胜秦军

草木苍黄的时节，秦国大军直下淮北。

李信确定的战法是：铁骑分割淮北，聚歼项燕主力，两战攻克郢寿。淮北平野漠漠山峦低缓，最有利于骑兵驰骋突击，所以如此战法一提出，便得到了将军都尉们的一致赞同。更何况，此前有王贲军狂飙突袭十日连破十城的皇皇战例，足证淮北战场正是秦军铁骑的用武之地。基于如此战法，李信与蒙武谋划一夜，又确定了周密的进军方略：大军分为两路，全部步骑混编；李信军十二万，由安陵直下汝水，一举攻占平舆[1]；蒙武军八万，由安陵沿鸿沟大道南下，一举攻占寝[2]城。这两座城池东西相距百余里，正是将淮北分割为二并压迫汝阴要塞的最佳地带。之后，两军立即会师城父，南攻汝阴要塞，与项燕军决战。歼灭楚

[1] 平舆，战国末期楚国城邑，地处汝水下游东岸，大约在今河南省平舆县北部地带。

[2] 寝，楚国城邑，地处颍水下游西岸，大约在今河南省沈丘县东南地带。

军主力后，长驱直入攻克郢都寿春。

“如此轻兵疾进，年末定然灭楚！”李信军令之后，老将军蒙武奋然吼了一声。

“轻兵疾进，年末灭楚！”将军都尉们一齐大吼。

一路南下，年末灭楚的吼声响彻秦军上下，也伴随着黑压压的大军洪流淹没了沿途郡县。如此进军声势，是秦军历史上从来没有过的。楚北大为震恐，民众惶惶逃亡淮南，城邑守军纷纷弃城南撤。淮北重镇陈城，竟在秦军越过城池之日变成了一座无军无民的空城。李信大为振奋，扬鞭遥指陈城空荡荡的垛口笑道：“诸位但说，我向秦王上书，进军大势如何说法？”身旁一司马高声道：“望风披靡！”又一司马高声道：“秋风扫叶！”又一司马高声道：“虎入羊群！”李信不禁一阵开怀大笑：“谁云国大难灭，不见今日之淮北也！”中军司马则高声道：“楚军如此跑法，只怕我军追不上！”言犹未落，幕府马队爆出一阵哄然大笑。李信心头怦然一动，是也，楚国若放弃淮北全力南逃，王贲偏师能堵住么？主力追不上，偏师截不住，灭楚大战岂非泡影？

“下令蒙武：铁骑军兼程独进，两日攻占寝城！旬日会师城父！”

眼见军令司马飞骑而去，李信又对中军司马下令道：“步骑两分，章邯率步军拖后跟进，本帅亲率轻装铁骑飞兵直下，两日攻占平舆！旬日会师城父！”中军司马“嗨”的一声，立即飞马直奔后路的章邯军。大约小半个时辰后，八万铁骑将所有重甲器械就地留给步军安置，全部轻装就绪。李信一声令下，八万铁骑在广阔的原野展开，黑色飓风一般卷向了西南的汝水流域。

蒙武老于军旅，远师大战从未接受过如此明白限定时日的紧迫军令，且又是抛开步军而铁骑单独前出，一时有些皱眉。思忖之下，蒙武又觉秦王尚且激赏李信壮勇，自己不能损了主将志气，再说楚军纷纷弃城南逃，不飞兵疾进也确实不足以捕捉楚军主力。于是，蒙武当即传下将令：亲率五万铁骑军兼程南下，三万步军由冯劫率领随后跟进。虽则如此，蒙武毕竟谨慎周密有乃父蒙骜之风，同时又派出飞骑军使，将李信军令及诸般部署报给了长史李斯。

隐隐地，蒙武总觉李信太过急迫了些。至少，秦国庙堂对灭国大战从来没有限定过时日。事实上，灭赵灭燕都比预料之期长了许多，而灭韩灭魏，却又比预料之期短了许多。这次灭楚之战，秦王嬴政更没有提过期限之说。蒙武吼出的年末灭楚，全然是被主将李信的勃勃雄心所激发，大觉痛快而壮军威士气之举。一吼之下，竟成全军口誓，实在是蒙武没有料到的。以蒙武想法，当此之时，主将李信便该倍加冷静。譬如王翦，往往是将士越愤激求战，他越是冷漠。而李信不然，与全军一起火热，又处处急迫下令，未免不太稳妥。老军旅都清楚，数十万大军进入广袤战场，统帅对一城一地之攻取，通常都不会下达紧迫明确的限期将令，只有飞兵掠地的奇袭战，才有大体明确的时限军令。李信如此军令，莫非是将这次灭楚大战当做了奇袭战？……然则，疑虑归疑虑，蒙武身为久欲赴战的副将，宁肯相信自己是人老心暮，也不会将疑虑当做依据去与主将争辩。毕竟，李信是秦军新锐大将中极其出色的一个，徒乱其心，绝非蒙武所愿。

蒙武不清楚的是，李信极需证明自己。

大朝会商，李信谋划的灭楚总方略，无疑已经被秦国庙堂明白确认了。所以，在主力大军南下之前，两路偏师已经到位：王贲军秘密开进了淮南，截断了寿春的江南退路；巴蜀水军则大张旗鼓地顺江东下，进入了夷陵要塞，截断了楚国王室立足荆楚故地的逃路。如此，以李信总方略展开的秦军态势一目了然：西南两面的兜底包抄已经完成，楚国的逃亡之路已经遮绝，只等主力大军在淮北的正面决战一开始，灭楚之期便屈指可待了。然则，李信明白一点，总方略再好，也得取决于具体的战场谋划，只有战场谋划，才是一个将军是否具有统帅才具的最好例证。毕竟，总方略未必总是由军旅将军提出，即或一个将军提出了一场战事的总方略，公议也未必认定你具有真正的统帅才具。其间根由，在于谋划总方略与战场运筹是两种才能。方略之谋是洞察才能，战场运筹是实战才能。无论两者关联多么紧密，也无论两者如何在诸多大家身上交融生辉，其间依旧有着重大的区别。否则，世间便没有了纸上谈兵的赵括，也没有了擅长实战而短于方略的廉颇一类战将了。李信也明白，自己的灭楚总方略被朝会确认之后，对秦王颇具影响力的李斯、尉缭与几个王族元老，始终对自己心存疑虑，其根本原因便在屡屡被战场证实了的两种才能的差别。灭魏之前，大臣们对王贲也是疑虑重重，而灭魏之后，王贲立即成了朝野公认的名将。其根本原因，在于事实已经证实了王贲兼具谋划之能与战场之能，堪称名将。而目下的李信，则是尚未被事实证明的奉命统帅，而不是天下公认的战功名将。

李信需要证明自己：王贲固然将才，李信更是将才！

在秦军新锐大将中，李信与杨端和、辛胜、王贲，并称四大主将。灭赵之战，杨端和首任大军副统帅，没有缺失，也未见光华，可谓好中见平。灭燕之战，辛胜再任大军副统帅，也大体与杨端和一般持平。两次灭国大战，李信虽没有成为副统帅，然却立下了最为人称道的战功——长驱千里追击燕军残部，逼燕王喜献出太子丹首级。秦王闻讯，激赏不已。这一战功之后，李信的才具声望事实上已经超过了曾经做过副统帅的杨端和与辛胜。然则，在接踵而来的灭魏之后，王贲的声望已迅速地淹没了李信，成为公认的新锐将军中最为出类拔萃的名将。对于王贲，李信很有些不服，始终以为这是不期然的运气所致，是诸般遇合促成。

遇合一，其时南下秦军的使命仅仅是平定韩乱，任何一个大将都足以胜任。秦王独点了王贲，很大程度是基于王贲始终不被父亲王翦大用，想给这个少将军一个机会。与其说秦王看准了王贲比其余大将出色，毋宁说是一种检验。遇合二，作为灭燕主战场的大将们，当时确实是谁都不愿脱离主战场而去打那种平乱小仗。遇合三，作为上将军的王翦，派出任何一个将军平定韩乱，大约都得说服一番，而接受王命派出王贲，则既不用说服，亦可显示其一如既往的公正。遇合四，作为老是不得担全军主力重任的王贲，也恰恰在寻觅摆脱父亲麾下而独当一面的机会，所以即或脱离主战场亦欣然力争……凡此等等，皆为遇合也。而若无种种遇合，谁能说王贲比李信更具将才？李信确信，假如当时自己“不幸”被派做了南下军主将，自己也会力争灭魏，也会一举成名。而且，李信比王贲更通晓兵书熟悉典籍，水战灭魏之谋划实施定会更为出色。

四大主将之中，李信是最后以统帅身份出场的一个，也是秦国朝野乃至整个天下最为关注的一个。原因之一，李信第一个做了真正的秦国主力大军的统帅。杨端和、辛胜皆为副统帅自不待言。王贲的平韩灭魏只统领了本部五万人马，在秦国朝野眼中尚不能算真正的大军决战。李信不然，是二十万主力大军的统帅，其广袤战场的纵横驰骋，足以承载任何一个天才统帅的才华挥洒。其二，此战是攻灭楚国。楚国之大，使灭楚成为唯一能与灭赵抗衡的统一华夏的大战，其统帅之功业将千古垂于史册。其三，李信的灭楚统帅，不是在与新锐大将们的较量中争来的，而是在与赫赫盛名的上将军王翦的胆识比照中被秦王认可的。李信取代王翦上将军而为统帅，堪称未曾开战已经先声夺人。

如此者三，李信的荣耀在开战之先已经光华闪烁了。

唯其如此，李信要重重地抹上最后一笔。

飞骑一日一夜，李信铁骑大军激扬着遮天蔽日的烟尘，于次日午后隆隆卷进了平舆地界。秋日夕阳之下，遥遥望见平舆城头飘动的旌旗与蠕动的兵士，秦军骑士们立即遍野欢呼起来：“噢嗬——有人了！开战了——”遍野呼啸夹着战马嘶鸣，在震撼大地的隆隆马蹄的沉雷中如同长风激荡。此时，中央幕府马队堪堪勒定，云车顶端的军令大纛旗刚刚升起，旗面一个前掠尚未完成，云车下第一通战鼓尚未落点，前军冯去疾部的一万铁骑便骤然爆发了惊天动地的吼杀声，狂飙巨浪般卷向了城下。所有这一切，都在广阔的原野极为流畅地爆发着，仿佛上天制作的一架完美无比的器械在自动运行。这便是战国之世的秦军锐士，闻战则喜，对战场充满着强烈的冲动，对搏杀斩首战胜敌国充满强烈的期盼，将严酷的大争视作壮美的人生，以建功立业追求着不朽的生命，若不能强悍生存，毋宁做天地间的牺牲。

及至李信登上云车令台，第一波铁骑已经卷到了城下，后阵大军也已经万箭齐发了。倏忽之间，李信绽出了一丝舒心的微笑——攻克平舆，楚军主力就很难遁形了。

“禀报将军：蒙武军业已占据寝城——”

云车下迭次传来飞骑斥候的高声军报，未等中军司马在身旁再度转述，李信已经不假思索地开始发布军令："蒙武军在寝城整休一日，立即构筑壁垒，以为城父会军之屏障！"中军司马答应一声，快步走下了云车。几乎与中军司马在云车梯口交错，军务司马匆匆到了李信面前，捧出一支泥封带有黑羽毛的铜管道："禀报将军，蒙武将军密件！"李信一点头，军务司马利落地打开了铜管，抽出一卷羊皮纸递了过来。李信哗啦展开，目光扫过，眉头微微一皱。

"禀报将军：平舆守军不战而降！冯去疾将军请命入城！"

"好！"李信大手一挥连续下令，"冯去疾部入城，留守平舆！其余各部驻扎城外，起炊战饭，整休一夜，明晨直下城父！"军令司马匆匆去了。未及片刻，平舆城内外炊烟大起欢呼声大作。盖秦军有着久远的苦战传统，更兼军法严明崇尚实效，是故行军多为冷食战饭。能够在战场间隙明火起炊，实在是破天荒也，在秦军将士无异于一场社火狂欢。而李信之所以下如此军令，也是基于实战情形：大张旗鼓进兵，大张旗鼓攻城，本无秘密可言，何须教将士们冷食匿形。

下达完军令，李信匆匆下了云车，飞马进入平舆城。李信叮嘱冯去疾，平舆楚军与寝城楚军一样，都是不战而降，显然不是楚军主力。为防万一，冯去疾部留守平舆，一则搜集城内粮草辎重以为根基，一则接应后来步军；一俟步军赶到，立即在城外郊野构筑壁垒，城内城外相呼应，可确保平舆无事。末了，李信重重一句道："项燕主力未显踪迹，两军决战定然在平舆、寝城之间铺开，不可大意！"冯去疾呵呵一笑道："李将军放心也，只要你勾出项燕主力，我第一个喊你万岁！"李信笑应一句你等着好了，大步而去。出得城外，只见连绵军营火把大亮，遍野可闻狼吞虎咽的呼噜咂咂声和战马喷鼻声。李信匆匆找到了大将辛胜，叮嘱了明晨进军城父的路径，遂带着幕府马队连夜赶赴蒙武军去了。

蒙武密件说了两件事：一是寝城守军不战而降，城内却没有囤积粮草辎重，似乎原本便没打算抵御，令人可疑；二是蒙武派斥候营乔装楚人散开探察，得知楚军主力似在汝阴河谷地带秘密隐藏，当速定对策。第一桩事，李信与蒙武同感，否则不会有对冯去疾的着意叮嘱。第二桩消息李信不能确信，须得立即探察确实。李信知道，直到三日前南下之际，楚国的淮南军与江东军尚在半道磨蹭，粮草辎重也未见大规模输送迹象。项燕能够聚集的军马，事实上只有从陈城南撤的七八万与汝阴、城父的数万兵马；而今城父尚有守军，则项燕麾下至多只能有十万上下的军力，与李信预料的二十余万人马尚有很大距离。

李信原本的谋划很清醒，估算楚国的可调兵力，满打满算三十万，加上楚国分治藏兵的实际情形，能真正抵达战场者至多二十万上下。为此，李信才信心十足地提出了二十万秦军灭楚的方略。如今，楚国的情形并未超出李信的任何预料，则所谓项燕主力隐藏不显，便成为一个很可疑的事实。接到蒙武密件后，李信一直在思忖揣摩，末了判定：项燕聚兵不成，遂以其十万兵力据守汝阴、城父两地，抵御秦军，以给楚国都城留出尽可能多的南撤时日。因为同时有斥候密报，楚国的舟师已经进入江水，郢寿王室事实上已经在准备南逃。当此之时，项燕军只能固守，绝不会主动寻求与秦军决战。

晨雾弥漫之中，李信马队进入了寝城幕府。

匆匆用罢一顿热乎战饭，两人立即走进军令室秘密计议。蒙武判断，平舆寝城两地以同样方式降秦，说明楚军已经有了统一部署，而能统一驾驭楚军者，目下只有项燕。两地守军不撤，似是诱惑秦军继续在此地作战。两地守军不战而降，似乎又是在保存人力。毕竟，楚军做了秦军战俘，还是有可能再度成为楚军。果真如此，项燕军匿伏汝阴，很可能有蓄谋已久之计，秦军远离本土，当谨慎行事。蒙武将该说的都说了，然每一件都不肯定不明确，犹疑之辞显然多了一些。

“果真如此，项燕神乎其神也！”李信颇见揶揄地笑了。

“总归是谨慎为上。”蒙武皱着眉头重复了一句。

“老将军是说，项燕怕失却与我决战机会？或者，项燕寻求与我决战？”

“大体……然，楚国力弱，项燕似乎又不可能如此……”

“对也！”李信大笑了一阵，“一泻千里倒能寻求决战，岂非滑稽哉！”

“种种迹象，委实可疑……”蒙武终究默然了。

“老将军狐疑也！”李信在立板地图前转悠着，口吻全然是在对帐下将士讲说兵法，“举凡大军战场，惑人耳目之迹象多多。否则，兵家何有

‘示形’之说？评判诸般消息之唯一依据，在国力，在大势，而不在就事论事。楚国分治已久，庙堂浮华世族败落。项氏自保尚且艰难，寻求决战岂非痴人说梦！项燕也算宿将，会做螳臂当车之蠢举？据实评判，项燕所谋只有一途：据守汝阴迟滞我军，以给郢寿南逃云梦泽断后！如此而已，岂有他哉！”

“有理……老夫谨受教。”

蒙武终于心悦诚服了。李信的评判有一种坚实的依据，是环环相扣的合理推演。蒙武所疑，却仅仅是一丝基于直觉的闪光，既没有坚实的大势依据，又显然是自相矛盾的。蒙武敦厚坦诚，全然没在意李信的语势，真心地认可了李信。

“当此之时，我军唯有一法。”

“但听将军谋划！”

“城父合军之后，立即南下攻占汝阴，全歼项燕军！”

“好！”

“汝阴打通，立即连攻郢寿，俘获楚王负刍！”

“将军壮勇，老夫佩服！”

“老将军能与李信同心，灭楚何难也！”

“汝阴之战，是全军皆出？或留平舆冯去疾一军断后？”

“平舆、寝城、城父，三处皆留守军，老将军统辖以为后援。”

“将军独攻汝阴？”

“李信率主力大军会战项燕，再进兵楚都！老将军只护住后援便是！”

“……”蒙武张口结舌，想说什么终未说出。

此时，汝阴城外的楚军幕府中，正在部署一个秘密进兵的方略。

远在秦军屯驻安陵的时日，项燕派出了百余名通晓秦人习俗又会说秦语的精干斥候，乔装成秦人进入韩魏旧地刺探军情，对秦军情势了如指掌。李信大军汹汹南来，一路声威远远大过灭赵灭燕之战。面对强大的秦军，项燕的总体方略是：弃淮北之北，保淮北之南。也就是说，项燕将郢寿以北的整个淮北分作了两大区域，平舆以北为北淮北，平舆之南为南淮北，弃北保南。项燕对楚王上书陈述这一总体方略，要害的几句话是：“弃淮北之北者，避秦军锋芒也，不弃淮北之北，楚军无以回旋。保淮北之南者，伺机而战也，不保淮北之南，楚国无以立足。”面对亡国危难，楚国庙堂没有了争议。楚王负刍的快马王书立即回复了项燕：抗秦战事悉交大将军运筹，无须先报后决。得楚王下书，项燕立即实施了第一步收缩：北淮各城守军退入淮南，民众去留自便，不得裹挟。

“所以如此，势也。”项燕对将士们如是解说，“秦军强盛，楚军弱散。与秦军正面摆开战场决战，楚军没有此等实力。是故，楚军只能在南撤中寻求战机。若秦军占据沿途城池，则秦军必然分散，或可露出破绽；若秦军置淮北空城于不顾，一味全力南下，则我军只能若即若离，视秦军之情势伺机而战。”

当此之时，楚国朝野震恐，楚军将士也同样紧张不安。面对项燕的从容不迫胸有成算，上下都没有了往昔无休止的纷争，项燕的诸般运筹实施倒是比战前顺当了许多。秦军越过陈城之时，项燕已经下令将平舆、寝城的粮草辎重与民众全数撤空，只留下两支守军不战而降。同时，项燕对城父万余守军的将令却是：必战而后降。如此部署，大违寻常用兵之道。抗秦而降秦，本身便自相矛盾，且有不战而降与必战而后降之分，更是怪异。然，派系林立的楚军将士都毫无异议地执行了。如此大违常理，项燕是要给秦军一个假象，使其以为楚军仓皇撤军不及，全然没有战心。项燕之真实意图，恰恰在于以此三地守军的不同降秦方式，使李信得出既是项燕所期望又是李信所期望的判断：楚军濒临溃散，然毕竟尚有兵力可战，必须夺取几个城池以为根基。也就是说，项燕要有意制造出李信所期望看到的事实，也期望李信得出符合自家预料的评判。若李信果真如此判断了，则对楚军有明显好处：不致过早地形成两军会战，从而楚军能借机聚结兵力，并使楚军将士稍有适应秦军威势的时日，有效消除已经成为天下通病的恐秦之心。

旬日之间，情势已经很清楚。秦军主将李信急于一举灭楚，又极度蔑视楚军，抛下坚甲重阵无以撼动的秦步军，单独以铁骑大军闪电南下，全然长途奔袭战法。在淮北之南，秦军已经占据了平舆、寝城，又攻克了稍有抵抗的城父。其间，秦国后续步军相继抵达，已经开始在三城郊野构筑壁垒。显然，秦军立定根基之后，必然是南下汝阴会战楚军主力[1]。

“当此情势，出战时机正在到来！”

灰白间杂的山羊胡须在干瘦黝黑的下颌第一次翘了起来，项燕指点着高大的图板继续解说着，“目下秦军兵力分布是：占据三城，大体分流秦军八万上下，主将李信所率的主力步骑军大体只有十一万上下。反之，我军业已大有充实，淮南军与江东军已经开到，且一路秘密北进，没有露出形迹。唯其如此，我军可战也！”

“愿闻大将军将令！”楚军大将们久违地冲动了。

“诸将留意，初战之要，唯求小胜。”

战心初起，项燕着意泼了冷水，大将们多少有些意外。然则，听完了这位大将军的部署，大将们心下踏实了。项燕部署的秘密进兵方略是：留五万步军据守汝阴，主力大军则秘密东进，聚结于城父东南的山塬地带；一俟李信大军南下汝阴，楚军主力便全力攻秦留守军。战法清楚明了，又简单易行，大将们同声拥戴。

此时，项燕的战场目标还远非后来那般宏大，只求击溃秦军一部，使楚军能与秦军相持对垒。这便是项燕所强调的初战小胜。所以如此，在于面对天下无坚不摧战无不胜的秦军，项燕力求谨慎谋战，小胜一仗，能争得再次伺机而战的周旋余地，是最为稳妥的方略。还有一处不能对将士们明言，然却是最要紧者——只有初战获胜，楚军才能获得朝野合力支撑；否则，楚国庙堂将因一战败北而大起争端，楚军也将会爆发族系纷争，以致大军难以掌控。也就是说，使秦军知难而退，项燕这时尚不敢想。因为，项燕很清楚秦军实力，也很清楚秦军顽强相持的战事传统。长平大战，白起秦军与赵军相持三年；灭赵大战，王翦秦军与李牧赵军相持一年；纵使一战失利，志在灭楚的秦军也决不会退兵。楚军则不然，能在秦军势如破竹的灭国大战中有一小胜，已经十分的难能可贵

[1] 秦军下城父之后，《史记》有“信又攻鄢郢，破之，于是引兵而西……会城父”之说。然据诸多史家考证，以为鄢郢地望不明，且与进军方向多有矛盾，疑为流传错讹，故不取。

了，若主力楚军没有一场开手胜仗，则楚军必然后继无援，也必然无法坚持下去。是故，项燕首战不求大胜，而宁可选择最为稳妥的小胜之战。目下最稳妥的战胜之法，只能是避开秦军主力，相机奇袭秦军三地守军。

“今夜三更，全军轻装，秘密东进垓下！”

“遵令！”大将们整齐一声，匆匆散去了。

大军开向的垓下[1]，是项燕为楚军选择的秘密汇聚之地。

垓者，层层台阶环绕之地也。王者居九垓之地，此之谓也。就实而论，此地方圆百余里，层层山峦起伏，铺展之态颇似阶梯，当地百姓便将山峦阶梯之下的河谷地带呼之为垓下。垓下有一道沱水流过，人烟稀少草木茂盛，一片片河谷交错分布于曲曲弯弯的山峦之间，十余万大军分开驻屯，外界根本无以觉察。项燕确信，只要楚军秘密进入垓下不被秦军发觉，以兵力对比，此战便有了八成胜算。

“季梁呵，破秦壁垒，谁堪披坚执锐？”

“我部八千子弟兵！”

诸将散去后，项燕独留下项梁。一句问话，项梁回答得如此响亮，项燕一时默然了，只在狭窄的军令室转悠着。看着面色沉重的父亲，项梁低声一句：“父亲有话，尽管说了。”项燕长吁一声，转过身来道：“秦军两壁垒，大体各有万余人马。八千壮勇全力一战，该当可为。为父要说者，楚军有兵二十余万，既须全数参战，打起仗来，却又不能当真以二十万兵力去筹划。为何？楚军种种掣肘多生，更兼对秦久无胜绩，初战必多有畏秦之心。与秦军锐士一战，若无必死之心，只怕小胜亦难。而若无初战小胜，则楚军休矣，项氏休矣！”项梁血脉偾张，一拱手慨然高声道：“父亲！梁与江东子弟兵决以敢死之心冲垒！不使项氏蒙羞！”

看着这个英气勃发的儿子将军，项燕不期然泪光朦胧了，回身一抹泪水，背着身子缓缓道：“给江东子弟们说明白，此战若死，人皆于江东故里建造烈士石坊，以彰其功，以显其荣……此战，与其说为国一战，毋宁说为江东子弟兵尊严一战……八千子弟为敢死之士，上报军功之日，

---

[1] 垓下，楚国古地名，在今安徽灵璧东南之沱河北岸地带，后来项羽兵败于此。

却只能是全军将士。否则，王族子弟、老世族子弟无功，庙堂世族便会心存顾忌，必不能全力支撑楚军。舍生报国，无以记功，宁不令人寒心也……若不以壮士尊严激励之，我有何说？江东子弟兵尸骨还乡之日，何以面对江东父老……”

听着父亲缓慢沉重而又欲哭无泪的话语，项梁一时痛彻心脾，泪水如泉涌而出。项燕蓦然转身，轻轻拍了拍儿子肩膀。项梁浑身一颤，猛然抱住父亲肩头，强压着哭声哽咽不能止息。骤然之间，项燕闪过一念，今日一别，很可能便是与这个善战多谋的儿子的最后相处，一时不禁老泪纵横了。

“季梁啊，独子们，都回去。”良久，项燕说话了。

“父亲，已经清点安置过了，江东独子一律还乡。”

“好，这样好……”项燕看看儿子，又不说话了。

“父亲，项氏有后，无须忧心。”

“季梁呵，给我记住：战后若得生还，第一要务……”

“父亲！我最年轻！再说，大哥二哥的儿子，也是我与三哥的儿子！”

项燕不说话了，自己要说的儿子都坦荡荡说了。项燕知道项梁的秉性，说的就是想的，想的就是要做的。终于，项燕看着小儿子大踏步走了……当夜三更，楚军主力一队队开出了汝阴要塞，战马衔枚裹蹄，兵士紧身轻装，不张旗号不鸣金鼓，在朦胧月色下融进了草木苍黄的原野，悄无声息地向东北方向流淌而去。

两路大军会师城父，秦军将士们一片欢呼。

一路南下如入无人之境，这是秦军战史上从来没有过的奇迹。会师之日，李信下令全军明火起炊，酒肉一顿。暮色时分，城父郊野与寝城郊野的连绵军营炊烟袅袅，一时军灯煌煌火把遍野，欢声笑语如大河波涛在秋风中弥漫天地。酒饭尚未结束，步军士卒便十有八九醉倒了，整个军营都滚动着雷鸣般的鼾声呼啸。依秦军法度，寻常不得饮酒，但有军炊开酒，每人三碗或一只酒袋为限，以秦人酒风之烈本不当醉。然则，步军将士们千里兼程赶到城父，竟然一仗未打。但凡兵士，对不打仗的空跑最是不耐。步兵士卒们疲惫不堪又哭笑不得，一端起大酒碗便开始高声咒骂楚军嘲笑楚军，百般感叹立功无望，又对骑兵兄弟们眼红得要死。一时间人人烦躁不堪，三碗下肚浑身瘫软，呼喝声中一片片躺倒扯出了漫无边际的鼾雷。寻常时日若这般疲劳，大睡三日三夜能否恢复亦未可知。

然则，战场毕竟是战场。次日清晨鼓号大起，幕府聚将，李信军令下达：步军留守城父寝城构筑壁垒，骑兵军与两万弓弩步军南下攻汝阴。主力大军一开出，留守步军将士更见烦躁，几乎是人人拄着锹耒站在壕沟边黑着脸发愣。在此时的步军将士眼中，楚军早逃遁到茫茫水乡去了，留在这里无仗可打，空筑壁垒只能是白费力气。灭楚之战，只剩下汝阴一战，却只去了两万步军连弩兵，还是轮不到自家上战场。声名赫赫的灭楚之战，竟然白白跑了数不清的路却连楚军影子也没见着，当真岂有此理！士卒们一肚子闷气难消，再加远未睡透浑身半软，壁垒构筑之进展可想而知。

李信大军隆隆西来，午后时分渡过汝水进逼到汝阴郊野。

在步骑各部展开阵形之际，李信迅速登上了司令云车。遥望汝阴城头旌旗刀剑密布，座座箭丘隆起，连排弓弩手引弓待发，各式防守器械矗立在一个个垛口，铁水烧红的大行炉冒着滚滚白烟。中央箭楼前的垛口伫立着一员绿斗篷大将，正在遥遥指点着城外布阵的秦军。李信断定，此人很可能便是项燕最得力的大将项梁。南下以来，第一次看见楚军如此整肃壮盛的军容气势，李信这才隐隐感到了李斯评介的意涵："项氏世为楚将，项燕项梁素称父子骁将，更有江东封地子弟兵死心效力，灭楚之战不可小视也！"然则，这也仅仅是一闪念而已，陡然弥漫在李信心头的是一股壮勇豪气——如此楚军，尚可配我锐士一战也！

"下令各部，半个时辰备战就绪。"李信下达了第一道军令。

云车大纛旗掠过了湛蓝的天空。片刻之间，茫茫黑色军阵迭次响起激扬的牛角号声。军令司马高声禀报道："各部受令，准时达成！"眼见云车下的黑森森军阵整肃流转从容展开，李信对着汝阴城头不禁轻蔑地笑了。城父聚将之时，李信已经部署好了攻城战法：主力骑兵八万两分——四万骑士改步军攻城，四万铁骑四野截杀逃亡之敌；两万连弩器械兵也是两分——连弩营正面摧毁城头楚军，器械营专司越过护城河的壕沟车与攀城大型云梯，为四万骑改步将士之辅攻军。此次南下，由于眼见楚军望风而逃，李信大军从陈城开始改为狂飙突进，诸多大型器械留给了后续辎重营。此次大军两分，诸多大型攻防器械又留给了城父蕲县两壁垒的步军。是故西来秦军攻城，除弓弩营之外，大型器械只有最基本的两样——壕沟车与大型云梯。唯其如此，李信的战法简单明确：大型连弩摧毁城头守军，壕沟车过护城河，大型云梯爬城搏杀，骑兵截杀突围之敌。李信确信，除却赵军，天下没有任何一国大军堪称秦军敌手。汝阴楚军纵然稍强，至多也是堪堪一战，绝非可与秦军势均力敌的久战对手。故此，李信预期暮色时分结束汝阴之战，之后立即奔袭楚国都城，俘获楚王负刍。

“禀报主将：各部就绪，请命开战！”

“好。发令开战。”李信平淡从容。

军令司马的小令旗当空劈下，云车立柱轧轧转动间大纛旗平展展掠向汝阴。骤然之间山崩地裂，隆隆战鼓如雷阵阵，号声凄厉，连弩大箭急风暴雨般倾泻城头，大海怒涛般的喊杀声中黑压压兵士越过一连串展开的壕沟车飓风般卷向城下，密密麻麻攀附在一架架隆隆靠近城墙的大型云梯上压向城头……与此同时，城头楚军同样爆发，滚木礌石铁汁箭雨当空倾泻，人却隐匿在垛口之后躲避着呼啸扑来的连弩大箭。云梯靠近城头，秦军的连弩大箭停射，城头楚军的喊杀声骤然爆发，密匝匝闪亮的刀矛剑钩白茫茫一片笼罩了城头……

李信没有料到，眼看着暮色降临，汝阴城池竟依然还在楚军手中。及至初月朦胧火把高举，李信的手心出汗了。一个念头闪电般掠过心田——楚军如此死命抵御，莫非另有图谋？同时，又一个念头同样闪电般掠过心田——无论楚军图谋如何，都只有先攻克汝阴，否则很可能大事全休。心念电闪之间，李信大吼一声：“猛火油柜！烧毁城门！！”

“禀报主将：猛火油柜没有随军！”

倏忽之间，李信愣怔了，清醒了，一股凉丝丝的气息爬上了脊梁。

猛然，李信飞步下了云车，飞身上马直过壕沟车，下马大步走到正在一波猛攻之后喘息整修的将士们面前一声大喝："轻兵列阵！死战攻城！"将士们一时惊讶愣怔，你看我我看你无人应答。盖秦军之所谓轻兵者，战国中期以前之敢死旅也。自秦昭王之后秦军强大无比，装备之精良世无匹敌，轻兵死士之战早已不复存在。当此之时，李信骤然喊出轻兵死战，秦军将士还当真一时懵懂了。然则，轻兵之战毕竟是秦军的古老传统，纵然遗忘了战法，总是知道必须死战攻城。对于骄傲的秦军锐士，强敌当前而拒绝死战是永远不可能发生的事情，而今主将下令死战，岂有怠慢之理？于是，倏忽愣怔之后一片慷慨愤激的吼喝，敢死之旅片刻间组成了……

李信没有料到，三波轻兵猛攻死伤近万人，汝阴还是没有破城。

时已四更，总司连弩器械的将军章邯大步走过来说，不能如此死战了，楚军突然死战大是怪异，当立即另谋对策。李信脸色铁青地思忖片刻，终于挥了挥手说，好，整休战饭，聚将会商。中军司马领命尚未转身，突兀一阵急风骤雨般的马蹄声从后阵传来。急迫马蹄直踩心头，李信陡然浑身一个激灵！

"报——"惶急尖厉的呼喊震惊了幕府将士。

一支马队风一般卷到司令云车前，火把之下但见骑士人人浑身浴血断剑折弓，黑色甲胄变得斑斓怪异，冲进圈内纷纷跌落马下，战马们也一座座小山似的轰然倒地。李信章邯与护卫司马无不惊愕失色，竟没有一个人喝问。在这刹那之间，一个骑士奋然挺身站起惶急嘶喊道："楚军夜袭！连续攻破两城壁垒！我军正，正向西撤！"

如轰雷击顶，李信一个踉跄摇摇欲倒。章邯一个箭步扶住吼道："李将军稳住！扭转战局要紧！"李信突然弹起，刹那间不可思议地冷静下来，厉声喝问道："可知楚军兵力？"浴血骑士道："老将军派我突围禀报，说楚军二十万上下！"倏忽之间，李信心头雪亮，楚军所有图谋都闪电般骤然清楚了。此刻的李信反倒特别冷静，连续发令道："汝阴之战放弃！章邯将军整肃城下我军，骑兵改回，护持弓弩营立即占据大道，掩护我军后撤平舆！四万铁骑我自率领，立即向来路截杀楚军，接应蒙武部！”章邯点头领命，又急迫叮嘱道：“弓弩营大箭所剩不多，射出者一时无以收回，将军不能恋战！”李信说声知道，拔出长剑飞身上马一声长呼：“铁骑上马！随我杀——”

李信率四万铁骑东来接应蒙武，奔驰未及百余里天便亮了。

秋雾蒙蒙的曙色中，遥闻杀声弥天无边无际。李信铁骑军掠过一道山梁，便见山塬平野间黑压压云团涌动而来，其后灰黄色云团呼啸紧随。李信长剑一举，四万铁骑潮水般汹涌下山，分成两支展开，绕过黑压压云团，猛烈地插入黑黄连接部，向黄色云团压去……半个时辰的猛烈搏杀，李信铁骑军终于遏制住了楚军的追击浪潮而稍得喘息。但是，立马山头的李信遥望楚军旗帜阵形，却分明觉得楚军并没有后退之意，而是在整肃军马，显然要继续冲击秦军铁骑。此刻，李信的幕府马队已经于乱军中找到了蒙武马队。蒙武匆匆赶来，没有丝毫犹疑便劝李信撤军。蒙武遥指茫茫楚军，抹着脸颊伤口的血水汗水道：“这才是楚军主力！足足二十万！我军无备，又器械箭镞不全，不能恋战丧师，只有立即撤军！”李信心痛如刀绞，刚刚说得灭楚二字，便被素来持重的蒙武厉声打断：“此时何时？我军业已落入项燕圈套！将军宁全颜面，不思国家乎！”李信倏忽愣怔，突然一挥手道：“老将军说得对，撤军！步军先行，我率铁骑断后！”

直到蒙武步军匆匆西退百余里，李信铁骑才开始后撤。不料李信军堪堪开动，楚军立即呼啸着压了过来，紧紧咬住秦军不放，饶是秦军战马雄骏，始终也只相隔着两三里地而已。退到汝阴郊野，李信没有料到，情势已经再次起了变化。

原来，李信铁骑军开出后，汝阴城内的楚军全力杀出猛攻城外秦军。章邯顾忌弩箭锐减，尚需留作断后，下令器械营士卒改作步战士卒，与刚刚重新改回的两万余铁骑军结阵抵御，不求击溃楚军，只求自家根基站稳。双方僵持到午后，蒙武西撤大军赶到，正欲合兵一举歼灭出城楚军，楚军却又突然缩回了城内。蒙武严厉阻止了将士们攻城的请命，当即决断：整肃部伍，等候与李信军会合后，再交替断后退兵。与此同时，蒙武派军令司马飞书留守平舆的冯去疾，令其立即开出城外列阵，接应西撤大军并做第二轮次断后。及至李信军赶到汝阴，蒙武章邯等刚刚匆忙统计完伤亡情形，禀报给李信的数字是：一夜之间，秦军总计伤亡五万余，战马锐减三万余；城父蕲县的步军器械弓弩大部丢失，全军仅存章邯部连弩营，然最具杀伤力的大箭仅余五万上下了。

"如此退兵，痛杀我也！"李信第一次流泪了。

"此时不退，粮道被楚军截断，全军覆没！"蒙武第一次强横了。

"好。撤兵！我断后！"

"不能！将军身为统帅，要带全军回秦！断后轮次已经排定！"

乍闻在秦军中久违了的"全军回秦"四个字，李信突觉心头大恸，一声猛烈哽咽昏厥了过去。在秦孝公之后的秦军历史上，危难而突围撤军的时刻是屈指可数的：胡伤攻阏与一次，长平之战后王龁攻赵国一次，郑安平降赵而秦军三万将士不从死战一次，吕不韦时期蒙骜遭信陵君合纵联军伏击一次，再加上李牧败秦的两次，百余年大战不足十次而已。每逢如此困境，激励秦军将士的誓言都是这四个字——全军回秦！而凡当此四字者，必是大败无疑，统帅则必是败军之将。李信本是豪气万丈的少壮将军，怀灭国雄心而来，陡然遭此莫名败绩，心何以堪？

……

终于，李信大军全面退兵了，然灾难并没有结束。

项燕从垓下秘密出兵的当夜，一鼓作气攻克了只有数万步军的城父蕲县两处壁垒，逼得蒙武军仓皇西撤。此战之胜，立地激励了楚军战心。项燕当机立断，立即下令全军追击。此时两军兵力对比，楚军已经大大居于优势了。当然，更重要者在于，李信大军已经是一支丢弃了秦军最具优势的重装备之后的轻装军了。轻装大军固然快捷，然对于装备简单而战心陡长的楚军，其优势几乎不复存在。此时起决定作用者，一定是兵力对比。项燕之大局权衡清楚非常，所以连续下令隐伏各地的楚军，务必一齐开出，对秦军大肆围攻追击。楚军二十万主力，则由项燕亲自居中督导，以项梁八千江东子弟兵为前锋，死死咬住李信大军紧追不舍。无论秦军如何轮次断后，楚军都丝毫不减弱追杀攻势。

百余年之后，太史公之《史记·白起王翦列传》对楚军追击战的记述是："荆人因随之，三日三夜不顿舍，大破李信军……"顿舍者，停顿也，舍弃也。三日三夜不顿舍者，三日三夜不停顿，紧追不舍也。足见楚军反击之盛，亦足见秦军山倒之狼狈。

楚军一鼓作气追杀过陈城，项燕才下令终止，全军又撤回了平舆一线。

## 六　痛定思痛　嬴政王车连夜飞驰频阳

李信军大败的消息传到咸阳，秦国朝野窒息了。

秦王嬴政一把撕碎了军报一脚踢翻了书案，连连咆哮却听不清骂辞。赵高吓得瑟瑟跪伏，当场尿湿了衣裤。李斯蒙毅也是手足无措，既不知如何能使秦王平静下来，更不知如此发作的秦王还会做出何等可怕的事来。可是，李斯蒙毅没有料到的是，秦王的震怒咆哮越来越微弱，渐渐地没了声息，只靠在大柱上兀自涔涔冷汗。良久，秦王终于接过了赵高惶恐捧来的汗巾，抹了抹额头，嘶哑着声音撂下一句话："两位善后，会同丞相。"猛然转身走了。

三日三夜，秦王嬴政一直没有走进书房，急件密件顿时堆积了十几张大案。李斯无奈，只有教蒙毅守在秦王书房应急，自己索性住进了丞相府，与王绾没日没夜地紧急处置败军事宜。蒙毅守在王书房寸步不离，担心秦王又无以得见；忧心父亲又不能违法探望，以致忧心忡忡，连饭也断了。一夜，赵高突然露面，蒙毅立即喝住了赵高，问秦王情形。赵高苦兮兮皱着眉头，只说是来拿一件物事，而后惶恐低头，一句话也不说了。蒙毅自来不齿赵高，见状一脸厌烦地挥了挥手，赵高立即风一般去了。

第三日暮色时分，李斯匆匆回到了王城书房，对蒙毅叙说了与王绾共商的种种处置，又商议了几件急需处置的王族子弟败军贬黜事，两人这才疲惫地坐下来开始晚汤。蒙毅三日未食，与李斯第一次用饭，心绪显然舒缓了许多。晚汤后蒙毅敦促李斯回去歇息，李斯却连连摇手。于是，两人对坐煮茶，却又相对无语。

“败绩有数了？”良久，蒙毅低声问了一句。

“如此败绩，未尝闻也！”李斯轻轻一叹，“片时连失两壁，一夜连退三城，三日三夜大败逃，一无反击之力……七都尉战死，八万六千三百一十三名士卒抛尸，撤回十余万，人人带伤……粮草器械军辎，全数丢失……淮北之地，悉数被项燕军收回……”

“……”蒙毅一个哽咽，双手捂住了脸膛。

“两主将，交廷尉府暂押了，待决……”

“一战若此，家父何堪！”蒙毅一拳砸案泪水泉涌。

“老将军，终究没乱。否则，此次必全军覆没也！”

“战败当罪。长史，无须为家父辩解。”

李斯起身走到自己公案前，从案头一方铜匣中拿出一支粗大的竹管过来道：“此乃老将军战场急件，你且看看。”蒙毅摇摇手道：“家父负罪，我或连带，不当看。”李斯道：“这宗密件，乃老将军从战场报给长史署的公文，本当早给你看。奈何老夫闪念差错，既未呈送君上，亦未知会于你，悔之晚矣！”蒙毅颇感惊讶，接过飞快地浏览一遍，不禁苦涩笑道：“家父这急报只说了战事方略，又没说自家如何反对，更没申明呈报王书房，大人却如何呈送君上？再说，虽是公文式样，抬头却是给大人的，交不交我看实在无妨。”李斯叹息道：“我固不违法，然却违心也！老将军此举，定然有所期冀。老夫当时揣摩，老将军很可能欲经老夫之手，将此件知会尉缭子，或知会王翦老将军，此两人资望深重，若能指李信之谬，或可直陈秦王。老夫却……惜哉！惜哉！”蒙毅苦笑道：“大人无须自责，假若是我，我也不会交任何人。李信正在气盛之时，君上正在激赏之际，老国尉与王翦老将军远离战场，纵有评判也未必有用。将在外君命有所不受，况正逢君上激赏之李信？”

两人围着红亮的木炭燎炉一时说开去，诸般感慨不胜唏嘘，不知不觉已是三更了。蒙毅道：“君上三日不进书房，会否病倒？”李斯默然片刻沉重摇头：“难说。”蒙毅道：“得设法见到君上，索性我闯宫！”李斯连连摇手道："不可不可。君上非常人，断不会置国事于不顾，也不会容不得一场败仗。"蒙毅急迫道："这次不一样，吼叫得声音都嘶哑了。"李斯嘴角抽出了难得的一丝淡淡微笑："吼归吼，可你听见吼了些甚？"蒙武恍然道："是也！哇啦哇啦好大一阵子，一句骂辞也没听出。"李斯敲了敲燎炉，颇有些意味深长地望着窗外漆黑的夜空："怒而不知何骂，大体已是省察自己了……不急，君上若能深彻省察，秦国之幸也，天下之幸也。"蒙毅一拱手道："与大人言，谨受教。"正当此时，一阵急迫的辚辚车声清晰传来，两人几乎同时倏地站了起来。蒙毅快捷许多，一个箭步已经掠向了门厅。李斯赶到廊下，车声已经远在王城之外了。两人正在张望，一个少年内侍匆匆跑来作礼道："禀报两位大人，赵令要我知会两位大人，君上赶赴频阳去了！"

"蒙毅，带上那卷书报，快追君上。"李斯没有丝毫犹豫。

"好！"

蒙毅疾步回身取了一卷文书，身影飞出淹没在了暗夜之中。

嬴政将自己关了三日三夜。

松柏森森肃穆静谧的太庙，是嬴政在茫然漫步中撞进来的。当时赵高见秦王出了东偏殿，连忙飞快地对两名小内侍一阵叮嘱，三人便跟着秦王去了。两名小内侍远远在前，赵高若即若离在后，手忙脚乱地示意着远处的各色身影回避开来。茫茫然的嬴政走进了深深的王城苑囿，走过了两处夫人嫔妃们的寝宫，走过了碧蓝的湖畔，走过了火红的胡杨林，走出了雄峻的王城北门，走进了北阪松林塬下的太庙。嬴政大踏步走着，逢弯拐弯遇桥过桥，奇迹般没有一个闪失，没有一个磕绊。身后的赵高瞪着两眼疾步游走左右，既不能进入秦王目光，又须得能够随时扑上去抱住秦王，时不时一身冷汗。被两个小内侍遥遥示意回避的嫔妃侍女们，虽已经纷纷躲在了柱后林下，却都惊喜万分地要目睹难得一见的秦王。此刻远远看去，秦王目光直愣愣向前，脚下却一步不差地大步走着，穿过了亭廊穿过了树林，俨然一个目盲的神仙在天街游走，女子们惊愕得人人紧紧捂住了嘴巴不敢出声。然则，在嬴政心头的世界里，天地间没有一个人影，飘浮的宫殿没有任何声音，自己被风吹上了天空，身不由己地飘飞着茫然虚浮地游荡着……使嬴政恍然醒来的，是那浓郁而熟悉的松柏香火气息，是烙印在心灵深处的记忆。走进太庙石坊，尚未进入太庙正殿庭院，嬴政便在宽阔的松柏大道停止了脚步。凝视着巍然耸立在北阪山腰的高高殿堂，嬴政停止了喘息，也听见了身后的脚步声。

“太庙令，秦王嬴政，沐浴斋戒三日。”

“君上，非祀非典……老臣奉命！”

看着赵高惶急万分的种种示意，老太庙令终于明白了，连忙去匆匆部署了。片刻之后，嬴政走进了太庙正殿东侧的深邃庭院。厚重的大门隆隆关闭了，从太庙署开来的一队甲士立即铁柱般矗在了庭院四周。自有王权社稷，君王的沐浴斋戒是最为神圣庄敬的礼仪。因为，君王沐浴斋戒之后要与远去的祖先对话，要接受天地神灵的启示。走进沐浴斋戒程式的君王，是天塌地陷也不能搅扰的。然则，嬴政的想法却很简单：找一个清静之地好好想想。方才清醒过来的一瞬间，嬴政恍然醒悟，惶急的匆匆奔走原非梦游，他是被灵魂指引到太庙来的，只有自囚于肃穆静谧的太庙，他才能镇静自己清醒自己。

嬴政拒绝了繁琐的沐浴礼程式，吩咐赵高守在门口不许太庙司礼靠近。走进了浴房，脱去了冠带，躺进了热气蒸腾的硕大热池，靠上了池畔玉枕，嬴政长吁一声闭上了疲惫的双眼，在蒸腾水汽中朦胧睡去了……白发散乱的蒙武嘶吼着挥剑搏杀，漫无边际的灰黄色浪潮呼啸着翻卷着淹没了黑森森的丛林，射完最后一批大箭的连弩营将士们奋然跃起却又如同山洪中的石头一般被卷进了汹涌而下的泥石流，没有一块石头能够幸免，云天苍黄，大地苍黄，草木苍黄，最后的黑色在天边抹去，一切的一切都被混沌的苍黄淹没，突然，一只黑鹰闪动着血红的羽毛闪电般从云端冲出，裹挟着隆隆雷声扑进了漫无边际的苍黄海洋……

“李信——”

一声惊恐的嘶喊，嬴政从热气蒸腾的水雾中霍然跃起。吓得闻声扑将进来的赵高生生跌倒在池沿撞得一脸鲜血，哇地放声大哭：“君上！不能如此！君上是天下圣王啊！”嬴政赤裸着水淋淋汗淋淋的身子，转身打量着惊恐万状的赵高，目光中第一次流露出一种罕见的柔和："小高子，给伤口上药去，没事了。"赵高一抹脸上鲜血倏地蹿起，君上杀了小高子，小高子也不走！"嬴政淡淡一笑："不走好，不走呆着。"说着，嬴政跨出了热池，走向另一边的大池。赵高一个箭步抢前，匍匐在地连连叩头："君上不可！冬日热沐浴之后，非经两个时辰不能入冷池啊！"嬴政又是淡淡一笑道："小高子，燥热得紧，要么你拎桶冷水浇过来。"赵高哽咽着一蹿而起："君上只要不下冷池，小高子保君上神清气爽。"说话的同时连番动作，先给赤裸裸的嬴政包上一方大汗巾，接着窗户大开燎炉移开，清新的风夹着浓郁的松柏香气浩浩入屋，立即清凉一片。嬴政堪堪落汗，赵高又飞快抱来一床大被包住了嬴政身子，再用汗巾迅速揾去嬴政额头密麻麻汗珠，又连忙抱来一领貂裘等候在身旁。看着赵高陀螺般飞转，嬴政摇手道，大被正好，貂裘不用了。说罢一裹大被光着脚出了沐浴房，踏着厚厚的红地毡穿过连接甬道，走进了斋戒宫室的起居房。

在这间里外三进的斋戒起居房里，嬴政开始了静静的思索。

嬴政是认真从头想起的。灭赵之后，他对所余四国已经有了轻慢之心，将他们看做枯木朽株，而不是看做强敌，应有的谨慎戒惧不期然地轻淡了。多少年来，山东六国只有赵国有抗衡秦国的实力，基于这一天下公认的事实，秦国君臣在对赵方略的所有方面都是极其认真的。灭赵之后，嬴政亲赴邯郸庆贺了那场最大的胜利。之后，在对燕方略上，秦国君臣第一次出现了虽不甚明显却又分明存在的歧见。其间根本，是身为秦王的他第一次有了轻慢之心。若非那次突如其来的荆轲刺杀事件，他很可能当真信奉王道抚远而使天下臣服的方略了：以燕国为楷模，对臣服之国保留相当大封地以为社稷延续。果真如此，秦国一统天下之伟业何足道也，一次简单的权力更替而已。那次，王翦郑重地上书提醒了，可他没有上心。太子丹使荆轲刺秦之后，他立即下令开始灭燕之战，与其说真正接纳了王翦上书，毋宁说更多带有愤然惩罚燕国的复仇之心。灭魏之后，他的轻慢之心重新泛起了。中原三晋覆灭，赵魏两个曾经的山东霸主不复存在，底定天下之势已成，齐楚两国该当是水到渠成地灭亡了。对于楚国，嬴政尤其蔑视。在秦孝公之后的秦楚百余年对抗中，楚国除了几次微不足道的小胜，几乎从来处于下风。以山东六国的说法：“欺侮楚国，莫秦为甚也！”当王翦提出要以六十万大军灭楚的时候，他确实认定这位老将军已经暮气甚重了。李信要以二十万大军灭楚，他之所以当场显出赞赏之意并全力认定实施，在于他心头始终闪动着一个意念：大军压境，楚国或可不战而降。果真如此，六十万大军岂非太过挥霍？虽然，他也提出了两步走想法：先以二十万大军灭楚，再图大军南下平定百越。然则，只有他自己心里清楚，这与其说是同时接纳了两方对策的兼听，毋宁说是否定了抛弃了王翦的主张。因为，他当时所以如是说，确实是基于抚慰这位老将军的念头，内心的话却是：二十万大军能灭楚，自然也能平定百越。

目下想来，他这个秦王与李信，都被楚国脆弱的表征迷惑了。多年来，楚国政变多生而朝局混乱不堪。自支撑楚国的春申君被家臣李园谋杀，楚国权力便落到了卑劣如同赵国郭开的李园之手。这个李园依靠先后进献妹妹李环于春申君、楚考烈王而暴发。李环生了两个儿子后，楚考烈王死了，李园遂蛊惑自己的外甥楚幽王淫乱无度，以致楚幽王即位十年身空而亡。李园拥立另一个外甥（哀王）即位，不到两个月，便被蓄谋已久的王族公子负刍联结老世族杀了哀王和李园，负刍自立为楚王……如是乱象连绵，军力自是不堪一击。更重要的是，此前王贲奔袭楚国游刃有余，十日连下十城，楚国朝野惊骇，大气都不敢出。凡此等等，都是事实。李信据以评判楚国脆弱，嬴政据以认同此论，甚或朝臣们也都认同这种评判。表征论之，没有错。然则，当此之时，何独王翦不如是看？嬴政记得很清楚，王翦言及六十万大军灭楚的理由，没有一句涉及楚国诸般表征，而只说及楚国基本国情，山川广袤而族族藏兵，其中最要紧的论断是：“楚非寻常大国，非做举国决战之心，不能轻言灭之。”

如今，数万将士已经用血肉之躯证实了王翦的洞察力。

战败消息传来，震怒的嬴政找不出为自己辩解的理由，甚或在狂乱的爆发中连咒骂的对象也闪现不出。就实说，嬴政没有推诿过错的恶习。

嬴政崇尚自己的曾祖母宣太后，那种勇于承担战败罪责而自裁的烈烈英风，一直是嬴政所追慕的。接李信败报，各色闪念轰轰然一团在嬴政心头炸开，最明亮的一闪是李信之败绝非偶然，绝非进兵路径之类的细节所致。既非偶然，必然何在？思绪翻飞，见事极为快捷的嬴政却捕捉不住一个切口，在那一刻，嬴政的心智骤然乱了……此刻退一步想，纵然李信不采用奔袭战法而稳扎稳打，又能如何？李信二十万兵力能准保战胜项燕的三十余万楚军么？从战场事实看，确实很难。嬴政也还记得，谋划方略时李信对楚国兵力的预料是至多三十万。对此，他自己也是认可的。然则，战场事实是，仅垓下与汝阴两地的楚军已经三十万有余，且不说郢寿之兵、水军舟师以及世族封地之私兵。如此，足证楚国弹性极大，其潜在兵力远在三十万之上。如此评判，李信也好，嬴政也好，都是在战场大败之后才恍然醒悟的。只有王翦，是远在发兵之先想到的。何独王翦能在事前有如此清醒的洞察？而所谓运筹帷幄，所谓庙堂决策，所需要的恰恰便是这种洞察，这种远见，这种预谋之期的冷静与清醒。大错铸成而痛悔不及的事后聪明者，绝非领袖群伦而能开创千古大业之雄主。嬴政若无这般才具，何以一统天下？唯其如此，嬴政始终在反复地拷问自己：王翦何能如此，嬴政为何不能？

踽踽独行，悠悠沉思，嬴政的思绪飘向了远方。

少年嬴政与王翦相识之时，王翦已经年近三十了。其时，王翦虽然还只是堪堪立起将旗的低爵千夫长，但其稳健清醒与独具一格的冷静处事，已教少年嬴政留下了极其深刻的记忆。后来，正是王翦与蒙恬这一双臂膀，扶持嬴政在最艰难的少年时期站稳了脚跟。十三岁的嬴政即位为秦王，曾经多次说过，将军足为我师也。于是，王翦的“秦王师”之名不胫而走。然则，嬴政与王翦蒙恬的患难情谊也渐渐淡了。当然，与其说是淡了，毋宁说转化成了一种受君臣法度制约的同心共事者的相处。嬴政还记得，自己对王翦深具厚望，做太子时曾经将自己搜罗到的所有兵书都送给了王翦。正是这些兵书，使后来的王翦有了根本性的跃升，由一个有丰厚实战阅历而又深具慧心悟性的低爵将军，变成了一个真正具有运筹大战之才华的名将。虽则如此，王翦的禀赋才华却始终如平静深沉的湖海，始终有一种持重沉稳的风貌，极少掀起张扬的波澜。即或在统帅幕府这样的专断场所，王翦也极少疾言厉色，以至所有的新锐将军们都敢于在王翦幕府气昂昂地叙说自己的战法主张，甚或与王翦多有争辩。与白起、李牧这般以统军刚严著称的名将相比，王翦多少显得有些木讷而不具威势，多少靠近燕国乐毅，又少了乐毅那份贵胄名士的洒脱。与王翦对坐论事，嬴政时常有一种恍若面对老丞相王绾的错觉。因为，王翦论战事，从来不在战法上做备细的叙说辩驳，而只做大局大势之剖析评判，几乎与李斯尉缭等庙堂谋划大臣一般。自然，嬴政并没有因此而认为王翦大而无当。然则，嬴政敏锐地觉察到了王翦的一种心态：战场战法是将军幕府的话题，君王庙堂无须论及。嬴政则自认为尚算知兵，更认为，事前论及战法只能对战场统帅有利。故此，对王翦那种颇有君王只要交兵于将而不须干预战法之意味的方式，嬴政多少有些淡淡的不快。要李信申明灭楚战法，再征询王贲灭楚战法，嬴政之所以在灭楚之前务求战法方略清晰明确者，根源在此也。

战国之世，拥有赫赫战功而如王翦风貌者，绝无仅有。

然则，仔细想来，王翦有一桩几乎可以称之为奇迹的最大的长处：自来打仗没有错失，没有明显的错令缺漏。与此同时，王翦也没有奇绝之战。尝有人言，王翦无奇战。嬴政闻之，总是淡淡一笑。战场以战胜为本，奇与不奇何足道也。然则，嬴政也很清楚，所谓王翦无奇战者，其实说的是王翦才具平平而已。平心而论，此前的嬴政也多少是认同这种评判的。盖战国之世多奇才名将，兵家之谋略，战场之纵横无不大放光华，以至天下口碑对名将之评判几乎近于苛求。一战而没有使天下啧啧赞叹的奇绝运筹，名士聚会便没了争相议论的兴致，此战准定被认为平平，而统兵之将也必然被指为平庸。纵然战胜，时人亦皆归于天意运气之类。此风之下，楷模名将大有人在：大战之奇若白起，等量围困，一战聚歼；救援之奇若孙膑，围魏救赵，开运动战之先河；奔袭之奇若司马错，千里越秦岭，轻兵下巴蜀；固守之奇若田单，六年守孤，火牛阵一举复国；伏击之奇如李牧，平野草原而能匿兵数十万，一举长驱匈奴；狙击之奇如赵奢，狭路相逢勇者胜，血战强敌而开败秦首战……凡此等等，王翦皆无。灭赵灭燕两场大战，都是耐心固守而谨慎求战，成则成矣，战法确实没有多少值得说叨的。老秦人尤喜谈兵论战，辄逢捷报无不争相传颂战胜之奇绝奥秘，而自王翦统兵，秦人相聚议论捷报便只有一句口赞了："上将军又胜一战！"之后便没了话说。相映成趣者，年轻的王贲一战而声誉鹊起，被老秦人津津乐道地终日挂在口边。究其实，在于王贲战法之奇使老秦人大觉酣畅淋漓：小战如平定韩乱，八路进兵眼花缭乱；奔袭战如飞骑袭楚国，迅捷如闪电，旬日下十城，堪称飞兵之最；大战如灭魏，以水为兵，五万人马灭大国，简直蛇吞象！这些，王翦也没有。嬴政确信，王翦若是王贲，中原之战定然是另一种打法，肯定是胜，也肯定依然没有惊喜的浪花。

然则，战场为何物？战争为何物？

国家大争，为求奇绝而宁可败之，岂不大谬哉！

自兵争问世，战场从来是双方大军为国家而一决胜负的角力场。此间之根本所在，是国家利害之得失，而非一将才华之毁誉。唯其如此，主将能以看似平淡无奇之方略而完胜敌国，宁非大幸哉！相对于邦国大计所需要的胜利，有否奇绝之战，实不足道也。毋宁说，奇绝之战因其求奇求绝，而必然具有不确定的风险；平战而胜，则因不求奇绝而唯求战胜，必然具有确定的胜算。身为最为国家利害计的君王，是选择确定的胜算，还是选择不确定的风险，岂不明矣！冷静缜密而有兼思之胸襟，善于筹划盘根错节而多有意外变化之总体大战，此乃王翦之长也。抛开大国决战的深层根基，而过分看重战场谋划之奇绝华彩，此乃李信之短，嬴政之失也。平心而论，将目下的秦国大将一个个数来，能统率举国之兵而吞灭最大楚国者，非王翦不能也。痛定思痛之后，即或是王贲，嬴政也不能放心了。毕竟，崇尚武安君白起的王贲尚未老辣，多少与李信更为相像一些……

天降王翦与秦，何其大幸也！

嬴政独不见兵家泰山，岂非大谬哉！

李信大军南下之际，王翦上书请辞还乡了。本心而论，嬴政不当允准这位战功赫赫的老将军离开庙堂。然则，嬴政也很清楚，王翦请辞绝非是疑虑他这个秦王猜忌功臣，而是有着表里两层原因的。表征而言，王翦一则要以请辞之举申明绝不贪功之心，从而平息日渐复杂的朝野之议；再则是王贲声名鹊起，王翦要给新锐大将们留出功业余地；三则是王翦年逾花甲，连年战场辛劳有无暗疾亦未可知，该当颐养天年了。然则，真正的原因，是王翦与他这个秦王的灭楚歧见——如此大略被秦王轻慢，老夫何留哉！在这一点上，该说王翦有着战国名士之风——合则留，不合则去。虽然，王翦的方式不是去国，而是还乡。而但凡战国君主，只要还算得一个明君，对名士基于政见大略之分歧而离去是不能强求的。

唯其如此，嬴政抚慰了王翦，却没有坚执挽留这位老将军。王贲很为父亲此举生气，南下之前上书秦王，深为父亲之举抱愧在心。嬴政回复了王贲，书简只有寥寥数语："老将军之心，绝非疑忌本王也，将军何愧之有？灭楚之战有歧见，老将军还乡大可见谅。战后就实论之，老将军自明也。"应该说，那时的嬴政尚算清楚一点：国事之歧见，只有被事实证实之后才能说得清楚，对王贲的"就实"二字，此之谓也。当时的嬴政相信，李信灭楚之后，只要真心敦请，老将军为国家计，定然还会回到庙堂。目下看来，敦请王翦是必须的了，只是，理由已经相反了。

……

王车飞上频阳塬时，蒙毅追来了。

朦胧星月之下，硕大的青铜王车刚刚在宽阔的郑国渠堤岸刹住，蒙毅便飞步到了车侧门前，捧着一个粗大的铜管道："君上，频阳县令上书。"嬴政没有接书，直接道："何事快说。"蒙毅道："频阳县令禀报，王翦老将军夫人新丧……"未及说完，嬴政已经跳下王车急问道："几时报来消息？"蒙毅道："昨日午后。"嬴政道："如何处置了？"蒙毅道："长史无以见君上，守在书房等候，闻君上赶赴频阳，命我追来禀报。"嬴政皱着眉头道："我问你频阳县令如何处置了？"蒙毅道："老将军不举丧礼，不闻乡邻，不报官府。频阳县令不知如何应对，又心有不忍，遂上报请令定夺。"嬴政仰头望着冰冷亮蓝的夜空，良久默然，突兀道："小高子，掌灯！"赵高答应一声，从车辕驭手位向后一倒身子一挺一缩便进了车厢，车内立即亮起了一盏铜人风灯。嬴政一大步跨进车厢，接过赵高递来的羊皮纸与蒙恬笔便写了起来，片刻写好交给赵高封管，转身对蒙毅道：“你来得正好，立即带这管书命回咸阳见驷车庶长，务必办妥此事。”蒙毅道：“君上身边无人，但有公事……”嬴政一摆手打断道：“先办此事。”说罢跨步上车脚下一跺，王车哗啷一声辚辚飞去了。

晨曦时分，王车飞上了一片林木苍黄的山塬。

朝阳之下，一条大水依山蜿蜒而去，水畔林木中依稀显出一片灰瓦屋顶。林外山坡是大片已经变得苍黄的草地，山坡后飘荡出一片弥漫河谷的炊烟。王车驶过一座白色小石桥，嬴政清晰地看见了桥下清澈的流水，看见了绿波荡漾之下密匝匝铺开的白色石头，不禁惊奇地噫了一声。车前赵高高声道：“君上，这叫白石川，水底全是白卵石。开郑国渠时我来过。”说话间王车已经过了白石川，沿着车马大道，片刻到了那一大片因枝叶稀疏而开阔疏朗的白杨林边。嬴政一眼瞄见拐入树林的道口立着一柱白石，脚下一跺，王车哗啷刹住了。嬴政下车端详，只见道口这柱白石上镌刻着四个斗大的红字——东乡美原[1]，一条林间大道直通山麓，道中一座石坊遥遥在望。嬴政道：“小高子，将车停进林中等候，我走进去。”赵高连忙道：“车停好我追君上，得有个人传话。”嬴政道：“也好，你跟着来。”大踏步走进了林间大道。

嬴政一路看来，生出了许多感慨。

东乡这片依山傍水的塬坡开阔疏朗，然则连同林木草地房舍石坊在内，一切都显得粗简平易，远不及任何一个富商大贾的庄园，朴实得令人想不到这里竟是赫赫秦国上将军的家居之地。秦国自孝公商君变法后耕战立国，臣下的俸金岁入不下山东六国，若再加法定俸金之外的“功必重赏，战必厚恤”的种种岁入，但凡有功者都比山东六国的官员将士家境丰厚。譬如丞相府的一个主事属官，可在法定俸金之外依法分到一座四进大宅，几乎等同于齐国的中大夫。王翦此时已是开府上将军，大庶长爵位，距晋升侯爵一步之遥，仅其法定俸金，建造三座这样的美原

---

[1] 美原，今陕西富平县有美原镇，以王翦请秦王赐“美原千顷”而得名，故事流传至今。

庄园也绰绰有余。然则，王翦家居何以如此简朴？咸阳的上将军府邸，由于兼具开府处置军政要务之职能，占地两百余亩，主轴八进又挑四座偏庄，堪称大咸阳最为宏阔的府邸，比目下林中掩映的这片房屋不知壮美了几多。可王翦偏是特异，从来没有将上将军府邸真正当做过自己的家，家人族人也从来没有在那座府邸连续住过一年以上。灭赵大战开始后，若不是嬴政着意下令，王翦家人还是不会进咸阳。

灭燕大军班师回来，嬴政不意听到一个消息：上将军府邸开始修葺了，很是华美舒适。嬴政高兴得大笑起来，立即下令给职掌王室财货的右府令，全数包揽上将军府修葺钱物，无计多少。李斯笑云："居华府而缓战场之苦，老将军何见之晚也！"嬴政笑道："长史猜度，老将军会否受王室之财？"李斯思忖片刻摇摇头："难说。"嬴政道："何谓难说？"李斯道："论法度，王室右府钱物属国君用度，当算私财。今君上赏赐功臣不以国库财货，而以国君钱财，只怕老将军……还是难说。"嬴政思忖一阵也笑了："是。难说。"后来得右府令禀报，上将军府非但爽快地接纳了财货，王翦老将军还嘟哝了一句，秦王抠掐得好紧也。嬴政闻之，不禁好一阵大笑。李斯也是笑语感慨："啊呀呀，相交多年，今日方知老将军风趣也！"

那时，嬴政也好，李斯也好，都没有想到所以如此的真实原因。而今嬴政明白了，那是未雨而绸缪。也就是说，从修葺上将军府邸着手，王翦便开始不显痕迹地将自己变成了一个图谋享乐的老人，给进退斡旋留下了宽广的余地。然则，何以如此？那时大朝会尚未举行，灭楚之战的歧见尚未生出，莫非王翦有先见之能？

"王氏庶人恭迎君上——"

一声长呼，嬴政恍然抬头，眼前跪倒了一大片老少男女。嬴政正要问话，为首一个布衣壮汉挺身一拱手道："禀报君上，在下乃王氏长子王炤，余皆家人。不知君上到来，有失远迎，君上见谅！"嬴政连连虚手相扶道："起来起来，都起来。长公子，上将军可好？"已经站起来的王炤连忙躬身拱手道："禀报君上，家父清晨出猎，尚未回程。"嬴政打量着布衣常服的人群，心下突然一动："府上葬礼未完，何以无人服丧？"

王绍一阵愣怔，又连忙惶恐拱手道：“禀报君上，家葬之礼期短，族人居丧已罢。因要田作，故此除服。”嬴政略一思忖道：“好，你等回府自做事了。”回身对跟来的赵高一摆手，“走！猎场。”王绍一时颇见手足无措，得家老眼神示意，方追了上来道：“禀报君上，我来领道。”嬴政回身笑道：“公子只说个大向，不须领道。单车快捷，正好看看美原。”赵高恭敬一拱手道：“敢问公子，猎场是否在那座山后？”王绍不自觉一点头，嬴政已经大步去了。

王车堪堪出得树林尚未上道，远处山麓一柱烟尘暴起，遥闻马蹄声隆隆如雷。嬴政惊喜道：“老将军行猎！”站在车辕的赵高急迫道：“君上快入车！烟尘向后，马队向我而来！”嬴政沉下脸道：“上将军故乡有何可防范者？走，迎上去。”赵高再不敢说话，一抖驷马缰索，王车便在林边草地辚辚驰向山塬烟尘。王车方过林际，烟尘已经飞过了眼前山梁，隔着空阔苍黄的草地，双方都进入了对方视野……马队骤然勒缰了。王车悠悠停住了。

“上将军——”嬴政飞身下车，遥遥高喊着向马队跑去。

“君上——”倏忽间对面一骑如飞而来，浑厚的呼喊回荡在山林。

堪堪半箭之地，骑士滚鞍下马飞步迎来，白发黑斗篷随风飘舞，利落劲健全然没有丝毫老态。在这瞬息之间，嬴政看到了一个真实的龙虎勃勃的王翦，心下突然一热，便软软地倒在了草地上。王翦飞步过来，利落地扶起了嬴政，同时解下腰间皮袋双手捧了过来。嬴政抓住了皮袋，也抓住了王翦的双手，眼中不期然溢满了泪水：“老将军……无愧嬴政师也！”王翦泪光莹然，深深一躬道：“君上风寒驰驱，亲来蓬蒿乡野，老夫何敢当之？”嬴政瞬间平静下来，举起皮袋汩汩几口，猛然一怔又不禁惊喜得两眼放光——这是酒！王翦行猎而能随身携酒，足证壮勇犹在。然嬴政心思极是敏捷，知道此刻表露此等心情无异于表露自己此前的担心，遂指着远处的马队感慨道：“美原有如此骑士，老将军族人勇烈也！”王翦一拱手道：“君上，这支马队非王氏族人，全数是赵燕两战之伤残者。”嬴政大为惊讶：“秦军伤残者向有军功赏赐，他们，没人管么？”王翦摇头道：“他们，都是绝户子弟，无家可归，又都是当年老夫幕府的护卫甲士……老夫自作主张，将他们都安置在这里，做了农户，成了家。冬日农闲，老夫常与他们行猎……”

良久默然，嬴政大步走到一箭之外的马队前，对着或衣袖空洞或腿脚空洞或面具在前的骑士们深深一躬，抬头高声道：“伤残士卒皆大秦功臣！自今日起，美原土地便是你等家园！秦军伤残士卒之无家可归者，都归拢来美原！美原方圆百里，便是你们永远的家园！”

“秦王万岁——”伤残骑士们弓箭长剑齐举振奋不能自已了。

“老夫谢过秦王。”王翦深深一躬。

“老将军，我回咸阳立即教长史下书频阳县令，办妥这件大事！”

“君上爱兵，秦国大幸也。”

“老将军，家人不说，你亦不提，老将军当真不欲嬴政入庄乎？”

见秦王一句挑明，王翦略显难堪，思忖越辩解越纠结，遂深深一躬道：“仓促归程，尚未作请，君上见谅。君上请。”嬴政遥遥一招手，赵高驾驭的王车哗啷飞了过来。嬴政对王翦深深一躬，过来扶住了王翦登车。王翦情知无以拒绝，遂也不做执拗推辞，说声谢过秦王，登上了王车坐在了偏位。嬴政也情知再礼让王翦也不会坐进那个显然的王座，遂一步跨上王座一跺脚，王车辚辚飞回了庄园。

“灭楚不以老将军方略，嬴政悔矣！”

在简朴宽敞的正厅坐就，嬴政直截了当地切入了正题。嬴政深知，面对一个沧海人物，实在不须自以为聪明得计地花巧周旋，而只须坦率实诚地捧出真心。见王翦沉吟思忖，嬴政又接着说了下去：“李信败军辱国，根在本王用人失察，灭国辄怀轻慢之心……依寻常之情，秦军本当整休年余，待恢复元气后再战。然则，李信军败后楚国气势大盛，项燕军沿鸿沟一线步步北上，重新占据重镇陈城，大有进逼南阳、颍川之势……更根本者，姚贾从新郑密报：中原三晋之灭国老世族，纷纷开始逃向楚国；燕王喜残部也从海路联结楚国，鼓荡齐国，欲图以楚军遏制秦军，而各国世族一齐举事复国……当此之时，若迟延对楚战事，天下风云突变亦未可知也……老将军虽告病老，一统大业宁功亏一篑乎！”

“楚战，不当迟延。”王翦沟壑纵横的古铜色脸膛异乎寻常地冷峻，话语也很迟缓，“然则，老臣年迈多病，君上当更择良将为是。”

“老将军平心而论，秦军诸将，谁堪当此大任？”

“……”

“杨端和？”

“……”

“辛胜？”

“……”

“燕代残余尚存，否则王贲……”

“此子将才尚可，只是韧毅未到火候。”王翦终于插了一句。

“老将军有此明断，勿复言也！”嬴政奋然拍案又突然打住了。

一阵长长的沉默。嬴政平和地看着王翦，王翦却垂着眼帘入静一般。嬴政深知，王翦自来公直，能对身为自己儿子的王贲有如此清晰冷静的评判，便决不会违心地举荐出一个分明有待锤炼的所谓良将来。而目下大局之严峻，更无须嬴政絮叨，对于王翦这般深具为政大家之洞察力的名将，其大局评判之明澈毋庸置疑。自王翦说出“楚战不当迟延”那句话，嬴政便确信王翦不会因世俗的全身之道而拒绝出山。毕竟，王翦不是武安君白起，嬴政也不是先祖秦昭王。当年秦昭王固执错战，白起拒绝出任统帅，虽不合君臣法度，然却维护了旷世名将从不错战的尊严。目下君臣情势不同，秦王嬴政对首战楚国之错失已然坦诚痛悔，此时请王翦出山，又在大局峻急之时；王翦既然一口赞同楚战不能迟延，足证对楚之战并非错战，不若秦昭王在错过大局战机之后强行开战，只为了维护君王尊严。以王翦之冷静睿智，岂能不明白此间分际也。唯其如此，嬴政要给这位老将军留下回旋余地。

“君上必欲用老臣……”王翦终于睁开了老眼。

“嬴政心意已决，上将军有话但说。”

“灭楚兵力，非六十万不可。”

“听老将军计，六十万！”

“如此，老臣领命，三日后赶赴咸阳。”王翦无一句拖泥带水。

“老将军，旬日之后启程不迟……”嬴政有些哽咽了。

“君上体恤，老臣心感也！然目下大势，不容稍缓。”

“老将军夫人新丧，我心不安……”

“老妻病卧多年，一朝撒手，未尝不是幸事，君上毋为老臣忧也。”

“老将军旷达……然则，本王定给将军一个安稳浑全之家！”

王翦摇着白头，颇见感喟道：“君上之心，老臣知也！然老臣久在军旅，于家所求者美原千顷而已，岂有他哉！”嬴政一阵大笑道：“美原千顷何足道也，老将军之心小哉！”王翦颇见揶揄道：“为大王将者，有功终不得封侯，老夫当及时谋划子孙业也。”嬴政不禁又是一阵大笑道：“上将军忧贫，嬴政惭愧也！”笑谈之间，君臣两人越见和谐，原先的些许疏离感终于烟消云散了。及至洗尘酒宴摆开，已是暮色降临。席间嬴政又问了王翦家人诸般情形，敦请王翦重新搬回咸阳上将军府。王翦不置可否，只笑云，老臣留恋村野，班师回来再说不迟。一时酒宴罢了，嬴政月下登车匆匆赶回咸阳去了。

三日之后，王翦马队离开美原南下了。

三日之间，王翦处置了所有需要自己决断的家事族事。其中最大的一件事，是与频阳县令会晤，妥善部署了东乡即将成为伤残将士汇聚之乡的种种事宜。真正的家事，王翦不过是在家人为他饯行的小宴上叮嘱了一番而已。因王贲在李信败军后受命整顿秦军，一直没有归来省亲，家事一如既往地落在了长子王炤身上。实际上，三日间王翦费时最多的还是预谋军事，发出了四道上将军书令：其一，知会国尉府代为督令秦国各地驻军尽速聚拢，关内大军开入关中蓝田大营，关外大军开往南阳大营；其二，飞书九原蒙恬幕府，征询可否增援五万飞骑；其三，下令王贲立即在灞上大营建立上将军幕府，已经分散各军的原幕府司马必须全数调回；其四，飞书河外姚贾，请将楚军北进动向备细报于灞上幕府。今日南下，王翦已经先派出飞骑向秦王禀报了，他将直接赶赴灞上幕府，无须再入咸阳。

“王书到——上将军驻马听宣——”

马队刚刚飞下郑国渠堤岸进入宽阔的官道，一片军兵车马在前方道中横展开来，隐隐可见红绿身影与绚烂锦丝车帘的宫车。道中三马并立，皆高冠斗篷，两边分明李斯蒙毅两位中枢长史，中间一人白发苍苍却有些眼生。王翦颇为惊讶，一时全然想不起此等铺排形状与何事相关，遂勒住马队前出一拱手道：“长史别来无恙？”李斯在马上遥遥拱手高声笑道：“一别经年，老将军壮勇如昔，可喜可贺！驷车庶长，敢请宣读王书。”中间高冠老人一点头，展开手中一卷高声诵读起来：“秦王政特书：上将军王翦与国功大，多年辛劳无以慰藉，本王经与王族公议，以公主嬴弢赐婚王翦，封号华阳公主。接书之日，王翦当在相逢处与公主合卺成婚——”

宣声落点，一片上将军万岁公主万岁的欢呼声骤然弥漫了林间大道。李斯则扶着老驷车庶长下马，笑吟吟地向王翦走来。王翦却愣怔了，直到三人到了马前，还木然骑在马上不知所以然。李斯当先一拱手笑道：“老将军，合卺喜帐蒙毅已在林中立好！今日喜酒，天下独一无二也，李斯纵然无量，也得海醉一回！”老驷车庶长一拱手道：“公主嬴弢自幼喜好兵事，得与将军婚配，天作之合矣！老夫为将军一贺……”

“老庶长且慢。”遥见蒙毅从道旁树林中兴冲冲跑来，王翦自觉不能再迟延默然，一挥手打断了驷车庶长，又一拱手道，“老庶长为王族执法，长史为国家重臣，敢请容老夫一言。”驷车庶长见王翦神色肃然，遂拱手道：“将军但说无妨。”王翦慨然道：“秦王体恤老夫，王族体恤老夫，老夫心感也！然则，老夫年事已高，老妻虽去，膝下却是儿孙满堂，其乐也融融矣！若以暮年白发徒拥红颜，老夫何堪也！更有甚者，壮士报国，大义所在焉！若是军功赏赐，老夫欣然受之，无计多少。然则，若因赏功而得公主婚嫁，此后秦国功臣多多，秦王何赏也！此番婚嫁，非老夫抗命，实心意难平也！老夫心志，万望两位大人见谅。”

“老夫不能理会。”驷车庶长显然有些不悦。

“老将军也可思虑几日，再回君上。”李斯谨慎地劝阻了一句。

“大战在即，老夫不容分心。”王翦没有任何犹豫。

“既然如此，还是从长计议好。”

李斯折冲一句，驷车庶长回身走了。兴冲冲赶来的蒙毅惊愕万分，对王翦道："老将军何迂阔如此也！华阳公主[1]并非秦王生女，实秦王族妹，年近三旬未嫁，与老将军婚配皆大欢喜，有何难堪哉！"王翦摇摇手道："两位大人知我也深。老夫村野心性，战场之外万事皆索然无味，与王室联姻徒使老夫手足无措，两位何独不为老夫一虑？"王翦坦诚直言，局促得额头已经渗出了汗水。李斯不说话了，蒙毅也不说话了。良久，李斯一拱手慨然道："老将军但赴灞上，此事容我与蒙毅商议，左右得稳妥了结也！"王翦长吁一声，对李斯蒙毅深深一躬，上马飞驰去了。

## 七　亘古奇观　秦楚两军大相持

灞上幕府一立定，立即开始了紧迫有序的运转。

大军正在云集，王翦的头一件大事是任将。目下，秦军大将除王贲因燕代骚动而受命赶赴蓟城筹划追歼之外，尚有李信、蒙武暂押廷尉府待决，冯劫、冯去疾、章邯三人带伤，原本一班齐整整的新锐大将顿时显得单薄起来。反复思忖，王翦上书秦王：请特许李信、蒙武戴罪入军，灭楚之后一并议决；鉴于蒙武熟悉楚军且曾对李信战法持有异议，可再任灭楚副将；李信职司，待入军之后视其情形酌定。三日之间，秦王立即回书照准。与此同时，王翦派出宽和敦厚的辛胜带了军中最好的伤医赶赴咸阳，抚慰探视冯劫等三人伤势，看其能否在三月之内恢复入军。若三人重伤不能入军，王翦便思谋要重新起用几个镇守关塞的老将。所幸冯劫等三将刀剑伤虽未痊愈，得闻王翦领军再度攻楚，都一齐奋然回到了灞上应职。廷尉府也带着秦王亲笔书命将李信、蒙武送到灞上幕府。

[1]　华阳公主下嫁王翦事，秦史专家马非百先生之资料集《秦始皇帝传》引《古今图书集成·职方典·西安府古迹考三》、《陕西通志》卷七十三《古迹二》并《富平县志》，记载皆同。史家通常认为，华阳公主是秦王嬴政生女。然嬴政二十二岁加冠，此时年三十五岁，以嬴政专一国政之秉性，此时即或有生女，也不可能是十六岁以上，故此作王族公主。

王翦立即与蒙武彻夜长谈，交代蒙武立即赶赴关外南阳大营先行整顿军务，立定河外根基，等待关内大军开出后会合南下。同时王翦与蒙武商定，鉴于李信曾任中军司马，通晓幕府运作谋划，暂派李信重任幕府中军司马，全力职司幕府日常军务。如此一番忙碌，任将之事方初告了结。

第二件大事，是会同国尉府等相关官署，一一确定调兵事宜。自灭国大战开始，无论分合，秦军对外出动的总兵力始终是四十万新军。也就是说，当年王翦、蒙恬在蓝田大营练成的四十万大军始终在关外作战。历时六年，因始终未出现兵力匮乏之困境，也就没有再行征发国人入军。目下，灭楚伤亡连同既往伤亡，新军兵员已经锐减十三万余，再减去留镇燕国的三万飞骑，关内关外主力大军统共只有二十四万余，距六十万大军相差尚远。故此，要调集六十万灭楚大军，实际上便是要以这二十余万新军为主力并聚合整个秦国的兵力。大举调兵关涉各方，须得王翦亲自出马筹划并随时决断。王翦亲自与丞相王绾、国尉尉缭、长史李斯会商，由四方各出一名精干大吏组成一个聚兵署，依照四方长官商定的方略实施调兵。王翦幕府派出了李信，长史署派出了蒙毅，丞相府派出了府丞，国尉府也是府丞，由蒙毅总掌调兵实施方略。王翦与三方长官议定的方略是：秦国既定军兵除九原蒙恬部与蓟城王贲部不再出兵外，函谷关、武关、陈仓关、大散关等主要关塞守军，一律调出由副将率领的八成兵员，合计十万上下；北地、陇西、河西三地因防备匈奴、赵国，故常驻兵马如同关塞，目下北方匈奴有蒙恬军，而赵燕魏三国已灭，此次将三地兵马全数南调，合计十二万余；另外的驻兵重地是拱卫大咸阳的内史郡，同样调出八成，步骑合计约八万上下；最后加上蒙恬回书答应增援的五万飞骑，总共合计，堪堪六十万大军。王翦给所有的发令官署都明白限定了时日，无论艰难险阻，一月之内所调军马必须开到指定大营，完成兵将统属之整编。

第三件大事，备细确定兵器打造修葺与粮草辎重方略。秦军的兵器装备经历了四个时期的锤炼，于嬴政王翦时期达最高峰。第一时期是孝公商君创立新军，以当时最为强大的魏军为范，丢弃战车为主的老军制，立起了第一支五万兵马的步骑野战新军。唯其初创，其时之秦军铁兵器与大型攻防器械尚差。第二时期是秦昭王白起的秦军装备大改制。其时，国力强盛财货富庶，白起任上将军后基于秦军攻坚大战增多的战场情势，一则大大扩展了秦军兵力，二则全力打造并多方改进了各种大型攻防器械，使秦军一跃而成为当时最具威力的重装大军。也就是从这时开始，秦军的大型连弩成为威力无匹的天下第一重兵。第三时期是吕不韦的精细化。大商出身的吕不韦通晓作坊制造之经营运筹，且极富战略眼光。其对秦军的最大业绩，是对所有的兵器制造作坊颁布法令，明确规定了各式兵器的制作标准。以后世语言说，此即中国兵器标准化生产之鼻祖也。两千余年后，秦兵马俑坑出土的兵器上刻着三级姓名：一是相邦吕不韦，二是作坊官吏，三是制造工匠，可见其监督之缜密。而其出土实物譬如箭镞，数万枚箭头式样、长度、用料完全一样，可见其精细。吕不韦的兵器装备标准化之后，秦军的兵器器械部件的互换率与组合率大大提高，对于远距离的征战具有特别重大的意义。第四时期是秦王政与王翦。当此之时，秦军面对的战场发生了两大变化。一则是灭国大战所独有的攻克六国都城的高难攻坚战成为必然，不下都城，谈何一统天下？二则是力求一战灭敌主力且不留后患，大军必须确保摧毁敌国根基的威慑力量。对于如此两大变化，经王翦申明，秦国君臣是完全一致认同的。为此，王翦蒙恬在训练新军时制定了明确方略：全军重兵，战不求快捷速决，而务求完胜不留后患。如此方略之下，无论是骑兵步兵，各部都同时拥有重甲胄重兵器，且携带大型器械，凡万人之上皆可独当苦战。除此之外，最大的变化是王翦首创了以大型连弩为主轴的重兵器械营，集中各式大型攻防器械，可单独屯兵任何坚城之下长期对抗。唯其如此，秦军风貌与王翦战法浑然一体：不求奇战而重兵推进，无坚不摧地下敌灭国。而李信之所以失败，其重大原因之一，是其轻兵奔袭式战法不适合秦军现状，丢弃重装使秦军优势大减，携带重装又不能快捷利落地大奔袭，遂自陷矛盾而混乱的境地。而李信面对的敌手，更不是脆弱的流窜军力，轻兵奔袭未免过于侥幸了。

李信兵败后，其随军粮草辎重与大型器械全部丢失，几乎占整个秦军装备的一半还多。若非秦国财力雄厚，断难立即发动更大规模的大军决战。目下王翦所要尽速完成者，便是补充这些大型器械并重新配备其兵力，同时还要谋划粮草辎重之输送方略。为此，王翦特意报请秦王紧急召回了坐镇新郑的姚贾，任姚贾以上卿之职总司灭楚后援。姚贾精明练达，其处置事务之才不下李斯，与王翦会商完毕立即风风火火开始实施诸般谋划。

根基疏浚完毕，已是冬去春来了。

二月二龙抬头这天，王翦的幕府军马要从灞上开拔了。

秦王嬴政率领王绾李斯尉缭等一班重臣，车马辚辚地赶来灞上送行。饯行军宴上，王翦举起大爵先向秦王深深一躬："老臣村野不识风雅，君上见谅也。"嬴政恍然拍案大笑："不纳公主，何伤风雅矣！原是我强度人心，与老将军何涉也！"旁案尉缭笑道："若在山东，老将军拒纳公主便是大忌了。"李斯笑道："是也！公议必说，此人无人欲而必有权欲，宁不小心哉！当年吴起拒纳魏武侯公主，便只有逃国了。"王翦认真道："人欲者，一则色也，一则财也。老夫无女色之欲，却有财货之欲，宁无人欲乎？"说着对王案一躬身又道，"老臣敢请秦王，美原千顷不足行猎，咸阳府池不足行舟，频阳良田亦不足子孙耕耘，万望君上再多多赐臣田泽园池。"嬴政一阵大笑道："国尉长史笑谈尔！老将军行矣，断不致当真忧贫也！"王翦认真地摇摇头："非也。为子孙计，老臣无所可忧，常忧贫也。"君臣不禁一阵哄然大笑。

幕府人马辚辚上路。行至函谷关夜宿扎营，王翦与蒙武会商罢军务，又吩咐重任中军司马的李信为其拟一上书，向秦王再请赏赐足够五辈分耕的田产。李信皱着眉头道："将军之请赏几同乞贷，不觉过甚么？"从南阳赶来迎接的蒙武也笑道："也是，老将军絮叨得多了，不送这上书也罢。"王翦摇摇手道："不。要送。到了战场还要送。"蒙武李信同声道："为何？将军不信秦王？"王翦摇头道："无关信与不信也。老夫握举国之兵远征，朝野议论必有，天下议论必有，非秦王所能左右也。老夫屡屡上书，絮叨田产赏赐，是要秦王知道老夫所惧者何，万不能因些许议论而掣肘大军。另则，老夫也是要天下知道，王翦明白诛心之论，非议可以休矣！"

如是上书送达咸阳，几日后军使归来禀报说：得长史李斯转述，秦王读罢王翦上书，拍案感慨云，老将军非讨田宅也，实醒朝议也！秦王已经下令朝野：敢有擅议灭楚诸将军者，视同乱国治罪！蒙武李信大为惊讶，不禁对这位老将军敬服得五体投地了。

“诸位将军，灭楚之功，在此一役！”

旬日之后幕府人马抵达南阳大营，王翦第一次升帐聚将。各路大军已经汇聚南阳一月有余，兵将统属等诸般军务已经全部就绪，除了粮草辎重大型器械与候补兵器正在源源不断运来囤积，六十万大军已经大体整肃了。大将们禀报完各军情形，王翦从帅案前站起，第一次对大将们正面部署灭楚方略。王翦的剑鞘指点着楚国地图，中气十足的浑厚嗓音在幕府大厅嗡嗡回荡：“楚为天下大国。灭楚根本之点，在于戒绝骄躁心气，以面对赵国强敌那般冷静之心对楚决战。灭楚方略：不出轻兵，不求奇兵，全军正面推进，一城一地下之，直至完全占据楚国都城、全歼楚国主力、俘获楚国王室！楚军若与我一城一地争夺，则我军求之不得。楚军若再度放弃陈地诸城，而南撤平舆地带固守，则我军兵分两部：主力进逼平舆与楚军主力相持，既不立即开战，亦不能使其脱离；另分一军在后，一城一城接手整肃城防，巩固我军后方，一俟陈地诸城稳固，立即南下合军，寻机与楚军决战！明白否？”

“明白！”

“可有异议？”

“没有异议！”大将们整齐一声，无一人有犹豫之相。

“大国决战以总方略为上，但有异议，尽可明说。”王翦特意一句补充。

“蒙武老将军以为如何？”诸将无言，王翦又问一句。

“简单！扎实！可靠！易行！该当如此！”蒙武奋然拥戴。

“李信将军？”

此刻的李信正站在帅案之后的中军司马位置，见王翦询问，跨前一步拱手高声道：“轻兵下大国，李信之失已明！重兵压强敌，上将军之方略堪称大智若愚！李信今日方知灭国之大道，谨受教！”往昔傲然无比的李信面色通红，字字坦诚，显然是真心悔悟了。

“谨受教！”大将们竟跟着李信整齐地喊了一声。

得此一声，王翦顿时心下一热。秦军大将们能如此一致地认同王翦今日部署，足证将士之心对首战之错已经是人人明白了。兵谚云：“上下同欲者胜。”将士同心如臂使指，何城不下何坚不摧？更重要的是，认同拥戴新方略者包含了首战败军的李信蒙武以及参战的所有将军，这是最难能可贵的。心念及此，王翦对厅中大将们一拱手道：“诸位将军认可老夫方略，老夫欣慰之至也！我军首战败北，再战便是灭楚复仇之时！诸将务必激励将士，同心一战！”

“同心一战！灭楚复仇！”举帐一声大吼。

三月初，诸般后援到位，大军亦休整就绪。在一个晴朗无云的日子里，王翦下令大军开出了南阳大营，从安陵直入鸿沟大道，隆隆进逼陈城。王翦早已申明，除了不分兵不奔袭，南下进军依旧走李信军老路，就是要教楚人知道：秦军首攻败北并非进兵之错，更非战力不及楚军，而只是分兵弃装，中了楚军奇袭而已。

陈城的项燕幕府前所未有地忙了。

去岁大败秦军之后，楚国朝野大为振奋，连续攻秦的呼声弥漫了江淮。楚国王室与老世族大臣们亢奋不已，合纵攻秦的种种方略一个超过一个的光彩绚烂。平日万难出手的各色私兵，忽然一夜之间变成了从来都受国府统辖的封地官军，一反常态地纷纷开出争相赶赴淮北，不管项燕幕府军令如何，都一齐打起了项燕大军的旗号竞相抢占一座座失而复得的空城。项燕大是恼怒，立即下令整肃兵马：凡愿入大军抗秦者，一律进驻大军营地，不许擅自强占城池；凡擅自强占城池而拒绝入军者，一律视为私兵，限期旬日退出城池！然则，军令归军令，实施起来却是跌跌撞撞万般滞涩。任何一支军马都有盘根错节的出处与名正言顺的理由及官文将令，奉命将军也只能与之会商。而一旦会商，则谁都既不愿立即撤出，又不能立即入军。拖拖拉拉两三个月，才将这些“官军”相继拽进了大军营地。粗粗一算，吓了项燕一大跳，目下连同原先军马，楚国蜂拥在淮北的大军足足六十余万！既有如此态势，自当因势利导。项燕立即与诸将会商，决意整肃出一支真正具有抗秦战力的大军，不说六十万，只要精兵四十万，项燕便有再败秦军的雄心。不料谋划虽好，项燕却硬是没有时日与人手做这件最要紧的大事。各大世族的在军大将时不时被族命召回，一则贺功，一则密商扩展对策，项燕幕府不能不放。项燕自己也疲于奔命，一则几次被突然召回郢寿，漫无边际地会商种种合纵攻秦与重振楚国霸权长策，一次朝会至少流去旬日时光；再则各军大小纠纷不断，背后都牵涉大族利害，每一桩都得项燕亲自拍案决断；三则是朝野对项氏势力的壮大议论纷纭，楚王负刍每密召项燕澄清一回，项燕便得放下军务奔波都城一回。如此多方斡旋奔波，数月之间项燕在幕府竟很难连续住过五日，几乎是任何大事都是浅尝辄止，既疲惫又烦躁，身心俱累，只差点便要病倒了。

直到秦国再度聚兵的消息传来，项燕幕府才清静了些许。

楚王与大臣们不再着意谋划合纵攻秦长策了。各色“官军”也不再北进了。庙堂公议之后，下给项燕的王书是：着即谋划御秦方略，整军备战以再胜秦军。也就是这短短的一个多月，项燕才真正地能够处置军务了。看着父亲憔悴疲惫的身影，项梁每每愤愤然：“一窝乱蜂！若非秦军再度攻来，父亲便要累死！”项燕苦笑着摇头叹息：“胜而不堪其劳，战而始能清静。如此为将，只怕不能长久也！”

烦归烦，项燕毕竟良将，只要不受搅扰地铺排军事，终归还是大有收效。项燕首先整肃幕府：以景氏大将景祺、屈氏大将屈定分别为全军副将；以昭氏大将昭蓟为军师，以项梁为前军主将，以项伯为后军主将；全部中军主力则亲自统领。如此任将，既安抚衡平了大族势力，也同时保住了大军战力不至于很大削弱。其次，项燕对老军力与新聚“官军”做了明确统属：原先大军分前中后三军，由项燕父子三人分领；其余新聚“官军”分别由昭、屈、景三将率领，各部兵力大体都在十万上下。诸般铺排之后，各方皆大欢喜，军中纷争总算没有再起。项燕立即幕府聚将，宣示了抗御秦军的方略：

“诸位，本次御秦方略，仍以前次战胜李信之策实施：再度放弃陈地诸城，大军渐次退至平舆、汝阴地带，而后相机出战！所以沿袭前次战法，其根本只在一处：秦强楚弱，此总体格局并未因一战胜负而变，秦依然强军，我依然弱旅。当此之时，楚军欲胜秦军，仍得空其当守，以淮北陈地诱使秦军分散兵力，而后方能寻找战机。非此，无以胜秦！”

“大将军之策，末将不敢苟同！”景祺率先发难。

“我等亦不敢苟同！”屈定昭蓊同声响应。

“老夫愿闻三将军高见。”项燕冷漠地坐进了帅案。

“我等所以不敢苟同者，大将军错估秦楚大势也！”景祺昂昂然拱手高声道，“秦以一国之力而连下四国，再加九原抗御匈奴，北中国足足分秦之兵二十余万！连同攻楚大败之伤亡，以及关塞驻军，再去秦军二十万只少不多！如此，秦军攻楚兵力能有几何？末将算计，至多三十万而已！我军几何？六十余万！以六十万大军对三十万，尚言秦强楚弱，大将军岂非大谬也！”

“谁云秦军三十万？”

“斥候、问人连番军报，大将军视而不见么？”

“此乃王翦骄楚奸谋，将军听之信之？”

“尝闻败军再起，必张其势，必扬其威！败军复出隐匿兵力，未尝闻也！”

“将军所言，弱军之败。若秦军之强，王翦之老，无须虚张声势。”

“我等以为，至少当据守陈地与秦军决战！”

“正是！富庶淮北听任秦军蹂躏，非大楚国策！”屈定昂昂跟上。

“陈地商路堪堪复原，当真弃之不顾，国赋必将锐减也！”昭蓊也立即跟上。

“三将军既有坚执之见，老夫禀报楚王决断罢了。”

这便是楚国，军有私兵而府有族将，战法决断往往牵扯出种种实际利益之取舍，统兵主帅非但难以做到将在外君命有所不受，更难以消除麾下将军们基于族系利害而生出的歧见。楚国徒拥数十万大军而鲜有皇皇大胜者，根源皆在于此。以项燕之楚国末世名将，无论如何清醒，也不得不循着长久累积的传统行事，上报郢寿庙堂权衡决断。

当然，项燕不会自甘退让。在上书楚王禀报方略歧见的同时，项燕又向楚王另外上书一卷，以“旧伤发作，不堪重负”为由请辞归乡。前书以军使上达，后书则派出项梁专程晋见楚王申述。至于结局如何，项燕还当真没有成算。几日之后项梁归来，也同第一次一样带来了楚王的特使。特使宣读的王书云：秦楚大战在即，举凡方略部署皆以大将军项燕为决断，任何部将得奉将令行事；大将军操劳致病，本王并庙堂大臣无不忧心如焚，唯战事在即，尚须大将军带兵大胜秦军，以振兴大楚霸业；今本王遣太医署一圣手入军，专司大将军病体，余事胜秦之后再论。宣罢王书，又一番抚慰，特使留下太医走了。项燕立即召来项梁询问庙堂情形，待项梁叙说罢了，项燕却更是忧心忡忡了。

以项燕对庙堂大局的预料，楚王负刍该当支持他的。

一则，在整个楚国，只有楚王及其王族可以不将项氏实力增长看做威胁。二则，这个即位刚刚三年的楚王负刍，在秦国“重金不成，匕首随之”的邦交渗透中尚算硬朗，一即位便严厉处治了几个与秦国商社过从甚密的大臣。王贲闪电袭击战之后，楚王负刍又一力决断了“预为调兵，抵御秦国”的方略。尽管前者不无借机剪除政敌之嫌，后者亦不无借机削弱世族私兵之嫌，但毕竟不失为真心抗秦的一个君主。三则，楚王负刍与项氏交谊颇有渊源，在负刍还是王族公子时，项燕是公子府的常客之一；负刍兵变夺取王位，项氏也是根基势力之一。凡此等等，若无特异情势，楚王该当支持项燕的抗秦方略与统军将权。然则，项燕深知楚国庙堂势力盘错纠结极深，权力分合无定，若其他世族大臣铁心反对，楚王纵然图谋支持也是无能为力。为此，项燕要给楚王提供向世族大臣施压的力量，否则，各大世族不明里掣肘，只要搪塞王命，粮草辎重立马便告吃紧。这个施压直奔要害：项燕请辞归乡，谁来领军抗秦？以目下楚国诸将军才具，分明找不出项燕这般大胜秦军而在朝野具有极高声望的良将。除非世族大臣们连确保自家封地也不顾及，只能在无以选将的压力之下承认项燕的完整将权，从而秘密知会自家将军不要与项燕对峙。如此釜底抽薪，其实效远远大于以军令压服世族大将。

而今，这一目的大体达到了。

然则，楚王与大臣们的急胜欲望教项燕不是滋味。

项梁说，楚王命他当殿陈述了父亲病情与归乡颐养之请，而后直接指点着名字教世族大臣们说话。大臣们没有一个人开口，举殿默然了足足小半个时辰。最后，还是昭氏老令尹说了一句话，抗秦离不开大将军，夫复何言哉！于是，大臣们纷纷附和，这件事就算过了。之后，大司马景柽开议，言楚军集结已达六十余万，已然超过秦军一倍，堪称史无前例。项燕南撤未必不可，然要害是必须尽早与秦军决战并大胜秦军，否则春夏之交的雨季到来，楚军粮道便要艰难许多。景柽之后，楚王竟率先拍案赞同，说秦军远来疲于奔命，自是力求恢复元气而后战，我军则当以汝阴坚城为根基，早日寻求决战，不可延误战机！此后，所有的大臣都是慷慨激昂，争相诉说了要大将军尽早决战秦军的种种道理。有人云楚军士气高涨，胜秦势在必然。有人云楚国民众仇秦已久，不可坐失民望。有人云秦军粮道绵长，如截断粮道则秦军不堪一击。有人云倍则攻之，若大将军退至平舆汝阴还不求速战，分明便是亡楚于怠惰……不一而足。

“父亲，务求速战速胜，已成庙堂不二之论！”项梁一句了结。

“庙堂，与老夫交易？以全军将权，换老夫速战？”

“此等情势，很难转圜……”

“全我将权，强我速战，老夫这大将军岂不徒有虚名？”

项燕连愤怒的力气都没有了，怆然一笑，摇摇头叹息一声再也不说话了。就实说，项燕对再次胜秦还是有底气的。秦国在短短一个冬天能够集结大军再度南进，必然不会是三十万兵力，也必然不会再度像李信那样轻兵大回旋。可以肯定地说，秦军必然以持重之兵与楚军周旋。以项燕所知之王翦，尤其不会急于与楚军决战。当此之时，楚军若能整肃部伍深沟高垒，依托淮水、江水两道天险坚壁抵御，只要楚国不生内乱，秦军取胜几乎没有可能。唯其如此，项燕的托底方略是：第二步退至淮南，整个地放弃淮北；秦军战无可战，空耗粮草时日；更兼北中国尚未底定，其间难免有战事发作，秦军必有分兵之时；其时趁秦军分兵后撤之际，楚军做闪电一战，几乎是十之八九的胜算之战！从更根本的意义上说，楚王若能洞察大局，以艰危抗秦为时机力行变法，整肃朝局整合国力，楚国崛起于艰难时世的可能性极大。所以如此，地理大势使然也。楚国不若中原五国，正面有淮水江水两道天险，东南吴越有茫茫震泽（后世太湖）为屏障，西南有连天茫茫之云梦泽为屏障，腹心更有烟波浩渺的洞庭泽连同湘水沅水之密布水网，后有丛林苍莽的五岭横亘，若收缩防线以求固守，秦国万难破之也。而今，楚国庙堂不识大局，反求速战速胜，惜哉惜哉！

无论项燕如何愤懑失望，还是无可奈何地聚将发令了。

在已经热起来的三月末，楚军终于撤离了陈地十余城，浩浩荡荡地开向了南方。旬日之间，楚军抵达淮水北岸，项燕下达了布防将令：三十万楚军主力驻守汝阴郊野构筑壁垒，三十万后聚“官军”分两部驻扎，景祺率军十五万驻扎平舆郊野构筑壁垒，屈定率军十五万驻扎寝城郊野构筑壁垒。两三日之间，三部大军在淮水北岸自西北向东南连绵展开，日夜构筑壁垒，气势壮观之极。因了大军距都城郢寿不过百余里，楚王负刍的犒军特使、令尹、大司马及各大世族的军务特使，连绵穿梭不绝于道。南楚民众也纷纷跟从各县令入军劳役，或搬运粮草辎重，或辅助构筑壁垒，终日旌旗招展喧嚣连天。王酒、民气、朝野公议交互刺激，楚军战心日炽。汝阴的项燕主力大军营地稍微平和，也是热辣辣一片。平舆、寝城两大营地，竟终日如社火狂欢一般嗷嗷求战。

四月初，秦军开过颍水，在西岸立定了营地。

大军南来，依照王翦预定的方略井然有序地推进着。进兵之期大军两分：王翦率主力大军四十万，以日行六十里的常速稳健推进；蒙武率后军二十万，逐一占据陈地楚军所弃城池，会同南阳郡守派出的接收官吏料民典库，恢复商旅百工农耕，使民生纳入常轨。蒙武给每座城邑各留五千人马防守，陈城留守军马一万总司策应，所有陈地民治军务，俱交总司后援的姚贾统辖。诸事安定，蒙武方率所余十余万人马后续南进。也就是说，王翦的六十万大军一开始便在陈地留下了将近十万。确保后方坚实通畅，这是秦昭王时期武安君白起屡屡与山东大战为秦军奠定的扎实进兵传统，更是范雎远交近攻战略的“化地”体现。王翦非常清楚，当年的长平大战若无河内郡为坚实的后援基地，秦军根本不可能在上党苦寒山地与赵军对峙三年。而今进兵广袤楚国，若不清理出一片坚实的后方根基，只怕秦军也难以从容不迫地与楚军周旋。唯其如此，王翦宁可少一部战场兵力，也不能少了后方通畅。

此时，由于秦国的山东邦交方略历经长期经营已经大见成效，楚国楚军的各种相关消息早已经源源不断地飞入幕府。王翦对楚国庙堂与楚军幕府的诸般情形，可谓了如指掌。为此，王翦的进兵军令很简单：以坚兵之阵常速南进，直逼楚军汝阴城下扎营对峙。所谓坚兵之阵，是不求兼程疾进的作战行军阵式：重型连弩营前军开道，铁骑军两翼展开行进，中央步军以战阵排列开进，以各关塞调集的一千辆不附步卒的战车为殿后。如此阵式在地形平缓的广阔原野推进，既无山塬峡谷遭受伏击之忧，又可随时立地为战，故不怕楚军于进兵途中突然发动奔袭战。之所以如此阵式进兵，是知己知彼的王翦对楚军世族私兵的有效防御。身为楚军主帅的项燕能收缩南退，足见其清醒，亦足证其不会草率小战。然则，楚军之后聚私兵求战心切，未必不会贸然一战，若因无备而被骚扰之战纠缠，战场情势未必不会瞬息变化。故此，秦军南下进兵，首要预防者便是奇袭战。王翦不知道的是，楚军景祺部与屈定部确实曾经要北上奇袭秦军，只是因为项燕严令制止，且明确讲述了秦军南下阵式之重兵威力，指斥二人若一战败北则动摇楚军，两将方才没有出兵。

秦军的营地扎在了与汝阴要塞遥遥相对的一片山塬河谷地带。

“楚军三城，自西北而东南，状如曲柄，遥相呼应。”

第一次幕府聚将，王翦对诸将解说楚军情势道：“平舆楚军与寝城楚军，皆为楚国老世族封地之私兵汇聚。汝阴项燕军，才是楚军真正主力。三地楚军，横展不过百里，各城相距不过三十余里，骑兵纵马即到，步军兼程互援亦不过一个时辰。为此，楚军三大营，实则当做一营视之。”

“上将军，我军大营似当卡在三地中央的寝城更佳！”杨端和提出一说。

“寝城形在中央，实非轴心。”王翦指点着地图道，“汝阴大营项燕军，才是楚军之根基力量。项燕军败，则其余两军不堪一击，甚或可能作鸟兽散。我军正面对峙项燕军，其根本所在，是不能使楚国这支主力大军再度后撤淮南！若项燕军入淮南，则灭楚倍加艰难！此为灭楚之要，诸将谨记。”

“如此说，我军当尽早与项燕决战！”辛胜奋然高声。

“不能。”王翦摇头道，“前次我军一败，楚国朝野之萎靡不振陡转为心浮气躁，楚军将士更是气盛求战。此等风靡之势，虽项燕不能左右也。当此之时，我军应对之策只在兵法八字：避其锋芒，击其惰归！时日延宕，楚国庙堂必生歧义，楚军士气亦必因种种掣肘内争而低落，其时我军寻机猛攻，必能完胜楚军！”

“上将军方略虽好，只是太急人了些！”

冯劫高声嚷嚷了一句，大将们一片哄笑纷纷点头附和。王翦黑着脸没有说话。大将们这才渐渐平息下来，前次参战的大将不禁都红着脸低下了头。王翦肃然正色道：“谚云：图大则缓。既是政道，也是兵道。灭国之大战，根基在强毅忍耐。以我军实际情形论，关塞守军与原主力大军初合，战法配合、兵械使用、兵将统属等等均未浑然若一。更有前战将士多有带伤南来者，尚未复原；许多久驻北方关塞之将士初来淮水，水土不服必生腹泻。凡此等等，确实需要时日整休恢复。兵未养精而仓促决战，胜算至多一半。秦军六十万举国一战，没有十二分胜算，岂能出战！为此，本帅将令！”

“嗨！”举帐哄然一声雷鸣。

“各营全力构筑壁垒，完成之后整休养士：一则，全部明火起炊，停止冷食战饭，务必人人精壮！二则，各部统合演练协同战法与攻防竞技，弓弩器械营更须使补充士卒娴熟技艺，务使各部将士浑然如一！其间，各营得严密巡查营地壁垒，不奉将令，任何人不得跨出壁垒一步！若有楚军挑战，一律强弓射回，不许出战！但有擅自出战者，本上将军立即奉行军法，斩立决！”

“谨奉上将军令！”举帐大将肃然一声。

秦军六十万轰隆隆落地生根，与楚军六十余万对峙了。

秦军壁垒大营连绵横展三十余里，旌旗蔽日金鼓震天，气势之壮盛无以复加。遥遥相对的楚军更见皇皇壮阔，三大营地均在城外郊野，自西北而东南绵延百余里，黄红两色的无边军帐衣甲如苍黄草原燃起了熊熊烈火，蓝色天宇之下分外夺目。与之遥遥相对的秦军旗帜衣甲主要为黑白两色，沉沉涌动如漫天乌云翻卷，如烁烁雷电光华。如此壮阔气象，可谓亘古奇观。当年之长平大战，秦赵双方兵力也超过了百万，然战场毕竟在重重山地，兵力雄厚却无以大肆展开而能使人一览全貌。秦楚今日相持，两军俱在茫茫平野筑成壁垒阵式大肆铺开，其壮阔气象自然是闻所未闻。以史论之，秦楚对峙是长平大战后最大规模的两军会战，是终结战国时代的最后一次大会战，也是整个中国冷兵器时代乃至整个人类冷兵器时代最后一次总兵力超过百万的大战绝唱。此后两千余年，此等壮观场景不复见矣！

大军对峙奇观被淮水两岸民众奔走相告，消息遂风一般传开。许多游历天下的布衣之士与阴阳家星象家堪舆家络绎赶来，纷纷登上远近山头争相一睹。于是，种种议论不期然生发出来。楚王负刍大为振奋，连呼胜境不可得矣，遂与几名相关重臣秘密赶赴汝阴，又召来项燕，君臣一起登上了一座最高的山头瞭望。

“如此气象，比灭商牧野之战如何？”负刍的矜持中透出无法掩饰的骄傲。

“牧野之战如火如荼，然双方兵力至多十万，小矣！”大司马景柽大是感喟。

“比阪泉之战如何？”

“炎黄大战浩渺难寻，纵然传闻作真，亦远不能与今日比也！”

“人言两军征候预兆国运，大将军以为如何？”

“臣启我王：国运在人，不谋于天。”项燕没有丝毫的欣喜之情。

“秦国多用流言乱人，事先知之何妨，老令尹以为？”

“老臣得闻，近日确有种种流言散布，是否王翦派遣间人所为，尚难以定论。”老令尹昭恤摇着雪白的头颅，“然以老臣之见，楚人乃祝融之苗裔，是为火德。秦人乃伯益之苗裔，是为水德。水能灭火，火亦能克水。目下之势，秦军为西海之水，我军为南原之火，似各擅胜场。然则，楚地居南，楚军居南，而南方为火圣之位也，故此利于我军。如此看去，我军必能以南原天火，尽驱西海之水。”

“妙！”负刍拍掌高声赞叹，“大将军，此等预兆该当广播我军！”

“老臣奉命。”项燕不想纠缠此等玄谈空论，只好领命了事。

“不知大将军如何谋划破秦之策？”大司马景柽终于提起了正事。

“本王也想听听，大将军说说啦！”

“禀报楚王，列位大人，”项燕一拱手正色道，“秦军南来之初，老臣业已下令各军随时迎击秦军。然则一月过去，秦军始终坚壁不战。我军将士多方挑战，秦军只用强弩还击，依然坚壁不出。老臣反复思忖，王翦深沟高垒，必有长远图谋，我军当另谋胜秦之策。”

“另谋？何策啦？”昭景两大臣尚未说话，负刍先不高兴了。

“秦军坚壁，我军为何不强攻破垒？”大司马景柽辞色间颇见责难。

“若能强攻，老臣何乐而不为？”

“如何不能强攻？前次胜秦，不是连破两壁垒啦！”昭恤也急迫不耐了。

“两位大人，”项燕苦笑着，“王翦不是李信，此壁垒非前壁垒了。”

“如此说来，秦军不可破？”楚王负刍有些急色了。

“老臣方略，正欲上书楚王。”

“说！”

“老臣审度，秦军此来显然取破赵之策，要与我军长期对峙，以待我军疲弱时机。”项燕忧心忡忡道，“楚国若以淮北为根基抗秦，国力实难与秦国长期对峙。老臣谋划，楚国当走第二步：兵撤淮南，水陆并举抗击秦军……”

“弃了淮北，郢寿岂不成临敌险境啦！”负刍几乎要跳起来了。

“岂有此理！”大司马景柽脸色顿时阴沉下来。

“畏王翦如虎，大将军似有难言之隐也……”

“不可诛心。”负刍正色制止了昭恤。

老昭恤的讥讽使项燕一腔热血骤然涌上头顶，几要轰然爆发。然则，项燕毕竟久经沧海，终究还是死死压住了自己的怒火。盖战国后期情势特异，秦国收买分化六国权臣的邦交斡旋几为公开的秘密。韩国之段氏，赵国之郭开，齐国之后胜，已经是天下公认的被秦国收买的奸佞权臣。燕国魏国虽无此等大恶大奸，然其大臣将军得秦国重金者却是更多。当此之时，楚国大臣被秦国收买者自不在少数，而昭恤所谓“大将军难言之隐”者，分明便是讥刺项氏有通敌卖国之嫌疑，项燕如何能不怒火中烧？就实而论，项燕曾得多方密报：秦国商社奉上卿姚贾密令，早与昭氏、屈氏、景氏三大族子弟多有秘密来往，更有秦商间人秘密进入令尹府邸会见昭恤。项燕所以隐忍不发，皆因一发必引大族之争，必致楚国大乱，投鼠忌器也。而今，自己隐忍不能举发，真正的通秦卖楚者却反将脏水泼向自己；楚王也仅仅制止而已，对项燕的长策大略则显然反感。面对如此庙堂，除了强忍怒火缄口不言，项燕又能如何？

君臣不欢而散，项燕是真正地坐上炭火燎炉了。

庙堂龌龊，项燕无能为力。秦军之变，项燕更无法预料。

月余之前，秦军大营方落，项燕立即下令各军各营坚壁防守，随时迎击秦军出战。那时，项燕与大将们都认定，秦国六十万大军南来，比李信攻楚兵力多了三倍，当然会对楚军连续猛攻。原先咬定秦军只有二三十万的大将们，则眼见秦军威势赫赫，遂再也不说秦军如何不堪一击了。所以，第一次幕府聚将没有任何争议，项燕很容易地与各军大将取得了共识：楚军暂取守势，只要击退秦军前几次猛攻，则战胜秦军必然有望！楚军大将们也一致认可了项燕战法，即在防守中伺机寻求反击。然则，令项燕与楚军将士们大大出乎意料的是，秦军根本没有出营攻杀，连日只窝在营地忙碌地构筑壁垒。于是，项燕与将军们又断定此乃秦军力求攻守兼备，壁垒构筑完毕之后必将猛烈攻杀，楚军无须求战。不料，旬日之间秦军壁垒构筑完毕，却仍然窝在营垒之中丝毫没有出战迹象。如此两旬过去，项燕与将士们终于明白，秦军以强敌待楚，图谋先取守势，而后等待战机。

楚军将士们不禁大感尊严荣誉，豪迈壮勇之气顿时爆发。

盖战国中期之后，天下大军能与秦军对阵者，唯赵军而已；值得秦军森严一守者，唯赵军而已。至于楚军，已经数十年无一大战无一大胜，且不说如何被秦军轻蔑，楚军自己也是自惭形秽。若非前次大胜秦军，楚军士气是无法与秦军同日而语的。今日，秦军以六十万雄师南来，竟如此惶恐不安地构筑壁垒不出，显然是将楚军看做了最强大的对手。如此荣耀，楚军将士几曾得享，又怎能不心神激荡？于是，不待项燕将令，平舆寝城两军发动了对秦军壁垒的猛烈攻势。然秦军毕竟名不虚传，且不说军士战力，单那壁垒便修筑得森严整肃，其宽厚高峻俨然一座座土城，大型器械密匝匝排列垛口，壁后将士严阵以待，森森然之势确实非同凡响。相比之下，楚军所修壁垒简单了许多，营门前只有一道半人深的壕沟，沟后只有一道五尺高两尺厚的土墙。对于秦军壁垒之强固，楚军开始多不在意，反多方嘲笑秦人粗笨愚蛮，千里迢迢来给楚国修长城了。及至攻杀开始，楚军立即尝到了秦军壁垒的厉害。楚军呼啸而来，尚未攻杀到壁垒前三百步，楚军士卒的臂张弓还远不能射杀敌军之时，秦军壁垒的强弩大箭夹着机发抛石已经急风暴雨般倾泻而来，楚军大队只有潮水般后退，根本无法接近秦军壁垒。如是连番者旬日，屈景两将军的攻杀一无所获，反而死伤了数以千计的兵士。直到此时，楚军将士这才着实明白了重装秦军与森严壁垒的威力。

“若李信军不弃重械，前次能否攻克两壁，未可知也！”

项燕感喟一句，楚军大将们没有人辩驳了。

虽则如此，楚军将士们还是不服。都是秦军，楚军能大败李信秦军，如何不能大败王翦秦军？毕竟没有真正较量，单凭壁垒不破便能说秦军不可战胜了？岂有此理！人同此心，心同此理，往往是不待营将军令，士兵们便聚在旷野对着秦军营垒终日咒骂连续挑战。楚军所以如此，与其说人人真心求战，毋宁说一大半是被秦军安稳如山的气势做派激怒了。自从秦军壁垒修筑完毕，连绵营垒中整日沸腾着种种呼啸声喊杀声笑闹声金鼓声马嘶声，搅得楚军坐卧不宁焦躁不安。种种喧嚣中一道道炊烟滚滚上天，肉香饭香随风飘散，几乎整个淮北都闻得见炖羊烤羊特有的膻气味儿，更有葱蒜秦椒的辛辣之气夹着牛粪马粪的热烘烘臭气，再夹着驱赶蚊虫的艾蒿浓烟，随着夏日的热风一齐弥漫，绿茫茫原野烟雾蒸腾，几如天地变作了蒸笼。多食鱼米口味甜淡的楚军将士不耐骚膻刺鼻，常常被熏呛得咳嗽喷嚏不绝，不由自主地对着黑蒙蒙的秦军营地不断地跳脚叫骂。若有营将烦躁不堪，便会呼喊一声，率领着四散叫骂的士兵们一阵呼啸冲杀，直到被箭雨射回。

这般大军对峙，是战国史上绝无仅有的景象。没有即墨田单军六年对峙燕军的惨烈悲壮，也没有秦赵长平对峙三年余的肃杀凝重，甚或，也没有王翦大军与李牧大军在井陉关内外对峙年余的谨慎搏杀。这场战国末世的最大对峙，更多的带有一种难以言说的怪诞意味。两军实力分明不对称，角色偏又颠倒了过来——秦强而楚弱，弱者如痴如醉地挑战进攻，强者却小心谨慎地坚壁自守。如同一个真正强大的武士，相遇了一个曾经侥幸击倒过另一个武士的病汉，强大武士谨慎地试探着对方虚实，而病汉却疯狂吼喝盲目挥刀。在后世看去，这场最大规模的对峙颇具一种幽默的冷酷与冷酷的幽默：楚军拥有当世良将为统帅，却只能眼睁睁地看着自己的大军昏昏然疯狂，而无力实施清醒的战争方略。

如此日复一日，整个燠热难耐的夏季过去了。

楚军的频繁攻杀也如强弩之末，力道渐渐弱了。及至秋风乍起，楚军的粮草输送莫名其妙地生出了滞涩。原本是车马民力络绎不绝的淮北官道，骤然之间冷清稀疏了。项燕心下一紧，立即派出项梁赶赴郢寿请见楚王。楚王负刍也没有明白说法，只当即召来几位重臣小朝会聚商。世族大臣们直截了当，异口同声地质询项梁：以楚军之强，士气之盛，为何始终没有大举猛攻秦军？项梁反复陈述了秦军壁垒森严的防守战，申明了楚军若一味强攻只能徒然死伤的实际情形。然则，大臣们没有一个人相信。楚王负刍始终皱着眉头反复只问一句话：“秦军果真如此之强，如何不攻我军，跑到淮北炖羊肉来了？”大司马景柽立即跟了上来道：“秦军不敢攻我，足证其力弱！我军半年不大举破壁，非士卒无战力也，实将之过也！”项梁脸色铁青百口莫辩，只好硬邦邦一句问到底：“敢问楚王并诸位大人，粮草辎重究竟要否接济？”“要则如何？不要又当如何？”令尹昭恤终于说话了。项梁愤然道：“不要接济，末将即行禀报大将军，项氏自回江东，各军自回封地！要接济，大将军再行禀报方略！”项梁撕破脸皮胁迫，举殿反倒没有了话说。大战在即，毕竟不能逼得手握重兵的项氏撒手而去。楚王负刍立逼各大臣说话，一番折冲，最后议决的王命是：各大族封地继续输送粮草，同时，一个月内项燕必须大举破壁胜秦！

“岂有此理！刻，刻，刻舟求剑!！”

项燕听完项梁诉说，一拳砸翻了帅案，愤怒结巴得连楚人最熟悉的故事也几乎忘了。然气呼呼地绕着幕府大厅转悠了不知多少遭之后，项燕还是冷静了下来，吩咐中军司马击鼓聚将部署大举攻秦。项梁大惊阻止，项燕淡淡一笑道：“楚军若无一次正败，老夫的淮南抗秦休想实施。攻。声势做大，不要全力，江东精锐不出动。”项梁见父亲眼中泪光闪烁，二话不说便去部署了。

次日清晨，楚军从平舆、寝城、汝阴三大营垒一齐开出，向秦军营垒发动了最大规模的一次猛攻。六十余万大军横展三十里，苍黄秋色翻卷着火红的烈焰向整个黑色壁垒漫天压来。秦军营垒中鼓声如雷号角大起，暴风骤雨般的大箭飞石顿时在碧蓝的空中连天扑下。与既往防守不同的是，待楚军浪头不避箭雨涌到秦军营垒之前时，垒前壕沟中骤然立起了一道黑森森人墙——秦军的重甲步卒出动了！盖营垒防守战与城池防守战稍有不同。城池防守，上佳战法是郊野驻军，以远防为外围线，尽量避免敌方直接攻城；然若兵力不足，缩回城池亦常有之。毕竟，城池高厚，攀爬攻杀之难远甚营垒。营垒防御战不同处，则在敌军大举攻杀时必须于壁垒之外设防。毕竟，无论箭雨飞石如何密集，大军都有可能汹涌越过壕沟扑到垒墙之下，而垒墙无论如何高厚，究竟不比耗时多年精心修建的城墙，被巨浪人流冲垮踩垮的可能性大大存在。唯其如此，面对楚军第一次正式大举攻杀，秦军第一次出动了重甲步卒。

重甲步卒是真正的秦军精锐。若以秦军自身相比，秦步军锐士之战力尚在秦骑兵战力之上。且不说秦步军之强弩以及种种大型攻防器械，单以步军结阵搏杀之战力而言，其时秦步军已经超越了战国前、中期赫赫威名的魏武卒方阵。其间根源在两处，一则是秦军兵器甲胄更为精良，二则是秦军的尚武传统在军功制激励下士气臻于极盛。如此之秦军重甲步卒在楚军大举攻杀之前悄然隐伏壕沟，此时挺着两丈余长矛突然杀出，如同一道铁壁铜墙骤然立起，楚军的汹涌巨浪立即倒卷了回去……大约半个时辰的浴血搏杀，满山遍野的楚军终究不能破壁而入，项燕下令鸣金收兵了。

“上书楚王，禀报战果。”

项燕拿着中军司马送来的伤亡计数，脸色阴沉得可怕。此战，楚军三大营共计战死三万余，重伤六万余，轻伤不计其数；而各营军士自报杀死杀伤的秦军人数，总计不过三千余。这次的上书特使，项燕没有再派项梁，而是派了昭氏大将昭蓟。三日后昭蓟方才归来，给项燕带来的王命是：秦军壁垒强固，大将军当另行谋划战法，伺机大破秦军！王书没有再提一个月胜秦的前约，也没有再提粮草辎重。昭蓟则说，只要大军抗秦，粮草辎重该当不会出事。果真楚军因粮草不济而退兵，毕竟对谁也没有好处。项燕知道，尽管这是老世族大臣们的无奈决断，然毕竟不再汹汹逼战，他便有了从容谋划的余地，未必不是好事。

于是，项燕不再计较种种龌龊，开始谋划一个极其重大的秘密方略。

## 八　淮北大追杀　王翦一战灭楚国

浴盆的蒸腾水雾湮没了幕府寝室，王翦的思绪闪烁着清冷的杀气。

倏忽深冬，秦楚大军的相持已经十个月了。秋冬的萧疏在淮水岸边并不如何显著，林木依旧是一片绿色，山塬依旧是一片绿色，若非纷纷扬扬地飘起了雪花，秦军将士们几乎忘记了这是冬天。只有王翦清楚地知道，这是与楚军相持的第三百一十三天，到三月末便是整整一年了。十个月来，大势已经渐渐稳定了下来。楚军一波又一波的挑战攻杀，终于没有了最初的气势锋芒，截至两月前那场全军大举攻杀被击退，楚军可谓一而鼓再而衰三而竭了。入冬以来情势颠倒，秦军将士开始纷纷请战了。无论兵士还是将军，都摩拳擦掌地嚷嚷着一句话：“入楚是来打仗的！不是窝冬蹲膘的！”前日降雪，营垒中又是一片嚷嚷：“这叫甚雪，轻软得正好擦汗！打仗正好不热不冷！”尽管王翦重申了军令，严禁一兵一卒踏出营垒，可那纷纭喧嚣的奋奋然叫喊之声，却是谁也无法遏制的。

在秦军历史上，不乏苦战对峙。然无论如何对峙，认真打仗总是经常有的。如这次十个月对峙而不出营垒一步，实在也是闻所未闻的第一次。在秦军将士们眼中，这简直是令人咋舌的奢侈。十个月中，除了修筑营垒与应对楚军挑战骚扰，终日大起明火军炊杀牛宰羊肥吃海喝，人人都变成了黑铁塔一般的莽壮大汉。秦人话语，只咥饭不劳作叫做“蹲膘”，说是猪一般只管吃喝长肉，除了绕着猪圈哼哼叫转圈子便无所事事。如今只吃不打仗，不是活生生蹲膘么？尽管天天都有军阵攻杀操演，将士们也是终日汗水淋漓，然只要不是真刀真枪上战场，依然觉得一身力气憋得难受。于是，各种大使蛮力而平日无以消受的游戏处处生发了。跌跤、较射、角力、劈杀、剑术、骑术、举石、击壤、投石等等等等不一而足。甚或吃饭的速度、饭量的大小、脚步的快慢、步幅的长短、爬树的高低、腕力的强弱，也都成了较量的游戏。但是，最普遍的军营游戏还是两种：投石与击壤。所以如此，原因在二。一则，这两种游戏是王翦将令所定：兵士抛石，远距必须至少达到抛石机的六七成之远；抛石击打之准确，必须至少达到击壤高手的八成命中！二则，这两种游戏可参与人数不限，能集群较量而声势最大，最为将士们热衷。分而论之，投石为典型的军中游戏，而击壤则是古老的民间游戏。

所谓投石，便是石头掷远比赛。秦军之投石，除了士兵个人较量，尚以抛石机为尺度衡量，则更见难度。盖战国之抛石机，大体是将十二斤重量的石块，射出三百步距离。秦国器械精良，抛石机之机发距离只远不近。若以此论，商鞅之秦制六尺为步，一尺大体今日八寸上下，则三百步为秦尺一千八百尺，合今日一千四百余尺，公制将近五百米；秦之重量，一斤大体为今日市斤之半（五两余），十二斤大体为今日六斤上下。[1]

[1] 据吴承洛先生《中国度量衡史》研究考证：秦制一尺合今日市尺为八寸二分余；秦制一斤合今日市斤之五两一钱多。

也就是说，抛石机能将六斤重的石块弹射出四百米左右。如此距离，已是惊人。而其时有军中猛士者，投石距离竟能直追抛石机，更为惊人。《史记·白起王翦列传》引后世《汉书》云："甘延寿投石拔距，绝于等伦。"又引张晏云："范蠡兵法，飞石重十二斤，为机发行三百步。延寿有力，能以手投之。"也就是说，西汉时尚有如此猛士，战国之世更当大有人在了。以王翦初定之标准，秦军的投石较量，便是要将当时十二斤重的石头掷出至少二百步。若以射箭之"百步穿杨"一说，则如此距离已经超过了寻常的单臂弓射程！显然，这种投石较量，是要大大提高秦军士兵的实战膂力。若能人人投石超过两百步，则战场掷出长矛之距离，当至少在百步上下，等于人人可以将长矛如同射箭一般激发投出。漫天长矛森森然呼啸扑来，其威力可想而知。

相对于投石掷远，击壤则是训练准头之游戏。击壤者，远古游戏也。击壤是伴随着那首古老的《击壤歌》流传于战国的，唱的是："日出而作，日落而息，耕田而食，凿井而饮，帝力何有于我哉！"那是一种最为简单粗朴的击砖比赛：将一排厚厚的大砖立到地上，人站在事先划定的界线上，以一块"击砖"掷向远处矗立的一排大砖，击倒越多胜绩越大，空击则受罚。两千余年后，这种游戏依然流传在秦川村野，秦人呼之为"打官"，其名称之源流演变不可考矣！偶有民俗文化学者惊呼为"土保龄球"或"保龄球鼻祖"者，此乃后话也。显然，秦军士兵之击壤游戏，其实是与投石游戏相配套的准确击打训练。

如是十个月过去，士兵们的投石距离越来越远，达抛石机六七成之远者也越来越多。各营大将赳赳来报昂昂请战，王翦总是淡淡一笑："急甚？投石尚未超距，再练。"不管大将们如何嚷嚷，王翦只此一句回应。若有纠缠不下者，王翦便捧出秦王不许轻战的书命一通严厉地申饬了事。总之军令依旧，不许出战，不能出营。

一想到秦王不许轻战的书命，王翦深感欣慰。老之将至而能与这位英年君主达成如此一种默契，秦国之幸也，人臣之幸也。大军初定时，王翦明令李信三日一军报，无论是快马特使还是军中信鸽，总之是军中部署悉数禀报秦王。蒙武曾大不以为然道："又无战事，军报个甚？灭赵灭燕两大战，老将军几曾如此了？”王翦道：“灭楚不同，举国大军在老夫一人之手，自应让秦王如在军中。三日一报，不变。”如是不到一月，秦王有了第一次认真回书：“发举国之兵于将军，本王纵有忧心，亦是胜负之忧，老将军何当如此絮叨？日后无战，不得军报。”自此，王翦军报改为旬日一次，依旧是备细归总大小皆报。如是两月，秦王又是烦躁下书：细务军报聒噪，一月一报足矣！于是，王翦在入冬之后的军报上详细禀报了将士们的汹汹请战之心。这次，秦王立回王书：“灭楚事大，不得轻战，非将令而战者，国法从事！”简明得没有任何理由。自此一书抵达军前，王翦立即吩咐了中军司马李信：军报恢复既往法度，无战不报秦王。

正月大雪，王翦终于依稀嗅到了战机即将到来的气息。

兼领黑冰台的姚贾发来的特急密件云：楚国大将军项燕对楚王负刍失望，派三子项伯秘密进入淮南，图谋与屈氏部族并越人江东族联结，共同拥立王族公子昌平君为新楚王；而后，项燕欲将楚军退入淮南江南，以水陆两军长期抵御秦军。无须反复揣摩，王翦立即以既往斥候营的种种细节消息印证了姚贾密件的真实性，且恍然明白了上次楚军大肆攻杀却不见项氏江东子弟兵身影的根由。王翦只是一时无法权衡，项燕究竟会在何时退兵？预判这个时机，对于秦军太要紧了。因为只要楚军根基移动，便是秦军出击的最好时机。就早不就晚，无论项燕如何谋划何时退兵，预为部署都是必须的。

“立召各营大将！”王翦从浴盆中哗啦站了起来。

“是！幕府聚将！”李信从外间军令室大步走了进来。

“不起聚将鼓，一一传令。”

“明白！”

片时之后，大将们人人一头热汗匆匆赶来，虽则对没有聚将鼓的悄然聚将纷纷不解，还是兴奋得不断相互探询。毕竟，入得幕府十有八九与打仗相关，总比无休止地呼哧吭哧终日投石抛砖强得万倍。待大将们在将墩就座，王翦在帅案后一字一顿道：“楚军将有大变，或退淮南，或退江南。果真楚军移动，便是我军战机。然，楚军何时移动，目下尚不能判定确切时日。为防其时匆忙，老夫预为部署。其后无论何时，只要楚军大营移动，我幕府战鼓号角大起，各将无须军令到达，得霹雳闪电全军出击！明白否？”

“明白！”大将们刷的一声全部起立。

“后军十万，辛胜统率，自西向东杀向平舆楚军。”

“嗨！”

“右军十万，冯去疾统率，自西向东杀向寝城楚军。”

“嗨！”

“前军十万冯劫统率，左军十万杨端和统率，合力攻杀汝阴项燕军！”

“嗨！”

“中军十二万蒙武老将军统率，其时赶赴蕲县郊野，全力堵截楚军渡淮！”

“嗨！”

“连弩器械营并护卫铁骑共五万，章邯率领，强渡淮水猛攻郢寿！”

“嗨！”

“陇西飞骑两万，赵佗统率，护卫幕府并总司策应！”

“嗨！”

“各将须知，只许楚军逃向淮南，绝不能使楚军再逃江南！为此，各部务须在淮北全力追杀，尤其不能使项燕主力逃脱追杀进入江南！”

“明白！！”

“谁？谁在哭！……”蒙武突然一问。

轰然雷鸣之后大厅沉寂，隐隐哽咽抽泣声分外清晰。大将们一片默然，谁都明白那是何人，却又都无法言说无法抚慰。

“李信将军……有话说了。”王翦终于开口了。

“上将军！李信求为敢死之旅，追杀项燕！”

“……”

李信乍出，举帐大为惊愕，目光一齐死死地盯住了这个任谁也不敢认作是昔日前军统帅的失形人物，却说不出一句话来。李信黜任中军司马，原本站在帅案侧后的帷幕旁，在沉沉幕府大厅只影影绰绰一个身影而已。此刻李信大步走到厅中帅案之前慷慨请战，大将们骤闻“李信”二字，不禁大为惊愕……昔日壮勇勃发豪迈爽朗的李信，倏忽之间变成了一副精瘦黝黑的竿架身子，眼珠发红嘴角流血声音嘶哑胡须虬结，若衣甲再有几片淤血，活生生便是一个战场死尸堆里的逃生者！也许是李信有意无意地回避着昔日同帐将士，也许是中军司马也确实是“深居简出”的职司，左右是终日风风火火的大将们直到此时才恍然想到，这个前军统帅已经很久很久消失于他们的视线了。此时乍现这般景象，大将们不忍卒睹，一时不禁泪眼蒙眬了。

“好。”王翦的声音有些颤抖，轻轻一点头从帅案后站了起来，又走下了六级砖石台阶的将台，走到了李信面前，“老夫已经精心遴选出飞骑锐士八千，欲强力追杀项燕之江东子弟兵。今足下有雪耻之心，老夫特准了。”“上将军啊！……”王翦话音落点，李信顿时扑地拜倒放声痛哭。大将们顿感心下酸热，无不哽咽唏嘘了。

“将军请起。”王翦异乎寻常地平静，扶起了满目垂泪的李信，苍老雄健的声音缓缓荡开在大厅，“世以成败论人。将军一战而败，遂致英名扫地，老夫深为痛心也！然则，败必有因，若将军果能深彻自省，再造之期一步之遥而已。”

“上将军教我……”

“秦一天下，乃千古伟业。所需将才贤才唯恐其少，不嫌其多。秦王不杀将军而准老夫之请，许将军戴罪赴战，非秦王不执秦法也，而是深谋远虑，为国家储备良将贤才也。此，老夫告诫一也：毋以己才为己身，当以己才报国家。如此，则战不轻生。”

“嗯！……”李信奋然点头，目光显然明亮了许多。

“秦国崛起于艰危绝境，百余年浴血拼杀大战频仍。举凡新老秦人，哪家没有三五尊烈士灵位？昭王之前，秦人为独立天下而战，为尊严荣誉而战。昭王之期，昭王之后，秦人为一统天下之伟业而战，为根除兵戈之苦而战。无论何战，都是士兵在流血拼杀，都是庶民在耕耘支撑。是故，将军执战，其实职司国人生命鲜血之闸门。将为三军司命，此之谓也。当年，商君立法定军功：百夫长以上之将，不以个人斩首记功，而以其部属总体之胜负记功。此间思虑之深远，老夫每每深为敬服。盖将军者，若不能以全局胜负为根本决断战事，而一味求战法之奇绝，以个人之好恶决断，则战必失之轻率，不败于此战，终败于彼战。武安君白起何等才具，然终生无一轻战，以至不惜对抗王命杀身殉国，而不愿在失去战机之后轻率攻赵。唯其如此，武安君终生无一败绩。若非武安君一世慎谋大战，秦国安能屡屡摧毁山东主力，安能一举奠定一统天下之大势？”说着说着，王翦已经将目光转向了厅中肃立的所有将军，“诸位皆统兵大将，此，老夫告诫二也：为将者，必以胜负为根本，必以体恤士卒为根本；毋以一己拼杀为快，毋以一己复仇为念。唯其如此，战必胜也。”

“谨记上将军教诲！”大厅中肃然一声雷鸣。

“上将军拓我褊狭，信终生铭感不忘！……”

说完这通平生仅有的长篇大论，王翦的额头已经渗出了涔涔细汗，走向帅案的脚步竟然有些虚浮起来。站在帷帐之后的军仆察觉有异，立即快步过来扶住了王翦。及至走上将台，王翦勉力回首对大将们又叮嘱了一句，各部立即备战，便软软地瘫在了军仆肩头。大将们惊讶莫名，哄然一声围了过来。李信大急，一边示意军仆立即扶王翦进寝室歇息，一边对大将们连连摇手示意不要惊慌。待厅中平息，李信才说了上将军三日三夜没有卧榻，一直在谋划最后决战的情形。大将们人人肃然动容，齐齐地对着幕府寝室深深一躬，大步匆匆地散去了。

二月将末，项燕的诸般秘密谋划大体就绪了。

整整一个冬天，项燕对郢寿王城连上六次特急军报，反复陈述“今冬猝遇大雪冷冬，我军寒衣绵薄肉食不足野炊难起，将士多有冻伤疾病，若不移师淮南整军抗秦，则军必危国必亡”的恶劣处境，力请开春后退军淮南。如此举措，一则是实情使然，楚军欲长期抗秦不能不退；二则是只有进兵淮南，项燕一举扭转庙堂格局的秘密谋划才能实施，否则鞭长莫及，只能听任老世族无休止掣肘而困死淮北。项梁对父亲的秘密谋划始终抱有疑虑，以为这无异于铤而走险。根本原因，在于目下发动兵变对楚国是雪上加霜，几大世族没有了尚能稳得住朝局的楚王负刍，立即分崩离析，其时各个拥兵自保，楚国抗秦何存？然项燕信心十足，认为“以江东为根基，联结越人诸部立王抗秦”是重建楚国的唯一出路。而且，越是危困之时，越是拥兵扭转乾坤的最佳时机，若再次胜秦楚国安定，一切复归老路，再想改变庙堂格局根本没有可能。

也许天意使然，项氏的秘密谋划郢寿庙堂竟一无所知。楚王负刍与世族权臣在项燕的频频施压之下，无可奈何且十分勉强地准许了来春退兵淮南的方略。所谓十分勉强与无可奈何，是郢寿庙堂对退兵方略限定了一个框架：项燕大军退入淮南，得以主力三十万驻扎于郢寿郊野，以郢寿为根基抗秦，楚国都城绝不再度南迁。

“只要退兵淮南，应了他。”

项燕无心再与庙堂辩驳南迁都城是原本的预后方略而不当变更，立即上书欣然接受了郢寿庙堂的退兵方略，且立即开始实施诸般预备：叔子项伯秘密常驻江东，筹划开春后秘密接应昌平君离开郢寿进入军营；季子项梁筹划退兵事宜，并总司江东子弟兵清理淮北项氏财货运往江东，以壮日后根基。项燕则亲自周旋非主力的世族兵的大将们，务必使其退兵淮南而不至路途消散，毕竟楚军精兵不足，这三十余万大军总是能增添一定的战力。更根本的一点是，留住了这三十余万大军，便能在来年大大限制老世族对楚国新王的反叛。如此这般一个冬天的忙碌之后，多雾多雨的春日已经来临了。

“我军兵退淮南，当次第有序！”

项燕指点着羊皮大地图，部署了退兵方略：平舆、寝城两军预设空营旗帜虚张声势，而后于大雾夜晚先行退兵，经汝阴营垒背后的官道直抵蕲城，先期渡过淮水驻扎等候；项燕亲率汝阴主力大军断后，迟延半日退兵。如此部署方略，主帅亲当其后，诸将自然再无异议。末了，项燕下达军令道：“自今夜开始，各营立即整装预备。明夜三更，开始退兵。其时秦军正在酣梦之中，我军轻装疾进，不举火把不起号角，秦军必不知所以然！以春雾持久之势，我主力大军退兵之时，秦军仍可能尚未觉察！”

"妙！秦蛮子一觉醒来，干瞪眼啦！"

"三日一过，有淮南肥鱼大虾啦！"

屈定景祺两句嚷嚷，引得大厅哄然笑成了一片。实在说，世族的封地"官军"在寻常之日比项燕的主力大军惬意多也。今次不然，与秦军相持经年，"官军"将士原本期望的胜仗没得打，伤亡与苦头倒是前所未有地品尝了。相比于常有苦战的主力大军，"官军"之苦更甚矣！一闻退兵淮南，各营"官军"无不欢呼，与郢寿的世族大臣们所想全然颠倒。项燕的退兵方略能迫使庙堂赞同，与其说是项燕威慑之力，毋宁说是源源不断的"官军"抱怨使世族大臣不得不忍痛放弃淮北抗秦。于是，大将们散去之后，各营当夜便忙碌起来了。

夜半时分，昏睡中的王翦突然一跃而起。

事后，替代李信的中军司马逢人便说上将军神了。王翦跳起来一把推开抱着貂裘慌忙跑来的军仆，脚未站稳便是一声大喝："战鼓号角！全军杀出！"守候在外间军令室的中军司马一个激灵跳起一声应命还未落点，王翦已经风一般卷到寝室外间，边穿甲带剑边下军令，"幕府将士全部上马！云车将台居赵佗部中央进兵！"话音落点，整个幕府已经旋风一般飞转起来。片刻之间幕府大帐已经拆装完毕，三千将士已经全部上马列阵。中军司马说，当他飞步攀上司令云车时，值夜司马刚刚接到斥候营探报说楚军夤夜移师，正要鼓号发令。待战鼓雷鸣号角大起，秦军如山崩地裂般杀出时，中军幕府的云车战车护卫马队也已经隆隆开出了营垒。数十年后，灭楚将军之一的赵佗做了南越王，直到晚年都不能忘记这段佳话。他时常遥望着北方对部下絮叨说，李信赶赴前军时给他的叮嘱是：无论大军战况如何酷烈，两万陇西飞骑都必须死守中军幕府，上将军不醒寸步不能离开！赵佗说，各部大将也都对他如是叮嘱了，左右是全军一心，都将护卫上将军的担子压给了他与他的两万陇西飞骑。他也做好了最艰难的苦战准备：若战况酷烈而上将军仍不能醒，他会将整个幕府结装成一个二十辆战车的连排方阵，以两万铁骑拼死护卫追随大军攻杀。只可惜上将军太神了，比那时我一个后生还利落！你说，他一个花甲老人，一个已经连日劳累得昏睡过去的老人，如何便能一个猛子半夜跳起，出口便吼全军杀出？神！真神！非神不能解说其神！

大雾弥天，杀声盈野。中军幕府人马尚未开出十里，王翦便接到了三道战报。辛胜战报说：平舆楚军自以为设置虚势空营能够骗过秦军，故此退兵散乱全无战备，我军一阵猛烈掩杀，平舆楚军大败溃退，拼命逃向汝阴营垒，我部正在全力追杀！冯去疾战报说：寝城楚军不堪一击，大败溃逃汝阴营垒，我部正在全力追杀！杨端和冯劫战报说：汝阴守军尚有防备，我两军合力攻杀正在激战，不防平舆寝城溃败楚军从背后蜂拥溃逃而来，致使汝阴营垒一时混乱，我两部大军趁机猛力攻杀，业已冲破壁垒进入营地混战！

“传令三城各部：合力攻杀汝阴楚军主力！余部逃散暂不顾及！”

“明白！”军令司马一挥手，三骑如飞而去。

“传令蒙武：楚军东逃将提前，蕲城营垒加快构筑，全力堵截项燕主力！”

“明白！”

“传令章邯：兼程急渡淮水！务必在楚军兵败消息传出之前围困郢寿！”

“明白！”

三道军令接连发出，王翦一声喘息，又对中军司马下了一道意外的将令：“派出斥候飞骑追踪李信部，随时禀报其战情。”所以是意外将令，在于大军战场之进展皆由各将军主动禀报，少有幕府统帅派出斥候追踪其中一支者，即或这支人马是统帅直辖的敢死之旅，也极少此等追踪。然则，统帅既有将令，中军司马也不敢犹豫，立即派出斥候营飞骑追踪去了。看着斥候飞骑去了，王翦又对身旁赵佗叮嘱道：“李信若有险情，可不待老夫将令，你部立即派出五千飞骑驰援。”赵佗肃然领命，当即回身做了部署。

终于，天渐渐亮了，弥漫原野的大雾也渐渐消散了。

及至午时战饭，王翦的两万余幕府人马已经变成了事实上的掠阵后军。从清晨开始，在秦军四十万大军轮番攻杀下，项燕的主力营垒撑持了不到三个轮次便开始松动。半个时辰间，楚军的壁垒破缺从一处迅速弥漫为十余处二十余处，万千秦军连壕沟车也不用便呼啸着跃过壕沟，推倒踏倒了不甚坚固的土木砖石鹿砦，洪水般涌进了汝阴营垒与楚军纠缠厮杀在了一起。不及项燕下令——事实上，此时的军令司马也无法到达任何一个将军马前——楚军便一发不可收拾地溃退了。秦军后续力量如江河连绵，一浪高过一浪地在广袤原野压向东北。短短两个多时辰，王翦的中军幕府便落到了最后。遥望已经是一片血火废墟的汝阴营垒，王翦突然下令：追杀战交蒙武老将军统领，幕府军马兼程疾进直渡淮水，与章邯部合围郢寿！

“上将军，幕府军马做助攻偏师，太奇太险！”赵佗立即反对。

“此时根本，不能叫楚王脱逃！奇险与否，不足道也！”

“上将军始有奇兵！末将遵令！”

赵佗不再争辩，立即挥师直奔东南方向的难水渡口。为将求战，赵佗自然强烈渴盼进入战场拼杀。然以兵家常理，此时大军追杀，淮北显然是主战场，大军统帅显然该当坐镇淮北。上将军王翦素来常战无奇，这道撇开主战场而直奔楚国都城的军令显得分外突兀。赵佗身为护卫幕府的大将，纵然求战心切，也得明白提醒主帅有违常理的风险。及至王翦一说根本，赵佗立即恍然。事实上，以秦军大将的战场才具与士兵战力，此等大追杀已经全然不需要将令部署了，此时的幕府军马坐镇淮北可说已经无用。就全局而论，楚军主力大溃败之后，能否捕获楚国王室立即显出了重要性。

赶赴淮水渡口的路上，主战场军报一道道接踵而来，各路攻杀进展很是迅猛。暮色时分，王翦人马准备渡河时，快马军使送来了蒙武的大追杀最后方略：楚军主力已经被堵截在蕲城郊野，秦军各部封锁了方圆百里的所有要隘出口，只留垓下山塬一处逃路，一俟楚军“突围”逃入垓下谷地，秦军立即围困垓下，迫使楚军粮绝而降。王翦大是舒心，二话没说便在那张羊皮上大笔画了一个好字。蒙武能以拼杀最少的围困之法解决最后的大追杀战，与王翦一再申明的总方略完全吻合——秦军南下广袤之地，能否最大限度地节省兵力，乃成败根本也。

次日清晨，两万余幕府人马全部渡过了淮水。一上岸，王翦便下令赵佗率两万陇西飞骑先行赶赴郢寿合围，幕府三千人马随后赶来。陇西飞骑为秦军骑兵之最，人各两马换乘，最宜飞兵突袭。赵佗一奉将令催军直下，两个时辰已轰隆隆压到了郢寿城下。此时，先于赵佗半日抵达的章邯部已经在城外展开了各式大型器械阵式，城池已经围定，所缺者正是一支策应截杀兵力。赵佗军赶到，章邯大喜过望，立即与赵佗一番会商，重新部署了秦军围城兵力，只待王翦赶到决断是否攻城。

暮色时分，王翦的三千幕府人马开到了郢寿城下。

战饭晚汤之后，对着楚国地图，王翦对章邯赵佗先讲述了楚国地理大势。战国末期之楚国，世称“三楚”：淮北四郡（楚国郡，非后来秦郡），沛郡、陈郡、汝南郡、南郡为西楚；江东三郡，东海郡、吴郡、广陵郡为东楚；淮南五郡，衡山郡、九江郡、江南郡、豫章郡、湘郡为南楚。自楚国将都城从陈城迁到淮南的郢寿，南楚便成了楚国根基。唯其如此，攻克郢寿捕获楚王，是平定南楚的轴心之战；而平定南楚，则又是平定整个楚国的轴心之战。是故，攻郢寿之战虽规模不大，却事关根本。郢寿城北有淮水，南有大泽芍陂，水上退路方便快捷。然正因为如此，郢寿城池远非淮北陈城那般坚固高厚。基于种种实际情势，王翦的攻城方略明白简单：章邯军以连弩大箭破城破门，赵佗军冲杀入城搜捕楚王。末了，王翦神色肃然地叮嘱道：“楚地广袤，水网密布，若楚王逃脱，将比燕王喜更难捕获。为此，赵佗部之重心不在占据王城，而在捕获楚王！章邯部一俟城破，当立即展开步军，截杀城内逃脱残部。老夫幕府再分兵两千，于各个道口游击堵截。如此，可保万无一失。”

“秦商义报说，楚王意欲降秦，要否派一特使入城说降？”章邯问。

“不须。”王翦一笑，“负刍降秦，楚国世族所愿也。”

“奇！为甚来？”赵佗又困惑又兴致勃勃。

“楚国老世族各有根基，皆欲借抗秦为大旗自立。项燕之所以敢于强势拥立昌平君，其说辞正是负刍抗秦不力。负刍若降秦，楚国世族有了台阶，立即便会家家自立，大局反倒乱了。所为楚王意欲降秦者，楚国世族假报也。楚人圈套，老夫岂能自投罗网也。”

“末将谨受教！”

章邯赵佗一齐拱手，显然对王翦的剖析深为敬服。大将出征，如王翦能兼顾国情政情而通盘运筹者，不能说绝无仅有，但也是少而又少。在秦军全部大将中，如王翦兼具洞察全局之能者，大约连蒙恬也不能相比。而此等大才，如章邯赵佗等一班大将也是在战场实际运筹中逐渐体察到的。唯其如此，后来之蒙恬不能洞察政局，不能毅然拥立扶苏，而是无可奈何地自己走进了牢狱，使秦国庙堂最坚实的一根支柱轰然折断。此乃后话了。

次日清晨章邯开始猛攻，一切都没有出乎王翦预料。不消半个时辰，密匝匝排列的抛石机与大型连弩猛烈射出的飞石大箭的雨幕便击垮了郢寿北门的城墙。十二斤石块与长矛般的粗大弩箭如暴风骤雨般漫天击砸，实在是郢寿这般水城所不能承受的。城墙一垮北门一破，赵佗的两万陇西飞骑立即飓风般卷入城内。王翦派出的两千幕府骑士尚未抵达城外各个道口堵截，城内已经传出了军报：赵佗已经占据了王城，楚王负刍与在郢几名世族大臣悉数被俘获！王翦第一次手忙脚乱，一边下令召回幕府骑士准备入城，一边下令章邯军迅速在城外郊野构筑壁垒，以防淮北败军残部逃来郢寿。两个时辰后，王翦登上一辆兼具战车功能的青铜高车在三千马队护卫下隆隆入城了。

这时，太阳尚未落山。

当夜，郢寿城外没有出现淮北楚军残部，这座不大的楚国都城第一次变成了没有王城灯火的夜幕笼罩下的黑城。王翦与章邯赵佗在城内军帐会商，议定：赵佗率两万陇西飞骑，立即将俘获的楚王与楚国世族大臣押送回咸阳；章邯军留镇郢寿，继续驻扎郊野扩展营垒，以为大军集结根基。部署完毕，王翦本欲率幕府马队连夜赶赴淮北，毕竟，攻克楚国都城并俘获楚王之后，淮北战场又迅速凸现为轴心大事了。然则，王翦尚未出发，蒙武军报到了：楚军残部大约二十余万，已经“突围”逃入垓下河谷，秦军各部已经四面合围，上将军可全力处置淮南战事，无须忧心淮北追杀大战。王翦思忖片刻，给蒙武回书一件，叮嘱其务须全歼项燕主力，尤其不能走脱项氏的江东精锐；大战结束之后，立下淮南会兵。然后，王翦放弃了再上淮北，开始在幕府精心谋划进兵吴越岭南的未来战事。

旬日之后，蒙武率主力大军南下了。

王翦接到的战报是：楚军主力全部覆没，李信率八千敢死骑士死死咬住项燕幕府，在垓下一片无名谷地围困项燕三日之久，楚军粮绝，无力为战，项燕自杀，已经验明正身无疑。唯一缺憾是，楚军主力大将项梁逃脱，搜寻垓下三日不见踪迹。

“上书秦王，我军立下吴越岭南，一年平定百越！”

这是秦王政二十四年初夏，公元前 223 年的故事。

秦王政时年三十七岁，上将军王翦年逾六旬。

# 九　固楚亡楚皆分治　不亦悲哉

楚国的最后岁月，堪称山东六国中最有型的一个。

即或是军力最为强大的赵国，在护国之战中也未能有一场足以令人称道的胜仗。虽然，灭国之前的李牧军曾两败秦军，然败非秦军主力，且战事规模较小，远不能与楚国抗秦之战同日而语。相比之下，楚国在最后岁月的两次大战实在是有声有色。第一战，楚军以成功的防守反击战大败秦主力大军二十万，追击三日三夜不顿舍，攻破两壁垒，杀七都尉，以最保守估计，秦军战死也当在七八万上下（不包括伤残）。此战规模之大，超过了战国中期六国合纵抗秦的最大胜仗——信陵君救赵之战，更远远超过其余几次胜秦小战，而当之无愧地成为战国百余年整个山东六国对秦作战的最大胜仗。第二战，秦以举国兵力六十万南进，楚军以六十余万应战，对峙年余兵败，堪称虽败犹荣。败而荣者，一则，楚国在奄奄一息之时尚能聚结与秦国对等的兵力，形成战国之世唯一能与长平大战相媲美的平原战场大相持，其壮勇气势可谓战国绝唱；二则，国君力主抗秦而城破不降，统帅殚精竭虑而兵败自杀，从来分治自重的楚国世族没有出现一个大奸卖国者。凡此等等，皆有最后的尊严。

假如排除了种种偶然，楚国能否避免灭亡的命运？

这是一个历史哲学式的问题，也是一个破解历史奥秘的门户问题。虽然有违“历史不能假定”的规律而颇显臆想色彩，但却能引导我们穿过琐碎偶然漫天飘飞的迷雾，走进历史的深处，审视历史框架的筋骨与支柱。假如楚王负刍更为明锐，假如项燕的“退兵淮南，水陆并举，长期抗秦”的方略能够实施，假如项燕拥立昌平君成功，假如楚国的封邑军战力如同主力大军，假如战场没有大雾，假如楚军粮草充足兵器精良，假如楚军不退兵移营而继续原地相持，假如项燕选择了一条更好的退兵路线而不奔蕲县，甚或，假如秦军统帅不是王翦……楚军能战胜么？楚国能保住么？

不能。

为什么？

首先，已经发生过的客观的历史状态，是我们无法以任何逻辑分析所能取代的。这一状态就是，楚国在最后岁月的种种努力，都已经在亡国危境的胁迫下被激发到了最大限度——种种掣肘减至最小，聚合之力增至最大；而没有努力的部分，则是楚国已经无法做到的部分。正是这种“已经无法做到”的部分，做出了“不能”两个字的回答。

那么，这种已经无法做到的部分究竟是什么？

就国家生命状态而言，这种已经无法做到的部分，无疑是国家聚合力不够。以今日话语说，战时的国家动员能力，楚国尚处于较低水平。尽管以楚国自身的历史比较，此时的国家聚合力已经增至最大。然则，以战国之世所应该达到的最佳国家生命状态而言，也就是横向比较，楚国的聚合力尚远远不足。具体说，与敌手相比，楚国的聚合之力远低于秦国：庙堂决策之效率、战败恢复之速度、征发动员之规模、粮草辎重之通畅、国家府库之厚薄、兵器装备之精良、器用制作之高下、商旅周流之闭合、民气战心之高下……凡此等等，无一不低于秦国。也就是说，楚国的国家聚合能力远远低于战国之世的发达状态。所有这一切，面临存亡之战的楚国已经无法改变了，更无法做到秦国那样的最佳状态了。所以，结局是清楚的：秦国可以在主力大军一次大败之后，几乎不用喘息地立即发动了更大规模的第二次战争，而楚国一旦战败，就再也爬不起来了。

楚国起源于江汉山川，数百年间蓬勃发展为横跨江淮以至在战国末世据有整个南中国的最大战国。而且，这个南中国不是长江之南，甚至也不是淮水之南，而是大体接近黄河之南。如此皇皇广袤之气势，虽秦国相形见绌。然则，就是如此一个拥有广袤土地的最大王国，其国力军力却始终没有达到过能够稳定一个历史时期的强大状态。战国之世，初期以魏国为超强，中期除秦国一直处于上升状态之外，齐国、赵国、燕国都曾经稳定强大过一个历史时期，甚至韩国，也曾经在韩昭侯申不害变法时期迅速崛起，以“劲韩”气势威胁中原。

也就是说，在整个战国时期，唯独楚国乏力不振。战国楚最好的状态，便是虚领了几次合纵抗秦的“纵约长国”。战国楚最差的状态，则是连国君（楚怀王）都被秦国囚禁起来折腾死了。除了最后岁月的回光返照，楚国在战国时期从来没有过一次撼动天下格局的大战，譬如弱燕勃起那样的下齐七十余城的破国之战。

所以如此，根源便在楚国始终无法聚合国力，从而形成改变天下格局的冲击性力量。楚国的力量，只在两种情势下或大或小地有所爆发：一种是对包括吴越在内的南中国诸侯之战，一种是向淮北扩张的蚕食摩擦之战。这就是之所以楚国已经逼近到洛阳、新郑以南，而中原战国却始终没有一国认真与楚国开战的根本所在。也就是说，在北方大战国眼中，楚为大国，完全不许其北上扩张几乎不可能；而要楚国聚力吞灭哪个大国，则楚国也万难有此爆发，故此无须全力以赴对楚大战。当然，另外一个重要原因是秦国威胁中原太甚，山东战国宁可忍受楚国的有限蚕食。若非如此，则很难说楚国能否在战国后期扩张到淮北。

一个广袤大国长期乏力，必然有着久远的历史根源。

我们得大体回顾一番对楚国具有原生意义的历史发端事件。

楚国的历史，贯穿着一条艰难曲折的文明融合道路。

楚，在古文献中又称为“荆”、“荆楚”。考其原意，楚、荆皆为丛木之名。《说文》云：“楚，丛木，一名荆也，从林疋声。”又云：“荆，楚木也，从艸刑声。”李玉洁先生之《楚国史》以为：“疋，人足也。如此论，则楚乃林中之人……古时刑杖多以荆木为之，故荆字从刑。荆、楚，同物异名，后又合而为一。”《左传·昭公十二年》载楚大夫子革云：“昔我先王熊绎，筚路蓝缕，以处草莽，跋涉山林，以事天子。”以及其余史料都说明，楚人确实是在荒僻的荆山丛林草莽中拓荒生存，历经艰难而发展起来的一个部族。

依据种种史料评判，至少从殷商末期开始，楚部族与中原王朝已经发生了实质性的融合，楚部族已经成为受封于楚地的殷商小方国。据西汉刘向《别录》载：商末之时，楚人族领鬻熊曾与商纣臣子辛甲一起叛商，逃奔周地，且臣服了周文王。《史记·楚世家》则记载：“鬻熊子事文王。”也就是说，鬻熊当时接受的封号是低等子爵，尚很难说是诸侯之一。直到周成王时，楚部族首领熊绎才正式被周王室册封。就其实际而言，则是周王室承认了事实上已经自立发展起来的楚人部族。其册封确认的三件大事是：国之封地，楚；城邑（都），丹阳；姓，芈氏。自此，楚人具备了西周诸侯封国的三大要件，相对正式化地进入了王权文明圈，成为了西周诸侯。但是，由于楚部族封国的爵号仍然是很低的子爵，故很难与中等以上诸侯相提并论。《史记·楚世家》云："楚子熊绎与鲁公伯禽……俱事成王。"

显然，与鲁国君主的公爵相比，楚国君主的子爵是太小了。

楚部族真正的飞跃，是周幽王镐京事变后的熊通称王。

当时，西周失国，平王东迁洛阳而东周伊始。这时，楚部族内部发生了一次兵变，族领蚡冒的弟弟熊通杀死了蚡冒的儿子，夺位自立为楚族君主。熊通极是强悍，全力整合楚地各部族，土地民众有了很大扩展。在熊通即位的第三十五年，楚部族已经成为江汉山川的最大诸侯。于是，趁周王室东迁初定诸事尚在忙乱之机，熊通率军北上，攻伐姬姓王族诸侯的随国[1]。随国派出特使，指斥楚国征伐无罪之国。熊通全然不理睬，一战俘获了随国的少师（太师副手，此时当为随军主将）。随国震恐，与楚议和。熊通只提出了一个条件：随国必须上书周王，敦请周王提高楚族君主地位。熊通的口吻极具挑衅性："我蛮夷也！今诸侯皆为叛相侵，或相杀。我有敝甲，欲以观中国之政，请王室尊吾号！"也就是说，当今诸侯已经乱了，楚有绰绰有余的甲士，我也想试试中原国政的滋味，王室必须提高我的封号！随国为免亡国，立即代为上书周王，请尊（提高）楚之封号。其时，正是东周第二代王周桓王在位，周室尚有些许实力与尊严，闻此非礼僭越之请，立即断然回绝了熊通的胁迫，不提高楚君封号。随国将消息回报给熊通，熊通倍感屈辱，怏怏班师。谋划两年后，愤怒的熊通一言震惊天下："王不加位，我自尊耳！"

于是，熊通一举自立称王，史称楚武王。

熊通称王，开始了春秋楚国迈向大国的历史。

须得留意的是，楚国撇开东周王室于不顾而自行称王，在春秋初期是震惊天下的大事。历史地看，这一事件对楚国具有极为深远的影响。其一，楚国自行称王，意味着对当时中国礼法的极大破坏，由是开始了中原诸侯

---

[1] 随国，周时王族诸侯国，地在淮北上蔡地带。

长期歧视楚国的历史。其二，周王室断然拒绝提高楚君封号，意味着对楚族自觉融入中原文明的拒绝，意味着无视楚族安定江汉的巨大功勋，激起了楚人部族的强烈逆反之心，由是大大淡化了楚国对中原文明的遵奉，大大减弱了自觉靠拢中原文明的仿效性，从而开始了自行其是的发展。这是一种国家发展心理，虽没有清晰自觉的目标论述，其国家行为却实实在在地表现了出来。

周桓王拒绝提高楚君封号后，《史记》记载的熊通的说法颇具意味："吾先鬻熊，文王之师（将）也，蚤（早）终。成王举我先公，乃以子男田令居楚，蛮夷皆率服，而王不加位，我自尊耳！"熊通说的是这样三层意思。其一，历代楚人对周室有功。从周文王起，楚君便是周之将军，楚人是周之士兵，成王虽以子、男低爵封我楚地，然我族还是平定了江汉诸部，为天下立了大功。其二，楚人以效命天子的中原文明诸侯国自居，视其余部族为蛮夷。其三，周王如此做法，伤楚人太甚！实际上，熊通已经将日后形成为楚国国家心态的根本因素，酣畅淋漓地宣示了出来。

楚人的这种心态，中原诸侯很早就有警觉。

《左传·成公四年》载：鲁成公到晋国朝聘，晋景公自大，不敬成公；鲁成公大感羞辱，回国后谋划结盟楚国而背叛晋国。大臣季文子劝阻，将晋国与楚国比较，说了一段颇具代表性的话："不可。晋虽无道，未可叛也。（晋）国大、臣睦、而迩（近）于我，诸侯听焉，未可以贰（叛）。史佚之《志》曰：'非我族类，其心必异。'楚虽大，非吾族也，其肯字（爱）我乎！"这里的关键词是：楚非吾族；非我族类，其心必异。《左传·襄公八年》又载：郑国遭受攻伐，楚国出兵援救。郑国脱险之后，会商是否臣服楚国，大夫子展说的是："楚虽救我，将安用之？亲我无成，鄙我是欲，不可从也！"也就是说，楚国虽然救了郑国，但其用心不清楚，楚国不会亲佑我，而是要鄙视压制我，所以不能服从。

如此受楚之恩又如此顾忌猜疑，很难用一般理由解释。

当时，与楚国同受中原文明歧视者，是秦国。然则，秦国对这种歧视，却没有楚国那般强烈的逆反之心，而是始终将这等歧视看做强者对弱者的歧视。故此，无论山东士人如何拒绝进入秦国，秦国都满怀渴望地向天下求贤，孜孜不倦地改变着自己，强大着自己。当然，这两种不同的历史道路后面，还隐藏着一个重要因素：中原文明对秦国的歧视与对楚国的歧视有所不同。毕竟，秦为东周勤王靖难而受封的大诸侯，其赫赫功业天下皆知。中原诸侯所歧视者，多少带有一种酸忌心态，故多为咒骂讥刺秦风习野蛮愚昧，少有“非我族类”之类的根本性警戒。是故，秦国的民歌能被孔子收进《诗经》，而有了《秦风》篇章；而楚国作为春秋大国，不可能没有进入孔子视野的诗章，然《诗经》却没有《楚风》篇章。这种取舍，在素来将文献整理看做为天下树立正义标尺的儒家眼里，是非常重大的礼乐史笔，其背后的理念根基不会是任何琐碎缘由，只能是“非我族类”之类的根本鄙夷。

其后时代，由于中原文明对楚国的鄙视，也由于楚国对此等鄙视的逆反之心，两者交相作用，使楚国走上了一条始终固守旧传统而不愿过分靠拢中原文明的道路。见诸于实践，是只求北上争霸，而畏惧以中原变法强国为楷模革新楚国，始终奉行着虽然也有些许变化的传统旧制。

楚国传统体制的根本点，是大族分治。

楚国起于江汉，及至春秋中后期已经吞灭二十一国。至战国中代，楚共计灭国四十余个，是灭国占地最多的战国。须得留意的是，整个西周时期与春秋初期，是楚国形成国家框架传统的原生文明时期。这一时期，楚国的扩展方式与中原诸侯有很大的不同。正是这种不同，形成了楚国远远强于中原各国的分治传统。

西周时期，中原诸侯的封地大小皆由王室册封决定，不能自行扩展。所以在西周时期，中原诸侯不存在自决盈缩的问题。楚国不同，由于地理偏远江汉丛莽，加之又不是周室的原封诸侯，而是自生自灭一般性的承认式小诸侯，故此可以自行吞并相邻部族，从而不断扩大土地民众。及至春秋，中原诸侯开始了相互吞灭。由于中原诸侯无论大小都是经天子册封确认的邦国，政权意识强烈，故这种吞灭只能以刀兵征伐的战争方式进行。即或战胜国有意保留被灭之国的君主族利益，也是以重新赐封的形式确认，被灭君族从此成为战胜国君主的治下臣民，而不是以原有邦国为根基的盟约臣服。故此，不管中原诸侯吞灭多少个小国，被吞灭的君主部族都很难形成治权独立的封邑部族。当然，中原大国赐封功臣的封地拥有何种相对程度的治权，也是君主可以决定的。也就是说，法令变更的阻力相对要小许多。

楚国不然。

如果说中原诸侯扩张只有一种方式，那么楚国的扩张则至少有两种方式。

由于扩张方式的不同，其后形成的权力框架与政治传统也不同。

楚国扩张方式一，是迫使相邻部族臣服的软扩张。与当时楚国相邻的部族，都是未曾“王化”的部族，也就是未受王权承认的自生自灭的部族政权。化外之民，此之谓也。这种或居山地密林，或居大川水畔的渔猎部族，既没有正式的政权形式，也没有浓烈的权力意识，只要生计相对安稳，臣服于某种有威胁的权力还是坚持自治自立，并无非此即彼之强固要求。春秋时期，分布在江汉山川、江南岭南以及吴越地带的这种自在发展的部族尚有多多。某种意义上可以说，在楚吴越三国崛起之前，整个南中国的族群基本上全部处于自治自立自生自灭的状态。其时，在这片由辽阔湖泊江河与雄峻连绵高山交织而成的广袤地带，只有楚吴越三国接受了中原王室的封爵，是具有相对发达政权形式的邦国。具体说，中南地带只有楚国有持续扩张的社会组织条件。东南地带，则只有吴越两国。然则，楚国若要如同中原诸侯那般以武力连续不断地吞灭这些部族，也显然力不能及。于是，基于前述历史原因，便有了种种以盟约称臣方式完成的软扩张。这种软扩张，就其实质而言，不妨看做一种整合，一种兼并，一种文明化入。是故，这种扩张必然带有双方相互妥协的一面。

这种妥协的最基本方面，在楚国而言，是允许臣服部族继续在自己原有的土地上大体以原有方式自治自立地生存，可以拥有自己的封邑武装，且楚国君主不能任意夺其封邑；在臣服部族而言，则接受楚国君主为自己的上层权力，接受其封赏惩罚与行动号令。于是，臣服部族变成了楚国的臣民，臣服部族原有的生存土地发生了名义上的变更，变成了国君赐予的封邑，臣服部族必须向楚国君主纳贡（不是赋税），且不能叛楚自立。楚国前期最大的权臣部族若敖氏（斗氏、成氏为其分支）、蒍氏、伍氏以及楚国中后期的项氏，都属于这种软扩张进来的老世族。基于利益平衡，也基于强化联盟，这种软扩张一旦成立，臣服部族的族领便可以依本族实力的大小，在楚国做大小不等的官吏，以致做到要害权臣者不在少数。

楚国扩张方式二，武力吞并。对于拥有良好生存土地而又拒绝臣服的部族政权，楚国仿效中原诸侯，以武力吞灭之。对于被吞灭部族及其土地，楚国有完全的处置权。于是，必然的情势是：这些部族人群被直接纳入了君主部族直辖的族群，这些土地也变成了君主部族所直辖的土地。也就是说，被武力吞并的部族与土地，变成了由邦国直接治理的土地与人民。由于有软扩张而来的封邑部族相对比，随着时间的推移，楚人便将这种被武力吞并而丧失自治（改由王治）的部族渐渐视作了王族势力，甚或直接看做王族分支。楚国后来的昭、屈、景三大族，以及庄氏部族、黄氏部族，之所以被诸多史家认定为楚国王族分支，原因在此。

这种部族享有王族名义，又有自己部族的姓氏；后来，又有了楚王赐封的部族封邑；于是，他们成为不同于前一种几乎完全自治的部族的新世族。之所以有这种情况发生，在于被武力吞并的部族族系实际上依然存在，且王室得依靠这种族系来统领人民，王室遂不得不将被征服的各大族族领分封在特定地域，依靠他们来形成远远大于完全自治部族势力的王族直领势力。

如上两种情形，形成了楚国分治的根基。

所谓分治，其基本点是三方面：其一，经济上分为王室直辖的土地与世族封邑土地，后者基本上不向邦国缴纳赋税，是为经济分治。其二，世族封邑可以拥有自己的私兵武装。春秋时期的楚国对外战争，史料多有“（城濮之战）若敖氏之六卒”、“（吴楚柏举之战）令尹子常之卒”、“（吴楚离城之战）子强、息桓、子捷、子骈、子盂……五人以其私卒先击吴师”等记载，皆为私卒，是为军事分治。其三，政治权力依据族群实力之大小而分割，国政稳定地长期地由王族与大世族分割执掌，吸纳外邦与社会人才的路径基本被堵死。

分治的轴心，是国家权力的分割。

楚国在几乎整个春秋时期，都处于王室与老自治部族分掌权力的情势下。据李玉洁先生《楚国史》统计，从第一代楚王熊通（楚武王）开始，到六代之后的楚庄王，历时近两百年中，楚国的首席执政大臣令尹（相当于中原的丞相）有十一任，其中八任都是若敖氏族领担任，分别是斗祁、子文、子玉（成得臣）、子上、成大心、成嘉（子孔）、斗般（子扬）、子越（斗椒）；其余三任，一是楚文王弟子元，一是申族人彭仲爽，一是蔿族族领蔿吕臣，也同样都是老世族。在如此权力格局下，楚国的大司马（军权）、司徒（掌役徒）等重要权力也全部被世族分掌。

楚庄王时期，楚国王族与若敖氏部族的权力矛盾日渐尖锐。晋楚城濮之战后，若敖氏因统帅楚军战败而权力动摇，遂发动兵变，先行攻杀了政敌蔿贾，后又举兵攻打楚庄王。楚庄王骤然难以抵御，提出以三代楚王（文王、成王、穆王）的三位王孙为人质，与若敖氏议和。长期经营楚国上层权力的若敖氏族领斗椒公然拒绝了议和，与楚庄王刀兵相见。虽然，楚庄王最终平定了这场大叛乱，并将若敖氏除保留一支为象征外全部分散灭之，然造成国家巨大灾难的根源却丝毫没有改变。若敖氏覆灭之后，楚国直到春秋末期，历九代国王十七任令尹，其中十二任令尹是王族公子，两任是蔿氏部族（孙叔敖、孙叔敖子），一任是若敖氏余脉（子旗），一任是屈氏部族（屈建），一任是沈氏部族（叶公子高）。

楚国由大世族执政转变为公子（王族）执政，虽然减缓了大族争夺权力的残酷程度，但却没有改变世族政治的根基。楚国在春秋时期多次发生老世族兵变，楚庄王的若敖氏之乱、楚灵王的三公子之乱、楚平王的白公胜之乱等等，每次都直接危及到楚王与王族，足见世族分治对楚国的严重伤害。

进入战国之世，中原各大国的变法强国浪潮此起彼伏，几乎都曾经有过至少一次的成功变法。魏文侯李悝变法、齐威王变法、韩昭侯申不害变法、秦孝公商鞅变法、赵武灵王变法、燕昭王乐毅变法。第一次变法之后继续多次小变法，在中原大国也多有酝酿或发生，秦国最典型而已。唯独楚国，只有过一次短暂的半途变法，其后的变法思潮只要一有迹象（如屈原的变法酝酿），则立即被合力扼杀。也就是说，楚国始终没有过一次需要相对持续一个时期（一代或半代君主）的成功变法。因此，楚国的分治状况一直没有根本性变化。

楚国的半次变法，是吴起变法。

这次变法，从吴起入楚到吴起被杀，总共只有短短三年（一说十年）。楚悼王十八年（公元前384年）吴起入楚，楚悼王二十一年（公元前381年）病逝，吴起于葬礼中被杀，楚国变法宣告终结。以实际情形说，除去初期谋划与后期动乱，即或计入年头年尾之类的虚算，其实际的变法实施至多一年余，真正地浮光掠影。就史料分析时间构成：吴起入楚第一年做宛守（宛郡郡守还是宛城守将，不能确定），第二年做令尹，第三年惨死。如此，所谓吴起变法，则实际上只能发生在第二年及第三年几个月里。再就史料分析吴起实际活动：其一，任宛守期间可能打过一仗（吞并陈蔡）；其二，任令尹之初谋划变法，提出了一套变法方案；其三，为楚国打了三次大胜仗（救赵伐魏、吞并陈蔡、南并蛮越）。除此之外，未见重大活动，事实上也不可能再有重大活动。如此，一个简单的逻辑问题便是：一个三年打了三大仗、还做了一年地方官的人，能有多少时间变法？因此，完全可以判定：吴起的变法方案根本没有来得及全面实施，便被对变法极其警觉的老世族合力谋杀了。

吴起的变法方案究竟有些什么，值得老世族们如此畏惧？

史料并未呈现吴起如商鞅变法那样的变法谋划，而只是分散记载了一些变法作为，大体归类如下。其一，均爵平禄。其时，楚国世族除封邑之外尚把持高爵厚禄，平民子弟虽有战功也不能得到爵位，非世族将军即或大功也不能高爵厚禄。所以，均爵平禄是实际激发将士战心的有力制度。应该说，这是后来商鞅变法的军功爵制的先河。其二，废公族无能之官，养战斗之士。其三，封土殖民：将世族人口迁徙到荒僻地区开发拓荒，“以楚国之不足（民众），益楚国之有余（土地）。”《史记·蔡泽列传》云：“……吴起为楚悼王立法，卑减大臣之威重，罢无能，废无用，损不急之官，塞私门之请，一楚国之俗，禁游客之民，精耕战之士，禁朋党以利百姓，定楚国之政，兵震天下，威服诸侯。功已成矣，而卒枝解。”所列种种，除了战事，事实上还都只是尚未实施的方案。即或如此，楚国的老世族们已经深刻警觉了，立即行动了。

吴起变法的夭亡，意味着根深蒂固的贵族分治具有极其强大的惰性。

楚悼王之后的战国时代，古老而强大的若敖氏式的自治老世族，已经从楚国渐渐淡出。代之而起的，是有王族分支名义的昭、屈、景、庄、黄、项等非完全自治的老世族。客观地说，后者的自治权力比前者已经小了许多，譬如私家武装大大缩小，封邑也要向国府缴纳一定的赋税，对领政权力也不再有长期的一族垄断等等。但是，在战国时代，这依旧是最为保守的国家体制。相对于实力大争所要求的国家高度聚合能力，楚国依然是最弱的。

楚国之所以能在最后岁月稍有聚合，其根本原因在两处：一则是幅员辽阔人口众多，二则是实力尚在的老世族在绝境之下不得不合力抗秦。统率楚军的项氏父子，本身便是老世族，则是最好的说明。然则，一战大胜，老世族相互掣肘的恶习复发，聚合出现了巨大的裂缝，灭亡遂不可避免。

包举江淮岭南而成最大之国，虽世族分领松散组合，毕竟成就楚国也。

疲软乏力而始终不振，世族分领之痼疾也。

摇摇欲坠而能最后一搏，世族绝境之聚合也。

战胜而不能持久聚合，世族分治之无可救药也。

兴也分治，亡之分治，不亦悲哉！